D0206798

LA MAISON AUX ESPRITS

Isabel Allende, née en 1942, a quitté le Chili après le coup d'Etat militaire et vit actuellement au Venezuela. La Maison aux esprits, *son premier roman, est traduit dans une dizaine de pays et a obtenu le Grand Prix du Roman d'Evasion 1984.*

Une contrée qui ressemble à s'y méprendre au Chili, du petit matin de ce siècle à son actualité la plus brutale. Entre province et capitale, une dynastie foisonnante de personnages sur chacun desquels repose tour à tour cette chronique, sans qu'on perde jamais les autres de vue, fussent-ils morts et enterrés, ressuscités ou revenants : Esteban Trueba, parti de rien, devenu colossalement riche, propriétaire terrien et sénateur musclé, potentat familial secoué de colères sismiques; Clara, son épouse régulière, hypersensible et extralucide, confidente des esprits qui peuplent leur grande maison avant qu'elle ne la hante à son tour; les enfants légitimes et naturels d'Esteban, les rejetons de ceux-ci et de ceux-là, dont les destins s'entrecroisent ou s'entrelacent dans les jeux de l'amour et du hasard, les vertiges de la révolte et des passions clandestines, les terreurs et les horreurs de la guerre d'un pays contre lui-même.

Entre les différentes générations, entre la branche des maîtres et celle des bâtards, entre le patriarche, les femmes de la maison, les pièces rapportées, les domestiques, les paysans du domaine, se nouent et se dénouent des relations marquées par l'absolu de l'amour, la familiarité de la mort, la folie douce ou bestiale des uns et des autres, qui reflètent et résument les vicissitudes d'un pays passé en quelques décennies des rythmes et traditions rurales aux affrontements fratricides et à la férocité des tyrannies modernes.

Un roman qui, par son inspiration, son architecture, sa prose tantôt enchantée, tantôt mordante, est à inscrire parmi les révélations de la littérature latino-américaine d'aujourd'hui.

ISABEL ALLENDE

La Maison
aux esprits

**TRADUIT DE L'ESPAGNOL
PAR CLAUDE ET CARMEN DURAND**

FAYARD

A ma mère, à ma grand-mère et aux autres femmes extraordinaires de cette histoire.

I. A.

Combien vit l'homme, en fin de compte?
Vit-il un millier d'années ou bien une seule?
Vit-il une semaine ou plusieurs siècles?
Pour combien de temps meurt l'homme?
Que veut dire : pour toujours?

Pablo Neruda

CHAPITRE PREMIER

ROSA LA BELLE

BARRABÁS arriva dans la famille par voie maritime, nota la petite Clara de son écriture délicate. Déjà, à l'époque, elle avait pris le pli de consigner les choses importantes et plus tard, quand elle devint muette, de mettre par écrit les banales, sans se douter que cinquante ans plus tard, ses cahiers me serviraient à sauver la mémoire du passé et à survivre à ma propre terreur. Le jour de l'arrivée de Barrabás était Jeudi saint. Il débarqua dans une cage indigne, couvert de ses propres excréments et urines, avec un regard égaré de prisonnier misérable et sans défense, mais on pressentait déjà – à son port de tête royal et aux proportions de son ossature – le géant légendaire qu'il allait devenir. C'était un jour de torpeur automnale qui ne laissait en rien présager les événements que la fillette consigna pour en garder souvenir et qui se produisirent durant l'office de midi, à la paroisse de Saint-Sébastien, auquel elle assista avec toute sa famille. En signe de deuil, les saints étaient recouverts de chiffes violettes que les bigotes dépoussiéraient annuellement de l'armoire de la sacristie, et sous ces housses funèbres l'assemblée céleste avait l'air d'un capharnaüm de meubles en instance de déménagement, sans que cierges, encens et gémissements de l'orgue pussent contrecarrer ce déplorable effet. Se dressaient de sombres masses menaçantes en lieu et place des saints en pied avec leurs visages interchangeables à l'expression enchifrenée, leurs perruques soignées en cheveux de morts, leurs rubis, leurs perles, leurs émeraudes de verroterie et leurs accoutrements de nobles florentins. Le seul favorisé par le deuil était saint Sébastien dans la mesure où, pendant la Semaine sainte, il épargnait aux fidèles la vue de son corps contorsionné dans une pose indécente, traversé d'une demi-douzaine de flèches, dégoulinant de sang et de larmes, comme un homosexuel tout dolent et dont les plaies, miraculeusement rafraîchies par le pinceau du père Restrepo, faisaient frémir Clara de dégoût.

C'était une longue semaine de pénitence et de jeûne, on ne jouait pas aux cartes, on ne faisait pas de musique, qui eût incité à la luxure et à l'oubli, et l'on observait dans les limites du possible les plus grandes tristesse et chasteté, quoiqu'en ces jours précis l'aiguillon du démon tentât avec plus d'insistance que jamais la faible chair catholique. Le jeûne consistait en de moelleux feuilletés, de savoureuses ratatouilles de légumes, des omelettes bien baveuses et de larges fromages rapportés de la campagne, avec lesquels les familles commémoraient la Passion du Seigneur, se gardant de toucher le moindre morceau de viande ou de poisson gras, sous peine d'excommunication, ainsi que le proclamait instamment le père Restrepo. Nul ne se serait hasardé à lui désobéir. Le prêtre était pourvu d'un long doigt dénonciateur pour désigner publiquement les pécheurs et d'une langue bien entraînée à susciter les remords.

« Toi, voleur qui as dérobé le denier du culte! » s'écriait-il du haut de la chaire en montrant du doigt un homme affairé à feindre de chasser un bout de fil de son revers pour ne pas avoir à le regarder en face. « Toi, dévergondée qui te prostitues sur les quais! » lançait-il accusateur à Ester Trueba, percluse d'arthrite et adoratrice de la Vierge du Carmel, laquelle ouvrait des yeux ébahis, sans savoir la signification du mot ni où pouvaient se trouver les quais. « Repentissez-vous, pécheurs, immonde charogne, indignes du sacrifice de Notre-Seigneur! Jeûnez! Faites pénitence! »

Emporté par l'ardeur de son zèle sacerdotal, le prêtre devait se retenir pour ne pas contrevenir ouvertement aux instructions de ses supérieurs ecclésiastiques, époussetés par les vents de modernisme et qui prohibaient le cilice et la flagellation. Lui-même était partisan de vaincre les défaillances de l'âme par une bonne fustigation de la chair. Il était réputé pour son éloquence débridée. Ses fidèles lui emboîtaient le pas de paroisse en paroisse, suant sang et eau à l'entendre décrire les tourments des pécheurs en enfer, les chairs déchiquetées par d'ingénieux engins de torture, les flammes éternelles, les crocs qui transperçaient les membres virils, les répugnants reptiles qui s'introduisaient dans les orifices féminins, entre autres multiples supplices dont il truffait chaque sermon pour semer la terreur divine. Satan lui-même était dépeint jusqu'en ses plus intimes malformations avec l'accent galicien du prêtre à qui était déchue en ce bas monde la mission de secouer la conscience des indolents créoles.

Severo del Valle était athée et maçon, mais il avait des ambitions politiques et ne pouvait se payer le luxe de manquer la messe la plus fréquentée, dimanches et jours fériés, afin que tous pussent le voir. Son épouse Nivea préférait s'entendre avec Dieu sans intermédiaire, elle nourrissait une profonde méfiance à l'égard des soutanes et bâillait aux descriptions du ciel, du purgatoire et de l'enfer, mais elle faisait escorte aux ambitions parlementaires de son mari dans l'espoir que, s'il venait à occuper un siège au Congrès, elle pourrait obtenir le vote des femmes pour lequel elle luttait depuis plus de dix ans sans que ses nombreuses grossesses fussent parvenues à la démoraliser. Ce Jeudi saint, le père Restrepo avait porté ses ouailles à l'extrême limite de leur résistance avec ses visions apocalyptiques et Nivea commença à avoir mal au cœur. Elle se demanda si elle n'était pas à nouveau enceinte. En dépit des injections vinaigrées et des éponges imbibées de fiel, elle avait donné le jour à quinze enfants dont onze étaient encore en vie, et elle avait quelque raison de penser qu'elle était en train de s'installer dans l'âge mûr puisque Clara, la cadette, avait maintenant dix ans. Il semblait que les débordements de son extraordinaire fertilité avaient fini par retomber. Elle en vint à imputer son malaise au passage du sermon du père Restrepo où celui-ci la désigna du doigt en évoquant ces pharisiens qui prétendaient légaliser les bâtards, et le mariage civil qui désarticulait la famille, la patrie, la propriété et l'Église, conférant aux femmes la même position qu'aux hommes en violation ouverte de la loi de Dieu qui, sur ce point, était on ne peut plus explicite. Nivea et Severo occupaient avec leurs enfants les bancs de tout le troisième rang. Clara avait pris place à côté de sa mère et celle-ci lui serrait la main avec impatience sitôt que le discours du prêtre s'étendait à l'excès sur les péchés de chair, car elle savait que la petite en était conduite à visualiser des aberrations qui dépassaient de fort loin la réalité, comme le montrait à l'évidence les questions qu'elle posait et auxquelles nul ne savait répondre. Clara était très précoce et était dotée de l'imagination débordante dont héritèrent toutes les femmes de la famille du côté maternel. La température de l'église avait monté et l'odeur envahissante des cierges, l'encens et toute cette foule entassée ne faisaient qu'accroître la fatigue de Nivea. Elle aspirait à ce que la cérémonie en finisse une bonne fois pour s'en retourner dans sa fraîche demeure, s'asseoir sous la véranda aux fougères et savourer la jarre d'orgeat que la nounou préparait les jours de fête. Elle considéra ses enfants : les plus jeunes étaient épuisés, tout empesés dans leurs habits du dimanche, et les plus âgés commençaient à se dissiper. Ses yeux se posèrent sur Rosa, l'aînée des filles encore en vie, et, comme à chaque fois, elle fut saisie d'émerveillement. Son étrange beauté avait un pouvoir troublant auquel elle-même n'échappait pas, on l'eût dite fabriquée d'un matériau différent du reste de l'espèce humaine. Nivea savait qu'elle n'était pas de ce monde bien avant qu'elle n'y fût venue, car elle l'avait déjà vue en rêve et ne fut pas surprise lorsque la sage-femme poussa un cri en l'apercevant. A sa naissance, Rosa était toute blanche, toute lisse, sans une ride, comme une poupée de porcelaine, avec des cheveux verts et des yeux jaunes, le plus beau bébé à être apparu sur terre depuis l'époque du péché originel, comme dit la sage-femme en se signant. Dès sa première toilette, la nounou lui lava les cheveux à l'infusion de camomille, ce qui eut pour effet d'atténuer leur couleur en leur donnant une tonalité vieux bronze, et elle l'exposa toute nue au soleil pour lui fortifier la peau, translucide aux endroits les plus délicats du ventre et des aisselles et où l'on devinait les veines et la texture secrète des muscles. Ces trucs de romanichelle ne furent cependant pas suffisants et, très rapidement, se répandit la rumeur qu'ils avaient donné naissance à un ange. Nivea espéra que les étapes ingrates de la croissance doteraient sa fille de quelques imperfections, mais rien de ce genre ne se fit jour, bien au contraire, et à dix-huit ans Rosa ne s'était pas enrobée ni n'avait bourgeonné, mais avait vu s'accentuer sa grâce océane. Le teint de sa peau aux doux reflets bleutés, comme le ton de sa chevelure, la lenteur de ses gestes et son caractère taciturne évoquaient un habitant de l'onde. Elle avait quelque chose du poisson et si elle avait été dotée d'une queue écaillée, c'eût été manifestement une sirène, mais ses deux jambes la campaient sur une frontière imprécise entre la créature humaine et l'être mythologique. Malgré tout, la jeune fille avait mené une vie presque normale, elle avait un fiancé et se marierait un jour ou l'autre, à la suite de quoi la prise en charge de sa beauté passerait en d'autres mains. Rosa inclina la tête et un rayon filtra par les vitraux gothiques de l'église, entourant d'un halo son profil. Quelques personnes se retournèrent pour la contempler et se mirent à chuchoter, mais Rosa paraissait ne se rendre compte de rien, elle était réfractaire à la vanité et, ce jour-là, elle était encore plus absente que de coutume, imaginant de nouvelles bestioles à broder sur sa nappe, mi-volatiles mi-mammifères, couvertes de plumes iridescentes mais pourvues de cornes et de sabots, si grosses et avec des ailes si courtes qu'elles défiaient les lois de la biologie et de l'aérodynamique. Rares étaient les fois où elle pensait à son fiancé Esteban Trueba, non par manque d'amour, plutôt en raison de son tempérament oublieux et parce que deux années de séparation faisaient une bien longue absence. Il travaillait dans les mines du Nord. Il lui écrivait méthodiquement et elle lui répondait de temps à autre en lui envoyant des vers recopiés et des dessins de fleurs à l'encre de Chine sur papier parcheminé. Par cette correspondance que Nivea violait de façon régulière, elle apprit les vicissitudes du métier de mineur, toujours sous la menace d'éboulements, suivant des galeries glissantes, tirant des traites sur la bonne fortune, escomptant que finirait par apparaître un filon d'or miraculeux qui lui permettrait de faire rapidement fortune et de revenir conduire

Rosa par le bras jusqu'à l'autel, se transformant alors en l'homme le plus heureux de tout l'univers, ainsi qu'il ne cessait de le dire au bas de ses lettres. Rosa, cependant, n'était guère pressée de se marier et elle avait presque oublié le seul et unique baiser qu'ils avaient échangé au moment de se quitter, tout comme elle ne parvenait pas à se rappeler la couleur des yeux de cet opiniâtre fiancé. Sous l'influence des romans roses qui constituaient toute sa lecture, elle se plaisait à l'imaginer en bottes de cuir, la peau brûlée par les vents du désert, grattant la terre en quête de trésors de pirates, doublons espagnols et joyaux incas, et c'était peine perdue pour Nivea d'essayer de la convaincre que la richesse des mines gisait à l'intérieur des pierres, tant il paraissait impossible à Rosa qu'Esteban Trueba pût ramasser des tonnes de caillasse dans l'espoir que, soumises à d'iniques traitements crématoires, elles cracheraient un seul gramme d'or. Entre-temps, elle l'attendait sans se morfondre, imperturbablement attelée à la gigantesque tâche qu'elle s'était fixée : broder la plus grande nappe du monde. Elle avait débuté avec des chiens, des chats, des papillons, mais l'imagination s'était vite emparée de son ouvrage, et s'était mis à y apparaître un paradis d'impossibles bêtes que son aiguille faisait naître sous les yeux préoccupés de son père. Severo estimait qu'il était temps que sa fille sortît de sa torpeur et redescendît sur terre, qu'elle s'initiât à quelques occupations domestiques et se préparât au mariage, mais Nivea ne partageait point cette inquiétude. Elle préférait ne pas tourmenter sa fille avec des nécessités aussi terre à terre, car elle pressentait que Rosa était une créature céleste qui n'était pas faite pour durer longtemps dans le grossier trafic de ce bas monde, aussi lui fichait-elle la paix avec ses fils à broder et n'objectait-elle rien à sa zoologie de cauchemar.

Une baleine du corset de Nivea se rompit, dont la pointe vint se planter entre ses côtes. Elle se sentit étouffer dans sa robe de velours bleu au col de dentelle trop monté, aux manches très étroites, à la taille si ajustée qu'au moment de desserrer sa ceinture elle en avait pour une demi-heure de tiraillements abdominaux avant que ses boyaux eussent réintégré leur place normale. Elle en avait souvent discuté avec ses amies suffragettes et elles en étaient arrivées à la conclusion que tant que les femmes n'auraient pas raccourci leurs jupes et leurs cheveux et ne se seraient débarrassées de leurs cotillons, peu importait qu'on leur permît d'étudier la médecine ou d'user du droit de vote, car elles n'auraient aucunement le courage de le faire; pourtant, elle-même ne se sentait pas l'audace d'être des premières à abandonner la mode. Elle nota que l'accent de Galice avait cessé de lui marteler le crâne. Il s'agissait d'une de ces longues pauses dans le sermon auxquelles le curé, bon connaisseur des effets d'un silence gênant, avait fréquemment recours. Ses yeux enflammés mettaient ces moments à profit pour passer en revue un à un ses paroissiens. Nivea lâcha la main de sa fille Clara et chercha un mouchoir dans sa manche pour éponger une goutte qui lui dégoulinait le long du cou. Le silence se fit compact, le temps parut s'arrêter dans l'église, mais nul ne se hasarda à tousser ou à changer de position de peur d'attirer l'attention du père Restrepo. Ses dernières phrases vibraient encore entre les colonnes.

Et c'est à cet instant, comme s'en souviendrait encore Nivea des années plus tard, au beau milieu de cette angoisse et de ce silence, qu'on entendit très distinctement la voix de sa petite Clara :

« Pstt! Père Restrepo! Et si cette histoire d'enfer n'était qu'un gros mensonge, on l'aurait tous dans le baba... »

L'index du jésuite, déjà dressé en l'air pour signaler de nouveaux supplices, resta suspendu comme un paratonnerre au-dessus de sa tête. Les gens retinrent leur respiration et ceux qui dodelinaient se réveillèrent. Les époux del Valle, sentant la panique les gagner et constatant que leurs enfants commençaient à s'agiter nerveusement, furent les premiers à réagir. Severo comprit qu'il devait passer à l'action avant que ne fuse l'hilarité générale ou que ne se déchaîne quelque cataclysme céleste. Il prit sa femme par le bras, Clara par le cou, et sortit en les entraînant à grandes enjambées, suivi par ses autres rejetons qui se précipitèrent en trombe vers le portail. Ils parvinrent à sortir avant que le prêtre n'ait pu invoquer quelque éclair qui les eût transformés en statues de sel, mais, depuis le porche, ils perçurent sa terrible voix d'archange offusqué :

« Possédée du démon! Présomptueuse possédée du démon! »

Ces mots du père Restrepo restèrent gravés dans le souvenir de la famille avec la gravité d'un diagnostic et, au fil des années, ils eurent maintes fois l'occasion de se les remémorer. La seule à n'y plus songer fut Clara elle-même qui se borna à les consigner dans son journal pour les oublier aussitôt. Ses parents, en revanche, ne purent les éluder, bien qu'ils s'accordassent à penser que possession et présomption étaient deux péchés bien trop gros pour une si petite fille. Ils redoutaient la médisance des gens et le fanatisme du père Restrepo. Jusqu'à ce jour, ils n'avaient pas mis de nom sur les excentricités de leur cadette ni ne les avaient imputées à des influences sataniques. Ils les considéraient comme un des traits particuliers de l'enfant, au même titre que sa boiterie pour Luis ou sa beauté pour Rosa. Les pouvoirs de Clara ne dérangeaient personne ni ne créaient de grandes perturbations; ils se manifestaient presque toujours à propos de choses de peu d'importance et dans la stricte intimité du foyer. Parfois, à l'heure des repas, lorsqu'ils se trouvaient tous rassemblés dans la grande salle à manger, assis en ordre strict selon le rang et le respect dus à chacun, la salière se mettait à tressauter et à prestement se balader à travers la table entre les verres et les assiettes, sans intervention d'aucune source d'énergie connue ni artifice d'illusionniste. Nivea tirait les nattes de Clara et, grâce à ce système, obtenait que sa fille renonçât à son divertissement fantasque et rendît la salière à son état normal, laquelle recouvrait aussitôt son immobilité. Ses frères et sœurs s'étaient organisés pour qu'en cas de visites, celui qui était le plus près s'arrangeât pour plaquer d'une bonne claque tout ce qui pouvait bouger sur la table, avant que les étrangers ne s'en soient rendu compte avec un haut-le-corps. La famille continuait à manger sans faire de commentaires. Ils s'étaient également habitués aux présages de la cadette. Celle-ci annonçait les tremblements de terre avec une certaine avance, ce qui s'avérait fort avantageux dans cette contrée de catastrophes, car on avait ainsi le temps de placer la vaisselle en sûreté et de garder ses pantoufles à portée de main pour sortir précipitamment dans la nuit. A six ans, Clara avait prédit que le cheval allait faire dégringoler Luis, mais celui-ci n'avait pas voulu l'entendre et il s'était retrouvé avec une hanche déboîtée. Avec le temps, sa jambe gauche s'était mise à raccourcir et il devait chausser un soulier spécial à grosse semelle qu'il s'était fabriqué lui-même. Cette fois, Nivea conçut quelque inquiétude, mais la nounou la rendit à la sérénité en lui disant qu'on ne comptait pas les petits enfants qui volaient comme les mouches, lisaient dans les rêves et s'entretenaient avec les esprits, mais que tout ceci leur passait du jour où ils perdaient leur innocence.

18

« Pas un qui devienne grand dans cet état, expliqua-t-elle. Attendez que la petite vous en fasse la démonstration et vous verrez comme elle aura perdu sa manie de faire bouger les meubles et d'annoncer des malédictions. »

Clara était la préférée de la nounou. Celle-ci l'avait aidée à naître et était la seule à réellement comprendre la nature abracadabrante de la fillette. Quand Clara fut sortie du ventre de sa mère, la nounou la berça, la lava et, depuis cet instant, elle aima passionnément ce marmot fragile aux poumons pleins de glaires, toujours sur le point de perdre son souffle et de virer au violet, qu'elle avait dû ranimer à maintes reprises à la chaleur de son ample poitrine quand l'air venait à lui manquer, car elle savait que c'était là l'unique remède contre l'asthme, bien plus efficace que les sirops alcoolisés du docteur Cuevas.

En ce Jeudi saint, Severo arpentait le salon, préoccupé par l'esclandre que sa fille avait causé pendant la messe. Il plaidait que seul un fanatique comme le père Restrepo pouvait encore croire aux possédés en plein XXe siècle, siècle des lumières, des sciences et des techniques, où le démon avait définitivement perdu tout prestige. Le grave de l'affaire était que si les prouesses de leur fille franchissaient les murs de la maison et que le curé commençait à y fourrer son nez, tout le monde allait être au courant.

« Les gens vont se mettre à rappliquer pour la regarder comme un phénomène, dit Nivea.

– Et le Parti libéral va prendre une déculottée », renchérit Severo en mesurant le tort que pouvait causer à sa carrière politique le fait d'avoir une envoûtée dans la famille.

Ils en étaient là de leurs réflexions quand la nounou vint à eux en traînant ses savates, dans le froufrou de ses jupons amidonnés, pour annoncer que des hommes étaient dans la cour en train de leur livrer un mort. C'était bien le cas. Ils avaient fait irruption avec un corbillard à quatre chevaux, occupant toute l'avant-cour, écrasant les camélias et souillant de crottin le dallage luisant, dans une tornade de poussière, de piaffements chevalins, de blasphèmes de superstitieux multipliant les gestes contre le mauvais sort. Ils apportaient le cadavre d'oncle Marcos avec tout son saint-frusquin. Ce charivari était dirigé par un homoncule mellifue, tout de noir vêtu, à redingote et chapeau trop larges pour lui, qui se lança dans un solennel discours pour expliquer les tenants et aboutissants de la chose, brutalement interrompu par Nivea qui se précipita sur le cercueil empoussiéré contenant les restes de son frère chéri. Nivea hurlait qu'on ouvrît le couvercle, afin qu'elle pût le voir de ses propres yeux. Il lui était déjà arrivé par le passé de l'enterrer une fois, aussi se prenait-elle à douter que, cette fois encore, sa mort fût irrémédiable. Ses cris attirèrent la cohorte des domestiques de la maison et les enfants au complet, qui rappliquèrent ventre à terre en entendant prononcer le nom de leur oncle parmi les lamentations de deuil.

Cela faisait une couple d'années que Clara n'avait revu son oncle Marcos, mais elle se souvenait fort bien de lui. C'était la seule image parfaitement nette de sa petite enfance et elle n'avait nul besoin, pour se le représenter, de consulter le daguerréotype du salon où il apparaissait costumé en explorateur, appuyé à une carabine ancien modèle à deux coups, le pied droit sur l'encolure d'un tigre de Malaisie, dans la même attitude triomphante qu'elle avait remarquée chez la Vierge du maître-autel, foulant le démon vaincu parmi des nuages en stuc et des angelots blafards. Il suffisait à Clara de fermer les yeux pour revoir son oncle en chair et en os, boucané par les inclémences de tous les climats de la planète, hâve avec des moustaches de flibustier au milieu desquelles se découvrait son étrange sourire en dents de requin. Il paraissait impossible qu'il fût dans cette boîte noire au beau milieu de la cour.

A chacune de ses visites au domicile de sa sœur Nivea, Marcos séjournait plusieurs mois d'affilée, suscitant l'allégresse de ses neveux, de Clara, et un cyclone où l'ordre domestique perdait la boussole. La demeure s'encombrait de malles, de bêtes embaumées, de lances d'indiens, de baluchons de bourlingueur. On se heurtait de tous côtés à son extraordinaire barda et des bestioles jamais vues faisaient leur apparition, qui avaient fait le voyage depuis des terres lointaines pour finir écrasées sous l'implacable balai de la nounou en quelque recoin de la maison. Les mœurs d'oncle Marcos étaient d'un cannibale, ainsi que le disait Severo. Il passait la nuit à faire au salon des mouvements incompréhensibles, dont on sut plus tard qu'ils étaient des exercices destinés à perfectionner la maîtrise de l'esprit sur le corps et à favoriser la digestion. Il se livrait à des expériences d'alchimie à la cuisine, remplissant la maisonnée de fumées fétides et esquintant les casseroles avec des substances solides qu'on n'arrivait plus à décoller du fond. Cependant que les autres tentaient de trouver le sommeil, il traînait ses valises le long des couloirs, s'exerçait à des sons suraigus sur des instruments sauvages et apprenait à parler espagnol à un perroquet dont la langue maternelle était d'origine amazonienne. Le jour, il dormait dans un hamac qu'il avait tendu entre deux colonnes de la véranda, sans autre couverture qu'un pagne qui mettait Severo de fort méchante humeur, mais où Nivea ne voyait pas malice dès lors que Marcos l'eut assurée qu'ainsi prêchait le Nazaréen. Bien qu'elle fût toute petite à l'époque, Clara se rappelait à la perfection la première fois que son oncle Marcos, revenant d'un de ses voyages, débarqua à la maison. Il s'installa comme s'il devait rester toujours. Bientôt, lassé de se produire dans des cercles de pimbêches où la maîtresse de maison arpégeait au piano, de jouer aux cartes et d'esquiver l'insistance de ses proches à vouloir lui mettre du plomb dans la tête et à le faire entrer comme grouillot au cabinet d'avocats de Severo del Valle, il s'acheta un orgue de Barbarie et s'en fut courir les rues, dans l'intention de séduire sa cousine Antonieta et, par la même occasion, de réjouir les badauds avec sa musique à manivelle. L'engin n'était rien de plus qu'une caisse rouillée à roulettes, mais il le peignit de motifs marins et y planta une fausse cheminée de bateau, ce qui lui conféra un air de cuisinière à charbon. L'orgue jouait alternativement une marche militaire et une valse, et entre chaque tour de manivelle, le perroquet, qui avait appris l'espagnol tout en gardant son accent étranger, attirait la foule de ses cris perçants. Avec son bec, il extrayait d'une boîte des bouts de papier pour vendre la bonne fortune aux curieux. Ces billets roses, verts et bleus étaient si habilement tournés qu'ils touchaient dans le mille des plus secrets désirs du chaland. En sus de ces paperolles de bon augure, il vendait des petites balles de son pour amuser les enfants et des poudres contre l'impuissance, qu'il négociait à mi-voix avec les passants atteints de cette affection. L'idée de l'orgue de Barbarie avait surgi en désespoir de cause comme ultime expédient pour attirer la cousine Antonieta, après qu'eurent échoué d'autres formes d'assiduités plus conventionnelles. Il s'était dit qu'aucune femme saine d'esprit ne pouvait rester insensible à une sérénade de limonaire. Ce à quoi il s'employa. Il s'en vint camper sous sa fenêtre par une fin d'après-midi, à jouer sa marche militaire et sa valse cependant qu'elle prenait le thé avec un groupe d'amies. Antonieta ne se sentit pas concernée, jusqu'à ce que le perroquet se fût mis à l'appeler par son nom de baptême; elle se pencha alors à la fenêtre. Sa réaction ne fut pas de celles qu'escomptait son soupirant. Ses bonnes amies se chargèrent de colporter la nouvelle dans tous les salons de la ville et, dès le lendemain, les gens commencèrent à arpenter les rues du centre dans l'espoir de voir de leurs propres yeux le beau-frère de Severo del Valle jouant de l'orgue de Barbarie et vendant des petites balles de son en compagnie d'un perroquet mangé aux mites, simplement pour le plaisir de constater que, jusque dans les meilleures familles, il y avait de bonnes raisons de rougir. Devant la mortification de la maisonnée, Marcos dut sacrifier l'orgue et opter pour des méthodes moins voyantes afin de séduire la cousine Antonieta, mais il ne renonça pas pour autant à faire son siège. En fin de compte, il n'eut cependant aucun succès puisque la jeune fille se maria du jour au lendemain avec un diplomate de vingt ans son aîné, qui l'emmena vivre dans quelque pays tropical dont nul ne put se rappeler le nom mais qui évoquait les nègres, les palmiers et les bananes, où elle parvint à surmonter son spleen au souvenir de ce soupirant qui excédait ses dix-sept ans avec sa marche militaire et sa valse. Marcos sombra dans la dépression, l'espace de deux ou trois jours au terme desquels il annonça qu'au grand jamais il ne prendrait femme et qu'il allait faire le tour du monde. Il vendit l'orgue à un aveugle et laissa le perroquet en héritage à Clara, mais la nounou l'empoisonna en secret avec une overdose d'huile de foie de morue, car elle ne pouvait supporter son regard lubrique, ses puces et ses cris surexcités pour proposer ses petits papiers de bonne fortune, ses balles de son et ses poudres contre l'impuissance.

Ce fut le plus long voyage de Marcos. Il s'en

revint avec une cargaison d'énormes caisses que l'on stocka dans l'arrière-cour, entre poulailler et bûcher, jusqu'à la fin de l'hiver. Dès l'éclosion du printemps, il les fit transporter sur l'esplanade des Défilés, aire immense où se rassemblaient les populations pour voir marcher les militaires, lors des fêtes patriotiques, au pas de l'oie qu'ils avaient copié des Prussiens. A l'ouverture des caisses, on put voir qu'elles recelaient des pièces et des morceaux de bois, de métal et de toile peinte. Marcos passa deux semaines à assembler ces éléments conformément aux instructions d'un manuel anglais qu'il décodait à l'aide de son invincible imagination et d'un minuscule dictionnaire. Quand ce travail fut accompli, il en résulta un volatile de proportions préhistoriques, doté d'une tête d'aigle furieux peinturlurée sur sa partie antérieure, d'ailes mobiles et d'une hélice dorsale. Il fit sensation. Les familles de l'oligarchie en oublièrent le limonaire et Marcos devint la nouvelle coqueluche. Les gens se rendaient le dimanche en promenade pour aller voir l'oiseau, marchands de guimauve et photographes ambulants en firent leur beurre. Cependant, au bout de quelque temps commença à s'épuiser l'intérêt du public. Alors Marcos annonça que sitôt que le ciel se serait dégagé, il avait l'intention de s'envoler avec l'oiseau pour franchir la cordillère. La nouvelle se répandit en quelques heures et devint l'événement le plus commenté de l'année. La machine gisait, son ventre reposant sur la terre ferme, lourde et inerte, plus proche d'aspect d'un canard boiteux que d'un de ces modernes aéroplanes qu'on commençait à fabriquer en Amérique du Nord. Rien dans son apparence ne permettait de supposer qu'il serait à même de bouger, encore moins de s'élever et de traverser les cimes enneigées. Journalistes et curieux rappliquèrent en hâte. Imperturbable, Marcos souriait sous l'avalanche des questions, il posait pour les photographes sans fournir la moindre explication technique ou scientifique sur la façon dont il pensait mener à bien son entreprise. Il y eut des gens pour faire le voyage depuis leur province à seule fin d'assister au spectacle. Quarante ans plus tard, son petit-neveu Nicolas, que Marcos ne devait pas connaître, allait renouer avec cette subite envie de voler qui demeura toujours vivace parmi les mâles de la famille. Nicolas eut l'idée de s'y lancer à des fins commerciales, à bord d'une saucisse géante remplie d'air chaud et qui porterait imprimée une annonce publicitaire vantant quelque boisson gazeuse. Mais, à l'époque où Marcos annonça son périple en aéroplane, nul n'imaginait que cette invention pouvait servir à quelque chose d'utile. Lui-même ne le faisait que par esprit d'aventure. Au jour prévu pour l'envol, la matinée fut nuageuse, mais l'attente des gens était telle que Marcos ne voulut pas remettre son exploit. Il arriva ponctuellement sur place et n'eut même pas un regard en direction du ciel qui se couvrait de grosses nuées grises. La foule éberluée envahit les rues avoisinantes, se jucha sur les toits et les balcons des plus proches immeubles et s'entassa sur l'esplanade. Nul rassemblement politique ne parvint jamais à réunir autant de monde, du moins jusqu'à un demi-siècle plus tard, quand le premier candidat marxiste aspira par des moyens purement démocratiques à occuper le fauteuil présidentiel. Clara se rappellerait toute sa vie ce jour de fête. Les gens se vêtirent printanièrement, devançant de peu l'ouverture officielle de la saison, les hommes en costumes de lin blanc et les dames avec des chapeaux de paille d'Italie qui firent fureur cette année-là. Défilèrent des groupes d'élèves avec leurs maîtres, portant des fleurs à l'intention du héros. Marcos recevait les bouquets et plaisantait, disant qu'ils feraient mieux d'attendre qu'il s'écrase au sol pour apporter des fleurs à son enterrement. L'évêque en personne, sans qu'on ne lui eût rien demandé, s'en vint avec deux thuriféraires bénir l'oiseau, et la fanfare de la gendarmerie interpréta un air enjoué, sans prétention, pour faire plaisir à tout le monde. La police montée, armée de lances, eut du mal à contenir la foule à distance du centre de l'esplanade où se tenait Marcos, vêtu d'une combinaison de mécanicien, avec de grosses lunettes d'automobiliste et son casque colonial d'explorateur. Pour ce vol, il emportait, outre sa boussole, une longue-vue et d'étranges cartes de navigation aérienne qu'il avait lui-même tracées en se basant sur les théories de Léonard de Vinci et les connaissances astrales des Incas. Contre toute logique, dès la seconde tentative, l'oiseau s'éleva sans coup férir, et même avec une certaine élégance, au milieu des craquements de son squelette et des râles enroués de son moteur. Il monta en battant des ailes et se perdit parmi les nuages, salué par un concert de vivats, de sifflets, de mouchoirs et de drapeaux, de roulements de fanfare et d'aspersions d'eau bénite. A terre ne restèrent plus que les commentaires de la multitude émerveillée et ceux des hommes instruits qui tentaient de fournir une explication rationnelle du miracle. Clara continua de scruter le ciel bien après que son oncle fut devenu invisible. Elle crut le discerner dix minutes plus tard, mais ce n'était qu'un moineau de passage. Au bout de trois jours, l'euphorie suscitée par le premier vol en aéroplane du pays se dissipa et nul ne repensa à cet épisode, hormis Clara qui inlassablement sondait le firmament.

Au bout d'une semaine sans nouvelles de l'oncle volant, on supposa qu'il s'était élevé jusqu'à se perdre dans les espaces sidéraux et les plus ignares spéculèrent sur l'idée qu'il allait atteindre la lune. Severo, avec un mélange de tristesse et de soulagement, décida que son beau-frère s'était écrasé avec sa machine en quelque crevasse de la cordillère où on ne le retrouverait jamais. Nivea pleura inconsolablement et mit quelques cierges à saint Antoine, patron des objets perdus. Severo s'opposa à l'idée de faire dire des messes, car il ne croyait pas en ce moyen pour gagner le ciel, et encore bien moins pour en redescendre, et il soutenait que les messes et les offrandes, tout comme les indulgences et le trafic d'images pieuses et de scapulaires, n'étaient qu'un commerce malhonnête. Sur ces attendus, Nivea et la nounou mirent tous les enfants à réciter leur rosaire en cachette neuf jours durant. Entre-temps, les équipes de guides et d'andinistes volontaires le recherchèrent inlassablement à travers pics et précipices de la cordillère, sillonnant un à un tous les sentiers accessibles, pour s'en revenir enfin triomphants et rapporter à la famille la dépouille mortelle dans un modeste et noir cercueil scellé. On inhuma l'intrépide voyageur en de grandioses funérailles. Sa mort le métamorphosa en héros et son nom fit plusieurs jours de suite les gros titres de tous les journaux. La même foule qui s'était rassemblée pour le saluer lorsqu'il s'était élevé à bord de l'oiseau défila devant son catafalque. Toute la famille le pleura comme il le méritait, hormis Clara qui continuait à sonder le ciel avec une persévérance d'astronome. Une semaine après les obsèques, sur le seuil même de la demeure de Nivea et Severo del Valle apparut en personne oncle Marcos, en chair et en os, un joyeux sourire entre ses moustaches de pirate. Grâce aux rosaires clandestins des femmes et des enfants, comme il le reconnut lui-même, il était en vie et en possession de toutes ses facultés, y compris celle de la bonne humeur. Malgré la prestigieuse origine de ses cartes aériennes, le vol avait été un échec, l'aéroplane était perdu et il avait dû s'en revenir à pied, mais il s'en tirait sans une côte cassée et gardait intact son esprit aventureux. Le culte familial à saint Antoine en sortit définitivement consolidé mais l'exemple ne servit de rien aux générations suivantes qui tentèrent à leur tour de voler avec divers moyens. Légalement, néanmoins, Marcos était un cadavre. Severo del Valle dut mettre à profit toute sa connaissance des lois pour rendre son beau-frère à la vie et à sa condition de citoyen. En ouvrant le cercueil devant les autorités compétentes, on constata qu'on n'avait inhumé qu'un sac de sable. Le fait entacha le prestige, jusqu'alors immaculé, des guides et andinistes volontaires : à compter de ce jour, on les considéra comme des moins que rien.

L'héroïque résurrection de Marcos avait fini par faire oublier à tout un chacun l'histoire de l'orgue de Barbarie. On se reprit à l'inviter dans tous les salons de la ville et, du moins pour un temps, on se réclama de lui. Marcos vécut chez sa sœur pendant quelques mois. Une nuit, il partit sans dire adieu à personne, laissant là ses malles, ses livres, ses armes, ses bottes et tout son barda. Severo et jusqu'à Nivea poussèrent un soupir de soulagement. Son dernier séjour avait par trop duré. Mais Clara en fut si affectée qu'elle passa toute une semaine à marcher comme une somnambule en suçant son pouce. La fillette, alors âgée de sept ans, avait appris à déchiffrer les livres d'histoires de son oncle et se sentait plus proche de lui qu'aucun autre membre de la famille, à cause de ses capacités divinatoires. Marcos soutenait que l'extraordinaire faculté de sa nièce pouvait être source de revenus, et une bonne occasion de développer ses propres dons de double vue. Il avait une théorie selon laquelle cette disposition existait chez tous les êtres humains, notamment chez ceux de sa lignée, et que, si elle ne donnait pas toute son efficacité, ce n'était que faute d'entraînement. Il fit au Marché Persan l'emplette d'une boule de cristal qui, selon lui, recelait des propriétés magiques et provenait d'Orient, bien qu'on apprît plus tard qu'il ne s'agissait que d'un flotteur de bateau de pêche, il la posa sur un carré de velours noir et proclama qu'il était à même de lire l'avenir, de guérir du mauvais œil, de deviner le passé et d'améliorer la qualité des rêves, le tout pour cinq centavos. Ses premières clientes furent les servantes du voisinage. L'une d'elles avait été accusée de vol, sa patronne ayant égaré une bague. La boule de cristal indiqua l'endroit où se trouvait le bijou : il avait roulé sous une armoire. Le lendemain, on faisait queue à la porte de la maison. Rappliquèrent les cochers, les marchands, les laitiers et les porteurs d'eau, plus tard firent discrètement leur apparition quelques employés municipaux et des dames distinguées qui rasaient subrepticement les murs pour ne pas être reconnues. La clientèle était réceptionnée par la nounou qui l'installait en bon ordre dans l'antichambre et qui percevait les honoraires. Cette tâche l'occupait pour ainsi dire tout le jour et en vint à l'absorber tant et si bien qu'elle en délaissa ses travaux de cuisinière, et la famille se mit à protester qu'il n'y eût plus pour dîner que des fayots suris et de la gelée de coings. Marcos aménagea la remise avec des rideaux râpés qui avaient appartenu autrefois au salon mais que l'abandon et la décrépitude avaient transformés en chiffons à poussière. C'est là qu'il recevait en compagnie de Clara. Les deux devins arboraient des tuniques « de la couleur des êtres de lumière », ainsi que Marcos désignait le jaune. La nounou avait teint les tuniques avec du safran en poudre, en les mettant à bouillir dans le pot-au-feu. Outre sa tunique, Marcos portait un turban noué sur sa tête et une amulette égyptienne suspendue à son cou. Il s'était laissé pousser la barbe et les cheveux, et était plus maigrichon que jamais. Marcos et Clara se révélaient tout à fait convaincants, d'autant que la fillette n'avait nul besoin de regarder la boule de cristal pour deviner ce que chacun voulait s'entendre dire. Elle le soufflait à l'oreille d'oncle Marcos qui transmettait le message au client et improvisait les conseils qui lui paraissaient adéquats. Ainsi se répandit leur renommée, car ceux qui arrivaient tristes et accablés à la consultation en ressortaient remplis d'espoir, les amoureux mal payés de retour obtenaient des prescriptions pour séduire le cœur insensible et les pauvres emportaient avec eux d'infaillibles martingales pour parier aux courses du cynodrome. L'affaire devint si prospère que l'antichambre était toujours archibourrée et la nounou commença à avoir des vertiges à force de rester debout. En l'occurrence, Severo n'eut nul besoin d'intervenir pour mettre un terme à l'entreprise d'imprésario de son beau-frère, car les deux devins, se rendant compte que leur savoir faire ne pouvait en rien infléchir le destin d'une clientèle qui prenait leurs paroles au pied de la lettre, prirent peur et décrétèrent que ce n'était là qu'un office de tricheurs. Ils quittèrent l'oracle de la remise et se répartirent équitablement les gains, quoique la seule à être en réalité intéressée à l'aspect matériel de l'affaire fût la nounou.

De tous les frères et sœurs del Valle, c'était Clara qui faisait montre du plus d'endurance et d'intérêt à écouter les histoires de son oncle. Elle pouvait répéter chacune, savait de mémoire plusieurs vocables en dialectes d'indiens exotiques, elle connaissait leurs coutumes et était capable de décrire la façon dont ils se transperçaient les lèvres et les lobes des oreilles avec des bouts de bois, ainsi que tous les rites d'initiation et les noms des serpents les plus venimeux avec leurs antidotes. Son oncle était d'une éloquence telle qu'elle en venait à sentir dans sa propre chair la cuisante morsure des vipères, à voir le reptile se dérouler sur le paillasson entre les pieds de la barrière de palissandre et à entendre les cris des cacatoès à travers les tentures du salon. Elle se rappelait sans hésitations le périple de Lope de Aguirre dans sa quête de l'Eldorado, les noms imprononçables de la flore et de la faune découvertes ou inventées par son oncle mirifique, elle savait des lamas qui boivent du thé salé au saindoux de yack et pouvait dépeindre en détail les opulentes aborigènes de Polynésie, les rizières de Chine ou les blanches pénéplaines des pays nordiques où le gel éternel tue bêtes et hommes qui ne font pas attention en les pétrifiant en l'espace de quelques minutes. Marcos avait plusieurs journaux de bord où il consignait ses souvenirs et impressions, ainsi qu'une série de cartes, de récits d'aventures et même de contes de fées qu'il conservait à l'intérieur de ses malles dans le débarras à vieilles frusques au fond de la troisième cour de la maison. Ils en sortirent pour peupler les rêves de ses descendants jusqu'à ce qu'on les brûlât par erreur, un demi-siècle plus tard, sur un infâme bûcher.

De son ultime voyage, Marcos s'en revint dans un cercueil. Il était mort d'une mystérieuse peste africaine qui l'avait tout ratatiné et jauni comme un parchemin. Se sentant malade, il avait entrepris le voyage de retour dans l'espoir que les soins de sa sœur et la science du docteur Cuevas lui rendraient jeunesse et santé, mais il ne résista pas aux soixante jours de traversée en bateau et en vue de Guayaquil, il mourut consumé de fièvre, délirant à propos de femmes musquées et de trésors cachés. Le capitaine du bateau, un Anglais nommé Longfellow, faillit le balancer à la mer enveloppé dans un drap, mais Marcos s'était fait tant d'amis et avait séduit tant de femmes à bord du transatlantique, malgré son aspect jivaroïsé et son délire, que les passagers s'interposèrent et que Longfellow dut l'entreposer avec les provisions de légumes frais du cuisinier chinois, afin de le préserver de la chaleur et des moustiques tropicaux, jusqu'à ce que le charpentier du bord lui eût fabriqué une caisse de fortune. Au Callao, ils se procurèrent un cercueil convenable et quelques jours plus tard, le capitaine, furieux des contretemps que ce passager avait occasionnés à la Compagnie de Navigation comme à lui-même personnellement, le déchargea sans ménagements sur le quai, surpris que personne ne se présentât pour le réclamer et régler les suppléments. Il devait apprendre par la suite que sous ces latitudes, le courrier n'était pas aussi fiable qu'en sa lointaine Angleterre et que ses télégrammes s'étaient volatilisés en cours de route. Fort opportunément pour Longfellow surgit un agent des douanes qui connaissait la famille del Valle et qui s'offrit à prendre l'affaire en main, mettant Marcos et son inextricable fourniment sur une voiture de fret et l'acheminant vers la capitale au seul domicile fixe qu'on lui connaissait : chez sa sœur.

C'eût été pour Clara l'un des plus douloureux moments de sa vie si Barrabás n'était arrivé pêle-mêle avec le barda de son oncle. Sans prêter cas au charivari qui régnait dans la cour, son instinct la mena directement jusqu'au recoin où l'on avait laissé tomber la cage. A l'intérieur, il y avait Barrabás. Ce n'était qu'un tas d'osselets couverts de poils d'une teinte indéfinie, semé de plaques de pelade infectées, un œil clos et l'autre chassieux, figé comme un cadavre dans ses propres immondices. En dépit de son aspect extérieur, la fillette n'eut aucun mal à l'identifier :

« Un petit chien! » piailla-t-elle.

Elle prit l'animal en charge. Elle le sortit de la cage, le serra contre elle et le berça, parvint avec des attentions de petite missionnaire à verser un peu d'eau dans sa truffe enflée et calcinée. Nul ne s'était soucié de l'alimenter depuis que le capitaine Longfellow qui, comme tous les Anglais, s'occupait beaucoup mieux des bêtes que des humains, l'avait déposé sur le quai avec les bagages. Tant que le chien s'était trouvé à bord avec son maître moribond, le capitaine l'avait nourri de ses propres mains et promené sur le pont, lui prodiguant tous les soins dont il avait été avare avec Marcos, mais une fois à terre, on l'avait traité comme faisant partie du barda. Clara devint une mère pour l'animal sans que personne lui disputât ce douteux privilège, et elle parvint à le rendre à la vie. Ce n'est que deux jours plus tard, une fois retombée la tornade de l'arrivée du cadavre et des funérailles d'oncle Marcos, que Severo remarqua la boule de poils que sa fille tenait dans les bras.

« Qu'est-ce que c'est que ça? demanda-t-il.

— Barrabás, répondit Clara.

— Va le confier au jardinier pour qu'il s'en débarrasse, ordonna Severo. Il risque de nous coller quelque sale maladie. »

Mais Clara l'avait adopté.

« Il est à moi, papa. Si tu me l'enlèves, je jure que je m'arrête de respirer et que je meurs. »

Il resta donc à la maison. Bientôt, il courut partout, dévorant les franges des rideaux, les tapis, les pieds des meubles. Il se remit de son agonie avec célérité et commença à forcir. En le baignant, on sut qu'il était noir, qu'il avait la tête carrée, le poil court et les pattes démesurément longues. La nounou suggéra qu'on lui sectionnât la queue afin de le faire ressembler à un chien de race, mais Clara piqua une quinte qui dégénéra en crise d'asthme, et nul ne revint là-dessus. Barrabás conserva sa queue intacte et, avec le temps, celle-ci en arriva à atteindre la dimension d'un club de golf, animée de mouvements incontrôlables qui balayaient les porcelaines des tables et renversaient les abat-jour. Il était d'une espèce inconnue. Il n'avait rien de commun avec les corniauds qui erraient dans la rue, et moins encore avec les spécimens de pure race qu'élevaient certaines familles aristocratiques. Le vétérinaire ne put dire quelle était son origine et Clara émit l'hypothèse qu'il venait de Chine, dans la mesure où une bonne part du contenu des bagages de son oncle se composait de souvenirs de ce lointain pays. Il faisait preuve d'une capacité de croissance illimitée. A six mois, il avait atteint la taille d'une brebis, à un an les proportions d'un poulain. La famille au désespoir se demandait où il s'arrêterait et commençait à douter que ce fût vraiment un chien, on présuma qu'il pouvait s'agir de quelque animal exotique chassé par l'oncle explorateur en quelque contrée reculée du monde, et qui pouvait s'avérer féroce à l'état sauvage. Nivea considérait ses pattes griffues d'alligator et ses crocs affilés, et son cœur de mère frémissait à l'idée que cette bête était bien capable d'arracher d'un coup de dent la tête d'un adulte, à plus forte raison celle de n'importe lequel de ses enfants. Mais Barrabás ne faisait montre d'aucune férocité, bien au contraire. Il s'ébattait comme un chaton. Il avait d'abord dormi dans les bras de Clara, dans son propre lit, la tête sur l'oreiller de plume et couvert jusqu'au menton, car il était frileux, mais, par la suite, quand il ne rentra plus dans le lit, il s'allongea par terre à côté d'elle, son chanfrein de cheval posé contre la main de la fillette. Jamais on ne le vit aboyer ni grogner. Il était noir et silencieux comme une panthère, il aimait le jambon et les fruits confits, et chaque fois qu'on recevait des visites et oubliait de l'enfermer, il pénétrait subrepticement dans la salle à manger et faisait le tour de la table en prélevant délicatement dans les assiettes ses amuse-gueule préférés, sans qu'aucun des convives osât l'en empêcher. En dépit de sa douceur de jouvencelle, Barrabás inspirait la terreur. Les fournisseurs fuyaient en toute hâte quand il se montrait côté rue et sa présence sema un jour la panique parmi les femmes qui faisaient queue devant la voiture du laitier, effrayant le percheron de trait qui partit comme une flèche au milieu d'un fracas de bidons de lait renversés sur la chaussée. Severo dut payer tous les dégâts et ordonna que le chien fût attaché dans la cour, mais Clara eut à nouveau une de ses crises de nerfs et la décision fut ajournée *sine die*. L'imagination populaire et l'ignorance où l'on était de sa race conférèrent à Barrabás des caractéristiques mythologiques. On racontait qu'il n'avait cessé de grandir et que si la barbarie d'un boucher n'avait mis fin à ses jours, il eût fini par atteindre la taille d'un chameau. Les gens le croyaient issu du croisement d'un chien et d'une jument, ils pensaient qu'il pouvait lui venir des ailes, des cornes, un souffle sulfureux de dragon, à l'image des bêtes que brodait Rosa sur son interminable nappe. La nounou, lassée de ramasser la porcelaine brisée et d'entendre cancaner qu'il se changeait en loup par les nuits de pleine lune, recourut au même procédé qu'avec le perroquet, mais l'overdose d'huile de foie de morue ne le tua point, tout au plus lui flanqua-t-elle une foirade de quatre jours qui recouvrit la maison de haut en bas et qu'elle dut nettoyer elle-même.

Les temps étaient durs. J'avais alors dans les vingt-cinq ans, mais on aurait dit qu'il me restait bien peu de vie devant moi pour me façonner un avenir et occuper la position à laquelle j'aspirais. Je travaillais comme un bœuf et les rares fois où je m'asseyais pour souffler, contraint par l'ennui de quelque dimanche, je sentais que j'étais en train de

35

perdre de précieux instants et que chaque minute d'oisiveté était un siècle supplémentaire loin de Rosa. Je logeais à la mine dans une cabane de planches au toit de tôle que je m'étais bricolée de mes mains avec l'aide de deux ouvriers. C'était une pièce unique de forme carrée où je casai toutes mes affaires, percée d'une lucarne sur chaque mur afin de ventiler la touffeur du jour, avec des abattants pour les clore, la nuit venue, quand se ruait le vent glacial. En tout et pour tout, mon mobilier se composait d'un tabouret, d'un lit de camp, d'une table rustique, d'une machine à écrire et d'un coffre-fort mastoc que j'avais dû acheminer à dos de mule à travers le désert, et où je gardais la paie des mineurs, quelques papiers et un sachet de toile où brillaient les minuscules parcelles d'or qui représentaient le fruit de tant d'efforts. Rien là de bien confortable, mais je m'étais déjà fait à l'inconfort. Jamais je ne m'étais lavé à l'eau chaude et je ne conservais de mon enfance que des souvenirs de froid, de solitude, d'estomac perpétuellement creux. Là je mangeai, dormis, écrivis deux années durant, sans autre distraction qu'une poignée de livres lus et relus, une pile de journaux périmés, quelques textes en anglais que je mis à profit pour m'initier aux rudiments de cette belle langue, et une boîte fermant à clef où je rangeais la correspondance que j'entretenais avec Rosa. J'avais pris l'habitude de lui écrire à la machine, en gardant pour moi des doubles que je classais par dates d'envoi avec les rares missives que je reçus d'elle. Je mangeais la même gamelle que l'on préparait à l'intention des mineurs et j'avais prohibé la distribution d'alcool dans la mine. Je n'en avais point non plus chez moi, car j'ai toujours pensé que la solitude et le cafard finissent par faire de l'homme un alcoolique invétéré. Peut-être est-ce le souvenir de mon père, le col déboutonné, la cravate dénouée et maculée de taches, les yeux troubles et l'haleine chargée, un verre à la main, qui m'a conduit à ne pas boire. Je ne tiens pas très bien l'alcool, je suis vite soûl. J'en fis la découverte à seize ans et ne suis pas près de l'oublier. Un jour, ma petite-fille m'a demandé comment j'avais pu vivre seul tout ce temps-là, si loin de la civilisation. Je l'ignore. En fait, cela devait m'être plus facile qu'à d'autres, car je ne suis pas quelqu'un de très sociable, je n'ai pas beaucoup d'amis et je n'apprécie guère les fêtes et tout le tralala, au contraire je me sens mieux seul dans mon coin. J'ai beaucoup de mal à être intime avec les gens. En ce temps-là, je n'avais pas encore vécu avec une femme, aussi ne pouvais-je languir après quelque chose que je ne connaissais pas. Je n'étais pas un coureur, je ne l'ai jamais été, je suis de nature fidèle, quoiqu'il suffise de l'ombre d'un bras, de la courbe d'une hanche, d'une flexion de genou de femme pour que me viennent aujourd'hui encore des idées, alors que je suis si vieux qu'à me regarder dans la glace je ne me remets pas moi-même. J'ai l'air d'un tronc tout tordu. Je ne vais pas chercher à justifier mes péchés de jeunesse en racontant que j'étais incapable de contenir l'impétuosité de mes désirs, loin de là. A cet âge, j'étais habitué aux relations sans lendemain avec les femmes de mœurs légères, car je n'avais guère de possibilités avec les autres. De mon temps, on faisait la différence entre les honnêtes femmes et le reste, et parmi les honnêtes on distinguait entre sa propre femme et celles des autres. L'amour ne m'avait jamais effleuré avant de connaître Rosa, le romantisme me paraissait aussi dangereux que superflu, et s'il m'arriva de trouver telle ou telle mignonne à mon goût, je ne m'aventurai pas à m'en approcher, par peur d'une rebuffade et du ridicule. J'ai été très orgueilleux et, à cause de cet orgueil, j'ai plus souffert que les autres.

Bien plus d'un demi-siècle s'est écoulé depuis lors, mais j'ai encore gravé dans la mémoire l'instant précis où Rosa la belle est entrée dans ma vie comme un ange distrait qui, en passant, chaparda mon âme. Elle allait en compagnie de la nounou et d'une autre enfant, probablement quelque plus jeune sœur. Je crois bien qu'elle portait une robe couleur lilas, mais je n'en suis pas sûr, je n'ai pas l'œil pour les fanfreluches, et d'ailleurs elle était si belle que même revêtue d'une cape d'hermine, je n'aurais pu détacher les yeux de son visage. D'ordinaire, je ne tombe pas en arrêt devant les femmes, mais il aurait fallu être complètement taré pour ne pas contempler cette apparition qui soulevait un tumulte sur son passage et causait des embouteillages, avec ces extraordinaires cheveux verts qui rehaussaient son visage comme un drôle de chapeau, son port de fée et cette façon de se mouvoir comme si elle était en train de voler. Elle passa devant moi sans me voir et entra en planant dans la confiserie de la place d'Armes. Je restai planté dans la rue, interdit, cependant qu'elle achetait des bonbons à l'anis, les sélectionnant un à un avec un rire de clochette, s'en fourrant plusieurs dans la bouche et en offrant d'autres à sa sœur. Je ne fus pas le seul à être hypnotisé, en l'espace de quelques minutes il se forma un petit attroupement d'hommes à l'affût devant la vitrine. Alors je me décidai. Il ne m'effleura pas que j'étais à cent lieues d'être le prétendant idéal pour cette jeune beauté céleste : sans fortune, loin d'être beau gosse, je n'avais devant moi qu'un avenir incertain. Et je ne la connaissais même pas! Mais j'étais ébloui et je décrétai sur-le-champ qu'elle était la seule femme digne de devenir mon épouse, et que si je ne pouvais la faire mienne, je préférerais encore le célibat. Je la suivis tout au long du chemin qui la reconduisait chez elle. Je montai dans le même tramway et pris place derrière elle sans pouvoir détacher mes yeux de sa nuque parfaite, de l'arrondi de son cou, de ses douces épaules caressées par les boucles vertes échappées de sa coiffure. Je ne sentis pas le tramway s'ébranler, j'allais comme dans un rêve. Soudain, elle se faufila entre les sièges, et, passant à côté de moi, ses étonnantes pupilles d'or s'arrêtèrent un instant sur les miennes. Je crois que je rendis l'âme sur l'instant. Je ne pouvais plus respirer, mon pouls avait cessé de battre. Quand je me fus ressaisi, je dus sauter en marche sur le trottoir au risque de me casser quelque chose, puis me précipiter vers la rue qu'elle avait empruntée. Je devinai où elle habitait en apercevant une manche couleur lilas disparaître derrière un portail. Depuis ce jour-là, j'ai monté la garde devant chez elle, déambulant dans la rue comme un chien abandonné, espionnant, subornant le jardinier, liant conversation avec les domestiques, jusqu'à obtenir de parler à la nounou, et elle, sainte femme, me prit en pitié et accepta de lui faire parvenir les billets d'amour, les fleurs et les innombrables boîtes de bonbons à l'anis avec quoi je tentai de gagner son cœur. Je lui adressai aussi des acrostiches. Je ne sais pas faire des vers, mais il y avait un libraire espagnol qui était un génie de la rime, chez qui je faisais confectionner poèmes, chansons, toutes choses à base d'encre et de papier. Ma sœur Férula m'aida à approcher la famille del Valle en découvrant quelque lointain apparentement entre nos noms et en cherchant l'occasion de tirer notre chapeau à la sortie de la messe. C'est ainsi que je pus rendre visite à Rosa. Le jour où je fis mon entrée chez elle et l'eus enfin à portée de voix, je ne trouvai rien à lui dire. Je restai coi, le chapeau à la main et la bouche ouverte, jusqu'à ce que ses parents, qui connaissaient ce genre de symptômes, vinssent à mon secours. Je ne sais ce que Rosa put bien me trouver, ni pourquoi, avec le temps, elle envisagea de m'épouser. Je réussis à devenir officiellement son fiancé sans avoir à accomplir aucune prouesse surnaturelle, car malgré sa beauté extra-terrestre et ses vertus sans nombre, Rosa n'avait pas de prétendants. Sa mère m'en fournit l'explication : elle me confia qu'aucun homme ne se sentait de force à passer sa vie à défendre Rosa de la convoitise des autres hommes. Beaucoup lui avaient tourné autour, perdant pour elle la raison, mais jusqu'à ce que je fusse apparu à l'horizon, nul ne s'était décidé. Sa beauté terrorisait, aussi l'admiraient-ils à distance, sans l'approcher. En vérité, je n'y avais jamais réfléchi. Mon seul problème était que je n'avais pas un peso devant moi, mais, par la force de l'amour, je me sentais capable de devenir un homme riche. Je regardai tout autour de moi en quête du plus court chemin, dans les limites de l'honnêteté où l'on m'avait éduqué, et constatai que pour réussir il me fallait des protections, des études spécialisées ou bien un capital. Il ne suffisait pas de porter un nom respectable. Je présume que si j'avais eu de l'argent au départ, je l'aurais joué aux cartes ou aux courses, mais comme ça n'était pas le cas, je dus songer à travailler dans quelque chose qui fût à même, malgré les risques, de me procurer la fortune. Les mines d'or et d'argent étaient alors le rêve des aventuriers : elles pouvaient les faire sombrer dans la misère, succomber à la tuberculose ou bien les métamorphoser en hommes tout-puissants. Question de chance. J'obtins une concession minière dans le Nord grâce au crédit attaché au nom de ma mère, qui me servit à obtenir la caution de la Banque. Je m'assignai fermement pour objectif d'en extraire jusqu'au dernier gramme de précieux métal, dussé-je pour ce faire pressurer la colline de mes propres mains et moudre les blocs à coups de talon. Pour Rosa j'y étais prêt, et à bien davantage encore.

Au déclin de l'automne, alors que la famille s'était rassérénée sur les intentions du père Restrepo qui avait dû calmer ses ardeurs d'inquisiteur depuis que l'évêque en personne l'avait prévenu de laisser la petite Clara del Valle en paix, et alors que tous s'étaient faits à l'idée qu'oncle Marcos était bel et bien mort, commencèrent à prendre corps les projets politiques de Severo. Il avait œuvré des années à cette fin. Ce fut son heure de gloire quand on le convia à se porter candidat du Parti libéral aux élections législatives, pour représenter une province du Sud où il n'avait jamais mis les pieds et qu'il aurait eu bien du mal à situer sur la carte. Le Parti avait grand besoin de gens et Severo avait grande envie d'occuper un siège au Congrès, si bien qu'ils n'eurent aucune peine à convaincre les obscurs grands électeurs du Sud de désigner Severo comme leur porte-drapeau. L'appel fut corroboré par un cochon rôti expédié par les grands électeurs au domicile de la famille del Valle. Il s'y rendit sur un ample plateau de bois brillant et odorant, du persil dans les naseaux et une carotte dans le cul, reposant sur un lit de tomates. Une grosse couture lui zébrait la panse, farcie de perdrix elles-mêmes farcies aux pruneaux. Il arriva accompagné d'une bonbonne contenant un demi-gallon de la meilleure eau-de-vie du pays. L'idée de devenir député ou, mieux encore, sénateur, était un rêve caressé depuis belle lurette par Severo. Il avait tout manigancé dans ce but par un minutieux travail de relations, d'amitiés, de conciliabules, d'apparitions publiques discrètes mais efficaces, avec de l'argent aussi et des services rendus aux personnes ad hoc au moment où il le fallait. Cette province australe, quoique reculée et ignorée de tous, comblait son attente.

Le mardi fut le jour du cochon. Le vendredi, quand du cochon ne restaient plus que la couenne et les os que Barrabás rongeait au jardin, Clara annonça qu'il allait y avoir un autre mort à la maison.

« Mais ce sera un mort pour un autre », précisa-t-elle.

Le samedi, elle passa une mauvaise nuit et en émergea en hurlant. La nounou lui servit une infusion de tilleul et nul n'y prêta cas, tout le monde étant absorbé par les préparatifs du voyage paternel dans le Sud, et aussi à cause de la belle Rosa qui s'était réveillée avec de la fièvre. Nivea ordonna qu'on laissât Rosa au lit et le docteur Cuevas dit que ça n'était rien de grave, qu'il fallait lui donner une citronnade tiède et bien sucrée avec un filet de digestif, pour lui faire transpirer toute sa température. Severo s'en vint voir sa fille et la trouva pleine de rougeurs et les yeux brillants, enfoncée dans les dentelles beurre-frais de ses draps. Il lui remit en cadeau un carnet de bal et autorisa la nounou à ouvrir la bonbonne d'eau-de-vie et à lui en verser dans sa citronnade. Rosa absorba la citronnade, s'emmitoufla dans son châle de laine et sombra aussitôt dans le sommeil aux côtés de Clara avec qui elle partageait la même chambre.

A l'aube du dimanche tragique, la nounou se leva tôt comme à son habitude. Avant de se rendre à la messe, elle alla à la cuisine préparer le petit déjeuner familial. La cuisinière à bois et à charbon était restée chargée de la veille et elle alluma l'âtre avec les braises de la cendre encore chaude. Cependant que l'eau chauffait et que bouillait le lait, elle apprêta les assiettes de façon à les porter à la salle à manger. Elle se mit à faire cuire les flocons d'avoine, à passer le café, à griller le pain. Elle disposa deux plateaux, un pour Nivea qui prenait toujours son petit déjeuner au lit, et l'autre pour Rosa qui, étant malade, y avait également droit. Elle couvrit le plateau de Rosa d'une serviette de lin brodée par les sœurs afin d'empêcher le café de refroidir et les mouches de s'y poser, puis elle passa la tête dans la cour pour vérifier que Barrabás n'était pas dans les parages. Ça le démangeait de lui sauter dessus chaque fois qu'elle passait avec le petit déjeuner. Elle l'aperçut tout occupé à jouer avec une poule et elle en profita pour sortir et entamer un long itinéraire au fil des cours et des passages couverts, depuis la cuisine, au fin fond de la demeure, jusqu'à la chambre des filles à l'autre extrémité. Devant la porte de Rosa, elle hésita, sous le coup d'un irrépressible pressentiment. Elle entra dans sa chambre sans s'annoncer, comme à son habitude, et remarqua aussitôt que ça sentait un parfum de roses, bien que ce ne fût pas la saison. Alors la nounou sut qu'il était arrivé un irréparable malheur. Elle déposa avec soin le plateau sur la table de nuit et se dirigea lentement vers la fenêtre. Elle ouvrit les lourds rideaux et le soleil pâle du petit matin pénétra dans la chambre. Elle se retourna, remplie d'angoisse, et ne fut pas surprise de découvrir sur le lit Rosa morte, plus belle que jamais avec ses cheveux irrévocablement verts, sa peau de jeune ivoire, ses yeux du même jaune que le miel et grands ouverts. Au pied du lit se tenait la petite Clara, contemplant sa sœur. La nounou s'agenouilla près du lit, s'empara de la main de Rosa et se mit à prier. Elle pria sans interruption jusqu'au moment où se fit entendre d'un bout à l'autre de la maison une longue et pénible plainte de navire en perdition. Ce fut la première et dernière fois que Barrabás donna de la voix. Il hurla à la mort toute la sainte journée, jusqu'à briser les nerfs de la maisonnée et de tout le voisinage qui accourut, attiré par ce gémissement de naufrage.

Le docteur Cuevas n'eut besoin de jeter qu'un coup d'œil sur le corps de Rosa pour deviner que la mort résultait de quelque chose de bien plus grave qu'une fièvre de rien du tout. Il se mit à fureter de tous côtés, inspecta la cuisine, passa le doigt dans les casseroles, ouvrit les sacs de farine, les paquets de sucre, les boîtes de fruits secs, mit toutes choses sens dessus dessous et les laissa éparpillées comme après le passage d'un ouragan. Il fourgonna dans les tiroirs de Rosa, interrogea les domestiques un à un, accusa la nounou jusqu'à la mettre hors de ses gonds, et ses investigations le conduisirent finalement jusqu'à la bonbonne d'eau-de-vie qu'il confisqua d'autorité. Il ne s'ouvrit à personne de ses doutes, mais emporta la dame-jeanne à son laboratoire. Trois heures plus tard, il était de retour avec une expression d'horreur qui transformait sa rubiconde figure de faune en un masque blafard dont il ne se départit plus durant toute cette terrible affaire. Il se dirigea vers Severo, lui empoigna le bras et le prit à part :

« Il y avait assez de poison dans ce tord-boyaux pour terrasser un taureau, lui dit-il de but en blanc. Mais pour être certain que c'est bien cela qui a tué la fillette, j'ai besoin de procéder à une autopsie.

– Vous voulez dire que vous allez l'ouvrir ? gémit Severo.

– Pas complètement. Je ne toucherai pas à la tête, seulement à l'appareil digestif », exposa le docteur Cuevas.

Severo se sentit défaillir.

A cette heure, Nivea n'en pouvait plus de pleurer, mais lorsqu'elle réalisa qu'on avait l'intention d'emporter sa fille à la morgue, elle recouvra d'un coup toute son énergie. Elle ne se calma que contre promesse qu'on conduirait directement Rosa de la maison au Cimetière catholique. Alors elle accepta de prendre le laudanum que lui administra le médecin et elle dormit vingt heures d'affilée.

Le soir venu, Severo prit toutes les dispositions requises. Il expédia ses enfants au lit et autorisa les domestiques à se retirer tôt. Quant à Clara, trop impressionnée par ce qui venait d'avoir lieu, il lui permit d'aller passer la nuit dans la chambre d'une autre de ses sœurs. Alors que toutes les lumières s'étaient éteintes et que la demeure baignait dans la quiétude, débarqua l'assistant du docteur Cuevas, un jeune gringalet bigleux qui bégayait en parlant. Tous deux aidèrent Severo à transporter le corps de Rosa à la cuisine et le déposèrent avec délicatesse sur le marbre où la nounou pétrissait le pain et coupait les légumes. En dépit de sa force de caractère, Severo ne put supporter le moment où ils ôtèrent la chemise de nuit de sa fille et où se révéla sa splendide nudité de sirène. Il sortit en titubant, ivre de douleur, et s'effondra au salon, sanglotant comme un mouflet. Le docteur Cuevas, qui avait vu naître Rosa et la connaissait comme la paume de sa main, tressaillit lui aussi à la voir ainsi dévêtue. Le jeune assistant, pour sa part, en eut le souffle coupé et continua d'en perdre le souffle, tout au long des années qui suivirent, chaque fois qu'il se remémorait l'extraordinaire vision de Rosa endormie sur la table de travail de la cuisine, sa longue chevelure tombant comme une cascade végétale jusqu'à terre.

Tandis qu'ils travaillaient à leur terrible besogne, la nounou, hébétée de pleurs et de prières, pressentant que quelque chose de louche était en train de se perpétrer dans son fief de la troisième cour, se leva, se couvrit d'un châle et partit sillonner la maison. Elle aperçut de la lumière dans la cuisine, mais la porte et les volets étaient clos. Elle poursuivit le long des galeries silencieuses et glacées, traversant les trois corps de bâtiment jusqu'à accéder au salon. Par la porte entrebâillée, elle discerna son patron qui arpentait la pièce d'un air accablé. Le feu dans la cheminée s'était éteint. La nounou entra.

« Où est notre petite Rosa? demanda-t-elle.

– Le docteur Cuevas est avec elle, nounou. Reste donc ici et bois un coup avec moi », la supplia Severo.

La nounou demeura debout, ses bras croisés serrant le châle contre sa poitrine. Severo lui désigna le canapé et elle s'approcha avec timidité. Elle prit place à ses côtés. C'était la première fois depuis qu'elle vivait sous ce toit qu'elle se tenait si près du patron. Severo servit un verre de xérès à chacun et but le sien d'un trait. Il enfouit sa tête entre ses doigts, s'arrachant les cheveux et marmonnant entre ses dents une incompréhensible et triste litanie. La nounou, assise toute droite au bord du canapé, sortit de sa réserve en le voyant pleurer. Elle tendit sa main rugueuse et, d'un geste mécanique, lui repeigna les cheveux avec cette même caresse dont elle avait vingt ans durant consolé les enfants. Il leva les yeux et considéra ce visage sans âge, ces pommettes indiennes, ce noir chignon, cet ample giron où il avait vu gémir et dormir toute sa progéniture, et il eut l'impression que cette femme réchauffante et généreuse comme la terre saurait le consoler. Il posa le front sur ses genoux, respira la suave odeur de son tablier amidonné et éclata en sanglots comme un gosse, pleurant toutes les larmes qu'il avait contenues durant toute sa vie d'homme. La nounou lui grattouilla le dos, lui administra des petites tapes de consolation, lui parla dans ce langage de bébé qu'elle employait pour endormir les enfants, et lui chantonna dans un murmure ses ballades paysannes, jusqu'à ce qu'il fût calmé. Ils demeurèrent assis tout près l'un de l'autre à boire du xérès, à pleurer par intervalles et à se remémorer les temps heureux où Rosa courait à travers le jardin, ébahissant les papillons par sa beauté de fonds marins.

A la cuisine, le docteur Cuevas et son assistant préparèrent leurs sinistres ustensiles et leurs flacons malodorants, nouèrent des tabliers de toile cirée, retroussèrent leurs manches et se mirent à fourgonner dans l'intimité de la belle Rosa jusqu'à vérifier sans l'ombre d'un doute possible que la jeune fille avait absorbé une dose superlative de mort-aux-rats.

« La chose était destinée à Severo », conclut le docteur en se lavant les mains à l'évier.

L'assistant, trop ému par la beauté de la morte, ne pouvait se résigner à la laisser cousue comme un sac et suggéra de l'arranger quelque peu. Ensemble, ils s'employèrent alors à enduire le corps d'onguents et à le jointoyer à l'aide d'emplâtres d'embaumeurs. Ils travaillèrent jusqu'à quatre heures du matin, heure à laquelle le docteur Cuevas, se déclarant vaincu par la tristesse et la fatigue, s'en alla. A la cuisine, Rosa resta aux mains de l'assistant qui la lava avec une éponge, la débarrassant des taches de sang, lui passa sa propre chemise brodée pour dissimuler la couture qui lui descendait du gaviot jusqu'au sexe, puis remit de l'ordre dans sa chevelure. Après quoi il nettoya toute trace de leur besogne.

Le docteur Cuevas trouva Severo au salon en compagnie de la nounou, ivres de larmes et de xérès.

« Elle est prête, dit-il. On va la pomponner un peu pour que sa mère puisse la voir. »

Il exposa à Severo que ses soupçons étaient fondés et qu'il avait trouvé dans l'estomac de sa fille la même substance mortelle que dans l'eau-de-vie qu'on lui avait offerte. Severo se souvint alors de la prédiction de Clara et perdit le reste de retenue dont il faisait encore preuve, incapable de se résoudre à l'idée que sa fille était morte à sa place. Il s'effondra en gémissant que c'était lui le coupable, à jouer les arrivistes et les fanfarons, que personne ne lui avait demandé de se mêler de politique, qu'il était cent fois mieux en modeste robin père de famille, qu'il renonçait sur-le-champ et pour toujours à cette maudite candidature, au Parti libéral, à ses pompes et à ses œuvres, qu'il comptait bien qu'aucun de ses descendants ne ferait jamais de politique, que c'était affaire de tueurs et d'aigrefins, tant et si bien que le docteur le prit en pitié et acheva de le soûler. Le xérès fut plus puissant que l'affliction et l'autocritique. La nounou et le praticien le hissèrent jusque dans sa chambre, le dévêtirent et le mirent au lit. Puis ils se rendirent à la cuisine où l'assistant achevait d'apprêter Rosa.

Nivea et Severo del Valle s'éveillèrent tard dans la matinée. L'entourage avait déjà décoré la maison selon le rituel de la mort, les rideaux étaient fermés et parés de crêpes noirs et tout au long des murs s'alignaient les couronnes de fleurs dont l'arôme douceâtre emplissait l'air. On avait aménagé une chapelle ardente dans la salle à manger. Sur la grande table couverte d'un drap noir à franges dorées reposait le blanc cercueil à rivets d'argent de Rosa. Douze cierges jaunes, dans des candélabres de bronze, éclairaient la jeune fille d'un flamboiement diffus. On l'avait revêtue de sa robe de fiancée et coiffée de la couronne de fleurs d'oranger en cire d'abeilles qu'elle gardait pour le jour de ses noces.

Vers midi commença le défilé des familiers, amis et connaissances venus présenter leurs condoléances et compatir au deuil des del Valle. Se présentèrent à la maison jusqu'aux ennemis politiques les plus acharnés de Severo qui les observa un à un fixement, cherchant à découvrir dans chaque paire d'yeux qu'il scrutait le secret de l'assassin, mais en tous, jusque chez le président du Parti conservateur, il ne lut que la même affliction, la même innocence.

Durant la veillée, les hommes déambulaient par les salons et les galeries en épiloguant à voix basse sur leurs affaires en cours. Ils gardaient un respectueux silence quand venait à proximité quelqu'un de la famille. Au moment de pénétrer dans la salle à manger et de s'approcher du cercueil pour un dernier regard à Rosa, tous avaient un haut-le-corps, car sa beauté n'avait encore fait que croître au cours des dernières heures. Les femmes passaient au salon où l'on avait disposé en cercle les chaises de la maison. On était là à l'aise pour pleurer tout son soûl et épancher, sous le bon prétexte d'un trépas étranger, d'autres chagrins plus personnels. Les larmes étaient copieuses, mais dignes et silencieuses. Quelques-unes marmonnaient des prières à voix faible. Les employées de maison arpentaient salons et vérandas en proposant des tasses de thé, des verres de cognac, des mouchoirs propres aux femmes, des dragées maison, et de petites compresses imbibées d'ammoniaque pour les dames saisies de nausées à force d'être confinées dans l'odeur des cierges et le chagrin. Toutes les sœurs del Valle, à l'exception de Clara qui était encore trop jeune, étaient accoutrées d'un noir rigoureux, assises autour de leur mère comme une ronde de corneilles. Nivea, qui avait pleuré toutes les larmes de son corps, se tenait très droite sur sa chaise, sans un soupir, sans un mot, sans non plus le secours de l'ammoniaque à laquelle elle était allergique. Les visiteurs, en arrivant, venaient lui présenter leurs condoléances. Certains l'embrassaient sur les deux joues, d'autres l'étreignaient étroitement durant quelques secondes, mais elle paraissait ne reconnaître personne, pas même les plus intimes. Elle avait vu mourir plusieurs de ses marmots à la naissance ou dans leur prime enfance, mais aucun ne lui avait laissé cette sensation de perte qu'elle éprouvait à ce moment.

Chacun des frères et sœurs dit adieu à Rosa en déposant un baiser sur son front glacé, sauf Clara qui ne voulut pas s'approcher de la salle à manger. On n'insista pas, on connaissait sa sensibilité extrême et sa propension au somnambulisme quand son imagination se trouvait tourneboulée. Elle demeura au jardin, pelotonnée contre Barrabás, refusant toute nourriture, comme de participer à la veillée. Seule la nounou s'en soucia et voulut la consoler, mais Clara la rabroua.

Malgré toutes les précautions prises par Severo pour faire taire les rumeurs, la mort de Rosa tourna au scandale public. Le docteur Cuevas dispensa à qui voulait l'entendre l'explication parfaitement raisonnable du décès de la jeune fille, dû selon lui à une pneumonie foudroyante. Mais le bruit se mit à courir qu'elle avait été empoisonnée par erreur en lieu et place de son père. Les assassinats politiques étaient inconnus dans le pays en ce temps-là et le poison, de toute façon, n'était qu'un procédé de femmelette, dépourvu de tout prestige, auquel on ne recourait d'ailleurs plus depuis l'époque de la Colonie, car même les crimes passionnels se perpétraient bien en face. Une clameur de protestation monta contre l'attentat et avant que Severo eût pu l'empêcher, la nouvelle fut publiée dans un journal de l'opposition, accusant de manière voilée l'oligarchie et ajoutant que les conservateurs étaient bien capables d'aller jusque-là, car ils ne pouvaient pardonner à Severo del Valle d'être passé, malgré son appartenance sociale, dans le camp libéral. La police tenta de remonter la piste de la bonbonne d'eau-de-vie, mais le seul point qu'on put tirer au clair, c'est qu'elle n'avait pas la même origine que le cochon farci de perdrix, et que les grands électeurs du Sud n'avaient rien à voir dans cette affaire. La mystérieuse bonbonne avait été trouvée par hasard devant l'entrée de service de la maison del Valle le même jour et à la même heure qu'était arrivé le porcelet rôti. La cuisinière avait estimé qu'elle faisait partie du même envoi. Ni le zèle de la police ni les investigations que mena Severo pour son propre compte par l'intermédiaire d'un détective privé ne permirent de découvrir les assassins, et l'ombre de cette vengeance inassouvie a continué de planer sur toutes les générations suivantes. Tel fut le premier des nombreux actes de violence à marquer le destin de la famille.

Je m'en souviens comme si c'était hier. Ce jour-là avait été pour moi un jour faste, car un nouveau filon avait surgi, le gros et mirifique filon que j'avais traqué durant tout ce temps de sacrifice, d'attente et d'éloignement, et qui allait pouvoir m'assurer la richesse à laquelle j'aspirais. J'étais sûr qu'en six mois j'allais réunir suffisamment d'argent pour me marier, et qu'au bout d'un an je pourrais commencer à me considérer comme un homme riche. J'avais eu beaucoup de chance, car dans ces affaires de concessions, ceux qui se ruinaient étaient bien plus nombreux que ceux qui réussissaient, comme j'étais en train de le dire à Rosa en lui écrivant ce soir-là, si euphorique, si impatient que je m'emmêlais les doigts sur le clavier de la vieille machine d'où les mots sortaient collés les uns aux autres. J'en étais là quand j'entendis à la porte des coups qui me coupèrent l'inspiration pour toujours. C'était un muletier avec ses deux bêtes de somme et qui apportait un télégramme arrivé au village, expédié par ma sœur Férula et m'annonçant la mort de Rosa.

Je dus relire par trois fois le bout de papier avant de comprendre toute l'étendue de ma détresse. La seule idée à ne m'avoir jamais effleuré était que Rosa fût mortelle. J'avais beaucoup souffert à la pensée que, lasse de m'attendre, elle eût pu décider d'en épouser un autre, ou que jamais n'apparaîtrait ce filon qui placerait une fortune entre mes mains, ou bien que la mine s'affaisserait, m'écrabouillant comme un cafard. J'avais envisagé toutes ces éventualités et quelques autres encore, mais en aucun cas la mort de Rosa, en dépit du pessimisme proverbial qui m'incite toujours à m'attendre au pire. J'eus l'impression que, sans Rosa, la vie n'avait plus aucun sens pour moi. Je me dégonflai de l'intérieur comme un ballon crevé; tout mon bel enthousiasme m'avait quitté. Je restai assis sur mon tabouret à contempler le désert par la fenêtre, Dieu sait pendant combien de temps, jusqu'à reprendre insensiblement mes esprits. Ma première réaction fut de colère. Je m'en pris à coups de poing aux frêles cloisons de bois de la cabane, jusqu'à ce que mes jointures fussent en sang, je déchirai en mille morceaux les lettres, les dessins de Rosa et les doubles que j'avais gardés de mes propres lettres, en un tournemain je jetai dans mes valises mes effets, mes papiers et le sachet de toile contenant mon or, puis je partis en quête du contremaître pour lui remettre la paie des travailleurs et la clef de la remise. Le muletier proposa de m'accompagner jusqu'au train. Nous dûmes voyager une bonne partie de la nuit à dos de mule, avec un grand poncho molletonné pour seule protection contre l'épaisse brouillasse, progressant avec lenteur dans ces infinies solitudes où seul l'instinct de mon guide pouvait garantir que nous parviendrions à destination, car il n'y avait pas le moindre point de repère.

La nuit était claire et étoilée, le froid me pénétrait jusqu'à la moelle des os, me rigidifiait les doigts, me gagnait l'âme. J'allais sans cesse de penser à Rosa, souhaitant avec une véhémence irraisonnée que de sa mort rien ne fût vrai, implorant désespérément le Ciel que tout n'eût été qu'une simple erreur, et que, ressuscitée par la force de mon amour, Rosa revînt à la vie et se levât de son lit comme Lazare. J'allais pleurant à part moi, engoncé dans mon chagrin et dans le gel nocturne, abreuvant de blasphèmes la mule qui marchait avec tant d'indolence, et Férula la messagère du malheur, et Rosa pour être morte, et Dieu pour l'avoir permis, jusqu'à ce que l'horizon se mît à s'éclaircir, les étoiles à disparaître, les premiers coloris de l'aube à surgir, teintant de rouge et d'orange le paysage du Nord, et qu'avec la lumière du jour me revînt un peu de bon sens. Je commençai à me résigner à mon malheur et à demander non plus qu'elle ressuscitât, mais qu'il me fût seulement permis d'arriver à temps pour la voir avant qu'on ne l'eût enterrée. Nous pressâmes l'allure et une heure plus tard, le muletier prit congé de moi dans la minuscule gare par où passait le train à voie étroite reliant le monde civilisé à ce désert où j'avais séjourné deux ans.

Je voyageai plus de trente heures d'affilée sans une halte pour manger, oubliant même la soif, mais je réussis à arriver au domicile de la famille del Valle avant les obsèques. On a raconté que je fis irruption dans la maison tout couvert de poussière, sans chapeau, sale et mal rasé, mourant de soif et ivre de fureur, réclamant à cor et à cri ma fiancée. La petite Clara, qui n'était encore qu'une enfant maigrichonne et ingrate, était sortie à ma rencontre dès que j'avais mis le pied dans la cour, elle m'avait pris par la main et conduit en silence à la salle à manger. Rosa y reposait entre les plis immaculés de satin blanc de son blanc cercueil : trois jours après son trépas, elle était demeurée intacte et mille fois plus belle encore que dans mon souvenir, car dans la mort Rosa s'était insensiblement changée en la sirène qu'en secret elle n'avait jamais cessé d'être.

« Maudite soit-elle! Elle a foutu le camp! » dit-on que je dis ou m'écriai en tombant à genoux à ses côtés, au grand scandale des proches, car nul ne pouvait comprendre ma frustration d'avoir passé deux années pleines à gratter la terre pour devenir riche à seule fin de conduire un jour à l'autel cette jeune fille que la mort venait de me faucher.

Quelques moments plus tard arriva le corbillard, énorme char noir et luisant tiré par six coursiers empanachés comme il était alors d'usage, et conduit par deux cochers en livrée. Il quitta la demeure au cœur de l'après-midi, sous une petite bruine, suivi par une procession de voitures transportant parents, amis et couronnes. Comme le voulait la coutume, femmes et enfants n'assistaient pas aux enterrements, réservés aux hommes, mais à la dernière minute Clara réussit à se mêler au cortège pour accompagner sa sœur Rosa. Je sentis sa petite main gantée s'accrocher à la mienne et pendant tout le trajet elle se tint à mes côtés, ombre frêle et silencieuse qui remuait tout au fond de moi une tendresse inconnue. A ce moment-là, je ne pouvais moi non plus me rendre compte que Clara n'avait pas proféré un seul mot depuis deux jours, et qu'il s'en passerait encore trois avant que la famille ne s'inquiétât de son mutisme.

Severo del Valle et ses fils aînés hissèrent eux-mêmes le blanc cercueil riveté d'argent de Rosa et l'introduisirent dans la niche ouverte du mausolée. Ils portaient le deuil sans cris et sans larmes, conformément aux normes de l'affliction dans un pays habitué à une grande dignité dans la douleur. Après que l'on eut refermé les grilles du tombeau et que proches, amis et fossoyeurs se furent retirés, je restai là planté parmi les fleurs qui avaient échappé à la goinfrerie de Barrabás et qui avaient suivi Rosa au cimetière. Je devais avoir l'air d'un sombre oiseau d'hiver avec les pans de ma queue-de-pie voletant au vent, grand et efflanqué comme j'étais alors avant que ne soit venue à se réaliser la malédiction de Férula et qu'elle n'ait commencé à me faire rapetisser. Le ciel était gris, la pluie menaçait et je suppose qu'il faisait froid, mais je crois que j'y étais insensible, tant la rage me consumait. Je ne pouvais détacher les yeux du petit rectangle de marbre où l'on avait gravé en hauts caractères gothiques le nom de Rosa la belle et les dates délimitant son bref séjour en ce monde. Je me disais que j'avais perdu deux années pleines à rêver de Rosa, à travailler pour Rosa, à écrire à Rosa, à n'aspirer qu'à Rosa et que, pour finir, je n'aurais même pas la consolation d'être enterré à ses côtés. Je méditai sur toutes les années qu'il me restait devant moi et en vins à la conclusion que, sans elle, elles ne valaient pas la peine d'être vécues, puisque jamais, dans tout l'univers, il ne me serait donné de rencontrer une autre femme aux mêmes cheveux verts et à la même splendeur marine. Si l'on m'avait dit que j'allais vivre plus de quatre-vingt-dix ans, je me serais tiré une balle dans la tête.

Je n'entendis pas les pas du gardien du cimetière s'approcher de moi par-derrière. Aussi sursautai-je quand il me toucha l'épaule.

« Comment oses-tu porter la main sur moi? » fis-je dans un rugissement.

Le pauvre homme recula, terrorisé. Quelques gouttes de pluie vinrent tristement mouiller les fleurs des morts.

« Mille excuses, monsieur, mais il est six heures et je dois fermer », crus-je l'entendre dire.

Il tenta de m'expliquer que le règlement interdisait aux personnes étrangères au service de rester dans l'enceinte du cimetière après le coucher du soleil, mais je ne lui permis pas de finir, lui fourrai quelques billets dans la main et le repoussai pour qu'il s'éloignât et me laissât en paix. Je le vis partir en me reluquant par-dessus son épaule. Il devait penser que j'étais cinglé, un de ces détraqués de nécrophiles qui rôdent parfois dans les cimetières.

Ce fut une longue nuit, peut-être la plus longue de mon existence. Je la passai assis près du tombeau de Rosa, devisant avec elle, l'accompagnant dans la première partie de son voyage dans l'au-delà, quand on a le plus de mal à se détacher de la terre et qu'on a besoin de l'amour de ceux qui sont restés en vie pour s'en aller avec au moins la consolation d'avoir semé quelque chose dans le cœur d'autrui. Je me remémorais son visage si parfait, maudissais mon propre sort. Je reprochai à Rosa ces années que j'avais passées dans un trou de mine à rêver d'elle. Je me gardai de lui dire que, durant toute cette période, je n'avais pas connu d'autres femmes que quelques misérables catins décaties et usées, qui desservaient tout le campement avec plus de bonne volonté que de mérite. Mais je lui dis que j'avais vécu parmi des hommes sans foi ni loi, me nourrissant de pois chiches et buvant de l'eau croupie, loin de la civilisation, pensant à elle jour et nuit, brandissant en moi son image comme une oriflamme qui me donnait la force de continuer à attaquer la montagne à coups de pic, bien qu'on eût perdu trace du filon, souffrant de l'estomac la plus grande partie de l'année, mourant de froid la nuit, halluciné par la chaleur durant le jour, tout cela à seule fin de l'épouser, et voilà qu'elle meurt en traître avant que j'aie pu réaliser mes rêves, m'abandonnant à une incurable détresse. Je lui dis qu'elle s'était moquée de moi, calculai que pas une fois nous ne nous étions trouvés en tête à tête, et que je n'avais pu l'embrasser qu'en une seule occasion. J'avais dû entretisser cet amour de souvenirs et de désirs ardents mais impossibles à satisfaire, de lettres déjà périmées et délavées et qui ne pouvaient refléter ma flamme ni le mal que me faisait son absence, car je n'ai guère de facilité pour le genre épistolaire, encore moins pour décrire ce que je ressens. Je lui dis que ces années de mine avaient été une perte irrémédiable et que si j'avais su qu'elle allait rester si peu parmi nous, j'aurais volé l'argent nécessaire à nos épousailles et pour lui édifier un palais orné de trésors de fonds marins : coraux, perles, nacre, où je l'eusse séquestrée et où moi seul aurais eu accès. Je l'aurais aimée sans relâche pour un temps quasiment sans limites, car j'étais sûr qu'à mes côtés jamais elle n'eût absorbé le poison destiné à son père et qu'elle eût vécu mille ans. J'évoquai pour elle les caresses que je lui avais réservées, les présents avec lesquels j'escomptais la surprendre, la façon dont je l'aurais séduite et rendue heureuse. En bref, je lui dis toutes les folies qu'au grand jamais je ne lui eusse dites si elle avait pu m'entendre, et qu'à aucun moment je n'ai redites à aucune autre femme.

Cette nuit-là, je crus que j'avais définitivement perdu la faculté de tomber amoureux, que jamais plus je ne retrouverais le goût de rire ou de poursuivre une illusion. Mais plus jamais, ça fait beaucoup de temps. J'ai pu le vérifier tout au cours de cette longue vie.

Je me représentai cette colère qui croissait en moi comme une tumeur maligne, contaminant les plus belles heures de mon existence, me rendant incapable de tendresse ou de clémence. Mais, au-delà de cette fureur et de mon désarroi, le sentiment dominant que je me rappelle avoir éprouvé au cours de cette nuit-là fut de frustration : jamais je ne pourrais réaliser ce brûlant désir de laisser mes mains courir sur Rosa, de pénétrer ses secrets, de faire couler la verte cascade de ses cheveux et de m'immerger dans ses eaux les plus profondes. J'évoquai avec désespoir l'ultime image que j'avais gardée d'elle, découpée par les plis du satin dans son cercueil virginal, ses fleurs d'oranger de jeune mariée lui couronnant la tête, un chapelet entre les doigts. J'ignorais encore qu'ainsi même, avec ses fleurs d'oranger et son rosaire, il me serait donné bien des années plus tard de la revoir un bref instant.

Aux premières lueurs de l'aube s'en revint le gardien. Il dut éprouver quelque commisération pour ce fou semi-congelé qui avait passé la nuit au milieu des blêmes fantômes du cimetière. Il me tendit sa gourde :

« Du thé chaud, monsieur, me proposa-t-il. Prenez-en un peu. »

Mais je le repoussai d'une bourrade et m'éloignai en blasphémant, à grandes enjambées furieuses, entre les haies de tombes et de cyprès.

La nuit où le docteur Cuevas et son assistant éventrèrent le cadavre de Rosa pour découvrir la cause de sa mort, Clara gisait dans son lit les yeux ouverts, tremblant dans le noir. Lui venait ce doute terrible que sa propre sœur était morte du fait qu'elle l'avait prédit. Elle croyait que, de même que par la pensée elle pouvait déplacer une salière, de même pouvait-elle être à l'origine des morts, séismes et autres grands malheurs. En vain, sa mère lui avait-elle remontré qu'elle ne pouvait provoquer les événements eux-mêmes, mais seulement les voir avec une certaine anticipation. Elle se sentait coupable, accablée, et elle se dit qu'aux côtés de Rosa elle se sentirait mieux. Elle se leva nu-pieds, en chemise, et se rendit dans la chambre qu'elle avait jusque-là partagée avec sa sœur aînée, mais elle ne la trouva point dans son lit où elle l'avait vue pour la dernière fois. Elle ressortit la chercher à travers toute la maison. Tout n'était que ténèbres et silence. Sa mère dormait, droguée par le docteur Cuevas, et ses sœurs comme les domestiques s'étaient retirées tôt dans leurs chambres respectives. Elle traversa les salons en rasant les murs, transie et terrifiée. Le mobilier massif, le lourd drapé des rideaux, les tableaux accrochés aux cloisons, la tapisserie aux fleurs peintes sur fond de toile sombre, les lampes éteintes oscillant au plafond et les pots de fougères sur leurs colonnettes de faïence lui parurent lourds de menaces. Elle remarqua qu'un peu de lumière brillait au salon, filtrant sous la porte, et elle fut sur le point d'y pénétrer, mais elle eut peur d'y trouver son père et que celui-ci la renvoyât se coucher. Elle dirigea alors ses pas vers la cuisine, pensant puiser du réconfort contre la poitrine de la nounou. Elle traversa la cour principale, parmi les camélias et les orangers nains, parcourut les pièces du deuxième corps de bâtiment et s'engouffra dans les sombres passages à ciel ouvert où les becs de gaz dispensaient toute la nuit une lumière parcimonieuse, assez pour foncer en claquant des dents et effrayer les chauves-souris et autres bêtes nocturnes, puis elle parvint dans la troisième cour sur laquelle donnaient les communs et les cuisines. En cet endroit, la demeure perdait de son élégance cossue et commençait la pétaudière des chenils, des poulaillers et des chambres de service. Plus loin se trouvait l'écurie où l'on gardait les vieilles haridelles dont Nivea continuait à se servir, bien que Severo del Valle eût été parmi les premiers à acquérir une automobile. La porte et les volets de la cuisine et de l'office étaient clos. Son instinct avertit Clara qu'il se passait là-dedans quelque chose d'anormal, elle tenta de se hausser jusqu'à la fenêtre, mais son nez n'arrivait pas au ras de l'appui, elle dut traîner une caisse et la tirer contre le mur, elle s'y jucha et put glisser un regard par un interstice entre le volet de bois et l'encadrement de la fenêtre que le temps et l'humidité avaient déformé. Alors, elle vit ce qui se tramait à l'intérieur.

Le docteur Cuevas, ce bonhomme amène et débonnaire à l'ample barbe et à l'abdomen opulent, qui l'avait aidée à naître et avait soigné toutes ses petites maladies infantiles puis ses crises d'asthme, s'était métamorphosé en un énorme et ténébreux vampire pareil à ceux des planches illustrées des livres de son oncle Marcos. Il était penché sur la table de travail où la nounou avait coutume de préparer les repas. A ses côtés se tenait un jeune inconnu, blafard comme la lune, la chemise tachée de sang et les yeux éperdus d'amour. Elle vit les jambes immaculées de sa sœur, ses pieds nus. Clara se mit à trembler. A cet instant, le docteur Cuevas s'écarta et elle put découvrir l'horrifiant spectacle de Rosa étendue sur le marbre, ouverte de haut en bas par une profonde entaille, ses intestins rangés à côté d'elle dans le saladier. Rosa avait la tête tournée en direction de la fenêtre où la fillette était en train d'épier, sa si longue chevelure verte pendant comme une fougère depuis la table jusqu'au carrelage tout maculé de rouge. Elle avait les yeux clos mais Clara, par le jeu des ombres, de la distance ou bien de son imagination, crut y déceler une expression implorante et humiliée.

Figée sur sa caisse, Clara ne put renoncer à regarder jusqu'au bout. Elle resta là un long moment à épier par la fente, gelant sur place sans y prêter cas, jusqu'à ce que les deux hommes eussent fini de vider Rosa, de lui injecter quelque liquide dans les veines et de la laver sur l'envers et l'endroit au vinaigre aromatique et à l'eau de lavande. Elle resta là jusqu'à ce qu'ils l'eussent remplie d'emplâtres d'embaumeur et recousue avec une aiguille courbe de matelassier. Elle resta là jusqu'à ce que le docteur Cuevas fût allé se laver à l'évier et y rincer ses larmes, cependant que l'autre faisait disparaître les traces de sang et les viscères. Elle resta là jusqu'à ce que le médecin fût sorti en enfilant sa veste noire avec un air de mortelle affliction. Elle resta là jusqu'à ce que le jeune inconnu se fût mis à embrasser Rosa sur la bouche, dans le cou, sur les lèvres, entre les cuisses, jusqu'à ce qu'il l'eût lavée avec une éponge, lui eût passé sa propre chemise brodée et l'eût repeignée, hors d'haleine. Elle resta là jusqu'à l'arrivée de la nounou et du docteur Cuevas, jusqu'à ce qu'ils l'eussent revêtue de sa robe blanche et couronnée des fleurs d'oranger qu'elle avait gardées dans un papier de soie pour le jour de ses noces. Elle resta là jusqu'à ce que l'assistant l'eût prise dans ses bras, avec la même tendresse touchante qu'il aurait mise à la soulever pour franchir pour la première fois le seuil de sa maison si elle avait été sa propre promise. Et elle ne put bouger de là avant les premières lueurs du jour. Alors, elle se faufila jusqu'à son lit, écoutant au-dedans d'elle-même le grand silence du monde. Ce silence l'avait envahie totalement et elle ne reparla que neuf ans plus tard, quand elle éleva la voix pour annoncer qu'elle allait elle-même se marier.

CHAPITRE II

LES TROIS MARIA

Dᴀɴs leur salle à manger, au milieu d'antiquités détériorées qui, dans un lointain passé, avaient dû composer quelque bon mobilier victorien, Esteban Trueba soupait avec sa sœur Férula du même potage graillonneux que chaque jour et du même insipide poisson que tous les vendredis. L'employée de maison qui les servait s'était occupée d'eux depuis toujours, dans la tradition des esclaves à gages de l'époque. La vieille femme allait et venait entre la cuisine et la salle à manger, ployée et à demi aveugle, mais encore vaillante, portant et rapportant les plats avec solennité. Doña Ester Trueba ne se mettait pas à table avec ses enfants. Elle passait ses matinées immobile sur sa chaise, à contempler par la fenêtre le remue-ménage de la rue et à constater combien, au fil des ans, se dégradait un quartier qu'elle avait connu si distingué dans sa jeunesse. Après déjeuner, on la transportait dans son lit, on l'arrangeait pour qu'elle pût rester mi-assise, dans la seule position que lui autorisait l'arthrite, sans autre compagnie que la pieuse lecture de ses fascicules saint-sulpiciens de vies et miracles des saints. Elle restait ainsi jusqu'au lendemain où revenait à se répéter la même routine. Elle ne mettait le nez dehors que pour assister à la messe dominicale en l'église Saint-Sébastien, à deux pas de chez elle, où Férula et la bonne la conduisaient dans sa chaise roulante.

Esteban acheva de trifouiller la chair blanchâtre du poisson parmi l'enchevêtrement d'arêtes et reposa son couvert dans l'assiette. Il se tenait assis très droit, de la même façon qu'il marchait, guindé, la tête légèrement en arrière et un tantinet déjetée, regardant en coulisse avec un mélange d'arrogance, de défiance et de myopie. Cette attitude eût été des plus désagréables si ses yeux n'avaient été étonnamment doux et clairs. Son port si raide eût davantage convenu à un homme obèse et courtaud, désireux de paraître plus grand, or il mesurait un mètre quatre-vingts et était on ne peut plus svelte. Toutes les lignes de son corps étaient verticales et ascendantes, depuis la lame de son nez aquilin et ses sourcils hérissés jusqu'à son haut front couronné d'une crinière de lion qu'il rejetait en arrière. C'était un grand échalas aux doigts terminés en spatules. Il déambulait à grandes enjambées, se déplaçait avec énergie et paraissait d'une force peu commune, sans pourtant manquer d'une certaine grâce dans les gestes. Il avait un visage tout à fait harmonieux en dépit d'un air austère et sombre et de fréquentes expressions de mauvaise humeur. Son trait dominant était l'irascibilité, une tendance à s'emporter et à perdre la tête, caractéristique qui le marquait depuis sa prime enfance où il se roulait par terre, l'écume aux lèvres, suffoquant de rage et trépignant comme un possédé. Il fallait le plonger la tête la première dans l'eau glacée pour lui faire recouvrer son sang-froid. Plus tard, il apprit à se dominer, mais toute sa vie durant lui resta cette prompte propension à la colère qui n'avait guère besoin d'être beaucoup stimulée pour déborder en terribles accès.

« Je ne retournerai pas à la mine », dit-il.

C'était la première phrase qu'il échangeait à table

avec sa sœur. Il en avait décidé ainsi la nuit passée, réalisant que ça n'avait plus aucun sens de continuer à mener une vie d'anachorète en quête de fortune rapide. Il disposait de la concession minière pour deux années encore, délai suffisant pour bien exploiter le miraculeux filon qu'il avait découvert, mais il pensait que le chef d'équipe avait beau chaparder un peu, ne pas savoir travailler comme il l'eût fait, aucune raison ne le poussait à retourner s'enterrer en plein désert. Il n'aspirait pas à faire fortune au prix de tant de sacrifices. Il avait toute la vie devant lui pour s'enrichir s'il le pouvait, et pour se morfondre et attendre la mort, sans Rosa.

« Il te faudra bien travailler quelque part, Esteban, répondit Férula. Tu sais qu'ici nous dépensons fort peu, rien pour ainsi dire, mais les médicaments de maman coûtent cher. »

Esteban observa sa sœur. C'était encore une belle femme aux formes opulentes et au visage ovale de madone romaine, mais à travers sa peau diaphane aux chatoiements de pêche, dans son regard plein d'ombres, on pressentait déjà l'enlaidissement de la résignation. Férula avait accepté de tenir le rôle d'infirmière de sa mère. Elle dormait dans la chambre contiguë à celle de doña Ester, prête à tout moment à se précipiter à ses côtés pour lui administrer ses potions, lui mettre le bassin, lui arranger ses oreillers. C'était une âme tourmentée. Elle avait du goût pour l'humiliation et les travaux les plus vils, elle pensait gagner sa place au ciel par ce biais tragique en subissant les pires iniquités, aussi se complaisait-elle à désinfecter les pustules des jambes malades de sa mère, à la laver, à s'immerger dans ses odeurs et sa décrépitude, à scruter son pot de chambre. Et autant elle se haïssait elle-même de prendre ces tortueux et inavouables plaisirs, autant elle abhorrait sa mère de lui en tenir lieu d'instrument. Elle prenait soin d'elle sans se plaindre, mais s'arrangeait subtilement pour lui faire payer le prix de son invalidité. Entre elles deux, sans que cela fût dit ouvertement, le fait était que la fille avait sacrifié sa vie pour soigner sa mère et était restée vieille fille pour cette raison. Férula avait repoussé deux prétendants en invoquant l'infirmité maternelle. Elle n'en parlait point, mais tout le monde était au courant. Elle avait des gestes brusques et maladroits, le même mauvais caractère que son frère, mais la vie et sa condition de femme la contraignaient à se dominer, à ronger son frein. Elle avait l'air si parfaite qu'elle s'acquit une réputation de sainte. On la citait en exemple pour le dévouement qu'elle prodiguait à doña Ester et pour la façon dont elle avait élevé son unique frère quand sa mère était tombée malade et que le père était mort, les laissant dans la misère. Férula avait adoré son frère Esteban quand il était petit. Elle dormait alors avec lui, lui faisait sa toilette, l'emmenait en promenade, s'employait du lever au coucher du soleil à coudre sur commande pour lui payer le collège, et elle avait pleuré de rage impuissante le jour où il avait fallu qu'Esteban entrât travailler dans une étude de notaire, ce qu'elle gagnait à domicile ne suffisant pas pour manger. Elle l'avait entouré et servi comme elle faisait à présent pour sa mère, et l'avait pareillement enveloppé d'un invisible réseau de culpabilité, d'ingratitude, de dettes impayées. A peine eut-il mis un pantalon long que le garçon avait commencé à s'éloigner d'elle. Esteban pouvait se remémorer l'instant précis où il se rendit compte que sa sœur lui portait malheur. Ce fut quand il perçut sa première paie. Il décida qu'il allait mettre de côté cinquante centavos pour réaliser un rêve qu'il avait caressé depuis son enfance : déguster un café viennois. A travers les vitres de l'hôtel de France, il avait vu les garçons passer avec des plateaux brandis au-dessus de leur tête, portant de ces merveilles : de hautes coupes de cristal couronnées de tours de crème fouettée et ornées d'une belle griotte glacée. Le jour de sa première paie, il passa devant l'établissement à plusieurs reprises avant d'oser y pénétrer. Enfin il en franchit le seuil avec timidité, son béret à la main, et se dirigea vers le somptueux restaurant parmi les lampes à pendeloques et les meubles de style, avec la sensation que tout le monde le regardait, que mille paires d'yeux jaugeaient son costume étriqué et ses souliers usés. Il s'assit sur le bord de la chaise, les oreilles en feu, et passa commande au garçon avec un filet de voix. Il attendit avec impatience, guettant dans les glaces les allées et venues des gens, savourant d'avance ce plaisir maintes fois imaginé. Arriva son café viennois, beaucoup plus impressionnant qu'il ne se l'était figuré, mirifique, délicieux, accompagné de trois macarons au miel. Il le contempla un long moment, fasciné. Puis il osa enfin s'emparer de la petite cuiller à long manche et, avec un soupir d'aise, la plongea dans la crème. L'eau lui était venue à la bouche, mais il était résolu à faire durer cet instant le plus longtemps possible, à l'étirer jusqu'à l'éternité. Il se mit à touiller pour voir se mélanger l'écume de la crème au sombre liquide que contenait le verre. Il touilla, touilla, touilla... quand, soudain, l'extrémité de la cuiller heurta le cristal, ouvrant une brèche par où jaillit le café sous pression. Qui lui retomba dessus. Horrifié, Esteban vit tout le contenu du verre se répandre sur son unique costume, sous le regard amusé de la clientèle des autres tables. Il se leva, blême de dépit, et sortit de l'hôtel de France avec cinquante centavos de moins en poche, laissant dans son sillage une traînée de café viennois sur les moelleux tapis. Il arriva dégoulinant chez lui, ivre de fureur, décomposé. Apprenant ce qui s'était passé, Férula émit ce commentaire acide : « Voilà ce qui arrive quand on dilapide en caprices l'argent des médicaments de maman. Dieu t'a puni. » En cet instant, Esteban eut la claire révélation des mécanismes dont usait sa sœur pour le dominer, de la façon dont elle obtenait qu'il se sentît coupable, et il comprit qu'il lui fallait prendre le large. Au fur et à mesure qu'il se dégagea de sa tutelle, Férula le prit en grippe. La liberté dont il jouissait la faisait souffrir comme un reproche, une injustice. Quand il tomba amoureux de Rosa et qu'elle le vit au désespoir, pareil à un marmot l'appelant à l'aide, ayant besoin d'elle, la talonnant dans toute la maison pour la supplier d'approcher la famille del Valle, de parler à Rosa, d'amadouer la nounou, Férula se sentit de nouveau remplie d'importance aux yeux d'Esteban. Ils parurent rabibochés pour un temps. Mais ces éphémères retrouvailles ne durèrent guère et Férula ne tarda pas à se rendre compte qu'on s'était servi d'elle. Elle se réjouit de voir partir son frère pour la mine. Depuis qu'il avait commencé à travailler à l'âge de quinze ans, Esteban portait la maisonnée à bout de bras et avait contracté l'engagement d'y veiller toujours, mais ce n'était pas encore assez pour Férula. Elle n'en pouvait plus de demeurer cloîtrée entre ces murs puant la pharmacie et la sénilité, réveillée en sursaut par les plaintes de la malade, ne quittant pas des yeux la pendule pour lui administrer ses remèdes, cédant à l'ennui, à la fatigue, à la morosité, cependant que son frère ignorait tout de ces astreintes. Lui allait pouvoir bénéficier d'un destin radieux, libre, jalonné de succès. Il pourrait convoler, avoir des enfants, connaître l'amour. Le jour où elle expédia le télégramme lui annonçant la mort de Rosa, elle éprouva un chatouillement étrange, presque de joie.

« Il te faudra bien travailler quelque part, répéta Férula.

– Tant que je vivrai, jamais vous ne manquerez de rien, dit-il.

– Facile à dire, repartit Férula en extirpant une arête de poisson d'entre ses dents.

– Je crois que je vais partir à la campagne, aux Trois Maria.

– C'est un gouffre, Esteban. Je t'ai toujours dit qu'on ferait mieux de vendre cette terre, mais tu es têtu comme une mule.

– Il ne faut jamais vendre la terre. C'est tout ce qu'il reste quand on n'a plus rien d'autre.

– Je ne suis pas d'accord. La terre n'est qu'une idée de poète; ce qui enrichit les hommes, c'est le sens des affaires, riposta Férula. Mais tu n'as cessé de te mettre dans la tête qu'un jour tu irais vivre à la campagne.

– Ce jour est arrivé. Je déteste cette ville.

– Pourquoi ne dis-tu pas plutôt que tu détestes cette maison?

– Elle aussi, répondit-il sans ménagement.

– J'aurais voulu naître homme pour pouvoir moi aussi m'en aller, fit-elle pleine d'aigreur.

– Et moi je n'aurais pas aimé naître femme », se borna-t-il à dire.

Ils finirent de manger en silence.

Le frère et la sœur étaient désormais à cent lieues l'un de l'autre et les seules choses à les unir encore étaient la présence de la mère et le souvenir diffus de l'amour qu'enfants ils s'étaient porté. Ils avaient grandi dans une maison délabrée, avaient assisté à la déchéance morale et économique du père, puis à la lente progression de la maladie de la mère. Doña Ester avait commencé toute jeune à souffrir de l'arthrite, sa raideur empirait au point qu'elle ne pouvait plus bouger qu'à grand-peine, comme enterrée vive, et quand, pour finir, elle fut incapable de plier les genoux, elle s'installa définitivement dans sa chaise roulante, son veuvage et sa désolation. Esteban se remémorait son enfance et son adolescence, ses costumes étriqués, le cordon de saint François qu'on l'obligeait à porter en accomplissement d'on ne sait quelles promesses de sa mère ou de sa sœur, ses chemises reprisées avec soin, sa solitude. Férula, de cinq ans son aînée, lavait et amidonnait d'un jour sur l'autre ses deux seules chemises afin qu'il fût impeccable et présentât bien, et ça lui rappelait que par sa mère, il avait droit au titre on ne peut plus noble et de haut lignage de vice-roitelet du Pérou. Trueba n'avait été qu'un lamentable accident dans la vie de doña Ester, destinée à convoler avec quelqu'un de sa classe, mais qui était tombée éperdument amoureuse de ce tête en l'air d'immigrant de la première génération qui, en l'espace de quelques années, avait dilapidé sa dot, puis tout son patrimoine. Mais ces annales de sang bleu ne servaient de rien à Esteban s'il n'y avait à la maison de quoi régler les notes de l'épicier et s'il devait se rendre à pied au collège, n'ayant pas le centavo nécessaire pour prendre le tramway. Il se rappelait qu'on l'expédiait en classe avec la poitrine et le dos tout matelassés de papier journal, car il n'avait pas de lainages et son manteau pleurait misère, et combien il souffrait à imaginer que ses camarades pouvaient entendre, comme lui-même les percevait, les craquètements du papier frottant contre sa peau. En hiver, la seule source de chaleur était un poêle dans la chambre de sa mère, où ils se regroupaient tous trois pour économiser bougies et charbon. Ç'avait été une enfance de privations, d'inconfort, d'austérité, d'interminables rosaires nocturnes, de peurs et de contrition. De tout ceci ne lui était rien resté d'autre que de la colère et un orgueil démesuré.

Deux jours plus tard, Esteban Trueba partit pour la campagne. Férula l'accompagna à la gare. Au moment de se séparer, elle l'embrassa froidement sur la joue puis attendit qu'il fût monté dans le train avec ses deux valises de cuir aux fermetures à toute épreuve, les mêmes dont il avait fait l'acquisition pour partir à la mine et qui devaient lui durer toute la vie, ainsi que le lui avait promis le marchand. Elle lui recommanda de prendre bien soin de lui, d'essayer de venir leur rendre visite de temps en temps, elle dit qu'il allait lui manquer, mais l'un comme l'autre savaient qu'ils étaient destinés à ne plus se revoir avant nombre d'années et, au fond d'eux-mêmes, en éprouvaient un certain soulagement.

« Préviens-moi si maman va plus mal! cria Esteban par la baie vitrée lorsque le train se fut mis en marche.

– Ne t'en fais pas! » répondit Férula en agitant son mouchoir depuis le quai.

Esteban se renversa sur son siège recouvert de velours rouge et sut gré aux Anglais d'avoir eu l'initiative de fabriquer des voitures de première classe où l'on pouvait voyager comme quelqu'un de respectable sans avoir à supporter la poulaille, les paniers, les cartons arrimés avec des bouts de ficelle, les pleurnicheries de la marmaille d'autrui. Il se félicita de s'être résolu à la dépense d'un billet plus coûteux, pour la première fois de sa vie, et décréta que c'était ce genre de détails qui faisaient la différence entre un monsieur comme il faut et un vulgaire péquenot. Aussi, quoique sa situation ne fût guère brillante, allait-il dorénavant ne pas lésiner sur les menues commodités qui le faisaient se sentir riche.

« Je ne pense pas redevenir jamais pauvre », se dit-il en songeant au filon d'or.

Par la baie du train, il vit défiler le paysage de la vallée centrale. De vastes étendues cultivées au pied de la cordillère, des terres fertiles couvertes de vigne, de blé, de luzerne et de tournesol. Il les compara aux plateaux désertiques du Nord où il avait passé deux ans enfoui dans un trou au milieu d'une nature sauvage et lunaire dont il ne se lassait pas de contempler la terrifiante beauté, fasciné par les coloris du désert, les bleus, les mauves, les ocres des minerais à fleur de terre.

« C'est une nouvelle vie qui commence », murmura-t-il.

Il ferma les yeux et s'assoupit.

Il descendit du train en gare de San Lucas. L'endroit était misérable. A cette heure, on ne voyait pas âme qui vive sur la plate-forme de bois à la toiture détruite par les intempéries et les termites. De là, on découvrait toute la vallée à travers une brume impalpable émanant de la terre mouillée par la pluie nocturne. Les monts lointains se perdaient parmi les nuages d'un ciel renfrogné et seule la pointe enneigée du volcan s'apercevait avec netteté, tranchant sur le paysage et éclairée par un timide soleil d'hiver. Il regarda alentour. Enfant, à la seule époque heureuse dont il eût gardé souvenir, avant que son père n'eût achevé de se ruiner et de s'abandonner aux petits verres et à sa propre honte, il avait chevauché en sa compagnie dans cette région. Il se rappelait avoir joué l'été aux Trois Maria, mais il y avait tant d'années de cela que sa mémoire l'avait presque gommé, et il ne parvenait pas à reconnaître les lieux. Il chercha des yeux le village de San Lucas, mais il ne distingua qu'un hameau, au loin, délavé par l'humidité matinale. Il fit le tour de la gare. La porte de l'unique bureau était fermée au cadenas. Il y avait un avis rédigé au crayon, mais si mal griffonné qu'il ne put le déchiffrer. Il entendit derrière lui le train se remettre en marche et commencer à s'éloigner en laissant dans son sillage une colonne de fumée blanche. Il se retrouvait seul en ce lieu silencieux. Il empoigna ses valises et se mit à progresser dans la bouillasse et la pierraille d'un chemin qui menait au hameau. Il marcha une bonne dizaine de minutes, remerciant le Ciel de lui épargner la pluie, car il avait bien de la peine à avancer avec ses pesantes valises le long de cette sente dont il comprit qu'en quelques secondes, sous l'averse, elle se fût changée en margouillis impraticable. A proximité du hameau, il aperçut de la fumée à quelques cheminées et poussa un soupir de soulagement, car il avait eu d'emblée l'impression, à le trouver si solitaire et décrépit, qu'il s'agissait de quelque lieu-dit abandonné.

Il s'arrêta à l'orée du hameau sans remarquer personne. Dans l'unique rue bordée d'humbles bicoques de torchis régnait un silence total et il eut le sentiment d'avancer comme en rêve. Il se dirigea vers la maison la plus proche, sans fenêtre mais dont la porte était béante. Il déposa ses valises sur le trottoir et entra en appelant à voix forte. L'intérieur était sombre, la seule lumière venant de la porte d'entrée, et il lui fallut quelques secondes pour se faire à la pénombre. Il discerna alors deux mioches en train de jouer à même le sol de terre battue et qui le considéraient avec de grands yeux effarouchés, et, venant de quelque arrière-cour, une femme qui s'avançait en se séchant les mains au bord de son tablier. L'apercevant, elle esquissa un geste instinctif pour arranger une mèche de cheveux qui lui tombait sur le front. Il la salua et elle répondit en se mettant la main devant la bouche pour dissimuler ses gencives édentées. Trueba lui expliqua qu'il avait besoin de louer une voiture, mais elle parut ne pas comprendre et se borna à cacher ses enfants dans les plis de son tablier, les yeux sans expression. Il sortit, ramassa ses bagages et poursuivit son chemin.

Alors qu'il avait traversé presque tout le hameau

sans rencontrer personne et commençait à perdre espoir, il perçut derrière lui les sabots d'un cheval. C'était une charrette en piteux état, conduite par un bûcheron. Il se campa devant, contraignant le conducteur à s'arrêter.

« Vous pouvez m'emmener aux Trois Maria? Je paierai ce qu'il faut! s'écria-t-il.

– Qu'est-ce que Monsieur va faire dans un endroit pareil? s'enquit le bonhomme. C'est une friche, il n'y pousse que des cailloux. »

Mais il accepta de l'y conduire et l'aida à poser ses bagages parmi les fagots. Trueba prit place à côté de lui sur le siège. De quelques maisons jaillirent des gosses cavalcadant derrière la charrette. Trueba se sentit plus seul que jamais.

A onze kilomètres du village de San Lucas, au bout d'un chemin défoncé, cahoteux, envahi par les ronces, apparut la pancarte portant le nom de la propriété. Elle pendait au bout d'un morceau de chaîne et le vent la cognait au poteau avec un bruit sourd de tambour funèbre. Un coup d'œil lui suffit pour comprendre qu'il eût fallu un hercule pour arracher tout cela à la désolation. La mauvaise herbe avait englouti le chemin et partout où il portait le regard, il ne voyait que rocaille, maquis et broussaille. Rien qui suggérât le souvenir de quelque prairie, ni les restes du vignoble qu'il se rappelait, personne pour l'accueillir. La charrette avança lentement, suivant la trace que le passage des bêtes et des hommes avait jadis laissée parmi les ronces. Bientôt il découvrit tout au fond la maison, encore debout mais qui avait plutôt l'air d'une vision de cauchemar, remplie de décombres et de détritus, le sol jonché de bouts de grillage à poulailler. La moitié des tuiles étaient cassées, un lierre sauvage s'était introduit par les baies et couvrait pour ainsi dire tous les murs. Autour de la maison, il vit quelques cabanes de torchis non chaulées, sans fenêtres, au toit de chaume noirci par la suie. Deux chiens se chamaillaient furieusement dans la cour.

Le ferraillement des essieux de la charrette et les blasphèmes du bûcheron attirèrent hors des cabanes leurs occupants qui se montrèrent peu à peu. Ils regardaient les nouveaux arrivants d'un air ahuri et défiant. Ils avaient vécu quinze ans sans voir aucun patron et ils en avaient déduit qu'ils n'en avaient point. Ils ne pouvaient reconnaître, en cet homme de haute taille à l'allure autoritaire, l'enfant aux boucles brunes qui, longtemps auparavant, s'était amusé dans cette même cour. Esteban les examina et ne put davantage se souvenir d'aucun. Ils formaient une petite horde misérable. Il aperçut plusieurs femmes d'un âge indéfinissable, à la peau sèche couverte de crevasses, certaines selon toute vraisemblance engrossées, toutes pieds nus et affublées de guenilles délavées. Il calcula qu'il y avait là une bonne douzaine d'enfants de tous âges. Les plus petits étaient nus. D'autres visages se profilaient dans l'embrasure des portes, sans se hasarder à sortir. Esteban ébaucha un salut mais nul ne lui répondit. Quelques-uns des gosses coururent se cacher derrière les bonnes femmes.

Esteban sauta à bas de la charrette, déchargea ses deux valises et glissa quelques pièces au bûcheron.

« Si vous voulez que je vous attende, patron..., lui dit l'homme.

— Inutile, je reste. »

Il se dirigea vers la maison, ouvrit la porte d'un coup d'épaule et entra. Il y avait suffisamment de lumière à l'intérieur : le matin s'y déversait par les volets brisés et par les orifices du toit, là où les tuiles avaient cédé. Envahie par la poussière et les toiles d'araignée, elle avait l'air livrée à un abandon total et il était manifeste que, durant toutes ces années, aucun des paysans n'avait poussé l'audace jusqu'à quitter sa cahute pour occuper la grande maison de maître devenue déserte. On n'avait pas touché aux meubles; c'étaient les mêmes qu'au temps de son enfance, aux mêmes emplacements que toujours, mais plus laids, lugubres et démantibulés que dans son souvenir. Toute la demeure était tapissée d'une litière d'herbe, de poussière et de feuilles mortes. Il y planait une odeur de tombeau. Un chien squelettique aboya furieusement à ses trousses, mais Esteban Trueba n'y prêta pas attention et le chien, de guerre lasse, finit par se retirer dans un coin en se grattant les puces. Il posa ses valises sur une table et s'en fut explorer la demeure, luttant contre le sentiment de détresse qui commençait à l'envahir. Il passa d'une pièce à l'autre, constata les déprédations que le temps avait perpétrées en toutes choses, le dénuement et la crasse, et eut l'impression de se trouver là dans un trou encore pire que celui de la mine. La cuisine était une vaste pièce d'une saleté repoussante, haute de plafond et aux murs noircis par la fumée des bûches et du charbon; tout n'y était que ruines et moisissures; à quelques clous pendaient encore au mur les casseroles et poêles de cuivre et de fonte dont nul ne s'était servi quinze ans durant et auxquelles personne n'avait touché depuis lors. Les chambres abritaient les mêmes lits et ces grandes armoires à glaces qu'avait jadis achetés son père, mais les matelas n'étaient plus qu'un magma de laine putride et de bestioles qui y avaient fait leur nid au fil des générations. Il prêta l'oreille aux petits pas discrets des rats sous les lambris du plafond. Il ne put vérifier si le sol était de parquet ou de carrelage, nulle part il n'apparaissait à la vue, une épaisse crasse le recouvrait de partout. Une housse grise de poussière estompait le contour des meubles. Dans ce qui avait été le salon, on voyait encore le piano allemand avec un pied cassé et ses touches jaunâtres, sonnant comme un clavecin désaccordé. Sur les rayonnages subsistaient quelques livres illisibles aux pages dévorées par l'humidité et, par terre, des vestiges de revues très anciennes que le vent avait dispersées. Les fauteuils avaient leurs ressorts à nu et une portée de ratons nichait dans la bergère où sa mère s'installait pour tricoter avant que l'infirmité n'eût réduit ses mains à l'état de grappins.

Au terme de son exploration, Esteban avait les idées plus claires. Il savait qu'un travail de titan l'attendait, car si la demeure se trouvait en un tel état d'abandon, il ne pouvait escompter que le reste de la propriété fût en meilleure condition. L'espace d'un instant, il fut tenté de recharger ses deux valises sur la charrette et de s'en retourner par où il était venu, mais il raya cette pensée d'un trait de plume et décida que si quelque chose était à même d'apaiser sa peine et sa rage d'avoir perdu Rosa, c'était bien de s'échiner à travailler sur cette terre réduite à néant. Il ôta son manteau, prit une profonde inspiration et sortit dans la cour où se tenait encore le bûcheron, non loin de ses fermiers rassemblés à quelque distance avec cette timidité propre aux gens de la campagne. Ils s'observèrent avec curiosité. Trueba avança de quelques pas dans leur direction et perçut un léger mouvement de recul parmi leur groupe; il passa en revue ces culs-terreux déguenillés, tenta d'esquisser un sourire ami à l'adresse de ces mioches couverts de morves, de ces vieillards chassieux, de ces femmes grosses de désespoir, mais il ne lui vint qu'une sorte de grimace.

« Où sont les hommes? » s'enquit-il.

Le seul homme dans la force de l'âge fit un pas en avant. Probablement avait-il le même âge qu'Esteban Trueba, mais il paraissait davantage.

« Ils sont partis, dit-il.

– Comment t'appelles-tu?

– Pedro Garcia junior, monsieur, répondit l'autre.

– C'est moi le patron, désormais. La fête est finie. Nous allons travailler. S'il en est à qui cette idée ne plaît pas, qu'ils s'en aillent immédiatement. Ceux qui restent auront de quoi manger, mais il faudra se donner de la peine. Je ne veux pas de tire-au-flanc ni de fortes têtes. Compris? »

Ils se regardèrent, interloqués. Ils n'avaient pas compris la moitié du discours, mais, rien qu'à son accent, ils savaient reconnaître la voix du maître.

« Compris, patron, dit Pedro Garcia junior. Nous n'avons nulle part où aller, nous avons toujours vécu ici. Alors nous restons. »

Un mioche s'accroupit et se mit à déféquer; un chien galeux s'approcha pour le flairer. Esteban, écœuré, donna ordre de s'occuper de l'enfant, de nettoyer la cour et d'abattre le chien. Ainsi fut inaugurée cette nouvelle vie qui, avec le temps, devait le conduire à oublier Rosa.

On ne m'ôtera pas de l'idée que j'ai été un bon patron. Quiconque aurait vu les Trois Maria du temps de leur abandon et les verrait à présent qu'elles sont une exploitation modèle, serait bien obligé d'en convenir avec moi. Aussi ne puis-je accepter que ma petite-fille vienne me débiter ces contes à dormir debout sur la lutte des classes, car si on s'en tient aux faits, ces pauvres paysans sont bien plus malheureux aujourd'hui qu'il y a cinquante ans. J'étais comme un père pour eux. La réforme agraire a tout foutu en l'air.

Pour sortir les Trois Maria de la misère, j'y consacrai tout le capital que j'avais amassé en vue de mon mariage avec Rosa, et tout ce que m'envoyait le contremaître de la mine, mais ce n'est pas l'argent qui sauva cette terre, plutôt le travail et l'organisation. Le bruit courut qu'il y avait un nouveau maître aux Trois Maria et que nous étions en train de dépierrer avec des bœufs avant de retourner et semer les futures pâtures. Bientôt se mirent à rappliquer quelques hommes venus proposer leurs bras, car je payais bien et donnais à manger en abondance. J'achetai des bêtes. Les bêtes étaient sacrées à mes yeux, et nous aurions beau passer l'année sans viande, on n'en sacrifia aucune. Ainsi grandit le cheptel. Je répartis les hommes en équipes et après avoir travaillé aux champs, nous nous attelions à la reconstruction de la maison de maître. Ni maçons ni charpentiers, je dus tout leur apprendre, grâce à quelques mémentos dont je fis l'acquisition. Ensemble, nous refîmes jusqu'à la plomberie, réparâmes les toitures, passâmes tout à la chaux, briquâmes jusqu'à ce que la maison resplendît sous toutes ses coutures. Je distribuai les meubles aux fermiers, sauf la table de la salle à manger, demeurée intacte malgré la vermine qui pullulait partout, et le lit de fer forgé qui avait appartenu à mes parents. Je restai à vivre dans la maison vide, sans autre pièce de mobilier que ces deux-là et quelques caisses en guise de sièges, jusqu'à ce que Férula m'eût expédié de la capitale les meubles neufs que je lui avais commandés. Ils étaient imposants, massifs, ostentatoires, faits pour résister sur nombre de générations et adaptés à la vie à la campagne : la preuve en est qu'il fallut un tremblement de terre pour en avoir raison. Je les disposai le long des murs, plus soucieux de commodité que d'esthétique, et une fois la maison rendue au confort, je me sentis bien dans ma peau et m'accoutumai à l'idée de devoir passer de longues années, peut-être même le restant de mes jours aux Trois Maria.

Les femmes des fermiers vinrent par roulement servir à la maison de maître et s'occupèrent de mon potager. Bientôt je vis éclore les premières fleurs au jardin que j'avais tracé de mes propres mains et qui, à quelques rares modifications près, est encore le même aujourd'hui. En ce temps-là, les gens trimaient sans rouspéter. Je crois que ma présence leur apportait la sécurité et eux-mêmes purent peu à peu constater que cette terre se transformait en un endroit prospère. C'étaient des êtres simples et sans malice, il n'y avait pas de tête-de-lard parmi eux. C'est vrai aussi qu'ils étaient misérables et ignares. Avant mon arrivée, ils se bornaient à cultiver les petites parcelles familiales qui leur dispensaient le strict nécessaire pour ne pas crever de faim, pourvu que ne vînt pas les frapper quelque catastrophe comme la sécheresse ou le gel, l'épidémie, les invasions de fourmis géantes ou d'escargots, auxquels cas les choses tournaient très mal pour eux. Avec moi, tout cela changea. Nous reconquîmes une à une les pâtures, reconstruisîmes le poulailler et les étables, et commençâmes à creuser un réseau d'irrigation afin que les semailles ne dépendissent plus des aléas du climat, mais d'un système scientifique. Mais la vie n'était pas rose. Elle était même très dure. Je me rendais parfois au village et en revenais avec un vétérinaire qui inspectait les vaches et les volailles et jetait en passant un coup d'œil aux malades. Il n'est pas vrai que je partais du principe qu si la science du vétérinaire suffisait aux bêtes, elle pouvait aussi bien servir à soigner les pauvres, comme le prétend ma petite-fille quand elle veut me faire sortir de mes gonds. Ce qu'il y avait, c'est qu'on n'arrivait pas à avoir de médecin dans des bleds pareils. Les paysans consultaient une sorcière du cru qui connaissait le pouvoir des herbes et de la suggestion, et à qui ils faisaient grande confiance. Bien plus qu'au vétérinaire. Les femmes en couches mettaient bas avec l'aide des voisines, des prières et d'une matrone qui jamais n'arrivait à temps, car il lui fallait faire le déplacement à dos d'âne, mais qui pouvait aussi bien aider à la naissance du bébé qu'arracher à une vache son veau mal placé. Les malades les plus graves, ceux que ne pouvaient guérir les incantations de la sorcière ni les potions du vétérinaire, étaient conduits par Pedro Garcia junior ou moi-même jusqu'à l'hôpital des bonnes sœurs où quelque médecin en tournée passait parfois pour les aider à mourir. Les morts allaient échouer leurs ossements dans la fosse commune jouxtant la chapelle désaffectée au pied du volcan, là où s'étend à présent un vrai cimetière selon les vœux du Seigneur. Une à deux fois l'an, j'obtenais d'un prêtre qu'il vînt bénir les unions, les bêtes et les machines, baptiser les gosses et dire l'arriéré de prières à l'intention des défunts. Les seules distractions étaient le châtrage des gorets et des taurillons, les combats de coqs, les jeux de marelle et les incroyables histoires de Pedro Garcia senior, qu'il repose en paix. C'était le père de Pedro junior et il racontait que son aïeul avait combattu dans les rangs des patriotes qui avaient bouté les Espagnols hors d'Amérique. Il apprenait aux mioches à se laisser piquer par les araignées et à boire de l'urine de femme enceinte pour s'immuniser. Il connaissait autant d'herbes que la sorcière, mais il lui arrivait de s'embrouiller dans ses prescriptions et de commettre alors d'irréparables erreurs. Comme arracheur de dents, néanmoins, je reconnais qu'il avait un système à toute épreuve qui lui avait valu une juste renommée dans toute la région : c'était une mixture de vin rouge et de paternosters qui plongeait le patient dans une transe hypnotique. Il m'arracha une molaire sans la moindre douleur et s'il était encore en vie, je l'aurais gardé comme dentiste.

Je commençai très vite à me sentir dans mon élément à la campagne. Mes plus proches voisins étaient à bonne distance à dos de cheval, mais la vie en société ne m'intéressait guère, la solitude me plaisait bien et j'avais en outre quantité de travail à abattre. Je retombai peu à peu à l'état sauvage, j'en vins à oublier des mots, mon vocabulaire se réduisit comme peau de chagrin, je devins tyrannique. Comme je n'avais plus besoin de feindre devant personne, mon mauvais caractère de toujours s'accentua. Tout me mettait hors de moi, j'explosais rien qu'à voir les gosses rôder autour des cuisines pour marauder du pain, la poulaille piailler dans la cour, les moineaux envahir les maïs. Quand la mauvaise humeur commençait à m'indisposer moi-même et que je me sentais mal dans ma peau, je partais chasser. Je me levais bien avant l'aube et m'en allais avec le fusil sur l'épaule, ma gibecière et mon chien d'arrêt. J'aimais bien ces courses dans l'obscurité, le petit matin frisquet, les longs affûts dans la pénombre, le silence, l'odeur de la poudre et du sang, sentir l'arme reculer contre l'épaule avec sa détonation sèche, puis voir la proie tomber en agitant les pattes; ça me calmait et quand je rentrais d'une partie de chasse, avec quatre misérables lapereaux dans ma carnassière et quelques perdrix si bien criblées de plomb qu'elles étaient impropres à la cuisine, à demi-mort de fatigue et couvert de boue, je me sentais délivré, heureux.

Quand je songe à ce temps-là, il me vient une grande tristesse. Ma vie s'est très vite passée. Si j'avais à recommencer, il y a quelques erreurs que je ne commettrais plus, mais, dans l'ensemble, je ne regrette rien. Oui, ça ne fait pas l'ombre d'un doute : j'ai été un bon patron.

Les premiers mois, Esteban Trueba fut si occupé à canaliser l'eau, creuser des puits, extraire des pierres, dégager des pâtures, réparer étables et poulaillers, qu'il ne trouva le temps de penser à rien. Il se couchait recru de fatigue et se levait aux aurores, prenait à la cuisine un frugal petit déjeuner et s'en allait à cheval surveiller les travaux des champs. Il ne rentrait qu'à la tombée du jour. A cette heure, il faisait son unique repas complet de la journée, seul dans la salle à manger de la maison de maître. Les premiers mois, il s'obligea à se laver et à changer de tenue quotidiennement à l'heure du dîner, comme il avait entendu dire que faisaient les colons anglais des postes les plus reculés d'Asie et d'Afrique, pour préserver leur dignité et leur ascendant. Chaque soir, il revêtait ses meilleurs effets, se rasait et mettait sur le gramophone les mêmes grands airs de ses opéras préférés. Mais, petit à petit, il se laissa gagner par la rusticité, reconnut qu'il n'avait aucune propension au dandysme, d'autant moins qu'il n'y avait personne pour apprécier ses efforts. Il ne se rasait plus, ne se coupait les cheveux qu'au moment où ils lui tombaient sur les épaules, ne continuait à se laver que pour obéir à une habitude très enracinée, mais finit par se désintéresser de sa tenue et de ses manières. Il se transforma peu à peu en barbare. Avant de dormir, il lisait un brin ou bien jouait aux échecs, il avait acquis une certaine habileté à se mesurer sans tricher contre un traité et à perdre des parties sans exploser. Cependant, la fatigue du labeur ne suffisait pas à assoupir sa nature puissante et sensuelle. Il se mit à passer de mauvaises nuits, le couvre-lit lui paraissait peser un âne mort, les draps étaient trop doux. Son propre cheval lui jouait des tours pendables et se métamorphosait brusquement en une formidable femelle, montagne de chair ferme et sauvage qu'il enfourchait et chevauchait à s'en rompre les os. Les tièdes et odorants melons du jardin lui apparaissaient comme d'opulents seins de femme et il se surprenait à enfouir son visage dans la couverture de sa monture pour y traquer l'âcre relent de suint et sa semblance avec l'arôme lointain et prohibé de ses premières putains. Durant la nuit, il s'échauffait avec des cauchemars de coquillages avariés, d'énormes quartiers de bestiaux dépecés, de sang, de sperme et de larmes. Il se réveillait en érection, le sexe comme une barre de fer entre les jambes, plus enragé que jamais. Pour se soulager, il courait tout nu piquer une tête dans la rivière, s'enfonçait dans les eaux glacées jusqu'à en perdre le souffle, mais croyait alors sentir d'invisibles mains lui caresser les cuisses. Vaincu, il se laissait flotter à la dérive avec la sensation que le courant venait l'enlacer, les têtards le baisoter sur tout le corps, les roseaux des berges le fustiger. Bientôt, il devint manifeste que son irrépressible besoin ne pouvait s'apaiser par des plongeons nocturnes dans la rivière, ni par des infusions de cannelle, ni en glissant une pierre à feu sous le matelas, non plus même qu'avec ces tripotages honteux qui, à l'internat, rendaient fous les garçons, les laissaient aveugles et promis à la damnation éternelle. Quand il se mit à regarder avec des yeux concupiscents les volailles de la basse-cour, les mioches qui jouaient nus au jardin, et jusqu'à la pâte épaisse du pétrin, il comprit que sa virilité n'allait pas se calmer avec des substituts de sacristain. Son sens pratique lui indiqua qu'il devait se chercher une femme et une fois la décision prise, l'anxiété qui le consumait retomba, son humeur parut revenir au beau. Ce jour-là, il se réveilla avec le sourire pour la première fois depuis bien longtemps.

Pedro Garcia senior le vit sortir en sifflotant en

direction de l'écurie et hocha la tête d'un air inquiet.

Le patron fut occupé tout le jour à retourner un champ qu'il achevait de faire nettoyer et qu'il avait destiné à la culture du maïs. Puis, en compagnie de Pedro Garcia junior, il s'en fut aider une vache qui essayait de mettre bas mais dont le veau était mal placé. Il dut y enfoncer le bras jusqu'au coude pour retourner le petit et lui faire venir la tête dans le bon sens. La vache mourut de toutes les façons, mais même cela n'affecta pas sa bonne humeur. Il donna ordre qu'on alimentât le petit veau au biberon, se rinça dans un baquet et remonta à cheval. Normalement, c'était l'heure du repas, mais il n'avait pas faim. Rien ne le pressait plus, puisqu'il avait déjà fait son choix.

Il avait remarqué la fille à de nombreuses reprises, transbahutant son petit frère morveux sur sa hanche, un sac sur l'épaule ou une cruche d'eau de puits posée sur la tête. Il l'avait observée lorsqu'elle faisait la lessive, accroupie sur les pierres plates de la rivière, ses jambes brunes polies par l'onde, frottant les haillons délavés de ses rudes mains de paysanne. Elle était grande et de physionomie andine, avec des traits épatés et le teint sombre, une expression placide et douce; sa large bouche charnue abritait encore toutes ses dents et s'éclairait quand il lui arrivait de sourire, ce qu'elle faisait rarement. Elle avait la beauté de la prime jeunesse, bien qu'il pût déjà percevoir qu'elle se fanerait très vite, comme il échoit aux femmes nées pour pondre une ribambelle d'enfants, travailler sans répit et enterrer leurs morts. Elle s'appelait Pancha Garcia et n'avait que quinze ans.

Lorsque Esteban Trueba sortit à sa recherche, le jour déclinait et il faisait plus frais. A cheval, il parcourut au pas les longues allées qui séparaient les champs, s'enquérant d'elle auprès de ceux qui passaient, jusqu'à ce qu'il l'aperçût sur le chemin conduisant à sa cabane. Elle allait ployant sous le poids d'un fagot d'épineux destiné à l'âtre de la cuisine, tête basse, les pieds déchaussés. Il la contempla du haut de sa monture et ressentit instantanément l'urgence du désir qui n'avait cessé de le tourmenter depuis tant et tant de mois. Il s'approcha au petit trot jusqu'à se ranger à ses côtés, elle l'entendit mais poursuivit son chemin sans lui adresser un regard, conformément à l'ancestrale coutume des femmes de son extraction de baisser la tête devant le mâle. Esteban se pencha, la débarrassa de son fardeau qu'il brandit un moment en l'air avant de le projeter avec violence sur l'allée déserte, puis d'un bras il saisit la fille par la taille et la souleva avec un halètement bestial, l'installant sur l'encolure sans qu'elle opposât la moindre résistance. Il piqua des deux et leur couple s'en fut au galop en direction de la rivière. Ils mirent pied à terre sans échanger un mot et se mesurèrent du regard. Esteban déboucla son large ceinturon de cuir et elle se mit à reculer, mais il la rattrapa d'une seule main. Ils tombèrent enlacés parmi les feuilles d'eucalyptus.

Esteban ne se déshabilla pas. Il la prit avec une brutalité superflue, férocement, la forçant et se fichant en elle sans préambules. Il se rendit compte trop tard, aux éclaboussures de sang sur sa robe, que la fille était vierge, mais ni l'humble condition de Pancha ni les exigences impérieuses de son appétit ne lui permettaient d'avoir ce genre d'attentions. Pancha Garcia ne se débattit pas ni ne se plaignit ni ne ferma les yeux. Elle demeura allongée sur le dos, fixant le ciel d'un air épouvanté, jusqu'à ce qu'elle sentît l'homme s'effondrer avec un gémissement à ses côtés. Sa propre mère avant elle, et avant sa mère sa grand-mère, avaient subi le même destin de chiennes. Esteban Trueba rajusta son

pantalon, reboucla son ceinturon, il l'aida à se remettre debout et la fit monter en croupe. Ce fut le
chemin du retour. Il s'était remis à siffloter. Elle
n'avait pas cessé de pleurer. Avant de la laisser
devant sa cahute, le patron l'embrassa à pleine
bouche :

« A partir de demain, je veux que tu travailles
chez moi », lui dit-il.

Pancha acquiesça sans lever les yeux. Sa mère et
sa grand-mère aussi avaient servi à la maison de
maître.

Cette nuit-là, Esteban Trueba dormit comme un
bienheureux, sans rêver de Rosa. Au matin, il se
sentit rempli d'énergie, plus grand et plus puissant
que jamais. Il s'en fut aux champs en fredonnant et
à son retour, Pancha était à la cuisine, tout absorbée à touiller le pot-au-feu dans un grand faitout de
cuivre. Le soir, il l'attendit avec impatience et
quand les bruits domestiques eurent cessé dans la
vieille bâtisse de pisé et qu'eut commencé le rapide
remue-ménage des rats, il sentit la présence de la
fille sur le seuil de sa chambre.

« Viens, Pancha », lui fit-il, non comme un ordre,
plutôt sur le ton de la prière.

Cette fois, Esteban prit son temps pour atteindre
au plaisir et lui en donner. Il partit sans hâte à sa
découverte, retenant par cœur l'odeur de fumée de
son corps, de son linge lavé à la charrée et repassé
au fer à charbon, il apprit la texture de sa chevelure
noire et lisse, de sa peau si douce aux endroits les
plus cachés, rêche et calleuse aux autres, de ses
lèvres fraîches, de son sexe serein, de son ventre
évasé. Il la désira avec calme et l'initia aux mystères
de la science la plus vieille du monde. Probablement fut-il heureux, cette nuit-là et quelques-unes
des suivantes, à folâtrer avec elle comme deux
jeunes chiots dans le grand lit de fer forgé qui avait
été celui du premier Trueba et qui était déjà à demi

bancal, du moins parvenait-il désormais à modérer les assauts de l'amour.

Les seins de Pancha Garcia s'épanouirent, ses hanches s'arrondirent. Pour un temps, la mauvaise humeur d'Esteban Trueba vira au beau et il se mit à prêter attention à ses fermiers. Il leur rendit visite dans leurs cahutes de misère. Dans la pénombre de l'une d'elles, il découvrit une caisse garnie de vieux journaux où sommeillaient côte à côte un nourrisson et une chienne qui venait de mettre bas. Dans une autre, il vit une vieille qui se mourait depuis quatre ans, dont les os pointaient par les plaies béantes de son dos. Dans une cour, il tomba sur un jeune idiot tout bavant, une longe autour du cou, attaché à un piquet, parlant tout seul de choses d'autres mondes, totalement nu et déroulant un sexe de mulet qu'il frottait infatigablement contre le sol. Pour la première fois, il se rendit compte que le pire abandon n'était pas celui des terres et des bêtes, mais bien celui des habitants des Trois Maria dont l'existence avait été laissée en friche depuis l'époque où son père avait perdu au jeu la dot et le patrimoine de sa mère. Il décréta qu'il n'était que temps d'apporter un peu de civilisation dans ce coin perdu entre la cordillère et la mer.

Une activité fébrile se mit à secouer la torpeur des Trois Maria. Esteban Trueba obligea les paysans à travailler comme jamais ils ne l'avaient encore fait. Tout homme, toute femme, tout vieillard ou enfant qui pouvait tenir sur ses deux jambes fut enrôlé par le patron, soucieux de rattraper en quelques mois toutes ces années de jachère. Il fit aménager un grenier et des réserves afin de garder les vivres pour l'hiver, il fit saler la viande de cheval et fumer celle du cochon, il employa les femmes à fabriquer des confitures et des conserves de fruits.

Il modernisa la laiterie qui n'était qu'un hangar envahi de fumier et de mouches, et astreignit les vaches à produire du lait en suffisance. Il entama l'édification d'une école à six classes, car il ambitionnait que tous les enfants et adultes des Trois Maria apprissent à lire, à écrire et à compter, mais il n'était pas partisan de leur inculquer d'autres connaissances, de sorte qu'ils n'allassent se farcir le crâne d'idées inadaptées à leurs état et condition. Il ne put cependant trouver un maître qui acceptât de venir travailler dans ce trou perdu et, confronté à la difficulté d'attraper les mouflets à coups de promesses de bonbons et de fessées pour les alphabétiser lui-même, il renonça à son utopie et destina l'école à d'autres usages. Sa sœur Férula lui expédiait de la capitale les livres qu'il lui commandait. C'étaient des guides pratiques. Grâce à eux, il apprit à faire des piqûres en s'y exerçant sur ses propres jambes et il confectionna un poste à galène. Il consacra ses premiers gains à l'achat d'étoffes rustiques, d'une machine à coudre, d'une boîte de pilules homéopathiques avec leur mode d'emploi, d'une encyclopédie et de tout un fourniment de syllabaires, de cahiers et de crayons. Il caressa le projet d'aménager un réfectoire où tous les enfants bénéficieraient d'un repas complet par jour, afin qu'ils devinssent forts et sains et pussent travailler dès leur plus jeune âge, mais il réfléchit que c'était une loufoquerie que de vouloir obliger les gosses à rappliquer d'un bout à l'autre du domaine pour torcher une assiette, de sorte qu'il troqua son projet contre celui d'un atelier de couture. Pancha Garcia fut préposée à élucider les mystères de la machine à coudre. Au début, elle croyait que c'était un instrument du diable, doué d'une vie propre, et elle se refusait à l'approcher, mais Esteban se montra inflexible et elle finit par la maîtriser. Trueba mit sur pied une épicerie-mercerie-droguerie. C'était une modeste boutique où les fermiers pouvaient se procurer le nécessaire sans avoir à faire le déplacement en charrette jusqu'à San Lucas. Le patron achetait les choses en gros et les revendait au même prix à ses employés. Il institua un système de bons qui fonctionna d'abord comme une forme de crédit puis, avec le temps, en vint à se substituer à la monnaie officielle. Avec ces bouts de papier rose, on pouvait acheter de tout à la boutique et on payait les salaires. Chaque travailleur avait droit, en sus de ces fameux bouts de papier, à une parcelle de terre à cultiver pendant son temps libre, à six poules par feu d'une année sur l'autre, à une part de semences, à une fraction de la récolte destinée à couvrir ses besoins, au pain et au lait quotidiens ainsi qu'à cinquante pesos répartis entre les hommes pour Noël et les Fêtes patriotiques. Les femmes ne touchaient pas cette prime, bien qu'elles travaillassent à leurs côtés à l'égal des hommes, car on ne les considérait pas comme chefs de famille, exception faite des veuves. Le savon, la laine à tricoter et le sirop pour fortifier les poumons étaient distribués gratuitement, car Trueba ne voulait pas autour de lui de gens sales, souffrant du froid ou atteints de maladie. Un jour, il lut dans l'encyclopédie les avantages d'un régime équilibré et il contracta cette manie des vitamines dont il ne devait plus se défaire de tout le restant de ses jours. Il ne pouvait s'empêcher de bouillir chaque fois qu'il constatait que les paysans ne donnaient aux gosses que du pain sec, mais alimentaient leurs gorets au lait et aux œufs battus. Il se mit à organiser des réunions obligatoires à l'école pour les entretenir des vitamines et, par la même occasion, leur faire part des nouvelles qu'il parvenait à saisir à travers la houle clapotante du poste à galène. Bientôt il se lassa de traquer la bonne longueur d'onde avec son fil et commanda à la capitale une radio transocéanique dotée de deux énormes batteries. Grâce à elle, il pouvait capter quelques messages cohérents au milieu d'une assourdissante cacophonie d'échos ultra-marins. Il apprit ainsi que la guerre faisait rage en Europe et il suivit le mouvement des troupes sur une carte fixée au tableau noir de l'école et qu'il jalonnait d'épingles à tête. Les paysans le regardaient faire avec stupéfaction, sans entrevoir même confusément à quoi pouvait rimer le fait de ficher une épingle dans le bleu pour, le lendemain, la transplanter dans le vert. Ils ne pouvaient imaginer l'univers ramené aux proportions d'un dépliant placardé au tableau noir, ni les armées réduites à une tête d'épingle. En réalité, la guerre, les découvertes scientifiques, les progrès de l'industrie, le cours de l'or et les extravagances de la mode les laissaient froids. C'étaient autant de contes de fées qui n'affectaient en rien leur existence étriquée. Pour cet auditoire impavide, les informations radiophoniques venaient d'ailleurs et de trop loin, et l'appareil eut vite fait de perdre tout prestige quand il devint évident qu'il était incapable d'annoncer le temps qu'il ferait. Le seul à montrer quelque intérêt aux messages tombés du ciel était Pedro Garcia junior.

Esteban Trueba passa en sa compagnie de longues heures, d'abord à côté du poste à galène, puis du poste à batteries, dans l'attente du miracle d'une voix lointaine et anonyme qui les mît en contact avec la civilisation. Rien de cela ne contribua pourtant à les rapprocher. Trueba savait que ce rude paysan surpassait les autres en intelligence. C'était le seul à savoir lire et il était capable de tenir un discours de plus de trois phrases. A cent kilomètres à la ronde, c'était ce que Trueba pouvait trouver de plus ressemblant à un ami, mais son monstrueux orgueil l'empêchait de lui reconnaître aucune qualité, hormis celles afférentes à sa condition de bon manœuvre agricole. Il était d'ailleurs peu enclin aux familiarités avec les subordonnés. Pour sa part, Pedro junior le haïssait, bien qu'il n'eût jamais mis de nom sur ce sentiment orageux qui lui embrasait l'âme et le remplissait de confusion. C'était un mélange de crainte et de rancœur admirative. Il sentait bien qu'il n'oserait jamais l'affronter, puisqu'il était le patron. Jusqu'à la fin de ses jours, il lui faudrait supporter ses emportements, ses ordres inconsidérés, sa toute-puissance. Au fil des années où les Trois Maria avaient été laissées à l'abandon, c'est de façon naturelle qu'il avait commandé à la petite tribu qui survivait sur ces terres oubliées. Il s'était habitué à être respecté, à donner des ordres, à prendre des décisions, à n'avoir de comptes à rendre qu'à Dieu. L'arrivée du patron avait bouleversé son existence, mais il était bien forcé d'admettre qu'ils vivaient mieux à présent, qu'ils ne crevaient plus de faim, qu'ils étaient mieux protégés, plus en sûreté. Quelquefois, Trueba crut déceler dans son regard une lueur assassine, mais jamais il ne put lui reprocher quelque insolence. Pedro junior obéissait sans broncher, travaillait sans se plaindre, était honnête et paraissait loyal. S'il lui arrivait de voir sa sœur Pancha, du pas traînant de la femelle pleine, déambuler le long de la véranda de la maison de maître, il baissait la tête et se tenait coi.

Pancha Garcia était jeune et le patron vigoureux. Le résultat prévisible de leur croisement commença à se remarquer au bout de peu de mois. Le long des jambes de la fille, les veines saillirent comme des vers sur sa peau brune, ses gestes se firent plus lents, son regard plus lointain, elle perdit tout intérêt pour les batifolages éhontés du lit de fer forgé, sa taille s'épaissit rapidement et ses seins s'affaissèrent avec le poids de la nouvelle vie qui poussait en elle. Esteban mit un certain temps à s'en apercevoir, car il ne la regardait pour ainsi dire jamais, et, passé l'enthousiasme des débuts, il avait également cessé de la caresser. Il se bornait à recourir à elle comme à une mesure d'hygiène qui le soulageait de la tension du jour et lui dispensait une nuit sans rêves. Mais arriva un moment où la grossesse de Pancha devint évidente, même pour lui. Il la prit alors en aversion. Il se mit à la considérer comme une outre énorme contenant quelque informe substance gélatineuse qu'il était incapable d'identifier à sa progéniture. Pancha quitta la maison de maître et s'en retourna à la cahute de ses parents où on ne lui posa pas de questions. Elle continua à venir travailler chez le patron à la cuisine, à pétrir le pain et coudre à la machine, de jour en jour plus déformée par la maternité. Elle cessa de servir Esteban à table et évita de se trouver en sa présence, puisqu'ils n'avaient plus rien à partager. Une semaine après qu'elle eut quitté son lit, il se reprit à rêver de Rosa et se réveilla avec ses draps mouillés. Il regarda par la fenêtre et aperçut une fillette gracile en train de suspendre le linge fraîchement lavé à un fil de fer. Elle ne paraissait pas plus de treize ou quatorze ans, mais elle était complètement formée. A ce moment précis, elle fit volte-face et il la découvrit : elle avait le regard d'une femme.

Pedro Garcia vit le patron sortir en sifflotant en direction de l'écurie et hocha la tête d'un air inquiet.

En l'espace des dix années suivantes, Esteban Trueba devint le patron le plus respecté de la région, il édifia des maisonnettes en brique à l'intention de ses employés, dénicha un maître pour l'école et éleva le niveau de vie de tout un chacun sur ses terres. Les Trois Maria étaient de bon rapport et ne nécessitaient point le concours du filon d'or, mais, au contraire, elles servirent de garantie à la prorogation de la concession minière. Le mauvais caractère de Trueba prit des proportions légendaires et s'accentua jusqu'à l'indisposer lui-même. Il n'acceptait de réplique de personne, ne tolérait aucune contradiction et considérait la moindre divergence comme une provocation. Sa concupiscence crût de même. Nulle fille ne passait de la puberté à l'âge adulte sans qu'il lui fît visiter les bois, le bord de la rivière ou le lit en fer forgé. Quand il ne resta plus de femmes disponibles aux Trois Maria, il s'employa à pourchasser celles des autres domaines, les violant en un clin d'œil n'importe où en rase campagne, généralement à la tombée du jour. Il ne se souciait pas de le faire en cachette, car il ne craignait personne. A quelques reprises rappliquèrent aux Trois Marias tel frère, tel père, un mari ou un patron venus lui demander des comptes, mais devant ses débordements de violence, ces visites de justice ou de vengeance se firent de moins en moins fréquentes. Sa réputation de brutalité se répandit dans toute la région et suscitait une admiration envieuse parmi les mâles appartenant à sa classe. Les paysans, eux, planquaient leurs filles et serraient vainement les poings, car ils n'étaient pas en mesure de l'affronter. Esteban Trueba était le plus fort et jouissait de l'impunité. Par deux fois furent découverts les cadavres de paysans d'autres domaines, criblés de coups de fusil, et l'idée n'effleura personne qu'il fallût chercher le coupable aux Trois Maria, la gendarmerie locale se contenta de constater les faits dans ses registres, d'une laborieuse écriture de semi-analphabète, ajoutant que les susnommés avaient été surpris alors qu'ils commettaient quelque larcin. Les choses n'allèrent pas plus loin. Trueba continua à parfaire son prestige de trompe-l'enfer en parsemant la contrée de bâtards, récoltant la haine et engrangeant les péchés, ce qui ne lui faisait ni chaud ni froid, car il s'était endurci l'âme et avait réduit sa conscience au silence en invoquant le progrès. En vain, Pedro Garcia junior et le vieux curé de l'hôpital des sœurs tentèrent-ils de lui suggérer que ce n'étaient pas les maisonnettes de brique ni les litres de lait qui suffisaient à faire un bon patron, voire un bon chrétien, mais d'accorder aux gens un salaire décent en lieu et place des petits bouts de papier roses, des horaires de travail qui ne leur rompissent pas les reins, ainsi qu'un minimum de respect et de dignité. Trueba refusait d'entendre parler de ces choses qui, d'après lui, sentaient à plein nez le communisme.

« Des idées de dégénérés, voilà ce que c'est! maugréait-il. Des idées bolcheviques pour soulever mes fermiers. Vous ne vous rendez pas compte que ces pauvres gens n'ont ni culture ni éducation, qu'ils ne peuvent assumer la moindre responsabilité, que ce sont de vrais gosses. Comment sauraient-ils ce qui est bon pour eux? Sans moi ils seraient perdus. La preuve : sitôt que j'ai le dos tourné, tout fout le camp et ils se mettent à faire des âneries. Ils sont d'une ignorance crasse. Mes gens sont très bien comme ils sont, que voulez-vous de plus? Ils ne manquent de rien. S'ils rouspètent, c'est pure ingratitude. Ils ont des maisons en brique, je me soucie de débarrasser leurs moutards de leurs morves et de leurs parasites, de leur procurer des vaccins et de leur apprendre à lire. Y a-t-il par ici une autre terre qui ait sa propre école? Non! Chaque fois que possible, je leur fais venir le curé pour qu'il leur dise quelques messes, et je me demande d'ailleurs bien pourquoi ce curé vient me parler justice. Il n'a pas à se mêler de ce qui ne le regarde pas et dont il ignore tout. Je voudrais bien le voir, moi, s'occuper de ce domaine! On verrait comment il s'en sort, à faire des mines et des manières! Avec ces pauvres diables, il n'y a que la manière forte, c'est le seul langage qu'ils comprennent. Si on s'attendrit, fini le respect. Je ne nie pas que j'aie été souvent très sévère, mais j'ai toujours été juste. J'ai dû tout leur apprendre, et même à manger, car si ça ne tenait qu'à eux, ils se contenteraient de pain sec. Et si je n'y veille pas, ils vont vous donner le lait et les œufs aux gorets. Ça ne sait même pas se laver le cul et ça voudrait le droit de vote! S'ils ne savent pas eux-mêmes où ils en sont, comment est-ce qu'ils vont savoir quelque chose de la politique? Ils sont bien capables de voter pour les communistes, comme ces mineurs du Nord qui, avec leurs grèves, sabotent tout le pays au moment précis où le cours du minerai est au plus haut. Je t'enverrais la troupe dans le Nord, moi, pour qu'elle s'en occupe à coups de pruneaux, histoire de leur faire comprendre une bonne fois. Malheureusement, il n'y a que la trique qui donne des résultats par chez nous. On n'est pas en Europe. Ici, ce dont on a besoin, c'est d'un gouvernement fort, d'un vrai patron. Ça serait très joli si on était tous égaux : mais voilà, on ne l'est pas. Ça saute aux yeux. Ici le seul qui sache travailler, c'est moi, et je vous mets au défi de me prouver le contraire. Je suis le premier levé et le dernier couché sur cette maudite terre. Si je m'écoutais, j'enverrais tout promener et j'irais vivre comme un prince à la capitale, mais il faut bien que je reste : dès que je m'absente ne serait-ce qu'une semaine, tout est par terre et ces malheureux recommencent à crever de faim. Rappelez-vous comment c'était quand je suis arrivé, il y a de cela neuf ou dix ans : une désolation. Un nid de caillasse à condors. Une vraie friche. Tous les champs à l'abandon. Il n'était venu à l'idée d'aucun de canaliser l'eau. Eux se contentaient de planter quatre laitues gadouilleuses dans leur cour et tout le reste pouvait sombrer dans la misère. Il a fallu que je vienne pour qu'ici règnent l'ordre, la loi et le travail. Comment n'en tirerais-je pas orgueil? J'ai travaillé tant et si bien que j'ai déjà fait l'acquisition des deux domaines voisins et cette terre est la plus vaste et la plus riche de la contrée, tout le monde la regarde avec envie, comme un exemple, une exploitation modèle. Et maintenant que la route passe à côté, sa valeur a doublé; si je désirais la vendre, je pourrais partir pour l'Europe vivre de mes rentes, mais je ne m'en vais pas, non, je reste ici à me donner un mal de chien. C'est pour ces gens que je le fais. Sans moi, ils seraient foutus. Pour dire le fond des choses, on ne peut même pas les envoyer faire les commissions; je le répète toujours : de vrais gosses. Pas un qui soit capable de faire ce qu'il a à faire sans que je doive me tenir derrière lui à le pousser au cul. Et après ça, on vient me raconter que nous sommes tous égaux! Non, c'est à s'en faire péter la rate... »

A sa mère et à sa sœur, il envoyait des cageots de fruits, de salaisons, de jambonneaux, d'œufs frais, de volaille vive ou en saumure, des sacs entiers de riz, de grain et de farine, des fromages de ferme et tout l'argent dont elles pouvaient avoir besoin, car de tout cela il avait à revendre. Les Trois Maria et la mine rendaient enfin leur dû pour la première fois depuis que Dieu les avait disposées sur cette planète, ainsi qu'il se plaisait lui-même à le dire à qui voulait l'entendre. A doña Ester et à Férula il prodiguait ainsi ce à quoi elles n'avaient jamais aspiré, mais de toutes ces années il ne trouva pas le temps d'aller les voir ne fût-ce qu'en passant, au cours d'un de ses voyages dans le Nord. Il était si accaparé par la terre, par les nouveaux domaines qu'il avait acquis, et par d'autres affaires sur lesquelles il s'apprêtait à mettre le grappin, qu'il ne pouvait songer à perdre son temps au chevet d'une malade. En outre, le courrier permettait de ne pas perdre le contact, et le train d'expédier tout ce qu'on voulait. Il n'éprouvait nul besoin de les voir. Tout pouvait se dire par lettre. Tout, hormis ce qu'il ne voulait pas qu'elles sachent : ainsi cette ribambelle de bâtards qui proliféraient comme par magie. Il suffisait qu'il culbutât une fille en plein champ pour que celle-ci tombât aussitôt enceinte, c'était l'œuvre du démon et pareille fécondité paraissait bien bizarre, il était convaincu que la moitié de ces rejetons n'étaient pas de lui. Aussi décréta-t-il qu'en dehors du fils de Pancha Garcia, qui s'appelait Esteban comme lui, dont il ne pouvait douter que la mère était vierge le jour où il l'avait possédée, tous les autres pouvaient certes être de lui, tout comme ils pouvaient aussi bien ne pas l'être : en tout état de cause, mieux valait donc penser qu'ils ne l'étaient pas. Quand débarquait chez lui telle ou telle femme tenant un enfant dans ses bras pour réclamer qu'il lui donnât son nom ou quelque subside, il la mettait à la porte avec deux billets de banque dans la main et la menaçait, si elle revenait l'importuner, de la chasser à coups d'étrivière, pour lui ôter l'envie de remuer le popotin à la vue du premier venu et puis de l'accuser, lui. Ainsi ne sut-il jamais les effectifs exacts de sa progéniture, et en réalité l'affaire ne l'intéressait point. Il se disait que le jour où il voudrait avoir des enfants, il se chercherait une épouse de sa classe, avec la bénédiction de l'Eglise, car les seuls à compter vraiment étaient ceux qui portaient le nom de leur père, les autres étant comme s'ils n'existaient pas. Et qu'on ne vienne pas lui servir cette monstruosité que tous les hommes naissent égaux en droits et héritent donc de même, car ce serait alors la fin de tout, et la civilisation s'en retournerait à l'âge de pierre. Il se remémorait Nivea, la mère de Rosa, qui, après que son mari eut renoncé à la politique, atterré par l'eau-de-vie empoisonnée, s'était lancée dans sa propre campagne. Elle s'enchaînait en compagnie d'autres bourgeoises aux grilles du Congrès et de la Cour suprême, provoquant un honteux spectacle qui plongeait leurs maris dans le ridicule. Il savait que Nivea sortait la nuit apposer des affiches de suffragettes sur les murs de la ville et qu'elle était capable de se promener dans le centre, dans la pleine lumière d'un dimanche midi, un balai dans une main et le bonnet phrygien sur la tête, revendiquant pour les femmes les mêmes droits que les hommes, qu'elles puissent voter et entrer à l'université, réclamant aussi que tous les enfants bénéficient de la protection de la loi, quand bien même c'étaient des bâtards.

« Cette femme est tombée sur la tête! disait Trueba. Ce serait aller contre la nature. Si les femmes ne savent pas combien font deux et deux, on ne voit pas comment elles pourraient tenir un bistouri. Elles n'ont d'autre fonction que d'être mères et de rester au foyer. Au train où elles vont, vous verrez qu'un de ces jours elles vont vouloir être députés, juges, et même président de la République! Et, entre-temps, elles en sont à semer une zizanie et un désordre qui risquent de tourner au désastre. Voilà qu'elles publient des pamphlets indécents, qu'elles déblatèrent à la radio, qu'elles s'enchaînent dans les lieux publics, et il faut que la police s'en vienne avec un maréchal-ferrant pour cisailler les cadenas et pouvoir ensuite les conduire en cabane, là où elles ont leur place. Dommage qu'il se trouve toujours un mari influent, un juge manquant de nerf ou un parlementaire aux idées séditieuses pour les remettre en liberté... La manière forte, voilà ce qui manque encore dans un cas pareil! »

La guerre en Europe avait pris fin et les wagons remplis de cadavres étaient comme un hurlement lointain dont l'écho tardait encore à s'éteindre. De là-bas arrivaient des idées subversives portées par les vents incontrôlables de la radio, par le télégraphe et les bateaux chargés d'émigrants qui débarquaient comme un cheptel ahuri d'avoir échappé à sa terre de famine, décimé par le rugissement des bombes et ayant laissé tous ces morts en putréfaction dans les sillons des labours. C'était une année d'élections présidentielles, le moment de se préoccuper du tour qu'étaient en train de prendre les événements. Le pays sortait de sa léthargie. La vague de mécontentement qui agitait la population commençait à ébranler le solide édifice de cette société oligarchique. Dans les campagnes, on eut droit à tout : sécheresse, légions d'escargots, fièvre aphteuse. Le Nord était en proie au chômage et la capitale se ressentait des effets de la guerre lointaine. Ce fut une année de misère : pour que le désastre fût complet, il n'y manquait qu'un tremblement de terre.

La classe dirigeante, détentrice du pouvoir et des richesses, ne se rendit pourtant pas compte du péril qui menaçait le fragile équilibre de sa position. Les gens fortunés se distrayaient à danser le charleston et les rythmes nouveaux du jazz, le fox-trot et ces gigues de nègres qui étaient d'une si merveilleuse indécence. Les traversées vers l'Europe reprirent après leur interruption de quatre années de guerre, et d'autres à destination de l'Amérique du Nord devinrent à la mode. Arriva la nouveauté du golf qui réunissait la meilleure société pour taper dans une petite balle avec un bâton comme, deux cents ans auparavant, le faisaient les Indiens en ces mêmes lieux. Les dames de la haute se paraient jusqu'aux genoux de colliers de fausses perles, et de chapeaux en forme de pots de chambre enfoncés jusqu'aux yeux, elles s'étaient coupé les cheveux à la garçonne et se maquillaient comme des maquerelles, elles ne portaient plus de corsets et fumaient ostensiblement. Les messieurs se laissaient éblouir par l'irruption des voitures nord-américaines qui débarquaient au pays dans la matinée pour être vendues l'après-midi même, bien qu'il en coûtât un joli magot et que ce ne fût là rien d'autre qu'un tintamarre fumant de pièces détachées roulant à tombeau ouvert sur des chemins tracés pour les chevaux et autres bêtes naturelles, en aucun cas pour ces engins sortis d'un cerveau dérangé. Aux tables de jeu se jouaient les héritages et les fortunes faciles de l'après-guerre, on sablait le champagne et arriva bientôt le dernier cri de la cocaïne, apanage des plus raffinés et des plus vicieux. Cette folie collective semblait ne pas devoir finir.

Mais, dans les campagnes, les nouvelles automobiles étaient une réalité tout aussi lointaine que les robes à mi-cuisse, et ceux qui réchappèrent aux légions d'escargots et à la fièvre aphteuse marquèrent cette année-là d'une pierre blanche. Esteban Trueba et d'autres propriétaires terriens de la région se réunissaient au club du village pour organiser l'action politique avant les élections. Les paysans menaient la même vie qu'au temps de la Colonie et n'avaient jamais entendu parler de syndicats, de dimanches chômés ou de salaire minimum, mais déjà commençaient à s'infiltrer sur les domaines les émissaires des nouveaux partis de gauche, qui s'y introduisaient déguisés en évangélistes, une bible sous un bras et leurs libelles marxistes sous l'autre, prêchant simultanément l'abstinence et de mourir pour la révolution. Les repas de conciliabules patronaux se concluaient en orgies romaines ou en combats de coqs et, le soir venu, ils prenaient d'assaut la Lanterne Rouge où les petites putains de douze ans et Carmelo, la seule tapette du tripot, la seule aussi du village, dansaient au son d'un phono antédiluvien sous l'œil vigilant de Sofia, laquelle n'avait plus l'âge de ces cabrioles mais conservait assez d'énergie pour régenter l'endroit d'une main de fer, empêcher tout à la fois les gendarmes de se trouver dans l'obligation de froncer les sourcils, et les patrons de passer les bornes avec les filles en baisant gratis. Tránsito Soto était entre toutes celle qui dansait le mieux et qui résistait le plus savamment aux assauts des soudards, elle était infatigable et ne se plaignait jamais de rien, comme si elle était dotée de la faculté tibétaine d'abandonner son miséreux squelette d'adolescente aux mains du client tout en faisant migrer son âme en quelque sphère lointaine. Elle plaisait bien à Esteban Trueba, car elle ne jouait pas les mijaurées dans les improvisations et les emportements de l'amour, elle savait chanter d'une voix d'oiseau enroué et elle lui avait dit un jour qu'elle ferait son chemin dans la vie, ce qu'il avait trouvé plutôt drôle.

« Je ne vais pas moisir le restant de mes jours à la Lanterne Rouge, patron. Je m'en irai à la capitale, parce que je veux devenir riche et célèbre », lui dit-elle.

Esteban fréquentait le lupanar dans la mesure où c'était le seul lieu de divertissement du village, mais ce n'était pas un homme à prostituées. Il ne lui plaisait pas de payer pour ce qu'il pouvait obtenir par d'autres moyens. Il appréciait néanmoins Tránsito Soto. La fille le faisait rire.

Un jour, après l'amour, il fut saisi de générosité, ce qui ne lui arrivait jamais, et demanda à Tránsito Soto s'il lui plairait qu'il lui fît un cadeau.

« Prêtez-moi cinquante pesos, patron ! demandat-elle de but en blanc.

– C'est beaucoup d'argent. Que veux-tu en faire ?

– Pour me payer un billet de train, une robe rouge, des hauts-talons, un flacon de parfum et me faire faire une permanente. C'est tout ce dont j'ai besoin pour commencer. Je vous les rendrai un jour, patron. Intérêts compris. »

Esteban lui remit les cinquante pesos : ce jour-là, il avait vendu cinq taurillons et il se promenait avec les poches pleines de billets, mais il y avait aussi cette fatigue du plaisir assouvi qui le rendait quelque peu sentimental.

« La seule chose que je regrette, Tránsito, c'est que je ne te verrai plus. Je m'étais fait à toi.

– Pour sûr que nous nous reverrons, patron. La vie est longue et repasse souvent les mêmes plats. »

Ces ripailles au club, les rixes de coqs et les soirées au bordel convergèrent en un plan astucieux, quoique pas très original, pour faire voter comme il convenait les péquenots. On leur donna une fête avec des beignets et du vin à satiété, on sacrifia quelques bêtes pour les faire rôtir, ils eurent droit à quelques ritournelles à la guitare, on leur débita quelques harangues patriotiques et on leur promit que si le candidat conservateur l'emportait, ils recevraient une prime, mais que si c'était l'autre ils se retrouveraient sans travail. Pour faire bonne mesure, on contrôla les urnes et suborna la police. Après la fête, on entassa les culs-terreux dans des charrettes et les emmena voter sous bonne escorte, parmi les rires et les blagues, seule et unique occasion d'échanger quelques familiarités avec eux, et je te donne du mon ami par-ci, du mon vieux par-là, tu peux compter sur moi, mon petit patron, je ne te ferai pas défaut, voilà comme j'aime te voir avec une belle conscience patriotique, dis-toi bien que les libéraux et les radicaux n'ont pas de couilles et que les communistes sont des fils de pute, des athées qui dévorent les enfants.

Le jour des élections, tout se déroula comme

prévu, dans un ordre parfait. Les Forces armées garantirent le processus démocratique dans le calme et la paix, par une journée de printemps plus guillerette et ensoleillée que les précédentes.

« Voilà un exemple pour tout ce continent de nègres et d'indiens qui passent leur temps à faire la révolution pour remplacer un tyran par un autre. Ce pays est bien différent, c'est une véritable république, on y a le sens civique, le Parti conservateur y remportera honnêtement la victoire et on n'a pas besoin de quelque général pour que la tranquillité publique soit assurée, ça n'est pas comme ces dictatures d'à côté où on s'entretue pendant que les amerloks embarquent toutes les matières premières », déclara Trueba dans la salle à manger du club, levant son verre et trinquant à l'annonce des résultats du scrutin.

Trois jours plus tard, alors que la routine avait repris ses droits, arriva aux Trois Maria la lettre de Férula. Cette nuit-là, Esteban Trueba avait rêvé de Rosa. Cela faisait bien longtemps que pareille chose ne lui était pas arrivée. Dans son rêve, il l'avait vue avec sa chevelure de saule qui lui retombait jusqu'à la taille comme une houppelande végétale, sa peau était dure et glacée, d'une couleur et d'un grain d'albâtre. Elle était nue et portait un paquet dans ses bras, et elle se déplaçait comme on déambule dans les rêves, tout auréolée du vert flamboiement flottant autour de son corps. Il la vit s'approcher avec lenteur mais quand il voulut la toucher, elle projeta le paquet par terre, le fracassant à ses pieds. Il se courba, le ramassa et découvrit une petite fille sans yeux qui l'appelait papa. Il se réveilla en sursaut, saisi d'angoisse, et la mauvaise humeur ne le quitta pas de toute la matinée. A cause de son rêve, l'inquiétude l'avait gagné bien avant qu'il n'eût reçut la lettre de Férula. Il entra prendre son déjeuner à la cuisine, comme chaque jour, et aperçut une poule affairée à picorer les miettes sur le sol. Il lui décocha un coup de pied qui l'éventra et la laissa agoniser dans une bouillie de plumes et de boyaux, battant encore des ailes au milieu de la cuisine. Il n'en fut pas plus calme pour autant, au contraire, sa colère ne fit que croître et il se sentit sur le point d'étouffer. Il enfourcha son cheval et s'en fut au galop surveiller le bétail qu'on était en train de marquer. Entre-temps arriva à la maison Pedro Garcia junior qui était aller porter une commande en gare de San Lucas et qui était repassé par le village pour prendre le courrier. Il rapportait la lettre de Férula.

L'enveloppe attendit toute la matinée sur la table de l'entrée. Quand Esteban Trueba fut de retour, il fila directement se laver, car il était couvert de sueur et de poussière, imprégné de l'odeur repérable entre toutes des bêtes terrorisées. Puis il s'assit à son bureau à faire des comptes et ordonna qu'on lui servît le repas de midi sur un plateau. Il fallut attendre la nuit pour qu'il remarquât la lettre de sa sœur, à l'heure où il faisait traditionnellement sa ronde avant de se mettre au lit, pour voir si toutes les lampes avaient été éteintes et les portes fermées. Le pli de Férula ressemblait à tous ceux qu'il avait déjà reçus d'elle mais, rien qu'à le tenir dans sa main, avant même de l'ouvrir, il sut que sa teneur allait changer sa vie. Il ressentit la même impression que bien des années auparavant, quand il avait pris entre ses doigts le télégramme de sa sœur lui annonçant la mort de Rosa.

Il ouvrit la lettre, sentant le sang battre à ses tempes à cause de ce pressentiment. Elle disait avec brièveté que doña Ester Trueba était à l'article de la mort et qu'après tant et tant d'années passées à la soigner et la servir comme une esclave, Férula devait encore supporter que sa mère ne la reconnût même plus, alors qu'elle réclamait de jour et de nuit son fils Esteban, parce qu'elle ne voulait pas mourir sans l'avoir revu. Esteban n'avait jamais vraiment aimé sa mère, il s'était toujours senti mal à l'aise en sa présence, mais la nouvelle le laissa sans ressort, tremblant comme une feuille. Il comprit que, cette fois, les prétextes sans cesse renouvelés qu'il invoquait pour ne pas aller la voir ne lui seraient d'aucun secours et que l'heure était venue du retour à la capitale, pour y affronter une dernière fois cette femme qui hantait ses cauchemars avec son odeur rance de pharmacie, ses gémissements ténus, ses interminables prières, cette femme impotente qui avait peuplé son enfance d'interdits et de terreurs, et chargé sa vie d'homme du faix de tant de responsabilités et de péchés.

Il appela Pedro Garcia junior et lui expliqua la situation. Il le conduisit au bureau et lui montra le livre de comptes, ainsi que ceux de la boutique. Il lui remit un trousseau avec toutes les clefs, hormis celle de la cave à vins, et l'informa qu'à compter de cet instant et jusqu'à son retour, il était responsable de tout ce que recelaient les Trois Maria, et qu'il paierait cher la moindre ânerie qu'il viendrait à commettre. Pedro Garcia junior s'empara des clefs, prit le livre de comptes sous son bras et sourit sans joie.

« On fait ce qu'on peut, on n'est pas des bœufs, patron », dit-il en haussant les épaules.

Le lendemain, Esteban Trueba refit pour la première fois depuis tant d'années le trajet qui l'avait conduit de la demeure maternelle à la campagne. Avec ses deux valises de cuir, il alla en charrette jusqu'à la gare de San Lucas, monta dans le wagon de première classe de l'époque de la compagnie britannique de chemins de fer, et retraversa en sens inverse les vastes étendues champêtres au pied de la cordillère.

Il ferma les yeux et essaya de dormir, mais l'image de sa mère fit fuir le sommeil.

CHAPITRE III

CLARA LA CLAIRVOYANTE

Clara avait dix ans quand elle décréta qu'il ne valait plus la peine de parler et s'enferma dans son mutisme. Le médecin de famille, le gros et débonnaire docteur Cuevas, tenta de soigner son silence avec des cachets de son invention, des sirops vitaminés, des tamponnements de larynx au miel boraté, mais apparemment sans aucun résultat. Il dut constater que ses médications se révélaient inefficaces et que sa seule présence suffisait à terrifier la fillette. A sa vue, Clara se mettait à glapir et se réfugiait dans le recoin le plus reculé, recroquevillée comme une bête traquée, si bien qu'il renonça à son traitement et recommanda à Severo et à Nivea de la conduire chez un Roumain dénommé Rostipov, qui faisait sensation à l'époque. Rostipov gagnait sa vie en se livrant à des tours d'illusionniste dans les théâtres de variétés et avait réussi l'extraordinaire exploit de tendre un fil de fer depuis l'extrême pointe de la cathédrale jusqu'au dôme de la Confrérie galicienne, de l'autre côté de la place, pour traverser en marchant dans les airs avec une perche pour seul et unique soutien. Malgré son côté fantasque, Rostipov était en train de susciter un tollé dans les milieux scientifiques car à ses moments de loisir, il venait à bout de l'hystérie à l'aide de baguettes magnétiques et de transes hypnotiques. Nivea et Severo amenèrent Clara au cabinet de consultation que le Roumain s'était improvisé à son hôtel. Rostipov l'examina avec soin puis finit par déclarer que son cas ne relevait pas de sa compétence : si la fillette ne parlait pas, c'était qu'elle n'en avait pas envie, non parce qu'elle en était incapable. Quoi qu'il en fût, devant l'insistance des parents, il confectionna quelques dragées au sucre enrobées d'une couleur violette et les prescrivit en annonçant qu'il s'agissait d'un remède sibérien destiné à guérir les sourds-muets. En l'occurrence, la suggestion resta sans effet et le second flacon fut avalé par Barrabás dans un moment d'inadvertance, sans provoquer chez l'animal aucune réaction appréciable. Severo et Nivea s'évertuèrent à faire parler leur fille en recourant à des méthodes plus domestiques, menaçant et suppliant tour à tour, allant jusqu'à la laisser sans manger pour voir si la faim ne la contraindrait pas à ouvrir la bouche et à réclamer son dîner, mais ce fut là encore en pure perte.

La nounou avait dans l'idée que seule une peur bien sentie pourrait arriver à faire parler la fillette, et elle passa neuf années à échafauder désespérément des moyens de terroriser Clara, grâce à quoi elle parvint seulement à l'immuniser contre l'effet de surprise et l'épouvante. Bientôt Clara n'eut plus peur de rien, les apparitions de monstres hâves et blêmes dans sa chambre ne l'émouvaient guère plus que les coups donnés à sa fenêtre par les vampires et les démons. La nounou se déguisait en flibustier sans tête, en bourreau de la tour de Londres, en loup-garou et en diable cornu, selon son inspiration du moment et les idées qu'elle puisait dans des magazines d'horreur achetés à cette fin, qu'elle était bien incapable de lire mais dont elle plagiait les illustrations. Elle prit le pli de se faufiler subrepticement dans les couloirs pour faire sursauter la fillette dans le noir, de pousser des hurlements derrière les portes, de lui glisser des bestioles vivantes dans son lit, mais rien de tout cela ne parvint à lui arracher un mot. Clara perdait parfois patience, se roulait par terre, trépignait et criaillait, mais sans articuler le moindre son dans une langue connue, ou bien encore, sur la petite ardoise qu'elle portait en permanence, elle inscrivait les pires insanités à l'adresse de la pauvre femme qui, incomprise, s'en allait pleurer à la cuisine.

« C'est pour ton bien, mon petit ange! » sanglotait la nounou enveloppée d'un drap ensanglanté, le visage noirci au bouchon brûlé.

Nivea lui interdit de continuer à effrayer sa fille. Elle se rendait compte que ces interférences ne faisaient qu'aiguiser les pouvoirs occultes de celle-ci, et semer la pagaille parmi les esprits qui rôdaient autour d'elle. De surcroît, cette succession d'atroces caricatures était en train de porter sur le système à Barrabás qui n'avait jamais été doué d'un bon flair et était bien en peine d'identifier la nounou sous ses déguisements. Le chien en vint à pisser sous lui, laissant s'étendre à son pourtour une immense flaque, et il lui arriva de plus en plus souvent de grincer des dents. Mais la nounou profitait du moindre moment d'inattention de la mère pour persévérer dans son dessein de vaincre le mutisme avec le même remède dont on vient à bout du hoquet.

Clara fut retirée du collège de religieuses où avaient été formées toutes les sœurs del Valle, et on lui donna des professeurs à la maison. Severo fit venir d'Angleterre une institutrice, Miss Agatha, longue comme un jour sans pain, couleur d'ambre des pieds à la tête et pourvue de grandes paluches de plâtrier, mais elle ne put résister au changement de climat, à la nourriture piquante et aux raids autonomes de la salière sur la table de la salle à manger, si bien qu'elle dut s'en retourner à Liverpool. La suivante fut une Suissesse qui n'eut guère plus de chance; la Française qui débarqua ensuite grâce aux relations de l'ambassadeur de ce pays avec la famille s'avéra si rose, si douce, si potelée qu'elle tomba enceinte au bout de peu de mois et l'enquête sur cette affaire permit de découvrir que le père n'était autre que Luis, frère aîné de Clara. Severo les maria sans leur demander leur reste et, contre toutes les prévisions de Nivea et de ses bonnes amies, ils furent très heureux. Compte tenu de ces expériences, Nivea convainquit son mari que l'apprentissage des langues étrangères n'était pas indispensable à une enfant douée de facultés télépathiques, et qu'il valait beaucoup mieux mettre l'accent sur les leçons de piano et l'initier à la broderie.

La petite Clara lisait à profusion. Son intérêt pour la lecture était indifférencié et elle jetait son dévolu aussi bien sur les livres magiques des malles enchantées d'oncle Marcos que sur les prospectus du Parti libéral que son père entreposait dans son étude. Elle remplissait de notes personnelles d'innombrables cahiers où demeurèrent consignés les événements de cette époque : grâce à eux, rien n'en a été effacé par la brouillasse de l'oubli et je suis à même d'y recouvrir aujourd'hui pour en sauvegarder le souvenir.

Clara l'extralucide connaissait la signification des rêves. Cette faculté lui était naturelle et elle n'avait nul besoin d'en appeler aux fastidieux traités cabalistiques dont usait oncle Marcos avec bien plus d'efforts et bien moins de succès. Le premier à s'en rendre compte fut Honorio, le jardinier de la maison, lequel rêva un jour de couleuvres qui s'enroulaient à ses pieds et dont il ne put se débarrasser qu'à coups de talon, jusqu'à arriver à en écraser dix-neuf. Il en fit le récit à la fillette, tout en taillant les rosiers, juste pour la distraire, car il avait beaucoup d'affection pour elle et était fort chagriné qu'elle restât muette. Clara sortit sa petite ardoise de sa poche de tablier et y inscrivit l'interprétation du songe d'Honorio : tu auras beaucoup d'argent, il ne fera pas long feu, tu le gagneras sans effort, joue donc le dix-neuf. Honorio ne savait pas lire, mais Nivea lui déchiffra le message au milieu des rires et des moqueries. Le jardinier fit comme on lui avait dit et gagna quatre-vingts pesos dont un tripot clandestin aménagé derrière une cave à charbon. Il les dilapida dans un costume neuf, une mémorable cuite avec tous ses copains et une poupée de porcelaine à l'intention de Clara. A compter de ce jour, la fillette eut beaucoup à faire à déchiffrer les rêves en cachette de sa mère, car dès que fut connue l'histoire d'Honorio, ce fut à qui viendrait lui demander ce que ça veut dire de survoler une tour avec des ailes de cygne, de dériver à bord d'un canot et d'entendre chanter une sirène à voix de veuve, la naissance de deux jumeaux soudés par l'épaule et tenant chacun une épée à la main, et Clara inscrivait sans l'ombre d'une hésitation que la tour n'est autre que la mort et que celui qui la survole échappera à un accident fatal, que le naufragé qui entend la sirène perdra son emploi et connaîtra le manque mais sera aidé par une femme avec qui il fera affaire, et que les jumeaux sont mari et femme engagés malgré eux dans un même destin et se lardant l'un l'autre de coups de lame.

Les rêves n'étaient pas la seule chose que Clara perçât à jour. Elle lisait également l'avenir et devinait les arrière-pensées des gens, facultés qu'elle cultiva tout au long de sa vie et qui s'aiguisèrent avec le temps. Elle annonça la mort de son parrain, don Salomón Valdés, courtier en Bourse et qui, croyant avoir tout perdu, se pendit au lustre de son élégant cabinet. C'est l'insistance de Clara qui permit de l'y découvrir, avec cet air de mouton mélancolique, tel qu'elle l'avait décrit sur son ardoise. Elle prophétisa la hernie de son père, tous les tremblements de terre et autres dérèglements de la nature, la seule et unique fois où la neige tomba sur la capitale, faisant périr de froid les pauvres des bidonvilles et les rosiers dans les jardins des riches, et l'identité de l'assassin des collégiennes bien avant que la police n'eût même découvert le second cadavre, mais personne n'y crut et Severo refusa que sa fille donnât son avis sur des affaires criminelles ne touchant de près ni de loin la famille. Du premier coup d'œil, Clara se rendit compte que Getulio Armando allait escroquer son père avec son commerce de brebis australiennes, car elle le devina d'emblée à la couleur de son aura. Elle l'écrivit à l'intention de son père, mais celui-ci n'en fit qu'à sa tête et lorsqu'il en vint à se rappeler les prédictions de sa cadette, il avait perdu la moitié de sa fortune et son associé voguait parmi les Caraïbes, transformé en nabab, avec un harem de négresses fessues et un yacth privé pour se dorer au soleil.

L'habileté de Clara à déplacer les objets sans y toucher ne passa pas avec ses premières règles, comme l'avait pronostiqué la nounou, mais ne fit que se renforcer, pour atteindre un degré de pratique tel qu'elle pouvait actionner les touches du piano malgré le couvercle fermé, tout en s'avérant incapable de faire transhumer l'instrument à travers la pièce, quel qu'en fût son désir. Elle consacrait la plus grande part de son temps et de son énergie à ces extravagances. Elle s'exerça à lire dans les cartes, tombant juste dans une proportion stupéfiante de cas, et inventa des jeux à faire semblant pour le divertissement de ses frères et sœurs. Son père lui interdit de lire l'avenir dans les tarots et d'invoquer les fantômes et esprits espiègles qui importunaient le reste de la famille et terrorisaient la domesticité, mais Nivea comprit que plus sa fille avait à endurer d'alarmes et de limitations, plus elle devenait fantasque, si bien qu'elle résolut de lui ficher la paix avec ses astuces de spirite, ses petits jeux de pythonisse et son silence de caverne, s'évertuant à l'aimer sans conditions et à l'accepter telle qu'elle était. Clara grandit comme une plante sauvage, en dépit des recommandations du docteur Cuevas qui avait ramené d'Europe la mode des douches glacées et des électrochocs pour guérir les fous.

Barrabás tenait compagnie à la fillette de nuit comme de jour, hors des périodes normales où il se livrait à l'activité sexuelle. Il ne cessait de tournoyer autour d'elle comme une ombre géante et aussi silencieuse que Clara elle-même, se couchait à ses pieds dès qu'elle était assise et, durant la nuit, dormait à ses côtés avec des halètements de locomotive. Il en vint à si bien s'identifier à sa maîtresse que lorsque celle-ci s'en allait marcher en somnambule à travers la maison, le chien la suivait dans la même attitude. Par les nuits de pleine lune, il était courant de les voir déambuler le long des couloirs comme deux fantômes flottant dans la lumière blême. Plus le chien grandissait, plus sa distraction devenait manifeste. Jamais il ne comprit la nature transparente du verre et dans ses moments d'émotion, il lui arrivait, dans l'innocent dessein d'attraper une mouche, d'enfoncer d'un seul élan les fenêtres. Il retombait de l'autre côté dans un fracas de carreaux cassés, étonné et penaud. A l'époque, on faisait venir les vitres de France par bateau et la manie de l'animal de se précipiter sur elles finit par faire problème, jusqu'à ce que Clara, en ultime recours, eût l'idée de peindre des chats dessus. Devenu adulte, Barrabás cessa de vouloir forniquer avec les pieds du piano, comme lorsqu'il était jeune, et son instinct de reproduction ne se manifesta plus qu'à subodorer quelque chienne en chaleur dans les parages. Il n'y avait alors ni chaîne ni porte qui pussent le retenir, il s'élançait dans la rue en déjouant tous les obstacles sur son passage et on le perdait de vue pour deux ou trois jours. Il s'en revenait immanquablement avec la malheureuse chienne collée à lui par l'arrière-train et suspendue en l'air, embrochée par son énorme virilité. Il fallait tenir les enfants à l'écart pour qu'ils ne vissent pas l'horrible spectacle du jardinier en train de les arroser à l'eau froide jusqu'à ce qu'après force douches, coup de pied et autres ignominies, Barrabás se détachât de sa dulcinée, la laissant agonisante dans la cour de la maison où Severo devait l'achever en lui donnant le coup de grâce.

L'adolescence de Clara se déroula en douceur dans la vaste demeure parentale aux trois cours, cajotée par ses frères et sœurs aînés, par Severo dont elle était l'enfant préféré, par Nivea et par la nounou qui faisait alterner ses sinistres randonnées de croque-mitaine et la plus tendre des sollicitudes. Presque tous ses frères et sœurs se marièrent ou bien partirent, les uns en voyage, les autres travailler en province, et la grande maison, qui avait hébergé une si nombreuse famille, se retrouvait presque vide, et beaucoup de ses pièces fermées. La fillette passait le temps que lui laissaient ses précepteurs à lire, à déplacer sans y toucher les objets les plus divers, à promener Barrabás, à s'adonner à des exercices de divination et à apprendre à tricoter, seul de tous les arts ménagers qu'elle sût maîtriser. Depuis ce Jeudi saint où le père Restrepo l'avait accusée d'être possédée du démon, planait au-dessus de sa tête comme une ombre que l'affection de ses parents et la discrétion de ses frères et sœurs parvenaient à contenir, mais le bruit de ses étranges dispositions circulait à voix basse dans les petits cercles de bourgeoises. Nivea se rendit compte que nul n'invitait jamais sa fille et que ses cousins eux-mêmes l'évitaient. Elle fit en sorte de compenser cette absence d'amis par un dévouement total, et y parvint si bien que Clara grandit dans la joie et, bien des années plus tard, devait se souvenir de son enfance comme d'une période lumineuse de son existence, malgré sa solitude et son mutisme. Toute sa vie durant, elle garderait présents à la mémoire ces après-midi en compagnie de sa mère, dans le petit atelier de couture où Nivea cousait à la machine des vêtements pour les pauvres, tout en lui racontant des histoires et des anecdotes familiales. Elle lui montrait les daguerréotypes accrochés aux murs et lui narrait le passé :

« Tu vois ce monsieur si sérieux avec sa barbe de boucanier? C'est oncle Mateo qui partit pour le Brésil pour une affaire d'émeraudes, mais une mulâtresse volcanique lui jeta un mauvais sort. Ses cheveux se mirent à tomber, ses ongles à se détacher, ses dents à se déchausser. Il dut aller voir un sorcier, un désenvoûteur vaudou, un nègre tout ce qu'il y a de plus noir, qui lui remit une amulette et aussitôt ses dents se raffermirent, il lui vint des ongles neufs et il récupéra ses cheveux. Regarde-le, ma petite fille, il a plus de tignasse qu'un indien : c'est le seul chauve au monde dont les cheveux aient repoussé. »

Clara souriait sans mot dire et Nivea continuait de parler, car elle s'était faite au silence de sa fille. Elle nourrissait aussi l'espoir qu'à lui mettre tant et tant d'idées dans la tête, tôt ou tard lui viendrait une question et elle recouvrerait alors l'usage de la parole.

« Celui-là, disait-elle, c'est oncle Juan. Je l'aimais beaucoup. Un jour, il émit un pet et ce fut sa condamnation à mort, un grand malheur. C'était au cours d'un déjeuner champêtre. Cousins et cousines étaient tous là par une journée de printemps parfumée, nous dans nos robes de mousseline et coiffées de nos chapeaux à fleurs et à rubans, les garçons exhibant leurs plus beaux costumes du dimanche. Juan ôta sa veste blanche – je crois le revoir! –, retroussa ses manches de chemise et se suspendit avec grâce à la branche d'un arbre pour susciter, par ses prouesses de trapéziste, l'admiration de Constanza Andrade, qui avait été Reine des Vendanges et à cause de qui, la première fois qu'il la vit, dévoré d'amour, il avait perdu le repos. Juan accomplit deux flexions impeccables, un tour complet sur lui-même et, au mouvement suivant, lâcha un vent des plus sonores. Ne ris pas, Clarita! Ce fut terrible. Il se fit un silence gêné, puis la Reine des Vendanges éclata d'un rire irrépressible. Juan remit sa veste, il était très pâle, il s'éloigna sans hâte du groupe et nous ne le revîmes plus. On le recherchca jusque dans la Légion étrangère, on s'enquit de lui dans tous les consulats, mais nul n'entendit plus jamais parler de lui. Je crois qu'il s'est fait missionnaire et qu'il est allé soigner les lépreux sur l'île de Pâques, qui est ce qu'on peut atteindre de plus loin pour oublier et être oublié, car elle est située hors des voies maritimes et ne figure même pas sur les cartes des Hollandais. Depuis ce temps-là, les gens s'en souviennent comme de Jean le Péteux. »

Nivea entraînait sa fille jusqu'à la fenêtre et lui désignait le tronc mort du peuplier :

« C'était un arbre énorme, disait-elle. Je l'ai fait couper avant la naissance de mon aîné. On dit qu'il était si élevé que depuis sa cime on pouvait découvrir toute la ville, mais le seul à grimper si haut n'avait plus d'yeux pour la contempler. Chaque rejeton mâle de la famille del Valle, à l'âge où il voulait mettre des pantalons longs, devait y monter pour démontrer son courage. C'était comme un rite d'initiation. L'arbre était tout couvert de marques. J'ai pu moi-même le constater quand on l'a abattu.

116

A partir des premières branches intermédiaires, grosses comme des cheminées, on remarquait déjà les marques laissées par les ancêtres qui avaient fait en leur temps l'ascension. Grâce aux initiales gravées dans le tronc, on savait ceux qui étaient montés le plus haut, les plus hardis, comme ceux qui, pris de panique, s'étaient arrêtés. Un jour, ce fut le tour de Jerónimo, le cousin aveugle. Il grimpa sans hésiter, repérant les branches à tâtons, sans mesurer l'altitude ni appréhender le vide. Il atteignit la cime mais ne put achever l'initiale de son prénom, car on le vit se détacher comme une gargouille et tomber tête la première aux pieds de son père et de ses frères. Il n'avait pas quinze ans. Ils portèrent le corps à la mère, enveloppé dans un drap, et la pauvre femme leur cracha à la figure, les abreuva d'insultes de loup de mer, maudit la lignée des mâles qui avait poussé son fils à monter à l'arbre, jusqu'à ce que les sœurs de la Charité l'eussent emmenée, emmaillotée dans une camisole de force. Je savais qu'un jour viendrait où mes propres fils perpétueraient cette tradition barbare. C'est pourquoi je l'ai fait abattre. Je ne voulais pas que Luis et les autres garçons grandissent avec l'ombre de cette potence à leur fenêtre. »

Clara accompagnait parfois sa mère et deux ou trois de ses amies suffragettes visiter des usines où elles se juchaient sur des caisses pour haranguer les ouvrières, cependant qu'à distance respectueuse, contremaîtres et patrons les regardaient faire, agressifs et moqueurs. En dépit de son jeune âge et de son ignorance des choses de ce monde, Clara était capable de comprendre l'absurde de la situation et décrivait dans ses cahiers le contraste que faisaient sa mère et ses amies en manteaux de fourrure et bottes de daim, parlant d'oppression, d'égalité et de droits à un petit rassemblement morose et résigné de travailleuses en grossier tablier de coutil, aux mains rougies par les engelures. Après l'usine, les suffragettes s'en allaient à la confiserie de la place d'Armes pour prendre le thé avec quelques petits fours tout en commentant les progrès de leur campagne, sans que ce passe-temps frivole les éloignât le moins du monde de leurs idéaux enflammés. D'autres fois, sa mère l'emmenait dans les bidonvilles de la périphérie et les cités d'urgence où elles débarquaient dans la voiture chargées de vivres et des vêtements que Nivea et ses amies cousaient à l'intention des pauvres. Là encore, la fillette faisait preuve d'une étonnante acuité en écrivant que jamais ce genre de bonnes œuvres ne sauraient amender une monumentale injustice. Ses rapports avec sa mère étaient tous ce qu'il y a d'intimes et d'heureux, et Nivea, bien qu'elle eût quinze enfants, la traitait comme si elle avait été sa fille unique, instituant avec elle un lien si fort qu'il se perpétua parmi les générations suivantes comme une tradition familiale.

La nounou était devenue une femme sans âge, conservant intacte la vigueur de sa jeunesse, capable de surgir et de rebondir d'un coin à l'autre pour effrayer et chasser le mutisme, de même qu'elle pouvait passer toute la sainte journée à touiller avec un bâton la bassine de cuivre, sur un feu d'enfer au milieu de la troisième cour, où gargouillait la pâte aux coings, épais liquide couleur topaze qui, en refroidissant, se transformait en lingots de toutes dimensions que Nivea distribuait à ses indigents. Accoutumée à vivre entourée d'enfants, la nounou, quand les autres eurent grandi et s'en furent allés, reporta toute sa tendresse sur Clara. Bien que la fillette n'en eût déjà plus l'âge, elle la toilettait comme un nourrisson, la trempant dans la baignoire émaillée remplie d'eau parfumée au basilic et au jasmin, la frottant avec une éponge, la savonnant des doigts de pied aux oreilles sans oublier le moindre petit recoin, la frictionnant d'eau de Cologne, la poudrant avec une houppe en duvet de cygne et brossant sa chevelure avec une infinie patience, jusqu'à la laisser souple et lustrée comme une plante marine. Elle la vêtait, lui ouvrait son lit, lui servait le petit déjeuner sur un plateau, l'obligeait à prendre des infusions de tilleul pour les nerfs, de camomille pour l'estomac, d'écorce de citron pour la transparence de la peau, de rue pour la mauvaise bile et de menthe pour la fraîcheur de l'haleine, jusqu'à transformer la fillette en ange de beauté déambulant par les cours et les couloirs, auréolé d'un arôme de fleurs, d'un froufrou de jupons amidonnés et d'un halo de boucles et de rubans.

Clara passa son enfance et les débuts de sa jeunesse entre les murs de la maison, dans un univers d'histoires merveilleuses, de silences paisibles où le temps ne se décomptait pas sur les cadrans ou les calendriers et où les objets avaient leur vie à eux, où les revenants prenaient place à table et devisaient avec les vivants, où passé et futur étaient de la même étoffe, où la réalité présente était un kaléidoscope de miroirs sens dessus dessous, où tout pouvait survenir. C'est un régal pour moi de lire les cahiers de cette époque où se dépeint un monde magique désormais révolu. Clara habitait un univers conçu pour elle, qui la protégeait des rigueurs de la vie, où se mêlaient indissolublement la prosaïque vérité des choses tangibles et la séditieuse vérité des songes où les lois de la physique ou de la logique n'avaient pas toujours cours. Clara vécut cette période tout à ses rêvasseries, dans la compagnie des esprits aériens, aquatiques et terrestres, si heureuse qu'en neuf ans elle n'éprouva pas le besoin de parler. Tout un chacun avait perdu l'espoir d'entendre à nouveau le son de sa voix quand, le jour de son anniversaire, après qu'elle eut soufflé les dix-neuf bougies de son gâteau au chocolat, elle étrenna une voix qui était restée remisée pendant tout ce temps-là et qui sonnait comme un instrument désaccordé :

« Je vais bientôt me marier, dit-elle.

– Avec qui? demanda Severo.

– Avec le fiancé de Rosa », répondit-elle.

Ce n'est qu'à cet instant qu'ils réalisèrent qu'elle venait de parler pour la première fois depuis tant d'années; le prodige fit remuer la maison sur ses fondations et pleurer en chœur toute la famille. Chacun interpellant son voisin, l'annonce s'en répandit à travers la ville, on consulta le docteur Cuevas qui ne parvenait pas à y croire, et dans le charivari causé par la nouvelle que Clara s'était remise à parler, tout le monde en vint à oublier ce qu'elle avait dit; on ne s'en souvint que deux mois plus tard, quand Esteban Trueba, qu'on n'avait pas revu depuis l'enterrement de Rosa, refit son apparition pour demander la main de Clara.

Esteban Trueba descendit à la gare et porta lui-même ses deux valises. L'espèce de dôme métallique qu'avaient édifié les Anglais pour imiter Victoria Station, à l'époque où ils détenaient la concession des chemins de fer nationaux, n'avait en rien changé depuis la dernière fois qu'il s'était trouvé là, bien des années auparavant : c'étaient les mêmes vitrages crasseux, les petits cireurs, les marchandes d'omelettes froides et de confiseries créoles, et les porteurs coiffés de casquettes noires arborant l'insigne de la couronne britannique que nul n'avait songé à remplacer par un autre aux couleurs du drapeau. Il prit un fiacre, donna l'adresse du domicile de sa mère. La ville lui parut méconnaissable, il y régnait un grand chambardement de modernisme, un merveilleux défilé de femmes exhibant leurs mollets, d'hommes portant gilet et pantalon à plis, un charivari d'ouvriers forant et défonçant la chaussée, extrayant des arbres pour planter des poteaux, extrayant les poteaux pour ériger des bâtiments, abattant les bâtiments pour replanter des arbres, une cohue de camelots vantant et vendant à la criée les mérites et miracles de la pierre à aiguiser les couteaux, des cacahuètes grillées, le pantin qui peut danser tout seul sans fils ni ficelles, vérifiez vous-mêmes, vous n'avez qu'à passer la main, un grand vent de dépôts d'ordures, de fritures et de manufactures, de voitures s'entrechoquant aux fiacres et aux tramways de trait, comme on les appelait à cause des vieux bourrins qui tiraient les transports en commun, une respiration de multitude rassemblée, une rumeur de courses à fond de train, de va-et-vient précipités, d'impatience, de vie à heures fixes. Esteban se sentit oppressé. Il haïssait cette ville beaucoup plus encore que dans son souvenir et se mit à repenser aux chemins de campagne, au temps mesuré par les pluies, à la vaste solitude de ses champs, à la fraîche quiétude de la rivière et de sa maison silencieuse.

« Cette ville n'est qu'une chiotte », conclut-il.

Le fiacre le conduisit au trot à la maison où il avait grandi. Il frémit à constater combien le quartier s'était dégradé au fil des années, depuis que les riches s'étaient entichés de vivre plus haut que les autres et que la ville avait poussé jusqu'aux contreforts de la cordillère. De la place où il jouait enfant il ne restait rien, ce n'était plus qu'un terrain vague encombré de voitures à bras du marché garées parmi les immondices où farfouillaient les chiens errants. Sa maison était dans un piteux état. Il décela tous les signes du passage du temps. Sur la porte vitrée aux carreaux gravés de motifs d'oiseaux exotiques, démodée et disjointe, il y avait un heurtoir de bronze représentant une main de femme tenant une boule. Il frappa et dut attendre un moment qui lui parut interminable, jusqu'à ce que la porte s'ouvrît : on avait tiré sur la ficelle reliant la poignée au haut de l'escalier. Sa mère occupait l'étage et louait le rez-de-chaussée à un fabricant de boutons. Esteban commença à gravir les marches grinçantes qui n'avaient pas été encaustiquées depuis longtemps. Une servante toute décatie, dont il avait complètement oublié l'existence, l'attendait en haut et l'accueillit avec de larmoyantes démonstrations d'affection, de la même manière dont elle le recevait quand il avait quinze ans et s'en revenait de l'étude notariale où il gagnait sa croûte à recopier des transferts de propriété et des procurations d'inconnus. Rien n'avait changé, pas même l'emplacement des meubles, mais tout parut néanmoins différent à Esteban : le parquet du palier aux lames élimées, des carreaux cassés mal colmatés avec des morceaux de carton, des fougères empoussiérées et agonisantes dans des bassines rouillées et des jardinières de faïence ébréchée, des relents de ragoût et d'urine à soulever le cœur : « Quelle détresse! » se dit Esteban, incapable de s'expliquer où était passé tout l'argent qu'il envoyait à sa sœur pour leur permettre de vivre décemment.

Férula sortit pour l'accueillir avec une grimace maussade de bienvenue. Elle avait beaucoup changé, n'avait plus rien de cette femme opulente qu'il avait quittée, bien des années auparavant, elle s'était décavée et son nez paraissait énorme dans sa figure anguleuse, elle arborait une mine mélancolique et offusquée, une forte odeur de lavande, des vêtements vétustes. Ils s'embrassèrent en silence.

« Comment va maman? interrogea Esteban.

– Viens-t'en la voir, elle t'attend », lui dit-elle.

Ils passèrent par une enfilade de pièces communicantes, semblables les unes aux autres, sombres, aux murs mortuaires, hautes de plafond et aux fenêtres étroites, tapissées de papiers à fleurs fanées et à jouvencelles languides, maculés par la suie des poêles, par la patine du temps et de l'indigence. De très loin parvenait la voix d'un présentateur de radio vantant les pilules du docteur Ross, toutes petites mais à gros effet, pour combattre la constipation, les nuits blanches et la mauvaise haleine. Ils s'arrêtèrent devant la porte close de la chambre à coucher de doña Ester Trueba.

« C'est là », dit Férula.

Esteban ouvrit la porte et eut besoin de quelques secondes avant d'y voir dans l'obscurité. L'odeur de médicaments et la puanteur l'assaillirent brutalement, odeur douceâtre de sueur, d'humidité, de renfermé, et de quelque chose d'autre qu'il ne put identifier dès l'abord mais qui eut vite fait de lui coller à la peau comme une épidémie : l'odeur de la chair en décomposition. Un filet de lumière entrait par la fenêtre entrouverte, il discerna le large lit où son père était mort et où sa mère avait dormi depuis le jour de ses noces, un lit en bois sculpté de couleur noire avec un baldaquin à angelots en ronde bosse et quelques rognures de brocart vermeil flétries par l'usure. Sa mère était à demi assise. C'était un bloc de chair compacte, une monstrueuse pyramide de graisse et de guenilles surmontée d'une petite tête chauve aux yeux bleus étonnamment vifs, empreints de douceur et d'innocence. L'arthrite l'avait métamorphosée en une créature monolithique, elle ne pouvait plier ses articulations ni tourner la tête, elle avait les doigts crochetés comme la patte d'un animal fossile et pour se maintenir en position dans son lit, elle avait besoin d'être soutenue dans le dos par une caisse calée par un étai de bois lui-même coincé contre le mur. On remarquait le passage des années aux empreintes qu'avait laissées dans le mur cet arc-boutant, une traînée de souffrance, un sillage de douleur.

« Maman... », murmura Esteban, et sa voix se brisa dans sa poitrine en un sanglot étouffé, biffant d'un trait les tristes souvenirs, sa jeunesse si pauvre, les odeurs de rance, les petits matins transis et la soupe graillonneuse de son enfance, la mère malade, le père absent, et cette rage qui lui avait dévoré les entrailles du jour où il fût en âge de raisonner, oubliant tout, désormais, hormis les seuls moments lumineux où cette femme inconnue gisant dans ce lit l'avait bercé dans ses bras, avait posé sa main sur son front pour y déceler la fièvre, lui avait chanté une berceuse, s'était penchée avec lui sur les pages d'un livre, avait sangloté de chagrin à le voir se lever dès l'aube pour aller travailler alors qu'il n'était encore qu'un enfant, avait sangloté de joie à le voir s'en revenir à la nuit tombante, avait sangloté, mère, avait pleuré pour moi.

Doña Ester tendit la main, mais ce n'était pas un bonjour, plutôt un geste pour l'arrêter.

« Ne t'approche pas, mon fils » et elle avait gardé sa voix intacte, telle qu'il en avait souvenir, la voix chantante et bien portante d'une adolescente.

« C'est à cause de l'odeur, expliqua sèchement Férula. Elle s'attrape. »

Esteban ôta le couvre-lit de damas effiloché et découvrit les jambes de sa mère. C'étaient deux colonnes violacées, éléphantiasiques, couvertes de plaies où les vers et les larves de mouches avaient fait leurs nids et creusé des galeries, deux jambes pourrissant toutes vives, avec d'énormes pieds d'un bleu blême, privés d'ongles aux orteils, gorgés à en crever de pus, de sang noirâtre, de cette faune abominable qui se repaissait de ta chair, de ta chair à toi, maman, Dieu, de ma propre chair.

« Le docteur veut me les couper, mon fils, dit doña Ester de sa voix paisible de jeune fille, mais je suis bien vieille pour ça et je suis très lasse de souffrir, aussi vaut-il mieux que je meure. Mais je ne voulais pas mourir sans t'avoir revu, car au bout de toutes ces années, j'en étais venue à penser que c'était toi qui étais mort, et que c'était ta sœur qui écrivait tes lettres pour ne pas me faire de peine. Mets-toi dans la lumière, mon fils, que je te voie bien. Mon Dieu! On dirait un vrai sauvage!

– C'est la vie à la campagne, maman, dit-il dans un murmure.

– Enfin! Tu as des forces de reste. Quel âge cela te fait-il?

– Trente-cinq ans.

– Le bon âge pour se marier et se fixer, de sorte que je puisse mourir en paix.

– Vous n'allez pas mourir, maman! protesta Esteban.

– Je veux être sûre d'avoir des petits-enfants, quelqu'un en qui continue de couler notre sang, qui porte notre nom. Férula a perdu tout espoir de se marier, mais toi, tu dois chercher une femme. Une épouse convenable et chrétienne. En attendant, tu vas me couper ces cheveux et cette barbe, tu m'entends? »

Esteban acquiesça. Il s'agenouilla au chevet de sa mère et enfouit son visage dans sa main boursouflée, mais l'odeur le fit battre en retraite. Férula le prit par le bras et le conduisit hors de cette chambre de désolation. Une fois sorti, il inspira profondément, les narines encore pleines de l'odeur, et il sentit alors la rage, cette rage si familière monter en lui comme une vague brûlante, lui injecter les yeux, lui mettre des blasphèmes de boucanier à la bouche, rage de tout ce temps passé sans penser à vous, mère, rage de vous avoir abandonnée, de ne pas vous avoir assez aimée, assez choyée, rage de n'être qu'un misérable fils de pute, non, je vous demande pardon, mère, ce n'est pas ce que je voulais dire, et puis merde, vous êtes en train de mourir, toute vieille, et je ne peux rien y faire, pas même apaiser vos souffances, pas même vous épargner cette pourriture, vous débarrasser de cette odeur à faire fuir un régiment, vous sortir de ce bouillon de mort où vous mitonnez à petit feu, maman.

Quarante-huit heures plus tard, doña Ester Trueba rendit le dernier soupir sur le lit de douleur où elle avait enduré les dernières années de sa vie. Elle était seule; sa fille Férula était allée, comme tous les vendredis, jusqu'aux cités d'urgence du quartier de la Miséricorde, égrener son chapelet au nez des indigents, des mécréants, des prostituées et des orphelins qui lui jetaient des détritus, vidaient sur elle des pots de chambre ou lui crachaient dessus cependant qu'à genoux dans la ruelle de la cité, elle braillait des Notre Père et des Ave Maria en une inlassable litanie, dégoulinante d'immondices de déshérités, de crachats de mécréants, de rebuts de putes et d'ordures d'orphelins, larmoyant des aïe d'humiliation, clamant le pardon à ceux qui ne savent pas ce qu'ils font, tout en sentant ses os s'amollir, une langueur mortelle lui mettre les jambes en coton, une touffeur de plein été lui infuser le péché entre les cuisses, écarte de moi ce calice, Seigneur, lui arder le ventre les flammes de l'enfer, aïe, le feu des saints, le feu aux trousses, Notre Père, ne me laisse pas succomber à la tentation, Jésus.

Esteban non plus ne se trouvait pas aux côtés de doña Ester quand elle mourut muettement sur son lit de douleur. Il était allé rendre visite à la famille del Valle pour voir s'il leur restait une fille à marier, car après tant d'années d'absence et de vie sauvage, il ne savait trop par où commencer pour respecter la promesse faite à sa mère de lui donner des petits-enfants légitimes, et il finit par penser que si Severo et Nivea l'avaient accepté pour gendre du temps de Rosa la belle, il n'y avait aucune raison qu'ils ne l'acceptassent à nouveau, surtout maintenant qu'il était un homme riche et n'avait nul besoin de retourner la terre pour lui arracher son or, mais disposait de tout le nécessaire à son compte en banque.

Esteban et Férula, ce soir-là, trouvèrent leur mère morte dans son lit. Elle avait un sourire paisible comme si, au tout dernier moment de sa vie, la maladie avait voulu lui épargner sa torture quotidienne.

Le jour où Esteban Trueba sollicita d'être reçu, Severo et Nivea Del Valle se remémorèrent les mots par lesquels Clara avait rompu son long mutisme, de sorte qu'ils ne furent pas le moins du monde étonnés quand le visiteur leur demanda s'ils avaient quelque fille en âge et en état de convoler. Ils firent leurs comptes et lui annoncèrent qu'Ana avait pris le voile, Teresa était gravement malade, et toutes les autres s'étaient mariées, hormis Clara, la plus jeune, qui était encore disponible, mais c'était un être un tantinet extravagant, peu apte aux responsabilités matrimoniales et à la vie domestique. En toute honnêteté, ils lui narrèrent les excentricités de leur fille cadette, se gardant d'omettre qu'elle était restée sans proférer un mot pendant la moitié de son existence, non par suite de quelque empêchement, mais parce qu'il lui en avait pris la fantaisie, ainsi que l'avait si bien élucidé le Roumain Rostipov et confirmé le docteur Cuevas au terme d'examens sans nombre. Mais Esteban Trueba n'était pas homme à se laisser effaroucher par des histoires de revenants déambulant dans les vestibules, d'objets mus à distance par la seule force de l'esprit, de mauvais présages, encore moins par ce silence prolongé qu'il considérait plutôt comme une vertu. Il déclara que rien de tout cela ne constituait une contre-indication pour mettre au monde des enfants légitimes et en bonne santé, et demanda à être présenté à Clara. Nivea s'en fut chercher sa fille et les deux hommes restèrent seuls au salon, occasion que Trueba, aussi direct qu'à l'habitude, mit à profit pour exposer de but en blanc son répondant économique.

« Pas si vite, Esteban, je vous en prie! l'interrompit Severo. Voyez d'abord la fille, faites mieux sa connaissance, et il nous faudra aussi tenir compte des désirs de Clara, vous ne pensez pas? »

Nivea s'en revint avec celle-ci. La jeune fille entra au salon, les ongles noirs et le rouge aux joues; elle était en train d'aider le jardiner à planter des tubercules de dahlias et l'extralucidité lui avait fait défaut, en l'occurrence, pour attendre son futur fiancé dans une mise plus recherchée. A sa vue, Esteban se leva, interdit. Il avait gardé souvenir d'une gosse chétive et asthmatique, dépourvue de toute grâce, or la jeune fille qui se tenait devant lui était un délicat médaillon d'ivoire aux traits pleins de douceur, surmontés d'une boule châtain de frisettes rebelles s'échappant du peigne en petites mèches folles, avec des yeux dont la mélancolie se transformait en pétillement de moquerie lorsqu'elle riait d'un rire franc, sans retenue, la tête légèrement en arrière. Elle le salua d'une poignée de main, sans faire montre d'aucune timidité.

« Je vous attendais », dit-elle simplement.

Ils passèrent une couple d'heures en urbanités, parlant de la saison lyrique, des voyages en Europe, de la situation politique et des rhumes hivernaux, buvant du vin cuit, dégustant des feuilletés. Esteban reluquait Clara avec toute la discrétion dont il était capable, se sentant insensiblement séduit par la jeune fille. Il ne se souvenait pas d'avoir porté un tel intérêt à qui que ce fût d'autre, depuis ce jour de gloire où il avait aperçu Rosa la belle en train d'acheter des bonbons à l'anis dans la confiserie de la place d'Armes. Il compara les deux sœurs et en vint à la conclusion que Clara l'emportait sur le terrain de la sympathie, même si Rosa, sans doute permis, avait de loin été plus belle. Le soir tomba et deux domestiques vinrent allumer les lampes et faire coulisser les rideaux; Esteban se rendit alors compte que sa visite s'était prolongée outre mesure. Ses manières laissaient décidément bien à désirer. Il salua rapidement Severo et Nivea et sollicita l'autorisation de revenir voir Clara.

« J'espère ne pas t'importuner, Clara, dit-il en rougissant. Je suis un homme rude, un paysan, d'au moins quinze ans ton aîné. Je ne sais pas trop bien m'y prendre avec une fille comme toi.

– Vous voulez vous marier avec moi? questionna Clara, et il remarqua un éclair d'ironie dans ses prunelles noisette.

– Par Dieu, Clara! s'exclama sa mère horrifiée. Excusez-la, Esteban, cette enfant a toujours été une impertinente.

– Je veux savoir, maman, inutile de perdre son temps, dit Clara.

– Moi aussi, j'aime les choses enlevées, sourit Esteban, tout heureux. Oui, Clara, je suis venu pour ça. »

Clara lui prit le bras et le raccompagna jusque sur le seuil. Au dernier regard qu'ils échangèrent, Esteban sut qu'elle l'avait accepté, et il ne se sentit plus de joie. En reprenant place dans le fiacre, il souriait encore, ayant peine à croire à sa bonne fortune et à comprendre pourquoi une jeune fille aussi désirable lui avait dit oui sans même le connaître. Il ignorait qu'elle avait déchiffré son propre destin et qu'elle l'avait convoqué par la pensée à cette fin, prête à se marier sans amour.

Eu égard au deuil d'Esteban Trueba, ils laissèrent passer quelques mois au cours desquels il lui fit sa cour à l'ancienne, de la même façon qu'il avait jadis courtisé sa sœur Rosa, sans savoir que Clara détestait les bonbons à l'anis et que les acrostiches la faisaient pouffer. A la fin de l'année, à l'approche de Noël, ils annoncèrent officiellement leurs fiançailles dans le journal et se passèrent la bague au doigt en présence des proches et amis intimes, soit plus d'une centaine de gens au total, lors d'un banquet pantagruélique où défilèrent les plateaux de dindes farcies, les cochons de lait caramélisés, les congres des mers froides, les gratins de langoustes, les huîtres bien vivantes, les tartes à l'orange et au citron des Carmélites, aux amandes et aux noix des Dominicaines, au chocolat et meringuées des Clarisses, et des caisses de champagne importées en France par l'entremise du consul qui se livrait à la contrebande à l'abri de son immunité diplomatique, l'ensemble néanmoins servi et présenté en toute simplicité par les vieilles servantes de la maison dans leurs tabliers noirs de tous les jours, afin de conférer au festin les apparences d'une modeste réunion de famille, le moindre extra témoignant d'un manque de savoir-vivre, réprouvé comme péché de vanité mondaine et marque de mauvais goût par l'atavisme austère et quelque peu lugubre de cette soirée, issue des plus intrépides émigrants basques et castillans. Clara était une blanche apparition de dentelles de Chantilly et de camélias naturels et, radieuse, se rattrapait comme une perruche de ses neuf années de silence, dansant avec son fiancé sous les vélums tendus et les lampions, à mille lieues des mises en garde des esprits qui lui adressaient d'entre les rideaux des signes désespérés que, dans le tohu-bohu de cette cohue, elle ne voyait même pas. La cérémonie d'échange des anneaux était demeurée inchangée depuis l'époque de la Colonie. A dix heures du soir, un domestique circula parmi les assistants en faisant tinter une clochette de cristal, la musique se tut, le bal s'interrompit et les invités se rassemblèrent dans le salon principal. Un curaillon candide, revêtu de ses ornements de grand-messe, débita le sermon embrouillé qu'il avait concocté, exaltant d'obscures et impraticables vertus. Clara ne l'écouta point, car dès l'instant où eurent cessé le charivari de l'orchestre et le corps à corps des danseurs, elle put prêter attention aux chuchotis des esprits entre les rideaux et se rendit compte que cela faisait des heures qu'elle n'avait aperçu Barrabás. Elle le chercha du regard, tous ses sens en alerte, mais un coup de coude de sa mère la rappela aux impératifs de la cérémonie. Le prêtre acheva son discours, bénit les anneaux d'or, aussitôt Esteban en passa un au doigt de sa fiancée, puis l'autre au sien.

A ce moment précis, un cri d'horreur fit sursauter l'assemblée. Les gens s'écartèrent, ouvrant un passage par où s'avança Barrabás, plus gigantesque et noir que jamais, un couteau de boucher enfoncé jusqu'au manche entre les côtes, saignant comme un bœuf, ses hautes pattes de poulain parcourues de tremblements, un filet de sang lui dégoulinant du museau, le regard ennuagé par l'agonie, pas après pas, traînant une patte après l'autre, en un zigzagant cheminement de dinosaure blessé. Clara s'écroula sur le sofa de soie française. Le molosse s'approcha d'elle, posa sa grosse tête de fauve multiséculaire sur ses genoux et resta ainsi à la regarder de ses yeux enamourés qui peu à peu s'enténébraient jusqu'à devenir aveugles, cependant que la blanche dentelle de Chantilly, la soie française du sofa, le tapis persan et jusqu'au parquet s'imbibaient de sang. Barrabás mourut en prenant tout son temps, les yeux rivés sur Clara qui lui caressait les oreilles et lui murmurait des mots de réconfort, jusqu'à ce qu'il finît par s'effondrer et se raidir dans un seul grand râle. Tout un chacun parut alors se réveiller d'un mauvais cauchemar et une rumeur effrayée parcourut le salon, les invités se mirent à prendre congé en hâte, à s'esquiver en évitant les flaques de sang, récupérant à la volée leurs étoles de fourrure, leurs chapeaux melons, leurs cannes, leurs parapluies, leurs réticules rehaussés de verroterie. Au salon de cérémonie ne restaient plus que Clara avec la bête de son giron, ses parents qui s'étreignaient, paralysés par le mauvais présage, et le fiancé qui ne comprenait goutte aux causes de ce tintouin pour un clébard crevé, mais qui, se rendant soudain compte que Clara avait l'air toute chavirée, la prit dans ses bras et la porta mi-inconsciente jusque dans sa chambre où les soins de la nounou et les sels du docteur Cuevas l'empêchèrent de retomber dans l'hébétude et le mutisme. Esteban Trueba demanda au jardinier de lui prêter main-forte et tous deux hissèrent dans la voiture le cadavre de Barrabás qui, la mort aidant, avait si bien augmenté de poids qu'il était devenu presque impossible de le soulever.

L'année passa à préparer la noce. Nivea s'occupa du trousseau de Clara, laquelle ne montrait pas le moindre intérêt pour le contenu des coffres de santal et poursuivait son apprentissage avec le guéridon et ses cartes de divination. Les draps brodés au petit point, les nappes pur fil et le linge de maison préparés une décennie auparavant par les religieuses à l'intention de Rosa, marqués aux initiales entrelacées des Trueba et des del Valle, resservirent pour le trousseau de Clara. Nivea commanda à Buenos Aires, Paris et Londres, des garde-robes de voyage, des tenues pour aller à la campagne, des toilettes de fête, des bibis dernier cri, des souliers et des sacs en lézard et en daim, entre autres accessoires remisés dans leur emballage de papier de soie et protégés à l'aide de camphre et de lavande, sans même que la fiancée y jetât plus qu'un regard distrait.

Esteban Trueba se mit à la tête d'une cohorte de maçons, de menuisiers et de plombiers pour édifier la maison la plus solide, la plus spacieuse, la mieux exposée qui se pût concevoir, destinée à durer mille ans et à abriter maintes générations d'une nombreuse lignée de Trueba légitimes. Il commanda les plans à un architecte français et fit venir une partie des matériaux de l'étranger de sorte que sa maison fût la seule à être équipée de vitraux allemands, de lambris sculptés en Autriche, d'une robinetterie de bronze britannique, de sols de marbre italien et de serrures achetées sur catalogue aux Etats-Unis, qui arrivèrent avec des modes d'emploi intervertis et sans les clefs. Férula, horrifiée par tant de dépenses, fit son possible pour l'empêcher de poursuivre ses folies d'achats de meubles français, de lustres à pendeloques et de tapis turcs, arguant qu'ils couraient à la ruine et allaient rééditer l'histoire de l'extravagant Trueba qui les avait engendrés, mais Esteban lui remontra qu'il était suffisamment riche pour se permettre ces fantaisies et que si elle persistait à l'importuner, il mettrait partout des portes en argent plaqué. Elle prétendit alors qu'un si grand gaspillage ne pouvait être que péché mortel, et que le bon Dieu allait tous les punir de claquer en bric-à-brac clinquant de nouveaux riches ce qu'il eût mieux valu employer à secourir les pauvres.

Bien qu'Esteban Trueba ne fût pas un chaud partisan de l'innovation, mais nourrissait au contraire une grande prévention pour les chambardements du modernisme, il décréta que sa résidence devait être aménagée à l'instar de ces petits palais modern' style d'Europe et d'Amérique du Nord : avec toutes les commodités, mais en gardant un style classique. Il la souhaitait la plus éloignée possible de l'architecture autochtone. Il ne voulait pas de ces trois cours intérieures avec leurs passages, leurs fontaines rouillées, de ces pièces obscures aux murs de torchis blanchis à la chaux, de ces toits de tuiles effritées, mais bien plutôt de deux ou trois étages impavides avec des rangées de blanches colonnes, un escalier seigneurial faisant demi-tour sur lui-même et débouchant sur un hall de marbre blanc, de larges baies lumineuses et, dans l'ensemble, cet ordre policé, cette distinction, cet air civilisé qui sont la marque des peuples étrangers, convenant désormais à sa nouvelle forme de vie. Sa demeure devait être son propre reflet, celui de sa lignée, du prestige qu'il entendait conférer au patronyme que son père avait traîné dans la boue. Il souhaitait que cet éclat se remarquât depuis la rue et fit dessiner à cette fin un jardin à la versaillaise avec une vigne géante en espalier, des parterres de fleurs, une pelouse rare et impeccable, des jets d'eau et quelques statues figurant les dieux de l'Olympe et peut-être quelque superbe indien issu de l'histoire américaine, tout nu et couronné de plumes, comme concession au patriotisme. Il ne pouvait deviner que cette imposante résidence carrée, ramassée et arrogante, posée comme un haut-de-forme sur son périmètre géométrique et verdoyant, finirait par se couvrir d'adhérences et de protubérances, d'un assaut d'escaliers tortueux aboutissant à des endroits inhabités, des tours et des tourelles, d'œils-de-bœuf impossibles à ouvrir, de portes donnant sur le vide, de corridors labyrinthiques, de lucarnes de communication entre les chambres pour deviser de l'une à l'autre à l'heure de la sieste, au gré de l'inspiration de Clara qui, chaque fois qu'elle avait besoin d'héberger un hôte nouveau, ordonnait qu'on aménageât une nouvelle chambre en tel ou tel endroit, et qui, prévenue par les esprits de la présence d'un trésor caché, ou de quelque cadavre enfoui dans les fondations, faisait aussitôt abattre un mur, jusqu'à transformer la demeure en dédale enchanté, impossible à entretenir, en contravention avec nombre de lois urbanistiques et de règlements municipaux. Mais, à l'époque où Trueba construisit ce que les gens appelèrent « la grande maison du coin », émanait d'elle cette solennité qu'il s'évertuait à imprimer à tout ce qui l'entourait en souvenir des frustrations de sa propre enfance. Tout le temps que dura la construction, Clara n'alla jamais voir la maison. Elle paraissait s'y intéresser aussi peu qu'à son trousseau, et s'en remettre, pour les décisions à prendre, à son fiancé et à sa future belle-sœur.

A la mort de sa mère, Férula se retrouva seule et sans rien d'utile à quoi vouer son existence, à un âge où elle ne nourrissait plus l'illusion de se marier un jour. Pendant un certain temps, elle visita quotidiennement les cités d'urgence, dans une frénésie de bonnes œuvres qui lui valut une bronchite chronique, sans apporter la moindre paix à son âme tourmentée. Esteban aurait voulu la voir voyager, faire emplette de toilettes, se divertir pour la première fois de sa morne existence, mais elle était habituée à l'austérité et avait trop longtemps supporté de vivre recluse entre ses murs. Elle avait peur de tout. Le mariage de son frère la plongeait dans un abîme d'incertitude, car elle se disait que ce serait un motif supplémentaire d'éloignement pour Esteban, qui restait son unique soutien. Elle redoutait de devoir finir ses jours à faire du crochet dans quelque asile pour vieilles filles de bonne famille, aussi fut-elle on ne peut plus ravie de découvrir que Clara était incompétente en tous domaines de la vie domestique et que, chaque fois qu'il lui fallait prendre une décision, elle se donnait des airs distraits et évasifs. « Elle est un peu idiote », conclut Férula, enchantée. Il ne faisait pas de doute que Clara serait bien incapable d'administrer la résidence qu'Esteban était en train d'édifier, et qu'elle aurait besoin d'un sérieux coup de main. Par des biais subtils, Férula s'arrangea pour faire savoir à son frère que sa future épouse était une bonne à rien et qu'elle-même, avec cet esprit de sacrifice dont elle avait déjà amplement fait preuve, pourrait lui venir en aide et y était disposée. Esteban détournait la conversation dès qu'elle prenait ce genre de tournure. Au fur et à mesure que la date du mariage se rapprochait et qu'elle se voyait dans l'obligation de décider de son propre sort, Férula se laissait gagner par le désespoir. Convaincue qu'elle n'arriverait à rien du côté de son frère, elle chercha à s'entretenir seule à seule avec Clara : l'occasion lui en fut fournie un samedi après-midi, vers cinq heures, quand elle l'aperçut qui se promenait dans la rue. Elle l'invita à boire le thé à l'hôtel de France. Les deux femmes y prirent place, environnées de choux à la crème et de porcelaine de Bavière, cependant qu'au fond de la salle une petite formation de jeunes filles interprétait un mélancolique quatuor à cordes. Férula observait à la dérobée sa future belle-sœur qui avait l'air d'avoir quinze ans et dont la voix ne s'était pas encore posée, par suite de ses années de silence; elle ne savait trop comment en venir au fait. Au bout d'une interminable pause au cours de laquelle elles ingurgitèrent un plateau de petits fours et sirotèrent deux tasses de thé au jasmin chacune, Clara rajusta une mèche de cheveux qui lui tombait dans les yeux et sourit tout en donnant une petite tape affectueuse sur la main de Férula.

« Ne t'en fais pas. Tu vas vivre avec nous et nous serons toutes deux comme des sœurs », lui dit l'adolescente.

Férula tressaillit, se demandant s'il n'y avait pas du vrai dans tous ces commérages sur les capacités de Clara à lire dans les pensées d'autrui. Sa première réaction fut d'orgueil et elle eût volontiers décliné la proposition, rien que pour la beauté du geste, mais Clara ne lui en laissa pas le temps. Elle se pencha vers elle et l'embrassa avec tant de candeur que Férula ne put se retenir d'éclater en sanglots. Cela faisait des lustres qu'elle n'avait plus versé une seule larme, et elle fut toute étonnée de constater combien avait pu lui manquer un tel geste de tendresse. Elle ne pouvait se rappeler la dernière fois qu'on avait eu un mouvement spontané vers elle. Elle pleura un long moment, se déchargeant de son fardeau de tristesse et de solitude passées, grâce à cette main de Clara qui l'aidait à se moucher et, entre deux sanglots, la gavait de bouchées de choux à la crème et de gorgées de thé. Elles restèrent à pleurer et à parler jusqu'à huit heures du soir et, en cette fin de journée, à l'hôtel de France, scellèrent un pacte d'amitié qui devait durer de nombreuses années.

Sitôt terminés le deuil consécutif à la mort de doña Ester et la construction de la grande maison du coin, Esteban Trueba et Clara del Valle convolèrent au cours d'une cérémonie discrète. Esteban fit cadeau à sa promise d'une parure de brillants qu'elle trouva très jolie et remis dans une boîte à chaussures, oubliant aussitôt où elle l'avait rangée. Ils partirent en voyage à destination de l'Italie et quarante-huit heures après l'embarquement, Esteban se sentait aussi enamouré qu'un puceau, bien que le mouvement du navire communiquât à Clara un mal de mer impossible à contenir et que la claustration lui donnât des crises d'asthme. Assis à son chevet dans l'étroite cabine, lui posant des compresses humides sur le front et la soutenant quand elle vomissait, il se sentait profondément heureux et la désirait avec une intensité déplacée, eu égard à son lamentable état. Au quatrième jour, elle se trouva mieux au réveil et ils montèrent sur le pont pour contempler la mer. A la voir ainsi avec son nez rougi par le vent, riant de tout et de n'importe quoi, Esteban se jura qu'elle en viendrait tôt ou tard à l'aimer comme lui-même avait besoin qu'on l'aimât, dût-il employer pour y parvenir les moyens les plus extrêmes. Il se rendait compte que Clara ne lui appartenait pas vraiment, et que, si elle continuait à vivre dans un monde de fantômes, de guéridons remuant tout seuls et de cartes à scruter l'avenir, le plus probable était qu'elle ne lui appartiendrait jamais. L'insouciante et impudique sensualité de Clara ne lui suffisait pas non plus. Il désirait bien davantage que son corps, il aspirait à se rendre maître de cette substance imprécise et lumineuse dont elle était faite à l'intérieur et qui lui échappait jusque dans les moments où elle paraissait agoniser de plaisir. Il sentait bien que ses mains étaient trop pataudes, ses pieds trop grands, sa voix trop rude, sa barbe trop râpeuse, ses habitudes de viol et de bordel trop enracinées en lui, mais, dût-il se retourner lui-même comme un gant, il était résolu à la séduire.

Ils s'en revinrent de leur lune de miel trois mois plus tard. Férula les attendait, de même que la maison neuve qui fleurait encore la peinture et le ciment frais, remplie de fleurs et de coupes garnies de fruits, ainsi qu'Esteban l'avait ordonné. Au moment de franchir le seuil pour la première fois, Esteban prit son épousée dans ses bras. Sa sœur se trouva toute surprise de n'éprouver aucune jalousie et remarqua qu'Esteban semblait avoir rajeuni.

« Le mariage t'a réussi », lui dit-elle.

Elle emmena Clara faire le tour du propriétaire. Celle-ci promena son regard autour d'elle et trouva tout très joli, du même ton poli dont elle avait salué un coucher de soleil en haute mer, la place Saint-Marc ou la parure de brillants. Devant la porte de la chambre qui lui était destinée, Esteban la pria de fermer les yeux et la conduisit par la main jusqu'au milieu de la pièce.

« Tu peux les rouvrir », lui dit-il d'un ton ravi.

Clara regarda autour d'elle. C'était une vaste pièce aux murs tendus de soie bleue, au mobilier anglais, avec de grandes baies à balcons donnant sur le jardin, et un lit à baldaquin et voilages qui ressemblait à une frégate voguant sur une mer calmée de soie bleue.

« Très joli », dit Clara.

Esteban lui fit alors remarquer l'endroit précis où elle avait posé les pieds. C'était la merveilleuse surprise qu'il lui avait réservée. Clara baissa les yeux et poussa un hurlement effrayant : elle était plantée sur l'échine noire de Barrabás qui gisait toutes pattes déployées, transformé en carpette, la tête intacte ornée de deux yeux de verre qui la contemplaient avec cet air de perdition que donne la taxidermie. Son mari parvint à la retenir avant que Clara ne fût tombée par terre évanouie.

« Je t'avais bien dit que ça ne lui plairait pas », dit Férula.

La peau tannée de Barrabás fut extraite en hâte de la chambre et on la jeta dans quelque recoin de la cave parmi les livres magiques des malles enchantées d'oncle Marcos, entre autres trésors, où elle se défendit contre les mites et l'abandon avec une opiniâtreté digne de meilleures causes, jusqu'à ce que d'autres générations vinssent la tirer de là.

Très vite, il devint manifeste que Clara était enceinte. L'affection que Férula éprouvait pour sa belle-sœur se transforma en véritable passion de la choyer, en dévouement total à son service, en tolérance sans bornes pour ses distractions et ses excentricités. Aux yeux de Férula, qui avait consacré son existence à soigner une vieille femme dans un état d'irrémissible pourrissement, s'occuper de Clara fut comme d'entrer en gloire. Elle lui faisait prendre des bains parfumés au basilic et au jasmin, la frottait avec une éponge, la savonnait, la frictionnait à l'eau de Cologne, la poudrait avec une houppe en duvet de cygne, brossait sa chevelure jusqu'à la laisser souple et lustrée comme une plante marine, ainsi que faisait jadis la nounou.

Bien avant que ses ardeurs de jeune marié eussent trouvé à s'apaiser, Esteban Trueba dut s'en retourner aux Trois Maria où il n'avait pas remis les pieds depuis plus d'un an et qui, en dépit des soins de Pedro Garcia junior, réclamaient la présence du patron. Le domaine qui naguère lui semblait un éden, qui était sa fierté, lui apparaissait désormais d'un ennui mortel. Il contemplait les vaches inexpressives ruminant dans les champs, la lente besogne des paysans répétant chaque jour et tout au long de leur vie les mêmes gestes, l'immuable décor de la cordillère enneigée, la frêle colonne de fumée au-dessus du volcan, et il se sentait comme prisonnier.

Tandis qu'il se trouvait à la campagne, la vie à la grande maison du coin évoluait en s'adaptant à une douce routine sans hommes. Férula se réveillait la première; elle avait gardé, de l'époque où elle soignait sa mère souffrante, l'habitude de se lever de bonne heure, mais elle laissait sa belle-sœur dormir tard. Au cœur de la matinée, elle lui servait elle-même le petit déjeuner au lit, ouvrait grand les rideaux de soie bleue pour laisser le soleil entrer par les baies vitrées, remplissait la baignoire de porcelaine française décorée de nénuphars peints, donnant ainsi à Clara le temps d'émerger du sommeil en saluant à tour de rôle tous les esprits présents, avant d'attirer à elle le plateau et de tremper son pain grillé dans le chocolat crémeux. Puis Férula la sortait du lit en l'entourant de petits soins maternels, tout en lui commentant les bonnes nouvelles du journal, de jour en jour moins nombreuses, si bien qu'elle devait combler cette lacune par quelques cancans sur les voisins, de menus faits domestiques, diverses anecdotes de son invention que Clara trouvait très jolies mais qu'elle avait oubliées au bout de cinq minutes, de sorte qu'il était loisible de lui raconter la même à plusieurs reprises et qu'elle s'en divertissait comme si c'était la première fois.

Férula l'emmenait en promenade pour qu'elle prît le soleil, c'est bon pour le petit; faire aussi des achats pour qu'à sa naissance le petit ne manque de rien, qu'il ait à se mettre tout ce qu'il y a de plus fin; déjeuner au Club de golf, pour que tout le monde voie comme tu es devenue jolie depuis que mon frère t'a épousée; rendre visite à tes parents afin qu'ils n'aillent pas penser que tu les a oubliés; au théâtre, pour que tu ne restes pas toute la sainte journée cloîtrée à la maison. Clara se laissait conduire avec une indolence qui n'était pas de la faiblesse d'esprit, plutôt de la distraction, employant toutes ses facultés de concentration à de vaines tentatives de communication télépathique avec Esteban, qui ne recevait pas lesdits messages, et à perfectionner ses dons d'extralucide.

Aussi loin qu'elle pouvait se souvenir, c'était la première fois que Férula se sentait heureuse. Elle était plus proche de Clara qu'elle ne l'avait été de personne d'autre, même de sa propre mère. Un être moins original que Clara aurait fini par se lasser des excessives cajoleries et des prévenances permanentes de sa belle-sœur, ou bien aurait succombé à son tempérament tatillon et dominateur. Mais Clara vivait dans un autre monde. Férula détestait le moment où son frère s'en revenait de la campagne et où sa présence envahissait la maison, rompant l'harmonie qui s'était établie en son absence. Lui à la maison, elle devait rester dans l'ombre, se montrer plus circonspecte dans sa façon de s'adresser aux domestiques, tout comme dans les attentions qu'elle prodiguait à Clara. Chaque soir, à l'instant où les époux se retiraient dans leurs appartements, elle se sentait envahie par une sorte de haine inconnue qu'elle ne pouvait s'expliquer à elle-même et qui la remplissait de dispositions funestes. Pour se distraire, elle renouait alors avec son vice en allant dévider son chapelet dans les cités d'urgence et se confesser auprès du père Antonio.

« Je vous salue Marie pleine de grâce...

— La bienheureuse Marie toujours vierge...

— Je t'écoute, ma fille.

— Mon père, je ne sais pas où commencer. Je crois bien que ce que j'ai commis est péché...

— De chair, ma fille?

— Hélas! La chair est sans reproche, mon père, mais l'esprit, non. Le démon me tourmente.

— La miséricorde divine est infinie.

— Vous ne connaissez pas les pensées qui peuvent habiter l'esprit d'une femme seule, mon père, une vierge qui n'a jamais connu d'hommes, non que les occasions lui aient manqué, mais parce que Dieu a flanqué une longue maladie à ma mère et que j'ai dû la soigner.

— Ce sacrifice est enregistré au Ciel dans le grand livre, ma fille.

— Même s'il y a péché par pensée, mon père?

— C'est-à-dire que tout dépend de la pensée...

— La nuit, je ne peux trouver le sommeil, je suffoque. Pour me calmer, je me lève et marche au jardin, j'erre à travers la maison, je monte jusqu'à la chambre de ma belle-sœur, je colle l'oreille à sa

142

porte, parfois j'entre sur la pointe des pieds pour la regarder dormir, on dirait un ange, la tentation me vient de me glisser dans son lit pour sentir la chaleur de sa peau et de son souffle.

– Prie, ma fille. Le secours est dans la prière.

– Attendez, je ne vous ai pas tout dit. J'ai honte...

– Tu ne dois pas avoir honte devant moi, je ne suis rien de plus qu'un instrument du Seigneur.

– Quand mon frère revient de la campagne, c'est encore pis, mon père. La prière ne me sert plus de rien, je ne peux fermer l'œil, je suis en eau, je tremble, à la fin je me lève et sillonne toute la maison dans le noir, glissant le long des couloirs avec mille précautions pour éviter de faire grincer les parquets. Je les entends à travers la porte de la chambre, une fois j'ai même pu les voir parce que la porte était restée entrebâillée. Ce n'est pas la faute de Clara, elle est aussi innocente qu'un petit enfant. C'est mon frère qui la pousse. Sûr qu'il sera damné.

– Il n'appartient qu'à Dieu de juger et de condamner, ma fille. Que faisaient-ils donc ? »

Férula pouvait alors s'attarder une demi-heure sur les détails. C'était une narratrice virtuose, elle savait ménager une pause, contenir l'intonation, expliquer sans gestes, camper un tableau si animé que son auditeur avait l'impression d'y être, c'était même à ne pas y croire qu'elle eût pu discerner par la porte entrebâillée la qualité des frémissements émis, l'abondance des sucs, les mots murmurés à l'oreille, les odeurs les plus secrètes – un prodige, en vérité. Libérée de ces tumultueux états d'âme, elle s'en revenait à la maison en arborant son masque d'idole impassible et sévère, et repartait de plus belle à donner des ordres, à compter les couverts, à préparer les repas, à tout mettre sous clef, à exiger que vous me posiez ça ici, et on l'y posait, que vous me renouveliez les fleurs des vases, et on les changeait, que vous me laviez les carreaux, que vous clouiez le bec à ces oiseaux d'enfer dont le raffut empêche la señora Clara de dormir et qui jacassent à faire peur au bébé, au point de risquer qu'il naisse ahuri. Rien n'échappait à ses yeux vigilants, elle ne cessait d'être en branle-bas, à l'opposé de Clara qui trouvait tout très joli et à qui il était bien égal de dîner de truffes farcies ou d'une soupe faite avec les restes, de s'endormir sur un matelas de plumes ou assise sur une chaise, de se baigner dans des eaux parfumées ou de ne pas se laver du tout. Au fur et à mesure que mûrissait sa grossesse, elle paraissait se détacher inéluctablement de la réalité extérieure et se tourner au-dedans d'elle-même en un secret et permanent dialogue avec le bébé.

Esteban voulait un fils qui porterait son nom et transmettrait à sa descendance le patronyme des Trueba.

« C'est une fille et elle s'appelle Blanca », avait dit Clara dès le premier jour où elle s'était déclarée enceinte.

Ainsi fut-il.

Le docteur Cuevas, dont Clara avait fini par ne plus avoir peur, avait estimé que l'accouchement devait se produire vers la mi-octobre, mais, début novembre, Clara continuait à bringuebaler un ventre énorme dans un état semi-somnambulique, de jour en jour plus absente et harassée, asthmatique, indifférente à tout ce qui l'entourait, y compris à son mari qu'il lui arrivait même de ne pas reconnaître et à qui elle demandait, l'apercevant à ses côtés : « Qu'est-ce qu'on vous sert? » Dès lors que le médecin eut écarté toute possibilité d'erreur dans ses calculs et qu'il devint manifeste que Clara n'avait nulle intention d'accoucher par la voie naturelle, le praticien s'employa à ouvrir l'abdomen de la mère pour en extraire Blanca, qui s'avéra être une petite fille plus velue et vilaine que la moyenne. Esteban eut froid dans le dos quand il la vit, convaincu que le destin s'était joué de lui et qu'en lieu et place du Trueba légitime qu'il avait promis à sa mère sur son lit de mort, il avait engendré un monstre, et, pour comble, du sexe féminin! Il examina lui-même la petite fille et vérifia qu'elle avait tout ce qu'il lui fallait, et que tout était au bon endroit, du moins pour ce qui était visible à l'œil nu. Le docteur Cuevas le consola en lui expliquant que l'aspect repoussant du bébé était dû au fait qu'il avait séjourné plus longtemps que la normale à l'intérieur de la mère, au choc de la césarienne et à sa constitution chétive, rabougrie, noiraude et un tantinet poilue. Clara, tout au contraire, était ravie de sa fille. Elle parut se réveiller d'un long assoupissement et découvrir la joie d'être en vie. Elle prit la fillette dans ses bras et ne la lâcha plus, elle déambulait avec la petite cramponnée à son sein, lui donnant à téter à tout moment, sans horaire fixe, sans égard non plus pour la bonne tenue ou la simple pudeur, comme une indigène. Elle se refusa à l'emmailloter, à lui couper les cheveux, à lui percer des trous dans les oreilles, comme à embaucher une nourrice pour que celle-ci l'élevât, encore bien plus à recourir au lait de quelque laboratoire, comme le faisaient toutes les bourgeoises qui pouvaient ce payer ce luxe. Elle récusa de même la recette de la nounou consistant à lui donner du lait de vache allongée d'eau de riz, car elle décréta que si la Nature avait voulu que les êtres humains fussent ainsi élevés, elle se fût débrouillée pour que les seins des femmes sécrétassent cette sorte de mixture. Clara n'arrêtait pas de parler à la petite fille, sans user de petit nègre ni de diminutifs, en espagnol châtié, comme si elle avait dialogué avec une adulte, de la même façon raisonnable et pondérée dont elle s'adressait aux bêtes et aux plantes, persuadée que s'il n'y avait pas eu à se plaindre du résultat avec la faune et la flore, il n'y avait pas de raison de penser que cela fût moins indiqué pour sa petite fille. Cette combinaison de lait maternel et de conversation eut la vertu de transformer Blanca en petite fille saine et presque belle qui n'avait plus rien à voir avec le tatou qu'elle avait été en venant au monde.

Quelques semaines après la naissance de Blanca, Esteban Trueba put constater, à l'occasion de leurs ébats à bord de leur frégate sur la mer calmée de soie bleue, que la maternité n'avait rien fait perdre à son épouse de son plaisir et de ses bonnes dispositions à faire l'amour, bien au contraire. Pour sa part, Férula, tout occupée à élever la petite fille – laquelle avait une formidable capacité pulmonaire, un caractère impulsif, un appétit vorace –, n'avait plus le temps d'aller prier dans les cités d'urgence, de se confesser au père Antonio, et bien moins encore d'espionner par l'entrebâillement de la porte.

CHAPITRE IV

LE TEMPS DES ESPRITS

A L'ÂGE où la plupart des nourrissons portent des couches et progressent à quatre pattes, bafouillant leur charabia et bavant à qui mieux mieux, Blanca avait l'air d'une naine douée de raison, elle marchait cahin-caha mais sur ses deux jambes, s'exprimait correctement et mangeait toute seule, résultat du système par lequel sa mère l'avait traitée à l'égal d'une grande personne. Elle avait déjà toutes ses dents et commençait à ouvrir les armoires pour en chambouler le contenu, quand la famille décida d'aller passer l'été aux Trois Maria que Clara ne connaissait encore que par ouï-dire. En cette période de la vie de Blanca, la curiosité était plus forte que l'instinct de conservation et Férula ne savait plus où donner de la tête, courant après elle pour éviter qu'elle ne se précipitât du premier étage, qu'elle ne s'engouffrât dans le four et n'ingurgitât la savonnette. L'idée de partir à la campagne avec la fillette lui paraissait dangereuse, angoissante et superflue, puisque Esteban pouvait aussi bien se débrouiller tout seul aux Trois Maria, cependant qu'elles jouissaient d'une existence civilisée à la capitale. Mais Clara était transportée d'enthousiasme. La campagne lui paraissait quelque chose de romantique, pour la bonne raison qu'elle n'avait jamais mis les pieds dans une étable, comme disait

Férula. Les préparatifs de voyage occupèrent la famille pendant plus de deux semaines et la demeure s'encombra de malles, de valises et de cabas. Il fallut louer un wagon spécial du convoi pour transbahuter cet incroyable barda, avec les domestiques que Férula estima indispensable d'emmener en sus des cages à oiseaux que Clara ne voulut pas laisser en rade et des coffres à joujoux de Blanca remplis d'arlequins mécaniques, de figurines de porcelaine, d'animaux en peluche, de danseuses de corde et de poupée à vrais cheveux et à articulations humaines qui voyageaient avec leurs vestiaires, leurs voitures et leurs vaisselles personnels. A contempler cette cohorte désorientée et à bout de nerfs, le charivari de tout cet équipage, pour la première fois de sa vie Esteban se sentit dépassé par les événements, surtout quand il découvrit parmi les bagages un saint Antoine grandeur nature aux yeux strabiques et aux sandales en cuir repoussé. Il considéra le chaos qui l'entourait, regrettant amèrement sa décision de voyager avec femme et enfant, se demandant comment il se pouvait qu'il n'eût besoin à lui seul que de deux valises pour vaquer par le monde quand elles deux, en revanche, devaient emporter tout ce fourniment de frusques et cette procession de domestiques qui n'avaient rien à voir avec la finalité du voyage.

A San Lucas, ils prirent trois voitures qui les acheminèrent jusqu'aux Trois Maria, enveloppés comme des romanichels dans un nuage de poussière. Dans la cour du domaine les attendaient, pour leur souhaiter la bienvenue, tous les fermiers avec à leur tête Pedro Garcia junior, le régisseur. A voir débarquer ce cirque ambulant, ils restèrent bouche bée. Sous les ordres de Férula, ils se mirent à décharger les voitures et à rentrer les affaires dans la maison. Nul ne prêta attention à un petit garçon qui avait approximativement le même âge que

Blanca, nu comme un ver, morveux, le ventre gonflé de parasites, doté de deux magnifiques yeux noirs au regard de vieillard. C'était le propre fils du régisseur qu'on appelait, pour le distinguer du père et de l'aïeul, Pedro III Garcia. Dans le tohu-bohu général pour s'installer, faire le tour de la maison, fureter dans le potager, dire bonjour à tout un chacun, élever un autel à saint Antoine, chasser les poules des lits et les rats des armoires, Blanca se dépouilla de ses vêtements et s'en fut gambader avec Pedro III dans le plus simple appareil. Ils s'amusèrent parmi les ballots, se glissèrent sous les meubles, s'entremouillèrent de bisous baveux, mâchonnèrent le même pain, reniflèrent les mêmes morves, s'emmouscaillèrent du même caca, jusqu'à finalement s'endormir dans les bras l'un de l'autre sous la table de la salle à manger. C'est là que Clara les découvrit sur le coup de dix heures du soir. On les avait cherchés des heures durant à la lueur des torches, les fermiers répartis en escouades avaient parcouru les berges de la rivière, les granges, les champs et les étables, Férula avait imploré à deux genoux saint Antoine, Esteban n'en pouvait plus de les appeler et Clara elle-même avait mobilisé en vain ses dons de voyante. Lorsqu'on les retrouva, le petit garçon était couché sur le dos à même le sol et Blanca s'était blottie contre lui, la tête posée sur le ventre proéminent de son nouvel ami. C'est dans cette position qu'on les surprendrait bien des années plus tard, pour leur malheur à tous deux, et ils n'auraient pas assez du reste de leur existence pour le payer.

Dès le premier jour, Clara comprit qu'il y avait une place pour elle aux Trois Maria, et, comme elle le consigna dans ses cahiers de notes sur la vie, elle sentit qu'elle avait fini par découvrir sa mission en ce bas monde. Elle ne se laissa pas impressionner par les maisonnettes de briques, par l'école et l'abondance de nourriture, car son aptitude à percevoir l'invisible détecta sur-le-champ la défiance, la crainte, la rancœur des employés et cette imperceptible rumeur qui se taisait quand elle tournait la tête, qui lui permirent de débusquer un certain nombre de choses touchant le caractère et le passé de son mari. Le patron avait néanmoins changé. Tout un chacun put constater qu'il avait cessé de se rendre à la Lanterne Rouge, c'en était fini de ses soirées de bamboche, de combats de coqs, de paris d'argent, de ses violents accès de colère et, surtout de sa fâcheuse habitude de culbuter les jeunes filles dans les blés. On en attribua le mérite à Clara. De son côté, elle aussi changea. Du jour au lendemain, elle se départit de sa langueur, cessa de tout trouver très joli et parut guérie de sa manie de parler à d'invisibles créatures et de déplacer les meubles à l'aide d'expédients surnaturels. Elle se levait à l'aube avec son époux; habillés l'un et l'autre, ils partageaient leur petit déjeuner, puis Esteban allait surveiller les travaux des champs, cependant que Férula s'occupait de la maison, de la domesticité de la capitale qui ne se faisait pas à l'inconfort et aux mouches à merde de la campagne, ainsi naturellement que de Blanca. Clara partageait son temps entre l'atelier de couture, la boutique et l'école dont elle avait fait son quartier général pour appliquer des pommades contre la gale, de la paraffine contre les poux, pour arracher ses mystères au syllabaire, apprendre aux enfants à chanter j'ai une vache à lait, ce n'est pas une vache à vau-l'eau, et aux femmes à bouillir le lait, à soigner les diarrhées et à blanchir le linge. En fin d'après-midi, avant que les hommes ne s'en reviennent des champs, Férula rassemblait les paysannes et leurs rejetons pour dire leur chapelet. Ils y venaient par sympathie plus que par foi, et donnaient ainsi à la vieille fille l'occasion de se remémorer la belle époque des cités d'urgence. Clara attendait que sa belle-sœur en eût terminé avec ses litanies mystiques de Pater noster et d'Ave Maria et profitait de ce rassemblement pour répéter les mots d'ordre qu'elle avait entendus de la bouche de sa mère lorsque celle-ci s'enchaînait en sa présence aux grilles du Congrès. Les femmes l'écoutaient, souriantes et un peu gênées, pour la même raison qu'elles priaient avec Férula : pour ne pas contrarier la patronne. Mais toutes ces phrases enflammées leur paraissaient des histoires de fous. « Jamais de la vie qu'on a vu qu'un homme puisse pas battre sa bonne femme; s'il la bat pas, c'est qu'il l'aime pas, ou alors il n'est pas vraiment un homme; où qu'on a vu que ce que gagne un homme, ou ce que donne la terre, ou ce que pondent les poules irait aux deux, si que c'est lui qui commande; et où qu'on a vu qu'une femme elle est capable de faire les mêmes choses qu'un homme si elle est née avec une craquette et sans baloches, hein, doña Clarita? » alléguèrent-elles. Clara se désespérait. Elles se donnaient des petits coups de coude et souriaient, timides, avec leurs bouches édentées et leurs yeux tout ridés, tannées par le soleil et cette vie de chien, sachant d'avance que si leur venait l'idée saugrenue de mettre en pratique les conseils de la patronne, leur mari leur administrerait une raclée. Et bien méritée, pour sûr, comme Férula elle-même le soutenait. Au bout de quelque temps, Esteban eut vent de cette seconde partie des réunions de prière et se mit en colère. C'était la première fois qu'il se fâchait contre Clara et la première aussi qu'elle le voyait dans un de ses accès de rage. Esteban hurlait comme un dément, arpentant la salle de séjour à grandes enjambées et tapant du poing contre les meubles, déclarant que si Clara avait dans l'idée de marcher sur les pas de sa mère, elle trouverait en travers de son chemin un mec qui en avait, qui lui baisserait sa culotte et lui

151

flanquerait une fessée pour lui ôter ces satanées envies de haranguer les gens, qu'il interdisait formellement les réunions de prière ou à toute autre fin, et que lui, Esteban, n'était pas de ces corniauds que leurs femmes peuvent tourner en ridicule. Clara le laissa hurler et rouer de coups le mobilier jusqu'à ce qu'il fût fatigué puis, distraite comme toujours, elle lui demanda s'il savait faire bouger ses oreilles.

Les vacances s'étirèrent et les réunions à l'école se poursuivirent. L'été s'acheva, l'automne couvrit les champs de feu et d'or, métamorphosant le paysage. Vinrent les premiers jours frisquets, les pluies et la boue, sans que Clara donnât signe de vouloir rentrer à la capitale, en dépit des pressions insistantes de Férula qui abhorrait la campagne. Durant l'été, elle s'était plainte des après-midi de canicule à chasser les mouches, des tourbillons de poussière de la cour qui envahissaient la maison où l'on vivait comme dans un puits de mine, de l'eau croupie de la baignoire où les sels parfumés se transformaient en potage chinois, des cafards volants qui s'introduisaient entre les draps, des caravanes de rats et de fourmis, des araignées du matin barbotant dans le verre d'eau sur la table de nuit, des poules impudentes qui pondaient dans les souliers et fientaient sur le linge immaculé de l'armoire. Quand le climat eut changé, elle eut de nouvelles calamités à déplorer, le bourbier de la cour, les jours raccourcis, à cinq heures il faisait noir et il ne restait rien d'autre à faire que se préparer à affronter une longue nuit solitaire, le vent et les rhumes qu'elle combattait aux cataplasmes à l'eucalyptus sans pouvoir éviter qu'ils ne s'engendrent l'un l'autre en une chaîne de contagion sans fin. Elle n'en pouvait plus de lutter contre les éléments, sans autre distraction que de voir grandir Blanca qui avait l'air d'une anthropophage, disait-elle, s'amusant avec ce garnement crasseux de Pedro III, c'était vraiment un comble que la fillette n'eût pas quelqu'un de sa condition avec qui se mélanger, elle était en train de prendre de mauvaises manières, elle allait avec les joues barbouillées de bouillasse et les genoux croûteux, « voyez-moi comme elle parle, on dirait une indienne, j'en ai assez de lui chercher les poux sur la tête et de lui mettre du bleu de méthylène sur sa gale ». En dépit de ses récriminations, elle conservait sa roide dignité, son inamovible chignon, sa blouse amidonnée et son trousseau de clefs pendu à sa ceinture, jamais elle ne transpirait ni ne se grattait, et elle entretenait toujours sur elle un discret arôme de lavande et de citronnelle. Nul ne songeait que quelque chose pût altérer sa maîtrise de soi, jusqu'au fameux jour où elle se sentit comme une morsure dans le dos. La démangeaison était si forte qu'elle ne put s'empêcher de se gratter ouvertement, sans en être soulagée pour autant. Elle finit par se rendre à la salle de bain, ôta son corset qu'elle gardait même aux jours de plus gros travaux. Au moment où elle défaisait les lacets tomba par terre un hurluberlu de rat qui était resté là toute la matinée, s'efforçant en vain de ramper vers la sortie, coincé entre les dures baleines du corset et les chairs comprimées de sa propriétaire. Férula eut la première crise de nerfs de son existence. A ses cris, tout le monde accourut et on la trouva dans la baignoire, blême de terreur, encore à moitié nue, poussant des clameurs de détraquée et désignant d'un index tremblant le petit rongeur qui se remettait laborieusement sur pattes et cherchait vers où se mettre en lieu sûr. Esteban dit que c'était la ménopause et qu'il ne fallait pas y prêter cas. On n'y fit pas davantage attention quand elle eut sa seconde crise. C'était l'anniversaire d'Esteban. Le soleil s'était montré dès l'aube de ce dimanche et une grande agitation régnait dans la maison, car c'était la première fois qu'on allait donner une fête aux Trois Maria depuis les jours oubliés où doña Ester était encore une petite jeune fille. On invita divers parents et amis qui firent le voyage en train depuis la capitale, et tous les propriétaires de la région, sans oublier les notabilités du village. On prépara le banquet une semaine à l'avance : un demi-bestiau rôti à la broche dans la cour, des terrines de rognons, des fricassées de volaille, du maïs en sauce, des tourtes au blanc-manger et des sapotilles, arrosés des meilleurs vins de la dernière vendange. A midi commencèrent à arriver les invités en voiture ou à dos de cheval, et la grande maison de pisé se remplit de conversations et de rires. Férula s'éclipsa un moment pour se précipiter à la salle de bain, un de ces immenses cabinets de toilette où le siège des lieux d'aisance se dresse au milieu de la pièce, entouré d'un no man's land de céramiques blanches. Elle était installée sur ce siège aussi solitaire qu'un trône quand la porte s'ouvrit et que fit irruption l'un des invités, rien de moins que l'alcade du village, déboutonnant déjà sa braguette et rendu quelque peu pompette par l'apéritif. En découvrant la vieille fille, il resta pétrifié de surprise et de confusion et lorsqu'il fut en état de réagir, la seule chose qui lui vint à l'idée fut de s'avancer avec un sourire de guingois, de traverser la pièce, de tendre la main et de la saluer d'une légère inclination de tête :

« Zorobabel Blanco Jamasmié, pour vous servir », dit-il en guise de présentation.

« Mon Dieu, comment peut-on vivre parmi des gens aussi grossiers ? Si vous tenez à rester dans ce purgatoire de sauvages, pour moi je repars en ville, j'entends bien vivre comme une chrétienne, ainsi que j'ai toujours vécu ! » s'exclama Férula quand elle put raconter l'histoire sans se mettre aussitôt à pleurer. Mais elle ne partit point. Elle ne tenait pas à se séparer de Clara, elle en était arrivée à vénérer jusqu'à l'air qu'elle exhalait, et bien qu'elle n'eût plus l'occasion de la baigner ni de dormir à ses côtés, elle s'arrangeait pour lui témoigner son attachement par mille petites attentions auxquelles elle consacrait sa vie. Cette femme revêche et si peu complaisante vis-à-vis des autres et d'elle-même parvenait à se montrer d'une gentillesse souriante avec Clara et parfois, par extension, avec Blanca. Ce n'est qu'avec elle qu'elle se payait le luxe de céder à son débordant désir de servir et d'être aimée, qu'avec elle qu'elle pouvait manifester, fût-ce de manière indirecte ou déguisée, les plus secrets et délirants élans de son âme. Au long de tant et tant d'années de solitude et de morosité, elle n'avait cessé de décanter les émotions, de polir les sentiments jusqu'à les réduire à une poignée de terribles et somptueuses passions qui l'habitaient tout entière. Elle n'avait nulle disposition pour les troubles mineurs, les rancœurs mesquines, les jalousies dissimulées, les œuvres de simple charité, les affections désinfectées, les amabilités polies, les égards quotidiens. C'était un de ces êtres nés pour la magnificence d'un seul amour, pour la haine débridée, la vengeance apocalyptique, l'héroïsme le plus sublime, mais qui n'avait pu ajuster son destin à cette vocation follement romanesque, si bien que celui-ci s'était écoulé, grisâtre et laminé, entre les cloisons d'une chambre de malade, parmi la misère des cités d'urgence, en de tortueuses confessions où cette grande femme opulente au sang ardent, faite pour la maternité, l'abondance, la chaleur et l'action, s'était peu à peu consumée. A l'époque, elle avait dans les quarante-cinq ans, sa splendide constitution et ses lointains ancêtres mauresques lui conféraient le même air rayonnant, avec sa chevelure soyeuse et encore noire, hormis une mèche blanche sur le front, sa stature solide et déliée, sa démarche résolue et bien portante, mais le désert de son existence la faisait paraître beaucoup plus que son âge. J'ai un portrait de Férula pris dans ces années-là, lors d'un anniversaire de Blanca. C'est une vieille photographie couleur sépia, délavée par le temps, où l'on peut cependant la distinguer avec netteté. C'était une majestueuse matrone, mais un rictus amer sur son visage révélait son drame intérieur. Il est probable que ces années passées près de Clara furent les seules où elle connut le bonheur, car ce n'est qu'avec Clara qu'elle put s'épancher. Celle-ci était le réceptacle de ses émotions les plus raffinées et elle pouvait reporter sur elle ses énormes capacités de sacrifice et de vénération. Un jour, elle osa s'en ouvrir à elle et Clara écrivit dans son cahier de notes sur la vie que Férula l'aimait beaucoup plus qu'elle ne le méritait, plus qu'elle ne pouvait lui rendre en retour. A cause de cet amour débordant, Férula ne se décida pas à quitter les Trois Maria, même quand s'abattit le fléau des fourmis géantes qui s'annonça par un ronronnement à travers champs, une ombre noirâtre qui se coulait avec célérité en dévorant tout sur son passage, maïs, blé, luzerne, tournesols. On avait beau les arroser d'essence et y mettre le feu, elles refaisaient surface avec une vigueur nouvelle. On badigeonnait les troncs des arbres à la chaux vive, ce qui ne les empêchait pas d'y grimper et de s'attaquer aux poires, aux pommes et aux oranges, elles s'introduisaient dans le potager et faisaient une bouchée des melons, elles envahissaient la laiterie et on retrouvait au matin le lait tourné, rempli de minuscules cadavres, elles s'immisçaient dans le poulailler et bouffaient les volailles toutes vives, laissant derrière elles quelques reliefs de plumes et de petits ossements pitoyables. Elles faisaient irruption dans la maison, pénétrant par les tuyauteries, s'annexaient le garde-manger, et il fallait consommer sur-le-champ les plats qu'on venait de préparer, car à peine restaient-ils quelques minutes sur la table qu'elles rappliquaient en procession et engloutissaient tout. Pedro Garcia Junior les combattit par l'eau et par le feu, il sema des éponges imbibées de miel d'abeilles afin qu'attirées en foule par le sucre, il pût les massacrer sans coup férir, mais tout s'avéra vain. Esteban Trueba s'en fut au village et en revint chargé de toutes les marques connues de pesticides liquides, en poudre ou en comprimés, et il en déversa de droite et de gauche, tant et si bien qu'on ne pouvait plus manger les légumes qui donnaient des coliques à se tordre. Mais les fourmis continuaient d'affluer et de proliférer, de jour en jour plus impudentes et résolues. Esteban se rendit à nouveau au village et expédia un télégramme à la capitale. Trois jours plus tard débarqua à la gare Mister Brown, un yankee riquiqui flanqué d'une mystérieuse valise et qu'Esteban présenta comme un ingénieur agronome expert en insecticides. Après s'être rafraîchi d'un broc de vin aux fruits coupés, il ouvrit sa valise sur la table. Il en déballa un arsenal d'instruments jamais vus, s'empara d'une fourmi et entreprit de l'examiner interminablement au microscope.

« Pourquoi s'user les yeux dessus, Mister, puisqu'elles sont toutes pareilles? » fit Pedro Garcia junior.

L'amerlok ne répondit pas. Quand il eut fini d'identifier l'espèce, leur mode de vie, la localisation de leurs nids, leurs us et coutumes et jusqu'à leurs intentions les plus secrètes, une semaine s'était écoulée et les fourmis en venaient à se glisser dans le lit des enfants, elles avaient intégré les réserves de vivres pour l'hiver et commençaient à s'attaquer aux chevaux et aux vaches. Mister Brown exposa alors qu'il convenait de les fumiger avec un produit de son invention qui rendait les mâles stériles, si bien qu'elles cesseraient de proliférer, puis qu'il fallait les arroser d'un autre poison, également de son cru, qui engendrait une maladie mortelle chez les femelles, ce qui aurait pour effet, assura-t-il, de régler la question.

« En combien de temps? s'enquit Esteban Trueba, passant de l'impatience à la fureur.

– Un mois, dit Mister Brown.

– D'ici là, Mister, elles auront mangé jusqu'aux êtres humains, fit Pedro Garcia junior. Si vous le permettez, patron, je vais chercher mon père. Ça fait trois semaines qu'il me serine qu'il connaît un remède contre le fléau. Je pense que c'est des trucs de l'ancien temps, mais on ne perd rien à essayer. »

On fit venir le vieux Pedro Garcia qui arriva en traînant les pieds, si renfrogné, rabougri et édenté qu'Esteban frémit à constater les ravages du temps. Le vieux écouta, son chapeau à la main, contemplant le sol et mastiquant l'air de ses gencives nues. Puis il réclama un mouchoir blanc que Férula s'en alla chercher dans l'armoire d'Esteban; il sortit au-dehors, traversa la cour et se dirigea tout droit vers le potager, suivi par tous les habitants de la maison et par le rase-mottes nord-américain qui souriait avec condescendance : quels barbares, my God! Le vieillard s'accroupit avec difficulté et se mit à ratisser les fourmis. Quand il en eut ramassé une poignée, il les déposa dans le mouchoir qu'il noua par les quatre coins et laissa tomber le paquet dans son chapeau.

« Je vais vous montrer le chemin, fourmis, pour que vous débarrassiez le plancher et emmeniez les autres », dit-il.

Le vieux se hissa sur un cheval et s'en fut en marmonnant conseils et recommandations aux fourmis, maximes de sage et incantations magiques.

On le vit s'éloigner vers les confins du domaine. L'étranger s'assit par terre, pris de fou rire, si bien que Pedro Garcia junior vint le secouer et le prévenir :

« Riez de votre grand-mère si ça vous chante, Mister, mais faites attention que le vieux est mon père. »

Pedro Garcia s'en revint à la tombée du jour. Avec lenteur il mit pied à terre, dit au patron qu'il avait déposé les fourmis sur la route, et s'en retourna chez lui. Il était fatigué. Le lendemain matin, on put constater qu'il n'y avait plus de fourmis à la cuisine, et pas davantage dans la réserve; on eut beau chercher au grenier, à l'étable, dans les poulaillers, aller jusqu'aux champs et à la rivière, tout passer au peigne fin, on ne put en trouver une seule, pas même un simple spécimen. L'ingénieur était fou furieux :

« Vous dire à moi comment faire ça! exigea-t-il.

– Eh bien, Mister, il faut leur parler. Vous leur dites qu'elles s'en aillent, qu'ici elles sont en train de déranger, et elles comprennent », expliqua Pedro Garcia senior.

Clara fut bien la seule à trouver le procédé naturel. Férula sauta sur l'occasion pour déclarer qu'ils avaient échoué dans un trou perdu, une contrée inhumaine où n'avaient d'effet ni les lois de Dieu ni les progrès de la science, qu'un beau jour ils allaient tous en venir à chevaucher des balais dans les airs, mais Esteban Trueba la fit taire : il ne tenait pas à ce qu'on mît de nouvelles idées dans la tête de sa femme. Au cours des derniers jours, Clara était revenue à ses occupations fantasques, devisant avec les fantômes et passant des heures à gribouiller dans ses cahiers de notes sur la vie. Quand elle eut perdu tout intérêt pour l'école, l'atelier de couture et les meetings féministes, et qu'elle se fut remise à tout trouver très joli, chacun comprit qu'elle était de nouveau tombée enceinte.

« C'est ta faute! s'écria Férula à l'adresse de son frère.

– J'espère bien », répondit celui-ci.

Il fut bientôt évident que Clara n'était pas en état de passer sa grossesse à la campagne ni d'accoucher au village, et l'on dut organiser le retour à la capitale. Férula en fut quelque peu consolée, qui ressentait l'état de Clara comme un affront personnel. Elle prit les devants avec la majeure partie des bagages et les domestiques, afin de rouvrir la grande maison du coin et d'y préparer l'arrivée de Clara. Quelques jours plus tard, Esteban raccompagna sa femme et sa fille dans leur retour en ville et remit à nouveau les Trois Maria entre les mains de Pedro Garcia junior, promu au rang de régisseur : non qu'il en tirât davantage de privilèges, simplement plus de travail.

Le voyage des Trois Maria à la capitale acheva d'épuiser Clara. Je la voyais devenir de plus en plus pâle, gagnée par l'asthme, les yeux cernés. A cause du roulis de la voiture à cheval puis du train, de la poussière du trajet et de sa propension naturelle au mal de mer, elle était en train de perdre ses dernières forces à vue d'œil et je ne pouvais faire grand-chose pour lui venir en aide, car, quand elle se sentait mal, elle préférait qu'on ne lui adressât pas la parole. Pour débarquer à la gare, je dus la soutenir, ses jambes flageolaient.

« Je crois que je vais aller un peu plus haut.

– Pas ici! » lui criai-je, terrifié à l'idée qu'elle s'en allât voler au-dessus des têtes des passagers descendus sur le quai.

A vrai dire, elle ne faisait pas précisément allusion à la lévitation, mais à quelque plate-forme où se hisser et se remettre de son indisposition, du fardeau de sa grossesse, de la profonde fatigue qui l'envahissait jusqu'à la moelle des os. Elle entra alors dans une de ses longues phases de silence – je crois bien que celle-ci dura plusieurs mois – au cours desquelles elle avait recours à sa petite ardoise, comme à l'époque où elle était muette. En l'occurrence, je ne m'en inquiétai guère, car j'imaginais qu'elle reviendrait à son état normal, tout comme après la naissance de Blanca, et j'en étais d'ailleurs arrivé à comprendre que le silence était l'ultime et inviolable refuge de ma femme, non quelque dérangement mental, comme le soutenait le docteur Cuevas. Férula veillait sur elle de la même manière obsessionnelle dont elle avait jadis soigné notre mère, elle la traitait comme si Clara avait été infirme, elle se refusait à la laisser seule un instant et elle avait cessé de s'occuper de Blanca qui pleurnichait toute la sainte journée parce qu'elle souhaitait s'en retourner aux Trois Maria. Clara déambulait comme un fantôme obèse et taciturne à travers la maison, marquant un désintérêt bouddhique pour tout ce qui l'entourait. Elle ne me regardait même pas, elle passait à côté de moi comme si j'avais été un meuble et lorsque je lui adressais la parole, elle restait dans la lune, comme si elle ne m'entendait pas ou ne me connaissait ni d'Eve ni d'Adam. Nous avions cessé de partager le même lit. Ces journées de désœuvrement en ville et l'atmosphère irrationnelle qu'on respirait à la maison me mettaient à bout de nerfs. J'essayais de me trouver de l'occupation, mais ce n'était pas suffisant : j'étais toujours d'une humeur de chien. Je vaquais chaque jour à mes affaires. C'est vers cette époque que je me mis à spéculer en Bourse; je passais des heures à étudier les fluctuations des valeurs internationales, consacrais mon temps à investir, à monter des sociétés, à m'occuper d'import-export. Je passais aussi de nombreuses heures au Club. Je commençai également à m'intéresser à la politique et je me mis même à fréquenter un gymnase où un gigantesque entraîneur me contraignit à exercer des muscles dont je n'avais jamais soupçonné la présence dans mon propre corps. On m'avait recommandé de me faire faire des massages, mais je n'ai jamais prisé ce genre de choses : je déteste être touché par des mains mercenaires. Néanmoins, rien de tout cela ne parvenait à remplir mes journées, j'étais mal dans ma peau et mort d'ennui, je n'aspirais qu'à retourner à la campagne, mais je n'osais quitter cette maison où, de toute évidence, parmi ces femmes hystériques, la présence d'un homme raisonnable était requise. De surcroît, Clara était en train de grossir outre mesure. Elle arborait un ventre énorme que sa fragile charpente avait bien du mal à retenir. Elle avait honte que je la visse nue, mais c'était ma femme et je n'allais pas lui permettre de jouer les prudes avec moi. Je l'aidais à se baigner et à se vêtir quand Férula n'avait pas déjà pris les devants, et je ressentais une peine infinie pour elle, si frêle et si menue avec ce monstrueux abdomen, si dangereusement près du jour de l'accouchement. Maintes fois je me tourmentai à l'idée qu'elle pouvait mourir en donnant le jour, et je m'enfermai avec le docteur Cuevas pour discuter de la meilleure façon de lui venir en aide. Nous étions convenus que, si les choses ne tournaient pas bien, mieux valait lui faire une seconde césarienne, mais je m'opposais à ce qu'on l'emmenât dans quelque clinique et le médecin, lui, se refusait à procéder à une nouvelle opération, à l'instar de la première, dans la salle à manger de la maison. Il disait ne pas y avoir de commodités, alors que les cliniques, en ce temps-là, étaient des foyers d'infection et qu'on en sortait bien moins souvent guéri que les pieds devant.

162

A quelques jours près de la date prévue pour l'accouchement, Clara descendit sans préavis de son refuge brahmanique et se mit à parler. Elle désira une tasse de chocolat et me demanda de l'emmener en promenade. Mon cœur bondit. Toute la maison se remplit d'allégresse, nous sablâmes le champagne, je fis garnir tous les vases de fleurs fraîches et commandai à son intention des camélias, ses fleurs préférées, dont je couvris toute sa chambre, mais elle en contracta un début d'asthme et nous dûmes les en sortir précipitamment. Je courus jusqu'à la rue des joailliers juifs lui acheter une broche en diamants. Clara me remercia de manière expansive, elle la trouva très jolie, mais jamais je ne la vis la porter. Je suppose qu'elle a dû finir en quelque endroit inopiné où Clara la remisa pour l'y oublier aussitôt, comme presque tous les bijoux que je lui achetai au long de notre vie commune. J'appelai le docteur Cuevas, lequel se présenta sous prétexte de prendre le thé, alors qu'il venait en fait examiner Clara. Il l'accompagna dans sa chambre et nous dit ensuite, à Férula et à moi, que si elle paraissait bien guérie de ses troubles mentaux, il fallait s'attendre en revanche à un enfantement difficile, car le bébé était extrêmement fort. A ce moment précis, Clara fit irruption au salon et dut entendre la toute dernière phrase.

« Ne vous en faites pas, dit-elle, tout se passera bien.

– Cette fois, j'espère que ce sera un garçon qui puisse porter mon nom, fis-je pour plaisanter.

– Pas un, mais deux, répliqua Clara, ajoutant aussitôt : les jumeaux s'appelleront respectivement Jaime et Nicolas. »

C'en fut trop pour moi. Je suppose que j'explosai à cause de la tension accumulée au cours des derniers mois. J'écumai, prétendis que c'étaient là des noms de boutiquiers cosmopolites, que nul ne s'appelait ainsi dans ma famille ni dans la sienne, qu'au moins l'un d'eux devait s'appeler Esteban, comme moi et comme mon père, mais Clara exposa que les dénominations à répétition semaient la confusion dans les cahiers de notes sur la vie, et elle demeura inébranlable dans sa décision. Pour l'impressionner, je brisai d'une taloche un vase de porcelaine, seul vestige, me semble-t-il, des temps de splendeur de mon bisaïeul, mais elle ne s'émut pas pour autant et le docteur Cuevas eut un sourire derrière sa tasse de thé, ce qui acheva par-dessus tout de m'indigner. Je sortis en claquant la porte et me rendis au Club.

Ce soir-là, je me soûlai la gueule. En partie par besoin, en partie par vengeance, je me rendis au plus fameux bordel de la ville, qui portait un nom historique. Je tiens à dire que je ne suis pas un homme à prostituées et que ce n'est que dans les périodes où il me fut donné de vivre longtemps seul que j'eus recours à elles. Je ne sais ce qui m'arriva ce jour-là, Clara m'avait énervé, je lui en voulais, j'avais de l'énergie à revendre, je me laissai tenter. En ces années-là, les affaires du Christophe Colomb étaient florissantes, mais il n'avait pas encore acquis le prestige international auquel il réussit à atteindre le jour où il figura sur les cartes de navigation des compagnies anglaises et dans les guides touristiques, et quand on vint le filmer pour la télévision. Je pénétrai dans un salon décoré de meubles français, de ceux qui ont les pieds tordus, où m'accueillit une maquerelle bien de chez nous qui imitait à la perfection l'accent de Paris, et qui commença par me donner à connaître la liste des tarifs, puis entreprit aussitôt de me demander si j'avais quelqu'un de spécial en vue. Je lui dis que mon expérience se limitait à la Lanterne Rouge et à quelques misérables boxons à mineurs du Nord du pays, si bien que n'importe quelle femme jeune et propre ferait l'affaire.

« Vous m'êtes sympathique, môssieu, me dit-elle. Je vais vous faire venir ce que la maison a de mieux. »

A son appel accourut une femme gainée dans une robe de satin noir par trop étroite et qui pouvait à peine contenir l'exubérance de sa féminité. Elle avait ramené ses cheveux d'un seul côté de sa tête, style de coiffure qui ne m'a jamais plu, et sur son passage elle exhalait une terrible odeur de musc qui flottait obstinément dans l'air, aussi soutenue qu'un gémissement.

« Contente de vous voir, patron », dit-elle en guise de bonjour, et c'est alors que je la reconnus, car sa voix était la seule chose à n'avoir pas changé chez Tránsito Soto.

Elle me conduisit par la main jusqu'à une chambre fermée comme une tombe, aux fenêtres masquées de tentures aveugles, où n'avait pas pénétré un rai de lumière du jour depuis une éternité, mais qui n'en paraissait pas moins un palais, comparée aux sordides installations de la Lanterne Rouge. De mes mains j'ôtai à Tránsito sa robe de satin noir, défis son horrible coiffure et pus constater qu'en ces quelques années elle avait grandi, forci, embelli.

« Je vois que tu as fait ton chemin, lui dis-je.

– C'est grâce à vos cinquante pesos, patron, me répondit-elle. Ils m'ont servi pour commencer. A présent, je peux vous les rendre, mais avec un coup de pouce, car avec l'inflation, ils ne valent plus autant qu'avant.

– Je préfère que tu me doives un petit service, Tránsito! » lui dis-je en riant.

J'achevai de lui ôter ses jupons et pus vérifier qu'il ne restait presque plus rien de la fille maigrichonne aux coudes et aux genoux pointus qui travaillait jadis à la Lanterne Rouge, hormis ses infatigables prédispositions pour le plaisir des sens et sa voix d'oiseau enroué. Elle avait le corps épilé et son épiderme avait été frotté au citron et au miel de mélisse, comme elle me l'expliqua, jusqu'à les laisser aussi doux et blanc qu'une peau de bébé. Elle avait les ongles peints en rouge et un serpent tatoué autour du nombril, dont elle pouvait faire bouger les anneaux tout en gardant le reste de son corps dans une immobilité parfaite. Dans le même temps où elle me démontrait son habileté à faire onduler le reptile, elle me raconta sa vie.

« Si je m'en étais restée à la Lanterne Rouge, que serait-il advenu de moi, patron? Je n'aurais déjà plus de dents, je serais une vieille. Dans cette profession, on a vite fait de s'user, il faut s'entretenir! Encore heureux que je ne fasse pas le trottoir! Ça ne m'a jamais rien dit, il y a trop de danger. Sur le bitume, il faut avoir un jules, autrement on risque gros. Personne ne vous respecte. Mais pourquoi donner à un marlou ce qui coûte tant à gagner? Là-dessus, les femmes sont des gourdes. Ce sont des paumées. Elles ont besoin d'un mec pour se sentir protégées et elles ne se rendent pas compte que la seule chose dont elles doivent avoir peur, c'est de leurs propres mecs. Elles ne savent pas s'occuper elles-mêmes de leurs affaires, il faut toujours qu'elles se sacrifient pour quelqu'un d'autre. Croyez-moi, patron, les tapineuses sont les plus à plaindre. Elles bousillent leur vie à marner pour un maquereau, se pâment quand il les bat, se sentent toutes fières quand elles le voient bien sapé, avec des dents en or, des bagues, et quand il les laisse tomber pour une autre plus jeune, elles lui pardonnent parce que « les hommes sont comme ça ». Non, patron, je ne mange pas de ce pain-là. Moi, personne ne m'a jamais entretenue, et ce n'est pas demain que je serai assez cinglée pour me mettre à entretenir quelqu'un. Je travaille pour bibi; ce que je gagne, je le dépense comme ça me chante. Ça m'a beaucoup demandé, ne croyez pas que ce soit si facile, car les patronnes de claques n'aiment pas traiter avec des femmes, elles préfèrent s'entendre avec la poiscaille. On ne vous aide pas, on ne vous a aucune considération.

– On dirait pourtant qu'ici on t'apprécie, Tránsito. On m'a dit que tu étais ce qu'il y a de mieux dans la maison.

– Et c'est bien vrai, dit-elle. L'affaire tomberait si je n'étais pas là à travailler comme une bourrique. Les autres, on dirait déjà des loques. Il ne vient ici que des séniles, ça n'est plus comme avant. Il faudrait me moderniser tout ça pour attirer les gens des bureaux qui n'ont rien à faire entre midi et l'heure de la reprise, et aussi les jeunes, les étudiants. Il faudrait agrandir les installations, rendre l'endroit plus gai, et nettoyer, nettoyer à fond! Comme ça, la clientèle viendrait en confiance et n'irait pas penser qu'on va lui flanquer la vérole, pas vrai? Ici c'est une porcherie, on ne fait jamais le ménage. Tenez, soulevez l'oreiller, je parie qu'une punaise va vous sauter dessus. Je l'ai dit à la *madame*, mais elle n'écoute pas. Elle n'a pas le sens des affaires.

– Et toi, tu l'as?

– Pour sûr, patron! Pour faire marcher le Christophe Colomb, c'est un million d'idées qui me passent par la tête. Dans ce métier, on peut dire que j'y mets du mien. Je ne suis pas de celles qui ne font que se lamenter et accuser le mauvais sort quand ça va mal. Vous n'avez qu'à voir où j'en suis déjà : je suis la meilleure. Si je tiens bon, je vous jure que j'aurai la première maison du pays. »

Elle me divertissait beaucoup. Je pouvais l'apprécier à sa juste valeur, car, à force de tant rencontrer l'ambition dans la glace quand je me rasais le matin, j'avais fini par savoir la reconnaître quand je la rencontrais chez les autres.

« Voilà qui me paraît une excellente idée, Tránsito. Pourquoi ne monterais-tu pas ta propre affaire ? J'y mets le capital de départ – lui proposai-je, fasciné à l'idée d'élargir dans cette voie mes intérêts commerciaux, fin soûl comme je l'étais !

– Non, merci, patron, répondit Tránsito en caressant son serpent avec l'un de ses ongles peints à la laque chinoise. Ça ne me va pas de sortir des mains d'une capitaliste pour me mettre dans celles d'un autre. Ce qu'il faudrait faire, c'est une coopérative, et envoyer promener la *madame*. Vous n'avez jamais entendu parler de ça ? Tenez, faites gaffe : si vos propres fermiers se mettent en coopérative à la campagne, vous allez être bien couillonné. Ce que je veux monter, c'est une coopérative de putes. Peut-être même de putes et de gitons, pour donner plus d'ampleur à l'affaire. Nous apportons tout, le capital et le travail. Pourquoi irions-nous chercher un patron ? »

Nous fîmes l'amour avec cette féroce violence que j'avais pratiquement oubliée à force de tant voguer à bord de la frégate sur la mer calmée de soie bleue. Dans ce désordre de draps et d'oreillers, imbriqués dans le nœud vivant du désir, nous vissant l'un à l'autre à en défaillir, je me sentis à nouveau vingt ans, comblé de tenir dans mes bras cette brune et brave femelle qui ne tombait pas en charpie quand on lui montait dessus, une robuste jument à chevaucher sans états d'âme, sans qu'on vous trouve la main trop pataude, la voix trop rude, les pieds trop grands, la barbe trop râpeuse, quelqu'un de la même trempe que vous et qui tient bon quand on lui dévide à l'oreille un chapelet de cochonneries, qui n'a nul besoin d'être bercé par des mots doux ni emberlificoté dans les galanteries. Après quoi, heureux et relâché, je me reposai un moment à ses côtés, admirant l'arrondi solide de sa hanche et les palpitations de son serpent.

« Nous nous reverrons, Tránsito, lui dis-je en lui glissant un pourboire.

– Je vous ai déjà dit ça un jour, patron, vous vous rappelez? » me répondit-elle dans un ultime soubresaut de son reptile.

En réalité, je n'avais nulle intention de la revoir. Je préférais de beaucoup l'oublier.

Je n'aurais pas mentionné cet épisode si Tránsito Soto, longtemps après, n'avait joué un rôle si important dans ma vie, car je l'ai déjà dit : je ne suis pas un homme à prostituées. Mais cette histoire même n'aurait pu être écrite si elle n'était intervenue pour nous sauver et, par là, sauver nos souvenirs.

Quelques jours plus tard, alors que le docteur Cuevas préparait chacun à la perspective de rouvrir le ventre de Clara, Severo et Nivea del Valle trouvèrent la mort, laissant bon nombre d'enfants et quarante-sept petits-enfants en vie. Clara en fut informée en songe avant les autres, mais elle n'en parla qu'à Férula qui s'évertua à la tranquilliser, lui expliquant que la grossesse suscite un état de panique qui rend fréquents les mauvais rêves. Elle redoubla de soins, lui frictionnant le ventre à l'huile d'amande douce pour éviter les vergetures, enduisant ses mamelons de miel d'abeilles pour éviter les crevasses, lui donnant à ingérer des coquilles d'œufs moulues pour que son lait fût riche et ses dents exemptes de caries, et lui débitant des dévotions de Bethléem pour accoucher sans problèmes. Deux jours après ce rêve, Esteban débarqua à la maison plus tôt que de coutume, blême et décomposé, il prit sa sœur par le bras et s'enferma avec elle dans la bibliothèque.

« Mes beaux-parents se sont tués dans un accident, lui dit-il sans préambule. Je ne veux pas que Clara l'apprenne avant son accouchement. Il faut dresser un mur de censure autour d'elle : ni journaux, ni radio, ni visites, rien! Surveille les domestiques pour que personne ne lui en dise mot. »

Mais ses bonnes intentions se fracassèrent contre la force des prémonitions de Clara. Cette nuit-là, elle rêva de nouveau que ses parents marchaient dans un champ d'échalottes et que Nivea allait sans tête, si bien qu'elle fut au courant de ce qui était arrivé sans nul besoin de le lire dans la presse ni de l'entendre à la radio. Elle se réveilla dans tous ses états et pria Férula de l'aider à se vêtir, car elle devait partir en quête de la tête de sa mère. Férula courut prévenir Esteban, lequel appela le docteur Cuevas qui, au risque d'endommager les jumeaux, lui administra une potion pour fous destinée à la faire dormir deux jours de rang, mais qui n'eut pas le moindre effet sur elle.

Les époux del Valle étaient morts de la façon dont Clara l'avait rêvé et dont Nivea, en guise de plaisanterie, avait elle-même souvent prophétisé qu'ils mourraient un jour.

« Un de ces quatre, on va se tuer dans cette machine infernale », disait-elle en désignant la vieille guimbarde de son mari.

Dès son tout jeune âge, Severo del Valle avait eu un faible pour les inventions modernes. L'automobile n'échappa pas à la règle. A l'époque où tout le monde se déplaçait à pied, en calèche ou à vélocipède, il fit l'acquisition de la première automobile à avoir été débarquée dans le pays et qui se trouvait exposée comme une curiosité dans une vitrine du centre. C'était un miracle de mécanique qui se propulsait à la vitesse suicidaire de quinze, voire vingt kilomètres à l'heure, au milieu des piétons terrorisés et des malédictions de ceux qui, dans son sillage, restaient éclaboussés de boue ou couverts de poussière. Au début, elle fut dénoncée comme un danger public. D'éminents savants exposèrent par voie de presse que l'organisme humain n'était pas fait pour résister à un déplacement à vingt kilomètres à l'heure et que cette nouvelle substance qui avait nom essence risquait de s'enflammer et de produire une réaction en chaîne capable de détruire la ville. L'église elle-même s'en mêla. Le père Restrepo, qui tenait la famille del Valle dans le collimateur depuis le fâcheux incident de Clara lors de l'office du Jeudi saint, se constitua gardien des bonnes et saines traditions et éleva sa voix galicienne contre les *amicis rerum novarum,* les gens épris de nouveautés, comme ces engins sataniques qu'il compara au char de feu sur lequel le prophète Elie disparut en montant au ciel. Mais Severo ignora l'esclandre et, bientôt, d'autres messieurs imitèrent son exemple, jusqu'à ce que la vue d'automobiles eût cessé d'apparaître comme une nouveauté. Il s'en servit pendant plus d'une dizaine d'années, se refusant à changer de modèle alors que la ville se remplissait de voitures modernes, plus performantes et plus sûres, pour la même raison que sa propre épouse se refusait à se débarrasser des chevaux de trait, attendant que ceux-ci mourussent paisiblement de leur belle mort. La Sunbeam arborait des rideaux de dentelle et un porte-bouquet en cristal de chaque côté, dont Nivea veillait à renouveler les fleurs; tout l'intérieur était revêtu de bois laqué et de cuir de Russie et ses cuivres resplendissaient comme de l'or. En dépit de son origine britannique, on la baptisa d'un nom indigène, Covadonga. En vérité, elle marchait à merveille, hormis les freins dont le fonctionnement laissait toujours à désirer. Severo se vantait d'être doué pour la mécanique. Voulant la réparer, il la démonta à plusieurs reprises, et dut autant de fois la confier au Cocu magnifique, un mécanicien italien qui était le meilleur de tout le pays. Il devait son surnom à une tragédie qui avait assombri sa vie : on racontait que sa femme, qui n'en pouvait plus de lui faire porter les cornes sans qu'il se sentît jamais visé, l'avait plaqué un soir où l'orage avait éclaté entre eux deux, mais, avant de partir, elle avait attaché aux pointes de la grille de l'atelier de mécanique de grandes cornes de bélier qu'elle s'était procurées à la triperie. Le lendemain, quand l'Italien était arrivé au travail, il avait trouvé un attroupement de gosses et de voisins qui se gaussaient de lui. Le drame, cependant, n'affecta en rien sa réputation professionnelle, mais lui non plus ne parvint pas à réparer le frein à main de Covadonga. Severo décida alors de mettre une grosse pierre à bord de l'automobile et, lorsqu'elle stationnait en côte, un passager appuyait sur la pédale du frein tandis que l'autre descendait en hâte glisser la pierre sous une des roues. Le système donnait en général de bons résultats, mais, en ce dimanche fatal coché par le destin comme le dernier qu'il leur fût donné de vivre, il n'en alla pas ainsi. Les époux del Valle étaient sortis se promener dans les environs de la ville, comme ils en avaient coutume les jours où il faisait soleil. Soudain, les freins cessèrent complètement de fonctionner et avant que Nivea ait eu le temps de sauter à bas du véhicule pour placer la pierre, et Severo celui d'effectuer la moindre manœuvre, l'automobile dévalait la pente à tombeau ouvert. Severo eut beau tenter de dévier ou d'arrêter sa course, le diable s'était emparé de l'engin qui, privé de tout contrôle, fonça jusqu'à se fracasser contre une remorque chargée de poutrelles métalliques. L'une d'elles traversa le pare-brise et décapita proprement Nivea. Sa tête partit comme un projectile et, en dépit des investigations de la police, des gardes forestiers et des gens du voisinage partis la rechercher avec des chiens, au bout de deux jours, il s'avéra impossible de mettre la main dessus. Au troisième, les cadavres commençaient à empester et force fut de les inhumer, malgré leur incomplétude, en de grandioses funérailles auxquelles assistèrent la tribu del Valle et une incroyable cohorte d'amis et de connaissances, sans compter les délégations de femmes venues dire adieu à la dépouille mortelle de Nivea, considérée alors comme la première féministe du pays et dont les adversaires idéologiques dirent que, n'ayant pas sa tête à elle de son vivant, elle n'avait guère de raisons de l'avoir conservée dans la mort. Clara, recluse dans sa maison, entourée d'une domesticité aux petits soins, avec Férula pour monter la garde auprès d'elle, dopée par le docteur Cuevas, n'assista pas à l'enterrement. Par égard pour tous ceux qui s'étaient évertués à lui épargner cette ultime douleur, elle ne fit aucune remarque qui indiquât qu'elle était au courant de l'épouvantable affaire de tête perdue, mais, lorsque les funérailles furent achevées et que la vie parut reprendre son cours normal, Clara entreprit de persuader Férula de venir la rechercher avec elle, et c'est en vain que sa belle-sœur lui administra un surcroît de pilules et de potions, car elle ne voulut pas en démordre. Vaincue, Férula comprit qu'il était vain de prétendre plus longtemps que cette histoire de tête n'était qu'un mauvais rêve, et qu'il valait mieux l'aider dans son projet avant que sa frénésie n'eût achevé de lui déranger le cerveau. Elles attendirent qu'Esteban Trueba fût sorti. Férula aida Clara à s'habiller et fit venir une voiture de louage. Les instructions que Clara donna au chauffeur étaient assez imprécises :

« Vous roulez droit devant vous et je vous indiquerai le chemin », lui dit-elle, guidée par son instinct dans la perception de l'invisible.

Ils quittèrent la ville, pénétrèrent dans cette zone

dégagée où les maisons s'espaçaient, où commençait la douce ondulation des collines et des vallées, puis, sur une indication de Clara, ils prirent un chemin de traverse et continuèrent parmi les aulnes et les champs d'échalottes, jusqu'à ce qu'elle eût ordonné au chauffeur de s'arrêter près d'un épais hallier.

« C'est là, dit-elle.

– Ça ne se peut pas! fit Férula, dubitative. Nous sommes à mille lieues de l'endroit de l'accident!

– Je te dis que c'est ici », insista Clara en descendant de voiture avec difficulté, balançant son énorme ventre, suivie de sa belle-sœur qui marmonnait des prières et par l'homme qui n'avait pas la moindre idée de la finalité de l'expédition.

Elle essaya de s'infiltrer parmi les broussailles, mais le volume des deux jumeaux l'en empêcha.

« Monsieur, dit-elle au chauffeur, ayez l'obligeance de vous glisser jusque là-bas et de me ramener la tête de femme que vous allez trouver. »

L'homme rampa sous les ronces et découvrit la tête de Nivea qui avait l'air d'un melon poussé là en solitaire. Il l'empoigna par les cheveux et s'en revint avec elle, marchant à quatre pattes. Cependant que l'homme vomissait tripes et boyaux, appuyé à un arbre proche, Férula et Clara débarrassèrent Nivea de la terre et des cailloux qui s'étaient glissés dans ses oreilles, son nez et sa bouche, recoiffèrent ses cheveux qu'elle avait un peu en bataille, mais ne parvinrent pas à lui fermer les yeux. Elles l'enveloppèrent dans un châle et s'en revinrent à la voiture.

« Pressez-vous, monsieur, car je crois que je suis sur le point d'accoucher », dit Clara au chauffeur.

Ils arrivèrent juste à temps pour installer la mère dans son lit. Férula vaqua aux préparatifs, tandis qu'un domestique s'en allait quérir le docteur Cuevas et la sage-femme. Clara, que les trépidations de cette course, les émotions des derniers jours et les potions du docteur avaient préparée à accoucher avec plus de facilité que dans le cas de sa première-née, serra les dents, se cramponna aux mâts d'artimon et de misaine de la frégate et entreprit de donner le jour sur la mer calmée de soie bleue à Jaime et à Nicolas, précipitamment expulsés sous le regard attentif de leur grand-mère dont les yeux toujours grands ouverts les contemplaient depuis la commode. Férula les saisit l'un après l'autre par la grosse touffe de cheveux humides qui leur couronnait la nuque et les aida à sortir en tirant dessus par à-coups, se fiant à l'expérience qu'elle avait acquise en ayant vu naître poulains et petits veaux aux Trois Maria. Avant que n'eussent débarqué le médecin et la sage-femme, elle dissimula sous le lit la tête de Nivea, afin de s'épargner des explications embarrassées. Lorsqu'ils arrivèrent, il ne leur resta que fort peu à faire, car la mère reposait tranquillement, et les bébés, aussi miniatures que des prématurés, mais en parfait état, sans rien qui leur fît défaut, dormaient dans les bras de leur tante exténuée.

La tête de Nivea fit problème, car on ne savait où la mettre pour ne pas tomber dessus. En fin de compte, Férula la rangea, enveloppée de quelques chiffons, dans un carton à chapeau en cuir. Ils discutèrent de l'éventualité d'un enterrement en bonne et due forme, mais ç'auraient été des paperasseries à n'en plus finir avant d'obtenir que l'on rouvrît la tombe pour y insérer ce qui manquait, et, d'un autre côté, ils redoutaient le scandale si venait à s'apprendre la façon dont Clara avait fait sa découverte là où les chiens courants avaient échoué. Esteban Trueba, dans la crainte du ridicule qui l'habita toujours, marqua sa préférence pour une solution qui n'alimentât pas en arguments les mauvaises langues, car il n'ignorait pas que l'étrange comportement de sa femme faisait jaser. L'aptitude de Clara à déplacer les objets sans y toucher et à deviner l'impossible avait refait surface. Quelqu'un avait ressorti l'histoire de mutisme de son enfance et les accusations du père Restrepo, ce saint homme dont l'Eglise prétendait faire le premier béatifié du pays. Les deux ans passés aux Trois Maria avaient contribué à faire taire les rumeurs, les gens avaient oublié, mais Trueba savait qu'il suffisait d'une vétille comme l'affaire de la tête de sa belle-mère pour que les ragots reprissent de plus belle. Aussi fut-ce pour cette raison, et non par négligence, comme on le prétendit bien des années plus tard, que le carton à chapeau fut conservé à la cave, dans l'attente d'une occasion propice pour lui donner une sépulture chrétienne.

Clara eut tôt fait de se remettre de son double accouchement. Elle se déchargea du soin des bébés sur sa belle-sœur et sur la nounou qui, après la mort de ses anciens maîtres, trouva à s'employer chez les Trueba afin de continuer à servir le même sang, comme elle disait. Elle était née pour bercer les rejetons des autres, pour finir d'user leurs vieux vêtements, manger leurs restes, vivre de sentiments et de chagrins d'emprunt, vieillir sous un toit étranger, mourir un jour dans son galetas de l'arrière-cour, dans un lit qui n'était pas à elle, et être enterrée dans une fosse commune du cimetière général. Elle allait sur ses soixante-dix ans, mais elle demeurait imperturbable dans l'effort, infatigable dans ses va-et-vient, inchangée par le temps, avec la même promptitude à se déguiser en croquemitaine pour faire bondir Clara dans les coins sitôt que la reprenait sa manie de mutisme et de petite ardoise, la même énergie pour quereller les jumeaux et la même tendresse pour gâter Blanca, tout comme elle l'avait fait avant elle pour sa mère et sa grand-mère. Il lui était venu l'habitude de marmonner des prières en permanence, car s'étant aperçue que nul dans cette maison n'avait la foi, elle avait pris sur elle de prier pour tous les membres présents de la famille, ainsi en vérité que pour ses morts, comme un prolongement des services qu'elle leur avait rendus de leur vivant. Dans son ultime vieillesse, elle en vint à oublier pour qui elle priait, mais elle en garda l'habitude, certaine que cela servirait bien à quelqu'un. La dévotion était son seul point commun avec Férula. Sur tout le reste, elles furent rivales.

Un vendredi en fin d'après-midi sonnèrent à la porte de la grande maison du coin trois dames diaphanes aux mains menues et au regard de brume, chapeautées de bibis à bouquets passés de mode et imbibées d'un fort parfum de violette des bois qui s'infiltra dans toutes les pièces et laissa la demeure fleurer la fleur plusieurs jours durant. C'étaient les trois sœurs Mora. Clara était au jardin et semblait les avoir attendues tout l'après-midi, elle les accueillit avec un garçon à chaque sein et Blanca batifolant à ses pieds. Elles se regardèrent, se reconnurent, se sourirent. Ce fut le commencement d'une relation spirituelle intense qui dura toute leur vie et qui, si leurs prévisions se sont avérées exactes, se poursuit encore dans l'au-delà.

Les trois sœurs Mora s'adonnaient à l'étude du spiritisme et des phénomènes surnaturels, elles étaient les seules à détenir la preuve irréfutable que les âmes peuvent se matérialiser, grâce à une photographie qui les montrait autour d'une table, leurs têtes survolées d'un ectoplasme ailé et plutôt flou où d'aucuns, incrédules, voyaient l'effet d'une tache en cours de développement du cliché, et d'autres un simple trucage de photographe. Par de mystérieux canaux à la portée des seuls initiés, elles avaient appris l'existence de Clara, s'étaient mises en contact télépathique avec elle, et avaient immédiatement compris qu'elles étaient astralement sœurs. A l'issue d'investigations discrètes, elles avaient trouvé son adresse terrestre et se présentaient, munies de leurs propres tarots imprégnés de fluides bénéfiques, de jeux décorés de figures géométriques et de nombres cabalistiques de leur invention pour démasquer les pseudo-parapsychologues, et d'un plateau de petits fours tout ce qu'il y a de courants et d'ordinaires en guise de présent pour Clara. Elles devinrent amies intimes et, à compter de ce jour, elles firent en sorte de se réunir tous les vendredis pour invoquer les esprits et échanger recettes magiques et culinaires. Elles découvrirent la façon de s'envoyer de l'énergie mentale depuis la grande maison du coin jusqu'à l'autre extrémité de la ville, où les Mora habitaient un ancien moulin dont elles avaient fait leur extraordinaire demeure, et tout aussi bien dans l'autre sens, grâce à quoi elles pouvaient se prêter assistance dans les circonstances difficiles de la vie quotidienne. Les Mora connaissaient une flopée de gens, presque tous intéressés à ce genre de choses et qui se mirent à affluer aux réunions du vendredi, apportant leur savoir et leurs fluides magnétiques. Esteban Trueba les voyait défiler sous son toit et posa pour seules conditions qu'ils respectassent sa bibliothèque, s'abstinssent d'utiliser les enfants pour leurs expériences psychiques et qu'ils se montrassent discrets, car il ne tenait pas au scandale sur la place publique. Férula désapprouvait les activités de Clara qui lui paraissaient faire mauvais ménage avec la religion et les bonnes manières. Elle observait les séances à distance respectueuse, sans y participer, mais en les épiant d'un œil noir tout en tricotant, prête à intervenir au cas où Clara, en état de transe, eût transgressé ses propres limites. Elle avait constaté que sa belle-sœur était restée épuisée après quelques séances où elle avait servi de médium, et qu'elle se mettait à parler des idiomes païens d'une voix qui n'était pas la sienne. La nounou exerçait aussi sa surveillance, sous prétexte de servir des tassettes de café, chassant les esprits à coups de jupons amidonnés et de son caquetage de dents déchaussées et de prières en messes basses, mais ce n'était point pour protéger Clara de ses propres excès, plutôt pour vérifier que personne n'emportait les cendriers. Inutile que Clara cherchât à lui expliquer que ses visiteurs ne s'y intéressaient pas le moins du monde, pour la raison essentielle qu'aucun ne fumait : hormis les trois charmantes demoiselles Mora, la nounou avait qualifié tous les autres de ramassis de ruffians réformés.

La nounou et Férula se détestaient. Elles se disputaient l'affection des enfants et se chamaillaient pour prendre soin de Clara dans ses extravagances et ses égarements, en un sourd et permanent combat qui se déroulait aux cuisines, dans les cours et les couloirs, mais jamais à proximité de Clara, car l'une et l'autre s'accordaient à lui éviter ce tintouin. Férula en était arrivée à aimer Clara avec une passion ombrageuse qui tenait plus de celle d'un mari exigeant que d'une belle-sœur. Au fil du temps, elle se départit de sa prudence et se mit à laisser transparaître son adoration en maints détails qui ne passaient pas inaperçus d'Esteban. Lorsqu'il s'en revenait de la campagne, Férula s'arrangeait pour le persuader que Clara était dans ce qu'elle appelait « un de ses mauvais moments », de sorte qu'il ne partageât pas son lit et ne restât avec elle qu'un nombre limité de fois, et pour un temps compté. Elle excipait de recommandations du docteur Cuevas qui, vérifiées par la suite auprès du praticien, s'avéraient inventées. Elle s'interposait de mille et une manières entre les époux et, quand rien n'y faisait, elle incitait les trois enfants à réclamer de partir en promenade avec leur père, de faire de la lecture avec leur mère, qu'on leur tînt compagnie parce qu'ils avaient la fièvre, qu'on jouât avec eux : « Pauvres petits qui ont tant besoin de leur papa et de leur maman, qui passent toute la sainte journée entre les pattes de cette vieille ignorante qui leur met dans la tête des idées rétrogrades, elle est en train de les rendre idiots avec ses superstitions, avec la nounou il n'y a rien de mieux à faire que de l'interner, on dit que les servantes de Dieu ont un asile pour les vieilles employées de maison, une pure merveille, elles y sont traitées comme des dames, elles n'ont pas à travailler, la nourriture est excellente, ce serait ce qu'il y a de plus humain pour la pauvre nounou, elle ne vaut plus un clou », disait-elle. Sans pouvoir en déceler la raison, Esteban commença à se sentir importun dans sa propre maison. Il trouvait sa femme de plus en plus lointaine, bizarre, inaccessible, il ne parvenait à la ratteindre ni par ses cadeaux, ni par ses timides démonstrations de tendresse, ni par la passion éperdue qui l'empoignait toujours en sa présence. Durant toute cette époque, son amour avait crû jusqu'à tourner à l'obsession. Il entendait que Clara ne songeât plus qu'à lui, qu'elle n'eût d'autre vie que celle qu'elle pouvait partager avec lui, qu'elle lui racontât tout, qu'elle ne possédât rien qui ne lui vînt de ses mains, qu'elle dépendît de lui en tout.

Mais la réalité était bien différente, Clara paraissait planer comme son oncle Marcos, détachée de la terre ferme, cherchant Dieu dans des disciplines tibétaines, consultant les esprits grâce à des guéridons dont émanaient des petits coups, deux pour oui, trois pour non, déchiffrant les messages d'autres mondes qui pouvaient lui indiquer jusqu'à la carte des pluies. Un jour, ils lui annoncèrent qu'il y avait un trésor caché sous la cheminée et elle

180

commença par démolir la cloison, mais on n'en vit nulle trace, puis l'escalier, pas davantage, et dans la foulée la moitié du salon principal : rien. En fin de compte, il s'avéra que l'esprit, trompé par les altérations architectoniques qu'elle avait fait subir à la demeure, n'avait pas remarqué que la cache aux doublons d'or ne se situait pas dans la maison des Trueba, mais de l'autre côté de la rue, chez les Ugarte, lesquels, ne croyant pas à cette histoire de fantôme espagnol, se refusèrent à abattre leur salle à manger. Clara était bien incapable de tresser les nattes de Blanca quand celle-ci partait pour l'école, c'était Férula ou la nounou qui s'en chargeaient, mais elle avait avec sa fille de ces rapports étonnants, basés sur les mêmes principes que ceux qu'elle avait eus avec Nivea : elles se racontaient des histoires, lisaient les livres magiques des malles enchantées, interrogeaient les portraits de famille, se transmettaient de mère à fille les anecdotes des oncles qui laissaient échapper des vents et des aveugles qui chutaient comme des gargouilles du haut des peupliers, elles sortaient contempler la cordillère et compter les nuages, elles communiquaient entre elles dans une langue de leur invention qui supprimait le « t » du castillan pour le remplacer par « n », et le « r » par « l », de sorte qu'elles en venaient à s'exprimer comme le Chinois de la teinturerie. Cependant, Jaime et Nicolas grandissaient, séparés du binôme féminin, conformément au principe de ce temps-là : « il faut en faire des hommes ». Les femmes, elles, naissaient avec leur condition génétiquement chevillée au corps, et n'avaient nul besoin de l'attendre des vicissitudes de la vie. Les jumeaux acquéraient vigueur et brutalité dans les jeux de leur âge, d'abord en chassant les lézards pour leur sectionner la queue, les rats pour leur faire faire la course, les papillons pour prélever la poussière de leurs ailes, puis, plus tard, en échangeant coups de poing et coups de pied selon les instructions du même Chinois de la teinturerie, en avance sur son temps millénaire des arts martiaux, mais nul ne lui avait prêté attention quand il avait fait la preuve qu'il pouvait casser des briques avec la main et s'était mêlé de vouloir créer sa propre académie, si bien qu'il avait fini par nettoyer la garde-robe des autres. Des années plus tard, les jumeaux devinrent de vrais jeunes gens, s'échappant du collège pour s'introduire dans le terrain vague de la décharge publique où ils échangeaient contre l'argenterie de leur mère quelques minutes d'amour défendu avec une énorme mégère qui pouvait les bercer ensemble contre ses mamelles de vache hollandaise, les faire suffoquer ensemble dans la pulpeuse moiteur de ses aisselles, les écraser ensemble entre ses cuisses d'éléphante et les porter ensemble à l'extase dans la sombre et chaude et juteuse cavité de son sexe. Mais ce ne fut que beaucoup plus tard, et jamais Clara ne l'apprit, si bien qu'elle ne put le consigner dans ses cahiers pour qu'à mon tour je puisse le lire un jour. C'est par d'autres canaux que j'en eus connaissance.

Les problèmes domestiques n'intéressaient pas Clara. Elle errait de pièce en pièce sans s'étonner que tout fût en état de propreté et en ordre parfait. Elle s'asseyait à table sans se demander qui préparait les repas et où s'achetaient les vivres; peu lui importait qui la servait, elle oubliait les noms des domestiques et parfois même jusqu'à ceux de ses propres enfants, mais elle n'en paraissait pas moins être toujours présente, comme un esprit bénéfique et guilleret sur le passage duquel les pendules se remettaient en marche. Elle se vêtait de blanc, car elle avait décrété que c'était la seule couleur à ne pas altérer son aura, dans les sobres toilettes que lui confectionnait Férula sur la machine à coudre et qu'elle préférait aux fanfreluches à volants et verroterie que lui prodiguait son époux dans l'intention de l'éblouir et de la voir à la mode.

Esteban se laissait emporter par des excès de désespoir, car elle le traitait avec la même sympathie dont elle gratifiait tout le monde, elle lui parlait du même ton caressant dont elle cajolait les chats, elle était incapable de reconnaître s'il était fatigué, abattu, euphorique ou désireux de faire l'amour, mais à la couleur de ses irradiations elle devinait en revanche quand il était en train de fomenter quelque friponnerie et elle était à même de désarmer une de ses colères en deux phrases moqueuses. Ce qui l'exaspérait, c'était que Clara ne parût jamais vraiment reconnaissante de rien, ni n'avoir jamais besoin de rien qu'il pût lui offrir. Au lit elle était distraite et souriante comme en tout, sans manières et détendue, mais absente. Il savait disposer de son corps pour accomplir toutes les gymnastiques apprises dans les livres qu'il dissimulait dans un casier de la bibliothèque, mais, avec Clara, même les péchés les plus abominables avaient l'air de folâtreries de nouveau-nés, car il était impossible de les relever du sel d'une mauvaise pensée ou du piment de la soumission. Furieux, Trueba s'en revint en quelques occasions à ses anciens errements et il se reprenait alors à culbuter quelque robuste paysanne dans les bruyères, lors de leurs séparations forcées, quand Clara restait à la capitale avec les enfants et qu'il devait s'occuper du domaine, mais l'affaire, loin de le soulager, lui laissait mauvais goût dans la bouche et ne lui procurait aucun plaisir durable, pour la bonne raison que s'il en avait fait part à sa femme, il savait qu'elle se fût scandalisée du traitement infligé à l'autre, en aucune manière de son infidélité. La jalousie, comme bien d'autres sentiments propres au genre humain, n'était pas du ressort de Clara. Esteban se rendit aussi à une ou deux reprises à la Lanterne Rouge, mais il y renonça, car il perdait ses moyens avec les prostituées et devait ravaler son humiliation en marmonnant des excuses comme quoi il avait été trop porté sur le vin, ou que le déjeuner passait mal, ou qu'il était enrhumé depuis quelques jours. Il ne retourna cependant pas voir Tránsito Soto, car il pressentait qu'elle recelait en elle-même tous les risques de l'accoutumance. Il sentait une fringale insatisfaite bouillonner dans ses entrailles, un brasier impossible à éteindre, une soif de Clara qu'à aucun moment, pas même durant ses nuits les plus longues et les plus chaudes, il ne parvenait à étancher. Il s'endormait exténué, le cœur sur le point d'éclater dans sa poitrine, mais, jusque dans ses rêves, il était conscient que la femme qui reposait à ses côtés n'était pas vraiment là, mais dans quelque univers inconnu auquel il n'aurait jamais accès. Parfois, il perdait patience et secouait Clara avec fureur, lui hurlant les pires récriminations, mais finissait par pleurer dans son giron et implorait son pardon pour sa brutalité. Clara comprenait, mais n'y pouvait rien. L'amour démesuré d'Esteban pour Clara fut sans doute le sentiment le plus fort de toute son existence, plus puissant même que sa colère et son orgueil, et, un demi-siècle plus tard, il continuait à l'invoquer avec le même frémissement, la même ardeur. Sur son lit de vieillard, il l'appellerait jusqu'à son dernier souffle.

Les immixtions de Férula aggravèrent l'état d'exaspération dans lequel se débattait Esteban. Chaque obstacle que sa sœur interposait entre Clara et lui le mettait hors de lui. Parce que ses propres enfants absorbaient l'attention de leur mère, il en vint à les détester, et il enleva Clara pour une seconde lune de miel sur les mêmes sites que la première, ils s'esquivaient dans des hôtels pour le week-end, mais tout s'avérait inutile. Il se persuada que tout était de la faute de Férula qui avait inoculé à sa femme un germe maléfique qui l'empêchait de l'aimer, et qui s'appropriait en revanche à coups de caresses prohibées ce qui lui revenait en tant qu'époux. Il blêmissait quand il surprenait Férula en train de baigner Clara, il lui prenait l'éponge des mains, la renvoyait sans ménagements, sortait Clara de l'eau en la soulevant comme un fétu, la houspillait, lui interdisait de se laisser à nouveau laver, à l'âge qu'elle avait c'était du vice, et finissait par la sécher, l'emmitouflant dans son peignoir et la portant jusqu'à son lit avec un profond sentiment de ridicule. Si Férula servait à sa femme une tasse de chocolat, il la lui arrachait des mains sous prétexte qu'elle la traitait comme une infirme; si elle l'embrassait en lui souhaitant bonne nuit, il la repoussait d'une bourrade en disant qu'il n'était pas bon de se baisoter ainsi; si elle choisissait pour elle les meilleurs morceaux de quelque plat, il se levait de table furieux. Quant aux deux frères, ils en arrivèrent à devenir les rivaux déclarés, ils se toisaient l'un l'autre avec des regards de haine, inventaient mille arguties pour se disqualifier mutuellement aux yeux de Clara, n'arrêtaient pas de s'espionner. Esteban négligea de retourner à la campagne et chargea Pedro Garcia junior de s'occuper de tout, y compris des vaches d'importation, il renonça à sortir avec ses amis, à aller jouer au golf, au travail même pour s'attacher de nuit comme de jour aux pas de sa sœur et se planter en travers de son chemin dès qu'elle s'approchait de Clara. L'atmosphère de la maison devint irrespirable, lourde et sinistre, et la nounou elle-même avait l'air réduite à l'état de spirite. La seule à demeurer tout à fait étrangère à ce qui se passait était Clara qui, dans son innocence et sa distraction, ne se rendait compte de rien.

La haine entre Esteban et Férula mit pas mal de

temps à exploser. Ce fut d'abord comme un sourd tiraillement, une volonté de s'offenser en de menus détails, mais elle grandit peu à peu jusqu'à occuper toute la maison. Cet été-là, Esteban dut se rendre aux Trois Maria car, juste au moment de la récolte, Pedro Garcia junior était tombé de cheval et avait échoué avec la tête fêlée à l'hôpital des sœurs. A peine son régisseur fut-il sur pied qu'Esteban s'en revint à l'improviste à la capitale. Dans le train, il se laissa aller à d'atroces pressentiments, au désir inavoué qu'il advînt quelque drame, sans savoir encore qu'au moment même où il l'appelait de ses vœux, le drame avait déjà commencé. Il débarqua en ville en milieu d'après-midi, mais il se rendit directement au Club où il joua quelques parties de pouilleux et où il dîna sans parvenir à apaiser son inquiétude ni son impatience, tout en ignorant ce à quoi il s'attendait au juste. Au cours du dîner, il y eut un léger tremblement de terre, les lustres à pendeloques brandillèrent avec le tintinnabulement habituel du cristal, mais nul ne leva la tête, tout le monde continua à manger, et les musiciens à jouer sans rater une note, sauf Esteban Trueba qui sursauta comme s'il y avait vu un avertissement. Il finit de dîner avec un lance-pierres, réclama l'addition et sortit.

Férula, en général maîtresse de ses nerfs, n'avait jamais pu se faire aux tremblements de terre. Elle en était même arrivée à ne plus avoir peur des revenants que Clara invoquait, ni des rats à la campagne, mais ces secousses la mettaient dans tous ses états et, longtemps après qu'elles avaient cessé, elle-même en tremblait encore. Ce soir-là, elle n'était pas encore couchée et elle se précipita dans la chambre de Clara qui avait bu son tilleul et dormait déjà paisiblement. En quête d'un peu de compagnie et de chaleur, elle s'allongea à côté d'elle, veillant à ne pas la réveiller et marmonnant de silencieuses prières pour que les secousses ne dégénèrent pas en séisme. C'est là qu'Esteban Trueba la trouva. Il s'introduisit dans la maison aussi subrepticement qu'un voleur, monta sans allumer jusqu'à la chambre de Clara et déboucha comme une trombe devant les deux femmes assoupies qui le croyaient aux Trois Maria. Il se rua sur sa sœur avec la même rage que s'il se fût agi de l'amant de sa femme et la tira hors du lit, la traîna le long du couloir, lui fit dévaler quatre à quatre les escaliers et pénétrer de force dans la bibliothèque, cependant que Clara, du seuil de sa chambre, hurlait sans rien comprendre à ce qui s'était passé. Seul avec Férula, Esteban se débonda de sa fureur d'époux insatisfait et vociféra contre sa sœur des mots qu'il n'aurait jamais dû proférer à son endroit, de gougnotte à grognasse, l'accusant de pervertir sa femme, de la dévoyer avec des cajoleries de vieille fille, de la rendre fantasque et distraite, de l'inciter au mutisme et au spiritisme avec des stratagèmes de tribade, de se payer du bon temps avec elle quand il n'était pas là, de souiller jusqu'au nom des deux garçons, jusqu'à l'honneur de cette demeure et jusqu'à la mémoire de leur sainte mère, clamant que c'était trop de noirceur et qu'il la renvoyait de chez lui, qu'elle s'en allât sur-le-champ, qu'il ne voulait plus jamais la revoir et lui interdisait formellement d'approcher sa femme et ses enfants, qu'elle ne manquerait pas d'argent pour subsister décemment le reste de sa vie durant, ainsi qu'il lui en avait fait promesse autrefois, mais que s'il la reprenait à rôder autour des siens, il la tuerait, qu'elle s'enfonçât bien cela dans le crâne. Par notre mère, je te jure que je te tue!

« Sois maudit, Esteban! feula Férula. Tu vivras à jamais dans la solitude, ton âme et ton corps vont se ratatiner et tu crèveras comme un chien! »

Et elle quitta pour toujours la grande maison du coin, en chemise de nuit et sans rien emporter.

Le lendemain, Esteban Trueba s'en fut trouver le père Antonio et lui narra ce qui s'était passé, sans entrer dans les détails. Le prêtre l'écouta d'une oreille; à son regard impassible, on voyait que ce n'était pas la première fois qu'il entendait ce récit.

« Qu'attends-tu de moi, mon fils? demanda-t-il à Esteban quand celui-ci eut fini de parler.

– Que vous fassiez parvenir chaque mois à ma sœur une enveloppe que je vous remettrai. Je ne veux pas qu'elle ait de soucis matériels à se faire. Et je tiens à préciser que je ne le fais pas de bon cœur, mais pour tenir une promesse. »

Le père Antonio reçut la première enveloppe en soupirant et esquissa un geste de bénédiction, mais Esteban avait déjà tourné les talons et s'éloignait. Il ne fournit à Clara aucune explication sur ce qui s'était passé entre sa sœur et lui. Il l'informa qu'il l'avait chassée de la maison, qu'il lui interdisait à elle de mentionner son nom en sa présence, et lui laissa entendre que s'il lui restait quelque décence, elle ne le mentionnerait pas non plus quand il aurait le dos tourné. Il fit évacuer sa garde-robe, tous les objets susceptibles de rappeler son souvenir, et se pénétra de l'idée qu'elle était morte.

Clara comprit qu'il était vain de lui poser des questions. Elle se dirigea vers son nécessaire à couture, où trouver le pendule qui lui servait à communiquer avec les fantômes et qu'elle utilisait comme instrument de concentration. Elle déploya un plan de la ville sur le sol, tint le pendule suspendu à cinquante centimètres au-dessus, attendit que les oscillations lui indiquassent la direction prise par sa belle-sœur, mais, après s'y être évertuée tout l'après-midi, elle comprit que le système n'aboutirait à rien si Férula n'avait pas de domicile fixe. Le pendule s'avérant incapable de la localiser, elle alla en voiture sans but précis, espérant que son instinct la guiderait, mais sans plus de résultat. Elle consulta le guéridon sans qu'aucun esprit cicérone s'annonçât pour la conduire à Férula à travers le dédale de la cité, elle l'appela en pensée sans obtenir la moindre réponse et les tarots eux-mêmes ne l'éclairèrent en rien. Elle résolut alors de recourir aux méthodes traditionnelles et se mit à la rechercher parmi leurs amies, elle interrogea les fournisseurs et tous ceux qui avaient eu affaire à elle, mais nul ne l'avait plus revue. Ses investigations la conduisirent pour finir chez le père Restrepo.

« Ne la cherchez plus, madame, lui dit le prêtre. Elle ne souhaite pas vous voir. »

Clara comprit que là était la raison qui avait mis en échec tous ses infaillibles systèmes de divination.

« Les sœurs Mora avaient raison, se dit-elle. On ne peut retrouver quelqu'un qui ne veut pas l'être. »

Esteban Trueba entra dans une période de grande prospérité. Ses affaires paraissaient avoir été touchées par une baguette magique. La vie lui donnait pleine satisfaction. Il était riche, tel qu'il se l'était jadis promis. Il possédait la concession d'autres mines, exportait des fruits à l'étranger, il mit sur pied une entreprise de construction et les Trois Maria, qui avaient beaucoup gagné en superficie, étaient devenues le meilleur domaine de la région. La crise économique qui secoua le reste du pays ne l'affecta guère. Dans les provinces du Nord, les faillites des nitrières avaient plongé dans la misère des milliers de travailleurs. Les faméliques cohortes de chômeurs traînant leurs femmes, leurs mioches et leurs vieux, sillonnant les routes en quête de travail, avaient fini par se rapprocher de la capitale et par former progressivement une couronne de débine à sa périphérie, s'installant à la va-comme-je-te-pousse entre deux planches et des morceaux de carton, abandonnés à leur sort parmi les champs d'ordures. Ils erraient dans les rues, quémandant un petit boulot, mais il n'y avait pas de travail pour tous et, peu à peu, ces rudes ouvriers efflanqués par la faim, ratatinés par le froid, loqueteux et accablés, cessèrent de demander du travail pour se borner à demander la charité. Il n'y eut plus que des mendiants. Puis des voleurs. On n'avait jamais connu de gelées aussi terribles que celles de cette année-là. Il neigea sur la capitale, spectacle inusité qui fit un moment la une des journaux où on le célébrait comme une nouvelle réjouissante, cependant que dans les bidonvilles de banlieue l'aube découvrait des enfants bleuis et raidis par le gel. La charité non plus ne suffisait pas, face à tant de laissés-pour-compte.

Ce fut l'année du typhus exanthématique. Ce fut d'abord comme une nouvelle calamité frappant les pauvres mais qui, rapidement, prit l'allure d'un châtiment divin. Il fit son apparition dans les quartiers misérables, à cause de l'hiver, de la sous-alimentation, de l'eau croupie des rigoles. Il se surajouta au chômage et essaima partout. Les hôpitaux étaient débordés. Les malades déambulaient dans les rues avec des yeux hagards, ils s'épouillaient et projetaient leurs parasites sur les bien-portants. L'épidémie se propagea, pénétra dans tous les foyers, contamina collèges et fabriques, nul ne pouvait se sentir hors d'atteinte. Tout le monde vivait dans la peur, scrutant les signes annonciateurs de la terrible maladie. Ceux qui étaient atteints se mettaient à grelotter, glacés jusqu'aux os par un froid de pierre tombale, et sombraient bientôt dans l'hébétude. Ils restaient là comme des demeurés, consumés par la fièvre, couverts de taches, faisant du sang, pleins de délires de feu et de naufrage, s'écroulant, les jambes en coton, les os comme des chiffes molles, un goût de bile dans la bouche, la chair à vif, une pustule rouge voisinant avec une autre bleue, une autre jaune, encore une autre noire, vomissant tripes et boyaux et implorant que Dieu les prît en pitié, qu'il les laissât crever une bonne fois, car ils n'en pouvaient vraiment plus, leur tête explosait et quant à leur âme, elle partait en chiasse et en trouille.

Esteban proposa d'emmener toute la famille à la campagne afin de la préserver de la contamination, mais Clara ne voulut pas en entendre parler. Elle était trop occupée à secourir les pauvres, tâche sans commencement ni fin. Elle partait tôt le matin et ne rentrait parfois que vers minuit. Elle vida les armoires de la maison, dépouilla ses enfants de leurs effets, les lits de leurs couvertures, son mari de ses vestons. Elle raflait les vivres du garde-manger et instaura un système d'approvisionnement avec Pedro Garcia junior qui, depuis les Trois Maria, expédiait fromages, œufs, fruits, salaisons, volailles, qu'elle répartissait entre ses nécessiteux. Elle maigrit au point de paraître décavée. Elle reprit durant la nuit ses rondes de somnambule.

Le départ de Férula avait fait l'effet d'un cataclysme et la nounou elle-même, qui avait tant désiré que ce moment arrivât, en avait été toute chamboulée. Au début du printemps, quand Clara put se reposer un peu, sa propension à s'abstraire des réalités et à se perdre dans ses songeries ne fit qu'augmenter. Bien qu'elle ne pût plus compter sur l'impeccable organisation de sa belle-sœur pour remédier au chaos de la grande maison du coin, elle continua à se désintéresser des problèmes domestiques. Elle en délégua tout le soin à la nounou et au reste de la domesticité et s'absorba dans un univers de revenants et de parapsychologie. Les cahiers de notes sur la vie s'embrouillèrent, son écriture perdit l'élégance qu'elle avait gardée de chez les sœurs et dégénéra en un gribouillis intrigaillé, parfois si minuscule qu'on ne pouvait le déchiffrer, d'autres fois si démesuré que trois mots prenaient toute une page.

Les années suivantes, autour de Clara et des trois sœurs Mora s'agglutina un petit groupe de disciples de Gurdjieff, de rose-croix, d'adeptes du spiritisme et de bohèmes noctambules qui prenaient leurs trois repas par jour à la maison et passaient alternativement leur temps entre les consultations péremptoires des esprits du guéridon et la lecture des vers du dernier poète illuminé à avoir échoué dans le giron de Clara. Si Esteban autorisait cette invasion de zazous, c'est qu'il s'était rendu compte depuis longtemps qu'il était vain de vouloir interférer dans la vie de sa femme. Il décréta que les enfants mâles devaient pour le moins rester en marge de cette magie, si bien que Jaime et Nicolas devinrent internes dans un collège victorien où le moindre prétexte était bon pour leur baisser le pantalon et leur donner les verges, surtout à Jaime qui se moquait de la famille royale britannique et qui, sur ses douze ans, s'intéressait à la lecture de Marx, un juif qui faisait éclater les révolutions sur toute la planète. Nicolas, lui, avait hérité l'esprit aventureux de son grand-oncle Marcos et, de sa mère, ses dispositions à fabriquer des horoscopes et à déchiffrer l'avenir, mais ce n'était pas là de biens graves délits au regard de l'éducation rigide du collège, plutôt de simples excentricités, si bien que le jeune garçon fut bien moins puni que son frère.

Différent était le cas de Blanca dans l'éducation de laquelle son père n'intervenait pas. Il considérait que son destin à elle était de trouver à se marier et de briller en société où le don de communiquer avec les morts, s'il conservait une tonalité frivole, pouvait constituer une attraction. Il arguait qu'à l'instar de la cuisine et de la religion, la magie était un domaine spécifiquement féminin et peut-être pour cette raison éprouvait-il quelque sympathie pour les trois sœurs Mora, mais il détestait en revanche les spirites de sexe mâle presque autant que les curés. De son côté, Clara ne pouvait faire un pas sans avoir sa fille dans ses jupes, elle la conviait à leurs séances du vendredi et l'élevait en étroite familiarité avec les esprits, les membres des sociétés secrètes et les artistes miteux auxquels elle tenait lieu de mécène. Tout comme elle-même avait accompagné sa mère à l'époque de son mutisme, elle emmenait désormais Blanca dans ses visites aux pauvres, chargée de cadeaux de consolation.

« Cela nous aide à avoir bonne conscience, expliquait-elle à Blanca. Mais cela n'aide en rien les pauvres. Ce n'est pas de charité qu'ils ont besoin, mais de justice. »

C'est sur ce point qu'elle avait les pires algarades avec Esteban, lequel était là-dessus d'un tout autre avis.

« La justice! Est-ce que ce serait juste que tout le monde ait la même chose? Les flemmards, la même chose que ceux qui triment? Les abrutis, la même chose que les gens intelligents? Ça n'existe même pas chez les bêtes! Ça n'est pas une question de riches et de pauvres, mais de forts et de faibles. Je suis tout à fait d'accord pour que chacun se voie accorder les mêmes chances, mais ces types-là ne font aucun effort. Rien de plus facile que de tendre la main pour quémander la charité! Je crois que l'effort est toutjours récompensé. C'est par cette philosophie que je suis arrivé à avoir tout ce que je possède. Jamais je n'ai sollicité une faveur de personne, ni commis la moindre malhonnêteté, ce qui prouve bien que n'importe qui pourrait en faire autant. J'étais promis à n'être qu'un misérable gratte-papier d'étude notariale. Pour cette raison, je ne suis pas disposé à tolérer chez moi des idées bolcheviques. Si ça vous chante d'aller faire la charité dans les cités d'urgence, allez-y! Rien à redire : c'est on ne peut mieux pour l'éducation des jeunes filles. Mais ne venez pas me resservir les mêmes insanités que Pedro III Garcia : ça, je ne pourrais pas le supporter! »

De fait, aux Trois Maria, Pedro III Garcia n'arrêtait pas de parler justice. C'était le seul à oser défier le patron en dépit des raclées que lui avait infligées son père, Pedro Garcia junior, chaque fois qu'il l'avait pris sur le fait. Dès son plus jeune âge, le garçon se rendait sans autorisation au village pour y emprunter des livres, lire les journaux et converser avec le maître d'école, un fieffé communiste que, quelques années plus tard, on abattrait d'une balle entre les deux yeux. Il faisait aussi des fugues nocturnes jusqu'au bistrot de San Lucas où il se réunissait avec quelques syndicalistes qui avaient la manie de refaire le monde entre deux gorgées de bière, ou encore avec le superbe et gigantesque père José Dulce Maria, un prêtre espagnol à la tête farcie d'idées révolutionnaires qui lui avaient valu d'être relégué par la Compagnie de Jésus dans ce trou perdu, ce qui ne l'empêchait pas de continuer à transformer les paraboles bibliques en slogans socialistes. Le jour où Esteban Trueba découvrit que le rejeton de son régisseur introduisait de la littérature subversive parmi ses fermiers, il le convoqua à son bureau et, en présence de son père, le rossa à coups de son knout en peaux de couleuvres.

« C'est le premier avertissement, sale petit morveux! lui dit-il sans hausser le ton et en le regardant avec des yeux incendiaires. La prochaine fois que je te reprends à embêter mes gens, je te flanque en prison. Sur mon domaine, je ne veux pas de fortes têtes, ici c'est moi qui commande et j'ai le droit de m'entourer des gens qui me plaisent. Toi tu ne me plais pas : tu peux te le tenir pour dit. Je te supporte à cause de ton père qui m'a servi loyalement pendant de nombreuses années, mais fais gaffe, ça pourrait très mal finir pour toi. Débarrasse-moi le plancher! »

Pedro III Garcia ressemblait beaucoup à son père : brun, des traits rudes sculptés dans la pierre, de grands yeux tristes et une tignasse noire et raide coupée en brosse. Son cœur ne battait que pour deux êtres, son père et la fille du patron dont il était tombé amoureux du jour de sa tendre enfance où ils s'étaient endormis tout nus sous la table de la salle à manger. Blanca non plus n'échappa pas à cette fatalité. Chaque fois qu'elle venait en vacances à la campagne et débarquait aux Trois Maria dans le tourbillon de poussière soulevé par les voitures véhiculant leur tumultueux équipage, elle sentait son cœur battre d'impatience et d'angoisse comme un tam-tam africain. Elle était la première à sauter à terre et à se précipiter vers la maison, et immanquablement elle apercevait Pedro III Garcia à l'endroit même où ils s'étaient remarqués pour la première fois, debout sur le seuil, à demi dissimulé dans l'ombre de l'entrée, timide et renfrogné, les pieds nus, son pantalon usé jusqu'à la trame, scrutant le chemin de ses yeux de vieillard pour la voir arriver. Tous deux mêlaient leurs rires, échangeaient d'affectueuses bourrades, se roulaient par terre en se crêpant le chignon et en hurlant de joie.

« Veux-tu bien arrêter! veux-tu lâcher ce sale pouilleux! criait la nounou en tentant de les séparer.

– Laisse-les, nounou, ce sont des enfants qui s'aiment », disait Clara qui en savait long.

Les enfants s'esquivaient en courant et allaient se cacher pour se raconter tout ce qu'ils avaient accumulé au cours de ces mois de séparation. Pedro lui remettait en rougissant des petits animaux sculptés qu'il avait confectionnés pour elle dans des bouts de bois et Blanca lui donnait en échange les cadeaux qu'elle avait réunis à son intention : un canif qui s'ouvrait comme une corolle, un petit aimant qui attirait par magie les clous rouillés traînant par terre. L'été où elle débarqua avec une partie du contenu de la malle aux livres magiques d'oncle Marcos, elle avait dans les dix ans et Pedro III avait encore du mal à déchiffrer les lettres, mais la curiosité et l'avidité de savoir réussirent là où la maîtresse avait échoué à coups de martinet. Ils passèrent l'été à lire, couchés entre les roseaux au bord de la rivière, parmi les pins de la forêt, les épis de blé, épiloguant sur les vertus de Sandokan et de Robin des Bois, l'infortune du Pirate Noir, les véridiques et édifiantes histoires du Trésor de la Jeunesse, les malicieuses définitions des mots défendus dans le dictionnaire de l'Académie royale de Langue espagnole, le système cardiovasculaire sur des planches où ils pouvaient voir un type écorché avec toutes ses veines et le cœur exposés au regard de tous, mais en caleçon. En l'espace de quelques semaines, le jeune garçon sut lire avec voracité. Ils accédèrent à l'ample et profond univers des histoires à dormir debout, pleines de fées et de fantômes, de naufragés qui se mangaient les uns les autres après avoir tiré à la courte paille, de tigres qui se laissaient apprivoiser par amour, d'inventions fascinantes, de bizarreries géographiques et zoologiques, de pays orientaux où l'on trouve des génies dans les bouteilles, des dragons dans les grottes et des princesses prisonnières tout en haut des tours. Souvent ils allaient rendre visite à Pedro Garcia senior à qui le temps avait émoussé les facultés. Il était peu à peu devenu aveugle, une pellicule céleste lui avait recouvert les pupilles : « Ce sont les nuages qui me rentrent par les yeux », disait-il. Il prenait un vif plaisir à ces visites de Blanca et de Pedro III dont lui-même avait d'ailleurs oublié qu'il était son petit-fils. Il écoutait les histoires qu'ils sélectionnaient dans les livres magiques et qu'ils devaient lui vociférer à l'oreille, car il disait que le vent lui rentrait par là aussi, ce qui faisait qu'il était sourd. En échange, il leur apprenait à s'immuniser contre les morsures de mauvaises bêtes et leur démontrait l'efficacité de son antidote en se posant un scorpion vivant sur le bras. Il leur enseigna comment on trouve de l'eau. Il fallait tenir à deux mains un rameau bien sec et avancer à ras du sol, silencieusement, en pensant à l'eau et à la soif qu'éprouvait le rameau, jusqu'à ce que, sentant l'humidité, le rameau se mît soudain à tressaillir. Restait alors à creuser en cet endroit, leur disait le vieux, mais il précisait que tel n'était pas le système auquel il avait eu recours pour localiser les puits sur le domaine des Trois Maria, car il n'avait nul besoin d'une baguette. Ses os avaient si soif que, s'il venait à passer au-dessus d'une nappe souterraine, fût-elle profonde, son propre squelette l'en avertissait. Il leur désignait les herbes des champs, les leur faisait humer, goûter, caresser même pour en éprouver le parfum naturel, la saveur et la texture, et ainsi identifier chacune en fonction de ses vertus curatives : pour se tranquilliser l'esprit, chasser les influx diaboliques, pour se faire les yeux brillants, se fortifier le ventre, se stimuler les sangs. En ce domaine, son savoir était si vaste que le médecin de l'hôpital des sœurs venait lui rendre visite pour lui demander conseil. Tout ce savoir ne put néanmoins venir à bout de la fièvre ardente de sa fille Pancha, qui l'expédia dans l'autre monde. Il lui fit avaler de la bouse de vache et, n'obtenant aucun résultat, il lui servit du crottin de cheval, l'enveloppa de couvertures, la fit exsuder son mal jusqu'à ce qu'il ne lui restât que la peau sur les os, la frictionna sur tout le corps avec de la poudre délayée dans l'eau-de-vie, mais ce fut en pure perte; Pancha se vidait par une diarrhée sans fin qui lui pressurait tout l'intérieur et lui faisait endurer une soif inétanchable. Vaincu, Pedro Garcia demanda au patron la permission de la conduire en charrette au village. Les deux enfants l'accompagnèrent. Le médecin de l'hôpital des sœurs examina Pancha avec soin et dit au vieillard qu'elle était perdue, que s'il n'avait pas tant tardé à la lui amener et ne l'avait pas fait transpirer autant, il aurait pu tenter quelque chose pour elle, mais que son corps ne pouvait plus retenir aucun liquide et qu'elle était comme une plante aux racines desséchées. Pedro Garcia s'en offusqua et s'obstina à nier son échec, même quand il s'en revint avec le cadavre de sa fille enveloppé dans une couverture, accompagné par les enfants terrorisés, et qu'il la déchargea dans la cour des Trois Maria en bougonnant et ronchonnant contre l'ignorance du docteur. On l'enterra en un endroit privilégié du petit cimetière, jouxtant la chapelle désaffectée au pied du volcan, car elle avait été d'une certaine façon la femme du patron, elle lui avait donné le seul fils à porter son prénom, à défaut de jamais porter son nom, et un petit-fils, ce singulier Esteban Garcia, promis à jouer un rôle terrible dans les annales de la famille.

Un jour, le vieux Pedro Garcia raconta à Blanca et à Pedro III l'histoire des poules qui s'étaient mises d'accord pour faire face au vilain renard qui s'introduisait chaque nuit dans le poulailler en vue de chaparder les œufs et de dévorer les petits poussins.

Les poules décrétèrent qu'elles en avaient assez de supporter la loi du renard, elles s'organisèrent pour l'attendre, et, quand il pénétra dans le poulailler, elles lui barrèrent la route, l'encerclèrent et lui tombèrent dessus à becs raccourcis, jusqu'à le laisser plus mort que vif.

« Et on vit alors le renard s'enfuir la queue basse, poursuivi par toutes les poules », conclut le vieillard.

Blanca s'esclaffa à ce récit et déclara que c'était impossible, car les poules naissent stupides et sans défense, et les renards rusés et forts, mais Pedro III ne rit point. Il resta songeur tout l'après-midi, à ruminer la fable des poules et du renard, et peut-être fut-ce en cet instant que l'enfant se mit à devenir un homme.

CHAPITRE V

LES AMANTS

L'ENFANCE de Blanca s'écoula sans grands soubre-
sauts, faisant alterner ces étés torrides aux Trois
Maria, où elle découvrait la force d'un sentiment
qui grandissait en même temps qu'elle, et le train-
train de la capitale, semblable à celui que connaissaient les filles de son âge et de son milieu, quoique
la présence de Clara introduisît dans sa vie une
touche d'extravagance. Chaque matin, la nounou
apparaissait avec le petit déjeuner et s'en venait la
secouer, vérifier sa tenue, lui remonter ses chaussettes, lui mettre son chapeau, ses gants et son
écharpe, ranger ses livres dans son sac, intercalant
des prières marmonnées pour le repos de l'âme des
défunts avec des recommandations à voix haute,
incitant Blanca à ne pas se laisser embobiner par
les sœurs.

« Toutes des débaucheuses, ces bonnes femmes,
la prévenait-elle, elles vous choisissent les élèves les
mieux faites, les plus intelligentes, venant de bonnes familles, pour vous les fourrer au couvent et là,
elles rasent la tête des novices, les pauvrettes, et
elles les condamnent à gâcher leur vie à fabriquer
des tourtes pour les vendre, et à soigner des petits
vieux qui ne leur sont rien. »

Le chauffeur conduisait la fillette au collège où la
première des activités du jour consistait en messe

et communion obligatoires. Agenouillée à son banc, Blanca humait l'intense odeur de l'encens et les lis blancs de Marie, tout en endurant les tourments combinés de la nausée, du péché et de l'ennui. C'était la seule chose qui ne lui plaisait guère au collège. Elle aimait les hauts déambulatoires de pierre, la propreté immaculée des sols de marbre, la blanche nudité des murs, le Christ en fer forgé qui gardait l'entrée. C'était un être sentimental et romantique; elle était encline à la solitude, comptant peu d'amies, capable d'être émue aux larmes quand éclosaient les roses au jardin ou qu'elle respirait la sobre odeur de linge et de savon des religieuses penchées sur ses devoirs, ou qu'elle restait à la traîne pour goûter le mélancolique silence des classes désertées. Elle passait pour timide et chagrine. Ce n'est qu'à la campagne, la peau dorée par le soleil, le ventre gavé de fruits frais, courant à travers champs avec Pedro III, qu'elle était souriante et gaie. Sa mère disait que c'était là la vraie Blanca et que l'autre, celle de la ville, n'était qu'une Blanca en hibernation.

Par suite de l'agitation qui régnait en permanence dans la grande maison du coin, personne, hormis la nounou, ne se rendit compte que Blanca était en train de se faire femme. Elle entra sans crier gare dans l'adolescence. Des Trueba, elle avait hérité le sang espagnol et arabe, le port seigneurial, la moue arrogante, le teint olivâtre et le regard sombre de leurs gènes méditerranéens, mais panachés par l'héritage de sa mère dont lui avait échu cette douce indolence qui ne fut jamais le lot d'aucun Trueba. C'était une enfant paisible qui s'amusait toute seule, se donnait à ses études, pouponnait ses poupées et ne manifestait pas la moindre propension naturelle au spiritisme, comme sa mère, ni à la colère, comme son père. Dans la famille, on disait en manière de plaisanterie qu'elle était bien le seul être normal depuis des générations, et, de fait, on pouvait la prendre pour un prodige d'équilibre et de sérénité. Vers les treize ans, ses seins commencèrent à se former, sa taille à s'affiner, elle s'amincit et s'élança comme une plante bonifiée. La nounou lui ramassa ses cheveux en chignon et l'accompagna faire emplette de son premier chemisier, de sa première paire de bas en soie, de sa première robe de jeune femme et d'un paquet de serviettes miniatures pour ce qu'elle appelait la *démonstruation*. Cependant, sa mère continuait à faire valser les chaises à travers toute la maison, à jouer du Chopin sur le piano fermé et à déclamer les admirables vers sans objet ni rime ni raison d'un jeune poète qu'elle avait reçu et dont on commençait à parler un peu partout, sans se rendre compte des changements qui se produisaient chez sa fille, sans voir qu'elle avait fait péter les coutures de sa tenue de collégienne, ni remarquer que sa petite bouille fruitée s'était peu à peu transformée en vraie figure de femme, car Clara prêtait davantage attention aux influx et rayonnements qu'aux centimètres et aux kilos. Un jour, elle la vit entrer dans l'atelier de couture dans sa robe de sortie et n'en revint pas que cette grande et brune demoiselle fût sa petite Blanca. Elle la prit dans ses bras, la couvrit de baisers et l'avertit qu'elle ne saurait tarder à avoir ses règles.

« Assieds-toi, je vais t'expliquer ce dont il s'agit », lui dit Clara.

– Ne vous tracassez pas, maman, ça va déjà faire un an que je les ai tous les mois », répondit Blanca en riant.

La formation de la jeune fille n'apporta pas de grands changements à leurs rapports, car ceux-ci reposaient sur les principes à toute épreuve d'une acceptation mutuelle, pleine et entière, et d'une aptitude à se moquer ensemble de presque toutes les choses de la vie.

Cette année-là, l'été s'annonça tôt, une chaleur sèche et suffocante s'abattit sur la ville, assortie d'une réverbération de mauvais rêve, aussi avancèrent-ils d'une quinzaine le voyage aux Trois Maria. Comme chaque année, Blanca eut hâte de retrouver le moment où elle apercevrait Pedro III, et comme chaque année, en descendant de voiture, la première chose qu'elle fit fut de le chercher du regard à la même place que toujours. Elle découvrit sa silhouette dissimulée dans l'encadrement de la porte, se précipita à sa rencontre avec l'impatience de tant de mois passés à rêver de lui, mais ce fut pour voir avec stupéfaction le garçon se détourner et prendre la fuite.

Blanca passa tout l'après-midi à explorer les endroits où ils avaient l'habitude de se retrouver, elle demanda de ses nouvelles, l'appela à grands cris, le chercha jusque dans la maison de Pedro Garcia senior, et, à la nuit tombante, vaincue, elle finit par aller se coucher sans manger. Dans son énorme lit de cuivre, toute chamboulée de chagrin, elle enfouit son visage dans l'oreiller et pleura toutes les larmes de son corps. La nounou lui apporta un verre de lait au miel et devina sur-le-champ l'origine de son affliction.

« Je suis bien contente, dit-elle avec un sourire crispé. Ce n'est plus de ton âge de t'amuser avec ce petit pouilleux plein de morve. »

Une demi-heure plus tard, sa mère entra pour l'embrasser et la trouva secouée par les derniers sanglots d'un désespoir de mélodrame. L'espace d'un instant, Clara cessa d'être un ange de distraction et redescendit au niveau des simples mortels qui connaissent à quatorze ans leur premier chagrin d'amour. Elle voulut s'en enquérir, mais Blanca était très fière ou bien déjà trop femme et ne lui fournit pas d'explications, si bien que Clara se borna à s'asseoir un moment sur le lit et à la dorloter jusqu'à ce qu'elle eût recouvré son calme.

Cette nuit-là, Blanca dormit mal et elle se réveilla au point du jour, cernée par les ombres de la vaste chambre. Elle resta à contempler les lambris du plafond jusqu'à ce qu'elle eût entendu le coq chanter, elle se leva alors, ouvrit les rideaux, laissa entrer la suave lumière de l'aube, les premiers bruits du monde. Elle s'approcha de la glace de l'armoire et se regarda longuement. Elle ôta sa chemise et examina son corps en détail pour la toute première fois, comprenant que toutes ces métamorphoses étaient cause de la fuite de son compagnon. Elle sourit d'un nouvel et fin sourire de femme. Elle mit ses vieux effets de l'été passé qu'elle ne pouvait presque plus boutonner, s'enveloppa dans une couverture et sortit sur la pointe des pieds pour ne pas réveiller le reste de la famille. Dehors, la campagne secouait sa torpeur nocturne et les premiers rayons du soleil croisaient comme des sabres les pics de la cordillère, réchauffant la terre et dissipant la rosée en une fine écume blanche qui gommait le contour des choses et transformait le paysage en vision de rêve. Blanca dirigea ses pas vers la rivière. Tout était encore en paix, ses pieds foulaient les feuilles tombées, les brindilles sèches, émettant un crépitement ténu, seul son dans ce vaste espace assoupi. Elle eut l'impression que les peupleraies imprécises, les blés dorés, les lointains contreforts violets s'estompant dans le ciel translucide de cette matinée n'étaient qu'un très ancien souvenir revenant à sa mémoire, quelque chose qu'autrefois elle avait vu exactement ainsi, un instant déjà vécu. La bruine de la nuit avait humecté la terre et les arbres, elle sentit ses vêtements légèrement mouillés, elle eut froid aux pieds.

Elle huma l'odeur de la terre humide, des feuilles pourries, de l'humus, qui éveillait un plaisir des sens inconnu des siens.

Blanca parvint à la rivière et aperçut son compagnon d'enfance assis là où ils s'étaient tant de fois donné rendez-vous. Au cours de cette année écoulée, Pedro III n'avait pas mûri comme elle, c'était toujours le même garçon brun et malingre, au ventre ballonné, avec dans ses yeux noirs cet air d'en savoir long des vieillards. A sa vue, il se leva et elle constata qu'il faisait une demi-tête de moins qu'elle. Ils se regardèrent déconcertés, se sentant pour la première fois comme deux étrangers. Pendant un instant qui parut ne pas devoir finir, ils restèrent immobiles, s'accoutumant à ces changements, à ces nouvelles distances, quand brusquement un pierrot trilla et tout redevint comme l'été précédent. Ils furent à nouveau comme deux enfants qui cavalcadent, s'étreignent et éclatent de rire, tombent par terre et s'y roulent et s'écorchent aux cailloux tout en modulant à perdre haleine leurs prénoms, si heureux d'être ensemble une fois de plus. Puis ils finirent par se calmer. Elle avait les cheveux semés de feuilles sèches qu'il lui ôta une à une.

« Viens, j'aimerais te montrer quelque chose », lui dit Pedro III.

Il la prit par la main. Ils marchèrent, savourant ce premier matin du monde, traînant les pieds dans la gadoue, cueillant des tiges tendres pour en sucer la sève, échangeant regards et sourires, sans mot dire, jusqu'à une terre éloignée. Le soleil avait fait son apparition au-dessus du volcan, mais le jour n'était pas encore pleinement installé et la terre bâillait. Pedro lui fit signe de s'allonger par terre et de garder le silence. Ils rampèrent en direction de quelques buissons, firent un bref crochet et c'est alors que Blanca l'aperçut. C'était une belle jument baie, seule sur la colline, en train de mettre bas. Les enfants immobiles, veillant même à ce que leur respiration ne s'entendît pas, la virent haleter et pousser jusqu'à ce que fussent apparus la tête du poulain puis, au bout d'un long moment, le reste du corps. Le petit animal chut par terre et la mère se mit à le lécher, le laissant net et brillant comme le bois encaustiqué, l'encourageant du museau à essayer de se mettre sur ses pattes. Le poulain tenta de se redresser, mais ses pattes frêles de nouveau-né flageolèrent et il resta couché, regardant sa mère d'un air perdu, tandis que celle-ci saluait en hennissant le soleil du petit matin. Blanca sentit le bonheur éclater dans sa poitrine et sourdre de ses yeux en larmes.

« Quand je serai grande, je me marierai avec toi et nous vivrons ici aux Trois Maria », dit-elle à voix basse.

Pedro resta à la regarder avec son expression de vieillard triste et fit non de la tête. C'était encore un enfant, bien plus qu'elle, mais il savait où était sa place en ce monde. Il savait aussi qu'il aimerait cette fille jusqu'à son dernier jour, que cette aube resterait à jamais dans son souvenir et que ce serait la dernière chose qu'il reverrait au moment de mourir.

Ils passèrent cet été-là à hésiter entre l'enfance qui les retenait encore et l'éveil de l'homme et de la femme. Tantôt ils galopaient comme des gosses, ameutant les poules et mettant les vaches en émoi, se gavant de lait tiède juste tiré qui leur laissait des moustaches de mousse, ils chipaient la miche sortie du four, grimpaient aux arbres pour s'y construire des cabanes de branchages. Tantôt ils se cachaient dans les recoins les plus secrets et touffus du bois, se confectionnaient des lits de feuilles et jouaient à être mari et femme, se caressant jusqu'à n'en plus pouvoir. Ils n'avaient rien perdu de l'innocence qui, depuis toujours, les faisait se déshabiller sans malice et se baigner nus dans la rivière, plongeant dans l'eau froide et laissant le courant les traîner sur les pierres lisses du fond. Mais il y avait certaines choses qu'ils ne partageaient plus comme avant. Ils apprirent à avoir honte. Ils avaient cessé de concourir entre eux à qui ferait la plus grande flaque d'urine et Blanca s'abstint de lui parler de cette matière brunâtre qui tachait sa culotte une fois par mois. Sans qu'on le leur eût dit, ils se rendirent compte qu'ils ne pouvaient avoir de familiarités en présence des autres. Quand Blanca se mettait en toilette de demoiselle et prenait place l'après-midi sur la terrasse pour siroter de la citronnade en compagnie des siens, Pedro III la contemplait de loin, sans s'approcher. Ils commencèrent à se livrer en cachette à leurs jeux. Ils cessèrent de marcher main dans la main quand les adultes pouvaient les voir et s'ignoraient pour ne pas attirer leur attention. La nounou respira, tranquillisée, mais Clara se mit à les observer d'un peu plus près.

Les vacances touchèrent à leur fin et les Trueba s'en retournèrent à la capitale, chargés de pots de confitures et de compotes, de cageots de fruits, de fromages, de volailles et de lapins marinés, de paniers remplis d'œufs. Tandis qu'on casait le tout dans les voitures qui devaient les conduire au train, Blanca et Pedro III se dissimulèrent dans la grange pour se faire leurs adieux. Au cours de ces trois mois, ils en étaient venus à s'entr'aimer avec cette débordante passion qui devait les tournebouler jusqu'à la fin de leurs jours. Avec le temps, cet amour devint plus invulnérable et persistant, mais il avait déjà la même profondeur, la même force de conviction qui le caractérisèrent par la suite. Sur un tas de grains, respirant l'odorante poussière de la grange dans la diffuse lumière dorée du matin filtrant entre les planches, ils s'embrassèrent un peu partout, se pourléchèrent, se mordillèrent, se suçotèrent, sanglotèrent et burent les larmes l'un de l'autre, se prêtèrent serment pour l'éternité et s'accordèrent sur un code secret qui leur servirait à communiquer durant les mois de séparation.

Tous ceux qui vécurent cet instant convinrent qu'il était vers les huit heures du soir quand Férula fit une apparition que rien n'avait laissé présager. Tout un chacun put la voir dans son corsage amidonné, avec son trousseau de clefs à la ceinture et son chignon de vieille fille, telle qu'on l'avait toujours vue à la maison. Elle entra par la porte de la salle à manger au moment où Esteban commençait à découper le rôti et ils la reconnurent aussitôt, bien qu'ils ne l'eussent pas revue depuis six ans et qu'elle fût très pâle et marquée par l'âge. C'était samedi et Jaime et Nicolas, les jumeaux, avaient quitté l'internat pour passer la fin de semaine au sein de leur famille, si bien qu'eux aussi se trouvaient là. Leur témoignage est on ne peut plus important, car c'étaient les seuls de la maisonnée à vivre totalement à l'écart du guéridon, préservés de la magie et du spiritisme par la rigidité de leur collège anglais. Ils sentirent d'abord comme un froid soudain dans la salle à manger et Clara, pensant qu'il s'agissait d'un courant d'air, ordonna qu'on fermât les fenêtres. Puis ils entendirent un cliquetis de clefs et presque aussitôt la porte s'ouvrit sur Férula, silencieuse et l'air lointain, au moment même où la nounou entrait par la porte de la cuisine avec le saladier. Pétrifié de stupeur, Esteban Trueba resta avec la fourchette et le couteau à découper en l'air, cependant que les trois enfants clamaient quasiment à l'unisson : « Tante Férula! » Blanca trouva la force de se lever pour se diriger à sa rencontre mais Clara, assise à côté d'elle, étendit la main et la retint par un bras. En fait, par sa familiarité de longue date avec les questions surnaturelles, Clara avait été la seule à se rendre compte dès le premier coup d'œil de ce qui était en train de se produire, quoique rien dans l'apparence de sa belle-sœur ne laissât deviner son véritable état. Férula s'arrêta à un mètre de la table, les contempla tous avec des yeux vides et indifférents, puis s'avança vers Clara qui se leva sans faire pour autant aucun geste pour s'approcher, mais ferma les paupières et se mit à respirer de façon saccadée, comme si elle couvait une de ses crises d'asthme. Férula s'avança vers elle, posa une main sur chacune de ses épaules et appliqua sur son front un baiser rapide. On n'entendait dans la salle à manger que le halètement de Clara et la petite sonnaille des clefs à la ceinture de Férula. Après avoir embrassé sa belle-sœur, Férula la contourna et sortit par où elle était venue, refermant la porte sur elle avec douceur. Entre les murs de la salle à manger, la famille restait frappée de paralysie, comme dans un cauchemar. Brusquement, la nounou se mit à trembler si fort que les couverts à salade tombèrent et que le bruit de l'argenterie heurtant le parquet les fit tous sursauter. Clara rouvrit les yeux. Elle continuait à respirer avec difficulté et des larmes silencieuses lui coulaient le long des joues, jusque dans le cou, tachant son corsage.

« Férula est morte », annonça-t-elle.

Esteban Trueba lâcha les couverts à découper le rôti sur la nappe et quitta précipitamment la salle à manger. Il sortit jusque dans la rue, hélant sa sœur, mais n'en découvrit aucune trace. Entre-temps, Clara ordonna à un domestique d'aller chercher les manteaux et lorsque son époux fut de retour, elle était en train de passer le sien et tenait à la main les clefs de l'automobile :

« Nous allons chez le père Antonio », dit-elle.

Ils firent le trajet sans mot dire. Esteban conduisait le cœur serré, en quête de l'ancienne paroisse du père Antonio dans ces quartiers pauvres où il n'avait plus remis les pieds depuis nombre d'années. Lorsqu'ils débarquèrent avec la nouvelle que Férula avait rendu l'âme, le prêtre était en train de recoudre un bouton à sa soutane râpée.

« Ce n'est pas possible! s'exclama-t-il. J'étais avec elle il y a deux jours de cela, elle était en bonne forme et saine d'esprit.

– Conduisez-nous chez elle, mon père, je vous en prie, implora Clara. J'ai mes raisons de vous le dire : elle est bien morte. »

Devant l'insistance de Clara, le père Antonio les accompagna. Il guida Esteban par les rues étroites jusqu'au domicile de Férula. Durant toutes ces années de solitude, elle avait vécu dans l'une de ces cités d'urgence où, dans sa jeunesse, elle allait réciter son chapelet contre le gré de ceux à qui elle destinait ses bienfaits. Ils durent laisser là voiture à plusieurs blocs de là, car les rues se faisaient de plus en plus resserrées et ils comprirent bientôt qu'elles n'étaient praticables qu'à pied ou à bicyclette. Ils s'y engagèrent en file indienne, évitant les flaques d'eaux usées débordant des rigoles, contournant les ordures accumulées en tas où grattaient les ombres clandestines des chats. La cité d'urgence était un long défilé de masures délabrées toutes semblables les unes aux autres, humbles et chétives niches de ciment pourvues d'une seule porte et de deux fenêtres peintes dans une teinte brunâtre, disloquées, mangées par l'humidité, avec des fils de fer tendus en travers du passage où le linge était dans la journée suspendu au soleil, mais qui, à cette heure de la nuit, nus, se balançaient imperceptiblement. A mi-parcours, il n'y avait qu'un seul réservoir pour ravitailler en eau toutes les familles qui vivaient là, et deux becs de gaz pour éclairer l'étroit passage entre les maisons. Le père Antonio salua une vieille qui se tenait près de la citerne, attendant que son seau fût rempli par le misérable filet coulant du robinet.

« Vous n'avez pas vu Mlle Férula? s'enquit-il.

– Elle doit être chez elle, mon père. Je ne l'ai pas aperçue, ces temps-ci », répondit la vieille.

Le père Antonio indiqua une des masures pareille aux autres, aussi triste et sale et tout écaillée, mais la seule à arborer deux pots de fleurs suspendus de part et d'autre de la porte et où poussaient quelques chétives tiges de géranium, la fleur du pauvre. Le prêtre frappa à la porte.

« Vous n'avez qu'à entrer! cria la vieille depuis la citerne. La demoiselle ne ferme jamais à clef. Il faut dire qu'il n'y a rien à voler! »

Esteban ouvrit en hélant sa sœur, mais sans oser faire un pas de plus. Clara fut la première à franchir le seuil. L'intérieur était plongé dans le noir et monta vers eux, reconnaissable entre toutes, l'odeur de lavande et de citron. Le père Antonio gratta une allumette. La faible flamme découpa un cercle de lumière dans la pénombre, mais avant qu'ils eussent pu avancer ou se rendre compte de ce qui les entourait, elle s'était éteinte.

« Attendez ici, dit le curé. Je connais les lieux. »

Il progressa à tâtons et, au bout d'un instant, alluma une bougie. Sa silhouette se détacha, grotesque, et ils virent sa figure déformée par la lumière qui l'éclairait par en dessous, oscillant à mi-hauteur, cependant que son ombre gigantesque dansait contre les murs. Dans son cahier, Clara décrivit cette scène avec minutie, détaillant soigneusement les deux pièces obscures aux murs couverts de taches d'humidité, le cabinet de toilette exigu et sale, sans eau courante, la cuisine où ne subsistaient que de vieux croûtons de pain et un pot contenant un peu de thé. Aux yeux de Clara, le reste du gîte de Férula parut conforme au cauchemar qui avait commencé quand sa belle-sœur avait surgi dans la salle à manger de la grande maison du coin pour faire ses adieux. Elle eut l'impression de se trouver dans l'arrière-boutique de quelque fripier ou dans les coulisses d'une misérable troupe théâtrale en tournée. De clous plantés dans les murs pendaient des toilettes d'un autre âge, des boas de plumes, de maigres lambeaux de fourrure, des colliers de fausses pierres, des chapeaux comme on n'en portait plus depuis un demi-siècle, des jupons jaunis avec leurs dentelles fanées, des robes jadis somptueuses dont l'éclat n'était plus que souvenir, d'inexplicables jaquettes d'amiraux et des chasubles d'évêques, pêle-mêle comme une confrérie carnavalesque et où nichait la poussière des ans. Par terre gisait un fouillis de souliers de satin, de sacs de bal de débutantes, de ceintures de strass, de bretelles et jusqu'à une flambante flamberge de cadet de l'armée. Elle vit encore d'inconsolables perruques, des petits pots de fards, des flacons vides et toute une débauche d'accessoires indescriptibles disséminés par tous les coins.

Une porte étroite faisait communiquer les deux seules pièces. Dans l'autre, Férula était étendue sur son lit. Parée comme une souveraine autrichienne, elle était affublée d'une veste de velours mitée, de jupons de taffetas jaune, solidement enfoncée sur son crâne resplendissait une incroyable perruque de cantatrice d'opéra. Personne n'était auprès d'elle, nul n'avait rien su de son agonie et ils calculèrent qu'elle devait être morte depuis pas mal de temps car les rats avaient commencé à lui grignoter les pieds et à lui boulotter les orteils. Elle était magnifique dans sa désolation de reine déchue et son visage arborait une expression douce et sereine qu'elle n'avait jamais eue de toute sa pénible existence.

« Elle aimait bien porter des vêtements usés qu'elle se procurait d'occasion ou qu'elle ramassait dans les dépotoirs, expliqua le père Antonio; elle se maquillait et mettait ces perruques, mais jamais elle n'aurait fait de mal à une mouche, bien au contraire, jusqu'à la fin de ses jours elle a récité son chapelet pour le salut des pêcheurs.

– Laissez-moi seule avec elle », dit Clara d'un ton sans réplique.

Les deux hommes sortirent dans la ruelle où commençaient déjà à s'attrouper les voisins. Clara ôta son manteau de laine blanche et retroussa ses manches, elle s'approcha de sa belle-sœur, la débarrassa avec délicatesse de sa perruque et constata alors qu'elle était presque chauve, toute frêle et décatie. Elle lui déposa un baiser sur le front tout comme Férula était venue chez elle l'embrasser, quelques heures auparavant, dans sa salle à manger, puis elle s'employa très posément à improviser la toilette de la défunte. Elle la dévêtit, la lava en la savonnant avec soin jusque dans le moindre repli, la frictionna à l'eau de Cologne, la poudra, brossa amoureusement les quatre cheveux qui lui restaient, l'affubla des plus extravagantes et plus riches défroques qu'elle put trouver et lui remit sa perruque de soprano, lui rendant dans la mort ces attentions sans nombre dont Férula l'avait gratifiée de son vivant. Tout à sa tâche, luttant contre l'asthme, elle lui donnait des nouvelles de Blanca qui était déjà une jeune fille, et des jumeaux, de la grande maison du coin et de la campagne, « et si tu voyais combien ton absence nous pèse, chère belle-sœur, combien tu me manques quand il faut s'occuper de toute cette tribu, tu sais que je ne vaux rien

213

pour tenir la maison, les garçons sont insupportables, Blanca est en revanche une fille adorable et les hortensias que tu as toi-même plantés aux Trois Maria sont devenus splendides, il y en a même des bleus à cause des pièces de cuivre que j'ai mises dans le terreau pour les faire fleurir de cette couleur, c'est un mystère de la nature et chaque fois que j'en dispose dans les vases je pense à toi, Férula, mais je pense aussi à toi quand les hortensias ne sont pas en fleur, je pense toujours à toi, en vérité, parce que depuis que tu n'es plus à côté de moi, personne ne m'a jamais plus donné autant d'affection ».

Elle finit de la préparer, resta encore un moment à lui parler et à la cajoler, puis appela son époux et le père Restrepo pour qu'ils s'occupent des obsèques. Dans une boîte à biscuits, ils trouvèrent intactes les enveloppes contenant la mensualité qu'Esteban avait envoyée à sa sœur au fil de toutes ces années. Clara, convaincue que telle était la destination qu'entendait de toute façon leur donner Férula, les remit au prêtre pour ses bonnes œuvres.

Le curé resta auprès de la morte afin d'empêcher les rats de lui manquer de respect. Il était prêt de minuit quand le couple quitta la maison. Devant la porte s'étaient agglutinés les voisins de la cité d'urgence, commentant la nouvelle. Ils durent se frayer passage en écartant les curieux et en chassant les chiens qui reniflaient dans leurs jambes. Esteban s'éloigna à grandes enjambées, tirant Clara par le bras, la traînant presque, sans prêter attention à l'eau sale qui éclaboussait son impeccable pantalon gris de coupe anglaise. Il était furieux de ce que sa sœur, quoique morte, fût encore parvenue à le faire se sentir coupable, tout comme lorsqu'il était gosse. Il se rappela son enfance, quand elle l'entourait de sa ténébreuse sollicitude, l'enveloppant de dettes de gratitude si lourdes qu'il n'aurait jamais assez du restant de ses jours pour les payer. Il se reprit à éprouver ce sentiment d'indignité qui l'obsédait si souvent en sa présence et à détester son esprit de sacrifice, sa sévérité, ses vœux de pauvreté, son inébranlable chasteté, tout ce que lui-même ressentait comme un reproche à sa nature égoïste, sensuelle et avide de pouvoir. Que le diable t'emporte, vieille carne! marmonna-t-il en se refusant à admettre, fût-ce au plus intime de lui-même, que sa propre femme ne lui avait pas appartenu davantage après qu'il eut mis Férula à la porte.

« Pourquoi vivait-elle ainsi, alors qu'elle avait de l'argent de côté? s'écria Esteban.

– Parce qu'elle manquait de tout le reste », lui répondit Clara d'une voix égale.

Au fil des mois où ils furent séparés, Blanca et Pedro III échangèrent par la poste des missives enflammées que le garçon signait d'un nom de femme et que Blanca cachait sitôt reçues. La nounou parvint à en intercepter une ou deux, mais elle ne savait pas lire et, l'eût-elle su, le code secret l'eût empêchée d'en saisir le contenu, fort heureusement pour elle, au demeurant, car son cœur n'y eût pas résisté. Au collège, en classe de travaux ménagers, Blanca passa l'hiver à tricoter un pull-over en laine d'Ecosse en pensant aux mensurations du garçon. La nuit, elle s'endormait en tenant le paletot dans ses bras, respirant l'odeur de laine et rêvant que c'était lui qui couchait dans son lit. Pedro III, de son côté, passa l'hiver à composer des airs à la guitare afin de les chanter à Blanca et à sculpter son effigie sitôt qu'un morceau de bois lui tombait sous la main, sans pouvoir dissocier l'angélique souvenir de la jeune fille de ces troubles qui lui mettaient les sangs en ébullition, lui ramollissaient les os, faisaient muer sa voix et pousser des poils sur sa figure. Perturbé, il se débattait entre les exigences de son corps, déjà en passe de devenir celui d'un homme, et la douceur d'un sentiment encore imprégné par les jeux innocents de l'enfance. Tous deux attendirent la venue de l'été avec une douloureuse impatience et lorsqu'il finit par arriver pour leurs nouvelles retrouvailles, Pedro III ne put enfiler par la tête le pull-over que lui avait tricoté Blanca, car en ces quelques mois il avait largué l'enfance et atteint ses proportions d'homme fait, et les chansonnettes sur motifs de fleurettes et de levers du jour qu'il avait composées à l'intention de Blanca lui parurent mièvres, car d'une vraie femme elle avait désormais le port et les attentes.

Pedro III était toujours aussi maigrichon, avec ses cheveux raides et son regard triste, mais sa voix, en muant, avait pris ces accents rauques et passionnés qui le feraient connaître plus tard, quand il deviendrait le chantre de la révolution. Il était avare de ses mots, balourd et renfrogné, mais il avait des mains pleines de douceur et de délicatesse avec de longs doigts d'artiste grâce auxquels il sculptait, arrachait des plaintes aux cordes de sa guitare et dessinait avec la même aisance qu'il mettait à tenir les rênes d'un cheval, à brandir la hache pour fendre le bois ou à faire aller droit la charrue. Il était le seul aux Trois Maria à ne pas baisser la tête devant la patron. Son père, Pedro junior, lui avait cent fois répété de ne pas regarder le patron dans les yeux, de ne pas répliquer, de ne pas chercher la bagarre avec lui, et, dans son désir de le protéger, il lui était arrivé de lui flanquer de sacrées raclées pour lui rabaisser son caquet. Mais le fils était rebelle. A dix ans, il en savait aussi long que la maîtresse d'école des Trois Maria et à douze, il tint à faire le trajet jusqu'au collège du bourg, à cheval ou bien à pied, quittant sa bicoque en brique dès cinq heures du matin, qu'il vente ou qu'il pleuve. Il lut et relut à mille et une reprises les livres magiques des malles enchantées d'oncle Marcos et continua à se repaître de ceux que lui prêtaient au bistrot les syndicalistes, ainsi que le père José Dulce Maria qui lui apprit par surcroît à cultiver son don naturel pour rimailler et mettre ses idées en chansons.

« Notre Sainte Mère l'Eglise est de droite, mon fils, mais Jésus-Christ a toujours été de gauche », lui disait-il d'un air énigmatique entre deux gorgées de vin de messe qu'il sortait pour fêter les visites de Pedro III.

C'est ainsi qu'un jour qu'il se reposait sur la terrasse après déjeuner, Esteban Trueba l'entendit chantonner un air où il était question de poules qui s'étaient syndiquées pour tenir tête au renard et qui l'avaient mis en déroute. Il lui dit de venir.

« J'aimerais bien t'écouter. Rechante-moi donc ça! » lui ordonna-t-il.

Pedro III s'empara amoureusement de sa guitare, prit appui sur une chaise et plaqua quelques accords. Il garda ses yeux braqués sur le patron cependant que sa voix veloutée s'élevait, chargée de passion, dans la torpeur de l'heure de la sieste. Esteban Trueba n'était pas idiot et comprit le défi.

« C'est ça! Je sais bien que les choses les plus stupides peuvent être mises en chansons! grommela-t-il. Tu ferais mieux d'apprendre à pousser la romance.

– Moi ça me plaît bien, patron. L'union fait la force, comme dit le père José Dulce Maria. Si les poules peuvent tenir tête au renard, pourquoi pas les êtres humains? »

Et il partit en emportant sa guitare et en traînant les pieds sans que l'autre eût rien trouvé à lui riposter, bien qu'il eût déjà la colère au bord des lèvres et que sa tension se fût mise à monter. A compter de ce jour, Esteban Trueba l'eut à l'œil et ne cessa de l'observer avec défiance. Il tenta de l'empêcher de se rendre au collège en lui inventant des tâches d'adulte, mais le garçon se levait plus tôt et se couchait plus tard encore pour les accomplir. C'est cette année-là qu'Esteban le cravacha en présence de son père pour avoir colporté parmi les fermiers ces nouveautés qui circulaient parmi les syndicalistes du bourg, toutes ces idées de dimanches chômés, de salaire minimum, de retraite et d'assistance médicale, de congé-maternité pour les femmes enceintes, de votes libres de toutes pressions, et, plus grave encore, d'organisation paysanne susceptible d'affronter les maîtres.

Quand Blanca arriva cet été-là aux Trois Maria pour y passer ses vacances, elle faillit ne point le reconnaître : il mesurait quinze centimètres de plus et n'avait plus rien du gosse au ventre ballonné avec qui elle avait partagé les belles saisons de l'enfance. Elle descendit de voiture, tira sur sa jupe, et, pour la première fois, ne se précipita pas pour lui sauter au cou, mais lui adressa un petit signe de tête en guise de bonjour, tout en lui disant du regard ce que les autres ne devaient pas entendre et qu'elle lui avait déjà dit et redit dans son impudique correspondance codée. La nounou observa la scène du coin de l'œil et sourit, moqueuse. En croisant Pedro III, elle lui fit une grimace :

« Apprends à rester avec ceux de ta classe, morveux, et à ne pas te frotter aux demoiselles », railla-t-elle entre ses dents.

Ce soir-là, avec toute la famille réunie dans la salle à manger, Blanca mangea de la poule au pot qu'on leur servait toujours à leur arrivée aux Trois Maria, sans qu'on lût en elle la moindre impatience au cours de l'interminable après-souper où son père sirotait du cognac en parlant de vaches d'importation et de mines d'or. Elle attendit pour se retirer que sa mère en eût donné le signal, elle se leva alors sans hâte, souhaita bonne nuit à tout un chacun et s'en fut dans sa chambre. Pour la première fois de son existence, elle ferma sa porte à clef. Elle s'assit sur le lit sans se dévêtir et attendit dans le noir que se fussent tus les voix des jumeaux chahutant dans la chambre voisine, les pas des domestiques, les bruits des portes et des verrous, et que la demeure se fût installée dans le sommeil. Elle ouvrit alors la croisée et sauta, chutant parmi les hortensias qu'avait plantés, il y avait bien longtemps, sa tante Férula. La nuit était claire, on entendait les grillons et les crapauds. Elle inspira profondément et l'air porta jusqu'à elle l'arôme douceâtre des duracines mises à sécher dans la cour pour les conserves. Elle patienta jusqu'à ce que ses yeux se fussent habitués à l'obscurité, puis elle fit quelques pas, mais elle dut renoncer à aller plus loin car elle entendit les aboiements furieux des chiens de garde qu'on lâchait la nuit. C'étaient quatre molosses qui avaient grandi attachés à des chaînes et qui restaient enfermés tout le jour; elle ne les avait jamais vus de près et savait qu'ils ne pouvaient la reconnaître. Un bref instant, elle sentit la panique lui faire perdre la tête et fut sur le point de se mettre à crier, mais elle se rappela alors que Pedro Garcia senior lui avait dit un jour que les voleurs vont nus pour éviter d'être attaqués par les chiens. Sans l'ombre d'une hésitation, aussi promptement que ses nerfs le lui permettaient, elle se dépouilla de ses vêtements et les roula sous son bras, puis reprit sa marche d'un pas paisible, priant seulement que les bêtes ne flairent pas sa peur. Elle les vit rappliquer en aboyant et continua d'avancer sans ralentir le rythme de sa marche. Les chiens s'approchèrent en grondant, déconcertés, mais elle ne s'arrêta pas. L'un d'eux, plus audacieux que les autres, vint jusqu'à la renifler. Elle sentit son souffle tiède dans ses reins, mais resta imperturbable. Les chiens persistèrent à grogner et aboyer un moment, l'accompagnèrent un bout de chemin, puis firent demi-tour. Blanca poussa un soupir de soulagement et s'aperçut qu'elle tremblait comme une feuille; couverte de sueur, elle dut prendre appui contre un arbre et attendre que se fût dissipée la fatigue qui lui avait mis les jambes en coton. Puis elle se rhabilla en hâte et courut en direction de la rivière.

Pedro III l'attendait à l'endroit même où ils s'étaient retrouvés l'été passé et où Esteban Trueba, bien des années auparavant, s'était emparé de l'humble virginité de Pancha Garcia. En apercevant le garçon, Blanca rougit violemment. Durant les mois de leur séparation, il s'était rompu au dur labeur de devenir un homme, cependant qu'elle avait vécu recluse entre les murs de son foyer et ceux du collège de bonnes sœurs, préservée des aspérités de la vie, meublant ses songeries romanesques d'aiguilles à tricoter et de laine d'Ecosse, mais l'image de ses rêves ne coïncidait en rien avec ce grand gaillard qui s'approchait en murmurant son nom. Pedro III leva la main et lui toucha le cou à hauteur de l'oreille. Blanca sentit quelque chose de chaud lui sillonner tout le corps, ses jambes flageolèrent, elle ferma les yeux et s'abandonna. Il l'attira avec douceur et l'enveloppa de ses bras, elle enfouit son nez dans la poitrine de cet homme qu'elle ne connaissait pas, si différent du garnement chétif avec qui, quelques mois auparavant, elle échangeait des caresses jusqu'à n'en plus pouvoir. Elle respira son odeur nouvelle, se frotta contre sa peau rugueuse, palpa ce corps robuste et noueux et éprouva une paix somptueuse et totale, sans rien de commun avec l'agitation qui s'était emparée de lui. De la langue ils se fouillèrent l'un l'autre comme autrefois, mais c'était comme une caresse qu'ils venaient d'inventer, ils tombèrent à genoux en s'embrassant avec frénésie puis roulèrent sur le doux matelas de terre humide. Ils se découvraient pour la première fois et n'avaient rien à se dire. La lune parcourut tout l'horizon sans qu'ils s'en aperçussent, occupés qu'ils étaient à explorer leur plus secrète intimité, à insatiablement se glisser dans la peau l'un de l'autre.

A compter de cette nuit-là, Blanca et Pedro III se retrouvèrent régulièrement à la même heure et au même endroit. Le jour, elle brodait, lisait et peignait d'insipides aquarelles aux abords de la maison, sous l'œil béat de la nounou qui pouvait dormir sur ses deux oreilles. Clara, au contraire, pressentait que quelque chose d'étrange était en train de se passer, car elle pouvait remarquer comme une coloration nouvelle dans l'aura qui entourait sa fille, et elle croyait en deviner la cause. Pedro III accomplissait ses tâches habituelles aux champs et ne cessa point de se rendre au village pour voir ses amis. A la nuit tombante, il était mort de fatigue, mais la perspective de retrouver Blanca le revigorait. Il n'avait pas quinze ans pour rien. Ainsi se déroula pour eux tout cet été et bien des années plus tard, l'un comme l'autre devaient se remémorer ces nuits ardentes comme la meilleure époque de leurs vies.

Entre-temps, Jaime et Nicolas mettaient les vacances à profit pour faire toutes ces choses qui étaient prohibées à l'internat britannique : braillant à tue-tête, se chamaillant sous n'importe quel prétexte, se métamorphosant en deux petits morveux à prendre avec des pincettes, couverts de guenilles, les genoux couronnés, la tête pleine de poux, gavés de fruits encore tièdes sitôt après la cueillette, de soleil et de liberté. Ils partaient dès l'aube et ne rentraient qu'au soir à la maison, passant leur temps à chasser le lièvre au lance-pierres, à galoper à perdre haleine et à épier les femmes qui savonnaient leur linge au bord de la rivière.

Ainsi passèrent trois années, jusqu'à ce que le tremblement de terre vînt infléchir le cours des choses. Au terme des dernières vacances, les jumeaux s'en retournèrent à la capitale avant le reste de la famille, accompagnés de la nounou, des domestiques venus de la ville et d'une bonne partie des bagages. Les garçons regagnaient directement leur collège, cependant que la nounou et les autres gens de maison préparaient la grande demeure du coin en vue de l'arrivée des maîtres.

Blanca resta quelques jours de plus à la campagne avec ses parents. C'est alors que Clara commença à avoir des cauchemars, à arpenter les couloirs en somnambule et à se réveiller en hurlant. Le jour, elle errait comme une simple d'esprit, lisant des signes prémonitoires dans le comportement des bêtes : dans le fait que les poules ne pondaient plus leur œuf quotidien, que les vaches avaient l'air effrayées, que les chiens hurlaient à la mort, que rats, araignées et vers de terre sortaient de leurs trous, que les oiseaux avaient abandonné leurs nids et s'éloignaient par bandes, laissant leurs petiots crier de faim parmi les branches. Elle observait avec obsession la fine colonne de fumée blanche du volcan, scrutant les variations de couleur du ciel. Blanca lui prépara des infusions calmantes et des bains tièdes et Esteban eut recours pour la tranquilliser à la vieille petite boîte de pilules homéopathiques, mais les mauvais songes continuaient de plus belle :

« La terre va trembler! disait Clara, de jour en jour plus pâle et agitée.

– Bon Dieu, Clara, mais elle n'arrête jamais vraiment de trembler! lui répondait Esteban.

– Cette fois, ce sera différent. Il y aura dix mille morts.

– Il n'y a pas autant de gens dans tout le pays! » se moquait-il.

Le cataclysme se déclencha à quatre heures du matin. Clara fut réveillée peu avant par un cauchemar apocalyptique plein de chevaux éventrés, de vaches emportées par la mer, de gens rampant sous les décombres et de gouffres s'ouvrant dans le sol où s'abîmaient les maisons. Elle se leva, blême de terreur, et courut jusqu'à la chambre de Blanca. Mais, comme toutes les nuits, Blanca avait fermé sa porte à clef et s'était laissée glisser par la fenêtre pour diriger ses pas vers la rivière. Ces derniers jours avant le retour en ville, cette passion de nuits d'été prenait des proportions terribles, car devant l'imminence d'une nouvelle séparation, les jeunes gens profitaient de tous les moments possibles pour s'aimer sans frein. Ils passaient la nuit à la rivière, insensibles au froid et à la fatigue, s'ébattant avec la dernière énergie, et ce n'est qu'au moment d'entrevoir les premières lueurs du jour que Blanca s'en revenait à la maison et y pénétrait par la fenêtre de sa chambre, juste à temps pour entendre le coq chanter. Clara arriva donc devant la porte de sa fille et tenta de l'ouvrir, mais elle était bloquée. Elle frappa et comme personne ne répondait, elle sortit en courant, contourna la maison et vit alors la baie grande ouverte, les hortensias plantés par Férula tout piétinés. En un rien de temps elle eut compris la cause de cette coloration nouvelle de l'aura de Blanca, de ses cernes, de sa langueur et de son silence, de ses somnolences matutinales et de ses aquarelles de fin d'après-midi. Et c'est à ce moment précis que se déclencha le tremblement de terre.

Clara sentit le sol s'ébranler et ne put rester debout. Elle tomba à genoux. Les tuiles du toit se détachèrent et se mirent à pleuvoir autour d'elle dans un fracas assourdissant. Elle vit le mur de pisé de la maison s'ouvrir comme si un coup de hache lui avait été assené de plein fouet et la terre béa, ainsi qu'elle l'avait vu dans ses rêves, et une énorme crevasse se dessina sous ses yeux, engloutissant au passage les poulaillers, les auges du lavoir et une partie de l'écurie. La citerne pencha puis s'effondra par terre, libérant mille litres d'eau sur les volailles qui avaient survécu et qui battaient désespérément des ailes. Dans le lointain, le volcan crachait feu et fumée comme un dragon furieux. Les chiens rompirent leurs chaînes et, rendus fous, se mirent à courir en tous sens, les chevaux libérés par l'affaissement de l'écurie humaient l'air et hennissaient de peur avant de s'emballer et de foncer en rase campagne, les peupliers titubaient comme des ivrognes et certains s'abattaient, les racines en l'air, écrabouillant les nichées de moineaux. Mais le plus terrible fut ce rugissement montant des entrailles de la terre, ce souffle rauque de géant qui se fit longuement entendre, semant partout l'épouvante. Clara tenta de se traîner vers la maison tout en hélant Blanca, mais les grondements du sol couvrirent sa voix. Elle vit les paysans terrifiés sortir de leurs bicoques, implorant le ciel, se regroupant à qui mieux mieux, tirant le bras des enfants, décochant un coup de pied aux chiens, poussant sans ménagement les vieillards, s'évertuant à sauver leurs maigres biens dans cette avalanche de tuiles et de briques qui paraissait jaillir du ventre de la terre comme un interminable grondement de fin du monde.

Esteban Trueba fit son apparition dans l'encadrement de la porte au moment où la demeure se brisait comme une coquille d'œuf et s'écroulait dans un nuage de poussière, l'écrasant sous une montagne de décombres. Clara rampa jusque-là, l'appelant à grands cris, mais nul ne répondit.

La première secousse du séisme dura près d'une minute et fut la plus forte à avoir été enregistrée à cette date dans cette contrée à catastrophes. Elle mit par terre tout ce qui tenait debout et le reste acheva de s'écrouler avec le chapelet de tremblements mineurs qui continua d'ébranler l'univers jusqu'au petit matin. Aux Trois Maria, on attendit le point du jour pour dénombrer les morts, désensevelir ceux qui étaient enterrés et qui gémissaient encore sous les gravats, et, parmi eux, Esteban Trueba que tout le monde savait où chercher mais que nul n'espérait retrouver en vie. Il fallut quatre hommes, sous les ordres de Pedro junior, pour déblayer le monceau de poussière, de tuiles et de briques qui le recouvrait. Clara s'était départie de son angélique distraction et, avec la même vigueur qu'un homme, aidait à ôter les pierres.

« Il faut le sortir de là! Il est en vie et nous entend! » assurait Clara, leur rendant ainsi courage pour continuer.

Aux premiers rayons apparurent Blanca et Pedro III, indemnes. Clara marcha sur sa fille et lui administra une paire de claques, pour aussitôt l'embrasser en pleurant, soulagée de la savoir saine et sauve et de l'avoir à ses côtés.

« Ton père est là-dessous! » lui indiqua Clara.

Les jeunes gens s'attelèrent à la tâche en compagnie des autres et au bout d'une heure, alors que le soleil avait déjà émergé dans cet univers en détresse, ils exhumèrent le patron de sa tombe. Si nombreuses étaient ses fractures qu'on n'aurait su en faire le compte, mais il était bien vivant, les yeux ouverts.

« Il faut le conduire au village pour le faire voir aux médecins », dit Pedro junior.

Ils discutaillaient de la meilleure façon de le transporter sans que ses os se perdissent en route comme d'un sac troué quand débarqua Pedro Garcia senior qui, grâce à sa cécité et à son extrême vieillesse, avait supporté le séisme sans broncher. Il s'accroupit à côté du blessé et lui examina précautionneusement le corps, l'arpentant avec ses mains, l'auscultant de ses vieux doigts, ne laissant aucun repli en marge de son estimation, aucune fracture qui ne fût prise en compte.

« Si vous le bougez d'ici, il est mort », énonça-t-il.

Esteban Trueba n'était pas inconscient et l'entendit fort distinctement, il se souvint du fléau des fourmis et décréta que le vieux était sa seule planche de salut.

« Laissez-le, bredouilla-t-il, il sait ce qu'il fait. »

Pedro Garcia fit apporter une couverture; son fils et son petit-fils parvinrent à y glisser le patron, à le soulever avec soin, à le disposer sur une table de fortune qu'ils avaient montée au milieu de ce qui avait été la cour et qui n'était plus qu'une minuscule clairière dans ce cauchemar de gravats, de cadavres de bêtes, d'enfants en pleurs, de chiens gémissants, de femmes en prières. Parmi les ruines, on récupéra une outre de vin dont Pedro Garcia fit trois parts, l'une pour laver le corps du blessé, la seconde à lui donner à boire, la troisième pour lui-même, qu'il lampa avec lenteur avant de se mettre à lui réajuster les os un à un, posément, patiemment, tirant par-ci, raboutant par-là, remettant chacun à sa place, les éclissant, les entourant de bandes découpées dans des draps afin de les immobiliser, tout en marmonnant des litanies de saints guérisseurs, en invoquant la bonne fortune et la Vierge Marie, et en supportant les bramements et blasphèmes d'Esteban Trueba sans que s'altérât sa béate physionomie d'aveugle. A tâtons, il lui reconstitua si bien le corps que les médecins qui le réexaminèrent après coup ne purent croire que pareille chose fût possible.

« Pour ma part, je n'aurais même pas essayé »,
reconnut le docteur Cuevas quand il fut mis au
courant.

Les ravages du séisme plongèrent le pays dans un
deuil de longue durée. Ce n'était pas assez que le
sol s'ébrouât jusqu'à tout flanquer par terre, il fallut
encore que la mer se retirât de plusieurs milles
pour rappliquer en une seule vague géante qui
projeta des bateaux au sommet des collines, à
grande distance de la côte, emporta des hameaux
entiers, des chemins, des troupeaux, et enfonça
plusieurs îles du Sud à plus d'un mètre au-dessous
du niveau de la mer. On vit des édifices s'effondrer
comme des dinosaures blessés, d'autres se désas-
sembler comme des châteaux de cartes, les morts se
comptaient par milliers et il n'était pas de famille
qui n'eût l'un des siens à pleurer. L'eau salée de la
mer anéantit les récoltes, les incendies rasèrent des
quartiers entiers de villes et des villages et, pour
finir, apothéose du châtiment divin, la lave se mit à
couler, la cendre à pleuvoir sur les bourgades
proches des volcans. Les gens ne voulaient plus
passer la nuit sous leurs toits, terrorisés à l'idée que
le cataclysme pût se rééditer, ils montaient des
tentes de fortune en terrains découverts, dormaient
sur les places ou en pleine rue. La troupe dut parer
à la pagaïe qui régnait et fusilla séance tenante tous
ceux qu'elle surprenait à piller, car, tandis que les
plus chrétiens s'entassaient dans les églises pour
implorer la rémission des péchés et prier Dieu qu'il
calmât son courroux, les voleurs erraient parmi les
ruines et là où pointait une oreille ornée d'une
boucle, un doigt d'un anneau, ils s'en emparaient
d'un coup de couteau, sans vérifier si la victime
était morte ou seulement prisonnière des décombres. Une ribambelle de germes déboula sur le pays,
y déclenchant diverses épidémies. C'est à peine si le
reste du monde, bien trop occupé par une nouvelle

guerre, s'aperçut que la nature était devenue folle dans ce coin perdu de la planète, Et pourtant arrivèrent malgré tout des cargaisons de médicaments, de couvertures, de vivres et de matériaux de construction qui s'égarèrent dans les mystérieux méandres de l'administration publique, à tel point que des années plus tard, on pouvait encore se procurer des boîtes de corned-beef nord-américaines et le lait en poudre venu d'Europe au prix des denrées les plus rares dans les épiceries fines.

Esteban Trueba passa quatre mois tout emmailloté de bandages, maintenu par des attelles, des plâtres et des crochets, soumis à l'atroce supplice du fourmillement de l'immobilité, rongé par l'impatience. Son humeur empira tant et si bien que nul ne put plus le supporter. Clara resta à la campagne pour s'occuper de lui et quand les communications furent rétablies, l'ordre restauré, on renvoya Blanca comme interne à son collège, sa mère ne pouvant s'occuper d'elle.

A la capitale, le séisme avait surpris la nounou dans son lit, et quoiqu'on l'eût moins ressenti que dans le Sud, il l'avait fait mourir de terreur. La grande maison du coin avait craqué comme une noix, ses murs s'étaient fendillés et le grand lustre à pendeloques de cristal de la salle à manger s'était effondré et réduit en miettes dans un glas de mille clochettes. A part ça, le seul malheur avait été la mort de la nounou. Quand l'épouvante des premiers moments se fut dissipée, les domestiques constatèrent que la vieille femme n'était pas descendue dans la rue pour fuir avec tout le monde. Ils rentrèrent la chercher et la découvrirent sur son grabat, les yeux exorbités, le peu de cheveux qui lui restaient hérissés de frayeur. Dans le tohu-bohu de ces jours-là, on ne put lui faire les dignes funérailles qu'elle eût souhaitées, mais on dut l'enterrer à la sauvette, sans larmes ni discours. N'assista à ses obsèques aucun des nombreux enfants qui n'étaient pas les siens mais qu'elle avait mis tant d'amour à élever.

Le tremblement de terre marqua un changement si important dans l'existence de la famille Trueba que, désormais, ils répartirent les événements en les datant d'avant ou d'après. Aux Trois Maria, Pedro Garcia junior, dans l'impossibilité où se trouvait le patron de bouger de son lit, reprit ses fonctions de régisseur. Il lui revint la tâche de réorganiser le travail des fermiers, de rétablir l'ordre et de restaurer cette ruine qu'était redevenue la propriété. On commença par enterrer les morts dans le petit cimetière au pied du volcan, miraculeusement épargné par la coulée de lave qui avait dévalé les flancs de la montagne maudite. Les tombes neuves donnèrent un petit air de fête à l'humble nécropole et on y planta des rangées de bouleaux pour prodiguer de l'ombre à ceux qui viendraient visiter leurs défunts. On reconstruisit une à une les maisonnettes de briques, sur le modèle exact de ce qu'elles avaient été, les écuries, la laiterie et la grange, et l'on se remit à préparer la terre pour les semailles, remerciant le ciel que la lave et les cendres fussent tombées de l'autre côté, laissant le domaine indemne. Pedro III dut renoncer à ses virées au village, son père le réclamant à ses côtés. Il le secondait de mauvais gré, lui faisant remarquer qu'ils se brisaient les reins à restaurer la prospérité du patron tandis qu'eux-mêmes continuaient d'être aussi pauvres que par-devant.

« Il en a toujours été ainsi, fiston. Vous ne pouvez pas changer la loi de Dieu, lui répondit son père.

– Si, père, on peut la changer. Il y a des gens qui sont en train de le faire, mais ici on ne connaît même pas les nouvelles. » Partout dans le monde il se passe des choses importantes... – argumentait

Pedro III en lui régurgitant d'une traite le discours de l'instituteur communiste ou du père José Dulce Maria.

Pedro junior ne répondait pas et continuait à trimer sans se laisser ébranler. Il faisait les gros yeux quand son fils, profitant de ce que l'incapacité du patron relâchait la surveillance, rompait le cercle de la censure et introduisait aux Trois Maria les brochures interdites des syndicalistes, les journaux politiques de l'instituteur et les étranges interprétations bibliques du curé espagnol.

Sur ordre d'Esteban Trueba, le régisseur entama la reconstruction de la maison de maître selon les mêmes plans que le bâtiment originel. Ils ne troquèrent même pas les briques de paille et de glaise cuite pour des agglomérés modernes, ni ne modifièrent la dimension des fenêtres trop étroites. Les seules améliorations consistèrent à amener l'eau chaude dans la salle de bain et à remplacer l'antique cuisinière à bois par un appareil à paraffine auquel nul cordon-bleu ne put s'habituer et qui finit ses jours en relégation dans la cour pour l'usage indiscriminé des poules. Le temps que la maison fût rebâtie, on bricola un abri de planches avec un toit en zinc où l'on plaça Esteban sur son lit d'infirme; de là, par une lucarne, il pouvait observer les progrès des travaux et hurler ses directives, bouillant de rage à cause de son immobilité forcée.

Clara changea beaucoup en l'espace de ces quelques mois. Avec Pedro Garcia junior, elle dut se mettre en devoir de sauver ce qui pouvait être sauvé. Pour la première fois de sa vie, sans aide aucune, ne pouvant plus compter ni sur son mari, ni sur Férula, ni sur la nounou, elle dut assumer les problèmes matériels. Elle s'éveillait enfin au terme d'une enfance prolongée où elle avait toujours été protégée, entourée de soins, de tout le confort, sans obligation aucune. Esteban Trueba avait la manie de trouver que tout ce qu'il mangeait le rendait patraque, sauf ce qu'elle préparait elle-même, si bien qu'elle passait une bonne part de sa journée cloîtrée dans la cuisine à plumer des poules pour préparer des bouillons de malade et à pétrir la pâte à pain. Elle dut jouer les infirmières, le laver avec une éponge, changer ses bandages, lui metre et lui ôter le bassin. Il devenait de jour en jour plus despotique et acariâtre, exigeait qu'elle lui mît un oreiller là, non, plus haut, et apporte-moi du vin, non, je t'ai dit que je voulais du blanc, ouvre la fenêtre, ferme-la, j'ai mal ici, j'ai faim, j'ai chaud, gratte-moi le dos, plus bas. Clara en vint à le redouter bien davantage qu'à l'époque où il était cet homme sain et vigoureux qui faisait irruption dans le calme de sa vie avec son odeur de mâle avide, sa grosse voix d'ouragan, ses assauts sans merci, son hégémonie de grand seigneur, imposant son bon vouloir et balançant ses foucades contre le fragile équilibre qu'elle ménageait entre les esprits de l'au-delà et les âmes nécessiteuses d'ici-bas. Elle en arriva à le détester. A peine ses os se furent-ils ressoudés et put-il tant soit peu bouger qu'Esteban fut de nouveau tenaillé par le désir de la serrer contre lui et chaque fois qu'elle passait à proximité, il lui claquait les fesses, la confondant dans son dérangement de malade avec ces robustes paysannes qui, durant ses années de célibat, le servaient à la cuisine comme au lit. Clara ne se sentait plus en âge pour ces choses-là. Les malheurs l'avaient éthérée, les années et l'absence d'amour pour son mari l'avaient amenée à considérer le sexe comme un passe-temps quelque peu brutal qui lui laissait les articulations endolories et mettait la chambre sens dessus dessous. En l'espace de quelques heures, le séisme l'avait fait reprendre pied dans la violence, la vulgarité et la mort, et l'avait remise en contact avec ces besoins élémentaires de la vie qu'elle ignorait jusque-là. Le guéridon et la faculté de lire l'avenir dans les feuilles de thé ne lui étaient d'aucun secours face à la nécessité de prémunir les fermiers contre l'épidémie et les diarrhées, la terre contre la sécheresse et les légions d'escargots, les vaches contre la fièvre aphteuse, les poules contre la pépie, la garde-robe contre les mites, ses propres enfants contre le laisser-aller, son époux contre la mort et contre son irrépressible propension à s'emporter. Clara était exténuée. Elle se sentait seule et désemparée et, au moment de prendre une décision, elle ne pouvait compter sur l'aide de personne, hormis Pedro Garcia junior. Cet homme fidèle et taciturne était toujours là à portée de voix, mettant un élément de stabilité dans ce brimbalement de bourrasque qui avait envahi sa vie. Souvent, en fin de journée, Clara venait le chercher pour lui offrir une tasse de thé. Ils prenaient place sous un auvent dans les fauteuils de rotin et attendaient que la tombée de la nuit vînt soulager les tensions du jour. Ils regardaient l'obscurité descendre en douceur, les premières étoiles scintiller dans le ciel, ils écoutaient coasser les rainettes et se tenaient cois. Ils avaient beaucoup de choses à discuter, bien des problèmes à résoudre, maintes décisions à prendre, mais l'un comme l'autre comprenaient que cette demi-heure de silence était une récompense bien méritée, ils buvaient leur thé sans se presser, pour le faire durer plus longtemps, chacun songeant à la vie de l'autre. Ils se connaissaient depuis plus de quinze ans, ils se retrouvaient à proximité l'un de l'autre tous les étés, mais ils n'avaient échangé au total que bien peu de phrases. Pedro junior considérait la patronne comme quelque lumineuse apparition estivale, étrangère aux affres et aux rudesses de la vie, d'une espèce différente des autres femmes qu'il avait connues. Même à présent, avec ses mains fouissant la pâte ou son tablier ensanglanté par la volaille du déjeuner, elle lui semblait comme un mirage dans la réverbération du jour. Ce n'est qu'en fin de journée, dans la paix de ces instants qu'ils partageaient devant leur tasse de thé, qu'il pouvait la contempler sous ses dimensions humaines. En secret, il lui avait juré fidélité, et, comme un adolescent, il se laissait parfois bercer par l'idée de donner sa vie pour elle. L'estime qu'il lui portait n'avait d'égale que la haine qu'il vouait à Esteban Trueba.

Il s'en fallait encore de beaucoup que la maison fût devenue habitable quand on vint leur installer le téléphone. Cela faisait quatre ans qu'Esteban se battait pour l'avoir et on venait précisément le lui poser au moment où il n'avait même plus de toit pour le protéger des intempéries. L'appareil ne fit pas long feu, mais il permit d'appeler les jumeaux et d'entendre leurs voix comme venant d'une autre galaxie, au milieu d'un grondement assourdissant et des interruptions de l'opératrice du village qui s'immisçait dans la conversation. C'est par le téléphone qu'ils surent que Blanca était tombée malade et que les bonnes sœurs se refusaient à la garder. La jeune fille avait une toux persistante, une fièvre qui ne voulait pas tomber. La peur de la tuberculose hantait tous les foyers, car il ne se trouvait pas une famille qui n'eût à déplorer en son sein quelque cas de phtisie, de sorte que Clara résolut d'aller la chercher. Le jour même du départ de Clara, Esteban Trueba démantibula le téléphone à coups de canne : celui-ci s'était mis à sonner et Esteban lui avait crié de se taire, qu'il arrivait, mais l'appareil avait sonné de plus belle et le patron, dans un accès de fureur, l'avait pilonné d'une pluie de coups, se luxant par la même occasion la clavicule que Pedro Garcia senior avait eu tant de mal à rafistoler.

C'était la première fois que Clara voyageait seule. Elle avait fait le même trajet au fil des années, mais toujours distraite, car elle pouvait alors compter sur quelqu'un qui s'occuperait des détails matériels cependant qu'elle-même rêvassait en contemplant le paysage par la baie. Pedro Garcia junior l'avait conduite jusqu'à la gare et installée dans le train. Au moment du départ, elle s'était penchée par la portière, avait effleuré sa joue d'un baiser et lui avait souri. Il avait porté la main à son visage pour protéger du vent ce baiser furtif et ne lui avait pas rendu son sourire, car une profonde tristesse l'avait soudain envahi.

Guidée par l'intuition bien plus que par la connaissance des choses ou la logique, Clara trouva moyen d'arriver sans incidents au collège de sa fille. La mère supérieure la reçut dans son bureau spartiate au mur orné d'un énorme Christ sanguinolent et à la table décorée d'un insolite bouquet de roses rouges.

« Nous avons fait venir le médecin, madame Trueba, lui dit-elle. L'enfant n'a rien aux poumons, mais il vaut mieux que vous l'emmeniez, la campagne lui fera du bien. Vous comprendrez que nous ne puissions prendre cette responsabilité sur nous. »

La religieuse agita une sonnette et Blanca fit son entrée. Elle paraissait plus pâle et amaigrie, avec des ombres violacées sous les yeux qui eussent impressionné n'importe quelle mère, mais Clara comprit sur-le-champ que ce n'était pas le corps de sa fille qui était atteint de maladie, mais son âme. L'horrible uniforme grisâtre la faisait paraître beaucoup plus jeunette qu'elle n'était, malgré ses formes de femme qui distendaient les coutures. Blanca resta interdite à la vue de sa mère dont elle se souvenait comme d'un ange vêtu de blanc, frivole et enjoué, qui s'était métamorphosé en quelques mois en femme de tête aux mains calleuses, à la bouche encadrée de deux rides profondément marquées.

Elles allèrent voir les jumeaux au collège. C'était la première fois qu'ils se retrouvaient depuis le tremblement de terre et elles eurent la surprise de constater que le seul lieu du territoire national à avoir été épargné par le cataclysme était ce vieil établissement où on n'en avait même pas entendu parler. Les dix mille morts y avaient été passés par pertes et profits tandis que tout un chacun continuait à chanter en anglais et à jouer au cricket, sensible aux seules nouvelles de Grande-Bretagne qui arrivaient avec trois semaines de retard. Elles découvrirent avec perplexité que ces deux garçons nés dans le dernier bled perdu du continent américain et dans les veines desquels coulait un sang hispano-arabe parlaient le castillan avec l'accent d'Oxford, et que la seule émotion qu'ils étaient capables d'exprimer était l'étonnement, en haussant le sourcil gauche. Ils n'avaient plus rien de commun avec ces deux garnements pouilleux et exubérants qui passaient leurs étés à la campagne, « J'espère que tout ce flegme anglo-saxon ne va pas me les rendre idiots », marmonna Clara en faisant ses adieux à ses fils.

La mort de la nounou qui, malgré son grand âge, assumait la responsabilité de la grande maison du coin en l'absence des maîtres, avait semé la débandade parmi les domestiques. Sans surveillance, ils se détournèrent de leurs tâches et passaient le plus clair de la journée en orgies de sieste et de ragots, cependant que les plantes non arrosées séchaient sur pied et que les araignées se baguenaudaient dans les coins. Le relâchement était si manifeste que Clara résolut de fermer la maison et de donner à tous leur congé. Puis, avec Blanca, elle se mit en devoir de recouvrir les meubles avec des draps et de semer de la naphtaline un peu partout. Elles ouvrirent l'une après l'autre les cages à oiseaux et le ciel s'emplit de perruches, de canaris, de chardonnerets et de paradisiers qui voletaient en tournicotant sur eux-mêmes, aveuglés par la liberté, avant de prendre finalement leur essor vers les quatre points cardinaux. Blanca nota qu'au cours de tous ces chamboulements, il ne se trouva pas un fantôme pour surgir de derrière les rideaux, pas un rose-croix pour débarquer, prévenu par son sixième sens, pas un poète au ventre creux attiré par le besoin. Sa mère paraissait s'être métamorphosée en femme ordinaire, en campagnarde.

« Je vous trouve bien changée, maman, lui fit remarquer Blanca.

– Ce n'est pas moi qui ai changé, c'est le monde », lui répondit Clara.

Avant de partir, elles se rendirent jusqu'à la chambre de la nounou, dans l'arrière-cour des domestiques. Clara ouvrit ses tiroirs, sortit la valise en carton bouilli dont la bonne femme s'était servie un demi-siècle durant, et inspecta sa garde-robe. Il n'y avait là que quelques effets, de vieilles espadrilles, des boîtes de toutes dimensions attachées avec des élastiques ou des rubans, où elle conservait des images de première communion ou de baptême, des mèches de cheveux, des rognures d'ongles, des photos délavées et de petits chaussons de bébé hors d'usage. C'étaient des souvenirs de tous les rejetons de la famille del Valle, puis de ceux des Trueba, qui lui étaient passés entre les mains et qu'elle avait bercés contre son sein. Sous le lit, elle découvrit en paquet les déguisements auxquels recourait jadis la nounou pour faire partir son mutisme. Assise sur le grabat avec ces trésors sur les genoux Clara pleura longuement cette femme qui avait passé sa vie à faciliter celle des autres et qui était morte dans la solitude.

« Après s'être donné tant de mal pour me faire peur, c'est elle qui est morte de frayeur », constata Clara.

Elle fit transférer le corps dans le mausolée des del Valle, au Cimetière catholique, car elle se dit que la nounou n'eût pas aimé être enterrée au milieu des juifs et des évangélistes, et qu'elle eût préféré se retrouver dans la mort aux côtés de ceux qu'elle avait servis de son vivant. Elle déposa un bouquet de fleurs sur la pierre tombale et se rendit avec Blanca à la gare pour s'en retourner aux Trois Maria.

Durant le voyage en train, Clara donna à sa fille les dernières nouvelles de la famille et de la santé de son père, espérant que Blanca lui poserait la seule question qu'elle la savait avide de formuler, mais Blanca ne fit aucune allusion à Pedro III Garcia et Clara n'osa davantage en parler. Elle avait dans l'idée qu'en mettant un nom sur les problèmes, ceux-ci deviennent tangibles et il n'est plus possible de les éluder; en revanche, maintenus dans les limbes du non-dit, ils peuvent disparaître d'eux-mêmes avec le temps. A la gare les attendait Pedro junior avec la voiture, et Blanca ne fut pas peu surprise de l'entendre siffloter tout au long du chemin menant aux Trois Maria, car le régisseur avait plutôt la réputation d'un homme taciturne.

Ils trouvèrent Esteban Trueba assis dans un fauteuil recouvert de peluche bleue auquel on avait ajusté des roues de bicyclette, dans l'attente qu'arrivât de la capitale la chaise roulante qu'il avait commandée et que Clara ramenait parmi les bagages. Il dirigeait les travaux de la maison avec force jurons et coups de canne énergiques, si absorbé qu'il les accueillit d'un baiser distrait et omit de s'enquérir de la santé de sa fille.

Ils dînèrent ce soir-là sur une table rustique confectionnée avec des planches, à la lueur d'une lampe à pétrole. Blanca vit sa mère servir le repas dans des plats de terre cuite de fabrication artisanale, à la manière dont on faisait les briques, car toute la vaisselle avait succombé au séisme. La nounou n'étant plus là pour s'occuper des problèmes de cuisine, ceux-ci s'étaient trouvés simplifiés jusqu'à la frugalité et ils n'eurent à se partager qu'une soupe de lentilles, du pain, du fromage et de la pâte de coings, soit moins encore que ce qu'elle avait à manger à l'internat les vendredis où on faisait maigre. Esteban disait que sitôt qu'il pourrait tenir sur ses deux jambes, il se rendrait lui-même à la capitale pour y acheter les choses les plus précieuses et les plus chères et en décorer sa maison, car il en avait plein le cul de vivre comme un péquenot à cause de cette satanée nature hystérique dans ce foutu pays de cons. De tout ce qui se dit à table, Blanca ne retint qu'une chose, c'est qu'Esteban avait renvoyé Pedro III Garcia avec ordre de ne plus remettre les pieds au domaine, car il l'avait surpris à répandre des idées communistes parmi les paysans. A ces mots, la jeune fille blêmit et laissa tomber le contenu de la louche sur la nappe. Clara fut la seule à remarquer son trouble, car Esteban était embringué dans son sempiternel soliloque sur ces moins que rien qui mordent la main qui leur donne à manger, « et tout ça par la faute de ces politicaillons du démon! Comme ce nouveau candidat socialiste, un fantoche qui se mêle de sillonner le pays du Nord au Sud dans son train de pacotille, à insurger les bonnes gens avec ses rodomontades bolcheviques, mieux vaut pour son matricule qu'il ne rapplique pas par ici, car s'il descend de son train, nous en ferons de la purée, nous sommes prêts, pas un seul patron dans toute la région qui ne soit d'accord, on ne va pas permettre leur prêchi-prêcha contre le travail honnête, contre le juste prix de l'effort, la récompense de ceux qui savent aller de l'avant, on ne nous fera pas gober que ces fainéants gagnent autant que nous qui travaillons du lever au coucher du soleil et savons placer notre capital, courir des risques, assumer des responsabilités, car si on va au fond des choses, leurs histoires comme quoi la terre est à celui qui la travaille vont se retourner contre eux, parce que le seul à savoir travailler ici, c'est moi, avant moi tout n'était que ruine et le serait encore sans moi, et le Christ lui-même n'a pas dit qu'il fallait partager le fruit de nos efforts avec les bons à rien, et ce petit merdeux de Pedro III qui ose venir raconter ça sur mes terres, si je ne lui ai pas tiré une balle dans la tête c'est que j'estime beaucoup son père et que, d'une certaine manière, je dois la vie à son grand-père, mais je l'ai déjà prévenu que si je le reprenais à rôder dans les parages, j'en ferais de la bouillie à coups de chevrotines ».

Clara n'avait pas pris part à la conversation. Elle était occupée à servir et desservir et à observer sa fille du coin de l'œil, mais en emportant la soupière avec le reste de lentilles, elle entendit les derniers accents de la cantilène de son époux :

« Tu ne peux pas empêcher le monde de changer, Esteban, lui dit-elle. Si ce n'est pas Pedro III Garcia, ce sera un autre qui fera pénétrer les idées nouvelles aux Trois-Maria. »

Esteban Trueba assena un coup de canne à la soupière que sa femme tenait à deux mains et l'envoya valdinguer, répandant tout son contenu par terre. Blanca se leva, horrifiée. C'était la première fois qu'elle voyait la mauvaise humeur de son père dirigée contre Clara et elle pensa que celle-ci allait entrer dans une de ses transes de lunatique, ou bien alors s'envoler par la fenêtre, mais rien de cela ne se produisit. Clara ramassa les morceaux de la soupière brisée avec son calme habituel, sans donner l'impression qu'elle entendait un traître mot du chapelet d'obscénités de bourlingueur qu'expectorait Esteban. Elle attendit qu'il eût fini de rouspéter, lui souhaita bonne nuit d'un tendre baiser sur la joue et sortit en entraînant Blanca par la main.

L'absence de Pedro III ne troubla pas Blanca. Elle allait tous les jours à la rivière et attendait. Elle savait que la nouvelle de son retour à la campagne atteindrait tôt ou tard le garçon et que l'appel de l'amour le rejoindrait où qu'il fût. Il en fut bien ainsi. Au cinquième jour, elle vit s'avancer un individu déguenillé, enveloppé dans un poncho d'hiver, coiffé d'un chapeau à large bord, traînant après lui un âne chargé d'ustensiles de cuisine, de faitouts de fer-blanc, de théières en étain, de grandes marmites émaillées, de louches de toutes contenances, dans un concert de boîtes de conserve qui annonçait son passage une dizaine de minutes à l'avance. Elle ne le reconnut pas. On aurait dit un misérable vieillard, l'un de ces tristes colporteurs qui sillonnent la province en faisant du porte-à-porte avec leur camelote. Il s'arrêta devant elle, ôta son chapeau et c'est alors qu'elle vit les magnifiques yeux noirs étincelant au milieu d'une crinière et d'une barbe hirsutes. Le bourricot continua à brouter l'herbe avec son chargement de batteries de casseroles, cependant que Blanca et Pedro III assouvissaient la faim et la soif accumulées depuis tant de mois de silence et de séparation, roulant parmi les pierres et les broussailles et gémissant comme des désespérés. Puis ils demeurèrent enlacés au milieu des roseaux de la berge. Dans le vrombissement des libellules et le coassement des rainettes, elle lui raconta qu'elle avait garni ses souliers de peaux de bananes et de papier buvard pour se faire monter la fièvre et qu'elle avait ingurgité de la poussière de craie jusqu'à tousser pour de bon, afin de convaincre les bonnes sœurs que sa pâleur et son inappétence n'étaient autres que les symptômes de la phtisie.

240

« Je voulais être près de toi! » dit-elle en l'embrassant dans le cou.

Pedro III lui parla de ce qui était en train de se passer de par le monde et dans le pays même, de cette guerre lointaine qui condamnait une moitié de l'humanité à l'étripage sous la mitraille, à l'agonie des camps de concentration, à un flux sans fin de veuves et d'orphelins, il lui parla des travailleurs d'Europe et d'Amérique du Nord dont les droits étaient désormais reconnus, le sacrifice des syndicalistes et des socialistes des décennies antérieures ayant suscité des lois plus justes, des républiques comme il faut, où les dirigeants ne détournaient pas le lait en poudre des sinistrés.

« Les derniers à être au courant, c'est toujours nous autres, les paysans, nous ne savons rien de ce qui se passe ailleurs. Ton père, ici, tout le monde le hait. Mais les gens en ont si peur qu'ils sont incapables de s'organiser pour lui tenir tête. Tu m'écoutes, Blanca? »

Elle l'écoutait, mais pour l'heure elle n'était préoccupée que de sentir son odeur de grain fraîchement cueilli, de lui lécher les oreilles, d'enfouir ses doigts dans cette barbe drue, d'entendre ses gémissements amoureux. Elle avait également peur pour lui. Non seulement elle savait que son père lui tirerait comme promis une balle dans la tête, mais que n'importe lequel des patrons de la région prendrait plaisir à en faire autant. Blanca rappela à Pedro III l'histoire du dirigeant socialiste qui, un ou deux ans auparavant, parcourait la contrée à bicyclette, distribuant des tracts sur les terres et organisant les fermiers, jusqu'au jour où les frères Sanchez s'emparèrent de lui, le tuèrent à coups de bâton et le pendirent à un poteau télégraphique au croisement de deux chemins, pour que tout le monde pût le voir. Il resta un jour et une nuit à se balancer là-haut contre le ciel, jusqu'à l'arrivée de la maréchaussée qui le détacha. Pour étouffer l'affaire, on l'imputa aux Indiens de la réserve, quoique tout le monde sût qu'ils étaient pacifiques et que s'ils avaient peur de tuer une poule, à plus forte raison auraient-ils redouté de tuer un homme. C'est alors que les frères Sanchez allèrent le déterrer au cimetière pour exhiber à nouveau son cadavre; c'en était trop, cette fois, pour qu'on pût réaccuser les Indiens. Même après cela, la justice n'osa intervenir et la mort du socialiste fut promptement oubliée.

« Ils sont capables de te tuer, implora Blanca en l'étreignant.

– Je ferai attention, dit Pedro III pour la tranquilliser. Je ne resterai jamais longtemps au même endroit. Aussi ne pourrai-je te voir tous les jours. Attends-moi ici. Je viendrai chaque fois que je le pourrai.

– Je t'aime, dit-elle en sanglotant.

– Je t'aime aussi. »

De nouveau, ils s'enlacèrent avec cette insatiable fougue propre à leur âge, cependant que le bourricot continuait à mâchonner son herbe.

Blanca se débrouilla pour ne pas retourner au collège, se faisant vomir avec de la saumure chaude, se flanquant la diarrhée avec des prunes vertes, et des oppressions en se serrant la taille avec une sangle de cheval, jusqu'à ce que sa santé fût reconnue précaire, ce qui était précisément le but qu'elle recherchait. Elle imitait si bien les symptômes des diverses maladies qu'elle eût pu berner toute une assemblée de médecins, et elle finit par se convaincre elle-même qu'elle n'allait pas du tout. Chaque matin au réveil, elle procédait mentalement à une revue de détail de son organisme pour voir d'où elle souffrait et de quelle nouvelle atteinte elle était affligée. Elle apprit à mettre à profit la moindre circonstance pour se sentir au plus mal, des changements de température au pollen des fleurs, et à transformer toute affection bénigne en agonie. Clara était d'avis que ce qu'il y a de mieux, pour garder la santé, c'est de s'occuper les mains, aussi tint-elle en respect les maux de sa fille en lui donnant du travail. La jeune fille devait se lever tôt matin, comme tout un chacun, se laver à l'eau froide et faire ce qu'elle avait à faire, autrement dit enseigner à l'école, coudre à la lingerie et assumer la charge de l'infirmerie, des lavements à administrer aux plaies à suturer avec du fil et une aiguille de la boîte à ouvrage, sans qu'y fissent rien les évanouissements à la vue du sang ni les sueurs froides quand il fallait laver des vomissures. Pedro Garcia senior, qui avait alors près de quatre-vingt-dix ans et avait bien du mal à traîner sa carcasse, partageait avec Clara l'idée que les mains sont faites pour s'en servir. Ainsi, un jour que Blanca se plaignait sans relâche d'une terrible migraine, il l'appela et, de but en blanc, jeta dans son giron une boule de terre glaise. Il passa l'après-midi à lui enseigner à modeler l'argile pour fabriquer des récipients, sans que la jeune fille parût garder le moindre souvenir de ses douleurs. Le vieillard ignorait qu'il donnait là à Blanca ce qui deviendrait plus tard son seul moyen de subsistance et sa consolation aux heures de plus grande tristesse. Il lui apprit à mouvoir le tour avec le pied cependant qu'elle faisait voleter ses mains sur la glaise malléable pour confectionner des pots et des cruches. Mais Blanca eut tôt fait de découvrir que l'utilitaire l'ennuyait et qu'il était bien plus amusant de fabriquer des figures animales ou humaines. A la longue, elle en vint à confectionner un univers miniature de bêtes domestiques et de personnages appartenant à tous les corps de métiers, charpentiers, lavandières, cuisinières, tous dotés de leurs outils et de leurs meubles en réduction.

« Mais ça ne sert à rien! dit Esteban Trueba en découvrant l'œuvre de sa fille.

– Cherchons plutôt à quoi ça peut servir », suggéra Clara.

C'est ainsi que surgit l'idée des Nativités. Blanca se mit à fabriquer des santons pour la crèche de Noël, non seulement les rois mages et les bergers, mais une multitude de personnages de l'engeance la plus variée et toute sorte d'animaux, chameaux et zèbres d'Afrique, iguanes d'Amérique et tigres d'Asie, sans égard pour la zoologie particulière de Bethléem. Puis elle y ajouta des bestioles de son invention, accolant une moitié d'éléphant à un demi-crocodile, sans trop savoir qu'elle était en train de refaire en terre glaise ce que sa tante Rosa, qu'elle n'avait pas connue, avait fait à l'aide de son fil à broder sur sa nappe démesurée, cependant que Clara concluait que si ce genre de folies allaient se répétant au sein de la famille, c'est qu'il existait une mémoire génétique qui empêchait qu'elles sombrassent dans l'oubli. Les Nativités de Blanca, grouillantes de personnages, devinrent une attraction. Il lui fallut entraîner deux jeunes filles à l'aider pour venir à bout des commandes, cette année-là tout le monde voulait avoir la sienne pour la veillée de Noël, notamment parce qu'il n'en coûtait rien. Esteban Trueba avait décrété que cette tocade de terre glaise convenait pour un divertissement de demoiselle, mais que s'il fallait en faire commerce, le nom des Trueba se fût trouvé accolé à ceux des marchands de clous dans les bazars et des vendeurs de poisson frit sur les marchés.

Les retrouvailles de Blanca et de Pedro III étaient irrégulières et espacées, mais d'autant plus intenses. Au cours de ces années, elle s'accoutuma aux alarmes et aux attentes, se fit à l'idée qu'ils devraient toujours s'aimer en cachette et elle cessa de nourrir le rêve de se marier et d'aller vivre dans une de ces bicoques en brique qui appartenaient à son père. Souvent, des semaines passaient sans qu'elle sût rien de lui, mais soudain surgissait dans le domaine un facteur à bicyclette, un prédicateur évangéliste avec sa bible sous le bras, ou quelque gitan parlant un sabir peu catholique, tous si inoffensifs qu'ils passaient sans éveiller de soupçons devant l'œil vigilant du patron. Elle le reconnaissait à ses pupilles noires. Elle n'était pas la seule : tous les fermiers des Trois Maria et bien des paysans des autres domaines l'attendaient eux aussi. Depuis que les patrons s'étaient mis à le pourchasser, il s'était acquis une réputation de héros. C'était à qui le cacherait pour la nuit, les femmes lui tricotaient des ponchos et des chaussettes pour l'hiver, les hommes gardaient à son intention leur meilleure eau-de-vie, les meilleures salaisons de la saison. Son père, Pedro Garcia junior, subodorait que le garçon enfreignait l'interdit de Trueba et devinait les traces qu'il laissait sur son passage. Il était partagé entre l'affection qu'il vouait à son fils et son rôle de gardien de la propriété. Il avait encore plus peur de le reconnaître et qu'Esteban Trueba le lût sur son visage, mais il éprouvait une joie secrète à lui attribuer certains de ces faits étranges qui se produisaient dans les campagnes. La seule chose qui ne lui vint pas à l'imagination, c'est que les visites de son fils pussent avoir quelque rapport avec les promenades de Blanca Trueba à la rivière, car cette éventualité ne relevait pas de l'ordre naturel de l'univers. Jamais il ne parlait de son garçon, sauf dans le sein de sa famille, mais il se sentait fier de lui et préférait le voir transformé en fugitif plutôt que réduit à n'être qu'un parmi tous ceux-là qui passaient leur vie à planter des patates pour récolter des nèfles. Quand il écoutait fredonner telle ou telle de ces chansons qui parlaient de poules et de renards, il souriait à la pensée que son fils avait fait plus d'adeptes avec ses ballades subversives qu'avec les tracts du Parti socialiste qu'il distribuait infatigablement.

CHAPITRE VI

LA VENGEANCE

Un an et demi après le tremblement de terre, les Trois Maria étaient redevenues l'exploitation modèle d'antan. La grande maison de maître était à nouveau debout, identique à l'originale, mais plus solide, et l'eau chaude coulait dans la salle de bain. Cette eau était comme du chocolat dilué et on y apercevait même parfois des têtards, mais son jet était puissant et gai. Allemande, la bombe était une pure merveille. Je déambulais de droite et de gauche sans autre appui qu'une grosse canne d'argent, la même qu'aujourd'hui, dont ma petite-fille dit qu'elle ne me sert pas pour ma patte folle, mais pour conférer plus de force à mes propos en la brandissant comme un argument contondant. Cette longue infirmité m'a miné l'organisme, mon caractère a encore empiré. Je reconnais qu'à la fin, même Clara était incapable d'endiguer mes colères. Tout autre serait sorti de l'accident invalide pour la vie, mais c'est dans l'énergie du désespoir que je trouvai de l'aide. Je pensais à ma mère dans sa chaise roulante, se décomposant de son vivant, et j'en tirais assez de ténacité pour me lever et me lancer à marcher, fût-ce à grand renfort de malédictions. Je crois que les gens avaient peur de moi. Même Clara que mon humeur de chien n'avait jamais effarouchée, dans une certaine mesure parce que je prenais grand soin de ne pas la faire retomber sur elle, avait l'air désormais terrifiée. Et la voir trembler à cause de moi me mettait dans tous mes états.

Clara avait changé peu à peu. Elle avait l'air fatiguée et je remarquai qu'elle s'éloignait de moi. Elle n'avait plus de compassion à mon endroit, mes souffrances la lassaient plus qu'elles ne l'émouvaient, et je me rendis compte qu'elle m'évitait. J'oserai dire qu'à cette époque, elle trouvait plus de plaisir à traire les vaches avec Pedro junior qu'à me tenir compagnie au salon. Plus distante se faisait ainsi Clara, plus grand devenait le besoin que j'éprouvais de son amour. Le désir que j'avais eu d'elle en l'épousant ne s'était pas relâché, j'entendais la posséder exhaustivement, jusqu'à sa dernière pensée, mais cette femme diaphane passait à côté de moi comme un souffle et j'avais beau l'empoigner à deux mains, l'étreindre avec brutalité, j'étais incapable de la tenir captive. Elle n'était jamais en esprit avec moi. Lorsqu'elle prit peur de moi, la vie devint un purgatoire. Dans la journée, chacun vaquait à ses occupations. L'un comme l'autre avions beaucoup à faire. Nous ne nous retrouvions qu'à l'heure des repas et j'étais alors le seul à faire la conversation, car elle paraissait toujours dans les nuages. Elle n'ouvrait que peu la bouche et avait perdu ce rire plein de fraîcheur et d'insolence qui avait été la première chose à me séduire en elle, elle ne rejetait plus la tête en arrière, riant de toutes ses dents. C'est à peine si elle souriait. Je me disais que l'âge et mon accident étaient en train de nous séparer, qu'elle en avait assez de la vie conjugale, ce sont de ces choses qui arrivent à tous les couples et je n'étais point un amant délicat, de ceux qui offrent des bouquets à tout bout de champ et savent conter fleurette. Je m'évertuai néanmoins à me rapprocher d'elle. Comme je m'y efforçai, mon Dieu! Je faisais irruption dans sa chambre alors qu'elle était occupée avec ses cahiers de notes sur la vie ou bien à son guéridon. J'essayai même de prendre part à ces côtés-là de son existence, mais elle n'aimait pas qu'on mît le nez dans ses cahiers et ma présence lui coupait l'inspiration quand elle conversait avec les esprits, si bien que je dus renoncer. De même dus-je renoncer à mon dessein de nouer de bons rapports avec Blanca. Depuis toute petite, ma fille était une enfant bizarre, jamais elle n'avait montré cette affection câline que j'en aurais attendue. En fait, elle avait tout du tatou. Aussi loin que je m'en souvienne, elle s'était montrée hargneuse avec moi et, pour ne l'avoir jamais éprouvé, elle n'eut pas de complexe d'Œdipe à surmonter. Mais c'était déjà une jeune fille, elle semblait intelligente et mûre pour son âge, et ne faisait qu'une avec sa mère. J'avais dans l'idée qu'elle pourrait m'aider et je tentai de m'en faire une alliée, je lui offrais des cadeaux, tâchais de plaisanter avec elle, mais elle aussi m'évitait. Aujourd'hui qu'avec le grand âge je puis en parler sans que la colère me fasse perdre la tête, je crois que tout a été la faute de son amour pour Pedro III Garcia. Rien ne pouvait fléchir Blanca. Jamais elle ne demandait rien, elle parlait encore moins que sa mère et si je l'obligeais à m'embrasser en guise de bonjour ou de bonsoir, elle s'y pliait de si mauvaise grâce que son baiser me faisait l'effet d'une gifle. « Tout va changer dès que nous serons de retour à la capitale et mènerons une vie civilisée », me disais-je alors, mais ni Clara ni Blanca ne montraient la moindre envie de quitter les Trois Maria, au contraire, chaque fois que j'y faisais allusion, Blanca déclarait que la vie à la campagne lui avait rendu la santé, mais qu'elle n'avait pas encore recouvré ses forces, et Clara me rappelait qu'il y avait beaucoup à faire sur le domaine, et des choses qu'on ne pouvait laisser en plan à moitié faites. Ma femme ne regrettait en rien les raffinements auxquels elle avait été accoutumée et le jour où arriva aux Trois Maria le chargement de meubles et d'ustensiles domestiques que j'avais commandés pour lui en faire la surprise, elle se borna à tout trouver très joli. Je dus moi-même indiquer où les disposer, car la question ne paraissait pas lui importer le moins du monde. La demeure toute neuve se para d'un luxe qu'elle n'avait jamais connu, pas même avant mon père, à cette époque de splendeur qui précéda sa ruine. Arrivèrent de grands meubles coloniaux de chêne blond et de noyer artistement sculptés, de lourds tapis de laine, des lampes de fer forgé et de cuivre martelé. Je commandai à la capitale un service de porcelaine anglaise peint à la main, digne d'une ambassade, des cristaux, quatre coffres remplis de linge, de draps et de nappes pur fil, toute une collection de disques de musique classique et de fantaisie avec le phono dernier cri. N'importe quelle femme en aurait été transportée et aurait trouvé à s'occuper des mois d'affilée à organiser son chez-soi, sauf Clara qui était imperméable à ces choses-là. Elle se contenta d'initier deux cuisinières et d'entraîner quelques filles de fermiers à servir, et à peine se trouva-t-elle délivrée des casseroles et du balai qu'elle s'en retourna, dans ses moments d'oisiveté, à ses cahiers de notes sur la vie et à ses cartes de tarot. Elle passait la majeure partie du jour à s'affairer à l'atelier de couture, à l'infirmerie et à l'école. Je la laissais tranquille, ces occupations-là justifiaient son existence. C'était une femme charitable, pleine de générosité, soucieuse de rendre heureux tout son entourage, à ma seule exception. Après l'effondrement des bâtiments, nous reconstruisîmes la boutique, mais, pour lui faire plaisir, je supprimai le système des petits bouts de papier

250

rose et rémunérai mes gens en billets, Clara ayant décidé qu'ils pourraient ainsi acheter au village et épargner. Peine perdue. Le résultat était que les hommes allaient se beurrer à la taverne de San Lucas et que femmes et enfants se retrouvaient dans la mouise. Nous nous chamaillions beaucoup à propos de ce genre de choses. Les fermiers étaient au centre de toutes nos discussions. Enfin, pas toutes : il nous arrivait aussi de discuter de la guerre mondiale. Je suivais la progression des troupes nazies sur une carte que j'avais épinglée au mur du salon, tandis que Clara tricotait des chaussettes pour les soldats alliés. Blanca se prenait la tête à deux mains, incapable de comprendre la cause de notre intérêt pour une guerre où nous n'avions rien à voir et qui se déroulait de l'autre côté de l'océan. Je suppose que nos mésententes pouvaient avoir encore d'autres motifs. En réalité, rares étaient les fois où nous étions d'accord sur quelque chose. Je ne pense pas que mon mauvais caractère ait été responsable de tout, car j'étais un bon époux, je n'avais plus rien du tête-en-l'air que j'avais été avant le mariage. Pour moi, elle était la seule femme à compter. Elle l'est toujours.

Un beau jour, Clara fit mettre une targette à la porte de sa chambre et elle ne m'accepta plus dans son lit, hormis les fois où je m'imposai tant et si bien que se refuser eût signifié une rupture définitive. Je me dis d'abord qu'elle avait de ces mystérieux malaises qui prennent les femmes de temps à autre, ou que c'était la ménopause, mais quand la situation se fut prolongée plusieurs semaines d'affilée, je résolus de m'en entretenir avec elle. Elle m'expliqua posément que nos rapports conjugaux s'étaient détériorés et qu'elle en avait perdu toutes ses bonnes prédispositions aux ébats amoureux. Si nous n'avions rien à nous dire, elle en déduisait tout naturellement que nous ne pouvions partager le même lit, et elle fit mine de s'étonner que, passant la sainte journée à pester contre elle, je voulusse de ses caresses la nuit venue. Je tentai de lui remontrer qu'en ce sens-là, nous autres hommes sommes tant soit peu différents des femmes, et que je ne l'en adorais pas moins, malgré tous mes travers, mais en vain. En ce temps-là, malgré mon accident et bien qu'elle fût plus jeune que moi, j'étais en meilleure condition et plus robuste que Clara. Avec l'âge, j'avais maigri, je n'avais pas un gramme de graisse dans tout le corps, ma résistance et ma vigueur étaient restées celles de ma jeunesse. Je pouvais passer la journée en selle, dormir en m'affalant n'importe où, avaler n'importe quoi sans réveiller ma vésicule, mon foie ou n'importe lequel de ces organes dont les gens ne font que dégoiser à tout bout de champ. Pourtant si, les os me faisaient souffrir. Par les soirées fraîches, les nuits humides, la douleur des os écrabouillés par le tremblement de terre se faisait si aiguë que j'en mordais l'oreiller afin qu'on n'entendît pas mes gémissements. Quand je n'en pouvais vraiment plus, je me jetais une rasade d'eau-de-vie et deux aspirines derrière la cravate, mais rien de cela ne me soulageait. Curieusement, si ma sensualité s'était faite plus sélective avec l'âge, elle était restée tout aussi inflammable que dans mon jeune temps. J'aimais à reluquer les femmes, comme aujourd'hui encore. C'est un plaisir esthétique, quasi spirituel. Mais Clara était la seule à éveiller en moi un désir tangible, instantané, sans doute parce qu'au fil de notre longue vie commune nous avions appris à bien nous connaître et à savoir sur le bout des doigts la géographie l'un de l'autre. Elle pouvait situer mes points les plus sensibles, me dire exactement ce que j'avais besoin d'entendre. A un âge où la grande majorité des hommes sont blasés par leur compagne et requièrent d'être stimulés par d'autres pour retrouver l'étincelle du désir, je me convainquais que Clara était la seule avec qui il me fût possible de faire l'amour comme au temps de notre lune de miel, infatigablement. Je n'avais pas la tentation de chercher ailleurs.

Je m'en souviens, je commençais à faire son siège dès la nuit tombante. En fin de journée, elle se tenait assise à écrire et je feignais de savourer ma pipe tout en l'épiant du coin de l'œil. A peine l'estimais-je sur le point de se retirer – parce qu'elle se mettait à nettoyer sa plume et à refermer ses cahiers – que je m'élançais. Je me dirigeais en boitillant vers la salle de bain, je me faisais beau, passais un peignoir en velours épiscopal dont j'avais fait l'acquisition pour la séduire mais dont elle n'avait jamais paru remarquer l'existence, collais l'oreille à la porte et attendais. Dès que je l'entendais venir dans le couloir, je fonçais. J'essayais tout, tantôt la comblant de cajoleries et de cadeaux, tantôt la menaçant de défoncer sa porte et de la rouer de coups de canne, mais aucun terme de l'alternative ne réduisait l'abîme qui nous séparait. Il faut croire qu'il était inutile de vouloir lui faire oublier, par mon empressement amoureux de la nuit, la mauvaise humeur dont je l'avais accablée durant le jour. Clara m'évitait de cet air distrait que je finis par détester. Je n'arrive pas à comprendre ce qui m'attirait tant en elle. C'était une femme mûre dépourvue de toute coquetterie, qui traînait un tantinet les pieds et avait perdu cette gaieté sans rime ni raison qui la rendait si charmante dans sa jeunesse. Clara ne faisait montre à mon endroit d'aucune séduction, d'aucune tendresse. Je suis sûr qu'elle ne m'aimait pas. Je n'avais vraiment aucune raison de la désirer de cette façon si brutale et excessive qui me faisait sombrer dans le désespoir et le ridicule. Mais je n'y pouvais rien. Ses gestes gracieux, sa subtile odeur de linge propre et de savon, l'éclat de ses yeux, le délié de sa nuque couronnée de boucles rebelles, tout en elle me plaisait. Sa fragilité suscitait en moi une insupportable tendresse. J'avais envie de la protéger, de l'étreindre, de la faire rire comme au bon vieux temps, de redormir avec elle à mes côtés, sa tête sur mon épaule, ses jambes ramassées sous les miennes, si frêle et frileuse, sa main posée sur ma poitrine, exquise et vulnérable. Parfois je me promettais de la punir par quelque feinte indifférence, mais au bout de quelques jours, je m'avouais vaincu, car elle paraissait encore beaucoup plus tranquille et heureuse quand je l'ignorais. Je forai un trou dans la cloison de la salle de bain pour la voir dans le plus simple appareil, mais cela me mettait dans un tel état que je préférai le reboucher avec du ciment. Pour la blesser, je me rendis ostensiblement à la Lanterne Rouge, mais son seul commentaire fut pour dire que ça valait mieux que de forcer les paysannes, ce qui me prit au dépourvu car je ne pouvais imaginer qu'elle fût au courant. Eu égard à son commentaire, je voulus me remettre aux viols, rien que pour l'embêter. Il me fallut bien constater que le temps et le tremblement de terre avaient fait des dégâts dans ma virilité et que je n'avais plus la force de ceinturer une de ces robustes filles ni de la hisser en croupe sur mon cheval, encore moins de lui arracher ses hardes et de la pénétrer contre sa volonté. J'étais à l'âge où l'on a besoin d'aide et de tendresse pour faire l'amour. J'étais devenu un vieux con, quoi.

Il fut le seul à se rendre compte qu'il rapetissait. Il le remarqua à sa garde-robe. Ce n'était pas simplement qu'il flottait dedans, mais les manches et les jambes de pantalon étaient désormais trop longues. Il pria Blanca de les lui réajuster à la machine à coudre en prétextant qu'il avait maigri, mais il se demandait avec inquiétude si Pedro Garcia senior ne lui avait pas remis les os à l'envers et si ce n'était pas là ce qui le faisait rétrécir. Il ne s'en ouvrit jamais à personne, de même que, par orgueil, il ne parla jamais de ses douleurs.

On se préparait alors aux élections présidentielles. C'est au cours d'un dîner de notables conservateurs donné au village qu'Esteban Trueba fit la connaissance du comte Jean de Satigny. Il portait des mocassins de chevreau, des vestes de lin écru, il ne transpirait pas comme le commun des mortels mais sentait la lavande anglaise, il était toujours hâlé, ayant l'habitude de pousser une boule avec un maillet sous un petit arceau en plein midi, et il parlait en traînant sur les dernières syllabes des mots et en mangeant les « r ». C'était, parmi les hommes qu'Esteban connaissait, le seul à se mettre du vernis aux ongles et du collyre bleu dans les yeux. Il possédait des cartes de visite frappées aux armes de sa famille et observait toutes les règles en vigueur de l'urbanité, sans compter certaines de son invention, comme de manger des artichauts avec des pinces à sucre, à la stupéfaction générale. Les autres hommes s'esclaffaient dans son dos, mais on eut vite fait de remarquer qu'ils s'évertuaient à imiter sa recherche, ses mocassins de chevreau, son indifférence et son air policé. Son titre de comte le plaçait à un tout autre niveau que les autres immigrants venus d'Europe centrale, fuyant les fléaux du siècle passé, d'Espagne pour échapper à la guerre, du Moyen-Orient avec leurs petits négoces de Turcs et d'Arméniens d'Asie mineure cherchant à écouler leurs plats typiques et leur camelote. Le comte de Satigny n'avait nul besoin de gagner sa vie, comme il le fit savoir à la cantonade. Le commerce des chinchillas n'était pour lui qu'un hobby.

Esteban Trueba avait déjà vu des chinchillas marauder sur ses terres. Il les chassait à coups de fusil, pour les empêcher de dévorer les semailles, mais il ne lui était jamais venu à l'idée que ces insignifiants rongeurs pouvaient se métamorphoser en manteaux de dames. Jean de Satigny cherchait un associé qui mît dans l'affaire le capital, le travail, les lieux d'élevage, et, courant tous les risques, partageât avec lui les profits par moitié. Esteban Trueba ne se montrait aventureux dans aucun domaine de sa vie, mais le comte français avait cette aisance aérienne et l'ingéniosité capables de le séduire, si bien qu'il passa nombre de nuits blanches à étudier cette proposition d'élevage de chinchillas et à faire et refaire ses comptes. Entre-temps, M. de Satigny effectuait de longs séjours aux Trois Maria en tant qu'invité d'honneur. Il jouait avec sa petite boule en plein soleil, absorbait d'impressionnantes quantités de jus de melon sans sucre, tournicotait autour des céramiques de Blanca. Il en vint même à proposer à la jeune fille d'en exporter en d'autres contrées où il existait un marché assuré pour l'artisanat indigène. Blanca essaya de dissiper son erreur, lui expliquant qu'elle n'avait rien d'indien, pas plus que son œuvre, mais la barrière linguistique empêcha qu'il comprît son point de vue. Le comte contribua à la promotion sociale de la famille Trueba : du jour où il se fut installé au domaine plurent les invitations dans les propriétés voisines, aux réunions avec les notabilités du village et à tous les événements socio-culturels de la région. Tout un chacun voulait se trouver à côté du comte dans l'espoir de contracter un peu de sa distinction, les pucelles soupiraient à sa vue et les mères le convoitaient pour gendre, se disputant l'honneur de l'inviter. Quant aux messieurs, ils enviaient la chance d'Esteban Trueba qui avait été élu entre tous pour cette affaire de chinchillas. La seule à ne pas être éblouie par le charme du Français, à ne pas s'émerveiller de sa façon de peler une orange avec fourchette et couteau, sans y mettre les doigts, laissant l'écorce figurer une fleur, ni de son habileté à citer poètes et philosophes français dans sa langue natale, était Clara qui, chaque fois qu'elle le rencontrait, éprouvait le besoin de lui demander son nom et tombait des nues lorsqu'elle le croisait en peignoir de soie, faisant route vers sa propre salle de bain. Pour Blanca, en revanche, c'était une occasion de divertissement et elle en profitait pour arborer ses plus belles robes, se peigner avec coquetterie, disposer sur la table le service anglais et les candélabres d'argent.

« En voilà un au moins qui nous sort de la barbarie », disait-elle.

Esteban Trueba était bien moins impressionné par les chichis de l'aristocrate que par les chinchillas. Il se demandait comment diable il ne lui était pas venu à l'idée de leur tanner la peau au lieu de perdre tant d'années à élever ces satanées poules qui crevaient d'on ne sait trop quelle diarrhée de sacs à tout grain, et ces vaches qui, pour chaque litre de lait qu'on en trayait, consommaient un bon hectare de fourrage et une boîte de vitamines, et qui de surcroît répandaient partout leurs mouches et leur merde. Clara et Pedro Garcia junior, quant à eux, ne partageaient pas son enthousiasme pour les petits rongeurs, elle pour des raisons humanitaires, car il lui paraissait atroce d'en élever pour leur arracher la peau, lui parce qu'il n'avait jamais entendu parler d'élevages de rats.

Une nuit, le comte était sorti fumer une de ses cigarettes orientales spécialement importées du Liban – allez donc savoir où ça se niche, comme disait Trueba – et respirer l'odeur des fleurs qui montait par grandes bouffées du jardin et envahissait les chambres. Il se promena quelques instants sur la terrasse et embrassa du regard l'étendue de végétation tout autour de la maison du maître. Il soupira, saisi par cette nature prodigue, capable de rassembler dans ce coin le plus reculé de la terre tous les climats de son invention, la cordillère et la mer, les vallées comme les cimes les plus hautes, des cours d'eau cristallins et une faune inoffensive qui autorisait à se promener en toute confiance, dans la certitude de ne pas voir surgir de vipères venimeuses ni de fauves affamés, et, comble de la perfection, on n'y trouvait pas non plus d'indiens sauvages ni de nègres rancuniers. Il était las de traîner ses bottes dans des contrées exotiques à courir après des marchés d'ailerons de requin destinés à la fabrication d'aphrodisiaques, de ginseng pour guérir de tout, de statuettes sculptées par les Esquimaux, de piranhas embaumés d'Amazonie et de chinchillas pour les manteaux de ces dames. Il avait trente-huit ans, du moins est-ce ce qu'il avouait, et il avait enfin l'impression d'avoir trouvé le paradis sur terre, où il allait pouvoir monter des entreprises de tout repos avec des associés crédules. Il s'assit sur une souche pour fumer dans l'obscurité. C'est alors qu'il vit une ombre s'agiter, l'idée le traversa qu'il pouvait s'agir d'un voleur, mais il l'écarta aussitôt, la présence de bandits sur ces terres étant aussi déplacée que celle de bêtes dangereuses. Il s'approcha avec précaution et aperçut alors Blanca qui passait les jambes par la fenêtre et se laissait glisser le long du mur comme un chat, chutant parmi les hortensias sans le moindre bruit. Elle s'était habillée en homme, car les chiens la connaissaient déjà et elle n'avait plus besoin d'aller dans le plus simple appareil. Jean de Satigny la vit s'éloigner, recherchant l'ombre de l'auvent puis celle des arbres, il songea à la suivre mais eut peur des molosses et se dit qu'il n'en était nul besoin pour savoir où se rendait une jeune fille sautant en pleine nuit du haut de sa fenêtre. Il se sentit soucieux, car ce qu'il venait de voir mettait ses plans en péril.

Le lendemain, le comte demanda Blanca Trueba en mariage. Esteban, qui n'avait pas eu le temps de bien connaître sa fille, avait pris pour de l'amour son amabilité placide et son empressement à mettre les candélabres d'argent sur la table. Il se trouva fort satisfait que sa fille, si revêche et de santé fragile, eût ferré le galant le plus sollicité de la contrée. « Qu'est-ce qu'il a bien pu lui trouver? » se demanda-t-il, perplexe. Il exposa au prétendant qu'il devait prendre l'avis de Blanca, mais qu'il était sûr de ne rencontrer aucune objection, et, pour ce qui le concernait, il prenait les devants en lui souhaitant la bienvenue au sein de la famille. Il fit appeler sa fille qui, à ce moment-là, était à l'école en train d'enseigner la géographie, et s'enferma avec elle dans son bureau. Cinq minutes plus tard, la porte s'ouvrit à grand fracas et le comte vit sortir la jeune fille, les joues en feu. Passant à ses côtés, elle lui décocha un regard assassin puis détourna la tête. Tout autre, moins tenace que lui, aurait empoigné ses valises et s'en serait allé à l'unique hôtel du village, mais le comte déclara à Esteban qu'il était sûr d'obtenir l'assentiment de Blanca, pourvu qu'on lui en laissât le temps. Esteban Trueba lui proposa de rester l'hôte des Trois Maria tout le temps qu'il jugerait nécessaire. Blanca ne dit rien mais, à compter de ce jour, elle cessa de prendre ses repas à table avec eux et ne perdit aucune occasion de faire sentir au Français combien il était indésirable. Elle rangea ses robes de cérémonie, remisa les candélabres d'argent et l'évita désormais avec soin. Elle informa son père que s'il revenait à faire allusion à ce mariage, elle retournerait à la capitale par le premier train à s'arrêter à la gare et s'engagerait comme novice dans son collège.

« Tu changeras d'avis! rugit Esteban Trueba.

– Ça m'étonnerait », répliqua-t-elle.

L'arrivée des jumeaux aux Trois Maria, cette année-là, détendit grandement l'atmosphère. Ce fut comme une rafraîchissante tornade dans le climat oppressant de la maison. Ni l'un ni l'autre des deux frères ne se montra sensible au charme de l'aristocrate français, bien que celui-ci fît de discrets efforts pour s'attirer la sympathie des garçons. Jaime et Nicolas se moquaient de ses belles manières, de ses mocassins d'enfifré et de son patronyme étranger, mais Jean de Satigny n'en prenait nul ombrage. Sa bonne humeur finit par les désarmer et ils passèrent le reste de l'été dans une coexistence amiable, allant même jusqu'à faire alliance pour sortir Blanca de l'entêtement où elle s'était murée.

« Tu as vingt-quatre ans passés, sœurette, lui disaient-ils. Tu veux devenir une grenouille de bénitier ? »

Ils s'appliquaient à la convaincre de se couper les cheveux, de copier les modèles de robes qui faisaient fureur dans les magazines, mais elle ne montrait aucun intérêt pour cette mode exotique qui n'avait pas la moindre chance de s'épanouir dans la poussière des campagnes.

Les jumeaux différaient si bien entre eux qu'on n'eût jamais dit deux frères. Jaime était robuste et grand, réservé et studieux. Contraint par le mode d'éducation de l'internat, il avait développé, grâce aux sports, une musculature d'athlète, mais il considérait en fait que c'était là une activité fatigante et vaine. Il ne parvenait pas à comprendre l'enthousiasme de Jean de Satigny à passer la matinée à courir après une boule avec un bâton pour la mettre dans un trou, alors qu'il était si simple de l'y déposer avec la main. Il avait de curieuses manies qui commencèrent à se faire jour en ce temps-là et qui ne firent que s'accentuer tout au long de sa vie. Il n'aimait pas qu'on lui respirât trop près de la figure, qu'on lui donnât la main à serrer, qu'on lui posât des questions personnelles, qu'on lui empruntât des livres ou qu'on lui écrivît des lettres. Ses rapports avec les gens s'en trouvaient compliqués, mais il n'en était pas préservé pour autant car on ne l'avait pas connu depuis cinq minutes qu'il sautait aux yeux que, malgré son comportement atrabilaire, il était aussi généreux que candide, capable de beaucoup de tendresse, ce dont il avait honte, s'évertuant en vain à le dissimuler. Il témoignait aux autres beaucoup plus d'intérêt qu'il ne voulait le reconnaître, et il en fallait bien peu pour l'émouvoir. Aux Trois Maria, les fermiers l'appelaient « p'tit patron » et allaient le trouver chaque fois qu'ils avaient besoin de quelque chose. Jaime les écoutait sans proférer de commentaires, répondait par monosyllabes et finissait par leur tourner le dos, mais il n'avait alors de cesse d'apporter une solution à leur problème. C'était un être sauvage et sa mère racontait que, même petit, il ne se laissait pas caresser. Enfant, il avait déjà des gestes extravagants, il était capable d'ôter les vêtements qu'il portait pour les donner à d'autres, comme il lui arriva de faire en plusieurs occasions. Toute trace d'affection ou d'émotion lui paraissait une signe d'infériorité et ce n'est qu'avec les bêtes qu'il abattait les barrières de son excessive réserve, il se roulait par terre avec elles, les caressait, leur donnait la becquée, s'endormait avec les chiens en les tenant embrassés. Il pouvait se comporter de même avec les enfants en bas âge, à condition que nul ne le vît faire, car aux yeux des gens il se préférait dans le rôle de l'homme dur et solitaire. La formation britannique de douze années de collège n'avait guère favorisé en lui le spleen, considéré comme l'attribut masculin le plus distingué. C'était plutôt un incorrigible sentimental. Aussi s'intéressa-t-il à la politique et décida-t-il qu'il ne serait pas avocat, comme l'exigeait son père, mais médecin, pour venir en aide aux pauvres, comme le suggérait sa mère qui le connaissait bien mieux. Toute son enfance, Jaime avait joué avec Pedro III Garcia, mais c'est cette année-là qu'il se prit d'admiration pour lui. Blanca dut sacrifier un ou deux rendez-vous près de la rivière pour permettre aux deux jeunes gens de se retrouver. Ils parlaient justice, égalité, mouvement paysan, socialisme, cependant que Blanca les écoutait non sans impatience, souhaitant qu'ils en eussent bientôt fini pour rester seule avec son amant. Cette amitié entre les deux·garçons devait.les unir jusqu'à la mort, sans qu'Esteban Trueba en eût jamais le moindre soupçon.

Nicolas avait la joliesse d'une jeune fille. Ayant hérité la délicatesse de traits et la transparence de peau de sa mère, il était plutôt petit, mince, prompt et futé comme un renard. D'une intelligence brillante, il surpassait son frère sans effort dans tout ce qu'ils pouvaient entreprendre ensemble. Il avait conçu un jeu à seule fin de le tourmenter : il lui portait la contradiction sur n'importe quel thème et argumentait avec une habileté et une assurance telles qu'il finissait par convaincre Jaime qu'il faisait fausse route, l'obligeant alors à reconnaître son erreur.

« Es-tu bien sûr que j'aie raison? demandait enfin Nicolas à son frère.

– Oui, c'est toi qui as raison », maugréait Jaime que sa droiture empêchait de discuter de mauvaise foi.

– Je m'en félicite! s'exclamait Nicolas. Je vais pourtant te démontrer que celui qui a raison, c'est toi, et que c'est moi qui me suis trompé. Je vais te servir les arguments que tu aurais dû employer contre moi si tu avais la moindre parcelle d'intelligence. »

Jaime sortait de ses gonds et lui tombait dessus à bras raccourcis, mais pour s'en repentir aussitôt, car il était beaucoup plus fort que son frère et sa supériorité physique le faisait se sentir coupable. Au collège, Nicolas usait de ses talents pour taquiner les autres et, lorsqu'il se trouvait affronté à quelque situation de violence, il faisait appel à son frère pour le défendre, tout en l'encourageant à distance. Jaime s'était habitué à se battre pour Nicolas et avait fini par trouver normal d'être puni à sa place, de faire son travail et de couvrir ses mensonges. En cette période de sa jeunesse, le principal centre d'intérêt de Nicolas, en dehors des filles, fut de cultiver les capacités de Clara à deviner l'avenir. Il achetait des ouvrages sur les sociétés secrètes, les horoscopes, tout ce qui était empreint de caractéristiques surnaturelles. Cette année-là, il entreprit de démonter le fonctionnement des miracles, s'acheta *Les Vies de Saints* en édition populaire et passa l'été à rechercher des explications terre à terre aux plus extraordinaires prouesses réalisées dans l'ordre du spirituel. Sa mère se moquait de lui :

« Si tu n'es pas capable de comprendre comment fonctionne le téléphone, comment veux-tu comprendre quelque chose aux miracles? » lui disait Clara.

L'intérêt de Nicolas pour les questions surnaturelles avait commencé à se manifester un ou deux ans plus tôt. Les fins de semaines où il pouvait sortir de l'internat, il allait rendre visite aux trois sœurs Mora dans leur ancien moulin pour s'initier aux sciences occultes. Mais il avait bientôt fallu constater qu'il n'avait aucun don inné pour la divination ou la télékinésie, si bien qu'il avait dû se rabattre sur la manipulation des cartes astrologiques, du tarot et des bâtonnets chinois. De fil en aiguille, il avait fait la connaissance chez les Mora d'une jolie jeune fille prénommée Amanda, un peu plus âgée que lui, qui lui avait inculqué les rudiments de méditation yoga et d'acupuncture, sciences grâce auxquelles Nicolas parvint à soigner les rhumatismes et autres douleurs bénignes, résultat auquel n'atteindrait jamais son frère avec la médecine traditionnelle et au bout de sept années d'études. Cet été-là, il avait vingt et un ans et s'ennuyait ferme à la campagne. Son frère, qui s'était autoproclamé défenseur de la vertu des pucelles des Trois Maria, le surveillait de près pour l'empêcher d'importuner les filles, mais Nicolas ne s'en débrouillait pas moins pour séduire toutes les adolescentes du coin avec un déploiement de galanteries inconnues en ces parages. Il passait le reste de son temps à enquêter sur les miracles, à essayer d'apprendre les trucs de sa mère pour faire bouger la salière par la seule force de l'esprit, et à écrire des vers passionnés à Amanda qui les lui renvoyait par retour de courrier, revus et corrigés, sans que le jeune homme en fût le moins du monde découragé.

Pedro Garcia senior mourut peu avant les élections présidentielles. Le pays était survolté par les campagnes politiques, les trains de la victoire le sillonnaient du Nord au Sud, charriant les candidats penchés à l'arrière du dernier wagon parmi leur cour de propagatrices de la foi, saluant de la même façon, promettant tous les mêmes choses, bardés de drapeaux, dans une cacophonie de fanfare et de haut-parleurs qui brisait la tranquillité du paysage et laissait le bétail pétrifié. Le vieillard avait tant vécu qu'il n'était plus qu'un tas de petits os de verre couverts d'une peau parcheminée. Son visage était une dentelle de rides. Il marchait en caquetant avec des cliquettements de castagnettes, il n'avait plus de dents et ne pouvait se nourrir que de bouillies pour bébé, en sus d'être aveugle il était devenu sourd, mais à aucun moment ne lui avaient fait défaut le sens des choses, la mémoire des temps lointains comme celle de l'instant passé. Il mourut assis sur sa chaise de rotin, en fin d'après-midi. Il aimait à s'installer sur le seuil de sa bicoque pour sentir tomber le soir qu'il devinait au subtil changement de température, aux bruits de la cour, au regain d'activité des cuisines, au soudain silence des poules. C'est là que la mort le surprit. A ses pieds se trouvait son arrière-petit-fils Esteban Garcia, qui allait déjà sur ses dix ans, occupé à crever les yeux d'un poulet avec un clou. C'était le rejeton d'Esteban Garcia, le seul bâtard du patron à porter son propre prénom, à défaut de son patronyme. Nul ne s'en rappelait l'origine, ni pourquoi il arborait un tel prénom, sauf lui-même : son aïeule Pancha Garcia, avant de mourir, était parvenue à empoisonner son enfance en lui déblatèrant que si son père avait vu le jour en lieu et place de Blanca, de Jaime ou de Nicolas, il aurait hérité des Trois Maria et, l'eût-il voulu, aurait pu devenir président de la République. Dans cette région semée d'enfants illégitimes et d'autres, légitimes, qui ne connaissaient pas leur père, il fut probablement le seul à grandir dans la haine de son nom de famille. Il vécut mortifié par sa rancœur contre le patron, contre son aïeule abusée, contre son bâtard de père et contre son propre et inexorable destin de cul-terreux. Esteban Trueba ne le distinguait pas des autres garnements du domaine, il n'était qu'un parmi d'autres dans la cohorte d'enfants qui chantaient l'hymne national à l'école et faisaient queue pour percevoir leur cadeau de Noël. Lui-même ne gardait aucun souvenir de Pancha Garcia, ou d'avoir eu un fils d'elle; encore moins en gardait-il de ce fripon de petit-fils qui le haïssait tout en le reluquant de loin pour copier ses gestes et imiter sa voix. L'enfant se réveillait en pleine nuit, imaginant d'horribles accidents ou maladies susceptibles de mettre un point final à l'existence du patron et de tous ses rejetons, de sorte que lui-même pût hériter du domaine. Il faisait alors des Trois Maria son propre royaume. Toute sa vie, il caressa de semblables rêves, longtemps même après avoir réalisé qu'il n'obtiendrait jamais rien par héritage. Il ne cessa jamais d'en vouloir à Trueba pour cet obscur destin qu'il lui avait forgé et qu'il ressentait comme une punition, même à l'époque où il se fut hissé au faîte du pouvoir et où il les tint tous dans son poing.

L'enfant se rendit compte que quelque chose avait changé chez le vieux. Il s'en approcha, le toucha du doigt et le corps vacilla. Pedro Garcia tomba par terre comme un sac d'os. Il avait les pupilles voilées par cette pellicule laiteuse qui les avait privées de lumière depuis tout un quart de siècle. Esteban Garcia s'empara du clou et s'apprêtait à lui percer les yeux quand Blanca survint : elle le repoussa sans soupçonner que ce gosse farouche et pervers n'était autre que son neveu et que le même, quelques années plus tard, serait l'instrument d'une tragédie qui frapperait sa propre famille.

« Mon Dieu, le petit vieux est mort », sanglota-t-elle en se penchant sur le cadavre tout cabossé du vieillard qui avait peuplé de contes son enfance et protégé ses amours clandestines.

Pedro Garcia senior fut enterré au terme d'une veillée de trois jours à l'occasion de laquelle Esteban Trueba ordonna de ne pas regarder à la dépense. On disposa son corps dans une caisse de pin sylvestre, revêtu de son costume du dimanche, le même qu'il avait porté pour son mariage et qu'il mettait pour aller voter ou recevoir ses cinquante pesos à Noël. On lui passa sa seule et unique chemise blanche, bien trop large du col, l'âge l'ayant tout rabougri, sa cravate de deuil et un œillet rouge à la boutonnière, comme toujours lorsqu'il se mettait sur son trente et un. On lui maintint les mâchoires à l'aide d'un foulard et on le coiffa de son chapeau noir, comme il l'avait maintes fois précisé, car il souhaitait pouvoir se découvrir devant le bon Dieu. Il ne possédait pas de souliers, mais Clara en faucha une paire à Esteban Trueba afin que nul ne pût dire qu'il serait allé nu-pieds au paradis.

Passionné par les funérailles, Jean de Satigny sortit de ses bagages un appareil photographique à trépied et prit des portraits du mort en si grand nombre que ses proches, pensant qu'il pouvait lui voler son âme, détruisirent par précaution les plaques. A la veillée accoururent des paysans de toute la région, car Pedro Garcia, en tout un siècle de vie, s'était trouvé apparenté à une foule d'habitants de la province. S'en vint la Mexicaine, qui était encore plus âgée que lui, accompagnée de plusieurs indiens de sa tribu qui, sur un ordre d'elle, se mirent à pleurer le défunt et ne cessèrent que lorsqu'eut pris fin la bombance, trois jours plus tard. Les gens se rassemblèrent autour de la bicoque du vieux, à boire du vin, jouer de la guitare, surveiller les rôtis. Débarquèrent aussi deux curés à bicyclette, pour bénir la dépouille mortelle de Pedro Garcia et diriger le rituel funèbre. L'un d'eux était un rubicond colosse à l'accent espagnol prononcé, le père José Dulce Maria, qu'Esteban Trueba connaissait de nom. Il fut sur le point de lui interdire l'entrée de son domaine, mais Clara le persuada que le moment était peu indiqué pour faire passer ses inimitiés politiques avant la ferveur chrétienne des paysans. « Pense à l'âme du mort, dit-elle, du moins mettra-t-il un peu d'ordre dans ses affaires. » De sorte qu'Esteban Trueba finit par lui souhaiter la bienvenue et par l'inviter à s'installer chez lui avec le frère lai qui n'ouvrait pas la bouche et regardait sans cesse le sol à ses pieds, la tête de guingois et les mains jointes. Le patron était affecté par le décès du vieux qui avait sauvé ses semailles du fléau des fourmis avant de lui sauver la vie par-dessus le marché, et il entendait que tous gardassent souvenir de ces funérailles comme d'un grand jour.

Les curés réunirent fermiers et visiteurs à l'école pour réviser les évangiles bien oubliés et dire une messe pour le repos de l'âme de Pedro Garcia. Puis ils se retirèrent dans la chambre qu'on avait mise à leur disposition dans la maison de maître, cependant que les autres reprenaient la ripaille interrompue par leur arrivée. Cette nuit-là, Blanca attendit que se fussent tues les guitares et lamentations des indiens et que tout le monde se fût couché pour sauter par la fenêtre de sa chambre et, à la faveur des ombres, filer dans sa direction habituelle. Elle fit de même au cours des trois nuits suivantes, jusqu'à ce que les curés fussent repartis. Tout le monde, hormis ses parents, sut que Blanca retrouvait l'un d'eux à la rivière. Ce n'était autre que Pedro III Garcia qui n'avait pas voulu manquer les funérailles de son grand-père et qui profita de sa soutane d'emprunt pour prêcher les fermiers, un foyer après l'autre, leur expliquant que les prochaines élections étaient l'occasion de secouer le joug sous lequel ils avaient toujours vécu. Ils l'écoutaient avec étonnement et embarras. Leur temps à eux se mesurait en saisons, leur façon de penser en générations, ils étaient lents et prudents. Seuls les plus jeunes, ceux qui avaient la radio et écoutaient les nouvelles, qui se rendaient parfois au village et y discutaient avec les syndicalistes, pouvaient suivre le fil de ses idées. Les autres prêtaient l'oreille au jeune homme parce qu'il était le héros pourchassé par les maîtres, mais, dans le fond, ils étaient convaincus qu'il n'égrenait que des sornettes.

« Si le patron s'aperçoit qu'on va voter pour les socialistes, on est foutus, lui dirent-ils.

– Il ne peut pas le savoir! Le vote est secret, prétendit le faux curé.

– C'est ce que tu crois, fiston, répliqua Pedro junior, son père. Ils racontent que c'est secret, mais, depuis toujours, ils savent pour qui on vote. En plus de ça, si c'est ceux de ton parti qui gagnent, les autres vont nous balancer et on n'aura plus de travail. Moi j'ai passé toute ma vie ici. Qu'est-ce que je ferai?

– Ils ne peuvent pas tous vous balancer. Si vous partiez, le patron y aurait plus à perdre que vous, argumenta Pedro III.

– Peu importe comment on vote, c'est toujours eux qui gagnent.

– Ils changent les bulletins, dit Blanca qui assistait à la réunion, assise parmi les paysans.

– Cette fois, ils ne le pourront pas, répondit Pedro III. Nous enverrons des gens du Parti contrôler les bureaux de vote et vérifier que les urnes sont scellées. »

Mais les paysans n'avaient nulle confiance. L'expérience leur avait enseigné que le renard finit toujours par croquer les poules, en dépit des ballades subversives qui, colportées par le bouche-à-oreille, chantaient le contraire. Aussi, quand vint à passer le train du nouveau candidat du Parti socialiste, un docteur myope et charismatique qui transportait les foules par ses discours enflammés, l'observèrent-ils depuis la gare, sous l'œil des patrons disposés en cercle à leur pourtour, armés de carabines et de gourdins. Ils écoutèrent respectueusement les paroles du candidat, mais sans oser lui adresser un geste de salut, à l'exception d'une poignée de journaliers accourus en petite bande, pourvus de pioches et de bâtons, qui s'égosillèrent à l'acclamer, parce qu'eux n'avaient rien à perdre : c'étaient des nomades de la campagne, ils erraient à travers la région sans travail fixe, sans foyer, sans maître et donc sans peur.

Peu après la mort et les mémorables funérailles de Pedro Garcia senior, Blanca se mit à perdre ses belles couleurs de pomme et à être prise de fatigues naturelles, qui n'avaient rien à voir avec le fait qu'elle se fût empêchée de respirer, et de vomissements matinaux, en rien provoqués par de la saumure chaude. Elle se dit que la cause en était l'excès de table, c'était la saison des duracines dorées, des abricots, du maïs tendre mitonné dans des terrines et parfumé au basilic, c'était l'époque des marmelades et des conserves pour l'hiver. Mais le jeûne, la camomille, les purgatifs et le repos ne la guérirent guère. Elle perdit tout son enthousiasme pour l'école, l'infirmerie et même ses Nativités de terre glaise, devint dolente et somnolente, allant jusqu'à passer des heures à l'ombre, bayant aux corneilles sans s'intéresser à rien. Seules de ses activités à ne pas se relâcher, ses escapades nocturnes par la fenêtre quand elle avait rendez-vous à la rivière avec Pedro III.

Jean de Satigny, qui ne s'était pas avoué vaincu dans ses assiduités romantiques, l'observait. Par discrétion, il faisait par intervalles des séjours à l'hôtel du village et effectuait de brefs voyages à la capitale dont il revenait chargé de toute une littérature sur les chinchillas, leurs cages, leur alimentation, leurs maladies, leur mode de reproduction, la façon de traiter leurs peaux et, plus générale-ment, tout ce qui concernait ces petites bestioles dont le destin était de se transformer en étoles. Le comte resta l'hôte des Trois Maria pendant la plus grande partie de l'été. C'était un invité charmant, bien élevé, de bonne humeur et de tout repos. Toujours une phrase aimable aux lèvres, il faisait fête aux repas, les divertissait l'après-midi en jouant du piano au salon, rivalisant avec Clara dans les *Nocturnes* de Chopin, et se révélait une source intarissable d'anecdotes. Il se levait tard et passait une ou deux heures à son rituel personnel, faisant de la gymnastique, trottinant autour de la maison sans se soucier des gausseries de ces rustres de paysans, se trempait dans la baignoire remplie d'eau chaude puis hésitait longtemps avant de jeter son dévolu sur la tenue adaptée à chaque occasion. En pure perte, car il ne se trouvait personne pour apprécier son élégance et la seule chose qu'il obtenait parfois en arborant ses costumes de cheval anglais, ses vestes de velours et ses chapeaux tyroliens à plume de faisan, c'était que Clara, mue par les meilleures intentions du monde, lui proposât une tenue mieux adaptée à la vie à la campagne. Jean ne se départait pas de sa bonne humeur, il acceptait les sourires ironiques du maître de maison, les airs mauvais de Blanca, l'éternelle distraction de Clara qui, au bout d'un an, persistait à lui demander comment il s'appelait. Il savait cuisiner certaines recettes françaises, savamment assaisonnées et admirablement présentées, et apportait ainsi sa contribution quand il y avait des invités. C'était la première fois qu'on voyait un homme s'intéresser à la cuisine, mais on supposa que c'étaient là des mœurs européennes et on n'osa pas l'en moquer, de peur de passer pour ignorants. En sus de ce qui avait trait aux chinchillas, il ramenait de ses voyages à la capitale des magazines de mode, de ces feuilletons de guerre qu'on avait popularisés pour engendrer le mythe du soldat héroïque, et des romans d'amour à l'intention de Blanca. Au cours de la conversation d'après-midi, il faisait parfois allusion d'un ton de mortel ennui à ses étés parmi

271

la noblesse européenne, dans les châteaux du Liechtenstein ou sur la côte d'Azur. Il n'avait de cesse de répéter combien il était heureux d'avoir quitté tout cela pour les charmes de l'Amérique. Blanca lui demandait pourquoi il n'avait pas plutôt choisi les Caraïbes, ou du moins quelque pays à mulâtresses, à cocotiers et à tam-tams, si c'était l'exotisme qu'il recherchait, mais il protestait qu'il n'existait pas sur terre d'endroit plus agréable que cette contrée oubliée du bout du monde. Le Français n'évoquait jamais sa vie privée, sauf pour distiller quelques indices imperceptibles qui permettraient à l'interlocuteur sagace de se faire une idée de sa splendeur passée, de son inestimable fortune et de ses origines aristocratiques. On n'avait aucune certitude sur son état civil, son âge, sa famille ni sur la région de France dont il venait. Clara était d'avis que tant de mystères n'étaient pas sans risques et elle s'évertua à les dissiper à l'aide des tarots, mais Jean ne permit pas qu'on lui tirât les cartes ni qu'on lui lût les lignes de la main. On ignorait tout autant de quel signe il était.

Pour Esteban Trueba, tout cela était le cadet de ses soucis. Il suffisait à ses yeux que le comte fût disposé à le distraire par une partie d'échecs ou de dominos, qu'il se montrât brillant et sympathique, et qu'il ne demandât jamais à emprunter de l'argent. Depuis qu'on avait accueilli Jean de Satigny à la maison, l'ennui était devenu beaucoup plus supportable dans cette campagne où, sur le coup de cinq heures, on n'avait plus rien à faire. Sans compter qu'il ne lui déplaisait pas d'être envié de tout le voisinage pour héberger aux Trois Maria un hôte si distingué.

Le bruit avait couru que Jean était le prétendant de Blanca Trueba, mais il ne cessa pas pour autant d'être le soupirant préféré des mères marieuses. Clara aussi l'estimait, quoique ce fût chez elle sans la moindre arrière-pensée matrimoniale. De son côté, Blanca avait fini par s'accoutumer à sa présence. Il était d'un commerce si doux et si discret que, peu à peu, elle en vint à oublier sa demande en mariage. Elle en arriva même à se dire que ç'avait été, de la part du comte, quelque chose comme une plaisanterie. Elle se reprit à exhumer de l'armoire les candélabres d'argent, à disposer sur la table le service anglais et à revêtir ses robes de ville pour les retrouvailles de fin de journée. Souvent Jean l'invitait à se rendre au village ou la priait de l'accompagner à ses nombreuses invitations en société. Clara, en ces occasions, devait y aller avec eux, car Esteban Trueba était inflexible sur ce point : il ne voulait pas qu'on vît sa fille seule avec le Français. En échange, il leur permettait de se promener sans chaperon dans la propriété, à condition de ne point trop s'éloigner et d'être de retour avant la nuit tombée. Clara disait que, s'il s'agissait de préserver la virginité de la jeune fille, ceci était beaucoup plus dangereux que d'aller prendre le thé au domaine des Uzcategui, mais Esteban était certain de n'avoir rien à redouter de Jean, dans la mesure où ses intentions étaient nobles, mais il fallait se méfier des mauvaises langues qui pouvaient attenter à l'honneur de sa fille. Les promenades champêtres de Jean et de Blanca achevèrent d'en faire de bons amis. Ils s'entendaient bien. Il leur plaisait à l'un comme à l'autre de partir à cheval au cœur de la matinée, la collation dans un panier et le fourniment de Jean dans plusieurs mallettes de cuir et de toile cirée. Le comte profitait de toutes leurs haltes pour placer Blanca en premier plan du paysage et pour la photographier, bien qu'elle se fît un peu prier, se sentant vaguement ridicule. Cette impression trouvait sa justification dans la vue des portraits développés où elle apparaissait avec un sourire qui n'était pas le sien, dans une attitude empruntée, avec un air de chien battu, dû selon Jean à son incapacité de prendre la pose avec naturel et, selon elle, au fait qu'il l'obligeait à se tenir toute tordue et à retenir sa respiration durant de longues secondes, jusqu'à ce que la plaque fût impressionnée. En règle générale, ils choisissaient quelque endroit ombragé, à l'abri des arbres, déployaient une couverture sur l'herbe et s'installaient là pour quelques heures. Ils parlaient de l'Europe, de livres, d'anecdotes familiales du côté de Blanca, des voyages de Jean. Elle lui offrit un livre du Poète et il s'en enticha si bien qu'il en apprit par cœur de longs extraits dont il pouvait réciter les vers sans une hésitation. Il prétendait que c'était ce qu'on avait écrit de meilleur en poésie et que même en français, langue des arts par excellence, il ne se trouvait rien qui soutînt la comparaison. Ils ne disaient mot de leurs sentiments. Jean se montrait empressé, mais ni suppliant ni insistant, plutôt fraternel et moqueur. S'il lui baisait la main pour prendre congé, c'était avec un regard d'écolier en faute qui ôtait du romantique à son geste. S'il faisait part de son admiration pour une robe, la préparation d'un mets ou quelque santon de la crèche, son ton était empreint d'un accent ironique qui permettait d'interpréter la phrase de bien des façons. S'il lui cueillait des fleurs ou l'aidait à descendre de cheval, c'était avec une désinvolture telle qu'elle transformait la galanterie en amicale attention. De toute façon, à titre préventif, chaque fois que l'occasion s'en était présentée, Blanca lui avait fait savoir que, même morte, elle ne l'épouserait jamais. Jean de Satigny souriait de son éclatant sourire de séducteur, sans rien dire, et Blanca ne pouvait faire moins que noter combien il était plus convenable que Pedro III.

Blanca ignorait que Jean l'espionnait. Il l'avait vue sauter par la fenêtre, habillée en homme, à de nombreuses reprises. Il lui faisait un bout de chemin, puis se ravisait, redoutant que les chiens ne vinssent à le surprendre dans l'obscurité. Mais, à la direction qu'elle empruntait, il avait déduit qu'elle se rendait toujours du côté de la rivière.

Cependant, Trueba n'en finissait pas de se décider pour ce qui était des chinchillas. A titre de test, il accepta qu'on installât une cage avec quelques rongeurs, reproduction à petite échelle de la grande entreprise modèle. Ce fut la seule fois où l'on vit Jean de Satigny retrousser ses manches et se mettre à l'œuvre. Mais les chinchillas contractèrent une maladie particulière aux rats et crevèrent tous en moins de quinze jours. On ne put même pas tanner les peaux, car leur pelage était devenu tout terne et se détachait de la peau comme les plumes d'une volaille trempée dans l'eau bouillante. Jean contempla avec horreur ces cadavres au poil hérissé, aux pattes raides et aux yeux révulsés, qui flanquaient par terre tous ses espoirs de convaincre Esteban Trueba dont l'enthousiasme pour la pelleterie retomba à la vue de cette hécatombe.

« Si c'était l'élevage modèle que l'épidémie avait touché, je serais complètement ruiné », conclut Trueba.

Entre la maladie des chinchillas et les escapades de Blanca, le comte passa plusieurs mois à perdre son temps. Il commençait à se lasser de ces atermoiements et se disait que jamais Blanca ne prêterait cas à son charme. Il constata que l'élevage de rongeurs n'avait plus aucune chance de se concrétiser et décréta qu'il valait mieux brusquer les choses avant qu'un autre plus dégourdi n'accaparât l'héritière. Au surplus, Blanca commençait à bien lui plaire, à présent qu'elle s'était remplumée et avec cette langueur qui avait tempéré ses manières de campagnarde. Il avait une préférence pour les femmes placides et opulentes et la vue de Blanca, affalée sur des coussins à contempler le ciel à l'heure de la sieste, n'était pas sans lui rappeler sa mère. Parfois même elle réussissait à l'émouvoir. A de menus détails imperceptibles aux autres, Jean apprit à deviner quand Blanca avait projeté une escapade nocturne à la rivière. Ces fois-là, la jeune fille s'abstenait de dîner, prétextant une migraine, se retirait de bonne heure et il y avait dans son regard une lueur étrange, dans ses gestes une impatience et une ardeur qu'il identifiait aussitôt. Une nuit, il résolut de la suivre jusqu'au bout, pour en finir avec cette situation qui menaçait de se prolonger indéfiniment. Il était sûr que Blanca avait un amant, mais il croyait que ce ne pouvait être rien de bien sérieux. Personnellement, Jean de Satigny ne faisait aucune fixation sur le pucelage, et la question ne lui était même pas venue à l'esprit lorsqu'il avait décidé de demander Blanca en mariage. Ce qui l'intéressait en elle, c'était bien d'autres choses qui ne se laisseraient pas compromettre par un moment de plaisir au bord de la rivière.

Après que Blanca se fut retirée dans sa chambre et que le reste de la famille eut fait de même, Jean de Satigny demeura assis au salon dans le noir, attentif aux bruits de la maisonnée, jusqu'à l'heure où il estima qu'elle allait sauter par la fenêtre. Il sortit alors dans la cour et se tint parmi les arbres à l'attendre. Il resta tapi dans l'ombre plus d'une demi-heure sans que rien d'anormal vînt troubler la paix nocturne. Fatigué d'attendre, il était sur le point de s'en retourner quand il remarqua que la fenêtre de Blanca était ouverte. Il en déduisit qu'elle avait sauté avant qu'il ne fût descendu se poster à l'affût au jardin.

« Merde », grommela-t-il en français.

Priant que les chiens n'aillent alerter la maisonnée de leurs aboiements et lui sauter dessus, il se dirigea vers la rivière en suivant le chemin qu'il avait vu Blanca emprunter les autres fois. Il n'avait pas l'habitude de marcher avec ses souliers fins dans la terre labourée, d'enjamber les pierres ni d'éviter les flaques, mais la nuit était tout à fait claire avec une splendide pleine lune qui illuminait le ciel d'un éclat fantasmagorique, et, une fois dissipée sa crainte de voir surgir les chiens, il put apprécier toute la beauté de l'instant. Il marcha un bon quart d'heure avant d'apercevoir les premiers roseaux de la berge, il redoubla alors de prudence et s'approcha à pas plus discrets, veillant à ne pas écraser de brindilles dont les craquements l'eussent trahi. La lune se reflétait dans l'onde avec une luminosité de cristal, la brise berçait doucement les joncs et la cime des arbres. Le silence le plus complet régnait et il eut un instant l'impression de vivre un rêve de somnambule où il marchait et marchait sans cesse sans jamais progresser, dans le même paysage enchanté où le temps s'était arrêté et où, chaque fois qu'il voulait atteindre les arbres qui paraissaient à portée de main, il ne rencontrait que le vide. Il dut faire effort pour recouvrer son état d'esprit habituel, réaliste et pragmatique. A un détour du chemin, entre de grosses pierres grises éclairées par la lune, il les vit, si près qu'il eut presque peur de les toucher. Ils étaient nus. L'homme était allongé sur le dos, face au ciel, les yeux clos, mais il n'eut aucun mal à identifier le jésuite qui avait servi la messe d'enterrement de Pedro Garcia senior. Il en fut tout interdit. Blanca dormait, la tête reposant sur le ventre brun et lisse de son amant. La douce lumière lunaire déposait des reflets métalliques sur leurs corps et Jean de Satigny tressaillit en découvrant l'harmonie de Blanca qui, en cet instant, lui parut on ne peut plus parfaite.

Il fallut près d'une minute au distingué comte français pour émerger de l'état de grâce où l'avaient plongé le spectacle des amoureux, cette nuit placide, la lune et le silence de la campagne, et pour réaliser que la situation était plus grave qu'il ne l'avait imaginé. Dans la posture des deux amants, il reconnut cet abandon propre à ceux qui se fréquentent depuis longtemps. Rien là qui ressemblât à une passade d'un seul été, comme il l'avait d'abord supposé; mais, bel et bien, une union de chair et d'esprit. Jean de Satigny ne pouvait savoir que Blanca et Pedro III avaient dormi ainsi dès le premier jour où ils s'étaient connus et qu'au fil des ans ils n'avaient cessé de le faire chaque fois que l'occasion leur en avait été offerte, mais il le pressentit d'instinct.

S'arrangeant pour éviter de faire le moindre bruit qui eût pu les alerter, il tourna les talons et rebroussa chemin, réfléchissant à la façon d'affronter la situation. En arrivant à la maison, il avait décidé de tout raconter au père de Blanca, le prompt emportement d'Esteban Trueba lui paraissant le meilleur moyen de résoudre le problème. « Qu'ils lavent leur linge sale en famille », se dit-il.

Jean de Satigny n'attendit pas le matin. Il alla frapper à la porte de la chambre de son amphitryon et, avant que celui-ci ne fût parvenu à recouvrer tous ses esprits, il lui débita d'une traite son récit. Il raconta qu'il n'arrivait pas à trouver le sommeil à cause de la chaleur et que, pour prendre un peu l'air, il avait marché au petit bonheur en direction de la rivière et était tombé là-bas sur le déprimant spectacle de sa future fiancée endormie dans les bras du jésuite barbu, nus dans la lumière lunaire. Esteban Trueba resta un moment déboussolé, il ne pouvait imaginer sa fille en train de coucher avec le père José Dulce Maria, mais il eût tôt fait de réaliser ce qui s'était passé, la farce dont il avait été le jouet durant les funérailles du vieux, et que le joli-cœur ne pouvait être que Pedro III Garcia, ce maudit fils de chienne qui le paierait de sa vie. Il enfila son pantalon en quatrième vitesse, chaussa ses bottes, prit son fusil de chasse sur l'épaule et décrocha du mur sa cravache d'écuyer.

« Vous, mon cher, vous m'attendez ici », ordonnat-t-il au Français qui, de toute façon, n'avait nulle intention de l'accompagner.

Esteban Trueba courut à l'écurie et enfourcha son cheval sans le seller. Il éructait d'indignation, ses os ressoudés rechignant à l'effort, son cœur battant la chamade. « Je m'en vais les massacrer tous les deux », marmonnait-il comme une litanie. Il partit au galop dans la direction indiquée par le Français, mais il n'eut guère besoin d'aller jusqu'à la rivière car, à mi-chemin, il tomba sur Blanca qui s'en revenait à la maison en chantonnant, les cheveux en désordre, sa robe salie, avec cet air comblé de qui n'a plus rien à demander à la vie. A la vue de sa fille, Esteban Trueba ne put se réfréner et chevaucha jusqu'à elle, la cravache brandie, il la frappa sans pitié, faisant pleuvoir sur elle un coup après l'autre, jusqu'à ce que la jeune fille se fût écroulée, étendue sans bouger dans la boue. Son père mit pied à terre, la secoua pour la faire revenir à elle et lui hurla alors toutes les insultes connues, et d'autres inventées dans le feu de l'exaspération.

« Qui est-ce? Dis-moi son nom ou je te tue! exigea-t-il.

– Je ne te le dirai jamais », sanglota-t-elle.

Esteban Trueba comprit que ce n'était pas le bon système pour obtenir quoi que ce fût de cette sienne fille qui avait hérité son caractère têtu. Il s'était montré excessif, comme toujours, en la châtiant ainsi. Il la jucha sur le cheval et ils s'en retournèrent à la maison. L'instinct ou l'agitation des chiens avait averti Clara et les domestiques qui attendaient devant la porte, toutes lumières allumées. Le seul à ne se montrer nulle part fut le comte qui profita du tohu-bohu pour faire ses valises, atteler les chevaux à la voiture et émigrer discrètement à l'hôtel du village.

« Mon Dieu, qu'est-ce qui t'a pris, Esteban! » s'exclama Clara à la vue de sa fille couverte de boue et de sang.

Clara et Pedro Garcia junior portèrent Blanca jusque dans son lit. Le régisseur avait mortellement blêmi, mais il ne proféra pas un seul mot. Clara lava sa fille, appliqua des compresses froides sur ses meurtrissures et la berça jusqu'à ce qu'elle eût recouvré son calme. Après qu'elle l'eut laissée mi-endormie, elle s'en fut affronter son mari qui s'était cloîtré dans son bureau et y marchait de long en large, ivre de colère, cinglant les murs de coups de cravache, blasphémant et bourrant les meubles de coups de pied. En la voyant, Esteban retourna toute sa colère contre elle, l'accusa d'avoir élevée Blanca hors de toute morale, de toute religion, de tous principes, comme une athée et une libertine, pis même, sans aucun sens de sa classe, car on pouvait encore comprendre qu'elle fît ce genre de choses avec quelqu'un de bien né, mais pas avec un péquenot, un corniaud, une tête brûlée, un branleur de bon à rien.

« J'aurais dû l'abattre sur-le-champ au lieu de l'en menacer! Coucher avec ma fille, à moi! Je jure de le retrouver et, sitôt attrapé, je les lui coupe, même si c'est la dernière chose qu'il me soit donné de faire de mon vivant, je jure par ma mère qu'il va regretter d'être né!

– Pedro III n'a rien fait d'autre que tu n'aies fais toi-même, dit Clara lorsqu'elle parvint à l'interrompre. Toi aussi, tu as couché avec des filles qui n'étaient pas de ta classe. La différence, c'est que lui l'a fait par amour. Et Blanca aussi. »

Trueba la regarda, pétrifié de surprise. L'espace

d'un instant, sa colère parut retomber et il en éprouva quelque déception, mais aussitôt une vague de sang lui monta à la tête. Il perdit le contrôle de lui-même et envoya à la figure de sa femme un coup de poing qui la projeta contre le mur. Clara s'effondra sans un cri, Esteban parut émerger d'un état de transe, il s'agenouilla à ses côtés, en larmes, balbutiant excuses et explications, l'appelant de tous les petits noms tendres qu'il n'employait que dans l'intimité, sans pouvoir comprendre comment il en était venu à lever la main sur elle qui était le seul être à lui importer vraiment, le seul que, même aux pires moments de leur vie commune, il n'avait jamais cessé de respecter. Il la prit dans ses bras, la déposa amoureusement dans un fauteuil, humecta un mouchoir pour le lui appliquer sur son front et tenta de lui faire boire un peu d'eau. Clara finit par mouvoir les yeux. Du sang jaillit par ses narines. Quand elle ouvrit la bouche, elle cracha plusieurs dents qui tombèrent à même le sol et un filet de salive sanguinolente lui dégoulina du menton jusque dans l'encolure.

A peine Clara put-elle se redresser qu'elle repoussa sans ménagements Esteban, elle se leva avec difficulté et sortit du bureau en s'évertuant à marcher la tête droite. De l'autre côté de la porte se tenait Pedro Garcia junior qui put la soutenir au moment précis où elle sentait le sol se dérober sous elle. Le devinant près d'elle, Clara se laissa aller. Elle appuya son visage tuméfié contre la poitrine de cet homme qui s'était trouvé à ses côtés aux heures les plus difficiles de sa vie, et elle se mit à pleurer. La chemise de Pedro Garcia junior prit la couleur du sang.

Clara n'adressa plus la parole à son mari de tout le reste de sa vie. Elle cessa d'user de son nom de femme mariée et ôta de son doigt la fine alliance d'or qu'il lui avait passée plus de vingt ans auparavant, au cours de cette soirée mémorable où Barrabás était mort assassiné avec un couteau de boucher.

Quarante-huit heures plus tard, Clara et Blanca quittèrent les Trois Maria et s'en retournèrent à la capitale. Esteban demeura sur place, furieux et morfondu, avec le sentiment que quelque chose s'était à jamais brisé dans sa vie.

Pedro junior alla conduire la patronne et sa fille à la gare. Depuis la fameuse nuit, farouche et taciturne, il ne les avait plus revues. Il les installa dans le train puis resta là, le chapeau à la main, les yeux baissés, ne sachant comment prendre congé. Clara l'embrassa. Il se tint d'abord tout raide et décontenancé, mais ses propres sentiments l'emportèrent bientôt et il osa l'entourer timidement de ses bras et déposer un imperceptible baiser dans ses cheveux. Ils échangèrent un dernier regard par la baie du train, et l'un comme l'autre avaient les yeux remplis de larmes. De retour à sa bicoque de briques, le fidèle régisseur fit un baluchon du peu qui lui appartenait, enveloppa dans un mouchoir le peu d'argent qu'il avait pu mettre de côté au fil de toutes ces années de bons et loyaux services, et partit. Trueba le vit faire ses adieux aux autres fermiers et enfourcher son cheval. Il voulut le retenir, lui expliquant qu'il n'avait rien à voir dans ce qui s'était passé, qu'il n'était pas juste que, par la faute de son fils, il perdît son travail, ses amis, un toit, la sécurité.

« Je ne veux pas être ici quand vous retrouverez mon fils, patron », tels furent les derniers mots de Pedro Garcia junior avant de s'éloigner au trot en direction de la grand-route.

Comme je me sentis seul alors! J'ignorais que la solitude ne me lâcherait jamais plus et que le seul être à se retrouver un jour à mes côtés jusqu'à la fin de ma vie serait une petite-fille bohème, extravagante, aux cheveux verts tout comme Rosa. Mais ce ne serait que bien des années plus tard.

Après le départ de Clara, je regardai autour de moi et découvris nombre de visages nouveaux aux Trois Maria. Les anciens compagnons de route étaient morts ou avaient pris le large. Je n'avais plus ici ni ma femme ni ma fille. Mes contacts avec mes fils étaient réduits au minimum. Disparus ma mère, ma sœur, la bonne nounou, Pedro Garcia senior. Et Rosa qui me revenait en mémoire comme une douleur impossible à oublier. Je ne pouvais plus m'appuyer sur Pedro Garcia junior qui était resté trente-cinq années à mes côtés. Je me mis à pleurer. Les larmes coulaient toutes seules et j'avais beau les essuyer du revers de la main, d'autres coulaient à leur tour. « Allez tous au diable! » bramais-je d'un bout à l'autre de la maison. Je déambulais dans les pièces désertes, entrais dans la chambre à coucher de Clara, cherchais dans son armoire et sa commode quelque chose dont elle se fût servi de manière fugace, sa délicate odeur de linge propre. Je m'allongeais sur son lit, enfouissant mon visage dans son oreiller, je caressais les objets qu'elle avait laissés sur sa table de toilette et me sentais sombrer dans une profonde détresse.

Dans ce qui s'était passé, c'était Pedro III Garcia qui était coupable de tout. C'est à cause de lui que Blanca s'était éloignée de moi, à cause de lui que je m'étais disputé avec Clara, à cause de lui que Pedro junior avait quitté le domaine, à cause de lui que les fermiers me regardaient de travers et marmonnaient dans mon dos. Un rebelle, voilà ce qu'il avait été depuis toujours, et ce que j'aurais eu de mieux à faire depuis le premier jour, c'était de le flanquer dehors à coups de pied au cul. Je lui ai accordé un sursis, par égard pour son père et son grand-père, et le résultat a été que cette ordure de petit morveux m'a privé de ce que j'aimais le plus au monde. Je suis allé à la garnison du village et j'ai graissé la patte aux carabiniers pour qu'ils m'aident à le retrouver. Je leur ai demandé de ne pas l'incarcérer, mais de me le remettre sans le clamer sur les toits. Au bistrot, chez le coiffeur, au club et à la Lanterne Rouge, j'ai fait courir le bruit qu'il y avait gros à gagner pour celui qui me livrerait le garçon.

« Attention, patron. N'allez pas vous faire justice vous-même, considérez que les choses ont bien changé depuis l'époque des frères Sanchez. »

On avait beau me mettre en garde, je ne voulais rien entendre. Qu'aurait fait la justice dans un cas pareil? Rien.

Une quinzaine de jours s'écoulèrent sans rien apporter de nouveau. Je parcourais tout le domaine, pénétrais sur les propriétés voisines, espionnais les fermiers. J'étais persuadé qu'ils soustrayaient le garçon à mes recherches. J'augmentai la récompense et menaçai les carabiniers de les faire destituer pour incapacité, mais en vain. Chaque heure qui passait faisait monter ma colère. Je me mis à boire comme jamais je ne l'avais fait, pas même avant mon mariage. Je dormais mal et me repris à rêver de Rosa. Une nuit, je rêvai que je lui flanquais une correction comme à Clara et que ses dents roulaient pareillement par terre, je me réveillai en hurlant, mais j'étais seul et il n'y avait personne pour m'entendre. J'étais si déprimé que je renonçai à me raser et à changer de vêtements, et je crois bien que je cessai aussi de me laver. Toute nourriture me paraissait aigre, j'avais un goût de bile dans la bouche. Je me brisai la jointure des doigts à taper contre les murs et je crevai un cheval sous moi à galoper pour chasser cette rage qui était en train de me consumer les entrailles. Durant cette période, nul n'osait m'approcher, les domestiques me servaient à table en claquant des dents, ce qui ne faisait que me mettre davantage hors de moi.

Un jour que je me trouvais sous la véranda, fumant une cigarette avant la sieste, s'approcha un gosse tout brun de peau qui se planta devant moi en silence. Il s'appelait Esteban Garcia. C'était mon petit-fils, mais je l'ignorais et ce n'est qu'aujourd'hui, à la suite des terribles événements qui se sont produits par sa faute, que j'ai été mis au fait de la parenté qui nous unit. C'était aussi le petit-fils de Pancha Garcia, une sœur de Pedro junior dont, au vrai, je n'ai gardé aucun souvenir.

« Qu'est-ce que tu veux, morveux ? demandai-je à l'enfant.

— Je sais où se trouve Pedro III Garcia », me répondit-il.

Je fis un bond si brusque que j'en renversai le fauteuil de rotin où j'avais pris place, j'attrapai le garnement par les épaules et le secouai comme un prunier :

« Où ? où est ce maudit ?

— Vous allez me donner la prime, patron ? balbutia l'enfant terrorisé.

— Tu l'auras ! Mais je veux d'abord être sûr que tu ne m'as pas menti. Allez, conduis-moi jusqu'à ce misérable ! »

J'allai chercher mon fusil de chasse et nous partîmes. L'enfant m'informa que nous devions aller à cheval, car Pedro III se cachait à la scierie des Lebus, à plusieurs milles des Trois Maria. Comment n'avais-je pas eu l'idée de le chercher là-bas ? C'était une planque idéale. A cette époque de l'année, la scierie des Allemands était fermée et elle se trouvait à l'écart de tous chemins.

« Comment as-tu su que Pedro III était là ?

— Tout le monde le sait, patron, sauf vous », me répondit-il.

Nous allâmes au trot, car le terrain interdisait de

presser le mouvement. La scierie était encastrée à flanc de montagne et on ne pouvait beaucoup forcer les bêtes. Dans leur effort pour grimper, les chevaux arrachaient des étincelles aux rochers avec leurs sabots. Je crois que leur piétinement était le seul bruit à se faire entendre dans cet après-midi paisible et étouffant. En pénétrant dans la zone boisée, le paysage changea et il fit plus frais, car les arbres se dressaient en rangs serrés, barrant le passage au soleil. Le sol était un tapis roux et moelleux où les sabots des chevaux s'enfonçaient mollement. Le silence nous entourait désormais. L'enfant allait par-devant, juché à cru sur sa monture, collé à elle, ne faisant qu'un avec le corps de l'animal, et je suivais derrière, taciturne, ruminant ma rage. Par moments, c'était la tristesse qui me submergeait, plus forte que la fureur que j'avais passé tant et tant de temps à incuber, plus forte même que la haine que j'éprouvais envers Pedro III Garcia. Il dut s'écouler deux heures avant qu'on ne distinguât les hangars tassés de la scierie, disposés en demi-cercle dans une clairière. En cet endroit, l'odeur des bûches et des sapins était si puissante que je me laissai distraire un bref instant du but de l'expédition. J'étais subjugué par le paysage, par cette forêt, cette quiétude. Mais cet instant de faiblesse ne dura pas plus d'une seconde.

« Attends-moi et surveille les chevaux. Ne bouge pas d'ici ! »

Je mis pied à terre. L'enfant prit les rênes de ma monture et je m'éloignai à couvert, le fusil chargé entre les mains. Je ne sentais plus mes soixante ans, ni les douleurs de mes vieux os rompus. Seule m'animait l'idée de me venger. D'un des hangars montait une frêle colonne de fumée, j'aperçus un cheval attaché devant l'entrée, j'en déduisis que Pedro III se trouvait bien là et m'approchai du bâtiment en le contournant. Je claquais des dents d'impatience, me disant en moi-même qu'il ne fallait pas l'abattre du premier coup, ce serait bien trop rapide et le plaisir en serait dissipé au bout d'une minute, j'avais tant attendu qu'il me fallait savourer le moment de le mettre en morceaux, mais je ne pouvais non plus lui laisser la moindre chance de s'échapper. Il était beaucoup plus jeune que moi et si je ne parvenais pas à le prendre à l'improviste, j'étais refait. La sueur trempait ma chemise qui me collait à la peau, un voile me tombait sur les yeux, mais je me sentais comme à vingt ans, de la force d'un taureau. Je me faufilai silencieusement à l'intérieur du hangar, le cœur battant dans ma poitrine comme un tam-tam. Je me retrouvai dans un vaste entrepôt au sol couvert de sciure. Il y avait là de grands tas de bois et quelques machines recouvertes de bouts de bâche verte pour les protéger de la poussière. J'avançai en me dissimulant entre les monceaux de bois, jusqu'au moment où je le vis soudain. Pedro III Garcia était couché par terre, la tête sur une couverture pliée; il dormait. Non loin de lui, un petit foyer de braises entre quatre pierres et une boîte de conserve où faire bouillir l'eau. Je me tins en arrêt au-dessus de lui et pus l'examiner à loisir, avec toute la haine du monde, essayant de fixer à jamais dans ma mémoire ce visage brun aux traits presque puérils où la barbe avait l'air d'un postiche, sans parvenir à comprendre ce que diable avait bien pu trouver ma fille à ce paillasson. Il devait avoir dans les vingt-cinq ans, mais, à le voir endormi, je l'aurais pris pour un enfant. Je dus faire effort sur moi-même pour empêcher mes mains de trembler, mes dents de claquer. Je relevai le canon de mon fusil et avançai d'un ou deux pas. J'en étais si près que je pouvais lui faire sauter la cervelle sans viser, mais je décidai d'attendre encore quelques secondes que mon pouls se fût apaisé. C'est ce bref moment d'hésitation qui me perdit. Je pense que l'habitude de se cacher avait aiguisé l'ouïe de Pedro III Garcia et que son instinct l'avait averti du danger. En une fraction de seconde, il avait dû revenir à lui, mais il avait gardé les yeux fermés, bandé tous ses muscles, tendu ses tendons, concentré toute son énergie dans un formidable bond qui le propulsa d'un coup à un mètre de l'endroit où vint s'écraser la balle. Je ne pus le mettre à nouveau en joue car il se baissa, s'empara d'un morceau de bois et le lança, tapant en plein dans le fusil qui vola au loin. Je me rappelle la vague de panique qui m'envahit à me voir ainsi désarmé, mais je me rendis compte aussitôt qu'il avait encore plus peur que moi. Nous nous observions en silence, haletants, chacun attendant que l'autre fît le premier geste pour bondir. C'est à ce moment-là que j'aperçus la hache. Elle était si près que j'avais à peine à étendre le bras pour m'en emparer, et c'est ce que je fis sans y regarder à deux fois. J'empoignai la hache et, avec un hurlement sauvage sorti du plus profond de mes entrailles, je fonçai sur lui, prêt à le pourfendre d'un coup de la tête aux pieds. La hache scintilla dans les airs et retomba sur Pedro III Garcia. Un jet de sang me jaillit à la figure.

Au dernier moment, il avait levé les bras pour parer le coup et le tranchant de l'outil lui avait proprement sectionné trois doigts de la main droite. Dans mon élan, je me trouvai projeté en avant et m'affalai sur les genoux. Serrant sa main contre sa poitrine, il partit en courant, sautant par-dessus les tas de bois et les souches qui jonchaient le sol, il put rejoindre son cheval, l'enfourcha d'un bond et disparu avec un cri terrible dans l'ombre des sapins, laissant derrière lui une traînée de sang.

Je restai à quatre pattes, hors d'haleine. Je mis plusieurs minutes à recouvrer mes esprits et à comprendre que je ne l'avais pas tué. Ma première réaction fut de soulagement, car à sentir ce sang chaud me jaillir au visage, ma haine était subitement retombée et je dus faire effort pour me remémorer ce qui me poussait à vouloir le tuer, justifier ainsi cette violence qui ne laissait pas de m'étouffer, de me mettre la poitrine en feu, de me bourdonner aux oreilles et de me brouiller la vue. J'ouvris la bouche comme un désespéré, essayant d'engouffrer un peu d'air dans mes poumons, et réussis à me redresser, mais pour me remettre à trembler, fis quelques pas et me laissai tomber sur un tas de planches, pris de transes, incapable de reprendre ma respiration. Je crus que j'allais tourner de l'œil, mon cœur tressautait dans mon thorax comme une machinerie devenue folle. Il dut ainsi s'écouler pas mal de temps, je ne saurais dire. Je finis par rouvrir les yeux, me remis debout, cherchait du regard le fusil de chasse.

Le petit Esteban Garcia se tenait à mes côtés et me considérait en silence. Il avait ramassé les doigts coupés et les brandissait comme un bouquet d'asperges sanglantes. Je ne pus contenir ma nausée, j'avais la bouche pleine de salive et je dégobillai en éclaboussant mes bottes, cependant que le gosse souriait imperturbablement.

« Veux-tu bien lâcher ça, sale morveux! » m'écriai-je en lui tapant sur la main.

Les doigts tombèrent dans la sciure, l'imbibant de rouge.

Je ramassai le fusil et me dirigeai en titubant vers la sortie. L'air frais du soir et le lourd arôme des sapins m'assaillirent, me rendant au sens des réalités. Je respirai avec avidité, à amples goulées. Je cheminai à grand-peine jusqu'à ma monture, tout le corps me faisait mal, j'en avais les poings crispés. Le gosse m'avait emboîté le pas.

Nous revînmes aux Trois Maria en cherchant notre route dans l'obscurité qui était tombée à toute allure après le coucher du soleil. Les arbres entravaient notre marche, les chevaux trébuchaient sur les cailloux et les ronces, les branches basses nous heurtaient au passage. J'étais comme dans un autre monde, confondu et atterré par ma propre violence, remerciant le Ciel que Pedro III eût pu s'échapper, car j'étais sûr que s'il était venu à tomber, j'eusse continué à lui assener des coups de hache jusqu'à le défoncer, le découper, le débiter en petits morceaux avec la même détermination que j'avais mise à vouloir lui loger une balle dans la tête.

Je sais ce qu'on a dit de moi. On a raconté entre autres choses que j'ai tué un ou plusieurs hommes dans ma vie. On m'a collé sur le dos la mort d'un certain nombre de paysans. Rien de cela n'est vrai. Si ça l'était, je ne vois pas ce qui m'empêcherait de le reconnaître, car à mon âge c'est le genre de choses qu'on peut dire en toute impunité. Il s'en faut de peu qu'on ne m'enterre à mon tour. Jamais je n'ai tué un homme et la fois où j'ai été le plus près à le faire, ce fut ce jour-là, quand je m'emparai de la hache et me précipitai sur Pedro III Garcia.

Nous arrivâmes de nuit à la maison. Je mis laborieusement pied à terre et me dirigeai vers la terrasse. J'avais complètement oublié l'enfant qui m'avait accompagné, car il n'avait pas ouvert la bouche de tout le trajet, aussi sursautai-je quand je le sentis me tirer par la manche.

« Vous allez me donner la récompense, patron? » fit-il.

Je le repoussai d'une bourrade.

« Pas de récompense pour les traîtres et les dénonciateurs, ah! mais. Et je t'interdis bien de raconter ce qui s'est passé. Tu m'as entendu? » dis-je d'un ton menaçant.

Je rentrai à la maison et m'en fus tout droit boire un coup à même la bouteille. Le cognac me brûla la gorge et me réchauffa quelque peu. Puis je m'étendis sur le sofa en soufflant comme un phoque. Mon cœur battait encore de manière désordonnée et j'avais toujours la nausée. Du revers de la main, j'essuyai les larmes qui roulaient le long de mes joues.

Dehors, Esteban Garcia resta planté devant la porte close. Comme moi, il pleurait de rage.

CHAPITRE VII

LES FRÈRES

C'EST dans le lamentable aspect de deux sinistrées que Clara et Blanca débarquèrent à la capitale. Toutes deux avaient le visage gonflé, les yeux rougis par les larmes, leurs effets fripés par le long trajet en train. Blanca, moins résistante que sa mère, bien qu'elle l'emportât sur elle en taille, en poids et en jeunesse, soupirait tout éveillée et sanglotait tout endormie dans un gémissement ininterrompu qui perdurait depuis le jour de sa raclée. Mais Clara ne savait pas prendre le malheur en patience et, à peine arrivée dans la grande maison du coin, vide et lugubre comme un mausolée, elle décréta que c'en était assez des jérémiades et des pleurnicheries et que le moment était venu de mettre de la gaieté dans la vie. Elle astreignit sa fille à l'aider au recrutement de nouveaux domestiques, à ouvrir les volets, ôter les draps qui recouvraient les meubles, les housses des lampadaires, les cadenas des portes, à secouer la poussière et à laisser pénétrer l'air et la lumière. Elles étaient attelées à ces tâches quand la maison fut envahie par le parfum reconnaissable entre tous des violettes des bois et elles surent ainsi que les trois sœurs Mora, prévenues par télépathie ou tout bonnement par le sens de l'amitié, venaient leur rendre visite. Leurs papotages enjoués, leurs compresses d'eau fraîche, leur réconfort spirituel et leur charme naturel firent tant et si bien que mère et fille se remirent des contusions du corps autant que des meurtrissures de l'âme.

« Il faudra acheter d'autres oiseaux, dit Clara en considérant par la fenêtre les cages vides et le jardin enchevêtré où se dressaient les statues de l'Olympe dans leur nudité conchiée par les pigeons.

– Je ne peux pas comprendre, maman, comment vous pouvez penser aux oiseaux alors que vous n'avez plus de dents », objecta Blanca qui ne pouvait se faire au nouveau visage édenté de sa mère.

Clara prit le temps de tout faire. Au bout de quinze jours, les vieilles cages étaient remplies de nouveaux volatiles et elle s'était fait fabriquer une prothèse de porcelaine maintenue en place par un ingénieux mécanisme qui la fixait aux molaires restantes, mais ce système s'avéra si gênant qu'elle préféra porter son dentier en sautoir au bout d'un ruban. Elle ne le mettait que pour manger et, à l'occasion, pour les mondanités. Clara rendit vie à la maison. Elle ordonna à la cuisinière de laisser les fourneaux allumés en permanence et lui dit qu'il fallait se tenir prêts à restaurer un nombre imprévisible de convives. Elle savait bien ce qu'elle disait. Au bout de quelques jours se mirent à débarquer ses amis rose-croix, les spirites, les théosophes, les acupuncteurs, les télépathes, les faiseurs de pluie, les péripatéticiens et les adventistes du septième jour, les artistes dans le malheur ou dans le besoin, bref, tous ceux qui constituaient habituellement sa cour. Clara régnait sur eux comme une petite reine épanouie et édentée. C'est à cette époque que commencèrent ses premières tentatives sérieuses de communication avec les extra-terrestres et qu'elle eut, comme elle le nota, ses premiers doutes sur l'origine des messages qu'elle était censée recevoir des esprits par le pendule ou le guéridon. On l'entendit avancer à maintes reprises que ce n'étaient peut-être pas les âmes des morts qui erraient dans un monde parallèle, mais plus simplement des êtres d'autres planètes qui tentaient d'entrer en contact avec les terriens mais qui, étant faits d'une substance impalpable, pouvaient aisément être pris pour des âmes. Cette explication scientifique emballa Nicolas mais ne recueillit pas le même assentiment des sœurs Mora, qui étaient très conservatrices.

Blanca vivait à cent lieues de ces tergiversations. Les habitants des autres planètes entraient à ses yeux dans la même catégorie que les âmes, aussi ne pouvait-elle comprendre la passion que sa mère et les autres mettaient à vouloir les identifier. Elle était accaparée par la maison, Clara se désintéressant des problèmes domestiques sous prétexte qu'elle n'avait jamais été douée pour ça. La grande maison du coin avait besoin d'une armée de domestiques pour rester propre et tous les courtisans de sa mère obligeaient à établir un roulement à la cuisine. Il fallait préparer des céréales et des fines herbes pour les uns, du poisson cru et des petits légumes pour d'autres, des fruits et du caillé pour les trois sœurs Mora et des plats de viande rouge, des desserts et autres succulents poisons pour Jaime et Nicolas qui avaient un appétit d'ogre et n'avaient pas encore contracté leurs propres maniaqueries. Le moment venu, l'un et l'autre connaîtraient la faim : Jaime par solidarité avec les pauvres, Nicolas afin de purifier son âme. Mais, à l'époque, ce n'étaient encore que deux robustes gaillards avides de profiter des plaisirs de la vie.

Jaime était entré à l'université et Nicolas se

demandait bien quel serait son destin. Ils possédaient une automobile achetée avec le produit de la vente des plateaux d'argent dérobés chez leurs parents. Ils la baptisèrent Covadonga, en souvenir de leurs aïeux del Valle. Covadonga avait tant de fois été démontée et remontée avec des pièces de substitution qu'elle démarrait plutôt rarement. Elle trottinait en trépidant de tout son moteur rouillé, crachant fumée et boulons par son pot d'échappement. Les frères se la partageaient à la Salomon : Jaime s'en servait les jours pairs, Nicolas les impairs.

Clara était très heureuse de vivre avec ses fils et se promettait de nouer avec eux des rapports amicaux. Ils avaient eu peu de contacts durant leur enfance et dans son désir d'en « faire des hommes », devant se garder de tout attendrissement, elle était passée à côté des meilleures heures de ses deux garçons. A présent qu'ils avaient atteint leur taille adulte, qu'ils étaient en somme des hommes faits, elle pouvait se payer le plaisir de les dorloter comme elle aurait dû le faire quand ils étaient petits, mais c'était trop tard, les jumeaux ayant grandi sans ses caresses et ayant fini par s'en passer. Clara se rendit compte qu'ils ne lui appartenaient pas. Elle ne perdit pas la tête ni sa bonne humeur pour autant. Elle accepta les jeunes gens tels qu'ils étaient et s'apprêta à profiter de leur présence sans rien demander en échange.

Blanca, cependant, ronchonnait parce que ses frères n'arrêtaient pas de transformer la maison en décharge publique. Ils ne laissaient dans leur sillage que désordre, casse et tapage. La jeune fille grossissait à vue d'œil et paraissait de jour en jour plus languide et grincheuse. Jaime considéra le ventre de sa sœur et courut jusqu'à sa mère :

« Je crois que Blanca est enceinte, dit-il de but en blanc.

– Je me le disais bien, mon fils », soupira Clara.

Blanca ne nia pas et, une fois confirmée l'information, Clara la coucha de son écriture de ronde dans le cahier de notes sur la vie. Nicolas releva les yeux de ses travaux pratiques en horoscope chinois et avança qu'il faudrait en faire part au père : sous quinze jours, en effet, l'affaire ne pourrait plus être dissimulée et tout un chacun serait au courant.

« Jamais je ne dirai qui est le père! s'écria Blanca avec fermeté.

– Je ne parle pas du père de l'enfant, mais du nôtre, précisa son frère. Papa est en droit de l'apprendre par nous avant que quelqu'un d'autre n'aille le lui raconter.

– Expédiez un télégramme à la campagne », suggéra tristement Clara. Elle imaginait bien que dès l'instant où Esteban Trueba serait informé, la grossesse de Blanca tournerait à la tragédie.

Nicolas rédigea le message dans la même veine crytpographique que les vers qu'il composait à l'intention d'Amanda, afin que la télégraphiste du village ne pût comprendre le câble ni répandre la rumeur : « Prière repeindre mur enceinte blanc cassé. Stop. » A l'instar de la préposée, Esteban Trueba ne put le décoder et dut téléphoner chez lui à la capitale pour apprendre l'affaire. C'est à Jaime qu'il incomba de la lui exposer, précisant que la grossesse était si avancée qu'il ne fallait point songer à quelque solution drastique. A l'autre bout de la ligne, il y eut un long et terrible silence, puis son père raccrocha. Aux Trois Maria, Esteban Trueba, blême de surprise et de rage, empoigna sa canne et pulvérisa le téléphone pour la seconde fois. Jamais il ne lui serait venu à l'esprit qu'une sienne fille pût commettre une faute aussi abominable. Sachant qui était le père, il se repentit aussitôt de ne pas lui avoir brûlé la cervelle quand l'occasion lui en avait été fournie. Qu'elle donnât le jour à un bâtard ou qu'elle épousât un fils de péquenot, le scandale, il en était sûr, serait aussi grand : dans un cas comme dans l'autre, on la mettrait au ban de la société.

Esteban Trueba passa plusieurs heures à déambuler de droite et de gauche dans la maison de maître, martelant les meubles et les murs à coups de canne, grommelant des blasphèmes entre ses dents, échafaudant des plans échevelés, comme d'expédier Blanca dans un couvent d'Estrémadure ou de la battre à mort. Quand il eut fini par recouvrer un peu son sang-froid, il lui vint une idée salvatrice. Il fit seller son cheval et partit au triple galop jusqu'au village.

Il y trouva Jean de Satigny, qu'il n'avait plus revu depuis cette nuit infortunée où celui-ci l'avait tiré du lit pour lui raconter les amours de Blanca, s'abreuvant de jus de melon sans sucre dans l'unique pâtisserie du bourg en compagnie du fils d'Indalecia Aguirrazábal, un petit rachitique astiqué comme un sou neuf, la voix haut perchée et qui vous récitait du Rubén Dario. Sans aucun égard, Trueba souleva le comte français par les revers de son impeccable veste écossaise et le fit sortir de la confiserie, pratiquement à bout de bras, sous les regards interdits des autres clients, pour le planter au beau milieu du trottoir.

« Vous m'avez causé assez de problèmes comme ça, mon garçon. D'abord avec vos satanés chinchillas, et maintenant avec ma fille. J'en ai plein le dos. Allez chercher vos frusques, vous venez avec moi à la capitale. Vous allez épouser Blanca. »

Il ne lui laissa pas le temps de se remettre de sa surprise. Il l'accompagna à l'hôtel du village où il l'attendit, la cravache dans une main, la canne dans l'autre, cependant que Jean de Satigny bouclait ses valises. Puis il le conduisit directement à la gare et le fit monter manu militari dans le train. Durant le trajet, le comte s'évertua à lui expliquer qu'il n'avait rien à voir là-dedans, que jamais il n'avait même posé le doigt sur Blanca Trueba et que le responsable de ce qui était advenu n'était probablement que ce moine barbu que Blanca allait retrouver nuitamment sur les berges de la rivière. Esteban Trueba le foudroya de son regard le plus féroce :

« Je ne sais pas de quoi vous parlez, mon garçon », lui dit-il.

Trueba se mit en devoir de lui exposer les clauses du contrat de mariage, ce qui apaisa tant soit peu le Français. La dot de Blanca, sa rente annuelle et la perspective d'hériter une fortune en faisaient un bon parti.

« Vous voyez, c'est une bien meilleure affaire que celle des chinchillas », conclut le futur beau-père sans prêter attention aux pleurnichements nerveux de l'autre.

C'est ainsi qu'Esteban Trueba débarqua le samedi à la grande maison du coin avec un mari pour sa fille déflorée et un père pour le petit bâtard. De colère, il faisait feu des quatre fers. Il envoya balader d'une taloche le vase de chrysanthèmes de l'entrée, flanqua une claque à Nicolas qui tentait d'intervenir pour expliquer la situation et proclama en hurlant qu'il ne voulait pas voir Blanca, qu'elle devrait rester cloîtrée jusqu'au jour de ses noces. Clara ne se montra pas pour l'accueillir. Elle demeura dans sa chambre et s'obstina à ne pas lui ouvrir, même lorsqu'il eut rompu sa canne d'argent à en heurter la porte à grands coups.

La maison entra alors dans un tourbillon d'allées et venues et de prises de bec. L'air était devenu irrespirable et les oiseaux eux-mêmes se tenaient cois dans leurs cages. Les domestiques couraient en tous sens, aux ordres d'un maître exigeant et brusque qui ne souffrait aucun retard dans l'accomplissement de ses désirs. Clara continua à mener la même vie, ignorant son époux et se refusant à lui adresser la parole. Le fiancé, pratiquement prisonnier de son futur beau-père, fut installé dans une des nombreuses chambres d'hôtes où il passait ses journées à tourner en rond sans rien faire, sans voir Blanca ni bien comprendre comment il avait fini par figurer dans ce feuilleton. Il ne savait trop s'il devait se lamenter d'être tombé victime de ces aborigènes barbares ou se réjouir d'être à même de réaliser son rêve d'épouser une héritière sud-américaine, jeune et jolie de surcroît. Comme il était d'un tempérament optimiste et doté du sens pratique propre à ceux de sa race, il opta pour la seconde solution et, au fil de la semaine, finit par se rasséréner tout à fait.

Esteban Trueba fixa la date des épousailles à quinze jours de là. Il décida que la meilleure façon d'éviter le scandale était de prendre les devants et de le prévenir par une noce à tout casser. Il souhaitait voir sa fille mariée par l'évêque, dans une robe blanche avec une traîne de six mètres soutenue par des garçons et des demoiselles d'honneur, et sa photographie dans le carnet mondain du journal, et une fête caligulesque suffisamment ostentatoire et dispendieuse pour que nul n'en vînt à reluquer le ventre de la mariée. Le seul à l'appuyer dans ses plans fut Jean de Satigny.

Ce jour où il la fit appeler pour l'envoyer chez le couturier essayer sa robe de mariée. Esteban Trueba revit sa fille pour la première fois depuis la nuit de la fameuse raclée. Il fut épouvanté de la trouver si grosse, la figure marbrée.

« Père, je ne vais pas me marier, lui dit-elle.

— Tais-toi, rugit-il. Tu vas te marier parce que je ne veux pas de bâtards dans la famille. Compris ?

— Je croyais que nous en avions déjà pas mal, répliqua Blanca.

— Ne me réponds pas ! Je veux que tu saches que

Pedro III Garcia est mort. Je l'ai tué de mes propres mains, alors oublie-le et essaie de te montrer une épouse digne de l'homme qui va te conduire à l'autel. »

Blanca pleura comme une fontaine et ses larmes ne tarirent pas de tous les jours suivants.

Ce mariage dont Blanca ne voulait pas fut célébré à la cathédrale avec la bénédiction de l'évêque et dans une robe de reine confectionnée par le meilleur couturier du pays, lequel avait accompli des miracles pour dissimuler l'abdomen proéminent de la promise parmi les fleurs en cascade et les plis gréco-romains. La noce culmina par une fête spectaculaire avec cinq cents invités en tenue de gala qui envahirent la grande maison du coin, animée par un orchestre de musiciens mercenaires, avec une débauche de viandes aux fines herbes, de coquillages de première fraîcheur, de caviar de la Baltique, de saumon de Norvège, de volailles aux truffes, un torrent de liqueurs exotiques, du champagne à flots et à gogo, des ventrées de desserts et de douceurs, quatre-quarts, mokas, mille-feuilles, éclairs, grandes coupes de fruits rafraîchis, fraises d'Argentine, noix de coco du Brésil, papayes du Chili, ananas de Cuba et autres délices impossibles à retenir, sur une immense table qui faisait le tour du jardin et qui se terminait sur une formidable pièce montée de trois étages confectionnée par un artiste italien originaire de Naples, ami de Jean de Satigny, qui avait transmuté les œufs, la farine et le sucre, humbles matières premières, en une réplique de l'Acropole couronnée par un nuage de meringue et où reposaient deux amants mythologiques, Vénus et Adonis, pétris dans de la pâte d'amandes colorée pour imiter le rose de la chair, le blond des cheveux, le bleu cobalt du regard, en compagnie d'un Cupidon potelé, lui aussi comestible, lequel gâteau fut découpé au couteau d'argent par le jeune marié fier comme un paon et par la jeune mariée au trente-sixième dessous.

Clara, opposée d'emblée à l'idée de marier Blanca contre son gré, décréta qu'elle n'assisterait pas à la fête. Elle se cloîtra dans la lingerie à échafauder de tristes prédictions sur les nouveaux époux, lesquelles s'accomplirent au pied de la lettre, comme tout un chacun put le vérifier par la suite, jusqu'à ce que son mari s'en fût venu la supplier de changer de robe et de se montrer au jardin, ne fût-ce que dix minutes, pour faire taire les murmures des invités. Clara s'exécuta à contrecœur, mais, pour sa fille, elle chaussa ses fausses dents et s'efforça de sourire à la cantonade.

Jaime n'arriva qu'à la fin de la fête, car il avait dû rester à l'hôpital des pauvres où il commençait à s'exercer comme étudiant en médecine. Nicolas y vint en compagnie de sa belle Amanda qui venait tout juste de découvrir Sartre et avait adopté l'air fatal des existentialistes européennes, toute de noir vêtue, blafarde, ses yeux mauresques maquillés de khôl, sa sombre chevelure tombant jusqu'à la taille, avec tout un brelin-brelant de boucles, de bracelets et de colliers qui faisait sursauter sur son passage. Pour sa part, Nicolas était vêtu de blanc, comme un infirmier, avec des amulettes suspendues à son cou. Son père alla à sa rencontre, le prit par un bras, le fit entrer de force dans un cabinet de toilette où il se mit en devoir de lui arracher sans ménagements ses talismans.

« Va dans ta chambre et mets-toi une cravate décente, puis tu reviendras à la fête et te tiendras comme il faut! Ne va pas te mêler de prêcher je ne sais quelle religion de mécréants parmi nos invités, et dis à cette sorcière qui t'accompagne de fermer son décolleté! » ordonna Esteban à son fils.

Nicolas obtempéra de très mauvais gré. En principe, il ne buvait pas, mais la colère lui fit vider quelques coupes, il perdit la tête et s'élança tout habillé dans la fontaine du jardin d'où on dut l'extraire avec sa dignité bien détrempée.

Blanca passa toute la soirée assise sur une chaise à contempler la pièce montée d'un air hébété, tout en pleurant, cependant que son époux flambant neuf papillonnait parmi les invités, expliquant l'absence de sa belle-mère par une crise d'asthme et les pleurs de sa moitié par les émotions du mariage. Nul ne le crut. Jean de Satigny déposait de petits bécots dans le cou de Blanca, il lui prenait la main et s'évertuait à la consoler avec des gorgées de champagne, des langoustines amoureusement choisies et servies par lui, mais en pure perte; elle n'en continuait pas moins de pleurer. La fête, malgré tout, fut un événement à la hauteur de ce qu'avait projeté Esteban Trueba. On y mangea et on y but fastueusement, on y assista au lever du jour tout en dansant aux sons de l'orchestre, tandis que dans le centre ville les groupes de chômeurs se réchauffaient à de fugaces flambées de vieux journaux, que des bandes de jeunes en chemises brunes défilaient en levant le bras comme ils avaient vu faire dans les films sur l'Allemagne, qu'aux sièges des partis politiques, enfin, on mettait la dernière main à la campagne électorale.

« Les socialistes vont l'emporter », avait dit Jaime.

A force de vivre parmi le prolétariat à l'hôpital des pauvres, il avait des hallucinations.

« Non, mon garçon, ce sont toujours les mêmes qui vont gagner », lui avait répondu Clara qui l'avait lu dans les cartes et se l'était laissé confirmer par son bon sens.

Après la fête, Esteban Trueba emmena son gendre dans la bibliothèque et lui tendit un chèque. C'était son cadeau de mariage. Il avait pris toutes dispositions pour que le couple partît dans le Nord où Jean de Satigny souhaitait s'installer commodément à vivre des rentes de sa femme, loin des cancans des gens qui n'avaient pas les yeux dans leur poche et qui n'eussent pas manqué de déceler la précoce grossesse. Il mijotait un trafic d'urnes funéraires et de momies indigènes des indiens diaguitas.

Avant de quitter la fête, les jeunes mariés allèrent dire au revoir à Clara. Celle-ci prit à part Blanca, qui n'avait pas cessé de pleurer, et lui parla dans le creux de l'oreille.

« Arrête, ma petite fille. A tant pleurer, tu vas faire du mal au bébé, et ça n'aide sans doute pas à être plus heureux », lui dit Clara.

Blanca lui répondit en sanglotant de plus belle.

« Pedro III Garcia est vivant, ma petite », ajouta Clara.

Blanca ravala ses hoquets et se moucha.

« Comment le savez-vous? » demanda-t-elle.

– Je le sais parce que je l'ai rêvé », répondit Clara.

Ce fut assez pour apaiser totalement Blanca. Elle redressa la tête, essuya ses larmes et ne leur redonna plus cours jusqu'au jour où sa mère mourut, sept ans plus tard, bien que ne lui eussent manqué dans l'intervalle ni les souffrances ni la solitude, entre autres bonnes raisons de pleurer.

Séparée de sa fille avec laquelle elle avait toujours été si unie, Clara connut alors une autre de ses périodes de trouble et d'abattement. Elle continua de mener la même vie qu'auparavant, tenant la grande maison toujours ouverte à une foule de gens, avec ses réunions de spirites et ses soirées littéraires, mais elle perdit toute disposition à rire spontanément et on la voyait souvent rester là à regarder droit devant elle, perdue dans ses pensées.

Elle tenta d'instaurer avec Blanca un système de transmission directe qui permît de pallier les retards du courrier, mais la télépathie ne marchait pas toujours et on ne pouvait jamais être sûr de la bonne réception du message. Elle fut à même de constater que ses communications étaient brouillées par des interférences incontrôlables et qu'on entendait tout autre chose que ce qu'elle avait voulu transmettre. Au surplus, Blanca n'était pas très portée sur les expériences psychiques et bien qu'elle se fût toujours sentie très proche de sa mère, jamais elle n'avait montré la moindre curiosité pour les phénomènes mentaux. C'était une femme pratique, terre à terre et méfiante, et son tempérament moderne et pragmatique était un grave obstacle à la télépathie. Clara dut se résigner à recourir aux procédures conventionnelles. Mère et fille s'écrivaient presque chaque jour et leur correspondance nourrie remplaça pendant plusieurs mois les cahiers de notes sur la vie. Ainsi Blanca, informée de tout ce qui se produisait à la grande maison du coin, pouvait se bercer de l'illusion de vivre encore aux côtés des siens et que son mariage n'était rien de plus qu'un mauvais songe.

C'est cette année-là que les chemins de Jaime et de Nicolas s'éloignèrent irrémédiablement l'un de l'autre, les différences entre les deux frères s'avérant inconciliables. Nicolas s'était alors entiché de flamenco qu'il prétendait avoir appris à danser auprès des gitans des bas-fonds de Grenade, bien qu'il n'eût en réalité jamais mis les pieds hors du pays, mais tel était son pouvoir de conviction qu'on se prenait à en douter jusqu'au sein de sa propre famille. A la moindre incitation, il donnait une démonstration. Il sautait sur la table de la salle à manger, la grande table de chêne dont on s'était servi pour veiller Rosa, nombre d'années auparavant, et que Clara avait reçue en héritage, et il se mettait à battre des mains comme un dératé, à taper du pied spasmodiquement, à faire des bonds et à pousser des cris stridents jusqu'à ce qu'il fût parvenu à attirer tous les habitants de la maison, quelques voisins et, en certaine occasion, les carabiniers eux-mêmes, lesquels débarquèrent toutes matraques brandies, maculant de boue les tapis avec leurs bottes, mais finirent comme tous les autres par applaudir en criant « olé ». La table résista héroïquement, quoiqu'elle eût au bout d'une semaine l'apparence d'un plateau de boucherie usé par le dépeçage des veaux. Le flamenco n'avait guère d'utilité pratique dans la société fermée de la capitale à cette époque, mais Nicolas passa une discrète annonce dans le journal pour proposer ses services comme maître à danser ce pas fougueux. Le lendemain même, il avait une élève; en une semaine, la rumeur s'était répandue qu'il avait bien du charme. Les filles accouraient par bandes, d'abord rougissantes et timorées, mais il se mettait à voleter autour d'elles, à taper du pied en les prenant par la taille, à leur sourire dans son plus pur style de séducteur, et en un rien de temps elles étaient transportées. Ses cours furent un complet succès. La table de la salle à manger était sur le point de tomber en morceaux, Clara commença à se plaindre de migraines et Jaime se cloîtrait dans sa chambre, s'évertuant à étudier avec deux boules de cire dans les oreilles. Quand Esteban Trueba fut informé de ce qui se passait chez lui en son absence, il se laissa porter par une juste et terrible colère et interdit à son fils de considérer la maison comme une académie de flamenco ou de tutti quanti. Nicolas se vit dans l'obligation de renoncer à ses contorsions, mais l'épisode lui valut de devenir le garçon le plus couru de la saison, régnant sur les fêtes et tous les cœurs féminins, car tandis que les autres jouaient les forts en thèmes, s'habillaient de costumes croisés grisâtres et se laissaient pousser la moustache au rythme des boléros, il prêchait l'amour libre, citait Freud, buvait du pernod et dansait le flamenco. Ce succès mondain ne parvint cependant pas à entamer son intérêt pour les dons psychiques de sa mère. Il s'efforça en vain de l'imiter. Il étudiait avec acharnement, s'exerçait jusqu'à mettre sa santé en danger et assistait aux réunions du vendredi avec les trois sœurs Mora, malgré l'interdiction formelle de son père qui persistait à penser que ce n'étaient pas là des occupations d'homme. Clara s'évertuait à le consoler de ses échecs :

« Ça ne s'apprend pas et on n'en hérite pas davantage, mon garçon », lui disait-elle quand elle le voyait se concentrer jusqu'à en loucher, dans un effort démesuré pour faire bouger la salière sans y mettre la main.

Les trois sœurs Mora aimaient beaucoup le garçon. Elles lui prêtaient les livres secrets, l'aidaient à déchiffrer la signification des horoscopes et des cartes de divination. Elles s'asseyaient tout autour de lui en se tenant par la main pour le traverser d'influx bénéfiques, mais rien de cela ne parvenait à doter Nicolas de pouvoirs mentaux. Elles protégèrent ses amours avec Amanda. Au début, la jeune fille parut fascinée par le guéridon et par les artistes chevelus rencontrés chez Nicolas, mais elle en eut vite assez d'invoquer des fantômes et de déclamer le Poète dont les vers circulaient de lèvres en lèvres, et elle entra travailler dans un journal comme reporter.

« C'est un métier d'aigrefins », décréta Esteban Trueba en l'apprenant.

Trueba n'éprouvait guère de sympathie pour elle. Il n'aimait pas la trouver chez lui. Il pensait qu'elle exerçait une mauvaise influence sur son fils; à son avis, ses cheveux longs, ses yeux maquillés et toute sa verroterie étaient les signes de quelque vice caché, et sa propension à ôter ses souliers, à s'asseoir en tailleur à même le sol, comme une aborigène, étaient des façons de garçonne.

Amanda avait une vision on ne peut plus pessimiste du monde et, pour supporter ses crises de dépression, fumait du haschich. Nicolas lui tenait compagnie. Clara se rendit compte que son fils traversait des passages à vide, mais sa prodigieuse intuition elle-même ne lui permit pas de faire le rapprochement entre ces pipes orientales que fumait Nicolas et ses moments d'égarement délirant, sa torpeur momentanée, ses accès de joie sans rime ni raison, parce qu'elle n'avait jamais entendu parler de cette drogue-là, pas plus que d'aucune autre. « C'est l'âge, ça lui passera », disait-elle en le voyant se comporter comme s'il avait un grain, sans se rappeler que Jaime était né le même jour et ne témoignait d'aucun de ces errements.

Les fantaisies de Jaime étaient d'un genre très différent. Il avait une vocation pour l'austérité et le sacrifice. Sa garde-robe ne recelait que trois chemises et deux pantalons. Clara passait l'hiver à lui tricoter assidûment des vestes de grosse laine pour qu'il se couvrît, mais il ne les portait que le temps de croiser en chemin plus nécessiteux que lui. Tout l'argent que lui donnait son père finissait dans les poches des indigents qu'il soignait à l'hôpital. Chaque fois qu'un chien famélique le suivait dans la rue, il lui donnait asile à la maison et quand il venait à apprendre l'existence de quelque enfant abandonné, d'une fille mère ou d'une vieille invalide requérant sa protection, il rappliquait avec eux afin que sa mère s'occupât du problème. Clara devint experte en assistance sociale, elle connaissait tous les services publics et ecclésiaux où l'on pouvait placer ces infortunés, et quand tout échouait, elle finissait par les accepter sous son toit. Ses amies prenaient peur, car chaque fois qu'elle surgissait pour leur rendre visite, c'était parce qu'elle avait quelque chose à leur demander. Ainsi s'étendit le réseau des protégés de Jaime et de Clara, lesquels ne tenaient pas le compte des gens qu'ils secouraient, de sorte qu'ils étaient tout surpris d'en voir soudain apparaître un qui les remerciait pour un service qu'ils ne se rappelaient pas avoir rendu. Jaime avait conçu ses études de médecine comme un sacerdoce. Il lui semblait que toute diversion susceptible de le détacher de ses livres ou d'empiéter sur son temps constituait une trahison envers cette humanité qu'il s'était juré de servir. « Cet enfant aurait dû se faire curé », disait Clara. Aux yeux de Jaime, que les vœux d'humilité, de pauvreté et de chasteté des prêtres n'auraient guère dérangé, la religion était cause de la moitié des malheurs du monde, de sorte qu'il devenait furieux quand sa mère s'exprimait ainsi. Selon lui, le christianisme, comme presque toutes les superstitions, rendait l'homme encore plus faible et résigné, et il ne fallait pas attendre quelque récompense du ciel, mais se battre ici-bas pour ses droits. Il n'abordait ces choses-là qu'en tête-à-tête avec sa mère, car il était impossible de le faire avec Esteban Trueba qui perdait promptement patience et finissait par hurler et claquer les portes, pour la simple et bonne raison, disait-il, qu'il en avait plein le dos de vivre au milieu de cinglés et que la seule chose qu'il demandait, c'était un tout petit peu de normalité, mais il avait eu l'infortune d'épouser une excentrique et d'engendrer trois toqués de bons à rien qui lui empoisonnaient la vie. Jaime ne discutait pas avec son père. Il traversait la maison comme une ombre, donnait un baiser distrait à sa mère quand il la voyait et se dirigeait droit à la cuisine, mangeait debout les restes que les autres avaient laissés et allait s'enfermer dans sa chambre pour lire ou étudier. Sa chambre était un terrier de livres, tous les murs étaient couverts du sol au plafond de rayonnages en bois bourrés de volumes que personne ne dépoussiérait jamais, car il fermait la porte à clef. C'étaient des nids rêvés pour les araignées et les souris. Au milieu de la pièce se trouvait sa couche, un lit de camp de conscrit éclairé par une ampoule nue suspendue au plafond à hauteur de la tête de lit. Lors d'un tremblement de terre que Clara avait oublié de prédire, on entendit un fracas de déraillement ferroviaire et quand on put ouvrir la porte, on vit que le lit de camp avait été enseveli sous une montagne de livres. Les étagères s'étaient détachées du mur et Jaime était resté en dessous. On le sortit de là sans une égratignure. Tout en déblayant les bouquins, Clara se remémorait le grand séisme et se disait qu'elle avait déjà vécu cet instant-là. L'occasion fut mise à profit pour dépoussiérer le réduit et chasser la vermine et autres sales bestioles à coups de balai.

Les seules fois où Jaime daignait jeter un vrai regard sur ce qui se passait chez lui étaient celles où il voyait entrer Amanda, la main dans la main de Nicolas. Il lui adressait très rarement la parole et rougissait violemment si elle-même le faisait. Il ne se voulait pas dupe de son apparence exotique et était convaincu que peignée comme tout le monde, les yeux une fois démaquillés, elle devait ressembler à une souris verte et efflanquée. Il ne pouvait cependant s'empêcher de la regarder. Le brelin-brelant de bracelets qui accompagnait la jeune fille le distrayait de ses études et il lui fallait prendre sur lui pour ne pas la suivre à travers la maison comme une poule hypnotisée. Seul dans son lit, incapable de se concentrer sur sa lecture, il imaginait Amanda nue, enveloppée dans sa noire chevelure, avec tous ses bruyants ornements, comme une idole. Jaime était un solitaire. L'enfant farouche qu'il avait été devint plus tard un homme timide. Il ne se portait pas lui-même dans son cœur et, peut-être par cela même, pensait ne pas mériter l'amour d'autrui. La moindre marque de sollicitude ou de gratitude le rendait honteux, lui faisait mal. Amanda représentait l'essence même de la femme et, pour être la compagne de Nicolas, de tout ce qui lui était interdit. Le tempérament libre, cordial et aventureux de la jeune fille le fascinait et ses airs de souris grimée éveillaient en lui une tumultueuse envie de la protéger. Il la désirait douloureusement, mais sans jamais l'admettre, pas même dans ses plus secrètes pensées.

A cette époque, Amanda fréquentait beaucoup le domicile des Trueba. Au journal, elle jouissait d'un horaire flexible et chaque fois qu'elle le pouvait, elle débarquait à la grande maison du coin avec son frère Miguel sans que leur présence à tous deux attirât l'attention dans cette demeure populeuse en perpétuelle ébullition. Miguel devait alors avoir dans les cinq ans, il était propre et discret, ne créait aucun désordre et passait inaperçu, se fondant dans le mobilier et les motifs de papier peint des murs, il s'amusait seul au jardin et suivait Clara partout en l'appelant maman. Du coup, et comme il donnait du papa à Jaime, on supposa qu'Amanda et Miguel étaient orphelins. Amanda était toujours avec son frère, elle l'emmenait à son travail, l'avait habitué à manger de tout, à n'importe quelle heure, et à dormir allongé dans les endroits les plus inconfortables. Elle l'entourait d'une affection violente et passionnée, le grattait comme un chiot, criait après lui quand elle se fâchait puis courait aussitôt l'embrasser. Elle ne permettait à personne de corriger son frère ou de lui donner un ordre, n'acceptait aucune remarque sur la curieuse vie qu'elle lui faisait mener, et le défendait comme une lionne, quoique personne n'eût l'intention de s'en prendre à lui. La seule qu'elle laissa formuler son opinion sur l'éducation de Miguel fut Clara qui parvint à la convaincre qu'il fallait l'envoyer à l'école si on ne voulait pas en faire un anachorète analphabète. Clara n'était pas particulièrement favorable à l'instruction obligatoire, mais, dans le cas de Miguel, elle estimait nécessaire de lui dispenser quotidiennement quelques heures de discipline et de vie en commun avec des enfants de son âge. Elle-même se chargea de l'inscrire, de lui acheter fournitures et uniforme, et elle accompagna Amanda pour la séparation du premier jour de classe. A la porte de la maternelle, Amanda et Miguel s'étreignirent en pleurant sans que la maîtresse parvînt à détacher l'enfant des jupes de sa sœur auxquelles il se cramponnait des ongles et des dents, hurlant et lançant des ruades désespérées à quiconque tentait de s'approcher. Finalement, avec l'aide de Clara, l'institutrice put traîner le gosse à l'intérieur et la porte de l'école se referma sur lui. Amanda resta toute la matinée assise sur le trottoir. Clara demeura à ses côtés, car elle se sentait coupable de tant faire souffrir et commençait à douter de la sagesse de son initiative. A midi, la cloche tinta et le portail s'ouvrit. Elles virent sortir un troupeau d'écoliers et, parmi eux, docile, silencieux et sans larmes, un coup de crayon-feutre sur le bout du nez et les chaussettes mi-englouties dans ses souliers, le petit Miguel qui, en l'espace de quelques heures, avait appris à avancer dans la vie sans plus tenir la main de sa sœur. Amanda le serra frénétiquement contre sa poitrine et, dans l'inspiration du moment, lui dit : « Je donnerais ma vie pour toi, Miguelito. » Elle ne savait pas qu'un jour, c'est ce qu'il lui faudrait faire.

Esteban Trueba se sentait entre-temps de plus en plus seul et furieux. Il s'était résigné à ce que sa femme ne lui adressât plus la parole et, lassé de la poursuivre dans les coins, de l'implorer du regard et de forer des trous dans les cloisons de la salle de bain, il avait décidé de s'adonner à la politique. Ainsi que Clara l'avait pronostiqué, les élections furent remportées par les mêmes que toujours, mais avec une marge si étroite que tout le pays fut soudain sur ses gardes. Trueba estima que l'heure était venue pour lui d'aller défendre les intérêts de la patrie et ceux du Parti conservateur, puisque nul ne pouvait mieux que lui incarner le politicien honnête et non contaminé, comme il disait lui-même, ajoutant qu'il s'était élevé à la force du poignet, dispensant travail et conditions de vie décentes à ses employés, patron du seul domaine à fournir des petites maisons individuelles en brique. Il était respectueux de la loi, de la patrie et de la tradition et personne ne pouvait lui reprocher de délit plus grave que d'avoir un tantinet fraudé le fisc. Il engagea un régisseur pour remplacer Pedro Garcia junior, lui confia aux Trois Maria le soin de s'occuper de ses poules pondeuses et de ses vaches d'importation, et s'installa définitivement à la capitale. Il se consacra plusieurs mois à sa campagne avec le soutien du Parti conservateur qui avait besoin de gens à présenter aux prochaines législatives, besoin aussi de sa propre fortune qu'il mit au service de la cause. La maison se remplit de matériel de propagande et de ses partisans qui la prirent pratiquement d'assaut, se mêlant aux revenants dans les couloirs, aux rose-croix et aux trois sœurs Mora. Peu à peu, la cour de Clara fut repoussée vers les pièces reculées de la demeure. Il s'établit une invisible frontière entre le secteur occupé par Esteban Trueba et celui de sa femme. Au gré de l'inspiration de Clara et pour répondre aux nécessités de l'heure, la noble architecture seigneuriale se mit à bourgeonner et à pousser des appentis, des escaliers, des tourelles et des terrasses. Chaque fois qu'il fallait héberger un nouvel hôte, les mêmes maçons rappliquaient et ajoutaient une chambre. C'est ainsi que la grande maison du coin en vint à ressembler à un labyrinthe.

« Un de ces jours, on pourra en faire un hôtel, disait Nicolas.

– A moins que ce ne soit un petit hôpital », ajoutait Jaime qui commençait à caresser l'idée de déménager ses pauvres dans les Hauts Quartiers.

La façade de la maison resta préservée des altérations. Sur le devant, on ne voyait que les colonnes héroïques et le jardin versaillais, mais, par-derrière, on ne trouvait plus trace de style. L'autre jardin, à l'arrière, était une jungle enchevêtrée où proliféraient toute sorte d'espèces de plantes et de fleurs et où s'ébattaient les oiseaux de Clara en compagnie de plusieurs générations de chiens et de chats. Parmi cette faune domestique, le seul à avoir tant soit peu marqué le souvenir de la famille fut un lapin apporté par Miguel, un pauvre lapineau tout ce qu'il y a de commun que les chiens léchaient tant et si bien que tout son pelage tomba et qu'il devint le seul spécimen glabre de son espèce, couvert d'un épiderme irisé qui lui donnait des airs de reptile à longues oreilles.

Au fur et à mesure qu'approchait la date des élections, Esteban Trueba se montrait de plus en plus nerveux. Il avait risqué tout ce qu'il possédait dans son aventure politique. Un soir, il n'y tint plus et s'en alla frapper à la porte de la chambre de Clara. Celle-ci lui ouvrit. Elle était en chemise de nuit et avait mis son dentier, car elle aimait grignoter des gâteaux secs tout en noircissant son cahier de notes sur la vie. Aux yeux d'Esteban, elle parut aussi jeune et belle qu'au tout premier jour, quand il l'avait conduite par la main jusqu'à cette chambre tendue de soie bleue et et l'avait fait s'immobiliser sur la peau de Barrabás. A ce souvenir, il sourit.

« Excuse-moi, Clara, dit-il en rougissant comme un écolier. Je me sens seul et angoissé. J'aimerais rester un petit moment ici, si ça ne te fait rien. »

Clara sourit elle aussi, mais ne dit rien. Elle lui désigna le fauteuil et Esteban y prit place. Ils restèrent un moment silencieux, partageant l'assiettée de petits-beurre et se regardant avec dépaysement, car cela faisait très longtemps qu'ils vivaient sous le même toit sans se voir.

« Je suppose que tu sais ce qui me tracasse », finit par dire Esteban Trueba.

Clara opina de la tête.

« Tu crois que je vais être élu ? »

Clara acquiesça de nouveau et Trueba se sentit alors complètement soulagé, comme si elle lui avait donné une garantie écrite. Il éclata d'un rire joyeux et sonore, se leva, la prit par les épaules et lui déposa un baiser sur le front.

« Tu es formidable, Clara ! Si c'est toi qui le dis, je serai sénateur ! » s'exclama-t-il.

A compter de ce soir-là, l'hostilité entre eux s'atténua. Clara persista à ne point lui adresser la parole, mais il ne faisait aucun cas de son silence et lui parlait normalement, interprétant les moindres de ses gestes comme des réponses. En cas de besoin, Clara se servait du truchement des domestiques ou de ses fils pour lui envoyer des messages. Elle veillait au bien-être de son époux, le secondant dans son travail et l'accompagnant quand il lui en faisait la demande. Parfois même elle lui souriait.

Une dizaine de jours plus tard, Esteban Trueba fut élu sénateur de la République comme Clara l'avait prédit. Il célébra l'événement en donnant une fête pour ses amis et coreligionnaires, une prime en numéraire à ses domestiques et aux fermiers des Trois Maria, et un collier d'émeraudes à Clara qu'il lui déposa sur son lit à côté d'un petit bouquet de violettes. Clara se mit à assister aux réunions mondaines et aux cérémonies publiques où sa présence était requise pour que son mari donnât l'image du bon père de famille qu'affectionnaient l'opinion et le Parti conservateur. En ces occasions, Clara mettait son dentier et quelques bijoux dont Esteban lui avait fait présent. Elle passait parmi leurs fréquentations pour être la plus élégante, la plus discrète et la plus charmante, et nul n'en vint à suspecter que ce couple si distingué ne se parlait jamais.

La nouvelle position d'Esteban Trueba accrut encore le nombre de visiteurs qui s'en venaient à la grande maison du coin. Clara ne tenait aucun compte des bouches à nourrir ni des dépenses domestiques. Les factures allaient directement au bureau du sénateur Trueba au Congrès, lequel payait sans poser de questions, car il avait découvert que plus il dépensait, plus sa fortune avait l'air d'augmenter, et il en avait conclu que ce n'était pas Clara, avec ses œuvres de charité et son hospitalité si peu sélective, qui parviendrait à le ruiner. Au début, il reçut le pouvoir politique comme un joujou neuf. La maturité l'avait vu transformé en cet homme riche et respecté qu'il s'était juré de devenir un jour, quand il n'était encore qu'un adolescent dans la dèche, sans recommandations, sans autre capital que son orgueil et son ambition. Pourtant, il eut tôt fait de se rendre compte qu'il était toujours aussi seul. Ses deux fils l'évitaient et il n'avait plus eu aucun contact avec Blanca. Il avait de ses nouvelles par ce que lui en racontaient ses frères et se bornait à envoyer chaque mois un chèque, fidèle à l'engagement qu'il avait contracté envers Jean de Satigny. Il était si éloigné de ses fils qu'il ne pouvait poursuivre un dialogue avec eux sans finir par se mettre à hurler. Trueba n'était informé des foucades de Nicolas que lorsqu'il était trop tard, autrement dit quand tout le monde en parlait déjà. Il n'en savait pas davantage de la vie de Jaime. S'il avait le moins du monde soupçonné que celui-ci retrouvait Pedro III Garcia et qu'ils en étaient venus à s'aimer comme deux frères, il en eût assurément été pris d'apoplexie, mais Jaime se gardait bien de parler de ce genre de chose avec son père.

Pedro III Garcia avait quitté la campagne. Après son terrible face à face avec le patron, le père José Dulce Maria l'avait recueilli au presbytère et lui avait pansé sa main. Mais le garçon avait sombré dans la dépression, répétant sans relâche que la vie n'avait plus aucun sens pour lui puisqu'il avait perdu Blanca et que, d'autre part, il ne pourrait plus jouer de la guitare, son unique consolation. Le père José Dulce Maria attendit que, sa robuste constitution aidant, les doigts du garçon eussent cicatrisé, puis il le fit monter dans une carriole et le conduisit à la réserve indigène où il lui montra une centenaire aveugle aux mains distordues par les rhumatismes, mais qui avait encore la volonté de faire de la vannerie avec ses orteils. « Si elle arrive à fabriquer des paniers avec les ripatons, tu peux jouer de la guitare sans doigts », lui dit-il. Puis le jésuite lui narra sa propre histoire.

« A ton âge, moi aussi j'étais amoureux, mon fils. Ma fiancée était la plus belle fille du village. Nous allions nous marier et elle s'était mise à broder son trousseau, et moi à économiser pour nous construire une bicoque, quand on m'expédia au service militaire. A mon retour, elle avait épousé le boucher et s'était transformée en grosse bonne femme. Je fus sur le point de me jeter à la rivière avec une pierre au cou, mais je me ravisai et décidai de me faire prêtre. Une année après que j'eus pris la soutane, elle devint veuve et elle venait à l'église me faire les yeux doux. (Le franc éclat de rire du gigantesque jésuite rendit courage à Pedro III et le fit sourire pour la première fois depuis trois semaines.) Tu vois, fiston, conclut le père José Dulce Maria, comme quoi il ne faut jamais désespérer. Tu la reverras, ta Blanca, le jour où t'y attendras le moins. »

Corps et âme guéris, Pedro III Garcia se rendit à la capitale avec ses effets dans un baluchon et quelques pièces que le curé avait prélevées sur la quête dominicale. Il lui donna également l'adresse d'un dirigeant socialiste de la capitale qui l'hébergea chez lui les premiers jours puis lui trouva du travail comme chanteur dans un groupe tsigane. Le jeune homme s'en fut vivre au milieu d'une cité ouvrière, dans une cabane en bois qui lui parut un palais, sans autre mobilier qu'un sommier monté sur pieds, un matelas, une chaise et deux caisses qui lui tenaient lieu de table. Là, il se battait pour le socialisme et ressassait son amertume à savoir Blanca mariée à un autre, rejetant les mots d'explication et de réconfort de Jaime. En un rien de temps il avait récupéré l'usage de sa main droite et démultiplié l'habileté des deux doigts qui lui restaient, et il se remit à composer des chansons où poules et renards se pourchassaient les uns les autres. Un jour, il fut convié à un programme radiophonique et ce fut le signal d'une popularité vertigineuse à laquelle lui-même ne s'attendait pas. On se mit à entendre souvent sa voix à la radio et son nom devint célèbre. Le sénateur Trueba ne l'entendit cependant jamais citer, car il n'admettait pas chez lui les appareils radios. Il les considérait comme des instruments bons pour les ignares, colporteurs d'influences néfastes et d'idées de bas étage. Nul n'était moins réceptif à la musique populaire que lui pour qui les seuls airs supportables étaient ceux de l'opéra pendant la saison lyrique et de la troupe d'opérette qui venait d'Espagne tous les hivers.

Le jour où Jaime rappliqua à la maison avec la nouvelle qu'il souhaitait changer de nom, car depuis que son père était sénateur conservateur, ses camarades d'université lui battaient froid et ceux du quartier de la Miséricorde se méfiaient de lui, Esteban Trueba perdit patience et fut sur le point de le gifler, mais il se retint à temps, lisant dans son regard que Jaime, cette fois, ne le supporterait pas.

« Je me suis marié pour avoir des enfants légitimes qui portent mon nom, pas des bâtards qui portent celui de leur mère! » lui lâcha-t-il, blême de fureur.

Deux semaines plus tard, il entendit raconter dans les couloirs du Congrès et les salons du Club que son fils Jaime s'était déculotté place du Brésil pour donner son pantalon à un indigent, et était revenu à pied et en caleçon, quinze rues plus loin, jusque chez lui, suivi d'une troupe de plus en plus nourrie de gosses et de badauds qui lui faisaient un triomphe. Las d'avoir à défendre son honneur du ridicule et des ragots, il autorisa son fils à prendre le patronyme qui lui plairait, du moment que ce ne fût plus le sien. Ce jour-là, enfermé dans son bureau, il pleura de rage et de dépit. Il tenta de s'objecter à lui-même que de pareilles excentricités passeraient avec l'âge mûr et que Jaime deviendrait tôt ou tard cet homme posé qui pourrait le seconder dans ses affaires et être son bâton de vieillesse. Pour ce qui était de son autre fils, il avait en revanche perdu tout espoir. Nicolas ne délaissait une entreprise fantasque que pour une autre. En ce temps-là, il lui avait pris la fantaisie de vouloir traverser la cordillère, comme l'avait tenté bien des années auparavant son grand-oncle Marcos, grâce à un moyen de transport peu commun. Il avait choisi de s'élever en ballon, convaincu que le spectacle d'un gigantesque globe suspendu parmi les nuages constituerait un élément publicitaire irrésistible que la première boisson gazeuse venue pourrait sponsoriser. Il recopia le modèle d'un zeppelin allemand d'avant-guerre qui prenait son essor grâce à un système à air chaud, emportant en son sein le ou les passagers de tempérament assez audacieux. Son envie de fabriquer à tout prix une gigantesque saucisse inflammable, d'étudier ses ressorts secrets, les courants éoliens, les prédictions des cartes et les lois de l'aérodynamique, l'absorba un bon bout de temps. Des semaines durant, il omit les séances de spiritisme du vendredi avec sa mère et les trois sœurs Mora et ne se rendit même pas compte qu'Amanda avait cessé de venir à la maison. Une fois achevé son vaisseau volant, il rencontra un obstacle qu'il n'avait pas prévu : le gérant des boissons gazeuses, un amerlok de l'Arkansas, refusa de financer le projet, arguant que si Nicolas venait à se tuer à bord de son engin, les ventes de son breuvage chuteraient de même. Nicolas tenta de trouver d'autres sponsors, mais nul ne montra d'intérêt. Il en aurait fallu davantage pour le faire renoncer à ses desseins et il résolut de s'envoler de toutes les façons, fût-ce gratuitement. Le jour dit, Clara, imperturbable, continua de tricoter sans prêter aucune attention aux préparatifs de son fils, alors que le reste de la famille, les voisins et amis étaient horrifiés par ce projet insensé de franchir les montagnes à bord d'un engin aussi saugrenu.

« J'ai comme le pressentiment qu'il ne va pas décoller », dit Clara sans interrompre son tricot.

Il en fut bien ainsi. Au tout dernier moment, une camionnette remplie de policiers surgit dans le jardin public que Nicolas avait choisi pour prendre son essor. Ils exigèrent un permis municipal qu'il n'avait naturellement pas. Il ne put davantage l'obtenir. Il passa quatre jours pleins à courir d'un bureau à l'autre en démarches désespérées qui se brisaient contre un mur d'incompréhension bureaucratique. Jamais il ne sut que la camionnette de policiers et cette paperasserie sans fin étaient dues à l'influence de son père, peu disposé à autoriser pareille aventure. Lassé de lutter contre la pusillanimité des sodas et la bureaucratie de l'air, il se persuada qu'il ne pourrait décoller à moins de le faire clandestinement, ce qui était impossible, vu les proportions de son aéronef. Il en fit toute une crise, mais sa mère l'en sortit en lui suggérant, pour ne pas perdre tout ce qu'il avait investi, d'utiliser les matériaux du dirigeable à quelque fin pratique. C'est alors que Nicolas eut l'idée de sa fabrique de sandwichs. Son plan consistait à faire des sandwichs au poulet, à les ensacher dans l'enveloppe du ballon découpée en petits carrés, et de les vendre ainsi aux employés de bureau. Chez lui, la vaste cuisine lui parut l'endroit idéal pour son entreprise. Les jardins du fond se remplirent de volailles ligotées par les pattes, attendant à tour de rôle que deux garçons bouchers engagés à cette fin les décapitassent en série. La cour déborda de plumes, le sang éclaboussa les statues de l'Olympe, l'odeur de court-bouillon donnait la nausée à tout un chacun et l'étripage commençait à couvrir de mouches tout le quartier quand Clara mit fin au massacre par une crise de nerfs qui faillit la faire revenir à l'époque de son mutisme. Ce nouvel échec dans les affaires n'affecta point trop Nicolas qui avait lui aussi l'estomac et la conscience révulsés par cette hécatombe. Il se résigna à perdre tout ce qu'il avait engouffré dans ces activités et s'enferma dans sa pièce, à échafauder de nouveaux plans pour gagner de l'argent tout en s'amusant.

« Ça fait longtemps que je n'ai pas revu Amanda », dit Jaime quand il ne put plus réfréner l'impatience de son cœur.

Nicolas se rappela alors l'existence d'Amanda et calcula qu'il ne l'avait pas vue circuler dans la maison depuis trois bonnes semaines, qu'elle n'avait pas assisté au dessein avorté de décollage du dirigeable ni à l'inauguration de la fabrique-maison de casse-croûte au poulet. Il alla interroger Clara, mais sa mère non plus ne savait rien de la jeune fille et commençait même à l'oublier, car sa mémoire, par la force des choses, avait dû s'adapter à la transformation de la maison en salle des pas perdus, et, comme elle disait, elle n'avait pas l'âme assez grande pour pleurer tous les absents. Nicolas résolut alors d'aller à la recherche d'Amanda, car il venait de réaliser combien lui manquait sa présence de papillon inquiet et ses étreintes silencieuses et suffocantes dans les chambres vides de la grande maison du coin où ils batifolaient comme de jeunes chiots chaque fois que Clara relâchait sa surveillance et que Miguel s'était absorbé dans ses jeux ou assoupi dans quelque recoin.

La pension où Amanda logeait avec son frérot n'était rien d'autre qu'une bâtisse vétuste qui, un demi-siècle auparavant, avait probablement dû avoir fière allure, mais qui l'avait perdue au fur et à mesure que la cité s'était étendue sur les contreforts de la cordillère. Elle avait d'abord été occupée par des commerçants arabes qui l'avaient farcie de prétentieux lambris de stuc rose, puis, quand les Arabes eurent installé leur négoce dans le quartier turc, le propriétaire l'avait transformée en pension, la subdivisant en chambres mal éclairées, tristes, inconfortables et tarabiscotées, à l'intention de locataires aux maigres ressources. Dans son impossible géographie de corridors étroits et humides régnaient en permanence des relents de soupe au chou-fleur et de ragoût. Ce fut la tenancière de la pension qui vint ouvrir en personne, une énorme matrone dotée d'un majestueux triple menton et de petits yeux orientaux enfouis dans des replis de graisse figée, avec des bagues à tous les doigts et des mines de sainte nitouche.

« On n'accepte pas les visiteurs de sexe opposé », dit-elle à Nicolas.

Mais Nicolas déploya son irrésistible sourire de séducteur, lui baisa la main sans reculer devant le carmin écaillé de ses ongles en deuil, s'extasia sur les bagues et se fit passer pour un cousin germain d'Amanda, tant et si bien que, vaincue, se tortillant en petits rires coquets et contorsions éléphantiasiques, elle le conduisit par les escaliers poussiéreux jusqu'au troisième étage et lui indiqua la porte d'Amanda. Nicolas trouva la jeune fille au lit, emmitouflée dans un châle défraîchi, jouant aux dames avec son frère Miguel. Elle était si amaigrie, d'un teint si verdâtre qu'il eut du mal à la remettre. Amanda le regarda sans sourire et ne lui adressa pas le moindre signe de bienvenue. Miguel, au contraire, vint se planter en face de lui, les mains sur les hanches :

« Enfin, te voilà! » dit le mouflet.

Nicolas s'approcha du lit et tenta de se souvenir de la vibrante et brune Amanda, de l'Amanda onduleuse et fruitée de leurs rencontres dans la pénombre des chambres closes, mais entre les plis lourds du châle de laine et les draps grisâtres, il n'y avait qu'une inconnue aux grands yeux égarés qui le considérait avec une inexplicable dureté. « Amanda », murmura-t-il en lui prenant la main. Cette main sans ses bagues ni ses bracelets d'argent paraissait aussi nue qu'une patte d'oiseau moribond. Amanda appela son frère. Miguel vint près du lit et elle lui souffla quelque chose à l'oreille. L'enfant se dirigea à pas lents vers la porte et, depuis le seuil, décocha un dernier regard furieux à Nicolas qui sortit, refermant la porte sans bruit.

« Pardonne-moi, Amanda, bredouilla Nicolas. J'ai été très occupé. Pourquoi ne m'as-tu pas prévenu que tu étais malade?

– Je ne suis pas malade, répondit-elle. Je suis enceinte. »

Le mot fit à Nicolas l'effet d'une gifle. Il recula jusqu'à sentir le vitrage de la fenêtre dans son dos. Depuis le premier jour où il avait dévêtu Amanda, tâtonnant dans l'obscurité, empêtré dans les nippes de son déguisement d'existentialiste, tremblant d'avance à l'idée de ces protubérances et de ces anfractuosités qu'il s'était maintes et maintes fois représentées sans parvenir à les connaître dans leur splendide nudité, il lui avait supposé assez d'expérience pour éviter qu'il ne devînt père de famille à vingt et un ans et elle, fille-mère à vingt-cinq. Amanda avait connu des amours antérieures et elle avait été la première à lui parler de l'amour libre. Elle soutenait avec une détermination irrévocable qu'ils ne devaient rester ensemble qu'autant qu'ils s'entendraient, sans attaches ni serments pour l'avenir, à l'instar de Sartre et de la Beauvoir. Ce pacte, qui sembla d'abord à Nicolas un signe de froideur et un désengagement quelque peu choquant, lui parut par la suite des plus commodes. Gai et décontracté comme en toutes choses, il n'avait jamais envisagé leurs rapports amoureux sous l'angle de leurs conséquences.

« Qu'est-ce qu'on va faire maintenant! s'exclama-t-il.

– Un avortement, cela va de soi », répondit-elle.

Une grande vague de soulagement submergea Nicolas. Une fois de plus, il avait évité l'abîme. Comme à chaque fois qu'il jouait au bord du précipice, quelqu'un de plus fort avait surgi à ses côtés pour prendre les choses en main, de la même manière qu'au collège, jadis, quand il provoquait les autres garçons à la récréation jusqu'à ce qu'ils lui tombassent dessus et qu'au dernier moment, alors que la peur le paralysait, arrivait Jaime qui s'interposait, transformant sa panique en jubilation, lui permettant de se planquer derrière les piliers du préau et de criailler des insultes depuis son refuge, cependant que son frère saignait du nez et jouait des poings avec la taciturne opiniâtreté d'une machine. A présent, c'était Amanda qui prenait les responsabilités à sa place.

« On pourrait se marier, Amanda... si tu voulais, balbutia-t-il pour sauver la face.

– Non, répliqua-t-elle sans l'ombre d'une hésitation. Je ne t'aime pas suffisamment pour ça, Nicolas. »

Aussitôt, ses sentiments connurent un brusque tournant, car cette éventualité ne l'avait pas même effleuré. Jusque-là, jamais il ne s'était trouvé repoussé ou délaissé et à chaque amourette, c'est lui qui avait dû recourir à tout son tact pour s'éclipser sans trop blesser la fille dont c'était le tour. Il songea à la situation difficile d'Amanda, pauvre, seule et attendant un enfant. Il se dit qu'un mot de lui pouvait changer le destin de la jeune fille en en faisant la respectable épouse d'un Trueba. Ces conjectures lui passèrent par la tête l'espace d'une fraction de seconde, mais il rougit aussitôt de honte à se découvrir absorbé dans de telles pensées. Amanda lui parut tout à coup magnifique. Lui revinrent en mémoire tous les bons moments qu'ils avaient partagés, ces fois où ils se laissaient choir par terre pour fumer la même pipe et avoir ensemble la tête tournée, s'amusant de cette herbe qui avait goût de bouse séchée et bien peu d'effets hallucinogènes, mais qui faisait jouer le pouvoir de la suggestion; ces exercices de yoga et la méditation par couple, assis en vis-à-vis, complètement relâchés, les yeux dans les yeux et se murmurant des formules de sanscrit susceptibles de les transporter au nirvāna, mais qui avaient en général l'effet contraire, si bien qu'ils finissaient par s'esquiver à l'insu des autres et par se dissimuler parmi les massifs du jardin où ils s'aimaient comme des forcenés; ces livres dévorés à la lueur d'une bougie, tous deux suffoquant de fièvre et de fumée; ces réunions à n'en pas finir où l'on discutait des penseurs pessimistes de l'après-guerre, où l'on se concentrait pour faire bouger le guéridon, deux coups pour oui, trois pour non, tandis que Clara se payait leur tête. Il tomba à genoux au chevet d'Amanda et la supplia de ne pas l'abandonner, de lui pardonner, d'accepter qu'ils continuent de vivre ensemble comme si de rien n'était, ce n'était là rien de plus qu'un malencontreux accident qui ne pouvait altérer l'inatteignable essence de leur relation. Mais elle paraissait ne pas l'écouter. Elle lui caressait la tête d'un geste maternel et distant.

« Inutile, Nicolas. Tu ne vois pas que j'ai un cœur très vieux alors que tu n'es toi-même qu'un enfant? Tu seras toujours un enfant », lui dit-elle.

Ils continuèrent à se caresser sans désir, à se tourmenter l'un l'autre de prières et de souvenirs. Ils savouraient l'amertume de la séparation qu'ils pressentaient mais qu'ils pouvaient encore refondre en réconciliation. Elle quitta le lit afin d'aller préparer une tasse de thé pour tous deux, et Nicolas constata qu'elle portait un vieux jupon en guise de chemise de nuit. Elle avait maigri, ses mollets lui parurent pathétiques. Elle marchait nu-pieds dans la chambre, le châle sur ses épaules, les cheveux en désordre, affairée autour du réchaud à paraffine posé sur une table qui lui tenait lieu à la fois de bureau, de desserte et de coin-cuisine. Il constata le désordre dans lequel elle vivait et réalisa que, jusqu'ici, il ne savait pour ainsi dire rien d'elle. Il s'était dit qu'elle n'avait point d'autre famille que son frère et qu'elle vivotait avec un maigre salaire, mais il avait été incapable d'imaginer sa véritable situation. La pauvreté lui était un concept abstrait et lointain, applicable aux fermiers des Trois Maria et aux indigents que secourait son frère Jaime, avec lesquels lui-même n'avait jamais été en contact. Amanda, son Amanda si proche et familière lui était tout à coup étrangère. Il s'était mis à contempler ses robes qui, lorsqu'elle les portait, avaient l'air de déguisements de reine, à présent pendues au mur à des clous comme de tristes hardes de mendiantes. Il détaillait sa brosse à dents dans un verre sur le lavabo oxydé, les chaussures de collège de Miguel tant de fois cirées et recirées qu'elles en avaient perdu leur forme primitive, la vieille machine à écrire à côté du réchaud, les livres au milieu des tasses, la vitre cassée d'une fenêtre colmatée par une coupure de magazine. C'était un tout autre monde. Un monde dont il ne soupçonnait même pas l'existence. Jusqu'alors, d'un côté de la ligne de démarcation étaient les vrais pauvres dont on parlait, de l'autre les gens comme lui, parmi lesquels il avait placé Amanda. Il ignorait tout de cette silencieuse classe intermédiaire qui se débattait entre la pauvreté en col-blanc et l'impossible désir d'imiter cette canaille dorée à laquelle il appartenait. Il se sentit confus et mortifié, songeant à ces multiples visites passées chez les Trueba où elle avait probablement dû les ensorceler tous, pour éviter qu'ils ne remarquent sa détresse, et lui, complètement inconscient, ne l'avait en rien aidée. Il se remémora les récits de son père lorsque celui-ci lui parlait de son enfance déshéritée, disant comme à son âge il travaillait pour nourrir sa mère et sa sœur, et pour la première fois il put faire cadrer ces anecdotes didactiques avec une réalité. Il se dit que telle était bien la vie d'Amanda.

Ils partagèrent une tasse de thé assis sur le lit, car il n'y avait qu'une chaise. Amanda lui raconta son passé, sa famille, un père alcoolique qui était professeur dans une province du Nord, une mère toute triste et voûtée qui travaillait pour subvenir aux besoins de six enfants, et comment elle-même, à peine sut-elle se débrouiller, quitta la maison. Elle était arrivée à la capitale vers ses quinze ans, chez une marraine débordante de bonté et qui l'aida un temps. Puis, quand sa mère mourut, elle alla l'enterrer et ramena Miguel qui n'était encore qu'un nourrisson. Depuis lors, elle lui avait tenu lieu de mère. Du père et de ses autres frères et sœurs elle n'avait plus rien su. Nicolas sentait grandir en lui le désir de la protéger, de veiller sur elle, de compenser tout ce dont elle avait manqué. Jamais il ne l'avait davantage aimée.

Le soir tombait quand ils virent revenir Miguel avec les joues en feu, se tortillant d'un air espiègle et cachottier pour ne pas montrer le cadeau qu'il apportait, dissimulé derrière son dos. C'était un paquet de pain de mie pour sa sœur. Il le déposa sur le lit d'Amanda, l'embrassa amoureusement, lui lissa les cheveux de sa mignonne menotte, lui retapa ses oreillers. Nicolas tressaillit, car ces gestes de l'enfant recelaient plus de sollicitude et de tendresse que toutes les caresses qu'il avait pu prodiguer dans sa vie à n'importe quelle femme. Il comprit alors ce qu'Amanda avait voulu lui dire. « J'ai encore beaucoup à apprendre », murmura-t-il. Il appuya son front au carreau crasseux de la fenêtre, se demandant s'il serait jamais capable de donner autant qu'il escomptait recevoir.

« Comment ferons-nous ? demanda-t-il sans oser prononcer le mot terrible.

– Demande l'aide de ton frère Jaime », suggéra Amanda.

Jaime reçut son frère dans son terrier de livres, étendu sur son lit de camp de conscrit, éclairé par l'unique ampoule pendant du plafond. Il était plongé dans la lecture des sonnets amoureux du Poète, lequel avait déjà acquis une renommée mondiale, ainsi que l'avait pronostiqué Clara dès le premier jour où elle l'avait entendu déclamer de sa voix tellurique, lors d'une de ses soirées littéraires. A la réflexion, Jaime se disait que les sonnets avaient bien pu être inspirés par la présence d'Amanda dans le jardin des Trueba où le Poète s'asseyait parfois à l'heure du thé, dissertant sur les chants désespérés, à l'époque où il était un hôte tenace de la grande maison du coin. La visite de son frère le laissa tout étonné car, depuis qu'ils avaient quitté le collège, chaque jour les voyait s'éloigner davantage l'un de l'autre. Les derniers temps, ils n'avaient même plus rien à se dire et se saluaient d'un bref hochement de tête les rares fois où ils se télescopaient en franchissant le seuil. Jaime avait renoncé à son idée de gagner Nicolas aux aspects transcendantaux de l'existence.

Il en était même arrivé à prendre ses occupations frivoles pour une offense personnelle, car il ne pouvait concevoir qu'il gaspillât temps et énergie en voyages en ballon et en massacres de poulets alors qu'il y avait tant à faire dans le quartier de la Miséricorde. Mais il ne cherchait plus à l'entraîner à l'hôpital pour qu'il vît la souffrance de près, dans l'espoir que la misère d'autrui en vînt à ébranler son cœur d'oiseau migrateur, tout comme il cessa de le convier aux réunions avec les socialistes chez Pedro III Garcia, dans la rue la plus reculée de la cité ouvrière où ils se retrouvaient tous les jeudis, épiés par la police. Nicolas se moquait de ses préoccupations sociales, alléguant qu'il fallait vraiment être un de ces couillons à vocation d'apôtre pour se balader de par le monde avec un bout de chandelle en quête de tout ce qu'il y avait de laid et de misérable. A présent, son frère se tenait devant Jaime et le regardait de cet air coupable et suppliant auquel il avait tant de fois recouru pour ébranler son affection.

« Amanda est enceinte », dit Nicolas de but en blanc.

Il lui fallut répéter, car Jaime était resté de marbre, dans cette attitude farouche dont il ne se départait jamais, sans qu'un seul geste révélât qu'il l'avait entendu. Mais, en lui-même, la frustration le faisait étouffer. Il épelait en silence le nom d'Amanda, se cramponnant à ses douces sonorités pour ne pas perdre son propre contrôle. Tel était son besoin de donner vie à ses illusions qu'il en était venu à se persuader qu'Amanda n'entretenait avec Nicolas qu'un amour puéril, liaison limitée à d'innocentes promenades la main dans la main, à des discussions autour d'une bouteille d'absinthe et aux quelques rares baisers furtifs qu'il avait lui-même surpris.

Il avait refusé cette vérité douloureuse qu'il devait à présent affronter.

« N'ajoute rien. Je n'ai rien à voir là-dedans », répondit-il dès qu'il put parler.

Nicolas se laissa tomber au pied du lit et enfouit son visage entre ses mains.

« Il faut que tu l'aides, je t'en prie! » dit-il d'un ton suppliant.

Jaime ferma les yeux et respira avec difficulté, s'efforçant de refréner ces impulsions démentes qui l'eussent porté à tuer son frère, à courir se marier lui-même avec Amanda, à pleurer d'impuissance et de dépit. Il avait présente à la mémoire l'image de la jeune fille telle qu'elle lui apparaissait chaque fois que les tourments de l'amour le terrassaient. Il la revoyait entrer et sortir de la maison comme une bouffée d'air pur, tenant son petit frère par la main, il entendait son rire sur la terrasse, humait le doux et imperceptible arôme de sa peau et de ses cheveux quand elle passait à ses côtés en plein soleil de midi. Il la revoyait telle qu'il l'imaginait alors aux heures d'oisiveté où il rêvait d'elle. Surtout, il se la rappelait en cette occasion unique et précise où Amanda avait fait irruption dans sa chambre et où ils s'étaient retrouvés seuls dans l'intimité de son sanctuaire. Elle était entrée sans frapper alors qu'il était étendu à lire sur son lit de camp, elle avait empli tout l'espace du terrier du volettement de ses longs cheveux et de ses bras ondulants, touchant à ses livres sans révérence aucune et poussant l'audace et l'irrespect jusqu'à les extraire de leurs rayonnages sacrés, à souffler dessus pour les dépoussiérer, puis à les jeter sur le lit, papotant infatigablement tandis que lui-même tremblait de désir et de surprise, sans trouver dans toute la profusion de son vocabulaire encyclopédique un seul mot pour la retenir, tant et si bien qu'elle avait fini par prendre congé en lui déposant un baiser sur la joue, baiser qui continua de le consumer comme une brûlure, unique et terrible baiser qui lui permit d'échafauder tout un dédale de rêves où ils se retrouvaient tous deux en princes amoureux l'un de l'autre.

« Tu t'y connais en médecine, Jaime. Fais quelque chose, supplia Nicolas.

– Je ne suis qu'étudiant, il s'en faut encore de beaucoup que je sois médecin, dit Jaime. Je ne connais rien à ces choses-là. Mais j'ai vu beaucoup de femmes mourir des suites de l'intervention de gens ignares.

– Elle a confiance en toi. Elle dit que toi seul peux la tirer de là », fit Nicolas.

Jaime empoigna son frère par ses vêtements et le souleva, le secouant comme un mannequin, lui criant toutes les insultes qui lui passaient par la tête, jusqu'à ce que ses propres sanglots l'eussent contraint à le lâcher. Nicolas pleurnicha, soulagé. Il connaissait bien Jaime et avait deviné que, comme toujours, il assumerait son rôle de protecteur.

« Merci, frérot! »

Jaime le gifla mollement et le poussa hors de sa chambre. Il referma la porte à clef et se coucha à plat ventre sur son lit de camp, secoué par ces sanglots rauques et effrayants qu'ont les hommes quand ils pleurent leurs peines de cœur.

Ils attendirent jusqu'au dimanche. Jaime leur donna rendez-vous au dispensaire du quartier de la Miséricorde où il travaillait comme étudiant pour sa formation pratique. Il en avait la clef, étant toujours le dernier à partir, si bien qu'il put y pénétrer sans difficulté, mais il se sentait dans la peau d'un cambrioleur, car il n'aurait pu expliquer sa présence en ces lieux à cette heure tardive. Depuis trois jours, il avait étudié chaque étape de l'intervention qu'il allait effectuer. Il aurait pu répéter dans le bon ordre chaque mot du manuel, mais il ne s'en sentait pas plus rassuré pour autant. Il tremblait, s'efforçait de ne pas songer à ces femmes qu'il avait vues arriver entre la vie et la mort à la salle des urgences de l'hôpital, à celles qu'il avait contribué à sauver dans ce même dispensaire, et à ces autres aussi, celles qui avaient succombé, livides, dans ces mêmes lits, un ruisseau de sang s'échappant d'entre leurs jambes sans que la science pût rien faire pour empêcher que la vie ne s'enfuît par cette bonde ouverte. Il connaissait ce genre de drame de très près, mais, à ce jour, jamais il n'avait eu à affronter de dilemme moral pour venir en aide à une femme désespérée. A fortiori s'agissant d'Amanda. Il alluma, passa la blouse blanche professionnelle, prépara les instruments, révisant à voix haute chaque détail qu'il avait appris par cœur. Il aurait souhaité que survînt alors quelque formidable malheur, un cataclysme qui eût ébranlé la planète sur ses bases et l'eût dispensé de faire ce qu'il allait faire. Mais, jusqu'à l'heure convenue, rien de tel ne se produisit.

Entre-temps, Nicolas était allé quérir Amanda à bord de la vieille Covadonga qui avait bien du mal à rouler cahin-caha en lâchant ses boulons dans un nuage noirâtre d'huile cramée, mais dont on se servait encore en cas d'urgence. Elle l'attendait, assise sur l'unique chaise de sa chambre, tenant Miguel par la main, enfermés l'un et l'autre dans une mutuelle complicité dont, comme à l'accoutumée, Nicolas se sentit exclu. La jeune femme arborait des traits hâves et livides à cause des nerfs et de ces dernières semaines de malaises et d'incertitudes qu'elle avait endurées, mais elle avait l'air plus calme que Nicolas qui parlait avec un débit précipité, ne pouvait tenir en place et, pour l'encourager, s'astreignait à une joie feinte et à de vaines plaisanteries. Il lui avait apporté en cadeau une bague ancienne en brillants et grenats qu'il avait chapardée dans la chambre de sa mère, assuré qu'elle ne s'en rendrait jamais compte et que, la voyant même au doigt d'Amanda, elle serait bien incapable de la reconnaître, Clara ne tenant pas le compte de ce genre de choses. Amanda la lui rendit avec douceur.

« Tu vois bien, Nicolas, que tu n'es qu'un enfant », lui dit-elle sans sourire.

Au moment de partir, le petit Miguel se couvrit d'un poncho et s'agrippa à la main de sa sœur. Nicolas dut d'abord faire usage de son charme, puis de la force brute pour l'abandonner aux mains de la patronne de la pension qui, au fil des derniers jours, avait été définitivement séduite par le soi-disant cousin de sa pensionnaire et, dérogeant à ses propres normes, avait accepté de s'occuper de l'enfant cette nuit-là.

Ils firent le trajet sans mot dire, chacun abîmé dans ses propres appréhensions. Nicolas ressentait l'hostilité d'Amanda comme une sorte de gangrène qui se serait installée dans leurs rapports. Ces derniers jours, elle était parvenue à se faire à l'idée de sa propre mort et la redoutait moins que les souffrances et l'humiliation qu'elle allait devoir endurer ce soir-là. Nicolas conduisait la Covadonga à travers un quartier inconnu de la ville fait de ruelles étroites et ténébreuses où les ordures s'amoncelaient contre les hauts murs des usines, avec une forêt de cheminées qui barraient le passage à la couleur du ciel. Les chiens errants reniflaient les rebuts et les mendiants dormaient sous les portes cochères, enveloppés de journaux. Il n'en revint pas que tel fût le théâtre d'opérations quotidien de son frère.

Jaime les attendait sur le seuil du dispensaire. La blouse blanche et l'angoisse qu'il éprouvait le faisaient paraître plus que son âge. Il les conduisit à travers un dédale de couloirs glacés jusqu'à la salle qu'il avait préparée, s'évertuant à distraire Amanda de la laideur des lieux pour qu'elle ne vît pas les serviettes jaunâtres dans les seaux, dans l'attente de la lessive du lundi, les graffiti obscènes sur les murs, le carrelage descellé et les tuyauteries rouillées qui gouttaient interminablement. A l'entrée du bloc opératoire, Amanda se figea avec une expression de terreur : elle avait aperçu la panoplie d'instruments, la table gynécologique, et ce qui n'avait été jusqu'alors qu'une idée abstraite, un flirt avec la simple éventualité de la mort, prit forme en cet instant. Nicolas était blême, mais Jaime leur empoigna le bras et les contraignit à entrer.

« Cesse de regarder, Amanda, je vais t'endormir afin que tu ne sentes rien », lui dit-il.

Jamais il n'avait effectué d'anesthésie ni n'était intervenu dans une opération. En tant qu'étudiant, il se cantonnait à des tâches administratives, tenant à jour des statistiques, remplissant des fiches, aidant aux soins, aux sutures, aux travaux mineurs. Il avait tout aussi peur qu'Amanda, mais il fit sienne cette attitude dominatrice et décontractée qu'il avait remarquée chez les praticiens, lui laissant croire que toute cette affaire ne sortait pas de la simple routine. Il aurait voulu lui éviter la peine de se dévêtir, et s'éviter à lui-même le tourment de la regarder, de sorte qu'il l'aida à se coucher tout habillée sur la table. Tout en se désinfectant et en montrant à Nicolas comment s'y prendre à son tour, il s'efforçait de la divertir en lui narrant l'histoire du fantôme espagnol qui était apparu à Clara lors d'une de ses séances du vendredi, racontant qu'il y avait un trésor caché dans les fondations de la maison, et il lui parla de sa famille : un tas de toqués sur plusieurs générations, capables des pires extravagances et dont les revenants eux-mêmes se payaient la tête. Mais Amanda ne l'écoutait pas, elle était pâle comme un suaire et ses dents jouaient des castagnettes.

« C'est pour quoi, ces courroies? Je ne veux pas que tu m'attaches! fit-elle en frissonnant.

– Je ne vais pas t'attacher. Nicolas va t'administrer l'éther. Respire posément, n'aie pas peur, à ton réveil nous en aurons terminé », dit Jaime, ses yeux lui souriant au-dessus de son masque.

Nicolas approcha de la jeune fille l'inhalateur à anesthésique et la dernière chose qu'elle vit avant de sombrer dans le noir fut le regard d'amour de

Jaime, mais elle se dit qu'elle était déjà en train de le rêver. Nicolas lui ôta ses vêtements et l'attacha à la table, réalisant que c'était là quelque chose de pire qu'un viol, cependant que son frère attendait, les mains gantées, s'efforçant de ne pas voir en elle la femme qui occupait toutes ses pensées mais seulement un corps comme tous les autres qui passaient sur cette table dans un même cri de douleur. Il se mit à l'ouvrage avec application et lenteur, se répétant à soi-même tout ce qu'il devait faire, marmonnant le texte du manuel qu'il avait appris par cœur, malgré la sueur qui lui coulait dans les yeux, attentif à la respiration de la jeune fille, à la complexion de sa peau, à son rythme cardiaque, recommandant à son frère de lui mettre un peu plus d'éther chaque fois qu'elle venait à gémir, priant qu'il ne se produisît aucune complication, tandis qu'il fourgonnait au plus profond de son intimité sans cesser, tout le temps que cela dura, de maudire mentalement Nicolas, car si cet enfant avait été le sien et non celui de son frère, il fût né en parfait état au lieu de partir en morceaux par le tout-à-l'égout de ce misérable dispensaire, et il l'eût bercé et couvé au lieu de l'arracher à son nid à coups de curette. Vingt-cinq minutes plus tard, il en avait terminé et il ordonna à Nicolas de l'aider à la rajuster, le temps que l'éther cessât son effet, mais il s'aperçut que son frère titubait, appuyé contre le mur, secoué de violentes nausées.

« Imbécile! rugit Jaime. Va aux toilettes et quand tu auras vomi ce que tu as sur la conscience, attends dans la salle d'attente, car nous en avons encore pour un bout de temps! »

Nicolas sortit en chancelant, Jaime ôta ses gants et son masque et s'employa à dénouer les courroies d'Amanda, à lui remettre délicatement ses effets, à dissimuler les vestiges ensanglantés de son ouvrage, à ôter de sa vue les instruments de sa torture. Puis il la prit dans ses bras, savourant cet instant où il pouvait la presser contre sa poitrine, et il la porta sur un lit auquel il avait mis des draps propres, luxe dont ne bénéficiaient pas les femmes qui venaient chercher secours au dispensaire. Il la borda et s'assit à son chevet. Pour la première fois de sa vie, il pouvait la contempler tout à loisir. Elle était plus menue, plus douce qu'elle n'en avait l'air quand elle allait et venait dans son accoutrement de pythonisse, avec son brelin-brelant de bazar, et, dans son corps délié, ainsi qu'il l'avait toujours pressenti, les os étaient à peine suggérés parmi les petites collines et les lisses vallées de sa féminité. Sous sa crinière provocante et ses yeux de sphinx, on lui donnait quinze ans. Sa vulnérabilité parut encore plus désirable à Jaime que tout ce qui l'avait séduit en elle auparavant. Il se sentait deux fois plus grand et plus lourd qu'elle, et mille fois plus fort, mais il se savait vaincu d'avance par le besoin attendri de la protéger. Il maudit son indécrottable sensiblerie et s'évertua à ne voir en elle que la maîtresse de son frère, sur laquelle il venait de pratiquer un avortement, mais il comprit aussitôt que c'était peine perdue et il se laissa aller au plaisir et à la souffrance de l'aimer. Il caressa ses mains diaphanes, ses doigts si fins, le coquillage de ses oreilles, il parcourut son cou, écoutant l'imperceptible rumeur de la vie dans ses veines. Il approcha sa bouche des lèvres d'Amanda et aspira goulûment l'odeur d'anesthésique, mais sans oser s'y poser.

Amanda émergea lentement du sommeil. Elle éprouva d'abord un grand froid, puis fut prise de nausées. Jaime la réconforta en lui parlant ce langage secret qu'il réservait aux animaux ainsi qu'aux enfants en bas âge de l'hôpital des pauvres, jusqu'à ce qu'elle eût recouvré son calme. Elle se mit à pleurer et il continua de la cajoler. Ils restèrent ainsi sans mot dire, elle oscillant entre la torpeur, les nausées, l'angoisse et la douleur qui commençait à lui tenailler le ventre, et lui ne désirant qu'une chose : que cette nuit ne connût jamais de terme.

« Tu crois que je pourrai encore avoir des enfants? finit-elle par demander.

– Je suppose que oui, lui répondit-il. Mais trouve-leur un père responsable. »

Tous deux sourirent, détendus. Amanda chercha sur le visage brun de Jaime, penché si près du sien, quelque ressemblance avec celui de Nicolas, mais elle ne put en trouver. Pour la première fois de son existence nomade elle se sentit protégée, en sécurité, et elle soupira de bien-être, oubliant cet environnement sordide, les murs écaillés, les froides armoires métalliques, les instruments terrifiants, l'odeur de désinfectant, et jusqu'à cette âpre douleur qui s'était installée dans ses entrailles.

« S'il te plaît, allonge-toi à côté de moi et prends-moi dans tes bras », lui dit-elle.

Il s'étendit timidement sur le lit étroit, l'entoura de ses bras. Il essaya de rester immobile afin de ne pas la gêner et de ne pas risquer de tomber. Il avait cette gauche tendresse de qui n'a jamais été aimé et doit improviser. Amanda ferma les yeux et sourit. Ils demeurèrent ainsi, respirant à l'unisson dans un calme complet, comme frère et sœur, jusqu'à ce qu'il eût commencé à faire clair et que la lumière du jour entrant par la fenêtre eût supplanté l'éclat de la lampe. Jaime l'aida alors à se lever, lui mit son manteau et la conduisit par le bras jusqu'à la salle d'attente où Nicolas s'était assoupi sur une chaise.

« Réveille-toi! Nous allons l'emmener à la maison afin que maman veille sur elle. Il vaut mieux ne pas la laisser seule pendant quelques jours, dit Jaime.

– Je savais qu'on pouvait compter sur toi, frérot, remercia Nicolas d'une voix émue.

– Ça n'est pas pour toi que je l'ai fait, misérable,

seulement pour elle », grogna Jaime en lui tournant le dos.

Clara les accueillit à la grande maison du coin sans poser de questions, à moins qu'elle ne les eût directement posées aux cartes ou aux esprits. Ils avaient dû la réveiller, car le jour se levait à peine et personne n'était encore debout.

« Maman, il faut que vous aidiez Amanda, lui dit Jaime avec l'assurance que lui conférait leur longue complicité en ce genre d'affaires. Elle est souffrante et restera ici quelques jours.

– Et mon petit Miguel? interrogea Amanda.

– Je vais le chercher », dit Nicolas, et il s'en fut.

Ils préparèrent une chambre d'hôte et Amanda se mit au lit. Jaime lui prit la température et dit qu'elle devait se reposer. Il fit mine de se retirer mais resta planté sur le seuil de la chambre, indécis. Sur ce, Clara s'en revint, portant un plateau avec du café pour tous trois.

« Je suppose, maman, que nous vous devons des explications, murmura Jaime.

– Non, mon fils, répondit Clara d'un ton enjoué. S'il y a péché, je préfère que vous ne me le racontiez pas. Nous allons en profiter pour dorloter un peu Amanda, qui en a bien besoin. »

Elle sortit, suivie par son fils. Jaime regarda sa mère marcher nu-pieds le long du couloir, les cheveux flottant dans son dos, vêtue de son peignoir blanc, et il constata combien elle n'était pas si grande et forte qu'il la voyait du temps de son enfance. Il leva la main et la retint par l'épaule. Elle tourna la tête, sourit, et Jaime l'emprisonna dans ses bras, la serra contre sa poitrine, lui râpant le front avec son menton dont la barbe rétive réclamait déjà un autre rasage. C'était la première fois qu'il la cajolait ainsi spontanément depuis l'époque où il n'était qu'un bébé accroché par nécessité à ses seins, et Clara fut ébahie de constater combien son fils était grand, avec un thorax de leveur de poids et des bras comme deux masses qui la broyaient de leur craintive étreinte. Heureuse et tout émue, elle se demanda comment il avait pu se faire que ce colosse velu, fort comme un ours et d'une candeur de novice, eût tenu un jour dans son propre ventre, et par-dessus le marché en compagnie d'un autre.

Les jours suivants, Amanda eut de la fièvre. Terrorisé, Jaime veillait en permanence et lui administrait des sulfamides. Clara, qui prenait soin d'elle, ne put s'empêcher de remarquer que Nicolas demandait discrètement de ses nouvelles mais ne montrait aucune intention de lui rendre visite, cependant que Jaime s'enfermait avec elle, lui prêtait ses livres préférés et, l'air d'un illuminé, proférait des choses sans queue ni tête, tournait en rond dans la maison comme jamais il ne lui était arrivé auparavant, allant même, le jeudi, jusqu'à oublier la réunion des socialistes.

C'est ainsi qu'Amanda en vint à faire partie un certain temps de la famille et que Miguelito, dans des circonstances bien particulières, assista, caché dans l'armoire, à la naissance d'Alba chez les Trueba, et ne devait jamais plus oublier le grandiose et terrible spectacle du nouveau-né venant au monde dans ses mucosités sanguinolentes, entre les hurlements de sa mère et le branle-bas des femmes affairées autour d'elle.

Entre-temps, Esteban Trueba était parti en voyage en Amérique du Nord. N'en pouvant plus de souffrir des os et de ce mal secret dont il était le seul à se rendre compte, il avait pris la décision d'aller se faire examiner par des médecins étrangers, car il en était arrivé à cette conclusion hâtive que les praticiens latino-américains n'étaient tous que des charlatans, plus proches du sorcier aborigène que de l'authentique savant. Son rapetissement était si insensible, si lent et si sournois que nul ne s'en était aperçu. Il lui fallait acheter des souliers d'une pointure au-dessous, faire raccourcir ses pantalons, faire faire des pinces à ses manches de chemise. Un beau jour, il coiffa son chapeau dont il ne s'était pas servi de tout l'été et constata qu'il lui recouvrait complètement les oreilles, ce dont il déduisit avec horreur que, les proportions de son cerveau venant à s'amenuiser, ses propres idées devaient probablement se raccourcir d'autant. Les médecins yankee lui prirent ses mensurations, le soupesèrent en gros et en détail, le questionnèrent en anglais, lui injectèrent des liquides avec une aiguille et lui en ponctionnèrent avec une autre, le photographièrent, le retournèrent comme un gant et lui rentrèrent même une lampe dans l'anus. Ils finirent par conclure qu'il se faisait des idées, qu'il devait s'ôter de la tête qu'il était en train de rapetisser, qu'il avait toujours eu la même taille et qu'il lui était sûrement arrivé de rêver un jour qu'il mesurait un mètre quatre-vingts et chaussait du quarante-deux. Esteban Trueba finit par perdre patience et par s'en retourner dans son pays, bien décidé à ne plus attacher d'importance à cette question de stature puisque aussi bien, de Napoléon à Hitler, tous les grands hommes de l'Histoire avaient été petits. Lorsqu'il arriva chez lui, il trouva Miguel qui jouait au jardin et Amanda, encore plus maigrichonne et les yeux plus cernés, débarrassée de ses bracelets et de ses colliers, assise en compagnie de Jaime sur la terrasse. Il ne posa pas de questions, n'étant que trop habitué à voir des étrangers à la famille vivre sous son propre toit.

CHAPITRE VIII

LE COMTE

N'ÉTAIENT les lettres échangées entre Clara et Blanca, cette période se serait trouvée enfouie dans le fouillis des vieux souvenirs effacés par le temps. Cette correspondance nourrie a permis aux événements de survivre et d'échapper à la nébuleuse des faits invérifiables. Dès la première lettre qu'elle avait reçue de sa fille après son mariage, Clara avait été en mesure de deviner que la séparation d'avec Blanca ne serait pas de longue durée. Sans en dire mot à personne, elle aménagea, pour l'attendre, une des chambres les plus spacieuses et ensoleillées de la maison. Elle y installa le berceau à toute épreuve où elle déjà avait élevé ses trois enfants.

Blanca ne put jamais expliquer à sa mère les raisons qui l'avaient poussée à accepter de se marier, car elle-même les ignorait. Analysant le passé alors qu'elle était déjà devenue une femme mûre, elle en vint à la conclusion que la cause majeure en avait été la peur que lui inspirait son père. Elle n'était pas encore sevrée qu'elle connaissait la force irrationnelle de son courroux, et elle avait été habituée à lui obéir. Sa grossesse et la nouvelle que Pedro III était mort avaient achevé de la décider; dès l'instant où elle avait accepté de lier son sort à celui de Jean de Satigny, elle avait néanmoins décrété que le mariage ne serait jamais consommé. Elle allait inventer toute sorte d'arguments pour retarder cette union, invoquant d'abord les malaises propres à son état, puis elle en chercherait d'autres, convaincue qu'il lui serait bien plus facile de berner un mari comme le comte, qui chaussait des souliers de chevreau, se mettait du vernis aux ongles et avait été capable d'épouser une femme enceinte d'un autre, que de s'opposer à un géniteur comme Esteban Trueba. De deux maux, elle avait choisi celui qui lui avait paru le moindre. Elle s'était rendu compte qu'entre son père et le comte français s'était noué quelque arrangement commercial où elle n'avait pas eu son mot à dire. En échange d'un nom pour son petit-fils, Trueba avait fait cadeau à Jean de Satigny d'une dot appétissante, assortie de la promesse de recevoir un jour quelque héritage. Blanca s'était prêtée à la négociation, mais elle n'était pas disposée à octroyer à son mari ni son amour ni son intimité, car elle continuait d'aimer Pedro III, plus d'ailleurs par la force de l'habitude que par espoir de le revoir.

Blanca et son époux flambant neuf passèrent leur première nuit de jeunes mariés dans la suite nuptiale du meilleur hôtel de la capitale que Trueba avait fait remplir de fleurs pour inciter sa fille à lui pardonner la kyrielle de violences dont il l'avait accablée au cours des derniers mois. A sa grande surprise, Blanca n'eut nul besoin de feindre quelque migraine, car Jean de Satigny, délaissant le rôle du jeune marié qui lui glissait des bécots dans le cou et choisissait les meilleures langoustines pour les lui fourrer dans la bouche, parut oublier radicalement ses manières enjôleuses de séducteur de cinéma muet pour redevenir le frère qu'il avait été pour elle lors de leurs promenades champêtres, quand ils allaient goûter sur l'herbe avec l'appareil photo et les livres en français. Jean alla à la salle de bain où il demeura si longtemps qu'à son retour, Blanca était mi-assoupie. Elle se crut déjà en train de rêver quand elle aperçut son mari qui avait troqué l'habit de cérémonie pour un pyjama de soie noire et un peignoir de velours pompéien, avait mis une résille pour protéger l'impeccable ondulation de sa coiffure et exhalait une puissante odeur de lavande anglaise. Il ne semblait animé d'aucune impatience amoureuse. Il s'assit dans le lit à ses côtés et lui caressa la joue du même geste un peu moqueur qu'elle lui avait connu en d'autres occasions, puis il s'employa à lui expliquer, dans son espagnol affecté dépourvu de « rrr », qu'il n'avait pas d'inclination particulière pour le mariage, étant un homme seulement amoureux des arts, des lettres et des curiosités scientifiques, et qu'en conséquence il n'avait nulle intention de l'importuner avec des exigences maritales, de sorte qu'ils pouvaient vivre l'un à côté de l'autre, ni contre ni tout contre, en bonne harmonie et en gens bien élevés. Soulagée, Blanca lui mit les bras autour du cou et l'embrassa sur les deux joues.

« Merci, Jean! s'exclama-t-elle.

– Il n'y a pas de quoi », répliqua-t-il courtoisement.

Ils s'installèrent à leur aise dans le grand lit de faux style Empire, évoquant par le menu le déroulement de la fête et faisant des plans pour leur vie future.

« Ça ne t'intéresse pas de savoir qui est le père de mon enfant? demanda Blanca.

– C'est moi », répondit Jean en lui déposant un baiser sur le front.

Ils s'endormirent chacun de son côté en se tournant le dos. A cinq heures du matin, Blanca se réveilla avec l'estomac soulevé par l'odeur douceâtre des fleurs dont Esteban Trueba avait fait décorer la chambre nuptiale. Jean de Satigny l'accompagna à la salle de bain, lui soutint le front tandis qu'elle se pliait en deux au-dessus de la cuvette, puis l'aida à se recoucher et sortit les bouquets sur le palier. Il resta éveillé le restant de la nuit à lire *La Philosophie dans le boudoir*, du marquis de Sade, tandis que Blanca, dans son demi-sommeil, soupirait qu'à épouser un intellectuel, on n'était pas au bout de ses surprises.

Le lendemain, Jean se rendit à la banque pour y changer un chèque de son beau-père et il passa presque toute la journée à courir les magasins du centre pour faire emplette du trousseau de jeune marié qu'il jugeait adéquat à son nouveau standing. Entre-temps, lassée de l'attendre dans le hall de l'hôtel, Blanca avait décidé de rendre visite à sa mère. Elle coiffa son plus joli chapeau du matin et prit une voiture de louage pour se rendre à la grande maison du coin où le reste de la famille était en train de déjeuner en silence, harassé, encore sous l'effet des frayeurs de la noce et de la gueule de bois des dernières disputes. La voyant débarquer dans la salle à manger, son père poussa un cri horrifié :

« Que faites-vous ici, ma fille! rugit-il.

— Rien... je venais vous voir, murmura Blanca, atterrée.

— Mais elle est folle! Vous ne vous rendez pas compte qu'au premier qui vous voit, on va dire que votre mari vous a renvoyée en pleine lune de miel? On va dire que vous n'étiez pas vierge!

— C'est que je ne l'étais pas, papa. »

Esteban fut sur le point de lui balancer une baffe en travers de la figure, mais Jaime s'interposa avec tant de détermination qu'il se borna à l'insulter pour sa stupidité. Clara, inaltérable, mena Blanca jusqu'à une chaise et lui servit une assiette de poisson froid avec de la sauce aux câpres. Tandis qu'Esteban continuait à vociférer et que Nicolas allait chercher la voiture pour la reconduire à son époux, toutes deux papotaient comme au bon vieux temps.

L'après-midi même, Blanca et Jean prirent le train qui les achemina jusqu'au port. Là, ils embarquèrent sur un transatlantique anglais. Lui était vêtu d'un pantalon de toile blanche et d'un blazer bleu de coupe marine qui s'harmonisaient à la perfection à la jupe bleue et à la veste blanche du tailleur de sa femme. Au bout de quatre jours, le bateau les déposa dans la province du Nord la plus reculée, où leurs élégantes tenues de voyage et leurs bagages en croco passèrent inaperçus dans la touffeur caniculaire et sèche de l'heure de la sieste. Jean de Satigny installa provisoirement son épouse à l'hôtel et se mit en devoir de chercher un logement digne de ses nouveaux revenus. En vingt-quatre heures, la petite société provinciale fut au courant qu'elle comptait en son sein un comte authentique. Les choses en furent grandement facilitées pour Jean. Il put louer une très ancienne demeure qui avait appartenu à l'une des grosses fortunes de l'ère du nitre, quand on n'avait pas encore inventé ce succédané synthétique qui avait mis toute la région sur le flanc. La maison était assez morose, plutôt à l'abandon, comme toutes choses dans ce coin-là, et elle avait besoin de quelques réparations, mais elle conservait intacts sa dignité d'autrefois et son charme fin de siècle. Le comte la décora à son goût, avec un raffinement équivoque et décadent qui déconcerta Blanca, accoutumée à la vie rustique et à la sobriété classique de son père. Jean disposa de prétendus vases en porcelaine de Chine contenant non pas des fleurs, mais des plumes d'autruche teintes, des tentures de damas avec leurs drapés et leurs glands, des coussins à franges et à pompons, des meubles de tous styles, des grilles dorées, des paravents et d'incroyables lampes sur pied soutenues par des statues de céramique représentant des nègres abyssins grandeur nature, à moitié nus mais portant babouches et turbans. La maison gardait toujours les rideaux tirés sur une faible pénombre qui parvenait à contenir l'implacable lumière du désert. Dans les coins, Jean installa des cassolettes orientales où il brûlait des herbes aromatiques et des bâtonnets d'encens qui, au début, tournaient l'estomac de Blanca, mais auxquels elle finit vite par s'habituer. Il engagea un certain nombre d'indiens comme serviteurs, en plus d'une monumentale matrone préposée à la cuisine, à qui il avait inculqué la préparation des sauces très relevées selon son goût, ainsi qu'une soubrette bancale et analphabète pour s'occuper de Blanca. A tous, il fit endosser de voyants costumes d'opérette, mais il ne put leur imposer le port des souliers, car ils avaient coutume de marcher nu-pieds et ne les supportaient pas. Blanca se sentait mal à l'aise dans cette demeure et n'avait guère confiance en ces indiens impassibles qui la servaient d'un air dédaigneux et paraissaient se gausser d'elle dans son dos. Ils tournicotaient autour d'elle comme des esprits, se faufilant sans bruit d'une pièce à l'autre, presque toujours désœuvrés et accablés d'ennui. Ils restaient sans répondre quand elle s'adressait à eux, comme s'ils n'avaient pas compris l'espagnol, et communiquaient entre eux par chuchotements ou dans les dialectes du haut plateau. Chaque fois que Blanca évoquait avec son mari ces bizarreries qu'elle remarquait chez les serviteurs, il lui disait que ce n'était là que coutumes d'indiens et qu'elle ne devait pas y prêter cas. Clara lui répondit de même par lettre lorsqu'elle lui eut raconté avoir aperçu un jour l'un des indiens tentant de garder son équilibre sur d'extraordinaires cothurnes au talon biscornu, lacés de velours, où les larges paturons calleux de l'homme étaient tout recroquevillés. « La chaleur du désert, la grossesse et ton désir inavoué de vivre à l'instar d'une comtesse, dans la lignée de ton époux, te font avoir des visions, ma petite fille », lui écrivait Clara pour la charrier, et elle ajouta que le meilleur remède contre les souliers Louis XV était une bonne douche froide assortie d'une infusion de camomille. Une autre fois, Blanca découvrit dans son assiette un petit lézard mort qu'elle avait été sur le point de porter à sa bouche. A peine fut-elle remise de sa frayeur et eut-elle recouvré l'usage de la parole qu'elle appela à grands cris la cuisinière à qui elle montra l'assiette d'un doigt tremblant. La cuisinière s'approcha, trimbalant tout son tas de graisse et ses tresses noires, et enleva l'assiette. Mais, au moment où elle se retournait, Blanca crut surprendre une œillade complice entre son mari et l'indienne. Cette nuit-là, elle resta éveillée jusque fort tard, réfléchissant à ce qu'elle avait remarqué, mais, au petit matin, elle en était arrivée à la conclusion qu'elle avait tout imaginé. Sa mère avait raison : la chaleur et la grossesse lui faisaient perdre la boussole.

Les pièces les plus reculées de la demeure furent réservées à la passion que Jean nourrissait pour la photographie. Il y installa ses lampes, ses trépieds, ses appareils. Il pria Blanca de ne jamais pénétrer sans autorisation dans ce qu'il baptisa « le laboratoire », car, lui expliqua-t-il, les plaques pouvaient être voilées par la lumière du jour. Il en ferma la porte avec un clef qu'il portait sur lui, suspendue à une chaînette d'or, précaution tout à fait superflue, car sa femme ne prêtait pratiquement aucun intérêt à ce qui l'entourait et bien moins encore à l'art photographique.

Au fur et à mesure qu'elle s'arrondissait, Blanca en venait à acquérir une placidité orientale contre laquelle se brisèrent les tentatives de son époux pour l'intégrer à la société, l'emmener à des fêtes, la promener en voiture ou lui faire prendre feu et flamme pour la décoration de son nouvel intérieur. Lourde et gauche, solitaire, perpétuellement fatiguée, Blanca se réfugia dans la broderie et le tricot. Elle passait une bonne partie de la journée à dormir et, durant ses heures de veille, elle confectionnait les pièces miniatures d'un rose trousseau, convaincue qu'elle était de devoir donner le jour à une fille. Tout comme sa mère jadis avec elle, elle instaura un système de communication avec l'enfant qu'elle portait et se replia sur elle-même dans un dialogue muet de tous les instants. Dans ses lettres, elle décrivait sa vie mélancolique et retirée et faisait allusion à son mari avec une sympathie sans mélange, comme à un homme attentionné, discret, plein de raffinement. Ainsi, sans le vouloir, accrédita-t-elle la légende selon laquelle Jean de Satigny était quasiment un prince, sans mentionner le fait qu'il aspirait de la cocaïne par le nez et fumait l'opium tous les après-midi, car elle était persuadée que ses parents n'y comprendraient goutte. Elle disposait pour elle seule de toute une aile de la demeure. Elle y avait installé ses pénates et y entassait tout ce qu'elle s'employait à préparer pour la venue au monde de sa fille. Jean disait que cinquante marmots n'arriveraient pas à mettre tous ces vêtements ni à s'amuser de pareille quantité de jouets, mais la seule distraction de Blanca consistait à sortir faire le tour des rares commerçants de la ville et à rafler tout ce qu'elle pouvait trouver de couleur rose pour bébé. Ses journées se passaient à ourler des langes, à tricoter de petits chaussons de laine, à décorer des corbeilles, à ranger les piles de brassières, de bavoirs, de couches, à repasser les draps brodés. Après la sieste, elle écrivait à sa mère, parfois aussi à son frère Jaime, et quand le soleil déclinait et qu'il faisait un peu plus frais, elle allait se promener dans les environs pour se dégourdir les jambes. Le soir tombé, elle retrouvait son mari dans la grande salle à manger de la demeure où les nègres de céramique, dressés dans leur coin, éclairaient la scène de leur lumière de maison close. Chacun prenait place à un bout de la table garnie d'une nappe tombante avec cristaux, service au grand complet et décorée de fleurs artificielles, les naturelles ne poussant pas dans cette région inhospitalière. C'était toujours le même impassible et taciturne indien qui les servait, roulant en permanence dans sa bouche la boule verdâtre de feuilles de coca dont il se sustentait. Ce n'était pas un domestique ordinaire et il ne remplissait aucune fonction spécifique dans l'organigramme domestique. Servir à table n'était pas non plus son fort, il n'avait pas le maniement des couverts et des plats et finissait par leur jeter leur pitance à la va-comme-je-te-pousse. Blanca se sentit obligée de lui remontrer un jour qu'il voulût bien ne pas attraper les patates avec ses pattes pour les leur poser dans l'assiette. Mais Jean de Satigny, pour quelque mystérieuse raison, l'estimait et s'employait à le former pour qu'il devînt son aide de laboratoire.

« S'il est incapable de s'exprimer comme un bon chrétien, on ne voit pas comment il saurait tirer des portraits », remarqua Blanca quand elle fut au courant.

C'était ce même indien que Blanca avait cru voir, arborant des hauts talons Louis XV.

Les premiers mois de son existence de femme mariée passèrent dans la paix et l'ennui. Le penchant naturel de Blanca au repliement et à la solitude s'accentua. Elle se détourna de la vie en société et Jean de Satigny finit par se rendre seul aux nombreuses invitations qu'ils recevaient. Puis, de retour à la maison, il se gaussait devant Blanca des ridicules de ces familles d'autrefois, surannées, où les demoiselles allaient accompagnées d'un chaperon et où les messieurs portaient un scapulaire. Blanca put mener cette vie oisive dont elle avait la vocation, cependant que son époux se consacrait à ces menus plaisirs que l'argent seul peut procurer et dont il avait dû se priver si longtemps. Il sortait tous les soirs pour aller jouer au casino et sa femme calcula qu'il devait perdre des sommes substantielles car, en fin de mois, une file de créanciers attendait invariablement à la porte. Jean avait une conception très spéciale de l'économie domestique. Il fit l'achat d'une automobile dernier modèle, aux sièges doublés de peau de léopard et aux accessoires plaqués or, digne d'un prince arabe, la plus grosse et la plus mirobolante qu'on eût jamais vue dans les parages. Il développa tout un réseau de mystérieux contacts qui lui permirent de se porter acquéreur d'antiquités, notamment de porcelaines françaises de style baroque, pour lesquelles il avait un faible. Il s'occupa également de rentrer des caisses de liqueurs fines auxquelles il faisait franchir la douane sans problèmes. Les produits de sa contrebande pénétraient chez lui par l'entrée de service et en ressortaient intacts par la porte principale, à destination d'autres lieux où Jean les consommait en secrètes bamboches quand il ne les écoulait pas à des prix prohibitifs. A la maison, ils ne recevaient pas de visites et au bout de quelques semaines, les dames du cru renoncèrent à appeler Blanca. Le bruit avait couru qu'elle était fière, hautaine et mal-portante, ce qui accrut d'autant la sympathie générale pour le comte français qui en retira une réputation de mari équanime et endurant.

Blanca s'entendait bien avec son époux. Ne s'élevaient entre eux de discussions que lorsqu'elle voulait se mêler d'examiner les finances familiales. Elle ne pouvait s'expliquer que Jean se payât le luxe d'acheter ses porcelaines et de se véhiculer dans ce tacot tigré s'il n'avait pas assez d'argent pour régler la note de l'épicier chinois ni les gages de leur nombreuse domesticité. Jean se refusait à en parler sous prétexte que c'étaient là des responsabilités proprement masculines et qu'elle n'avait nul besoin d'encombrer sa petite tête de linotte avec des problèmes qu'elle n'était pas à même de comprendre. Blanca supposa que la ligne de crédit ouverte à Jean de Satigny par Esteban Trueba était illimitée et, dans l'impossibilité de s'entendre là-dessus avec lui, elle finit par se désintéresser de ces affaires. Elle végétait comme une fleur de quelque autre climat, cloîtrée dans cette demeure enclavée parmi les sables, entourée d'indiens bizarres qui avaient l'air de vivre sur une autre planète, surprenant souvent de menus détails qui l'amenaient à douter de son propre bon sens. La réalité lui paraissait floue, comme si cet implacable soleil qui gommait les couleurs eût aussi déformé les objets autour d'elle, et transformé les êtres en ombres énigmatiques.

Dans la torpeur de ces quelques mois, protégée par l'enfant qui poussait en son sein, Blanca oublia l'étendue de son infortune. Elle cessa de songer à Pedro III Garcia avec l'irrépressible obsession de naguère et se replia sur des souvenirs douceâtres et délavés qu'elle pouvait évoquer à tout moment. Sa sensualité était assoupie et les rares fois où elle se prenait à méditer sur son malheureux destin, elle se plaisait à s'imaginer elle-même flottant à l'instar d'une nébuleuse, sans joies ni peines, à l'écart des brutalités de la vie, oubliée avec sa fille pour seule compagnie. Elle en vint à penser qu'elle avait à jamais perdu la capacité d'aimer et que les ardeurs de sa chair s'étaient définitivement éteintes. Elle passait des heures interminables à contempler le paysage blafard qui s'étendait devant sa croisée. La

351

demeure était implantée en bordure de ville, entourée de quelques arbres rachitiques qui résistaient aux impitoyables assauts du désert. Côté nord, le vent détruisait toute forme de végétation et l'on pouvait embrasser une immense étendue de dunes et de lointains mamelons tremblant dans la réverbération du soleil. Dans la journée, la touffeur de cet astre de plomb la laissait accablée, la nuit elle frissonnait de froid entre ses draps, se prémunissant contre le gel à l'aide de bouillottes et de châles de laine. Elle scrutait le ciel limpide et nu en quête d'un soupçon de nuage, dans l'espoir qu'il viendrait à tomber un jour une goutte de pluie qui tempérerait l'oppressante âpreté de cette vallée lunaire. Les mois s'écoulaient, immuables, sans autre diversion que les lettres de sa mère où celle-ci lui narrait la campagne électorale de son père, les foucades de Nicolas, les extravagances de Jaime qui vivait comme un curé tout en faisant des yeux enamourés de merlan frit. Dans une de ses missives, Clara lui suggéra, pour s'occuper les mains, de se mettre à la fabrication de santons. Elle essaya. Elle se fit expédier de cette argile spéciale qu'elle était habituée à utiliser aux Trois Maria, aménagea son atelier dans l'arrière-cuisine et chargea deux des indiens de lui construire un four pour y cuire les figurines de céramique. Mais Jean de Satigny ironisait sur son bricolage artistique, disant que, s'il s'agissait de s'occuper les mains, mieux valait qu'elle tricotât des chaussettes et apprît à faire des friands en pâte feuilletée. Elle finit par laisser tomber son ouvrage, moins à cause des sarcasmes de son époux que parce qu'elle s'avéra incapable de rivaliser avec l'antique travail de poterie des indiens.

Jean avait mis à organiser son entreprise la même ténacité que jadis son affaire de chinchillas, mais cette fois avec plus de succès. Hormis un prêtre allemand qui sillonnait la région depuis trente ans pour déterrer le passé des incas, personne d'autre ne s'était soucié de ces reliques, car on les estimait dénuées de toute valeur commerciale. Le gouvernement interdisait le trafic des antiquités indigènes et avait accordé une concession générale au curé, lequel était autorisé à réquisitionner les pièces et à les apporter au musée. Jean les découvrit pour la première fois dans les poussiéreuses vitrines de ce musée. Il passa deux jours en compagnie de l'Allemand qui, trop heureux de rencontrer au bout de tant d'années quelqu'un qui s'intéressât à son travail, ne se fit pas prier pour étaler ses vastes connaissances. Ainsi le comte apprit la façon dont on pouvait mesurer le temps pendant lequel elles étaient restées ensevelies, il sut différencier les époques et les styles, découvrir la manière de localiser les nécropoles dans le désert grâce à des signes invisibles à l'œil civilisé, et il en vint finalement à la conclusion que si ces tessons de poterie n'avaient rien de l'éclat précieux des sépultures égyptiennes, ils n'en avaient pas moins la même valeur historique. Une fois obtenue toute l'information dont il avait besoin, il mit sur pied ses équipes d'indiens pour aller déterrer tout ce qui avait pu échapper au zèle archéologique du curé.

Les magnifiques terres cuites verdies par la patine du temps commencèrent à affluer chez lui, dissimulées dans des baluchons d'indiens et des couffins de lamas, remplissant rapidement les caches secrètes apprêtées pour les recevoir. Blanca les voyait s'amonceler dans les chambres et restait saisie d'émerveillement devant leurs formes. Elle les prenait entre ses mains, les caressait, comme hypnotisée, et quand le moment venait de les emballer de paille et de papier pour les expédier vers des destinations aussi lointaines qu'inconnues, elle en éprouvait un profond chagrin. Ces céramiques lui paraissaient d'une beauté insurpassable.

Elle avait l'impression que le même toit ne pouvait décemment abriter les petits monstres de ses crèches, et telle fut avant tout la raison pour laquelle elle délaissa son atelier.

Le commerce de céramiques indigènes était discret, s'agissant du patrimoine historique de la nation. Travaillaient pour le compte de Jean plusieurs équipes d'indiens qui étaient arrivés là en se faufilant clandestinement par le dédale des défilés frontaliers. Ils n'avaient pas de papiers attestant qu'ils fussent des êtres humains; ils étaient taciturnes, farouches, impénétrables. Chaque fois que Blanca s'enquérait de savoir d'où sortaient ces créatures qui surgissaient subitement dans sa cour, on lui répondait que c'étaient des cousins de celui qui servait à table, et, de fait, tous se ressemblaient. Ils ne séjournaient pas longtemps à la maison. La plupart du temps, ils étaient dans le désert, sans autre attirail qu'une pelle pour creuser le sable, une boule de coca dans la bouche pour se maintenir en vie. Ils avaient parfois la chance de tomber sur les ruines mi-ensevelies d'un village inca et en un rien de temps ils remplissaient les caves de la maison du butin de leurs fouilles. La prospection, l'acheminement et la commercialisation de cette marchandise s'effectuaient avec un tel luxe de précautions que Blanca n'eût pas soupçonné qu'il pût y avoir quelque chose de frauduleux dans les activités de son mari. Jean lui expliqua que le gouvernement était très chatouilleux sur le chapitre de ces cruches crasseuses et de ces misérables colliers de petits cailloux du désert, et, pour éviter les sempiternelles procédures de la bureaucratie officielle, il préférait les négocier à sa façon. Il les faisait sortir du pays dans des caisses scellées portant l'étiquette « pommes », grâce à la complicité intéressée de quelques inspecteurs des douanes.

De tout cela, Blanca ne se souciait guère. Seule la

préoccupait la question des momies. Elle était familiarisée avec les morts, ayant passé sa vie en étroit contact avec eux par l'intermédiaire du guéridon autour duquel sa mère les invoquait. Elle était habituée à voir leurs formes transparentes se baguenauder le long des couloirs de la maison de ses parents, faire du remue-ménage dans les penderies et apparaître dans les rêves pour pronostiquer les malheurs et les gros lots à la loterie. Mais les momies étaient bien différentes. Ces êtres tout ratatinés, emmaillotés de loques qui se défaisaient en effilochures pulvérulentes, avec leurs têtes décharnées et jaunâtres, leurs petites mains ridées, leurs paupières cousues, leurs cheveux clairsemés sur la nuque, leurs éternels et terrifiants sourires sans lèvres, leur odeur de rance, cet air de morosité et de gueusaille des très anciens cadavres l'émouvaient profondément. On n'en voyait pas tous les jours. De loin en loin, les indiens en ramenaient une. Lents et immuables, ils débarquaient à la maison en charriant un grand vase de terre cuite hermétiquement clos. Jean l'ouvrait avec soin dans une pièce dont toutes les portes et fenêtres avaient été fermées, afin que le premier souffle d'air ne vînt la réduire en cendre. A l'intérieur du vase apparaissait la momie comme le noyau de quelque fruit étrange, ramassée en position fœtale, emmitouflée dans ses haillons, en compagnie de ses misérables trésors de colliers de dents et de poupées de chiffons. Elles étaient incomparablement plus appréciées que les autres objets exhumés des tombes, car les collectionneurs privés et certains musées étrangers les payaient fort cher. Blanca se demandait quelle sorte de gens collectionnaient les morts, et où ils pouvaient bien les fourrer. Elle était incapable d'imaginer une momie comme élément décoratif de quelque salon, mais Jean de Satigny lui exposait que, bien disposées dans une urne de

355

verre, celles-ci, aux yeux d'un multimillionnaire européen, pouvaient revêtir plus de prix que n'importe quelle autre œuvre d'art. Les momies n'étaient pas simples à écouler, à transporter ni à passer en douane, si bien qu'elles demeuraient parfois plusieurs semaines dans les caves de la maison, attendant leur tour d'entreprendre leur long périple à l'étranger. Blanca en rêvait, elle avait des hallucinations, croyait les voir déambuler sur la pointe des pieds le long des couloirs, recroquevillées comme des gnomes furtifs et sournois. Elle barricadait la porte de sa chambre, plongeait la tête sous les draps et passait des heures ainsi à trembler, à prier, à appeler de toutes ses forces sa mère en pensée. Elle en fit part à Clara dans ses lettres et celle-ci lui répondit qu'elle ne devait pas redouter les morts, plutôt les vivants, car malgré leur fâcheuse réputation, jamais on n'avait vu des momies s'en prendre à qui que ce fût ; au contraire, elles étaient d'un naturel plutôt timide. Encouragée par les conseils de sa mère, Blanca se mit à les épier. Elle les attendait en silence, guettant par la porte entrouverte de sa chambre. Bientôt elle eut la certitude qu'elles se baladaient à travers la maison, traînant leurs guiboles infantiles sur les tapis, papotant comme des écolières, se poussant l'une l'autre, passant toutes les nuits par petits groupes de deux ou trois, toujours en direction du laboratoire photographique de Jean de Satigny. Parfois elle croyait entendre de lointains gémissements d'outre-tombe et était prise d'irrépressibles accès de terreur, elle appelait son mari à grands cris, mais nul n'accourait et elle avait bien trop peur pour traverser toute la demeure et aller le retrouver. Dès l'apparition des premiers rayons du soleil, Blanca recouvrait son bon sens et la maîtrise de ses nerfs éprouvés, elle se rendait compte que ses angoisses nocturnes n'étaient que le fruit de l'imagination fiévreuse qu'elle avait héritée de sa mère et elle se tranquillisait jusqu'à ce que fussent retombées les ombres de la nuit et que se rééditât le cycle de l'épouvante. Un jour, elle ne put davantage supporter l'oppression qu'elle ressentait à l'approche de la nuit et elle résolut de parler des momies à Jean. Ils étaient alors en train de dîner. Lorsqu'elle lui eut raconté les allées et venues, les murmures et les cris étouffés, Jean de Satigny resta comme pétrifié, la fourchette à la main, la bouche ouverte. L'indien qui pénétrait dans la salle à manger, tenant le plateau, trébucha et le poulet rôti roula sous une chaise. Jean déploya tout son charme, son autorité et sa logique pour la persuader que ses nerfs étaient en train de lui jouer des tours, que rien de cela ne se produisait dans la réalité, qu'il ne s'agissait que d'élucubrations de son esprit si prompt à s'émouvoir. Blanca fit mine de se ranger à ses raisons, mais elle trouva on ne peut plus suspects cette véhémence de son époux qui ne prêtait ordinairement aucune attention à ses problèmes, et le faciès du serviteur qui, pour une fois, avait perdu son immuable expression d'idole et dont les yeux s'étaient légèrement exorbités. C'est à cet instant qu'elle décréta en elle-même que l'heure était venue d'enquêter à fond sur cette affaire de momies transhumantes. Ce soir-là, elle se retira de bonne heure, après avoir fait part à son mari qu'elle prendrait un tranquillisant pour dormir. Au contraire, elle but une grande tasse de café noir et se posta tout contre sa porte, disposée si nécessaire à passer des heures à l'affût.

Elle perçut les premiers petits pas aux environs de minuit. Elle entrouvrit la porte avec maintes précautions et passa la tête à l'instant précis où une forme menue, recroquevillée sur elle-même, s'éclipsait au bout de la galerie. Cette fois, elle était certaine de n'avoir pas rêvé, mais, à cause de la lourdeur de son ventre, il lui fallut une bonne minute avant d'atteindre la véranda. La nuit était fraîche et une brise forte soufflait du désert, faisant craquer les vieux caissons de la demeure et gonflant les rideaux comme des voiles noires en haute mer. Depuis sa tendre enfance, à l'époque où elle entendait à la cuisine les histoires du croquemitaine de la nounou, elle avait peur de l'obscurité, mais elle n'osa allumer, afin de ne pas effrayer les petites momies dans leurs déambulations erratiques.

Tout à coup, l'épais silence de la nuit fut brisé par un cri rauque, assourdi, comme s'il provenait de l'intérieur d'un cercueil, du moins est-ce ce que se figura Blanca. Elle commençait à succomber à la morbide fascination des choses d'outre-tombe. Elle se figea, le cœur battant à se rompre, mais un second gémissement la fit redescendre sur terre, lui donnant la force d'avancer jusqu'à la porte du laboratoire de Jean de Satigny. Elle tenta de l'ouvrir, mais la pièce était fermée à clef. Elle colla l'oreille à la porte et perçut alors distinctement des murmures, des cris étouffés et des rires, et tous ses doutes furent dissipés : il se passait bel et bien quelque chose avec les momies. Elle s'en revint à sa chambre, confortée dans sa conviction que ce n'étaient pas ses nerfs qui lui jouaient des tours, mais que des événements atroces se déroulaient dans l'antre secret de son mari.

Le lendemain, Blanca attendit que Jean de Satigny eût terminé sa méticuleuse toilette intime, eût déjeuné avec sa frugalité habituelle, lu son journal jusqu'à la dernière page et fût finalement sorti pour sa quotidienne promenade matinale, sa placide indifférence de future mère ne laissant rien paraître de sa détermination farouche. Lorsque Jean fut parti, elle appela l'indien aux hauts talons et, pour la première fois, lui donna un ordre :

« Va en ville et achète-moi des papayes confites », commanda-t-elle sèchement.

L'indien s'en fut du lent trottinement de ceux de sa race et elle demeura à la maison en compagnie des autres serviteurs qu'elle redoutait beaucoup moins que cet étrange individu aux courbettes de courtisan. Elle se dit qu'elle avait deux bonnes heures devant elle avant qu'il ne revînt, de sorte qu'elle choisit de ne point se presser et d'agir avec pondération. Elle était bien décidée à élucider ce mystère des momies baladeuses. Elle se dirigea vers le laboratoire, certaine que dans la pleine lumière de la matinée les momies n'auraient pas le cœur à faire les pitres, et escomptant bien que la porte ne serait pas fermée, mais elle la trouva condamnée, comme toujours. Elle essaya tout son trousseau de clefs, mais en vain. Elle s'empara alors à la cuisine du plus grand couteau, introduisit la lame sous la penture de la porte et s'employa à la forcer, arrachant du cadre des esquilles de bois sec et parvenant ainsi à dégager la ferrure et à ouvrir. Les dégâts causés à la porte étaient indissimulables; dès que son mari s'en apercevrait, elle devrait avancer quelque explication raisonnable, mais elle se rasséréna en se disant qu'après tout, en tant que maîtresse de maison, elle avait bien le droit de savoir ce qui se tramait sous son toit. Malgré son esprit prosaïque qui, plus de vingt années durant, avait su résister sans s'émouvoir à la danse du guéridon et au spectacle de sa mère prophétisant l'imprévisible, au moment de franchir le seuil du laboratoire, Blanca claquait des dents.

Elle chercha l'interrupteur à tâtons et alluma. Elle se retrouva dans une vaste pièce aux murs peints en noir et aux fenêtres masquées de grosses tentures de même couleur par où ne filtrait pas le moindre rai de lumière. Le sol était couvert d'épaisses carpettes foncées et elle découvrit de tous côtés les projecteurs, les spots, les réflecteurs dont elle avait vu Jean se servir pour la première fois lors des funérailles de Pedro Garcia senior, quand il s'était mis à tirer le portrait des vivants et des morts, mettant tout le monde sur des charbons ardents, tant et si bien que les paysans avaient fini par piétiner ses plaques. Elle regarda autour d'elle, désemparée : elle était au centre d'un fantastique décor de théâtre. Elle s'avança, contournant des malles béantes qui recelaient des costumes empanachés de toutes les époques, des perruques frisées, d'excentriques couvre-chefs, s'arrêta devant un trapèse doré suspendu au plafond, auquel était accroché un pantin désarticulé de proportions humaines, elle aperçut dans un coin un lama embaumé, sur des tables des bouteilles de liqueurs ambrées, et, jonchant le sol, des peaux de bêtes exotiques. Mais ce qui la laissa abasourdie, ce furent les photographies. A leur vue, elle se pétrifia, interdite. Les murs du studio de Jean de Satigny étaient tapissés d'affligeantes scènes pornographiques qui révélaient la nature cachée de son époux.

Blanca était lente à réagir et il lui fallut un bon moment pour réaliser ce qui s'offrait ainsi à sa vue, car elle manquait d'expérience en ce genre d'affaires. Elle connaissait le plaisir comme ultime et précieuse étape du long itinéraire qu'elle avait parcouru avec Pedro III, étape qu'elle avait franchie sans hâte, avec bonne humeur, dans un décor de bois et de blés près de la rivière, sous l'immensité du ciel et dans le silence de la campagne. Elle ne s'était pas laissé atteindre par les tourments propres à l'adolescence. Tandis que ses camarades du collège lisaient en cachette des romans défendus truffés d'amants passionnés autant qu'imaginaires et de pucelles avides de ne plus l'être, elle s'asseyait à l'ombre des pruniers dans le jardin des sœurs, fermait les yeux et se remémorait avec une précision sans failles cette réalité magnifique, quand Pedro III l'emprisonnait dans ses bras, l'explorait de ses caresses et arrachait au plus profond d'elle-même des accords semblables à ceux qu'il parvenait à faire sortir de sa guitare. Sitôt éveillés, ses instincts s'étaient vus satisfaits et il ne l'avait jamais effleurée que la passion pût revêtir d'autres formes. Ces scènes de turpitudes accablantes constituaient une révélation mille fois plus déconcertante que les turbulentes momies qu'elle avait escompté découvrir.

Elle identifia la physionomie des domestiques de la maison. Se retrouvait là toute la cour des incas, aussi nus que Dieu les avait mis au monde, ou mal fagotés dans des costumes de théâtre. Elle découvrit l'insondable gouffre entre les cuisses de la cuisinière, le lama embaumé chevauchant la chambrière bancale et l'imperturbable indien qui la servait à table nu comme un nouveau-né, glabre et court sur pattes, avec son impassible faciès de pierre et son énorme pénis en érection.

Pendant un laps de temps interminable, Blanca hésita devant sa propre incrédulité, jusqu'à ce que l'horreur l'eût submergée. Elle tenta alors de réfléchir lucidement. Elle comprit ce que Jean de Satigny avait voulu dire au cours de leur nuit de noces, quand il lui avait expliqué qu'il ne se sentait aucune inclination pour la vie conjugale. Elle entrevit aussi d'où venaient le sinistre pouvoir de l'indien, les moqueries sournoises des serviteurs, et elle se sentit soudain prisonnière dans l'antichambre de l'enfer. A ce moment précis, la petite fille se mit à bouger dans ses entrailles et elle sursauta comme si le tocsin s'était mis à sonner.

« Ma fille! Il faut que je la sorte d'ici! » s'exclama-t-elle en se prenant l'abdomen à deux mains.

Elle quitta le laboratoire en courant, traversa la maison en coup de vent et déboucha dans la rue où la chaleur de plomb et l'impitoyable lumière du jour lui rendirent le sens des réalités. Elle comprit qu'elle n'irait pas bien loin à pied avec ce ventre dans son neuvième mois. Elle s'en retourna dans sa chambre, prit tout l'argent qu'elle put y trouver, fit un paquet de quelques-unes des pièces du somptueux trousseau qu'elle avait préparé et s'en fut vers la gare.

Assise le long du quai sur un rugueux banc de bois, son baluchon sur les genoux, les yeux remplis d'effroi, Blanca attendit plusieurs heures l'arrivée du train, priant entre ses dents que le comte, de retour à la maison et constatant que la porte du laboratoire avait été fracturée, ne se mît à sa recherche, ne vînt à la retrouver, ne l'obligeât alors à revenir au royaume maléfique des incas, priant que le train fît plus vite, respectât pour une fois l'horaire, de sorte qu'elle pût arriver chez ses parents avant que l'enfant qui lui comprimait les entrailles et lui donnait des coups de pied dans les côtes n'annonçât sa venue au monde, priant qu'il lui restât assez de forces pour ce voyage de deux jours sans répit ni repos et que son appétit de vivre fût plus puissant que cette terrible détresse qui commençait à s'emparer d'elle. Elle serra les dents et attendit.

CHAPITRE IX

LA PETITE ALBA

ALBA naquit par les pieds, autrement dit promise à la bonne fortune. Sa grand-mère scruta entre ses omoplates et y trouva une tache en forme d'étoile, caractéristique des êtres qui viennent au monde prédisposé à trouver le bonheur. « Inutile de se faire du mouron pour cette fillette. Elle aura toutes les chances et sera heureuse. Par-dessus le marché, elle aura une peau magnifique, car ça se transmet et à mon âge, je n'ai pas une ride et il ne m'est jamais venu de boutons », épilogua Clara au lendemain de la naissance. Aussi bien ne se préoccupa-t-on pas de la préparer à la vie, puisque les astres s'étaient conjoints pour la doter de tant de bienfaits. Elle était du signe du Lion. Sa grand-mère étudia son thème astral et consigna son destin à l'encre blanche dans un album de papier noir où elle colla de surcroît quelques mèches verdâtres de ses tout premiers cheveux, les rognures d'ongles qu'elle lui coupa peu après sa naissance et quelques clichés qui permettent de se la représenter telle qu'elle était alors : une créature d'une extraordinaire chétivité, quasiment chauve, pâlichonne et ratatinée, dépourvue de tout signe d'intelligence humaine hormis ses yeux noirs où luisait depuis le berceau l'expression des vieillards qui en savent long : les mêmes que ceux de son véritable père. Sa mère aurait voulu l'appeler Clara, mais sa grand-mère n'était pas chaude pour répéter les prénoms dans la famille : ça semait la confusion dans les cahiers de notes sur la vie. On chercha un nom dans un dictionnaire de synonymes et on tomba sur le sien, le dernier d'une chaîne de lumineux vocables qui veulent tous dire de même. Bien des années plus tard, Alba se tourmenterait à l'idée que, le jour où elle aurait elle-même une fille, il ne resterait plus d'autre mot de même sens pour lui tenir lieu de prénom, mais Blanca lui donnerait alors l'idée de recourir aux langues étrangères, qui ne laissent plus que l'embarras du choix.

Alba faillit naître dans un tortillard à voie étroite, sur le coup de trois heures de l'après-midi, en plein milieu du désert. C'eût été fatal pour son thème astral. Par bonheur, elle put se cramponner quelques heures de plus à l'intérieur de sa mère et réussit à venir au monde dans la demeure de ses grands-parents, au jour, à l'heure et dans le lieu convenant précisément le mieux à son horoscope. Sa mère débarqua sans préavis à la grande maison du coin, tout échevelée, couverte de poussière, les yeux cernés, pliée en deux de douleur sous l'effet des contractions grâce auxquelles Alba frayait sa sortie, elle frappa à la porte comme une désespérée et on ne lui eut pas plus tôt ouvert qu'elle s'engouffra et traversa en trombe jusqu'à la lingerie où Clara était en train de terminer la dernière mignonne robette destinée à sa future petite-fille. Là, au terme de son long voyage, Blanca s'effondra sans pouvoir fournir la moindre explication, car son ventre laissa échapper un profond soupir liquide et elle sentit toute l'eau de l'univers lui cataracter entre les jambes dans un furieux bouillonnement. Aux cris de Clara, la domesticité rappliqua, ainsi que Jaime qui passait à la maison tous ces jours-là à tournicoter autour d'Amanda. Ils la transportèrent jusque dans la chambre de Clara. A peine l'avaient-ils installée sur le lit, tirant à hue et à dia sur ses vêtements pour l'en dépouiller, qu'Alba se mit à laisser poindre sa minuscule humanité. Son oncle Jaime, qui avait assisté à l'hôpital à quelques accouchements, l'aida à venir au monde, lui empoignant fermement les fesses de la main droite et cherchant avec les doigts de la gauche, à l'aveugle et à tâtons, le cou du bébé afin de le dégager du cordon ombilical qui l'étranglait. Dans le même temps, accourue en hâte, attirée par tout ce branle-bas, Amanda appuyait de tout son poids sur le ventre de Blanca tandis que Clara, penchée sur le visage douloureux de sa fille, approchait de ses narines un passe-thé recouvert d'un bout de chiffon sur lequel on avait distillé quelques gouttes d'éther. Alba naquit sans se faire prier. Jaime ôta le cordon qui lui entourait le cou, la souleva en l'air, tête en bas, et de deux tapes sonores l'initia aux souffrances d'ici-bas et à la mécanique respiratoire, mais Amanda, qui avait quelques lectures sur les coutumes africaines et prêchait le retour à la nature, lui prit la nouveau-née des mains et la déposa amoureusement sur le ventre tiède de sa mère où elle trouva quelque consolation à la tristesse de naître. Mère et fille restèrent ainsi à se reposer, nues et accolées l'une à l'autre, cependant que les autres nettoyaient les vestiges de l'accouchement et s'affairaient à préparer draps propres et premières couches. Dans l'émotion de l'instant, nul n'avait prêté attention à la porte entrebâillée de la penderie d'où le petit Miguel avait contemplé la scène, paralysé de terreur, gravant à jamais dans sa mémoire la vision de l'énorme globe parcouru de veinules et couronné d'un ombilic saillant, d'où était sorti cet être violacé, enveloppé d'une horrible tripaille d'un beau bleu.

Alba fut inscrite sur le registre d'état-civil et dans

les livres de la paroisse sous le nom français de son père, mais elle-même ne put jamais le porter, celui de sa mère étant bien plus facile à épeler. Son aïeul Esteban Trueba ne souscrivit jamais à cette fâcheuse habitude : comme il le disait chaque fois qu'on lui en fournissait l'occasion, il s'était donné beaucoup de mal pour doter la fillette d'un père de bonne réputation doublé d'un nom respectable, et pour lui éviter d'user de celui de sa mère, comme si celle-ci avait elle-même été fille de la honte et du péché. Il ne permit pas davantage que l'on se prît à douter de la légitime paternité du comte et, contre toute raison, persista à espérer que l'on remarquerait tôt ou tard l'élégance des manières et le charme subtil du Français chez cette gosse balourde et renfrognée qui déambulait sous son toit. Clara s'abstint elle aussi de faire quelque allusion au problème jusqu'au jour où, bien plus tard, elle vit la fillette jouer parmi les statues mutilées du jardin et réalisa soudain qu'elle ne ressemblait à personne de la famille, et moins encore à Jean de Satigny.

« De qui tient-elle ces yeux de vieux? interrogea la grand-mère.

— Elle a les yeux de son père, répondit distraitement Blanca.

— De Pedro III Garcia, je suppose? fit Clara.

— En effet », confirma Blanca.

Ce fut la seule fois où l'on parla dans la famille de l'ascendance d'Alba, car, comme le fit remarquer Clara, l'affaire était totalement dénuée d'importance, Jean de Satigny ayant de toute façon disparu de leurs vies. On ne savait plus rien de lui et nul ne se donna la peine de chercher où il avait échoué, pas même aux fins de régulariser la situation de Blanca, dépourvue des libertés du célibat et astreinte à toutes les limitations d'une femme mariée, alors qu'elle n'avait pas de mari. Jamais Alba ne put contempler le comte en portrait, car sa mère passa au peigne fin les moindres recoins de la maison jusqu'à les avoir tous détruits, y compris ceux qui la montraient à son bras le jour des noces. Elle avait résolu d'oublier l'homme qu'elle avait épousé, et de considérer qu'il n'avait jamais existé. A aucun moment, elle ne reparla de lui, pas plus qu'elle ne fournit d'explications sur son départ du domicile conjugal. Clara, qui était restée muette pendant neuf ans, connaissait les avantages du silence, de sorte qu'elle ne posa pas de questions à sa fille et contribua elle aussi à effacer Jean de Satigny du souvenir. A Alba, on raconta que son père avait été quelque noble gentilhomme, intelligent et distingué, qui avait eu l'infortune de succomber aux fièvres dans le désert du Nord. Ce fut un des seuls mensonges qu'elle dut subir au cours de son enfance, car pour tout le reste, elle se trouva plutôt placée en étroit contact avec les vérités prosaïques de l'existence. Son oncle Jaime se chargea de détruire le mythe des enfants qui sortent des choux ou qui sont acheminés depuis Paris par les cigognes, et son oncle Nicolas ceux des rois mages, des fées et des croquemitaines. Alba faisait des cauchemars où elle se représentait la mort de son père. Elle voyait en songe un homme jeune et beau, tout vêtu de blanc, portant des vernis de même couleur et un chapeau de paille, cheminant à travers le désert en plein soleil. Dans son rêve, l'homme qui marchait ralentissait l'allure, vacillait, avançait de moins en moins vite, il trébuchait et tombait, se relevait pour choir de nouveau, consumé par la chaleur, la fièvre et la soif. Il progressait encore en se traînant à genoux sur les sables brûlants, mais finissait par rester étendu parmi l'immensité de ces dunes blafardes, avec les cercles de rapaces volant au-dessus de son corps inerte. Elle en rêva tant et tant de fois qu'elle fut bien surprise, nombre d'années plus tard, lorsqu'elle dut aller reconnaître le cadavre de celui qu'elle croyait être son père dans un dépôt de la Morgue municipale. Alba était alors une vaillante jeune fille au tempérament audacieux, accoutumée à l'adversité, si bien qu'elle s'y rendit seule. Elle fut reçue par un auxiliaire en blouse blanche qui la mena par les longs corridors du vieil édifice jusqu'à une salle vaste et glacée aux murs peints en gris. L'homme en blouse blanche ouvrit la porte d'un énorme frigo et en sortit un plateau sur lequel reposait un corps gonflé, décrépit, de teinte bleuâtre. Alba le détailla avec attention sans lui trouver la moindre ressemblance avec l'image dont elle avait si souvent rêvé. Il lui semblait plutôt d'un type courant, commun, avec quelque chose d'un employé des postes; elle examina ses mains : ce n'étaient pas celles d'un noble gentilhomme, intelligent et raffiné, mais celles de quelqu'un qui n'a rien d'intéressant à raconter. Néanmoins, ses papiers attestaient irréfutablement que ce cadavre bleuâtre et triste à souhait n'était autre que Jean de Satigny, lequel n'était pas mort des fièvres parmi les dunes dorées d'un cauchemar enfantin, mais tout bonnement d'une apoplexie, en traversant la rue à un âge avancé. Mais tout cela n'advint que bien plus tard. A l'époque où Clara était encore en vie, et Alba encore une enfant, la grande maison du coin était un monde clos où celle-ci put grandir à l'abri, protégée même de ses propres cauchemars.

Alba n'était pas née depuis deux semaines qu'Amanda quitta la grande maison du coin. Elle avait recouvré ses forces et n'avait eu aucun mal à déceler un ardent désir dans le cœur de Jaime. Elle prit son petit frère par la main et s'en fut comme elle était venue, sans bruit, sans promesse de retour. On la perdit de vue et le seul à être en mesure de la retrouver s'y refusa, afin de ne pas blesser son frère. Ce n'est que par hasard que Jaime la revit au bout de nombreuses années, mais il était alors trop tard pour l'un comme pour l'autre. Après qu'elle s'en fut allée, Jaime noya son désespoir dans les études et le travail. Il renoua avec ses anciennes habitudes d'anachorète et ne remit presque jamais plus les pieds à la maison. Il cessa de mentionner le nom de la jeune fille et s'éloigna définitivement de son frère.

La présence chez lui de sa petite-fille adoucit le caractère d'Esteban Trueba. Le changement fut imperceptible, mais n'échappa pas à Clara. De petits symptômes le trahissaient : l'éclat de son regard quand il apercevait la fillette, les cadeaux onéreux qu'il lui rapportait, son angoisse dès qu'il l'entendait pleurer. Rien de cela ne le rapprocha néanmoins de Blanca. Ses relations avec sa fille n'avaient jamais été bonnes, mais, depuis son funeste mariage, elles s'étaient à ce point dégradées que seule la politesse obligatoire imposée par Clara leur permettait de vivre sous le même toit.

A l'époque, la demeure des Trueba avait presque toutes ses chambres occupées, chaque jour on mettait la table pour toute la famille, pour les invités, et un couvert supplémentaire pour qui viendrait à débarquer sans s'être fait annoncer. La porte principale était ouverte en permanence afin que pussent entrer et sortir habitués et visiteurs. Cependant que le sénateur Trueba s'évertuait à infléchir les destinées de son pays, son épouse naviguait avec dextérité dans les eaux agitées de la vie sociale et parmi celles, fort déroutantes, de son propre itinéraire spirituel. L'âge et la pratique avaient renforcé les capacités de Clara à deviner l'occulte et à faire bouger les objets à distance. Ses états d'âme exaltés avaient tôt fait de la transporter dans des transes au cours desquelles elle était capable, assise sur sa chaise, de se déplacer à travers toute la pièce, comme si quelque moteur s'était trouvé caché sous son siège. En ce temps-là, un jeune artiste famélique, accueilli à la maison par miséricorde, paya son hébergement en peignant le seul portrait existant de Clara. Longtemps après, l'artiste miséreux s'avéra être devenu un maître et le tableau figure aujourd'hui dans un musée londonien, comme tant d'autres œuvres qui quittèrent le pays à l'époque où il fallut bazarder le mobilier pour donner à manger aux persécutés. Sur la toile, on peut voir une femme mûre, de blanc vêtue, avec des cheveux argentés et une douce expression de trapéziste volante sur son visage, se prélassant dans un fauteuil à bascule suspendu au-dessus du niveau du sol, flottant ainsi parmi les rideaux à fleurs, un vase retourné planant dans les airs et un gros chat noir sur son séant contemplant le tout d'un air important. Influence de Chagall, dit le catalogue du musée, mais rien n'est moins vrai. Le tableau correspond exactement à la réalité que connut l'artiste dans la demeure de Clara. En ce temps-là se manifestaient en toute impunité les énergies occultes de la nature humaine et la joyeuse humeur divine, créant un état d'alerte et d'exception parmi les lois de la physique et de la logique. Les communications de Clara avec les âmes errantes et les extraterrestres avaient lieu par télépathie, par les rêves et grâce à un pendule dont elle se servait à cette fin, le tenant suspendu au-dessus d'un alphabet qu'elle disposait méthodiquement sur la table. Les mouvements autonomes du pendule désignaient les lettres et composaient les messages en espagnol et en espéranto, attestant que ce sont bien là les seuls idiomes en usage chez les êtres évoluant hors de nos trois dimensions, et non pas l'anglais, ainsi que le soulignait Clara dans ses missives aux ambassadeurs des puissances anglophones, sans que ceux-ci lui répondissent jamais, à l'instar des successifs ministres de l'Education auxquels elle s'adressa pour exposer sa théorie selon laquelle, au lieu d'enseigner dans les écoles l'anglais et le français, langues de matafs, de margoulins et de grippe-sous, il convenait d'obliger les enfants à étudier l'espéranto.

L'enfance d'Alba se partagea entre régimes végétariens, arts martiaux japonais, danses du Tibet, yoga respiratoire, relaxation et concentration avec le professeur Hausser, parmi maints autres apprentissages intéressants, sans compter ce qu'apportèrent à son éducation ses deux oncles et les trois charmantes demoiselles Mora. Sa grand-mère s'arrangeait pour maintenir en état de marche cette énorme roulotte remplie d'hallucinés en quoi s'était transformé son propre foyer, bien qu'elle-même n'eût aucun talent domestique et méprisât les quatre opérations au point de négliger les totaux, si bien que l'organisation de la maisonnée et les comptes échurent tout naturellement aux mains de Blanca qui partageait son temps entre les tâches de superintendant de ce royaume miniature et son atelier de céramique au fond de la cour, ultime refuge de ses chagrins, où elle dispensait des cours aux enfants mongoliens aussi bien qu'aux demoiselles huppées, et où elle fabriquait ses inimaginables crèches de santons monstrueux qui, contre toute logique, se vendaient comme petits pains sortant du four.

Depuis toute jeunette, Alba avait eu la responsabilité de changer les fleurs des vases. Elle ouvrait les fenêtres afin que l'air et la lumière entrassent à flots, mais les fleurs ne parvenaient pas à tenir jusqu'à la nuit tombée, car la grosse voix tonnante d'Esteban Trueba et ses coups de canne avaient le don de terroriser la nature. Sur son passage, les animaux domestiques fuyaient, les plantes se recroquevillaient. Blanca faisait pousser un gommier rapporté du Brésil, arbuste malingre et timoré dont la seule grâce tenait à son prix : on le vendait à la feuille. Lorsqu'on entendait grand-père arriver, celui qui se trouvait à proximité courait mettre le gommier en sûreté sur la terrasse, car à peine le vieillard était-il entré dans la pièce que l'arbuste laissait pendouiller ses feuilles et se mettait à exsuder par sa tige un pleur blanchâtre comme des larmes de lait. Alba ne fréquenta pas le collège, sa grand-mère disant qu'un être jouissant autant qu'elle de la faveur des astres n'avait nul besoin d'en savoir plus long que le lire et l'écrire, ce qu'elle pouvait acquérir à la maison. Elle eut si vite fait de l'alphabétiser que, sur ses cinq ans, la fillette pouvait lire le journal à l'heure du déjeuner afin de commenter les nouvelles avec son grand-père, qu'à six elle avait découvert les livres magiques dans les malles enchantées de son légendaire arrière-grand-oncle Marcos, entrant ainsi de plain-pied au royaume sans retour de l'imaginaire. On ne se soucia pas davantage de sa santé, car on n'ajoutait pas foi aux vertus des vitamines et on estimait que les vaccins n'étaient bons que pour la volaille. Au surplus, sa grand-mère avait étudié ses lignes de la main et affirmé qu'elle aurait longue vie et santé de fer. Seul soin frivole à lui être prodigué, on la coiffa au brou de noix afin d'atténuer le vert bouteille de ses cheveux à sa naissance, contre l'avis du sénateur Trueba selon lequel il fallait les lui laisser ainsi, car elle était bien la seule à avoir hérité quelque chose de Rosa la belle, même si ce n'était malencontreusement que la couleur marine de sa chevelure. Pour lui être agréable, Alba délaissa dès l'adolescence les subterfuges du brou de noix et se rinça la tête à l'infusion de persil, ce qui permit au vert de réapparaître dans toute sa luxuriance. Tout le reste de sa personne était chétif et anodin, à la différence de la plupart des autres femmes de la famille qui, presque sans exception, avaient été resplendissantes.

Lors des rares moments de loisir qu'elle s'accordait pour penser à elle-même et à sa fille, Blanca se lamentait de ce que celle-ci fût une enfant solitaire et renfermée, sans camarades de jeu du même âge qu'elle. En réalité, Alba ne se sentait pas seule, bien au contraire, parfois même elle n'aurait été que trop heureuse de pouvoir esquiver l'extralucidité de sa grand-mère, les intuitions de sa propre mère, le charivari de tous ces gens extravagants qui apparaissaient pour disparaître puis réapparaître sans désemparer dans la grande maison du coin. Blanca était également préoccupée de ce que sa fille ne jouât pas à la poupée, mais Clara prenait la défense de sa petite-fille, arguant que ces petits cadavres de porcelaine aux yeux qui s'ouvrent et qui se ferment, avec leur bouche au pli pervers, étaient rien moins que répugnants. Elle-même confectionnait des personnages informes avec les restes des pelotes de laine qu'elle employait à tricoter pour les pauvres. C'étaient des créatures qui n'avaient rien d'humain et, par là même, qu'il était beaucoup plus facile de bercer, baigner, coucouner pour les jeter aussitôt après à la poubelle. Mais le lieu de distraction favori de la fillette était la cave. A cause des rats, Esteban Trueba avait ordonné qu'on en verrouillât la porte, mais Alba se laissait glisser la tête la première par un soupirail et atterrissait sans bruit dans ce paradis des objets oubliés. L'endroit était toujours plongé dans la pénombre, préservé de l'usure du temps, comme une pyramide aux accès condamnés. Là s'amoncelaient les meubles mis au rebut, des outils aux usages impénétrables, des machines démantibulées, des pièces et des morceaux de la Covadonga, l'automobile préhistorique que ses oncles avaient démontée pour la transformer en voiture de course et qui finissait là ses jours, réduite à un tas de ferraille. Rien dont Alba ne se servît pour se construire dans les coins des petites maisons. Il y avait des malles et des valises pleines de vieux atours où elle puisa pour monter ses solitaires spectacles théâtraux, et un paillasson à la triste mine, noir et tout mité, pourvu d'une tête de chien et qui, posé par terre, faisait penser à une pauvre bête écartelée. C'étaient, ignominieux, les derniers restes du fidèle Barrabás.

Un soir de Noël, Clara fit à sa petite-fille un fabuleux cadeau qui en vint parfois à supplanter le fascinant pouvoir d'attraction de la cave : une boîte de pots de peinture, des pinceaux, un petit escabeau et l'autorisation d'utiliser à sa guise le plus grand mur de sa chambre.

« Voilà qui va l'aider à se défouler », dit Clara en regardant Alba, juchée en équilibre sur l'escabeau, peindre au ras du plafond un train rempli d'animaux.

Au fil des ans, Alba s'employa à occuper tout le mur et les autres cloisons de sa chambre avec une fresque immense où, entre une flore vénusienne et un impossible bestiaire d'espèces inventées, pareilles à celles que brodait jadis Rosa sur sa nappe et que cuisait Blanca dans son four à céramique, transparurent les désirs, les souvenirs, les chagrins et les joies de sa prime enfance.

Ses deux oncles lui étaient très proches. Jaime était son préféré. C'était un grand gaillard au poil dru, qui devait se raser deux fois par jour et qui, même ainsi, avait toujours l'air d'arborer une barbe de la semaine passée; il avait des sourcils charbonneux et malveillants qu'il peignait à la rebique pour laisser croire à sa nièce qu'il était apparenté au diable. Les cheveux raides comme un écouvillon, gominés en pure perte et toujours mouillés. Il entrait et sortait avec ses livres sous le bras, une sacoche de plombier à la main. Il avait raconté à Alba qu'il travaillait comme voleur de bijoux et que dans son horrible sacoche, il transportait des passe-partout et une paire de gants. La petite-fille feignait de s'effrayer, mais elle n'ignorait pas que son oncle était médecin et que la trousse ne contenait rien d'autre que ses instruments professionnels. Afin de se distraire, les après-midi de pluie, ils s'étaient inventé des jeux à faire semblant :

« Amène l'éléphant! » ordonnait oncle Jaime.

Alba sortait puis s'en revenait en traînant au bout d'une invisible corde un pachyderme imaginaire. Ils pouvaient passer une bonne demi-heure à lui donner à manger des herbes adaptées à son espèce, à le barbouiller de terre pour protéger sa peau des inclémences du temps, à faire briller l'ivoire de ses défenses, tout en discutant avec ardeur des avantages et inconvénients de la vie en forêt.

« Cette fillette va finir complètement toquée! » s'exclamait le sénateur Trueba quand il apercevait la petite Alba, assise sous la véranda, en train de lire les traités médicaux que lui prêtait son oncle Jaime.

Elle était la seule de la maisonnée à disposer de la clef donnant accès au terrier de livres de son oncle, à être autorisée à en prendre et à les lire. Blanca soutenait qu'il fallait doser ces lectures, car il y avait là des choses qui n'étaient pas de son âge, mais oncle Jaime estimait qu'on ne lit rien sans y porter intérêt, et que si l'on y prend intérêt, c'est qu'on est déjà en âge de le faire. Ses théories étaient les mêmes pour ce qui concernait la toilette et le manger. Il disait que si la fillette n'avait nulle envie de se débarbouiller, c'est qu'elle n'en éprouvait pas la nécessité, et qu'il convenait de lui donner à manger ce qu'elle voulait aux heures où elle avait faim, l'organisme étant mieux placé que personne pour connaître ses propres besoins. En ce domaine,

Blanca se montrait inflexible et astreignait sa fille à respecter règles d'hygiène et horaires stricts. La conséquence en était qu'en sus du rituel des repas et de la toilette, Alba s'empiffrait des gourmandises que lui offrait son oncle et s'aspergeait avec le tuyau d'arrosage dès qu'elle avait trop chaud, sans que rien vînt altérer sa saine constitution. Il aurait bien plu à Alba que son oncle épousât sa maman, car mieux eût valu l'avoir pour père que comme oncle, mais on lui expliqua que de ce genre d'unions incestueuses naissent des enfants mongoliens. Elle se mit alors en tête que les élèves du jeudi, dans l'atelier de sa mère, étaient des rejetons de ses oncles.

Nicolas tenait lui aussi une place de choix dans le cœur de la fillette, mais il y avait chez lui quelque chose d'éphémère, de volatil, une façon d'être toujours pressé, de passage, comme s'il sautait sans cesse d'une idée à une autre, qui ne laissait pas d'inquiéter Alba. Elle avait cinq ans quand son oncle Nicolas fut de retour d'Inde. Las d'invoquer Dieu par le biais du guéridon et dans la fumée du haschisch, il avait résolu de partir à sa rencontre en une contrée moins grossière que sa terre natale. Il passa deux mois à harceler Clara, la talonnant dans tous les coins, lui susurrant à l'oreille quand elle était assoupie, jusqu'à la persuader de vendre une bague en brillants afin de lui payer le voyage au pays du mahatma Gandhi. Cette fois, Esteban Trueba ne marqua pas d'opposition, car il se dit qu'un petit tour dans cette lointaine nation de ventres creux et de vaches transhumantes ferait beaucoup de bien à son garçon.

« Si tu ne meurs pas piqué par un cobra ou de quelque maladie exotique, j'espère bien qu'à ton retour tu seras devenu un homme, car j'en ai plein le dos de tes extravagances », lui dit son père en guise d'adieu sur le quai.

Nicolas vécut un an à l'état de mendiant, parcourant à pied les chemins des yogi, à pied traversant l'Himalaya, à pied ralliant Katmandou, à pied longeant le Gange, à pied entrant dans Bénarès. Au terme de cette pérégrination, il avait la certitude de l'existence de Dieu et avait appris à se transpercer les joues et la peau du bréchet avec des épingles à chapeau, et à vivre pour ainsi dire sans manger. On le vit débarquer à la maison un jour comme les autres, sans crier gare, une couche de nourrisson dissimulant ses parties honteuses, n'ayant plus que la peau sur les os et avec cet air égaré qu'on voit aux gens qui ne bouffent que des crudités. Il débarqua, accompagné par un duo de carabiniers incrédules, bien décidés à le mettre au trou s'il ne pouvait prouver qu'il était bien le fils du sénateur Trueba, et par une ribambelle d'enfants qui lui avaient emboîté le pas en faisant pleuvoir sur lui trognons et quolibets. Clara fut la seule à n'avoir aucun mal à le reconnaître. Son père tranquillisa les carabiniers, puis ordonna à Nicolas d'aller prendre un bain et de passer des vêtements de bon chrétien s'il tenait à vivre sous son toit, mais Nicolas le regarda comme s'il ne le voyait pas, et s'abstint de répondre. Il était devenu végétarien. Il ne touchait ni à la viande, ni au lait, ni aux œufs, son régime était celui d'un lapin de garenne et son visage anxieux épousa peu à peu la semblance de celui de cet animal. Il mâchait et remâchait cinquante fois chaque bouchée de ses maigres aliments. Les repas se transformèrent en interminable rituel au cours duquel Alba finissait par piquer du nez dans son assiette vide, tout comme les domestiques à la cuisine dans leurs plateaux, tandis que lui-même ruminait cérémonieusement, tant et si bien qu'Esteban Trueba cessa de venir à la maison et prit tous ses repas au Club. Nicolas assurait qu'il était capable de marcher nu-pieds sur des charbons ardents, mais chaque fois qu'il se disposait à en administrer la preuve, Clara était prise d'une crise d'asthme et il dut y renoncer. Il s'exprimait par paraboles asiatiques, pas toujours intelligibles. Ses seuls intérêts étaient d'ordre spirituel. Le matérialisme de la vie domestique l'importunait autant que les attentions excessives de sa sœur et de sa mère qui insistaient pour le nourrir et le vêtir, et que la filature fascinée d'Alba qui le suivait partout dans la maison comme un caniche, le suppliant de lui apprendre à tenir debout sur la tête et à se transpercer avec des épingles. Il demeura aussi peu vêtu lorsque l'hiver se fut abattu dans toute sa rigueur. Il pouvait rester près de trois minutes sans respirer et était disposé à renouveler cet exploit chaque fois qu'on le lui demandait, ce qui arrivait fort souvent. Jaime disait que c'était bien dommage que l'air fût gratuit, car il avait calculé que Nicolas en respirait moitié moins qu'un être normalement constitué, bien qu'il parût n'en être aucunement affecté. Il passa l'hiver à se repaître de carottes, sans se plaindre du froid, cloîtré dans sa chambre, remplissant à l'encre noire des pages et des pages de ses pattes de mouche. Lorsque se manifestèrent les premiers symptômes du printemps, il annonça que son livre était fin prêt. Celui-ci comptait quinze cents pages et il parvint à convaincre son père et son frère d'en financer l'édition, à charge pour eux de se rembourser sur les ventes. Une fois corrigé et imprimé, le millier et demi de feuillets manuscrits se réduisit à quelque six cents pages d'un épais traité sur les quatre-vingt-dix-neuf noms de Dieu et sur la façon d'atteindre au nirvāna par des exercices respiratoires. Il n'obtint pas le succès escompté et les cartons contenant tout le tirage finirent leurs jours à la cave où Alba les employait comme parpaings pour bâtir ses abris, jusqu'à ce que, bien des années plus tard, on s'en servît pour alimenter un infâme bûcher.

Sitôt le livre sorti des presses, Nicolas le soupesa amoureusement entre ses mains, recouvra son petit sourire de hyène d'autrefois, passa des vêtements décents et proclama que l'heure était venue de restituer la vérité à ses contemporains, confinés dans les ténèbres de l'ignorance. Esteban Trueba lui rappela l'interdiction qu'il lui avait faite de transformer la maison en académie, il l'avertit qu'il ne tolérerait pas qu'il mît ses idées païennes dans la tête d'Alba, encore moins qu'il lui inculquât ses trucs de fakir. Nicolas s'en fut prêcher à la cafétéria de l'université où il se fit un nombre impressionnant d'adeptes pour ses séances d'exercices spirituels et respiratoires. Dans ses moments de loisir, il se promenait à moto, enseignait à sa nièce comment vaincre la douleur et autres faiblesses de la chair. Sa méthode consistait à bien identifier toutes ces choses qui étaient cause de ses frayeurs. La fillette, qui nourrissait un certain penchant pour le macabre, se concentrait conformément aux instructions de son oncle et parvenait ainsi à visualiser, comme si elle était en train d'y assister, la mort de sa propre mère. Elle la voyait livide, glacée, ses beaux yeux marron refermés, allongée dans un cercueil. Elle entendait les pleurs de la famille. Elle observait le défilé des amis qui entraient en silence, déposaient leur carte de visite sur un plateau puis ressortaient tête basse. Lui parvenaient l'odeur des fleurs, le hennissement des chevaux empanachés attelés au corbillard. Elle éprouvait jusqu'à son mal aux pieds, debout dans ses souliers de deuil tout neufs. Elle s'imaginait solitaire, abandonnée, orpheline. Son oncle l'aidait à songer à tout cela sans pleurer, à se décontracter, à ne pas opposer de résistance à la douleur, afin que celle-ci la traversât sans se déposer en elle. D'autres fois, Alba se coinçait un doigt dans la porte et apprenait à supporter sans plainte la cuisante brûlure. Si elle parvenait à passer toute une semaine sans pleurer, surmontant les épreuves à laquelle la soumettait Nicolas, elle remportait un prix qui consistait presque toujours en une virée à moto à tombeau ouvert, expérience inoubliable! Un jour, ils se faufilèrent parmi un troupeau de vaches qui regagnaient l'étable, traversant un chemin des abords de la ville où il avait conduit sa nièce en guise de récompense. Elle se remémorerait toujours les masses pesantes des bêtes, leur balourdise, leurs queues crottées qui lui fouettaient le visage, l'odeur de bouse, les cornes qui la frôlaient, cette sensation de vide au creux de l'estomac, de merveilleux vertige et d'incroyable excitation, faite de curiosité aiguë et de terreur, qu'elle ne se reprendrait à éprouver qu'en de très fugitifs moments de son existence.

Esteban Trueba, qui avait toujours eu du mal à laisser s'exprimer son besoin d'affection et qui, depuis que ses relations conjugales avec Clara s'étaient dégradées, n'avait plus accès à la tendresse, épancha sur Alba le meilleur de ses sentiments. L'enfant comptait pour lui plus que ne l'avaient jamais fait ses propres fils. Chaque matin elle se rendait en pyjama dans la chambre de son grand-père, elle entrait sans frapper et se glissait dans son lit. Il feignait de se réveiller en sursaut, alors qu'en réalité il n'avait fait que l'attendre, et il grognait qu'elle ne vînt pas le déranger, qu'elle s'en retournât dans sa propre chambre et le laissât dormir. Alba le chatouillait jusqu'à ce qu'apparemment vaincu, il l'autorisât à chercher le chocolat qu'il avait dissimulé à son intention. Alba connaissait toutes les cachettes et son grand-père y recourait toujours dans le même ordre, mais, pour ne pas le frustrer, elle passait un bon moment à chercher à grand-peine, poussant des cris de jubilation quand elle avait trouvé. Esteban ne sut jamais que sa petite-fille détestait le chocolat et qu'elle n'en mangeait que par amour pour lui. Avec ces jeux matinaux, le sénateur contentait ses besoins de contacts humains. Le reste de la journée, il était occupé au Congrès, au Club, au golf, par les affaires et les conciliabules politiques. Deux fois l'an, il se rendait pour deux ou trois semaines aux Trois Maria avec sa petite-fille. L'un et l'autre en revenaient hâlés, remplumés et heureux. On distillait là-bas une eau-de-vie maison qui servait à la consommation, à allumer la cuisinière, à désinfecter les blessures et à tuer les cafards, et qu'on baptisait pompeusement « vodka ». Sur la fin de ses jours, quand ses quatre-vingt-dix ans l'eurent réduit à l'état de vieil arbre noueux et fragile, Esteban Trueba se souviendrait de ces moments passés avec sa petite-fille comme des meilleurs de toute son existence, et elle aussi garderait à jamais en mémoire la complicité de ces virées à la campagne, sa main dans celle de son grand-père, les promenades en croupe sur sa monture, les fins de journée dans l'immensité des prés, les longues nuits près de la cheminée de la salle de séjour, à raconter des histoires de revenants et à dessiner.

Les relations du sénateur Trueba avec le reste de la famille ne firent qu'empirer avec le temps. Une fois par semaine, chaque samedi, ils se rassemblaient pour dîner autour de la grande table de chêne qui était toujours restée au sein de la famille, ayant jadis appartenu aux del Valle, autrement dit qui remontait à la plus haute antiquité et qui avait servi à veiller les morts, à des danses de flamenco, entre autres usages incongrus. On y asseyait Alba entre sa mère et sa grand-mère, avec un oreiller sur sa chaise pour permettre à son nez d'atteindre au niveau de l'assiette. La fillette reluquait les adultes avec fascination : sa grand-mère rayonnante, ayant mis son dentier pour l'occasion, échangeant des messages avec son mari par le truchement de ses enfants ou des domestiques; Jaime qui faisait étalage de sa mauvaise éducation en rotant après chaque plat et en se curant les dents avec son petit doigt pour indisposer son père; Nicolas, les yeux mi-clos, mastiquant chaque bouchée cinquante fois, et Blanca qui papotait de tout et de rien pour entretenir la fiction d'un dîner normal. Trueba restait relativement silencieux, jusqu'à ce que son mauvais caractère reprît le dessus et qu'il se mît à se chamailler avec son fils Jaime pour des questions de pauvres, de scrutins, de socialistes et de principes, ou à insulter Nicolas pour ses tentatives de décollage en ballon et de pratique de l'acupuncture avec Alba, ou encore à châtier Blanca par ses reparties brutales, son indifférence, la prévenant en pure perte qu'elle avait ruiné sa vie et n'hériterait pas un sou vaillant de lui. La seule à qui il ne s'attaquait point était Clara, car ils ne se parlaient pour ainsi dire plus. Parfois Alba surprenait le regard de son grand-père posé sur Clara, il restait ainsi à la contempler et devenait progressivement tout blanc, tout doux, jusqu'à ressembler à un vieillard inconnu. Mais ce n'était pas très fréquent, la norme était que les deux époux s'ignorassent. Il arrivait que le sénateur Trueba perdît tout contrôle, il criait tant qu'il en devenait cramoisi et il fallait lui jeter le pot d'eau froide à la figure pour que sa colère retombât et qu'il reprît sa respiration.

Blanca avait atteint vers cette époque le summum de sa beauté. Elle avait un air mauresque, généreux et langoureux, qui était une invite à la confidence et au repos. Grande et opulente, son tempérament était celui d'une paumée et d'une pleurnicheuse qui éveillait chez les mâles l'ancestral instinct du protecteur. Son père ne nourrissait aucune sympathie pour elle. Il ne lui avait pas pardonné ses amours avec Pedro Garcia III et faisait en sorte qu'elle n'oubliât pas qu'elle vivait de sa miséricorde.

Trueba ne pouvait s'expliquer que sa fille eût tant de soupirants, car Blanca n'avait rien de cette joie inquiétante, de cette jovialité qui l'attirait lui-même chez les femmes, et il se disait au surplus qu'aucun homme normal ne pouvait avoir envie de se marier avec une femme patraque, à l'état-civil incertain, flanquée d'une fille à charge. Pour sa part, Blanca ne paraissait pas surprise des assiduités des hommes. Elle était consciente de sa beauté. Pourtant, face aux messieurs qui lui rendaient visite, elle adoptait une attitude contradictoire, les enhardissant du papillotement de ses prunelles musulmanes, tout en les maintenant prudemment à distance. Dès qu'elle constatait que les intentions de son vis-à-vis étaient sérieuses, elle coupait court à leur relation par un refus féroce. Certains, d'une condition matérielle supérieure, tentèrent de parvenir jusqu'au cœur de Blanca par un autre chemin, en séduisant sa fille. Ils comblaient Alba de cadeaux de prix, de poupées dotées de mécanismes qui leur permettaient de marcher, pleurer, manger et déployer maintes autres aptitudes proprement humaines, ils la gavaient de choux à la crème et l'emmenaient promener au zoo où la fillette versait des larmes de compassion sur les pauvres bêtes prisonnières, plus particulièrement le phoque qui remuait dans son âme de funestes pressentiments. Ces visites au zoo, main dans la main de quelque soupirant prodigue et rengorgé, lui laissèrent pour le restant de ses jours une sainte horreur de l'enfermement, des cloisons, des cages, de la mise au secret. Parmi tous ces amoureux, celui qui progressait le plus nettement sur le chemin menant à la conquête de Blanca était le Roi des Cocottes-Minute. Malgré son immense fortune et son caractère placide et réfléchi, Esteban Trueba le détestait, car il était circoncis, il avait le nez sefardi et les cheveux crépus. Par son attitude moqueuse et hostile,

Trueba parvint à faire fuir cet homme qui avait réchappé à un camp de concentration, vaincu la misère et l'exil, avant de triompher dans la lutte sans merci du commerce. Tant que dura cette idylle, le Roi des Cocottes-Minute passait prendre Blanca pour l'emmener souper dans les endroits les plus sélects, à bord d'une minuscule automobile pourvue seulement de deux sièges, de roues de tracteur, faisant un bruit de turbine sous son capot, unique en son genre et qui suscitait autant de tumultes de curiosité sur son passage que de moues de mépris chez les Trueba. Sans prêter cas à la contrariété de son père ni à l'affût du voisinage, Blanca prenait place dans le véhicule avec la majesté d'un premier ministre, vêtue de son unique tailleur noir et du chemisier de soie blanche qu'elle mettait dans les grandes occasions. Alba lui envoyait un baiser et restait debout sur le pas de la porte, le subtil parfum de jasmin de sa mère flottant encore à ses narines, un nœud d'angoisse lui étreignant la poitrine. Seul l'entraînement que lui avait dispensé son oncle Nicolas lui permettait de supporter ces escapades maternelles sans se mettre à pleurer, car elle redoutait qu'un beau jour le galant de service ne réussît à convaincre Blanca de partir avec lui et de la laisser, elle, à jamais privée de mère. Cela faisait belle lurette qu'elle avait décrété n'avoir nul besoin d'un père, encore moins d'un beau-père, mais que si sa mère venait à lui manquer, elle irait se plonger la tête dans un seau d'eau jusqu'à périr noyée, comme faisait la cuisinière avec les petits que la chatte mettait bas tous les quatre mois.

La crainte d'être abandonnée par sa mère quitta Alba du jour où elle fit la connaissance de Pedro III : son intuition lui dit qu'aussi longtemps que cet homme existerait, il n'y aurait place pour nul autre dans le cœur de Blanca. Ce fut par un dimanche d'été. Blanca lui avait fait des anglaises avec un fer brûlant qui lui avait cuit les oreilles, elle lui avait mis gants blancs et vernis noirs, ainsi qu'un chapeau de paille garni de cerises artificielles. En l'apercevant, sa grand-mère éclata de rire, mais Blanca la consola de deux gouttes de son parfum qu'elle lui appliqua dans le cou.

« Tu vas faire la connaissance de quelqu'un de célèbre », lui dit mystérieusement sa mère quand elles furent dehors.

Elle conduit sa fille au Jardin japonais où elle lui acheta des sucres d'orge et un sac de grains de maïs. Elles s'assirent sur un banc à l'ombre, se tenant par la main, entourées par les pigeons qui venaient picorer le maïs.

Elle le vit s'approcher avant même que sa mère le lui eût désigné. Il portait une combinaison de mécanicien, une énorme barbe noire qui lui descendait à mi-poitrine, des cheveux embroussaillés, des sandales de franciscain sans chaussettes, et arborait un large, un éclatant et merveilleux sourire qui le rangea d'emblée dans la catégorie des êtres méritant d'être peinturlurés sur la fresque géante de sa chambre à coucher.

L'homme et la fillette se regardèrent et se reconnurent simultanément dans les yeux l'un de l'autre.

« Voici Pedro III, le chanteur. Tu l'as entendu à la radio », lui dit sa mère.

Alba lui tendit sa main; il la serra dans sa propre main gauche. Elle remarqua alors qu'il lui manquait plusieurs doigts à la droite, mais il lui expliqua que, malgré cela, il pouvait jouer de la guitare, car il y a toujours une façon de faire ce qu'on a la volonté de faire. Tous trois se promenèrent dans le Jardin japonais. En milieu d'après-midi, ils prirent un des derniers tramways électriques existant encore en ville pour aller manger du poisson dans une friterie du marché, et il les raccompagna à la nuit tombante jusqu'à leur rue. Au moment de se séparer, Blanca et Pedro III s'embrassèrent sur la bouche. C'était la première fois de sa vie qu'Alba le voyait faire, car dans tout son entourage il n'y avait pas de gens amoureux.

A compter de ce jour, Blanca se mit à partir seule en week-end. Elle disait aller rendre visite à quelques cousines éloignées. Esteban Trueba s'emportait et menaçait de l'expulser de son toit, mais Blanca demeurait inflexible dans sa décision. Elle laissait sa fille aux soins de Clara et partait en autobus avec une petite valise de clown décorée de fleurs peintes.

« Je te promets de ne pas me marier et d'être de retour demain soir », disait-elle en prenant congé de sa fille.

Alba se plaisait à s'asseoir à côté de la cuisinière à l'heure de la sieste et à écouter à la radio les chansons populaires, notamment celles de l'homme dont elle avait fait la connaissance au Jardin japonais. Un jour, le sénateur Trueba fit irruption à l'office et, entendant cette voix à la radio, il fondit à coups de canne contre le poste jusqu'à le réduire à un enchevêtrement de fils et de pièces détachées, sous les yeux terrorisés de sa petite-fille, bien en peine de s'expliquer le subit accès de démence de son grand-père. Le lendemain, Clara fit l'acquisition d'un autre poste de radio afin qu'Alba pût écouter Pedro III à sa guise, et le vieux Trueba feignit de ne se rendre compte de rien.

C'est là que prit place l'épisode du Roi des Cocottes-Minute. Pedro III vint à apprendre son existence et fit une crise de jalousie injustifiée si l'on compare l'ascendant qu'il exerçait sur Blanca à la cour timorée du commerçant juif. Comme à tant d'autres reprises, il supplia Blanca de quitter le toit des Trueba, la féroce tutelle de son père, le refuge de son atelier peuplé de mongoliens et de jeunes pimbêches désœuvrées, de partir une fois pour toutes avec lui pour vivre cet amour débridé qu'ils avaient tenu caché depuis leur tendre enfance. Mais Blanca ne s'y résolvait pas. Elle n'ignorait pas que, partant avec Pedro III, elle serait définitivement exclue de son milieu, de la position qu'elle avait toujours occupée, et elle réalisait qu'elle n'avait pas la moindre chance de trouver sa place parmi les propres relations de Pedro III, ni de s'adapter à sa modeste existence dans quelque faubourg ouvrier. Des années plus tard, quand Alba eut l'âge d'analyser cet aspect de la vie de sa mère, elle en vint à la conclusion que si celle-ci n'avait pas pris le large avec Pedro III, c'est simplement parce que l'amour ne faisait pas le poids, puisqu'elle ne trouvait rien chez les Trueba que lui-même n'aurait pu lui donner. Blanca était une femme fort démunie, elle ne disposait de quelque argent que si Clara lui en donnait ou qu'elle vendît quelqu'une de ses crèches. Elle gagnait une misère qu'elle dilapidait presque entièrement en honoraires médicaux, car sa propension à souffrir de maux imaginaires n'avait pas décrû avec le travail et la mouise, bien au contraire, elle ne faisait même qu'empirer d'année en année. Elle s'évertuait à ne rien demander à son père, afin de ne pas lui procurer une occasion de l'humilier. De temps à autre, Clara et Jaime lui achetaient des vêtements ou lui donnaient un petit quelque chose pour ne pas la laisser dans le besoin, mais habituellement elle n'avait pas de quoi se payer une paire de bas. Sa pauvreté contrastait avec les robes à broderies et les souliers sur mesure dont le sénateur Trueba attifait sa petite-fille Alba. Sa vie était pénible. Hiver comme été, elle se levait dès six heures du matin. A cette heure-là, elle allumait le four de l'atelier, en tablier de toile cirée et sabots de bois, préparait les tables de travail et malaxait l'argile pour ses cours, les bras enfoncés jusqu'aux coudes dans la glaise râpeuse et glacée. Elle avait toujours, pour cette raison, les ongles cassés, la peau gercée, et ses doigts finissaient par se déformer. C'était une heure où elle se sentait inspirée et comme nul ne venait l'interrompre, elle pouvait commencer sa journée par la fabrication de ses monstrueuses bestioles destinées aux crèches. Puis il lui fallait s'occuper de la maison, de la domesticité, des achats, jusqu'à l'heure où débutaient les cours. Les élèves étaient des filles de bonne famille qui n'avaient rien d'autre à faire et qui avaient embrassé la mode de l'artisanat, plus chic que le tricot pour les pauvres auquel s'adonnaient les rombières.

L'idée de dispenser des cours à des mongoliens avait été un fait du hasard. Un beau jour avait débarqué chez le sénateur Trueba une vieille amie de Clara, traînant son petit-fils avec elle. C'était un gros et mol adolescent à la ronde et bénigne face de pleine lune, avec une expression d'inaltérable tendresse dans ses petits yeux asiatiques. Malgré ses quinze ans, Alba se rendit compte qu'il était comme un bébé. Clara pria sa petite-fille d'emmener le garçon jouer au jardin et de veiller à ce qu'il ne salît pas ses affaires, n'allât pas se noyer dans le bassin, ni manger de la terre, ni se tripoter la braguette. Alba se lassa vite de le surveiller et, face à l'impossibilité de communiquer avec lui dans aucun langage cohérent, elle le conduisit à l'atelier de céramique où Blanca, pour qu'il se tînt tranquille, lui passa un tablier pour le protéger des taches et des éclaboussures, et lui fourra entre les mains une boule d'argile. Le garçon resta ainsi plus de trois heures à s'amuser, sans baver, sans faire pipi, sans se cogner la tête contre les murs, modelant de grossières figurines de glaise qu'il emporta ensuite en cadeau à sa grand-mère. La bonne dame, qui en était à oublier qu'elle était venue avec lui, fut si enchantée qu'ainsi naquit l'idée que la céramique était bonne pour les mongoliens. Blanca finit par donner des cours à un groupe d'enfants qui débarquaient à l'atelier tous les jeudis après-midi. Ils arrivaient en camionnette sous la houlette de deux religieuses aux cornettes amidonnées qui prenaient place sous la tonnelle du jardin, buvant du chocolat avec Clara, discutant des vertus du point-de-croix et de la hiérarchie des péchés, cependant que Blanca et sa fille apprenaient aux enfants à confectionner des vers de terre, des billes, des récipients difformes et des chiens écrasés. A la fin de l'année, les bonnes sœurs organisaient une exposition et une kermesse nocturne où ces œuvres d'art effrayantes se vendaient par charité. Blanca et Alba eurent tôt fait de constater que les enfants travaillaient beaucoup mieux quand ils se sentaient aimés, et que les témoignages d'affection étaient la seule façon de communiquer avec eux. Elles apprirent à les entourer, les embrasser, les câliner, tant et si bien qu'elles finirent toutes deux par les aimer pour de bon. Tout au long de la semaine, Alba attendait l'arrivée de la camionnette de débiles mentaux et bondissait de joie quand ils accouraient l'embrasser. Mais ces journées du jeudi étaient épuisantes. Alba se couchait fourbue, les doux visages asiatiques des élèves de l'atelier n'arrêtaient pas de lui tourner dans la tête, et Blanca souffrait immanquablement d'une migraine. Sitôt les sœurs parties dans leur volettement d'étoffes immaculées, avec leur petite cohorte de crétins se tenant par la main, Blanca serrait furieusement sa fille contre elle, la couvrait de baisers, lui disait combien il fallait remercier Dieu qu'elle fût elle-même normale. Et c'est à cause de cela qu'Alba grandit dans l'idée que la normalité était un don du Ciel. Elle en discuta un jour avec sa grand-mère :

« Vois-tu, ma petite-fille, dans la plupart des familles il y a toujours un fou ou un idiot, lui certifia Clara en s'absorbant dans son tricot, car malgré tant d'années elle ne savait toujours pas tricoter sans regarder les mailles. Parfois on ne les remarque pas, parce que les gens les cachent comme quelque chose de honteux. Ou les enferment dans les pièces les plus reculées afin que les visiteurs ne les voient pas. En vérité, il n'y a pas de quoi avoir honte, car eux aussi sont l'œuvre de Dieu.

— Mais, grand-mère, il n'y en a aucun chez nous, répliqua Alba.

— Non. Ici le grain de folie est réparti entre tous et il n'y en a plus de reste pour que nous ayons notre idiot de la famille. »

Telles se déroulaient ses conversations avec Clara. Aussi sa grand-mère était-elle pour Alba le personnage central de la maisonnée, la présence la plus forte dans sa propre vie. Elle était le moteur qui mettait en branle et actionnait cet univers magique qui était comme le socle de la grande maison du coin, où Alba vécut ses sept premières années en totale liberté. Elle se fit aux excentricités de sa grand-mère. Elle n'était guère surprise de la voir se déplacer en état de transe à travers la salle de séjour, assise dans sa bergère, jambes repliées, propulsée par quelque force invisible. Elle la suivait dans ses pérégrinations, jusqu'aux hôpitaux et asiles de bienfaisance où Clara s'évertuait à retrouver la piste de son troupeau de nécessiteux, et elle en vint même à apprendre à tricoter, avec de la laine à quatre brins et de grosses aiguilles, ces paletots dont son oncle Jaime faisait don après ne les avoir portés qu'une fois, rien que pour voir le sourire édenté de sa grand-mère lorsqu'elle se mettait à loucher en rattrapant ses mailles. Clara avait souvent recours à elle pour porter des messages à Esteban, et elle écopa du sobriquet de Pigeonne

Voyageuse. La fillette prenait part aux séances du vendredi où le guéridon tressautait en plein jour sans qu'intervînt aucun subterfuge, ni levier ni énergie connue, ainsi qu'aux soirées littéraires où alternaient les maîtres consacrés et un nombre variable de timides artistes inconnus auxquels Clara offrait sa protection. A l'époque, nombreux furent les hôtes à trouver le boire et le manger à la grande maison du coin. Se relayait pour y vivre – ou y assister pour le moins aux assemblées spirituelles, aux causeries culturelles et aux soirées mondaines – presque tout le gratin du pays, y compris même le Poète qui, bien des années plus tard, allait être considéré comme le plus grand du siècle et traduit dans toutes les langues connues de la planète, sur les genoux duquel Alba s'assit à maintes reprises sans soupçonner qu'un jour elle marcherait derrière son cercueil, un bouquet d'œillets ensanglantés à la main, entre deux rangs de mitraillettes.

Clara n'était pas si âgée, mais aux yeux de sa petite-fille elle paraissait d'une extrême vieillesse, car elle n'avait plus de dents. Elle n'avait pas non plus de rides et quand elle gardait la bouche fermée, l'innocente expression de son visage créait chez elle l'illusion d'une très grande jeunesse. Elle s'habillait de tuniques de toile écrue qui ressemblaient à des camisoles de force, et se mettait en hiver de grosses chaussettes de laine et des moufles. Les histoires les moins drôles la faisaient pouffer, elle était en revanche incapable de saisir le sens d'une plaisanterie, elle riait à contre temps, quand tout le monde avait cessé, et pouvait sombrer dans une profonde mélancolie dès qu'elle voyait quelqu'un faire le pitre. Elle souffrait de temps à autre de crises d'asthme. Elle appelait alors sa petite-fille avec une clochette d'argent qu'elle portait toujours sur soi, et Alba rappliquait en courant, la dorlotait, la soignait en lui chuchotant des petits mots de réconfort, car toutes deux savaient d'expérience que rien ne vainc l'asthme comme l'étreinte prolongée d'un être cher. Elle avait des yeux pétillants couleur noisette, une chevelure grisonnante et lustrée, ramassée en chignon désordonné d'où s'échappaient des mèches rebelles, des mains aussi fines que blanches, des ongles en amandes et de longs doigts sans bagues qui n'avaient d'autres emplois que les gestes de tendresse, la disposition des cartes de divination et la remise en place du dentier à l'heure des repas. Alba passait toute la journée à marcher sur les talons de sa grand-mère, à se fourrer dans ses jupes, à la titiller pour qu'elle lui racontât des histoires ou fît bouger les vases par la seule force de sa pensée. Elle trouvait en elle un sûr refuge quand ses cauchemars l'assaillaient ou que l'entraînement que lui faisait subir son oncle Nicolas devenait par trop insupportable. Clara lui apprit à prendre soin des oiseaux, à parler à chacun dans sa langue, à connaître les signes prémonitoires de la nature et à tricoter des cache-nez au point de côtes à l'intention des pauvres.

Alba savait que sa grand-mère était l'âme de la grande maison du coin. Les autres ne le surent que plus tard, quand Clara mourut et que la demeure se défit de ses fleurs, de ses amis de passage, de ses esprits folâtres pour entrer de plain-pied dans la décrépitude.

Alba avait dans les six ans quand elle vit Esteban Garcia pour la première fois, mais jamais elle ne put l'oublier. Probablement l'avait-elle déjà vu auparavant aux Trois Maria, lors de telle ou telle de ses virées estivales avec son grand-père, quand celui-ci l'emmenait sillonner le domaine et, d'un ample geste, lui désignait tout ce qu'embrassait le regard, des peupleraies jusqu'au volcan, y compris les petites bicoques de briques, lui disant qu'il lui fallait apprendre à aimer cette terre, car un jour elle serait à elle.

« Mes fils sont des branleurs, il n'y en a pas un pour racheter l'autre, disait-il à sa petite-fille. S'ils héritaient des Trois Maria, tout cela retomberait en ruine, comme du temps de mon propre père.

– Tout ça est à toi, grand-père ?

– Tout, depuis la route panaméricaine jusqu'au sommet de ces collines. Tu les aperçois ?

– Mais pour quelle raison, grand-père ?

– Comment, pour quelle raison ? Parce que j'en suis le propriétaire, cette blague !

– Oui, mais pourquoi t'en es le propriétaire ?

– Parce que c'était dans la famille.

– Et pourquoi ?

– Parce qu'on l'avait acheté aux indiens.

– Et les fermiers, ceux qui ont toujours vécu ici, pourquoi c'est pas eux les propriétaires ?

– Ton oncle Jaime est en train de te fourrer des idées bolcheviques dans le crâne ! bramait le sénateur Trueba, congestionné de rage. Tu sais ce qui arriverait ici s'il n'y avait pas de patron ?

– Non.

– Tout s'en irait en capilotade ! Il n'y aurait personne pour donner les ordres, pour vendre les récoltes, pour prendre toutes choses sur soi, tu comprends ? Personne non plus pour s'occuper des gens. Que l'un d'eux tombe malade, par exemple, ou meure en laissant une veuve et une ribambelle de marmots, ceux-là crèveraient de faim. Chacun n'aurait qu'une misérable parcelle de terrain qui ne lui suffirait pas pour nourrir les siens. Il leur faut quelqu'un qui pense pour eux, qui prenne les décisions, qui leur vienne en aide. J'ai été le meilleur patron de la région, Alba. J'ai un caractère de cochon, mais je suis juste. Mes fermiers vivent mieux que bien des gens de la ville, ils ne manquent de rien, et même quand c'est une année de sécheresse, d'inondation ou de tremblement de terre, je me soucie que personne ici ne soit dans la débine. C'est ce que tu devras faire à ton tour quand tu en auras l'âge, et c'est pour cela que je t'emmène toujours avec moi aux Trois Maria, pour que tu connaisses bien chaque pierre, chaque bête, et, surtout, chaque personne par ses nom et prénom. Tu as compris ce que je t'ai dit? »

En fait, elle avait fort peu de contacts avec les paysans et était bien loin de connaître chacun par ses nom et prénom. Ce qui fit qu'elle ne reconnut pas le jeune homme brun, gauche et dégingandé, aux petits yeux cruels de rongeur, qui s'en vint à la capitale, un après-midi, frapper à la porte de la grande maison du coin. Il était vêtu d'un costume sombre et trop étroit pour sa taille. Aux genoux, aux coudes et aux fesses, le tissu était tout élimé, réduit à une pellicule brillante. Il dit qu'il souhaitait parler au sénateur Trueba et se présenta comme le fils d'un de ses fermiers des Trois Maria. Quoique en temps normal les gens de sa condition n'entrassent que par la porte de service et qu'on les fît attendre à l'office, on le conduisit à la bibliothèque, car il y avait fête à la maison ce jour-là, avec la participation de tout l'état-major du Parti conservateur. La cuisine était envahie par tout un régiment de maîtres-queux et de marmitons que Trueba avait fait venir du Club, et il y régnait une confusion et une agitation telles qu'un visiteur n'aurait fait que déranger. C'était par un après-midi d'hiver, la bibliothèque était sombre et silencieuse, seulement éclairée par le feu qui crépitait dans la cheminée. Flottait une odeur de cire pour bois et cuir.

« Attends ici, mais ne touche à rien. Le sénateur ne va pas tarder », dit d'un ton mauvais la chambrière, le laissant seul.

Le jeune homme explora la pièce du regard, sans

oser esquisser aucun mouvement, ruminant avec rancœur que tout cela aurait pu lui revenir s'il était seulement né par filiation légitime, comme le lui avait maintes fois expliqué sa grand-mère Pancha Garcia avant de succomber aux spasmes de la fièvre ardente et de le laisser irrémédiablement orphelin, parmi la ribambelle de frères et de cousins au sein de laquelle lui-même n'était comme qui dirait personne. Seule sa grand-mère l'avait distingué dans le tas et ne lui avait pas permis d'oublier qu'il était différent des autres, car dans ses veines coulait le sang du patron. Se sentant étouffer, il examina la bibliothèque. Tous les murs étaient couverts de rayonnages d'acajou poli, sauf de part et d'autre de la cheminée où se dressaient deux vitrines tout encombrées d'ivoires et de pierres d'Extrême-Orient. La pièce était à deux niveaux, seul caprice de l'architecte auquel son grand-père eût consenti. Une galerie, à laquelle on accédait par un escalier de fer forgé en colimaçon, tenait lieu de second étage au-dessus des rayonnages. Les meilleurs tableaux de la maison se trouvaient ici, car Esteban Trueba avait fait de cette pièce son sanctuaire, son bureau, son refuge, et il aimait avoir auprès de lui les choses auxquelles il tenait le plus. Les étagères étaient remplies de livres et d'objets d'art, du sol jusqu'au plafond. Il y avait aussi un bureau massif de style espagnol, de grands fauteuils de cuir noir tournant le dos à la fenêtre, quatre tapis persans recouvrant le parquet en chêne et plusieurs lampes de lecture aux abat-jour en parchemin, disséminées stratégiquement : où que l'on fût assis, on avait ainsi assez de lumière pour lire. C'est en ce lieu que le sénateur préférait tenir ses conciliabules, tisser ses intrigues, manigancer ses affaires, et, aux heures de plus grande solitude, s'enfermer pour soulager sa bile, cuver sa frustration ou sa tristesse. Mais cela, le jeune cul-terreux ne pouvait que l'ignorer, debout sur son tapis, ne sachant que faire de ses mains que la timidité rendait moites. Cette majestueuse bibliothèque, si massive et écrasante, correspondait exactement à l'image que lui-même se faisait du patron. Il frémit de haine et de crainte. Jamais il ne s'était trouvé en pareil endroit, jusqu'alors il pensait que le plus luxueux à exister dans tout l'univers était le cinéma de San Lucas où la maîtresse d'école avait conduit un jour la classe entière pour assister à un film de Tarzan. Il lui en avait beaucoup coûté de prendre sa décision, de convaincre sa famille, d'accomplir le long voyage jusqu'à la capitale, seul et sans argent, pour venir parler au patron. Il ne pouvait attendre jusqu'à l'été pour lui dire tout ce qui lui obstruait la poitrine. Soudain, il se sentit observé. Il se retourna et se trouva face à face avec une fillette à tresses et à chaussettes ajourées qui le contemplait depuis le seuil.

« Comment tu t'appelles? s'enquit la petite fille.

— Esteban Garcia, lui dit-il.

— Moi, je m'appelle Alba Trueba. Souviens-toi bien de mon nom.

— Je m'en souviendrai. »

Ils se considérèrent un long moment, puis, lorsqu'elle se sentit en confiance, Alba osa s'approcher. Elle lui expliqua qu'il lui fallait attendre, car son grand-père n'était pas encore rentré du Congrès, et elle raconta qu'à la cuisine on ne savait plus où poser les pieds à cause de la fête, tout en lui promettant de se procurer plus tard quelques friandises pour les lui apporter. Esteban Garcia se sentit un peu plus à l'aise. Il prit place dans l'un des fauteuils de cuir noir et, petit à petit, attira la fillette qu'il assis sur ses genoux. Alba sentait le brou de noix dont le parfum se mêlait à son odeur naturelle de gamine en sueur. Le jeune homme approcha le nez de son cou et respira cet arôme inconnu de propreté et de bien-être, et, sans trop savoir pourquoi, ses yeux s'emplirent de larmes. Il se sentit détester cette gosse presque autant qu'il haïssait le vieux Trueba. Elle incarnait ce dont il serait toujours privé, ce qu'il ne serait lui-même jamais. Il aurait voulu lui faire du mal, l'anéantir, mais il désirait aussi continuer à humer son parfum, écouter son babillage de bébé, garder à portée de main sa peau si douce. Il lui caressa les genoux, juste au-dessus du bord des chaussettes ajourées, ils étaient tièdes avec des petites fossettes. Alba papota de plus belle sur la cuisinière qui mettait des noix dans le cul des poulets pour le dîner du soir. Il ferma les yeux, il s'était mis à trembler. D'une main, il entoura le cou de la fillette, sentit ses nattes lui chatouiller le poignet, et il se mit à serrer doucement, conscient qu'elle était si menue qu'une infime pression de sa part pouvait suffire à l'étrangler. Il eut envie de le faire, il aurait voulu la sentir se convulser et trépigner sur ses genoux, se débattant en quête d'un peu d'air. Il eut envie de l'entendre gémir et mourir dans ses bras, il eut envie de la déshabiller et se sentit en proie à une excitation violente. Son autre main fit une incursion sous la robe amidonnée, remonta le long des jambes enfantines, rencontra la dentelle des jupons de batiste puis la barboteuse de laine avec ses élastiques. Il haletait. Dans un recoin de son cerveau, il lui restait suffisamment de jugeote pour se rendre compte qu'il se tenait à présent au bord d'un abîme. La fillette avait cessé de parler, elle restait tranquille, le regardant de ses grands yeux noirs. Esteban Garcia prit la main de la gamine et l'appuya sur son sexe durci.

« Tu sais ce que c'est que ça? lui demanda-t-il d'une voix rauque.

– Ton pénis », répondit-elle pour en avoir déjà vu sur les planches des traités de médecine de son oncle Jaime, et à son oncle Nicolas quand il se promenait tout nu pour se livrer à ses exercices asiatiques.

Soudain, il prit peur. Il se leva brusquement, la fillette tomba sur le tapis. Il était abasourdi et épouvanté, ses mains tremblaient, il se sentait les jambes en coton, les oreilles en feu. C'est à ce moment-là qu'il entendit les pas du sénateur Trueba dans le couloir : un instant plus tard, avant qu'il eût pu reprendre sa respiration, le vieillard était entré dans la bibliothèque.

« Pourquoi fait-il aussi sombre ici? » rugit-il de sa grosse voix de tremblement de terre.

Trueba alluma les lampes et ne reconnut pas le garçon qui le contemplait avec des yeux exorbités. Il tendit les bras à sa petite-fille qui s'y réfugia un bref moment avec son air de chien battu, pour s'en détacher bientôt et sortir en refermant la porte.

« Qui es-tu, toi? décocha-t-il à celui qui n'était autre que son petit-fils.

– Esteban Garcia. Vous ne vous souvenez pas de moi, patron? » parvint à bredouiller celui-ci.

Trueba remit alors ce garnement fourbe qui avait dénoncé Pedro III, bien des années auparavant, et qui avait ramassé par terre les doigts sectionnés. Il comprit qu'il ne lui serait pas facile de l'écondure sans l'écouter, bien qu'il eût pour règle que les problèmes de ses fermiers fussent résolus par le régisseur des Trois Maria.

« Qu'est-ce que tu veux? » lui demanda-t-il.

Esteban Garcia hésita, il ne parvenait pas à retrouver les mots qu'il avait si minutieusement préparés, des mois durant, avant d'aller oser frapper à la porte du patron.

« Fais vite, je n'ai pas beaucoup de temps », dit Trueba.

D'une voix bégayante, Garcia parvint à exposer sa requête : il avait terminé ses classes au collège de

San Lucas, il aurait voulu une recommandation pour l'Ecole des Carabiniers et une bourse d'Etat pour payer ses études.

« Pourquoi ne restes-tu pas à la campagne comme ton père et ton grand-père? lui demanda le patron.

— Excusez-moi, monsieur, mais je veux être carabinier », insista Esteban.

Trueba se souvint qu'il lui devait encore sa récompense pour avoir dénoncé Pedro Garcia III; il décida que c'était là une bonne occasion d'apurer sa dette et, au passage, d'avoir quelqu'un a son service dans la police. « On ne sait jamais, je peux brusquement en avoir besoin », se dit-il. Il prit place à son bureau massif, s'empara d'une feuille de papier à en-tête du Sénat, rédigea la recommandation dans les termes usuels et la tendit au garçon qui attendait, planté comme un piquet.

« Tiens, fiston. Je me réjouis que tu aies choisi ce métier-là. Si ce qui t'attire, c'est de te balader avec une arme, il y a le choix entre être gendarme ou voleur : mais mieux vaut être policier, car tu as l'impunité pour toi. Je vais téléphoner au commandant Hurtado, c'est un ami à moi, pour qu'on t'accorde une bourse. Si tu as besoin d'autre chose, fais-le-moi savoir.

— Mille mercis, patron.

— Ne me remercie pas, fiston. J'aime bien venir en aide à mes gens. »

Il lui donna congé avec une petite tape amicale sur l'épaule.

« Pourquoi t'a-t-on appelé Esteban? lui demanda-t-il sur le pas de la porte.

— A cause de vous, monsieur », répondit l'autre en rougissant.

Trueba ne réfléchit pas davantage à la chose. Il n'était pas rare que les fermiers recourussent aux prénoms de leurs patrons pour baptiser leurs propres rejetons, en gage de respect.

Clara mourut le jour même où Alba allait avoir sept ans. Le premier signe annonciateur de sa mort ne fut perceptible qu'à elle seule. Elle commença alors à prendre en cachette certaines dispositions pour son départ. Dans la plus grande discrétion, elle répartit ses vêtements entre les domestiques et la cohorte de protégés qu'elle entretenait toujours, ne gardant pour elle que l'indispensable. Elle mit de l'ordre dans ses papiers, exhumant des recoins les plus reculés ses cahiers de notes sur la vie. Elle les attacha avec des faveurs de couleur, les regroupant au gré des événements et non par ordre chronologique, car la seule chose qu'elle avait omis d'y faire figurer, c'étaient les dates, et dans la hâte de sa dernière heure elle décréta qu'elle ne pouvait gaspiller son temps à les vérifier. En recherchant les cahiers, elle remit au jour ses bijoux cachés dans des boîtes à chaussures, au bout de vieux bas, au fin fond des armoires, là où elle les avait remisés depuis l'époque où son mari les lui avait offerts dans l'espoir de pouvoir obtenir ainsi son amour. Elle les fit glisser dans une vieille chaussette de laine qu'elle ferma avec une épingle de sûreté, et remit le tout à Blanca.

« Garde bien ceci, ma petite fille. Un jour, ça pourra te servir à bien autre chose qu'à te déguiser. »

Blanca s'en ouvrit à Jaime et celui-ci se mit à la surveiller. Il remarqua que sa mère menait une vie apparemment normale, mais qu'elle ne se nourrissait presque plus. Elle s'alimentait de lait et de quelques cuillerées de miel. Elle ne dormait pas davantage, passant la nuit à écrire et à errer à travers la maison. On aurait dit qu'elle se détachait

400

des choses d'ici-bas, de jour en jour plus légère, plus transparente, plus aérienne.

« Un de ces quatre, elle va nous fausser compagnie en s'envolant », dit Jaime d'un ton soucieux.

Brusquement, elle se mit à étouffer. Elle percevait dans sa poitrine le galop d'un cheval emballé et l'angoisse du cavalier fonçant à toute allure contre le vent. Elle dit que c'était son asthme, mais Alba se rendit compte qu'elle ne l'appelait plus avec sa clochette d'argent pour qu'elle vînt la guérir de ses câlins prolongés. Un matin, elle vit sa grand-mère ouvrir les cages aux oiseaux avec une incompréhensible allégresse.

Clara rédigea des petites cartes à l'intention de tous ses êtres chers, qui n'étaient pas peu nombreux, et les glissa discrètement dans une boîte sous son lit. Le lendemain matin, elle ne se leva pas et quand la domestique arriva avec le petit déjeuner, elle ne l'autorisa point à ouvrir les rideaux. Elle avait commencé à prendre aussi congé de la lumière avant de faire lentement son entrée parmi les ombres.

Prévenu, Jaime s'en vint la voir et ne voulut point repartir sans qu'elle se fût laissé examiner. Il ne put rien trouver d'anormal à son état, mais il ne fit aucun doute pour lui qu'elle allait mourir. Il quitta la chambre avec un large sourire hypocrite, mais, une fois hors de la vue de sa mère, il dut prendre appui contre le mur, ses jambes se dérobant sous lui. Il ne dit rien à personne de la maison. Il appela un spécialiste qui avait été son professeur à la faculté de médecine et, le jour même, celui-ci se présenta au domicile des Trueba. Après avoir vu Clara, il confirma le diagnostic de Jaime. On réunit la famille au salon et, sans vains préambules, on l'informa que Clara ne vivrait guère plus de deux ou trois semaines, et que la seule chose que l'on pût encore faire était de lui tenir compagnie, afin qu'elle mourût satisfaite.

« Je crois qu'elle a décidé de mourir de mort naturelle, et la science ne dispose d'aucun remède contre ce mal-là », dit Jaime.

Esteban Trueba empoigna son fils au collet et faillit l'étrangler, il expulsa sans ménagements le spécialiste, puis brisa à coups de canne les lampes et les porcelaines du salon. Finalement, il tomba à genoux sur le sol en vagissant comme un nouveau-né. Alba entra à ce moment-là et, voyant son grand-père dans une position qui le mettait à sa hauteur, elle s'approcha, le considéra d'un air surpris et, lorsqu'elle aperçut ses larmes, elle le cajola. C'est par les pleurs du vieil homme que la fillette apprit la nouvelle. Elle fut la seule de toute la maisonnée à ne pas perdre son calme, à cause de son entraînement à endurer la douleur et du fait que sa grand-mère lui avait fréquemment expliqué le déroulement et les affres du trépas.

« En mourant, tout comme à l'instant de venir au monde, nous avons peur de l'inconnu. Mais la peur est quelque chose d'intérieur à nous-mêmes, qui n'a rien à voir avec la réalité. Ainsi mourir est comme naître : un simple changement », lui avait dit Clara.

Elle avait ajouté que si elle était à même de communiquer aisément avec les âmes de l'au-delà, elle était absolument convaincue de pouvoir le faire après coup avec les âmes d'ici-bas, de sorte qu'au lieu de pleurnicher, le moment venu, elle souhaitait qu'elle gardât tout son calme : pour ce qui les concernait, la mort ne serait pas une séparation, mais une façon d'être encore plus unies. Alba l'avait parfaitement compris.

Bientôt Clara parut sombrer dans un doux sommeil et seuls ses efforts perceptibles pour faire entrer de l'air dans ses poumons signalaient qu'elle était encore en vie. Pourtant l'asphyxie ne paraissait pas l'angoisser, elle ne se débattait plus pour survivre. Sa petite-fille demeura tout le temps à son chevet. On dut improviser pour elle un lit à même le sol, car elle se refusait à quitter la chambre, et quand on voulut l'en faire sortir de force, elle eut sa première crise de nerfs. Elle ne démordait pas de l'idée que sa grand-mère se rendait compte de tout et qu'elle avait besoin d'elle. Peu avant la fin, Clara reprit conscience et put parler paisiblement. La première chose qu'elle remarqua, ce fut la main d'Alba entre les siennes.

« Je vais mourir, ma petite-fille, n'est-il pas vrai? lui demanda-t-elle.

– C'est vrai, grand-mère, répondit la fillette, mais peu importe puisque je suis avec toi.

– Fort bien. Prends sous le lit une boîte avec des cartes de visite et distribue-les, car je ne vais pas pouvoir dire adieu à tout un chacun. »

Clara ferma les yeux, poussa un soupir de satisfaction et partit pour l'autre monde sans jeter un regard en arrière. Autour d'elle se trouvait rassemblée la famille, Jaime et Blanca aux traits tirés par les nuits de veille, Nicolas marmonnant des prières en sanscrit, Esteban avec la bouche et les poings crispés, infiniment furieux et affligé, et la petite Alba, seule à garder sa sérénité. Se tenaient là aussi les domestiques, les sœurs Mora, une paire d'artistes faméliques qui avaient trouvé leur subsistance à la maison au cours des derniers mois, et un prêtre qui avait répondu à l'appel de la cuisinière mais qui n'eut rien à faire, Trueba ne permettant pas que l'on importunât la moribonde avec des confessions de dernière minute et des aspersions d'eau bénite.

Jaime se pencha sur le corps, prêtant l'oreille à quelque imperceptible battement de cœur, mais en vain.

« Maman s'en est allée », dit-il dans un sanglot.

CHAPITRE X

L'ÈRE DE LA DÉCRÉPITUDE

Non, je ne puis en parler. Mais je vais tenter de le mettre noir sur blanc. Vingt ans ont passé, longtemps la douleur que j'en ai éprouvé ne voulut pas retomber. Je crus que jamais je n'arriverais à m'en consoler, mais aujourd'hui, sur mes quatre-vingt-dix ans, je comprends ce qu'elle avait voulu dire lorsqu'elle nous assura qu'elle n'aurait aucune peine à communiquer avec nous, par suite de sa longue expérience en ce genre d'affaire. Jusque-là, j'allais et venais comme en perdition, la cherchant partout. Chaque soir, en me couchant, je l'imaginais à mes côtés, telle qu'elle avait été du temps où elle avait encore toutes ses dents et qu'elle m'aimait. J'éteignais, je fermais les yeux et dans le silence de ma chambre, je m'évertuais à me la représenter, je l'appelais tout éveillé et, dit-on, je l'appelais tout aussi bien dans mon sommeil.

La nuit où elle mourut, je m'enfermai avec elle. Au bout de tant d'années sans nous adresser la parole, nous partageâmes ces dernières heures allongés à bord de la frégate sur la mer calmée de soie bleue, ainsi qu'elle aimait à désigner son lit, et j'en profitai pour lui dire tout ce que je n'avais pu lui dire jusque-là, tout ce que j'avais tu depuis ce soir terrible où je l'avais frappée. Je lui ôtai sa chemise de nuit et l'examinai avec attention, en quête de quelque trace de maladie qui justifiât sa mort, et n'en trouvant pas je dus constater qu'elle avait simplement achevé sa mission sur terre et s'était envolée pour quelque autre univers où son esprit, libre enfin de toutes pesanteurs matérielles, se trouverait plus à l'aise. Aucune difformité, rien qui eût l'air effrayant dans sa mort. Je la contemplai longuement, car cela faisait nombre d'années que je n'avais eu le loisir de la regarder à ma guise, et entre-temps ma femme avait changé, comme il nous arrive à tous avec l'âge. Elle me parut toujours aussi belle. Elle avait maigri et il me sembla qu'elle s'était allongée, qu'elle avait grandi en taille, mais je compris après coup que ce n'était là qu'un effet d'optique, dû à mon propre rapetissement. Jadis, je me sentais comme un géant à ses côtés, mais, couché près d'elle sur le lit, je pus remarquer que nous étions presque de la même taille. Elle arborait la même chevelure frisée et rebelle qui m'enchantait tant à l'époque de notre mariage, adoucie par quelques mèches blanches qui éclairaient son visage endormi. Très pâle, elle avait les yeux cernés, et pour la première fois je remarquai ses petites rides toutes fines aux commissures des lèvres et au front. On eût dit une enfant. Elle était glacée, mais elle n'en était pas moins, comme toujours, la douceur faite femme, et je pus lui parler tranquillement, la caresser, dormir un moment quand le sommeil eut raison du chagrin, sans que l'événement irrémédiable de sa mort vînt altérer nos retrouvailles. Nous avions fini par nous réconcilier.

A l'aube, je m'employai à la préparer de sorte que tout un chacun la vît bien présentée. Je lui passai une tunique blanche suspendue dans son armoire où je fus bien étonné de trouver si peu de vêtements, car j'étais resté sur l'idée d'une femme mise avec élégance. Je tombai sur des chaussettes de laine que je lui passai afin qu'elle ne prît pas froid aux pieds, étant très frileuse. Puis je lui brossai les cheveux dans l'intention de lui faire son chignon, comme à l'accoutumée, mais sous la brosse ses boucles se mirent à frisotter en tous sens, jusqu'à auréoler son visage, et il me parut qu'ainsi elle était plus jolie. Je cherchai ses bijoux pour lui en mettre quelques-uns, mais je ne pus les trouver, et c'est ainsi que je me résignai à retirer la bague en or que je portais depuis nos fiançailles et à la lui passer au doigt afin de remplacer celle qu'elle en avait ôtée au moment de sa rupture avec moi. Je retapai les oreillers, tirai les draps, lui versai quelques gouttes d'eau de Cologne dans le cou, puis j'ouvris la fenêtre afin de laisser entrer le petit matin. Quand tout fut prêt, j'ouvris la porte et autorisai mes enfants et ma petite-fille à venir lui dire adieu. Ils trouvèrent Clara souriante, toute belle et propre, à l'image de ce qu'elle fut toujours. Moi, je m'étais tassé de dix centimètres, je nageais dans mes souliers et ma tignasse avait définitivement blanchi, mais j'avais cessé de pleurer.

« Vous pouvez l'enterrer, dis-je. Profitez-en pour enterrer par-dessus le marché la tête de ma belle-mère, qui doit être quelque part à la cave depuis pas mal de temps », ajoutai-je avant de sortir, traînant les pieds pour ne pas perdre mes souliers.

C'est ainsi que ma petite-fille apprit que ce qui se trouvait dans le carton à chapeau en cuir pur porc, dont elle s'était servie pour jouer à ses messes noires et décorer ses maisonnettes à la cave, n'était autre que la tête de son arrière-grand-mère Nivea, restée si longtemps inensevelie, d'abord pour éviter le scandale, puis pour la simple raison que, dans le foutoir de cette baraque, on avait fini par l'oublier. Nous nous y employâmes dans le plus grand secret, pour ne pas prêter aux jaseries. Après que les employés des pompes funèbres eurent fini de disposer Clara dans son cercueil et de transformer la salle de séjour en chapelle ardente, avec tentures et crêpes noirs, cierges dégoulinants et autel improvisé sur le piano, Jaime et Nicolas introduisirent dans le cercueil la tête de leur grand-mère, réduite à l'état de jouet jaunâtre à l'air transi d'effroi, afin qu'elle reposât près de sa fille préférée.

Les funérailles de Clara constituèrent un événement. J'aurais bien été en peine d'expliquer d'où sortaient autant de gens marris par le trépas de mon épouse. J'ignorais qu'elle connût tout ce monde. D'interminables processions défilèrent pour venir me serrer la main, une longue queue d'automobiles bloqua tous les accès au cimetière, et rappliquèrent d'insolites délégations d'indigents, d'élèves, de syndicats ouvriers, de bonnes sœurs, d'enfants mongoliens, de bohémiens et de spirites. La quasi-totalité des fermiers des Trois Maria firent le voyage, certains pour la première fois de leur vie, en camion ou par train, pour lui dire adieu. Dans cette cohue, j'aperçus Pedro Garcia junior que je n'avais pas revu depuis nombre d'années. Je vins vers lui pour le saluer, mais il ne répondit pas à mon signe. Tête basse, il s'approcha de la tombe béante et jeta sur le cercueil de Clara un bouquet à demi fané de fleurs des champs qui avaient un air de fleurs arrachées au jardin du voisin. Il pleurait.

Alba assista aux cérémonies funèbres en me donnant la main. Elle vit descendre le cercueil en terre dans la concession provisoire que nous avions obtenue, elle écouta les interminables péroraisons exaltant les seules vertus que n'eût pas possédées sa grand-mère, et, une fois de retour à la maison, elle courut s'enfermer à la cave, attendre que l'esprit de Clara entrât en communication avec elle comme promis. C'est là que je finis par la retrouver, souriant dans son sommeil sur la dépouille mitée de Barrabás.

Cette nuit-là, je ne pus dormir. Dans mes pensées se mêlaient les deux amours de ma vie, Rosa, la Rosa à la verte chevelure, et Clara l'extralucide, l'une et l'autre sœurs que j'ai tant aimées. Au petit matin, je décidai qu'à défaut de les avoir eues à moi de leur vivant, du moins me tiendraient-elles compagnie dans la mort, de sorte que je pris sur le bureau quelques feuilles de papier et m'employai à dessiner le plus imposant et le plus somptueux mausolée qui soit, en marbre italien rose saumon, avec des statues de même matériau représentant Rosa et Clara avec des ailes d'anges, car anges elles avaient été, anges elles seraient toujours. C'est là, entre elles deux, que je serai enterré un jour.

Je souhaitais mourir le plus tôt possible, la vie sans ma femme n'ayant pour moi plus aucun sens. J'ignorais que j'avais encore beaucoup à faire en ce monde. Heureusement que Clara s'en est revenue, à moins qu'elle ne soit en fait jamais partie. Des fois, je me dis que la vieillesse m'a tourneboulé les méninges et qu'on ne saurait passer à côté du fait que je l'ai enterrée il y a maintenant vingt ans. Je suppose qu'il m'arrive d'avoir des visions, comme à un vieux toqué. Mais tous ces doutes se dissipent quand je la vois cheminer près de moi et que j'entends son rire sur la terrasse, je sais qu'elle ne me quitte pas, qu'elle m'a pardonné toutes mes violences passées et qu'elle est plus proche de moi que jamais elle ne le fut jadis. Qu'elle est toujours vivante à mes côtés, Clara, si claire Clara...

La mort de Clara chambarda de fond en comble la vie de la grande maison du coin. Les temps changèrent. Avec Clara s'en furent les esprits, les invités, et cette joie lumineuse qui régnait en permanence du fait qu'elle ne croyait pas que le monde fût une vallée de larmes, mais au contraire une foucade du bon Dieu, si bien qu'il fallait être le dernier des idiots pour le prendre au sérieux, quand Lui-même s'en gardait bien. Alba remarqua cette dégradation dès les premiers jours. Elle assista à ses progrès, lents mais inexorables. Elle s'en aperçut avant tout le monde à cause des fleurs qui s'étaient fanées, imprégnant l'atmosphère d'une odeur douceâtre et nauséabonde, dans les vases où elles restèrent jusqu'à se recroqueviller, s'effeuiller, tomber en miettes, ne laissant subsister que quelques tiges sèches que nul ne songea à retirer avant longtemps. Alba ne cueillit plus de bouquets pour décorer la maison. Puis ce fut au tour des plantes de mourir, personne ne s'étant soucié de les arroser et de leur parler comme le faisait Clara. Les chats s'en furent subrepticement, comme ils avaient rappliqué ou étaient venus au monde dans les dédales des soupentes. Esteban Trueba se vêtit de noir et passa en une seule nuit de sa robuste maturité de mâle pétant de santé à un début de sénilité bredouillante et rabougrie, qui n'eut cependant pas la vertu d'apaiser ses courroux. Il porta un deuil rigoureux pour le restant de ses jours, alors même que la chose était passée de mode et que nul ne le faisait plus, hormis encore les pauvres qui s'épinglaient un ruban noir à la manche en signe d'affliction. Il suspendit à son cou, au bout d'une chaînette d'or, sous sa chemise, à même la poitrine, un petit sac en daim. C'était le dentier de son épouse, qui avait pour lui valeur de porte-bonheur et d'expiation. Tout un chacun dans la famille sentit qu'avec Clara, ils avaient perdu leur raison de rester ensemble : ils n'avaient pratiquement rien à se dire. Trueba réalisa que la seule chose à le retenir encore chez lui était la présence de sa petite-fille.

Peu à peu, au fil des années qui suivirent, la

demeure tomba en ruine. Nul ne s'occupa plus du jardin, ni pour l'arroser ni pour le nettoyer, et bientôt il fut englouti par l'oubli, les oiseaux, la mauvaise herbe. Ces parterres géométriques qu'avait fait dessiner Trueba sur le modèle des jardins palatins à la française, cette zone enchantée sur laquelle avait régné Clara dans le désordre et l'abondance, la luxuriance des fleurs et l'enchevêtrement des philodendrons, tout cela succombait à la sécheresse, au pourrissement, à l'invasion des broussailles. Les statues aveugles et les fontaines gazouillantes se couvrirent de feuilles mortes, de mousses, de fientes d'oiseaux. Brisées, souillées, les pergolas servirent de refuges aux bêtes et de dépotoir aux voisins. Tout le pourtour de la maison ne fut bientôt plus qu'un inextricable hallier de hameau abandonné où l'on avait du mal à avancer sans se frayer passage à coups de machette. La vigne géante, que l'on taillait jadis avec des prétentions baroques, finit en désespoir de cause par perdre toute prestance, assaillie par les escargots et les maladies végétales. Peu à peu, dans les salons, les rideaux se détachèrent de leurs crochets et se mirent à pendouiller comme des jupons de mégère, poussiéreux et fanés. Les sommiers escaladés par Alba, qui jouait à s'y aménager cahutes et abris, furent réduits à l'état de cadavres aux ressorts mis à nu et le grand gobelin de la salle de séjour, perdant son impavide distinction de scène bucolique à Versailles, servit de cible aux fléchettes de Nicolas et de sa nièce. La cuisine s'encrassa de graisse et de suie, s'encombra de pots vides et de piles de vieux journaux, cessa de produire ses amples coupes de crème au caramel et ses odorants ragoûts d'autrefois. Les habitants de la maison se résignèrent à n'avaler quasi quotidiennement que des pois chiches et du riz au lait, car nul d'entre eux n'osait tenir tête à la cohorte de cantinières verruqueuses, revêches et tyranniques qui régnèrent à tour de rôle sur les batteries de casseroles noircies au feu de leur incompétence. Les secousses sismiques, les claquements de portes et la canne d'Esteban Trueba ouvrirent des lézardes dans les cloisons et fendirent les portes, les persiennes se détachèrent de leurs gonds sans que personne prît l'initiative de réparer. La robinetterie se mit à goutter, les tuyauteries à fuir, les tuiles à s'effriter, des taches d'humidité verdâtres à apparaître sur les murs. Seule la chambre de Clara, tendue de soie bleue, demeura intacte. Y subsistèrent de même le mobilier de bois blond, deux blanches robes de cotonnade, la cage vide du canari, la corbeille contenant les tricots inachevés, ses cartes magiques, le guéridon, la pile de cahiers où elle avait consigné ses notes sur la vie de tout un demi-siècle, ces cahiers que bien plus tard, dans la solitude de la demeure désertée, dans le silence des morts et des disparus, je mis en ordre et lus avec recueillement pour reconstituer cette histoire.

Jaime et Nicolas perdirent le peu d'intérêt qu'ils vouaient à la famille et n'eurent guère pitié de leur père qui, tout esseulé, s'évertuait en vain à instaurer avec eux une amitié qui eût comblé le vide laissé par toute une vie de relations désastreuses. S'ils continuaient à élire domicile à la maison, c'est qu'ils n'avaient d'autre endroit plus convenable où manger et dormir, mais ils y passaient comme des ombres indifférentes, sans s'arrêter à contempler les ravages de la décrépitude. Jaime exerçait son métier comme un apostolat, avec cette même ténacité qu'avait mise son père à sortir les Trois Maria de l'abandon et à amasser sa fortune, mais c'était pour s'épuiser à l'hôpital et à soigner gratis les pauvres en dehors de ses heures de travail.

« Vous n'êtes et ne serez jamais qu'un éternel perdant, mon fils, soupirait Trueba. Vous n'avez aucun sens des réalités. Vous ne vous êtes pas encore rendu compte comment le monde tournait. Vous misez sur des valeurs utopiques qui n'ont pas même un commencement d'existence.

– Aider son prochain est une valeur bien réelle, père.

– Mais non! De même que votre socialisme, la charité n'est qu'une invention des faiblards pour amadouer et utiliser les forts.

– Je ne crois pas à votre théorie des forts et des faibles, répliquait Jaime.

– Il en va pourtant toujours ainsi dans la nature. La vie est une jungle.

– Oui, parce que ceux qui font la loi sont ceux qui pensent comme vous, mais il n'en ira pas toujours ainsi.

– Jamais il n'en ira autrement, parce que nous sommes la race des vainqueurs, de ceux qui s'en sortent toujours et savent exercer le pouvoir. Ecoutez-moi, mon fils, mettez-vous à votre compte, ouvrez une clinique privée, je vous aiderai. Mais rompez avec vos lubies socialistes! » prêchait Esteban Trueba sans obtenir le moindre résultat.

Après qu'Amanda eut disparu de sa vie, Nicolas avait paru recouvrer un certain équilibre affectif. Ses expériences aux Indes lui avaient laissé un penchant pour les entreprises spirituelles. Il renonça aux extravagantes aventures commerciales qui lui avaient tourneboulé l'imagination dans les primes années de sa jeunesse, tout comme au désir de posséder toutes les femmes qui venaient à croiser son chemin, et se tourna vers son ardent et permanent besoin de rencontrer Dieu par les voies les moins catholiques. Le même charme qu'il déployait jadis à s'attirer des élèves pour ses leçons de flamenco lui servit à rassembler autour de lui un nombre croissant d'adeptes. C'étaient pour la plupart des jeunes qui en avaient assez de la belle vie

et qui erraient comme lui en quête d'une philosophie qui leur permît de subsister sans prendre part
à l'agitation terrestre. Ainsi se constitua un petit
groupe disposé à recevoir les enseignements millé-
naires dont Nicolas s'était imprégné en Extrême-
Orient. Pendant un certain temps, ils se réunirent
dans les pièces du fond, dans la partie inhabitée de
la maison, où Alba leur distribuait des noix et leur
servait des infusions, eux-mêmes restant assis en
tailleur à méditer. Quand Esteban Trueba se fut
rendu compte que dans son dos allaient et venaient
ces réincarnations et ces éponymes qui respiraient
par le nombril et se déshabillaient à la première
occasion, il perdit patience et les chassa sous la
menace de sa canne et de la police. Nicolas comprit
alors que, sans argent, il ne pourrait continuer de
dispenser la Vérité, si bien qu'il commença à percevoir de modestes honoraires pour son enseigne-
ment. Grâce à cela, il fut à même de louer une
bicoque où il installa son cercle d'illuminés. Pour
répondre aux exigences légales et à la nécessité de
se doter d'une appellation juridique, il le baptisa
« Institut d'Union avec le Néant », l'I.D.U.N. Mais
son père n'était pas disposé à le laisser agir à sa
guise, car les sectateurs de Nicolas avaient commencé à faire l'objet de clichés dans les journaux
avec leurs crânes rasés, leurs pagnes indécents, leur
air de béatitude, traînant dans le ridicule le nom
des Trueba. A peine sut-on que le prophète de
l'I.D.U.N. n'était autre que le fils du sénateur Trueba
que l'opposition exploita l'affaire pour se gausser de
celui-ci, se servant de la quête spirituelle du fils
comme d'arme politique contre le père. Trueba le
supporta stoïquement, jusqu'au jour où il trouva sa
petite-fille Alba avec le crâne rasé comme une boule
de billard, ressassant infatigablement la syllabe
sacrée : « Om. » Il débola à l'improviste à l'institut
de son fils, avec deux malabars embauchés à cette

fin qui fracassèrent le maigre mobilier et étaient sur le point de faire de même avec les pacifiques réincarnés quand le vieillard, comprenant qu'une fois de plus il avait passé la mesure, leur ordonna de mettre fin au saccage et de l'attendre dehors. Seul avec son fils, il parvint à maîtriser le tremblement de fureur qui s'était emparé de lui et à grommeler d'une voix contenue qu'il en avait par-dessus la tête de ses loufoqueries.

« Je ne veux plus vous revoir avant que les cheveux de ma petite-fille aient repoussé! » ajouta-t-il avant de s'en aller dans un dernier claquement de porte.

Dès le lendemain, Nicolas réagit. Il commença par évacuer les décombres qu'avaient laissés derrière eux les hommes de main de son père, puis par nettoyer le local, tout en respirant rythmiquement pour chasser de lui-même toute trace de courroux et purifier son esprit. Ensuite, avec ses disciples vêtus de leur seul pagne et portant des pancartes sur lesquelles ils exigeaient la liberté du culte et le respect de leurs droits de citoyens, ils marchèrent sur les grilles du Congrès. Là, ils sortirent des flûtiaux en bois, des clochettes et des petits gongs de fortune avec lesquels ils provoquèrent un tohu-bohu de tous les diables qui paralysa le trafic. Dès que se fut rassemblé un public suffisant, Nicolas s'employa à se dévêtir totalement, et, aussi nu que l'enfant qui vient de naître, il s'allongea au beau milieu de la chaussée, les bras en croix. S'éleva alors un tel concert de coups de frein d'avertisseurs, de hurlements et de sifflets que l'alarme fut donnée jusqu'à l'intérieur de l'édifice. Au Sénat fut suspendue la séance où l'on discutait du droit des propriétaires fonciers à clore avec du barbelé les chemins vicinaux, et les membres du Congrès sortirent sur le balcon pour jouir de ce peu ordinaire spectacle : un des fils du sénateur Trueba chantant des psaumes asiatiques dans le plus simple appareil. Esteban Trueba dévala au pas de charge les grands escaliers du Congrès et se précipita dans la rue, prêt à massacrer son fils, mais il ne put dépasser la grille, car il sentit dans sa poitrine son cœur exploser de colère et un voile rouge vint lui brouiller la vue. Il s'écroula.

Nicolas fut emmené à bord d'un fourgon des carabiniers et le sénateur à bord d'une ambulance de la Croix-Rouge. L'attaque de Trueba dura trois semaines et il s'en fallut d'un cheveu qu'elle ne l'expédiât dans l'autre monde. Dès qu'il put quitter la chambre, il empoigna son fils Nicolas par la peau du cou, le fit monter dans un avion et l'envoya par-delà les frontières avec ordre de ne plus reparaître devant lui pour le restant de ses jours. Il lui remit néanmoins suffisamment d'argent pour qu'il pût s'installer et subvenir un bon bout de temps à ses besoins, de sorte à éviter sans doute, comme se l'expliqua Jaime, qu'il ne commît d'autres turpitudes propres à le discréditer aussi bien à l'étranger.

Au fil des années suivantes, Esteban Trueba eut des nouvelles de la brebis galeuse de la famille grâce à la correspondance sporadique que Blanca entretenait avec Nicolas. Il apprit ainsi que celui-ci avait constitué en Amérique du Nord une autre académie pour communier avec le néant, avec un succès tel qu'il en était venu à amasser cette fortune que ne lui avaient valu ni ses décollages en ballon ni sa fabrication de sandwichs. Pour couronner le tout, on le vit s'immerger avec ses disciples dans sa propre piscine de porcelaine rose bonbon, entouré du respect des populations, combinant sans l'avoir voulu la quête de Dieu et la bonne fortune en affaires. Esteban Trueba, en vérité, n'y ajouta jamais foi.

Le sénateur attendit qu'eussent repoussé quelque peu les cheveux de sa petite-fille, afin qu'on n'allât pas penser qu'elle avait la teigne, puis il alla lui-même l'inscrire dans un collège anglais pour demoiselles de bonne famille, car il persistait à penser que c'était là le meilleur mode d'éducation, en dépit des résultats contradictoires qu'il avait obtenus avec ses deux fils. Blanca marqua son accord, car elle avait compris qu'une bonne conjonction planétaire dans son thème astral ne suffirait pas à Alba pour arriver à quelque chose dans la vie. Au collège, Alba apprit à manger des légumes cuits à l'eau et du riz brûlé, à endurer le froid dans la cour, à chanter des cantiques et à renoncer à toutes les vanités de ce monde, hormis celles d'ordre sportif. On lui enseigna à lire la Bible, à jouer au tennis, à taper à la machine à écrire. Ceci fut d'ailleurs la seule chose de quelque utilité qu'elle retira de ces longues années en langue étrangère. Aux yeux d'Alba qui avait vécu jusque-là sans jamais entendre parler de péchés ni de bonnes manières de jeune fille bien élevée, qui méconnaissait la frontière entre l'humain et le divin, le possible et l'impossible, qui voyait un de ses oncles traverser tout nu les couloirs avec ses cabrioles de karateka et l'autre enseveli sous sa montagne de livres, son grand-père acharné à briser à coups de canne les téléphones et les pots de fleurs de la terrasse, sa mère s'éclipser avec sa petite mallette de clown, sa grand-mère s'employer à faire remuer le guéridon et jouant du Chopin sans même ouvrir le piano, la routine du collège ne pouvait que paraître insupportable. Elle se morfondait durant les cours. En récréation, elle allait s'asseoir dans le coin le plus reculé et le moins en vue de la cour, pour qu'on ne la remarquât point, tremblant du désir qu'on la conviât à quelque jeu et priant en même temps que nulle ne fît attention à elle. Sa mère l'avertit de ne point chercher à expliquer à ses compagnes ce qu'elle avait découvert sur la nature humaine dans les traités de médecine de son oncle Jaime, ni à s'ouvrir à ses professeurs des avantages de l'espéranto sur la langue anglaise. Malgré ces mises en garde, dès les premiers jours, la directrice n'eut aucune peine à repérer les extravagances de sa nouvelle élève. Elle l'eut à l'œil pendant une à deux semaines puis, lorsqu'elle fut sûre de son diagnostic, elle fit venir Blanca Trueba à son bureau et lui expliqua, en y mettant le plus possible de formes, que la fillette échappait radicalement aux normes habituelles de l'éducation britannique, et lui suggéra de la placer dans un collège de bonnes sœurs espagnoles où celles-ci viendraient peut-être à bout de son imagination débridée et amenderaient son déplorable manque d'urbanité. Mais le sénateur Trueba n'était pas homme à s'en laisser remontrer par une quelconque Miss Saint John, et il fit jouer tout le poids de son influence pour qu'on n'expulsât pas sa petite-fille. Il tenait à tout prix à ce qu'elle apprît l'anglais. Il était persuadé de la supériorité de l'anglais sur l'espagnol, qu'il considérait comme un idiome secondaire, tout juste bon pour les affaires domestiques et la magie, les passions incontrôlables et les entreprises futiles, mais inapproprié à l'univers de la science et de la technique où il escomptait voir triompher Alba. Vaincu par la vague des temps nouveaux, il avait fini par se plier à l'idée qu'un petit nombre de femmes n'étaient pas tout à fait idiotes et il se disait qu'Alba, trop insignifiante pour attirer un bon parti, était capable d'apprendre un métier et de finir par gagner sa vie à l'égal d'un homme. Sur ce point, Blanca approuvait son père, car elle avait vérifié à ses dépens les effets d'une mauvaise formation scolaire au seuil de l'existence.

« Je ne veux pas que tu sois pauvre comme moi, ni qu'il te faille dépendre d'un homme pour ton entretien », disait-elle à sa fille chaque fois qu'elle la voyait pleurnicher pour ne pas aller en classe.

On ne la retira donc pas du collège, qu'elle dut endurer dix années d'affilée.

Pour Alba, sa mère était le seul être stable sur cette embarcation à la dérive qu'était devenue la grande maison du coin après la mort de Clara. Blanca luttait contre la décadence et la dégradation avec la férocité d'une lionne, mais il était manifeste que ce combat contre les progrès de la décrépitude était perdu d'avance. Elle tentait seulement de conserver à la grande demeure délabrée une apparence de chez-soi. Le sénateur Trueba continua d'y vivre, mais cessa d'y inviter ses amis et relations politiques, condamna les salons et se borna à occuper sa bibliothèque et sa chambre. Il restait aveugle et sourd aux besoins du foyer. Entièrement absorbé par la politique et les affaires, il voyageait en permanence, finançait de nouvelles campagnes électorales, achetait des terres et des tracteurs, élevait des chevaux de course, spéculait sur les cours de l'or, du sucre, de la pâte à papier. Il ne remarquait rien, ni que les murs de sa maison appelaient une nouvelle couche de peinture, ni les meubles démantibulés, ni la cuisine transformée en dépotoir. Il ne voyait pas davantage les paletots godaillants de sa petite-fille, les vêtements passés de mode de sa fille, ses mains esquintées par les tâches ménagères et l'argile. Il ne se comportait pas ainsi par avarice : simplement, sa famille avait cessé de l'intéresser. Parfois, il sortait de sa distraction et rappliquait avec quelque cadeau excessif et merveilleux pour sa petite-fille, lequel ne faisait que mieux souligner le contraste entre l'invisible trésor de ses comptes en banque et l'austérité de la grande maison. Il remettait à Blanca des sommes, jamais les mêmes mais toujours insuffisantes, destinées à maintenir en état de marche cette grosse bâtisse obscure et décatie, quasi vide et parcourue de courants d'air, en quoi avait dégénéré leur résidence d'antan. Blanca n'avait jamais assez pour faire face à toutes les dépenses, elle survivait en empruntant à Jaime et, pour le reste, rognait sur le budget par un bout, le colmatait par un autre, en fin de mois il lui restait toujours un solde de notes impayées qui ne faisait que grossir, jusqu'à ce qu'elle eût pris la décision de se rendre au quartier des joailliers juifs pour vendre tel ou tel des bijoux qui avaient été achetés là un quart de siècle auparavant et que Clara lui avait légués au fond d'une chaussette de laine.

A la maison, Blanca allait et venait en tablier et chaussée d'espadrilles, se confondant avec le peu de domesticité qui restait; pour sortir, elle passait son éternel tailleur noir, repassé et archirepassé, avec son chemisier de soie blanche. Après que son grand-père, devenu veuf, eut cessé de s'occuper d'elle, Alba s'habilla avec ce qu'elle héritait de quelques lointaines cousines plus grandes ou plus petites qu'elle, si bien qu'en règle générale les robes étaient trop courtes et étroites et les manteaux lui allaient comme des capotes de troufion. Jaime aurait bien voulu faire quelque chose pour elles deux, mais sa conscience lui disait que mieux valait dépenser ce qu'il gagnait à donner à manger aux affamés plutôt qu'en superflu à l'intention de ses sœur et nièce.

Après la mort de sa grand-mère, Alba commença à être tourmentée par des cauchemars dont elle se réveillait en criant, fébrile. Elle rêvait que venaient à périr tous les membres de sa famille et qu'elle restait seule à errer dans la grande maison, sans autre compagnie que les frêles fantômes éteints déambulant le long des couloirs. Jaime suggéra de l'installer dans la chambre de Blanca où elle se sentirait plus en sécurité. Dès ce moment où elle partagea la chambre de sa mère, Alba se mit à attendre avec une secrète impatience l'heure du coucher. Recroquevillée entre les draps, elle observait Blanca occupée à ses ultimes préparatifs avant de se mettre au lit. Celle-ci se nettoyait le visage avec de la crème du Harem, une graisse rosâtre au parfum de roses réputée faire des miracles avec les épidermes féminins, puis elle brossait à cent reprises sa longue chevelure châtain qui commençait à se parsemer de quelques fils blancs invisibles à tous, sauf à elle-même. Elle était prompte à prendre froid, aussi dormait-elle hiver comme été dans des cotillons de laine qu'elle se tricotait à ses moments perdus. Quand il pleuvait, elle se protégeait les mains avec des gants afin d'atténuer le froid polaire qui s'était introduit en elle jusqu'à la moelle des os, à cause de l'humidité de l'argile, et dont n'avaient pu la guérir toutes les piqûres de Jaime, pas plus que l'acupuncture chinoise de Nicolas. Alba la regardait aller et venir à travers la chambre dans sa chemise de nuit de novice qui lui flottait autour du corps, ses cheveux libérés du chignon défait, nimbée d'un parfum douceâtre de linge propre et de crème du Harem, absorbée dans un monologue sans queue ni tête où se mêlaient des jérémiades sur le prix des légumes, l'inventaire de ses multiples sources de maux, la fatigue de porter sur ses épaules tout le faix de cette maison, et ses rêvasseries poétiques à propos de Pedro III Garcia qu'elle se représentait parmi les nuages du couchant ou qu'elle se remémorait entre les blés dorés des Trois Maria. Son rituel terminé, Blanca se glissait dans son lit et éteignait. Par-dessus l'étroit fossé qui les séparait, elle prenait alors la main de sa fille et lui racontait les histoires des livres magiques des malles enchantées de l'arrière-grand-oncle Marcos, mais elle avait si mauvaise mémoire qu'elle en faisait de toutes nouvelles histoires. C'est ainsi qu'Alba entendit parler d'un prince charmant qui dormit cent ans, de pucelles qui se battaient au corps à corps avec des dragons, d'un loup perdu en plein bois et qu'une fillette étripa sans motif connu. Quand Alba souhaitait réentendre toutes ces barbaries, Blanca était bien en peine de les répéter, car elle les avait déjà oubliées, si bien que la petite prit le pli de les coucher sur le papier. Puis elle se mit à noter également les choses qui lui paraissaient importantes, tout comme l'avait jadis fait sa grand-mère Clara.

Les travaux du mausolée débutèrent peu après la mort de Clara, mais ils se prolongèrent sur près de deux ans à cause de nouveaux et onéreux détails que j'y fis ajouter : des stèles avec des lettres gothiques en or, un petit dôme en verre pour que le soleil pût entrer, et un ingénieux mécanisme copié de celui des fontaines romaines, permettant d'irriguer en permanence et avec mesure un minuscule jardin intérieur où je fis pousser des roses et des camélias, fleurs préférées des deux sœurs qui avaient tenu toute la place dans mon cœur. Les statues posèrent problème. Je refusai plusieurs esquisses, car je ne voulais pas d'angéliques crétines, mais des représentations de Rosa et Clara avec leurs propres traits, leurs mains, grandeur nature. Un sculpteur uruguayen répondit à mes souhaits et les statues s'avérèrent enfin conformes à mon attente. Quand tout fut fin prêt, je me heurtai à un obstacle inattendu : je fus dans l'impossibilité de déménager Rosa dans le mausolée tout neuf, la famille del Valle s'y opposant. Je tentai de les convaincre en usant de toute sorte d'arguments, multipliant pressions et cadeaux, allant jusqu'à faire jouer la puissance publique, mais en vain. Mes beaux-frères demeurèrent inébranlables. Je crois qu'ils avaient été mis au courant de l'histoire de la tête de Nivea et m'en voulaient de l'avoir laissée tout ce temps à la cave. Devant leur obstination, j'appelai Jaime et lui dis de s'apprêter à m'accompagner au cimetière pour dérober le cadavre de Rosa. Il ne fit montre d'aucune surprise.

« A défaut de bonnes manières, reste la manière forte », expliquai-je à mon fils.

Comme toujours en pareil cas, nous nous y rendîmes à la nuit tombante et subornâmes le gardien, ainsi que j'avais fait longtemps auparavant pour demeurer avec Rosa la première nuit qu'elle avait passé là. Nous entrâmes avec nos outils par l'avenue de cyprès, cherchâmes le caveau de la famille del Valle, et nous adonnâmes à la lugubre tâche de l'ouvrir. Nous ôtâmes avec soin la plaque qui protégeait le repos de Rosa et sortîmes de la niche le cercueil blanc, qui s'avéra plus lourd que nous ne nous y attendions, de sorte que nous dûmes appeler le gardien pour qu'il nous prêtât main-forte. Nous eûmes bien de la peine à travailler dans cet espace étroit, nous gênant mutuellement avec nos outils, mal éclairés par une lampe à carbure. Puis nous replaçâmes la plaque contre la niche afin que personne ne vînt à soupçonner que celle-ci était vide. A la fin, nous étions en nage. Jaime avait pris la précaution d'emporter un flacon d'eau-de-vie et nous pûmes boire un coup afin de nous donner du cœur au ventre. Quoique aucun de nous deux ne fût superstitieux, la vue de cette nécropole de croix, de dômes et de dalles nous rendait quelque peu nerveux. Je m'assis à l'entrée du caveau pour reprendre haleine et me dis que je n'étais décidément plus tout jeune si le déménagement d'une caisse comme celle-là me donnait des palpitations et me faisait apercevoir des points brillants dans l'obscurité. Je fermai les yeux et me remémorai Rosa, ses traits si parfaits, sa peau comme du lait, sa chevelure de sirène océanique, ses yeux de miel générateurs d'échauffourées, ses mains nouées sur le chapelet de nacre, Rosa qui était restée toutes ces années à attendre que je vinsse la chercher et la conduire là où il convenait qu'elle fût.

« On va ôter le couvercle, fiston, dis-je à Jaime. Je veux la voir. »

Il ne chercha pas à m'en dissuader, car il savait reconnaître à l'intonation quand ma décision était irrévocable. Nous réglâmes le halo de la lampe, il défit avec patience les vis de cuivre que le temps avait enfoncées, et nous parvînmes à soulever le couvercle, aussi pesant que s'il avait été de plomb. A la lueur blanchâtre du carbure, je vis Rosa la belle avec ses fleurs d'oranger de jeune mariée, sa chevelure verte, son imperturbable beauté, telle que je l'avais vue bien des années auparavant, couchée dans son blanc cercueil sur la table de la salle à manger de chez mes beaux-parents. Je restai là à la contempler, fasciné, sans doute parce qu'elle était exactement la même que dans mes rêves. Je me penchai et, à travers le globe qui lui protégeait le visage, je déposai un baiser sur les lèvres pâles de ma tant aimée. A ce moment, un souffle de vent vint se faufiler entre les cyprès, s'introduisit en traître par quelque fente du cercueil jusqu'alors resté hermétiquement clos, et en moins de temps qu'il n'en faut pour l'écrire l'immuable jeune mariée se désintégra comme par enchantement, réduite à une fine poussière grisâtre. Quand je relevai la tête et rouvris les yeux, le froid du baiser encore sur les lèvres, Rosa la belle avait disparu. A sa place, il n'y avait plus qu'une tête de mort aux orbites creuses, quelques lambeaux de peau ivoire adhérant encore aux pommettes, quelques mèches de crin moisi sur le crâne.

Jaime et le gardien refermèrent précipitamment le couvercle, placèrent Rosa sur une brouette et la transportèrent jusqu'à l'endroit qui lui était réservé, aux côtés de Clara, dans le mausolée rose saumon. Je demeurai assis sur une tombe de l'avenue de cyprès à contempler la lune.

« Férula avait raison, pensai-je. Me voici laissé seul avec mon corps et mon âme en train de rapetisser. Il ne me reste plus qu'à crever comme un chien. »

Le sénateur Trueba, lui, se battait contre ses ennemis politiques qui progressaient de jour en jour dans la voie de la conquête du pouvoir. Tandis que d'autres dirigeants du Parti conservateur prenaient du lard et de la bouteille, perdaient leur temps en interminables discussions byzantines, il se consacrait tout à sa tâche, parcourant et étudiant le pays du nord au sud, en une sorte de campagne personnelle sans trêve ni fin, tenant pour quantité négligeable le poids des ans et la sourde protestation de ses os. Il était réélu sénateur à chaque renouvellement du Parlement. Son obsession était de réduire à néant ce qu'il appelait le « cancer marxiste », lequel était en train de pousser insidieusement ses ramifications parmi la population.

« On soulève une pierre et qu'est-ce qu'on aperçoit? Un communiste! » avait-il coutume de dire.

On avait cessé de le croire, jusque chez les communistes eux-mêmes. On se gaussait un peu de lui à cause de ses accès de mauvaise humeur, de sa mise de corbeau en deuil, de sa canne anachronique et de ses pronostics apocalyptiques. Alors qu'il leur brandissait sous le nez les statistiques et résultats réels de dernières consultations, ses coreligionnaires se disaient que ce n'étaient là que radotages de vieille baderne.

« Le jour où nous ne pourrons plus mettre la main sur les urnes avant le décompte des voix, nous sommes foutus! soutenait Trueba.

– Nulle part on n'a vu les marxistes gagner à l'occasion d'une consultation populaire. Il leur faut pour le moins une révolution, et ce n'est pas le genre de choses qui arrivent dans ce pays, lui répliquait-on.

– Jusqu'au jour où ils passent! insistait Trueba d'un ton frénétique.

– Du calme, ami, disait-on pour le rassurer. Nous ne le permettrons pas. Le marxisme n'a pas la moindre chance en Amérique latine. Tu ne vois pas qu'il ne prend pas en compte le côté magique des choses? C'est une doctrine athée, pratique et fonctionnelle. Elle ne peut avoir aucun succès ici. »

Même le colonel Hurtado, qui voyait des ennemis de la patrie partout, ne considérait pas les communistes comme un danger. Il lui remontra à maintes reprises que le Parti communiste était composé de quatre pelés et trois tondus qui ne voulaient statistiquement rien dire, et se conformaient aux directives de Moscou avec une bigoterie digne d'une meilleure cause.

« Moscou est au diable vauvert, Esteban, lui disait le colonel Hurtado. On n'y a pas la moindre idée de ce qui se passe dans ce pays-ci. Ils tiennent pour quantité négligeable les conditions particulières de notre pays, et la preuve en est qu'ils sont encore plus paumés que le Petit Chaperon rouge. Il y a peu, ils ont publié un manifeste appelant les paysans, les marins et les minorités indigènes à faire partie du premier soviet national, ce qui relève à tous égards de la pitrerie. Qu'est-ce que les paysans vont entendre au mot soviet! Quant aux marins, ils sont toujours en mer et s'intéressent plus aux bordels des prochaines escales qu'à la politique. Et les indigènes! Il doit nous en rester au total dans

425

les deux cents. Je ne pense pas qu'il en ait survécu davantage aux massacres du siècle passé, mais s'ils souhaitent constituer un soviet dans leurs réserves, grand bien leur fasse! se moquait le colonel.

– Peut-être, mais en plus des communistes il y a les socialistes, les radicaux et tous les autres groupuscules! Tous, c'est plus ou moins bonnet blanc et blanc bonnet », rétorquait Trueba.

Aux yeux de sénateur Trueba, tous les partis politiques à l'exception du sien étaient potentiellement marxistes, et il ne pouvait distinguer clairement entre l'idéologie des uns et des autres. Il n'hésitait pas à exposer ses positions en public chaque fois que l'occasion s'en présentait, aussi passait-il aux yeux de tous, hormis à ceux de ses partisans, pour une espèce de toqué de la réaction et de l'oligarchie particulièrement haut en couleur. Le Parti conservateur devait le freiner pour qu'il n'en dît pas plus qu'il ne convenait et ne les fît tous sombrer dans le ridicule. Il était le paladin furieux prêt à livrer bataille sur tous les forums, dans les tables-rondes de presse, les universités, là où plus personne n'osait se montrer : il s'y tenait inébranlable dans son costume noir, avec sa crinière de lion et sa canne en argent. Il était la cible des caricaturistes qui, à force de tant se moquer de lui, réussirent à le rendre populaire, si bien qu'à chaque élection il fit le plein des voix conservatrices. Il avait beau être fanatique, violent et archaïque, il représentait mieux que personne les valeurs familiales, la tradition, la propriété, l'ordre. Tout un chacun le reconnaissait dans la rue, on inventait des blagues à ses dépens, de bouche à oreille couraient des anecdotes à lui attribuées. On racontait qu'au moment de son attaque cardiaque, quand son fils s'était déshabillé aux portes du Congrès, le président de la République l'avait convoqué à son bureau pour lui offrir l'ambassade de Suisse où il aurait pu exercer une charge adaptée à son âge, qui lui eût permis de restaurer sa santé. On racontait que le sénateur Trueba avait répondu en assenant un coup de poing sur le bureau du magistrat suprême, renversant le drapeau national et le buste du Père de la Patrie :

« Je ne quitterai ce pays que les pieds devant! rugit-il. Car à peine aurai-je cessé de les avoir à l'œil que les marxistes vous retireront de sous les fesses le siège où vous êtes assis! »

Le tout premier, il eut l'habileté de traiter la gauche d'« ennemie de la démocratie », sans se douter que, des années plus tard, tel serait le leitmotiv de la dictature. Il vouait presque tout son temps au combat politique, ainsi qu'une bonne part de sa propre fortune. Bien qu'il brassât sans cesse de nouvelles affaires, il remarqua que celle-ci paraissait fondre depuis la mort de Clara, mais il ne s'en alarma point; elle avait été dans son existence comme un souffle qui porte chance, c'était là un fait indéniable, et il était dans l'ordre naturel des choses qu'il ne pût continuer à en bénéficier après qu'elle eut disparu. Au surplus, il calcula qu'avec ce qu'il possédait, il était à même de demeurer un homme riche tout le temps qui lui était encore dévolu en ce bas monde. Il se sentait vieux, il s'en tenait à l'idée qu'aucun de ses trois enfants ne méritait d'hériter de lui et qu'il laisserait sa petite-fille à l'abri du besoin grâce aux Trois Maria, bien que la campagne ne fût plus aussi prospère qu'autrefois. Grâce aux nouvelles routes et à l'automobile, ce qui était jadis en train une véritable expédition s'était réduit à un trajet de six heures depuis la capitale jusqu'aux Trois Maria, mais il était toujours trop occupé et ne trouvait jamais le temps pour faire le voyage. Il convoquait de temps à autre le régisseur pour qu'il lui rendît des comptes, mais ces visites le laissaient avec des bouffées de mauvaise humeur pour plusieurs jours. Son régisseur était un homme écrasé par son propre pessimisme. Les nouvelles qu'il apportait n'étaient qu'une litanie de malencontreux accidents : les fraises avaient gelé, les poules avaient attrapé la pépie, la vigne était malade. Ainsi cette campagne qui avait été à l'origine de sa richesse en vint à devenir pour lui une charge et le sénateur Trueba dut à maintes reprises transférer de l'argent d'autres affaires pour renflouer cette terre insatiable qui semblait démangée de l'envie de s'en revenir au temps lointain de l'abandon, avant que lui-même ne l'eût sortie de la misère.

« Il faut que j'aille mettre de l'ordre. Ce qui manque là-bas, c'est l'œil du maître, maugréait-il.

– Les choses ne tournent pas rond à la campagne, patron, le prévint à plusieurs reprises son régisseur. Les paysans sont insolents, chaque jour ils présentent de nouvelles exigences. On dirait qu'ils veulent vivre comme les maîtres. Le mieux serait de vendre le domaine. »

Mais Trueba ne voulait pas entendre parler de vendre. « La terre, c'est ce qu'il reste quand on n'a plus rien d'autre », répétait-il comme il se plaisait à le faire à l'âge de vingt-cinq ans, quand sa mère et sa sœur le pressaient en invoquant les mêmes raisons. Mais avec le poids de l'âge et l'activité politique, les Trois Maria, comme nombre de choses qui lui avaient jadis paru de toute première importance, avaient cessé de l'intéresser. Elles n'avaient gardé à ses yeux qu'une valeur de symbole.

Le régisseur avait raison : en ces années-là, les choses ne tournaient plus rond. Ainsi le répercutait la voix de velours de Pedro III Garcia qui, grâce au miracle de la radio, parvenait jusqu'aux coins les plus reculés du pays. Agé de trente et quelques années, il continuait à garder l'aspect d'un rude paysan, par souci de style, car l'expérience de la vie et le succès avaient adouci ses aspérités et affiné ses idées. Il portait une barbe d'homme des bois et une chevelure de prophète qu'il taillait lui-même à l'aveuglette avec un rasoir ayant appartenu à son père, devançant de plusieurs années la mode qui devait faire fureur parmi les chanteurs contestataires. Il était vêtu d'un pantalon de toile grossière, d'espadrilles artisanales; en hiver, il se mettait sur les épaules un poncho de laine écrue. C'était sa tenue de combat. C'est ainsi qu'il se présentait sur scène et qu'il apparaissait photographié sur les pochettes de ses disques. Sans illusions sur les organisations politiques, il avait fini par distiller trois ou quatre idées primaires sur lesquelles il avait bâti toute sa philosophie. C'était un anarchiste. Des poules et des renards, son évolution l'avait amené à chanter la vie, l'amitié, l'amour, mais également la révolution. Sa musique était très populaire et il fallait être aussi obtus que le sénateur Trueba pour ignorer son existence. Le vieillard avait interdit chez lui la radio, afin d'empêcher sa petite-fille d'entendre ces comédies et ces feuilletons où les mères perdent de vue leurs rejetons pour ne les récupérer qu'après nombre d'années, et pour éviter que les chansons subversives de l'ennemi ne vinssent lui troubler la digestion. Il disposait d'une radio moderne dans sa chambre, mais ne l'écoutait que pour les informations. Il ne se doutait pas que Pedro III Garcia était le meilleur ami de son fils Jaime, ni qu'il retrouvait Blanca chaque fois que celle-ci quittait la maison avec sa petite valise de clown, bégayant de mauvais prétextes. Il ne savait pas davantage que, certains dimanches, il emmenait Alba escalader les hauteurs, s'asseyait avec elle à leur sommet pour contempler la ville et manger pain et fromage, avant de se laisser dévaler en roulant le long des pentes, morts de rire comme de petits chiots bienheureux, et qu'il lui parlait des pauvres, des opprimés, des désespérés, entre autres sujets que Trueba préférait voir sa petite-fille ignorer.

Pedro III regardait Alba grandir et fit en sorte d'être toujours proche d'elle, mais il n'eut pas la possibilité de la considérer réellement comme sa fille car, sur ce point, Blanca s'était montrée inflexible. Elle disait qu'Alba avait dû endurer bien des émois et que c'était miracle qu'elle fût restée une enfant à peu près normale, de sorte qu'il n'était pas indispensable d'ajouter un nouveau motif de trouble à propos de ses origines. Mieux valait qu'elle continuât à croire à la version officielle et, par ailleurs, Blanca ne souhaitait pas courir le risque qu'elle allât aborder le sujet avec son grand-père, provoquant une catastrophe. Quoi qu'il en fût, l'esprit libre et contestataire de la fillette plaisait bien à Pedro III.

« Si ce n'est pas ma fille, elle mériterait de l'être », disait-il avec orgueil.

Durant toutes ces années, Pedro III n'avait pu se faire à sa vie de célibataire, malgré son succès auprès des femmes, en particulier des rayonnantes adolescentes que les plaintes de sa guitare enflammaient d'amour. Certaines s'introduisaient de force dans sa vie. Il avait besoin de la fraîcheur de telles liaisons. Il s'appliquait à les rendre heureuses un temps très bref, mais, passé le premier moment d'illusion, il commençait à prendre ses distances, tant et si bien qu'il finissait par les quitter en douceur. Souvent, alors qu'il avait l'une d'elles dans son lit, soupirant dans son sommeil à côté de lui, il fermait les yeux et songeait à Blanca, à son ample corps mûr, à ses seins opulents et tièdes, aux fines rides de sa bouche, à l'ombre de ses yeux arabes, et il sentait comme un grand cri lui oppresser la poitrine. Il s'évertua à rester auprès d'autres femmes, il passa sur nombre de chemins et nombre de corps en voulant s'éloigner d'elle, mais dans le moment le plus intime, à ce point précis de solitude où la mort se laisse présager, toujours Blanca lui apparaissait comme la seule et unique. Le lendemain matin s'amorçait l'insensible processus de détachement d'avec sa nouvelle liaison et à peine se retrouvait-il libre qu'il s'en retournait à Blanca, plus hâve, les yeux plus cernés, plus repentant, avec une chanson inédite dans sa guitare et de nouvelles et inépuisables caresses pour elle.

Blanca, quant à elle, s'était accoutumée à vivre seule. Elle avait fini par trouver la paix en vaquant à ses occupations dans la grande maison, à son atelier de céramique, au bestiaire inventé de ses crèches où les seuls êtres à obéir aux lois de la biologie étaient les personnages de la Sainte Famille perdus au milieu d'une multitude de monstres. Elle n'avait qu'un homme dans sa vie, et c'était Pedro III, car elle était prédestinée à ne connaître qu'un seul amour. La force de ce sentiment inaltérable la sauva de la médiocrité et de la morosité de son destin. Elle lui demeurait fidèle jusque dans les moments où il disparaissait sur les pas de quelque nymphette aux cheveux raides et aux os saillants, sans l'aimer moins pour autant. Au début, elle pensait mourir chaque fois qu'il s'éloignait ainsi, mais elle eut tôt fait de se rendre compte que ses absences ne duraient que le temps d'un soupir et qu'invariablement, il s'en revenait plus amoureux, plus attentionné que jamais. Ces furtives retrouvailles avec son amant dans des hôtels de rendez-vous, Blanca les préférait à la routine d'une vie commune, à la lassitude du mariage et à l'amertume de vieillir ensemble en partageant les pénuries de fin de mois, l'haleine lourde du réveil, l'ennui des dimanches et les infirmités de l'âge. C'était une incurable romantique. Parfois, il lui vint la tentation de prendre sa petite valise de clown et ce qu'il restait de bijoux au fond de la chaussette, pour s'en aller vivre avec sa fille à ses côtés, mais toujours elle reculait. Peut-être redoutait-elle que cet amour grandiose qui avait résisté à tant d'épreuves ne parvînt pas à résister à la plus terrible de toutes : la cohabitation. Alba poussait vite et elle prenait conscience que, pour différer les exigences de son amant, le fait de s'occuper de sa fille ne saurait être longtemps invoqué comme prétexte, mais elle préférait toujours remettre sa décision à plus tard. En réalité, si elle appréhendait la routine, elle avait tout autant en horreur le genre de vie de Pedro III, son humble bicoque de planches et de tôles dans un bidonville ouvrier, au milieu de centaines d'autres tout aussi pauvres que la sienne, avec son sol de terre battue, sans eau, pourvue d'une seule ampoule pendant du plafond. Pour elle, il quitta son bidonville et emménagea dans un appartement du centre, accédant ainsi, sans l'avoir voulu, à une classe moyenne à laquelle il n'avait jamais souhaité appartenir. Mais ce ne fut pas non plus assez aux yeux de Blanca. Elle trouva l'appartement sordide, trop sombre et exigu, l'immeuble lui parut louche. Elle disait qu'elle ne pouvait permettre qu'Alba grandît là, à jouer avec les autres gosses dans la rue et les escaliers, et à fréquenter l'école publique. Ainsi s'était écoulée sa jeunesse, et Blanca entra dans son âge mûr résignée à ce que ses seuls moments de plaisir fussent ceux où elle partait subrepticement dans ses meilleurs atours, ayant mis de son parfum et ces dessous de cocotte qui séduisait tant Pedro III et qu'elle cachait en rougissant de honte au fin fond de sa penderie, songeant aux explications qu'elle devrait fournir si on venait à les y découvrir. Cette femme pratique et terre à terre pour tous les aspects de l'existence avait sublimé sa passion de prime jeunesse jusqu'à la vivre tragiquement. Elle la nourrit de rêveries, l'idéalisa, la défendit avec férocité, l'épura de ses vérités prosaïques et put ainsi en faire un véritable amour de roman.

De son côté, Alba apprit à ne jamais faire allusion à Pedro III Garcia, car elle savait l'effet que provoquait ce nom-là dans la famille. Elle pressentait que quelque chose de grave s'était produit entre l'homme aux doigts sectionnés qui embrassait sa mère sur la bouche et son propre grand-père, mais tous, y compris Pedro III, répondaient à ses questions de manière évasive. Dans l'intimité de leur chambre, parfois Blanca lui racontait des anecdotes le concernant ou bien lui apprenait certaines de ses chansons en lui recommandant de ne pas les fredonner entre les murs de la maison. Mais elle ne dit pas à Alba qu'il était son père, et elle-même paraissait l'avoir oublié. Elle se remémorait le passé comme un défilé de violences, d'abandons et de tristesse, sans être jamais assurée que les choses s'étaient effectivement passées comme elle le pensait. Elle avait laissé s'estomper l'épisode des momies, des photos et de l'indien imberbe aux hauts talons Louis XV, qui l'avait amenée à fuir le domicile conjugal. Elle répéta tant de fois que le comte avait succombé aux fièvres en plein désert qu'elle en vint elle-même à le croire. Des années plus tard, le jour où sa fille lui annonça que le cadavre de Jean de Satigny reposait dans la glacière de la morgue, elle n'en conçut aucune joie, car cela faisait belle lurette qu'elle se sentait veuve. Elle ne tarda pas non plus à justifier son mensonge. Elle sortit de la penderie son très vieux tailleur noir, rajusta ses épingles à cheveux dans son chignon et partit en compagnie d'Alba enterrer le Français au Cimetière général, dans une fosse commune où finissaient les indigents, le sénateur Trueba ayant refusé de lui céder une place dans son mausolée rose saumon. Mère et fille marchèrent seules derrière le cercueil noir qu'elles avaient pu payer grâce à la générosité de Jaime. Elles se sentaient un peu ridicules, dans la touffeur de cette mi-journée d'été, avec leur bouquet de fleurs fanées à la main, sans une larme pour le cadavre solitaire qu'elles conduisaient en terre.

« Je vois bien que mon père n'avait même pas d'amis », remarqua Alba.

Blanca laissa passer aussi cette occasion de dévoiler la vérité à sa fille.

Après que j'eus installé Clara et Rosa dans mon mausolée, je me sentis quelque peu rasséréné, car je savais que tôt ou tard nous serions réunis là tous trois, aux côtés d'autres êtres chers comme ma mère, la nounou, et jusqu'à Férula qui, je l'espère, m'aura pardonné. Je ne pensais pas vivre aussi longtemps que j'ai vécu ni qu'elles dussent m'attendre autant.

La chambre de Clara resta fermée à clef. Je ne voulais pas qu'on y entrât, afin que rien n'y fût dérangé et que je pusse y retrouver son esprit présent chaque fois que j'en avais envie. Je commençais à être victime d'insomnies, la maladie des vieillards. Je déambulais en pleine nuit à travers la maison sans pouvoir trouver le sommeil, traînant des pantoufles trop grandes pour moi, enveloppé dans la vieille robe de chambre épiscopale que je conserve pour des raisons sentimentales, ronchonnant contre le destin comme un petit vieux au bout de son rouleau. Avec le lever du soleil me revenait néanmoins le désir de vivre. Je réapparaissais à l'heure du petit déjeuner, portant une chemise amidonnée et mon costume de deuil, frais rasé, détendu, je lisais le journal avec ma petite-fille, mettais à jour mes tractations et ma correspondance, puis je sortais pour le reste de la journée. J'avais cessé de prendre mes repas à la maison, même les samedis et dimanches, car sans ce catalyseur qu'avait été la présence de Clara, je n'avais plus aucune raison de supporter les prises de bec avec mes enfants.

Mes deux seuls amis s'évertuaient à me chasser le deuil de l'âme. Ils déjeunaient avec moi, nous jouions au golf, ils me défiaient aux dominos. Avec eux je discutais de mes affaires, parlais politique, parfois aussi de la famille. Un après-midi où ils me virent d'humeur moins sombre, ils m'invitèrent au Christophe Colomb, dans l'espoir que quelque fille de joie achèverait de me rendre mon entrain. Aucun de nous trois n'avait plus l'âge pour ce genre d'aventures, mais nous avalâmes un ou deux verres et partîmes.

Il y avait quelques années de cela, je m'étais rendu au Christophe Colomb, mais je l'avais déjà presque oublié. Au cours de la période récente, l'établissement avait acquis une certaine réputation touristique, et les provinciaux venaient à la capitale à seule fin de le visiter, pour le raconter ensuite à leurs amis. Nous arrivâmes devant le vieux bâtiment dont l'apparence extérieure était restée inchangée depuis des lustres. Nous fûmes accueillis par un portier qui nous conduisit au salon principal où je me souvenais d'avoir été jadis, sous le règne de la maquerelle française ou, pour être plus exact, à l'accent français. Une petite serveuse habillée en écolière nous versa un verre de vin offert par la maison. Un de mes deux amis voulut lui prendre la taille, mais elle l'informa qu'elle faisait partie du personnel de service et qu'il nous fallait attendre les filles de métier. Au bout de quelques instants, un rideau s'ouvrit sur une vision des antiques cours arabes : un noir énorme, si noir qu'il en paraissait bleu, aux muscles huilés, vêtu d'un pantalon bouffant couleur carotte et resserré à la cheville, d'un gilet sans manches, d'un turban de lamé mauve, de babouches ottomanes, avec un anneau d'or passé en travers du nez. Quand il sourit, nous constatâmes qu'il avait toutes ses dents en plomb. Il se présenta comme étant Mustapha, et nous remit un album de photos afin que nous choisissions parmi la marchandise. Pour la première fois depuis bien longtemps, je me mis à rire de bon cœur, car l'idée d'un catalogue de prostituées me paraissait on ne peut plus plaisante. Nous feuilletâmes l'album de filles qui en contenait d'opulentes, de minces, à cheveux longs ou à cheveux courts, vêtues en naïades, en amazones, en novices, en courtisanes, sans qu'il me fût possible de jeter mon dévolu sur l'une ou l'autre, car toutes arboraient cet air mâché des chemins de tables de noces et banquets. Les trois dernières pages de l'album étaient réservées à des garçons en tuniques grecques, couronnés de lauriers, jouant au milieu de fausses ruines helléniques, répugnants avec leurs fesses potelées et leurs paupières à faux cils. Je n'avais encore jamais vu de près de pédéraste avoué, hormi Carmelo qui se déguisait en Japonaise à la Lanterne Rouge, aussi ne fus-je pas peu surpris de voir un de mes deux amis, père de famille et courtier en Bourse, choisir parmi les photos celle d'un de ces adolescents fessus. Le garçon surgit comme par un coup de baguette magique de derrière les rideaux et entraîna mon ami en le tenant par la main, avec des gloussements et des déhanchements de femme. Mon autre ami préféra une énorme odalisque avec laquelle je doute qu'il ait pu réaliser aucune prouesse, à cause de son âge avancé et de sa frêle constitution, mais toujours est-il qu'ils partirent ensemble, happés à leur tour par les tentures.

« Je vois que Monsieur a du mal à se décider, dit Mustapha du ton le plus cordial. Permettez-moi de vous proposer ce que la maison a de mieux. Je vais vous présenter Aphrodite. »

Aphrodite fit son entrée au salon, la tête surplombée de trois étages de frisottis, à peine voilée par quelques drapés de tulle et dégoulinant de l'épaule au genou de grappes de raisin artificielles. Ce n'était autre que Tránsito Soto qui s'était dotée d'une allure indubitablement mythologique en dépit de ses treilles d'un goût douteux et de ses tulles de trapéziste.

« Contente de vous voir, patron », me dit-elle en guise de salut.

Elle me fit franchir les rideaux et nous débouchâmes sur une petite cour intérieure, au cœur de cet édifice labyrinthique. Le Christophe Colomb était constitué de deux ou trois anciennes maisons reliées stratégiquement par des arrières-cours, des couloirs et des passerelles aménagés à cette fin. Tránsito Soto me conduisit jusqu'à une chambre plutôt quelconque mais propre, dont les seules singularités étaient une fresque érotique mal imitée de celles de Pompéi, qu'un mauvais peintre avait reproduite sur les murs, et une grande et antique baignoire quelque peu rouillée, avec l'eau courante. Je sifflai d'admiration.

« Nous avons fait quelques changements dans la décoration », dit-elle.

Tránsito se débarrassa de ses raisins et de ses tulles et redevint la femme dont j'avais gardé souvenir, quoique plus appétissante encore et moins vulnérable, mais avec cette même ambition dans le regard qui m'avait conquis lorsque je l'avais rencontrée. Elle me raconta leur coopérative de prostitués mâles et femelles, dont les résultats avaient été exceptionnels. A eux tous, ils avaient sorti le Christophe Colomb de la ruine où l'avait laissé la fausse madame française de jadis, et ils avaient œuvré à en faire un haut lieu, une sorte de monument historique dont on entendait parler par le truchement des marins jusque sur les mers les plus lointaines. C'étaient les déguisements qui avaient le plus contribué au succès, car ils attisaient l'imagination érotique des clients, ainsi que le catalogue de putains qu'ils avaient pu reproduire et diffuser dans certaines provinces afin d'éveiller chez les hommes le désir d'aller faire quelque jour connaissance avec le fameux bordel.

« C'est une corvée d'avoir à se balader avec ces bouts de rideaux et ces raisins de pacotille, patron, mais les hommes aiment ça. Ils en parlent autour d'eux et ça en attire d'autres. Pour nous ça marche bien, c'est une bonne affaire et personne ici ne se sent exploité. Nous sommes des associés. C'est la seule maison de putes du pays à avoir son propre nègre authentique. Les autres que vous pouvez voir ailleurs sont peints; Mustapha, lui, vous avez beau le passer au papier de verre, noir il reste. Et tout ici est propre, on pourrait même boire l'eau des waters, parce qu'on met de l'eau de Javel jusqu'où vous ne pouvez pas vous figurer, et l'Hygiène publique vient toutes nous contrôler. Il n'y a pas de maladies. »

Tránsito ôta son dernier voile et sa splendide nudité me laissa tellement abasourdi que je ressentis soudain une mortelle fatigue. J'avais le cœur étreint par la tristesse, le sexe flasque comme une fleur fanée et sans destination entre les jambes.

« Ah! Tránsito, je crois bien que je suis trop vieux pour ça », bredouillai-je.

Mais Tránsito Soto se mit à faire onduler le serpent tatoué autour de son nombril, m'hypnotisant par les douces contorsions de son ventre, tandis qu'elle me berçait de sa voix d'oiseau enroué en évoquant les bénéfices de la coopérative et les avantages du catalogue. Je finis malgré tout par rire, et je sentis peu à peu mon propre rire me faire l'effet d'un baume. Du doigt je m'évertuais à suivre le tracé du serpent, mais il se dérobait en zigzaguant. Je m'émerveillais que cette femme, qui n'était plus dans sa prime ni dans sa seconde jeunesse, eût la peau si ferme, les muscles si tendus, jusqu'à faire bouger ce reptile comme s'il avait été doté d'une vie autonome. Je me penchai pour embrasser son tatouage et constatai avec satisfaction qu'elle ne s'était pas parfumée. La chaude et rassurante odeur de son ventre me monta aux narines et m'envahit tout entier, éveillant dans mon sang une ardeur que je croyais refroidie. Sans cesser de parler, Tránsito ouvrit les jambes, séparant les douces colonnes de ses cuisses d'un mouvement fortuit, comme pour changer de position. Mes lèvres se mirent à la parcourir, aspirant, titillant, pourléchant, tant et si bien que je finis par oublier le deuil et le poids des années, que le désir me revint avec sa fougue d'autrefois, et, sans relâcher caresses ni baisers, je me débarrassai en hâte de mes vêtements, tirant dessus comme un désespéré, constatant avec bonheur la vigueur de ma virilité dans l'instant même où je m'enfouissais au creux du tiède et miséricordieux animal qui s'offrait à moi, bercé par la voix d'oiseau enroué, enlacé par des bras de déesse, tangué et roulé par l'impulsion de ces hanches, jusqu'à perdre toute notion des choses et exploser de plaisir.

Puis nous nous immergeâmes tous deux dans la baignoire remplie d'eau tiède, jusqu'à ce que l'âme eût réintégré mon corps et que je me sentisse presque guéri. L'espace d'un instant, je me laissai aller à rêvasser que Tránsito était la femme dont j'avais toujours eu besoin et qu'à ses côtés il me serait loisible de revenir à l'époque où j'étais capable de soulever quelque robuste paysanne, de la jucher sur la croupe de mon cheval et de l'emmener de force jusque dans les sous-bois.

« Clara... », murmurai-je sans y penser, et je sentis alors rouler une larme sur ma joue, puis une autre, une autre encore, et bientôt ce fut un torrent de larmes, un débordement de sanglots, un épanchement de nostalgies et de tristesses étouffées que Tránsito Soto n'eut aucun mal à identifier, car elle avait une longue expérience du chagrin des hommes. Elle me laissa pleurer toutes les misères et les accès de solitude de ces dernières années, puis elle me fit sortir de la baignoire avec des attentions de mère, elle me sécha, me massa jusqu'à me laisser aussi mou que du pain mouillé, et me borda quand j'eus fermé les yeux dans son lit. Elle me déposa un baiser sur le front et sortit sur la pointe des pieds.

« Qui peut bien être cette Clara? » l'entendis-je marmonner en poussant la porte.

CHAPITRE XI

LE RÉVEIL

C'EST vers ses dix-huit ans qu'Alba se détacha définitivement de l'enfance. Au moment précis où elle se sentit devenue une femme, elle alla s'enfermer dans son ancienne chambre, là où l'on pouvait toujours voir cette fresque qu'elle avait commencée bien des années auparavant. Elle chercha dans les vieux pots de peinture jusqu'à trouver un peu de rouge et de blanc encore liquides, elle les mélangea avec soin puis se mit à peindre un grand cœur rose dans l'ultime espace resté libre sur les murs. Elle était amoureuse. Elle jeta ensuite pots et pinceaux à la poubelle et s'assit un long moment à contempler tous ses dessins, comme pour passer en revue l'histoire de ses joies et de ses peines. Elle en conclut en fin de compte qu'elle avait été heureuse et, dans un soupir, dit adieu à l'âge tendre.

Nombre de choses changèrent cette année-là dans sa vie. Quittant le collège, elle décida d'étudier la philosophie, par inclination, et la musique, pour contrarier son grand-père qui considérait l'art comme une perte de temps et prônait inlassablement les avantages des professions libérales ou scientifiques. Il la mettait aussi en garde contre l'amour et le mariage, et manifestait la même insistance obtuse à ce que Jaime se cherchât une fiancée comme il faut, car il était en passe de rester vieux garçon. Il prétendait que les hommes avaient tout à gagner à prendre épouse, mais que les femmes comme Alba, par contre, avaient tout à perdre à convoler. Les prêchi-prêcha de son grand-père s'évaporèrent du jour où Alba aperçut pour la première fois Miguel, par un mémorable après-midi brumeux et froid, à la cafétéria de l'Université.

Miguel était un étudiant pâlichon aux yeux fiévreux, vêtu d'un pantalon délavé et de bottes de mineur, qui était dans sa dernière année de droit. C'était un dirigeant gauchiste. Il était enflammé par la plus incontrôlable des passions : la quête de justice. Celle-ci ne l'empêcha pas de se rendre compte qu'Alba l'observait. Il leva les yeux et leurs regards se croisèrent. Ils se contemplèrent éblouis et, à compter de cet instant, ne voulurent manquer aucune occasion de se retrouver dans les allées du parc où ils se promenaient, chargés de livres ou traînant le lourd violoncelle d'Alba. Dès leur première rencontre, elle avait remarqué qu'il portait sur sa manche un petit insigne : une main brandie au poing serré. Elle résolut de ne point lui dire qu'elle était la petite-fille d'Esteban Trueba et, pour la première fois de sa vie, elle recourut au patronyme qu'elle portait sur sa carte d'identité : Satigny. Bientôt, elle comprit qu'il valait mieux ne pas en parler non plus au reste de ses camarades. En revanche, elle put se vanter d'être l'amie de Pedro III Garcia, très populaire parmi les étudiants, et du Poète sur les genoux duquel, fillette, elle s'asseyait jadis, désormais célèbre dans toutes les langues et dont les vers étaient repris par la jeunesse et dans les graffiti des murs.

Miguel parlait révolution. A la violence du système, disait-il, il fallait opposer la violence de la révolution. Alba, quant à elle, ne portait aucun intérêt à la politique et souhaitait seulement parler d'amour. Elle en avait déjà par-dessus la tête d'entendre les harangues de son grand-père, d'assister à ses prises de bec avec son oncle Jaime, de subir les campagnes électorales. Seule participation politique de sa vie, elle était allée avec d'autres condisciples jeter des pierres contre l'ambassade des Etats-Unis, sans avoir pour ce faire de motifs très clairs, moyennant quoi on l'avait renvoyée du collège pour une semaine et son grand-père avait failli avoir un nouvel infarctus. Mais, à l'Université, impossible d'échapper à la politique. Comme tous les jeunes qui y étaient entrés cette année-là, elle découvrit le charme des nuits blanches au bistrot à parler des changements dont le monde avait besoin et à se laisser contaminer les uns les autres par la passion des idées. Elle rentrait à la maison à une heure avancée de la nuit, la bouche amère, les vêtements imprégnés de l'âcre odeur du tabac, le front brûlant de hauts faits d'armes, sûre qu'elle saurait le moment venu donner sa vie pour une cause juste. Pour l'amour de Miguel, et non par conviction idéologique, Alba se retrancha dans l'Université avec les étudiants qui occupèrent les bâtiments en signe de soutien à une grève de travailleurs. Ce furent quelques jours de camping et de discours enflammés, à hurler depuis les fenêtres des insultes aux forces de l'ordre, jusqu'à en devenir aphones. Ils édifièrent des barricades avec des sacs de terre, des pavés de la cour principale qu'ils avaient descellés, ils obstruèrent portes et fenêtres afin de transformer l'édifice en véritable forteresse, mais n'arrivèrent à en faire qu'une prison bien plus difficile à quitter pour les étudiants qu'à investir pour les policiers. Ce fut la toute première fois qu'Alba découcha, bercée entre les bras de Miguel parmi des monceaux de journaux et des canettes de bière vides, dans la promiscuité torride des camarades, tous jeunes et transpirants, les yeux rougis par le manque de sommeil et la fumée, le ventre un peu creux mais sans une once de peur, car tout cela tenait plus du jeu que de la guerre. La première journée, ils furent si absorbés par la construction des barricades et la mobilisation de leurs candides défenses, à peindre des banderoles et à déblatérer au téléphone, qu'ils ne se firent aucun souci quand la police vint à leur couper l'eau et l'électricité.

D'emblée, Miguel apparut comme l'âme du camp retranché, secondé par le professeur Sebastián Gómez qui, malgré ses jambes paralysées, se tint parmi eux jusqu'au bout. Ce soir-là, ils chantèrent pour se donner courage, et quand ils se furent lassés des discours, des discussions et des chants, ils se répartirent par petits groupes pour passer la nuit du mieux qu'ils purent. Le dernier à prendre quelque repos fut Miguel, qui semblait le seul à savoir comment réagir. Il s'occupa du ravitaillement en eau, récupérant en divers récipients jusqu'à celle qui se trouvait emmagasinée dans les réservoirs des chasses d'eau, il improvisa une cantine et sortit d'on ne sait où du café soluble, des biscuits, quelques boîtes de bière. Le lendemain, faute d'écoulement, l'odeur des latrines était devenue intolérable, mais Miguel en organisa le nettoyage et ordonna qu'on cessât de les utiliser : on irait faire ses besoins dans la cour, dans une feuillée creusée près de la statue de pierre du fondateur de l'Université. Miguel répartit les jeunes gens en équipes et leur trouva à s'occuper tout le jour, avec un savoir-faire si consommé que son autorité passait inaperçue. Les décisions paraissaient émaner spontanément des groupes eux-mêmes.

« On dirait qu'on en a pour plusieurs mois à rester là! » fit Alba, enchantée à l'idée qu'ils étaient assiégés.

Dans la rue, cernant le vieil édifice, se disposèrent stratégiquement les blindés de la police. Commença alors une attente nerveuse de plusieurs jours.

« Dans tout le pays, étudiants, syndicats et organisations professionnelles finiront par se rallier, avança Sebastián Gómez. Peut-être même que le gouvernement est déjà tombé.

– Je ne crois pas, répondit Miguel. Mais l'important est d'installer la contestation et de ne pas lâcher ce bâtiment tant que n'auront pas été avalisées les revendications des travailleurs. »

Il se mit à pleuvoir doucement et la nuit tomba de bonne heure sur l'édifice privé de lumière. Ils allumèrent quelques quinquets de fortune fabriqués dans des bocaux avec une mèche lente et un fond de pétrole. Alba se dit qu'on leur avait aussi coupé le téléphone, mais elle put vérifier que la ligne fonctionnait. Miguel expliqua que la police avait intérêt à apprendre ce dont ils parlaient, et leur enjoignit de surveiller leurs propos. Quoi qu'il en soit, Alba appela chez elle pour prévenir qu'elle resterait aux côtés de ses camarades jusqu'à la victoire finale ou la mort, mais à peine eut-elle terminé sa phrase qu'elle lui parut sonner faux. Son grand-père arracha l'appareil des mains de Blanca et, du ton irascible que sa petite-fille ne connaissait que trop bien, lui dit qu'elle avait une heure pour rentrer avec une explication plausible pour cette nuit entière qu'elle avait passée hors de la maison. Alba lui répondit qu'elle était empêchée de sortir et que, l'eût-elle pu, elle n'en avait pas l'intention.

« Tu n'as rien à faire là-bas avec cette bande de communistes! » hurla Esteban Trueba. Mais il radoucit aussitôt le ton et la pria de sortir avant l'irruption de la police, car il était bien placé pour savoir que le gouvernement n'allait pas indéfiniment les tolérer. « Si vous ne quittez pas les lieux de votre plein gré, les gardes mobiles vont y entrer de force et vous déloger à coups de matraque », conclut le sénateur.

Alba glissa un regard par les interstices de la

fenêtre bouchée avec des sacs de terre et des planches; elle aperçut, alignés dans la rue, les véhicules blindés et une double rangée d'hommes sur le pied de guerre, casqués, masqués, armés de matraques. Elle comprit que son grand-père n'avait rien exagéré. Les autres avaient vu la même chose et certains tremblaient. Quelqu'un signala qu'il existait de nouvelles grenades, pire que les lacrymogènes, qui provoquaient une irrépressible chiasse : par la puanteur et le ridicule, elles étaient capables de dissuader les plus braves. L'idée en parut terrifiante à Alba. Elle dut prendre sur elle-même pour ne pas pleurer. Elle se sentit des élancements aigus dans le ventre et se dit que c'était la peur. Miguel la serra dans ses bras, mais elle n'en fut pas rassurée pour autant. Tous deux étaient épuisés et les effets de cette mauvaise nuit commençaient à retentir sur leur forme et leur moral.

« Je ne pense pas qu'ils oseront forcer l'entrée, dit Sebastián Gómez. Le gouvernement a suffisamment de chats à fouetter pour venir chercher la bagarre avec nous.

— Ce ne serait pas la première fois qu'il ferait charger les étudiants, fit remarquer une voix.

— L'opinion ne le permettra pas, riposta Gómez. On est en démocratie. Ce pays n'est pas une dictature ni ne le sera jamais.

— On pense que ces choses-là n'arrivent qu'aux autres, fit Miguel. Jusqu'au jour où ça nous tombe sur le nez. »

Le reste de l'après-midi s'écoula sans incidents; la nuit venue, tous se sentaient plus tranquilles, malgré la faim et cette situation d'inconfort prolongée. Les blindés restaient fidèles au poste. Le long des corridors et dans les salles de cours, les jeunes gens jouaient aux cartes ou à se courir après, se reposaient, allongés à même le sol, préparaient un arsenal défensif composé de pierres et de bâtons.

La fatigue se lisait sur tous les visages. Alba ressentit dans ses entrailles des tiraillements de plus en plus aigus et se dit que si les choses n'étaient pas réglées le lendemain, elle n'aurait d'autre issue que de se replier sur la fosse creusée dans la cour. A l'extérieur, il pleuvinait toujours; imperturbable, la cité continuait son train-train. Nul ne paraissait attacher le moindre intérêt à cette nouvelle grève estudiantine et les gens passaient devant les véhicules blindés sans s'arrêter pour lire les banderoles accrochées à la façade de l'Université. Les voisins s'étaient vite habitués à la présence des carabiniers en armes et quand la pluie eut cessé, les enfants sortirent jouer au ballon sur le parc de stationnement désert entre l'édifice et les détachements de police. Par moments, Alba avait l'impression de se trouver sur un voilier au beau milieu d'une mer d'huile, sans un souffle de brise, dans une éternelle et silencieuse attente, figée des heures durant à scruter l'horizon. Le temps passant, la joyeuse camaraderie du premier jour avait fait place à une irritation et à des discussions permanentes, tandis que leur situation se faisait de plus en plus inconfortable. Miguel inspecta tout le bâtiment et rafla les réserves de la cafétéria.

« Quand tout sera terminé, nous les rembourserons au gérant. C'est un travailleur comme un autre », dit-il.

Il faisait froid. Le seul à ne se plaindre de rien, pas même de la soif, était Sebastián Gómez. Il semblait aussi infatigable que Miguel, bien qu'il eût le double de son âge et une mine de tuberculeux. Il avait été l'unique professeur à rester aux côtés des étudiants lorsque ceux-ci avaient occupé les bâtiments. On racontait que la paralysie de ses jambes résultait d'une rafale de mitraille reçue en Bolivie. C'était lui l'idéologue qui avait fait se lever chez ses élèves cette flamme que la plupart virent s'éteindre en eux au sortir de l'Université, en rejoignant ce monde qu'ils avaient cru pouvoir changer durant leur belle jeunesse. Chétif et efflanqué, nez aquilin et cheveu clairsemé, il était animé d'un feu intérieur qui ne le laissait jamais en repos. C'est à lui qu'Alba devait son sobriquet de « Comtesse » : le premier jour, son grand-père avait eu la malencontreuse idée de la conduire à ses cours dans la voiture avec chauffeur, et le professeur n'avait pas manqué de la remarquer. La justesse de ce surnom était purement fortuite, car Gómez ne pouvait savoir qu'au cas improbable où elle l'eût un jour souhaité, Alba était à même d'exhumer le titre de noblesse de Jean de Satigny, une des rares choses authentiques à appartenir au comte français qui lui avait légué son nom. Alba ne lui avait pas gardé rancune pour ce sobriquet railleur, bien au contraire elle s'était parfois laissée aller à rêver de séduire l'intrépide professeur. Mais Sebastián Gómez avait vu défiler quantité de jeunes filles du genre d'Alba : il savait discerner ce mélange de curiosité et d'apitoiement suscité par les béquilles qui soutenaient ses pauvres jambes réduites à l'état de chiffes molles.

La journée entière s'écoula ainsi sans que les gardes mobiles fissent bouger leurs véhicules blindés et sans que le gouvernement cédât aux revendications des travailleurs. Alba commença à se demander ce qu'elle était venue faire dans cette galère, car ses douleurs au ventre étaient en train de devenir intolérables et le besoin de se laver à grande eau dans une baignoire tournait chez elle à l'obsession. Chaque fois qu'elle regardait dans la rue et apercevait les carabiniers, sa bouche se remplissait de salive. Déjà, elle avait pu se rendre compte comme l'entraînement que lui avait fait subir son oncle Nicolas était bien moins efficace dans le feu de l'action que dans la fiction de souffrances imaginaires. Quelque deux heures plus tard, Alba sentit entre ses jambes une viscosité tiède et constata que son pantalon était taché de rouge. Un sentiment de panique l'envahit. Les derniers jours, cette crainte-là l'avait presque autant tourmentée que la faim. La tache sur son pantalon était aussi visible qu'un drapeau. Elle ne chercha même pas à la dissimuler. Elle se recroquevilla dans un coin, se sentant perdue. Dès son plus jeune âge, sa grand-mère lui avait enseigné que les choses relevant de l'organisme humain sont on ne peut plus naturelles et elle pouvait parler menstrues aussi bien que poésie, mais une fois au collège, on lui avait appris que toutes les sécrétions du corps, hormis les larmes, heurtent la décence. Miguel, conscient de son angoisse et de sa honte, s'en fut chercher un paquet de coton à leur infirmerie de fortune et se procura quelques mouchoirs, mais force fut bientôt de constater que cela ne suffisait pas : à la tombée du jour, Alba sanglotait d'humiliation et de douleur, effrayée par ces coups de tenailles dans ses entrailles et par ces gargouillis sanglants qui ne ressemblaient en rien à ceux des mois précédents. Elle crut que quelque chose était en train de crever en elle. Ana Díaz, une étudiante qui, comme Miguel, arborait l'insigne du poing brandi, fit remarquer que « ça » ne faisait mal qu'aux femmes fortunées, les prolétaires ne s'en plaignant jamais, même au moment d'accoucher, mais en voyant la tache du pantalon se transformer en véritable flaque, et Alba blêmir comme une moribonde, elle alla en parler à Sebastián Gómez. Celui-ci se déclara dans l'incapacité de résoudre la question.

« Voilà ce qui arrive à vouloir mêler les bonnes femmes aux affaires d'hommes, lança-t-il en guise de plaisanterie.

— Non, plutôt à vouloir mêler les bourgeois aux

affaires du peuple », riposta la jeune fille d'un ton outragé.

Sebastián Gómez se rendit jusqu'à l'encoignure où Miguel avait installé Alba et se laissa glisser à ses côtés avec peine à cause de ses béquilles.

« Comtesse, il te faut rentrez chez toi, lui dit-il. Ici tu n'es plus d'aucune aide; au contraire, tu es devenue une charge. »

Alba sentit monter en elle une bouffée de soulagement. Elle était morte de peur et c'était là une issue honorable qui lui permettrait de s'en retourner à la maison sans avoir l'air d'une lâche. Elle discuta tant soit peu avec Sebastián Gómez, pour sauver la face, puis accepta presque d'emblée que Miguel sortît avec un drapeau blanc pour parlementer avec les carabiniers. Tous le suivirent du regard à travers les meurtrières tandis qu'il traversait le parc de stationnement désert. Les carabiniers avaient serré les rangs et ordre lui fut donné par haut-parleur de s'arrêter net, de déposer son drapeau par terre et de s'avancer, mains derrière la nuque.

« On se croirait vraiment en guerre », fit Gómez.

Peu après, Miguel s'en revint et aida Alba à se relever. La même jeune fille qui avait fait le procès des jérémiades d'Alba la prit par le bras et tous trois sortirent du bâtiment en contournant les barricades et les sacs de terre, éclairés par les puissants projecteurs de la police. Alba pouvait à peine marcher, elle était morte de honte et la tête lui tournait. A mi-chemin, une patrouille vint à leur rencontre; Alba se retrouva à quelques centimètres d'un uniforme verdâtre et vit un pistolet pointé à hauteur de son nez. Elle leva les yeux et découvrit en face d'elle un visage cuivré aux yeux de rongeur. Elle sut aussitôt à qui elle avait affaire : Esteban Garcia.

« Mais c'est la petite-fille du sénateur Trueba! » s'exclama Garcia d'un ton ironique.

Miguel apprit de la sorte qu'elle ne lui avait pas dit toute la vérité. Se sentant trahi, il l'abandonna aux mains de l'autre, tourna les talons et rebroussa chemin en laissant traîner à terre son drapeau blanc, sans même lui avoir jeté un regard d'adieu, au côté d'Ana Diaz qui laissait paraître autant de surprise et de fureur que lui.

« Qu'est-ce qui t'arrive? s'enquit Garcia en pointant son pistolet sur le pantalon d'Alba. Ça m'a tout l'air d'une fausse-couche! »

Alba releva la tête et le regarda droit dans les yeux :

« Ça ne vous regarde pas. Conduisez-moi chez moi! » ordonna-t-elle en imitant le ton autoritaire dont usait son grand-père avec ceux qu'il ne considérait pas comme de la même classe que lui.

Garcia broncha. Cela faisait bien longtemps qu'il n'avait pas entendu d'ordre tomber de la bouche d'un civil, et il eut la tentation de l'embarquer jusqu'à la caserne et de l'y laisser moisir au fond d'un cachot, baignant dans son propre sang, jusqu'à ce qu'elle le suppliât à genoux, mais de l'exercice de son métier il avait retenu cette leçon qu'il existait des gens beaucoup plus puissants que lui, et qu'il ne pouvait se payer le luxe d'agir en toute impunité. Au surplus, le souvenir d'Alba dans ses robes amidonnées, buvant de la citronnade sous la véranda des Trois Maria, cependant que lui-même traînait nu-pieds dans la cour des poules à renifler ses morves, et la crainte qu'il avait encore du vieux Trueba s'avérèrent plus forts que son désir d'humilier Alba. Il ne put soutenir le regard de la jeune fille et pencha imperceptiblement la tête. Il fit demi-tour, aboya quelques mots et deux carabiniers transportèrent Alba jusqu'à une voiture de police. Ainsi s'en revint-elle à la maison. Quand elle l'aperçut, Blanca se dit que les pronostics de grand-père s'étaient réalisés et que la police avait donné l'assaut aux étudiants à coups de matraque. Elle se mit à hurler et ne cessa que de l'instant où Jaime eut examiné Alba et donné l'assurance qu'elle n'était pas blessée, qu'elle n'avait rien qui ne pût être guéri avec une ou deux piqûres et un bon repos.

Alba passa deux jours au lit, au cours desquels la grève estudiantine se disloqua pacifiquement. Le ministre de l'Education fut relevé de ses fonctions et muté au ministère de l'Agriculture.

« S'il a pu être ministre de l'Education sans son certificat d'études, il peut bien être ministre de l'Agriculture sans avoir jamais vu de sa vie une vache sur pied », commenta le sénateur Trueba.

Tout le temps qu'elle passa au lit, Alba eut loisir de se remémorer les circonstances dans lesquelles elle avait connu Esteban Garcia. En remontant très loin en arrière parmi les images de son enfance, elle se souvint d'un garçon brun, de la bibliothèque de la grande maison, de l'âtre embrasé où de grosses bûches d'acacia répandaient leur arôme, c'était un après-midi ou bien en fin de journée, et elle s'était retrouvée assise sur ses genoux. Mais cette vision fugace ne faisait qu'entrer et sortir de sa mémoire; dans le doute, elle se dit qu'elle l'avait rêvée. Le premier souvenir précis qu'elle en avait gardé était postérieur. Elle en avait la date exacte, puisque c'était le jour de ses quatorze ans et que sa mère l'avait consigné dans l'album de papier noir qu'avait entamé sa grand-mère à sa naissance. Pour la circonstance, elle s'était fait faire une indéfrisable et elle se tenait sous la véranda, son manteau mis, dans l'attente que son oncle Jaime vînt l'emmener acheter son cadeau. Il faisait très froid, mais elle aimait bien le jardin en hiver. Elle souffla dans ses doigts et remonta le col de son manteau pour se protéger les oreilles. De l'endroit où elle se trouvait, elle pouvait voir la croisée de la bibliothèque où son grand-père s'entretenait avec un autre homme. Les vitres étaient embuées, mais elle parvint à identifier l'uniforme des carabiniers et elle se demanda ce que pouvait fabriquer son grand-père avec l'un d'eux dans son bureau. L'homme tournait le dos à la fenêtre et se tenait rigidement assis au bord de son siège, les épaules rejetées en arrière, l'air pathétique d'un petit soldat de plomb. Alba resta à le contempler un moment, puis, jugeant que son oncle n'allait pas tarder à arriver, elle arpenta le jardin jusqu'à une tonnelle à moitié affaissée, tapant dans ses mains pour se réchauffer; elle ôta les feuilles humides collées au banc de pierre et s'assit à attendre. C'est là que la trouva peu après Esteban Garcia, quand il sortit de la maison et dut traverser le jardin pour regagner la grille. A sa vue, il s'arrêta brusquement. Il regarda de tous côtés, hésita puis s'approcha :

« Tu te souviens de moi?

— Non, fit-elle d'un ton mal assuré.

— Je suis Esteban Garcia. Nous nous sommes rencontrés aux Trois Maria. »

Alba sourit machinalement. Un souvenir mauvais lui remontait à la mémoire. Quelque chose, dans les yeux du garçon, éveillait en elle de l'inquiétude, sans qu'elle pût préciser quoi. Garcia balaya les feuilles d'un revers de main et prit place à ses côtés sous la tonnelle, si près que leurs jambes se touchaient.

« Ce jardin est une vraie forêt vierge », dit-il en lui respirant dans la figure.

Il ôta sa casquette d'uniforme et elle remarqua qu'il avait les cheveux très courts, tout raides, peignés à la gomina. Prestement, la main de Garcia se posa sur son épaule. La familiarité du geste laissa la jeune fille déconcertée; elle resta un moment paralysée avant de se jeter en arrière, tentant d'échapper à cette main qui se mit à lui étreindre l'épaule, enfonçant ses doigts à travers l'étoffe épaisse du manteau. Alba sentit son cœur battre comme une mécanique et le rouge lui monta aux joues.

« Tu as bien grandi, Alba, on dirait presque une femme, chuchota l'homme à son oreille.

– J'ai quatorze ans, balbutia-t-elle, je les ai depuis aujourd'hui. »

Alba tenta d'éloigner son visage, mais l'autre le lui retint fermement entre ses mains, l'obligeant à lui faire face. Ce fut son premier baiser. Elle éprouva quelque chose de chaud et de brutal, sentit sa peau rêche et mal rasée lui écorcher le visage, son odeur de tabac refroidi et d'oignon cru, sa violence. La langue de Garcia s'acharna à desceller ses lèvres tandis que, d'une main, il lui broyait les joues pour l'obliger à desserrer les mâchoires. Elle se représenta cette langue comme quelque mollusque tiède et baveux, elle sentit la nausée l'envahir, son estomac se soulever, mais elle garda les yeux grands ouverts. Elle vit le rugueux tissu de l'uniforme, sentit les mains féroces lui entourer le cou, leurs doigts commencer à se resserrer sans que Garcia relâchât son baiser. Alba se crut sur le point d'étouffer et le repoussa avec une violence telle qu'elle parvint à se dégager. Garcia s'écarta du banc et eut un sourire moqueur. Il avait des plaques rougeâtres aux joues et respirait comme une locomotive.

« Mon cadeau t'a plu? » s'esclaffa-t-il.

Alba le vit s'éloigner à grandes enjambées à travers le jardin et se rassit pour sangloter. Elle se sentait souillée, humiliée. Elle courut à la maison se frotter la bouche avec du savon et se brosser les dents, comme si elle avait pu ôter ainsi la tache de sa mémoire. Lorsque son oncle Jaime vint enfin la chercher, elle se suspendit à son cou, enfouit son visage dans sa chemise et lui dit qu'elle ne voulait plus aucun cadeau, car elle avait résolu de se faire religieuse. Jaime éclata d'un rire sonore et grave qui lui montait du plus profond des entrailles et qu'elle ne lui avait entendu qu'en de très rares occasions, car son oncle était un homme d'humeur taciturne.

« Je te jure que c'est la vérité! Je vais rentrer dans les ordres! sanglota Alba.

– On ne se refait pas comme ça, lui répondit Jaime. Au surplus, il te faudrait d'abord me passer sur le corps. »

Alba n'avait plus revu Esteban Garcia jusqu'à ce jour où elle se retrouva tout à côté de lui sur le parc de stationnement de l'Université, mais jamais elle n'avait pu l'oublier. Elle ne s'ouvrit à personne de ce baiser répugnant ni des rêves qu'elle avait eus ensuite, où il lui apparaissait sous les traits d'une bête verdâtre s'apprêtant à l'étrangler entre ses pattes, à l'asphyxier en lui introduisant dans la bouche un de ses tentacules visqueux.

Au souvenir de ces épisodes, Alba comprit que le cauchemar était demeuré tapi en elle au fil de toutes ces années et que Garcia n'avait cessé d'être cette bête sauvage qui la guettait dans l'ombre pour lui sauter dessus à un tournant ou à un autre de sa vie. Elle ne pouvait encore savoir que c'était bel et bien une prémonition.

La seconde fois qu'il la vit déambuler comme une âme en peine par les allées proches de la cafétéria où ils s'étaient connus, Miguel laissa s'envoler sa déception et sa rage qu'Alba fût la petite-fille du sénateur Trueba. Il décréta qu'il était injuste de tenir rigueur à la petite-fille des idées de son grand-père et ils reprirent leurs promenades, enlacés l'un à l'autre. Au bout de peu de temps, les baisers interminables s'avérèrent insuffisants et ils commencèrent à se donner rendez-vous dans la pièce où vivait Miguel. C'était une médiocre pension pour étudiants désargentés, régie par un couple d'âge mûr doué pour l'espionnite. Ils reluquaient Alba avec une hostilité non dissimulée lorsqu'elle montait jusqu'à la chambre de Miguel en le tenant par la main, et c'était pour elle un supplice que de devoir vaincre sa timidité et affronter le jugement de ces regards qui lui gâchaient tout le plaisir de leur rencontre. A seule fin de les esquiver, elle eût préféré d'autres solutions, mais elle ne se faisait pas non plus à l'idée de descendre ensemble en quelque hôtel, pour la même raison qu'elle n'aimait pas être vue à la pension de Miguel.

« Tu es la pire bourgeoise que je connaisse », se moquait celui-ci.

Parfois, il se débrouillait pour qu'on lui prêtât une moto et ils s'échappaient pour quelques heures, roulant à tombeau ouvert, à califourchon sur la machine, les oreilles gelées, le cœur avide. Il leur plaisait d'aller en hiver sur les plages désertes, marcher sur le sable mouillé, y laissant leurs empreintes que l'eau venait lécher, effrayant les mouettes et respirant l'air marin à grandes goulées. L'été, ils préféraient les bois les plus touffus où ils pouvaient s'ébattre impunément, une fois esquivés les scouts en culottes courtes et les amateurs d'excursions. Bientôt Alba découvrit néanmoins que l'endroit le plus sûr était son propre toit : dans le dédale des chambres désaffectées de derrière, où jamais personne n'entrait plus, ils pouvaient s'aimer sans être dérangés.

« Si les domestiques entendent du bruit, ils croiront que les fantômes sont de retour », dit Alba, et elle lui narra le glorieux passé d'esprits visiteurs et de tables volantes de la grande maison du coin.

La première fois qu'elle le fit entrer par la porte arrière du jardin, se frayant un chemin parmi les broussailles et contournant les statues tachetées de mousses et de fientes d'oiseaux, le jeune homme tressaillit en découvrant la lugubre bâtisse. « Je suis déjà venu ici », murmura-t-il, mais il fut incapable de se le rappeler précisément, car cette forêt de cauchemar et cette sinistre demeure n'avaient plus guère à voir avec l'éblouissante image qu'il avait thésaurisée dans sa mémoire depuis sa tendre enfance.

Les tourtereaux essayèrent une à une les chambres abandonnées et finirent par improviser un nid pour leurs furtives amours dans les profondeurs de la cave. Cela faisait bien des années qu'Alba n'y avait plus remis les pieds et elle en était arrivée à oublier jusqu'à son existence, mais, à l'instant où elle ouvrit la porte et huma l'incomparable odeur, elle éprouva de nouveau l'attirance magique d'autrefois. Ils utilisèrent les objets au rebut, les caisses, les exemplaires du livre d'oncle Nicolas, les meubles et les rideaux des temps héroïques pour s'aménager une extraordinaire chambre nuptiale. Au milieu, ils s'installèrent un lit de fortune avec plusieurs matelas qu'ils recouvrirent de pièces et de morceaux de velours mité. Ils exhumèrent des malles d'innombrables trésors. Ils se firent des draps avec de vieilles tentures de damas couleur topaze, décousirent la somptueuse robe en dentelle de Chantilly qu'avait portée Clara le jour de la mort de Barrabás, afin d'en faire une moustiquaire couleur du temps; elle les protégerait des araignées qui se laissaient descendre depuis le plafond au bout de leur broderie. Ils s'éclairaient à la bougie et ne se formalisaient pas de la présence des petits rongeurs, du froid qui régnait, de ce relent d'outre-tombe. Dans le crépuscule éternel du sous-sol, ils allaient nus, défiant l'humidité et les courants d'air. Ils buvaient du vin blanc dans des coupes de cristal qu'Alba avait dérobées dans la salle à manger et procédaient à un minutieux inventaire de leurs corps et des multiples potentialités du plaisir. Ils jouaient comme deux gosses. En ce doux et jeune amant qui riait et batifolait en une bacchanale sans fin, Alba avait bien du mal à reconnaître le révolutionnaire assoiffé de justice qui apprenait secrètement le maniement des armes à feu et les stratégies insurrectionnelles. Elle inventait d'irrésistibles subterfuges de séduction tandis que Miguel concevait autant de nouvelles et merveilleuses façons de l'aimer. L'un et l'autre restaient confondus par la force de leur passion : c'était comme un envoûtement qui les eût condamnés à une inétanchable soif. Les heures comme les mots leur manquaient pour se dire leurs plus intimes pensées, leurs plus lointains souvenirs, dans l'ambitieuse tentative de s'appartenir l'un à l'autre jusque dans leurs ultimes retranchements. Alba négligea le violoncelle, sauf pour en jouer dans le plus simple appareil sur le lit de couleur topaze, et suivit ses cours à l'Université avec un air halluciné. Miguel délaissa pareillement sa thèse et ses réunions politiques, car ils avaient besoin d'être ensemble à toute heure et mettaient à profit la moindre distraction des habitants de la grande maison pour se faufiler jusqu'à la cave. Alba apprit à mentir et à dissimuler. Prétextant qu'il fallait étudier de nuit, elle déserta la chambre qu'elle partageait avec sa mère depuis la mort de son aïeule et s'installa dans une pièce du premier, donnant sur le jardin, afin de pouvoir ouvrir sa fenêtre à Miguel et de le conduire sur la pointe des pieds à travers la maison assoupie jusqu'à leur retraite enchantée. Mais ils ne faisaient pas que se retrouver nuitamment. Parfois l'impatience de l'amour était si intolérable que Miguel se risquait à venir de jour, rampant comme un voleur entre les buissons jusqu'à la porte de la cave où il attendait Alba, son cœur ne tenant qu'à un fil. Ils s'embrassaient avec un désespoir d'adieu sans retour avant de s'introduire dans leur repaire, pouffant comme deux complices.

Pour la première fois de sa vie, Alba ressentit le besoin d'être belle, elle regretta qu'aucune des splendides femmes de la famille ne lui eût légué ses appas, et que la seule à le faire, Rosa la belle, n'eût conféré que ce ton d'algues marines à sa chevelure, ce qui, à défaut du reste, donnait plutôt à penser à une étourderie de coiffeur. Miguel, percevant son inquiétude, la prit par la main et la conduisit devant le grand miroir vénitien qui décorait un coin de leur chambre secrète, il épousseta le verre fêlé, alluma toutes les bougies dont il disposait et les planta tout autour d'elle. Elle se contempla dans les mille facettes du miroir brisé. Sa peau, éclairée par les bougies, avait le teint d'irréalité des figures de cire. Miguel se mit à la caresser, elle vit ses traits se métamorphoser dans le kaléidoscope du miroir et finit par convenir qu'elle était bien la plus belle de tout l'univers puisqu'elle pouvait se voir par les yeux avec lesquels Miguel la regardait.

Cette interminable orgie dura plus d'un an. Miguel acheva enfin sa thèse, obtint son diplôme et se mit à chercher du travail. Lorsque fut étanchée l'urgente fringale de l'amour inassouvi, ils purent revenir à plus de retenue et normaliser leurs existences. Elle fit effort pour s'intéresser derechef à ses études et Miguel s'en retourna à ses activités politiques : les événements se précipitaient et le pays était jalonné de luttes partisanes. Il loua un petit appartement à proximité de son lieu de travail, où ils se retrouvaient pour s'entr'aimer, car au cours de cette année qu'ils avaient passés nus à batifoler dans la cave, l'un et l'autre avaient contracté une bronchite chronique qui ôtait une bonne part de son charme à leur paradis souterrain. Alba prêta la main à la décoration, disséminant coussins casaniers et placards politiques un peu partout, et elle alla jusqu'à suggérer qu'elle pourrait s'en venir vivre à ses côtés, mais, sur ce point, Miguel se montra inflexible.

« Voici venir de très sales temps, ma chérie, lui expliqua-t-il. Je ne peux te garder près de moi alors que, le moment venu, il me faudra entrer dans la guérilla.

– Où que tu ailles, j'irai avec toi, promit-elle.

– On n'entre pas là-dedans par amour, mais par conviction politique, et tu ne l'as pas, lui répondit Miguel. Nous ne pouvons nous payer le luxe d'accepter les amateurs. »

La formule parut bien brutale à Alba, et il lui fallut plusieurs années pour en saisir la vérité dans toute son ampleur.

Le sénateur Trueba était déjà en âge de se retirer, mais cette idée-là ne lui effleurait pas l'esprit. Il lisait le journal du jour en grommelant entre ses dents. Les choses avaient bien changé au fil de ces dernières années et il se sentait dépassé par les événements : jamais il n'aurait imaginé vivre autant, au point d'avoir à y faire face. Il était né alors que la lumière électrique n'existait pas encore en ville et il lui avait été donné de voir à la télévision un homme se balader sur la Lune, mais aucune des vicissitudes de sa longue existence ne l'avait préparé à affronter la révolution qui était en gestation dans son propre pays, à sa barbe même, et qui mettait tout le monde en transe.

Jaime était le seul à ne point parler de ce qui était en train de se fomenter. Pour éviter les disputes avec son père, il avait pris le parti de se taire et il avait vite découvert qu'il était bien plus commode de ne rien dire. Les rares fois où il se départait de son laconisme de trappiste, c'était quand Alba venait lui rendre visite dans son terrier de livres. Sa nièce faisait irruption en chemise de nuit, les cheveux mouillés après la douche, et s'asseyait au pied de son lit pour lui raconter la vie en rose, car il était comme un aimant, disait-elle, pour attirer les problèmes d'autrui, les misères sans remèdes, et il était indispensable que quelqu'un vînt le tenir au courant du printemps et de l'amour. Mais ses bonnes intentions étaient réduites à néant par son propre besoin de discuter avec son oncle de tout ce qui la turlupinait. Jamais ils ne tombaient d'accord. Ils partageaient les mêmes lectures, mais, au moment d'analyser ce qu'ils avaient lu, leurs opinions s'avéraient diamétralement opposées. Jaime ricanait de ses idées politiques, de ses amis barbus, et la grondait pour s'être amourachée d'un terroriste de bistrot. Il était le seul de la maison à connaître l'existence de Miguel.

« Dis à ce morveux de venir un jour travailler avec moi à l'hôpital; après ça, on verra s'il a encore envie de gaspiller son temps avec des tracts et des parlotes, disait-il à Alba.

— Il est avocat, pas médecin, répliquait-elle à son oncle.

— Peu importe. Là-bas, rien ni personne n'est superflu. Même un plombier nous serait utile. »

Jaime était convaincu que les socialistes finiraient par l'emporter au terme de tant d'années de lutte. Il l'attribuait au fait que le peuple avait pris conscience de ses besoins et de sa propre force. Alba, elle, répétait les formules de Miguel selon qui la bourgeoisie ne pourrait être vaincue que par la lutte armée. Jaime avait horreur de l'extrémisme, quelle qu'en fût la forme, et arguait que l'action des guérilleros ne se justifie que sous une tyrannie, quand il n'est d'autre issue que de se battre les armes à la main, alors que c'est une aberration dans un pays où le changement peut s'obtenir par le suffrage populaire.

« Jamais ça ne s'est passé comme ça, mon oncle, ripostait Alba. Jamais ils ne laisseront la victoire à tes socialistes! »

Elle s'attachait à exposer le point de vue de Miguel : qu'on ne pouvait continuer d'attendre que l'Histoire avançât à petits pas par un laborieux processus d'éducation et d'organisation du peuple, alors que le monde faisait des bonds en avant et qu'eux-mêmes restaient loin derrière, et quand aucun changement radical ne s'était jamais produit avec des bonnes manières et sans violences. L'Histoire le montrait assez. Leur discussion s'éternisait et tous deux sombraient dans une éloquence confuse qui les laissait épuisés, s'accusant l'un l'autre d'être une vraie tête de mule, pour en fin de compte se souhaiter bonne nuit d'un baiser et rester pareillement sur l'impression que l'autre était le plus merveilleux des êtres.

Un soir, à l'heure du dîner, Jaime annonça que les socialistes allaient l'emporter, mais comme cela faisait vingt ans qu'il pronostiquait la même chose, nul n'ajouta foi à ses propos.

« Si ta mère était encore de ce monde, lui rétorqua dédaigneusement Trueba, elle te dirait que ce sont toujours les mêmes qui gagnent. »

Jaime savait ce qu'il disait. Il le tenait du Candidat en personne. Cela faisait nombre d'années qu'ils étaient amis et Jaime allait souvent le soir jouer aux échecs avec lui. C'était le même socialiste qui avait postulé la présidence de la République depuis dix-huit ans. Jaime, juché sur les épaules de son père, l'avait aperçu pour la première fois quand il passait dans un nuage de fumée à bord d'un des trains de la victoire, lors des campagnes électorales du temps de sa jeunesse. En ce temps-là, le Candidat était un homme frais et robuste, avec ses bajoues de chien de chasse, qui s'égosillait en harangues exaltées parmi les huées et les quolibets des patrons et le silence rageur des paysans. C'était l'époque où les frères Sanchez avaient pendu le responsable socialiste local à la croisée des chemins, où Esteban Trueba avait fouetté Pedro III Garcia devant son père pour avoir répété devant les fermiers les subversives interprétations bibliques du père José Dulce Maria. Son amitié avec le Candidat était née par hasard, une nuit de dimanche où on l'avait expédié depuis l'hôpital pour soigner quelque urgence à domicile. Il arriva à l'adresse indiquée à bord d'une ambulance, sonna, et ce fut le Candidat en personne qui vint lui ouvrir. Jaime n'eut aucune peine à le reconnaître : il avait aperçu son portrait à maintes reprises et le Candidat n'avait guère changé depuis l'époque où il le voyait passer à bord de son train électoral.

« Entrez, docteur, nous vous attendions », lui dit-il en guise de bienvenue.

Il le conduisit jusqu'à une chambre de bonne où ses filles tentaient de secourir une femme qui paraissait en train de s'asphyxier : elle avait le visage violacé, les yeux exorbités, une langue monstrueusement enflée qui lui pendait hors de la bouche.

« Elle a absorbé du poison, expliqua-t-il.

– Faites apporter la bouteille à oxygène qui se trouve dans l'ambulance », dit Jaime tout en préparant une seringue.

Il resta avec le Candidat, tous deux au chevet de la femme, jusqu'à ce que celle-ci se fût remise à respirer normalement et pût rentrer sa langue dans sa bouche. Ils parlèrent socialisme et jeu d'échecs, et ainsi débuta une solide amitié. Jaime s'était présenté sous le nom de sa mère, dont il se servait toujours, sans imaginer que, le lendemain même, les services de sécurité du Parti transmettraient à son interlocuteur l'information selon laquelle il n'était autre que le fils du sénateur Trueba, son pire ennemi politique. Jamais pourtant le Candidat n'y fit allusion et jusqu'à l'heure fatale, quand tous deux se serrèrent la main pour la dernière fois dans le grondement de l'incendie et le fracas des balles, Jaime se demanda s'il aurait un jour le courage de lui avouer la vérité.

Sa longue expérience de la défaite et sa profonde connaissance du peuple avaient permis au Candidat de se rendre compte avant tout le monde que, cette fois, il allait l'emporter. Il s'en était ouvert à Jaime, précisant que la consigne était de ne point en faire part, afin que la droite se présentât aux élections sûre de sa victoire, arrogante et divisée. Jaime lui avait fait observer que, l'eussent-ils clamé au monde entier, nul ne se serait hasardé à les croire, pas même chez les socialistes. A titre de vérification, il en avait fait l'annonce à son père.

Jaime continua à travailler quatorze heures par jour, sept jours sur sept, en s'abstenant de participer à l'affrontement politique. Il était épouvanté par la tournure violente de cette lutte qui était en train de polariser les forces aux deux extrêmes, ne laissant au centre qu'un groupe indécis et fluctuant qui attendait de voir se profiler le vainqueur pour lui apporter ses suffrages. Il ne se laissa pas provoquer par son père qui profitait de la moindre occasion où ils se trouvaient réunis pour le mettre en garde contre les manœuvres du communisme international et le chaos où serait entraînée la patrie dans l'hypothèse improbable où la gauche sortirait victorieuse. Jaime ne perdit vraiment patience qu'une fois : un beau matin, il trouva la ville entière tapissée d'affiches atroces où l'on voyait une mère au ventre proéminent, en proie au désespoir, tenter en vain d'arracher son fils à un soldat rouge qui l'embarquait à destination de Moscou. C'était la campagne de trouille mise sur pied par le sénateur Trueba et ses coreligionnaires avec l'aide d'experts étrangers spécialement importés à cette fin. Pour Jaime, c'en fut trop. Il décréta qu'il ne lui était plus possible de vivre sous le même toit que son père, il condamna son terrier, emporta ses effets et s'en fut dormir à l'hôpital.

Dans les derniers mois précédant les élections, les événements se précipitèrent. Pas un mur qui n'exhibât les trombines des candidats, d'avion on jeta des milliers de tracts dans les airs, on obstrua les rues avec des saloperies imprimées qui tombaient du ciel comme neige, les radios hurlaient des consignes politiques et les paris les plus stupides s'échangeaient entre partisans de chaque camp. A la nuit tombée, des jeunes allaient par bandes donner l'assaut à leurs adversaires idéologiques. On battait le rappel d'immenses concentrations de populace pour mesurer la cote de chaque parti; chacune voyait la ville se bourrer à craquer, les gens s'entasser d'autant. Alba était tout euphorique, mais Miguel lui remontra que la consultation n'était qu'une pantalonnade, que le camp vainqueur lui était bien égal, car c'était la même poire à lavement avec une canule différente, la révolution ne se faisait pas au fond des urnes, mais avec le sang du peuple. L'idée même de révolution pacifique en régime démocratique et en pleine liberté était une contradiction dans les termes.

« Ce pauvre garçon est cinglé! s'exclama Jaime quand Alba lui eut rapporté ses propos. Nous allons gagner et il faudra bien qu'il ravale ses paroles. »

Jusqu'alors, Jaime était parvenu à éviter Miguel. Il ne souhaitait pas faire sa connaissance. Une secrète et inavouable jalousie le tourmentait. Il avait aidé Alba à venir au monde, mille fois il l'avait tenue sur ses genoux, il lui avait appris à lire, lui avait payé le collège, avait fêté tous ses anniversaires, il se sentait comme son père et ne pouvait se départir d'une certaine appréhension à la voir devenir femme. Il avait noté combien elle avait changé au fil de ces dernières années, mais il s'était bercé de bonnes raisons, alors que l'expérience acquise à soigner autrui lui avait appris qu'il n'est que la rencontre de l'amour pour faire ainsi resplendir une femme. Du jour au lendemain, il avait vu Alba accéder à l'âge adulte, quittant les formes floues de l'adolescence pour prendre toutes ses aises dans son nouveau corps de femme placide et épanouie. Il espérait avec une sorte de véhémence absurde que le sentiment de sa nièce ne fût qu'un feu de paille, mais c'était au fond qu'il ne voulait pas se faire à l'idée qu'elle eût davantage besoin d'un autre homme que de lui-même. Il ne put néanmoins continuer d'ignorer Miguel. Alba, sur ces entrefaites, vint lui raconter que la sœur de ce dernier était souffrante.

« J'aimerais que tu parles à Miguel, mon oncle. Il te dira ce qui cloche chez sa sœur. Tu ferais ça pour moi ? » lui demanda-t-elle.

Quand Jaime rencontra Miguel dans un bar du quartier, toutes ses préventions ne purent empêcher une onde de sympathie de lui faire oublier leur antagonisme : l'homme qu'il avait en face de lui, en train de remuer nerveusement son café, n'était pas cet extrémiste insolent et sûr de soi auquel il s'était attendu, mais un garçon ému et tremblant qui, tout en lui décrivant les symptômes dont souffrait sa sœur, luttait pour retenir les larmes qui lui noyaient les yeux.

« Conduis-moi jusqu'à elle », lui dit Jaime.

Miguel et Alba le menèrent jusqu'au quartier bohème. En plein centre, à quelques mètres des modernes édifices de verre et d'acier, avaient surgi à flanc de colline les ruelles escarpées réservées aux peintres, aux céramistes, aux sculpteurs. Ils y avaient établi leurs repaires, subdivisant les anciennes demeures en minuscules studios. Les ateliers donnaient sur le ciel par des baies vitrées, cependant que les artistes eux-mêmes vivaient plus mal que bien au fond d'obscurs réduits, dans un paradis de misérable grandeur. Dans les ruelles jouaient des enfants sans peur ni reproche, de belles femmes aux amples tuniques portaient leur bébé sur le dos ou calé contre leur hanche, cependant que les hommes barbus, somnolents, indifférents, regardaient défiler la vie, assis à un coin de rue ou sur le pas de leur porte. Ils s'arrêtèrent devant une maison à la française, décorée comme une tarte à la crème de frises à angelots. Ils gravirent un escalier resserré, aménagé à l'extérieur comme issue de secours en cas d'incendie, mais les multiples subdivision du bâtiment en avaient fait l'unique voie d'accès. Tout comme eux, l'escalier montait en tournant sur lui-même, les enveloppant d'une pénétrante odeur d'ail, d'essence de térébenthine et de marijuana. Miguel stoppa au dernier étage devant une porte étroite, peinte en orange, il sortit une clef et ouvrit. Jaime et Alba eurent l'impression de pénétrer dans une volière. La chambre était toute ronde, couronnée par une extravagante coupole byzantine et entourée de baies d'où le regard pouvait errer sur les toits de la cité tout en se sentant à deux doigts des nuages. Les pigeons avaient fait leurs nids dans l'encadrement des fenêtres et contribué par leurs fientes et leurs plumes à la jaspure des vitres. Assise sur une chaise devant l'unique table se tenait une femme, dans un peignoir brodé sur le devant d'un triste dragon effiloché. Il fallut quelques secondes à Jaime pour la remettre :

« Amanda... Amanda... », balbutia-t-il.

Cela faisait plus de vingt ans qu'il ne l'avait revue, à l'époque où les sentiments qu'ils vouaient tous deux à Nicolas s'étaient avérés plus forts que celui qu'ils éprouvaient l'un pour l'autre. Entre-temps, le garçon brun et athlétique, aux cheveux immuablement mouillés et gominés, qui déambulait en lisant à voix haute ses traités de médecine, s'était transformé en un homme légèrement voûté par l'habitude de se pencher sur le lit des malades, avec des cheveux grisonnants, un visage grave, d'épaisses lunettes à monture métallique, mais c'était bien fondamentalement le même être. Pour reconnaître Amanda, en revanche, il fallait vraiment l'avoir beaucoup aimée. Elle faisait bien plus que son âge, elle était maigre à faire peur, quasi squelettique, elle avait une peau jaunâtre et flétrie, des mains négligées aux doigts tachés de nicotine. Ses yeux étaient bouffis, sans éclat, congestionnés, ses pupilles dilatées, ce qui la faisait paraître en pleine détresse, sous le coup d'une indicible terreur. Elle n'eut pas un regard pour Jaime et Alba, elle n'avait d'yeux que pour Miguel. Elle tenta de se lever, trébucha et chancela. Son frère s'approcha pour la soutenir, la serrant contre sa poitrine.

« Vous vous connaissiez? demanda Miguel d'un ton surpris.

– Oui, cela fait bien longtemps », répondit Jaime.

Il se dit qu'il était inutile d'évoquer le passé et que Miguel et Alba étaient bien trop jeunes pour comprendre cette sensation de perte irrémédiable qu'il éprouvait à cet instant. D'un trait de plume venait d'être biffée l'image de la gitane qu'il avait gardée toutes ces années au fond de son cœur, seul et unique amour dans la solitude de sa destinée. Il aida Miguel à allonger la femme sur le canapé qui lui tenait lieu de lit et cala l'oreiller sous sa tête. Amanda referma les pans de son peignoir à deux mains, elle se débattait faiblement, bredouillant des phrases sans queue ni tête. Elle était secouée de tremblements convulsifs et haletait comme un chien qui n'en peut plus. Alba la contempla horrifiée et ce n'est qu'une fois Amanda couchée, paisible, les yeux clos, qu'elle reconnut la femme qui souriait sur la petite photo que Miguel portait toujours sur lui dans son portefeuille. Jaime lui parla d'une voix qui lui était inhabituelle et parvint peu à peu à la tranquilliser, il la caressa à petits gestes tendres et paternels, pareils à ceux dont il flattait parfois les animaux, si bien que la malade se détendit et le laissa remonter les manches de son vieux peignoir chinois. Ses bras décharnés apparurent et Alba constata qu'elle portait des milliers de minuscules cicatrices, de traces de piqûres, certaines infectées et suppurantes. Puis Jaime découvrit ses jambes : pareillement torturées étaient ses cuisses. Jaime la considéra avec une profonde tristesse, se représentant la détresse, les années de misère, les amours avortées, tout le terrible chemin qu'avait parcouru cette femme pour en arriver à ce point de désespoir où elle se trouvait. Il se la remémora en pleine jeunesse, quand elle le faisait chavirer par les virevoltes de sa chevelure, le brelin-brelant de sa verroterie, son rire de clarine, la candeur avec laquelle elle embrassait les idées les plus loufoques et poursuivait ses chimères. Il se maudit de l'avoir laissée partir, pour tout ce temps perdu pour l'un comme pour l'autre.

« Il faut l'hospitaliser, dit-il. Seule une cure de désintoxication pourra la sauver. » Puis il ajouta : « Elle va beaucoup souffrir. »

CHAPITRE XII

LE COMPLOT

CONFORMÉMENT au pronostic du Candidat, les socialistes alliés aux autres partis de gauche remportèrent les élections présidentielles. Le scrutin s'ouvrit sans incidents par une lumineuse matinée de septembre. Les gagnants de toujours, familiers du pouvoir depuis des temps immémoriaux, bien qu'ils eussent vu fondre beaucoup de leurs forces au fil des dernières années, s'étaient préparés à fêter leur triomphe plusieurs semaines à l'avance. On ne trouvait plus de liqueurs dans les boutiques, plus de fruits de mer sur les marchés, et les pâtisseries travaillèrent double pour satisfaire la demande en tartes et en gâteaux. Dans les hauts quartiers, on ne s'inquiéta point à entendre les résultats partiels en provenance de province, qui donnaient l'avantage à la gauche, car tout un chacun savait que c'était le vote de la capitale qui était décisif. Le sénateur Trueba suivit le déroulement du scrutin au siège de son Parti avec le plus grand calme et d'excellente humeur, se dilatant franchement la rate quand l'un de ses hommes se mettait à devenir nerveux à cause de l'indissimulable avance du candidat de l'opposition. Anticipant sur la victoire, il avait rompu son deuil rigoureux en ornant d'une rose rouge la boutonnière de sa veste. On vint l'interviewer pour la télévision et tout le pays put l'entendre déclarer avec superbe : « Gagnerons les mêmes que toujours, c'est-à-dire nous autres! », puis il convia chacun à porter un toast au « rempart de la démocratie ».

Dans la grande maison du coin, Blanca, Alba et les domestiques se tenaient devant le téléviseur à siroter du thé et à grignoter des rôties tout en notant les résultats, afin de suivre au plus près la course finale, quand ils virent apparaître l'aïeul sur le petit écran, plus chenu, têtu et obtus que jamais.

« Il va nous faire une attaque, dit Alba. Car cette fois, ce sont les autres qui vont passer. »

Bientôt, il devint évident aux yeux de tous que seul un miracle pourrait changer le résultat qu'on voyait se profiler d'heure en heure. Blanches, bleues et jaunes, les maisons de maîtres des hauts quartiers fermèrent leurs persiennes, verrouillèrent leurs portes, les occupants ôtèrent en hâte les drapeaux et portraits de leur candidat dont ils avaient déjà décoré leurs balcons. Dans le même temps, des bidonvilles de la banlieue et des quartiers ouvriers descendirent dans les rues des familles entières, parents accompagnés des vieux et des enfants dans leurs habits du dimanche, déambulant joyeusement en direction du centre. Ils étaient pourvus de postes portatifs pour écouter les derniers résultats. Dans les hauts quartiers, des potaches enflammés d'idéalisme firent un pied de nez à leurs aînés agglutinés avec des mines d'enterrement devant leur téléviseur, et se précipitèrent à leur tour dans les rues. Des faubourgs industriels débouchèrent les travailleurs en colonnes bien ordonnées, poing levé, chantant les refrains de la campagne électorale. Tous confluèrent vers le centre, scandant comme un seul homme que jamais le peuple ne serait vaincu. Ils sortirent leurs mouchoirs blancs et s'assirent à attendre. Vers minuit, on sut que la gauche avait vaincu. En un clin d'œil, les groupes épars grossirent, s'enflèrent, s'étirèrent, les rues s'emplirent d'une foule euphorique et bondissante où l'on riait, criait, s'embrassait l'un l'autre. On se munit de flambeaux, la cacophonie de voix et la farandole de quartier se transformèrent en un défilé de carnaval joyeux et discipliné qui se mit à progresser en direction des élégantes avenues de la bourgeoisie. On vit alors ce spectacle inhabituel des gens du peuple, les hommes dans leurs godasses de fabrication grossière, les femmes avec leurs gosses dans les bras, les étudiants en manches de chemise, cheminant paisiblement dans cette luxueuse zone réservée où ils s'étaient si rarement aventurés, où ils étaient comme des étrangers. La clameur de leurs chants, leur piétinement, l'éclat de leurs torches pénétrèrent jusqu'à l'intérieur des demeures closes et silencieuses où tremblaient ceux qui avaient fini par ajouter foi à leur propre campagne de trouille, convaincus que le peuple allait en faire de la chair à pâté ou, dans le meilleur des cas, les dépouiller de tous leurs biens et les expédier en Sibérie. Mais aucune meute rugissante ne défonça aucune porte ni ne foula aucun des impeccables jardinets. La multitude passa de son allure allègre sans effleurer les voitures de luxe garées le long des rues, on fit le tour des places et des parcs qu'on n'avait jamais parcourus, on marquait le pas devant les vitrines de commerçants qui étincelaient comme à Noël et où étaient proposés des objets dont on ignorait jusqu'à l'usage, puis on se remettait tranquillement en marche. Lorsque les premiers rangs vinrent à passer devant chez elle, Alba sortit en courant pour s'y mêler en chantant à pleins poumons. Toute la nuit, le peuple en liesse défila. Dans les hôtels particuliers, les bouteilles de champagne restèrent bouchées, les langoustes languirent dans leurs plats d'argent, les pâtisseries se couvrirent de mouches.

Au petit matin, parmi la foule tumultueuse qui commençait déjà à se disperser, Alba aperçut la silhouette de Miguel, reconnaissable entre toutes, qui vociférait en brandissant un drapeau. Elle se fraya un chemin vers lui, l'appelant en vain à cause du charivari qui l'empêchait de l'entendre. Miguel ne la découvrit que lorsqu'elle fut devant lui, il refila le drapeau au premier venu et la prit dans ses bras en la soulevant de terre. Tous deux étaient à bout de forces et, tout en échangeant des baisers, ils pleuraient de joie.

« Je te l'avais bien dit, Miguel, que nous gagnerions par les bonnes manières! se moqua Alba.

– Nous avons peut-être gagné, riposta-t-il, mais c'est maintenant qu'il va falloir défendre notre victoire. »

Le lendemain, ceux-là qui avaient passé une nuit blanche, terrorisés au fond de leurs demeures, se ruèrent hors de chez eux comme une avalanche en folie et prirent d'assaut les banques, exigeant qu'on leur remît tout leur argent. Quiconque possédait quelque chose de prix préférait désormais le garder sous son matelas ou l'expédier à l'étranger. En l'espace de vingt-quatre heures, les valeurs immobilières s'effondrèrent au moins de moitié; telle était l'hystérie de quitter le pays avant que les Soviétiques ne vinssent disposer du barbelé aux frontières qu'il n'y avait plus une place à bord d'aucun vol. Le peuple qui venait de défiler victorieusement s'en retourna voir la bourgeoisie faire la queue et se bousculer aux portes des banques; le spectacle avait de quoi le faire rigoler. En quelques heures, le pays se scinda en deux camps irréconciliables, et cette division commença à s'immiscer au sein même de chaque famille.

Le sénateur Trueba passa la nuit au siège de son parti, retenu de force par ses propres partisans, assurés qu'ils étaient que, s'il venait à mettre le nez dehors, la meute n'aurait aucune peine à l'identifier et le pendrait haut et court à un poteau. Trueba était plus abasourdi que furieux. Il ne pouvait croire à ce qui était arrivé, même si lui-même, depuis de nombreuses années, n'avait cessé de remâcher comme une litanie que ce pays était truffé de marxistes. Il ne se sentait pas abattu, tout au contraire. Son vieux cœur de lutteur battait au rythme d'une émotion exaltée qu'il n'avait plus éprouvée depuis sa jeunesse.

« Une chose est de gagner les élections; quant à prendre la Présidence, c'est une autre paire de manches », dit-il d'une voix pleine de mystère à ses coreligionnaires éplorés.

Néanmoins, l'idée d'éliminer le Président élu n'avait encore effleuré personne, car ses adversaires étaient convaincus d'en venir à bout par les mêmes voies légales qui lui avaient permis de triompher. C'était d'ailleurs à quoi Trueba était en train de réfléchir. Le lendemain, lorsqu'il fut manifeste qu'il n'y avait rien à redouter de la populace en liesse, il quitta son refuge pour une résidence champêtre des environs de la capitale où avait été organisé un déjeuner secret. Il y retrouva d'autres hommes politiques, une poignée de militaires, les amerloks dépêchés par leurs propres services secrets, afin d'esquisser le plan qui aboutirait à renverser le nouveau gouvernement : la déstabilisation économique, ainsi qu'ils baptisèrent le sabotage idoine.

C'était une grande demeure de style colonial ceinte d'une cour pavée. A l'arrivée du sénateur Trueba, plusieurs voitures y étaient déjà garées. On l'accueillit avec effusion, car c'était un des leaders indiscutés de la droite; ayant prévu ce qui se profilait à l'horizon, il avait en outre pris les contacts nécessaires plusieurs mois à l'avance. Après le repas – colin froid à la crème d'avocat, cochon de lait flambé au cognac, mousse au chocolat –, ils renvoyèrent les serveurs et fermèrent hermétiquement les portes de la salle à manger. Ils dessinèrent alors les grandes lignes de leur stratégie, puis, debout, levèrent leur verre à l'avenir de la patrie. Tous, en dehors des étrangers, étaient disposés à risquer dans l'entreprise la moitié de leur fortune personnelle, mais seul le vieux Trueba était prêt au surplus à y sacrifier sa vie.

« Nous ne lui laisserons pas une minute de répit, dit-il d'une voix ferme. Il faudra bien qu'il démissionne.

– Et si ça ne suffit pas, sénateur, il nous reste ceci, renchérit la général Hurtado en déposant son arme réglementaire sur la nappe.

– Un soulèvement militaire ne présente guère d'intérêt pour nous, intervint dans son castillan châtié l'agent des services secrets de l'ambassade. Nous souhaitons que le marxisme échoue à grand fracas, mais en s'effondrant de lui-même, afin d'ôter ce genre d'idées aux autres nations du continent. Vous voyez ce que je veux dire? Nous allons régler l'affaire à coups d'argent. Nous sommes encore en mesure d'acheter quelques parlementaires pour empêcher que le candidat élu ne soit confirmé dans ses fonctions. La Constitution le spécifie : il n'a pas obtenu la majorité absolue des voix, c'est donc au Parlement de décider.

– Sortez-vous ça de la tête, *mister*! s'exclama le sénateur Trueba. Dans ce pays, vous n'arriverez à retourner personne! Le Congrès aussi bien que les Forces armées sont formés de gens incorruptibles. Consacrons plutôt cet argent à acheter tous les moyens d'information. Nous serons ainsi à même de tenir en main l'opinion, et c'est en réalité la seule chose qui compte.

– Vous parlez d'une plaisanterie! La première chose que feront les marxistes, c'est d'en finir avec la liberté de la presse, objectèrent en chœur plusieurs voix.

– Croyez-moi, messieurs, riposta le sénateur Trueba. Je connais bien ce pays. On ne s'en prendra jamais à la liberté de la presse. Au demeurant, c'est dans son programme de gouvernement, il a juré de respecter les libertés démocratiques. Nous allons le prendre à son propre piège. »

Le sénateur Trueba n'avait pas tort. Ils ne purent corrompre les parlementaires et, dans le cadre défini par la loi, la gauche accéda pacifiquement au pouvoir. Et c'est alors que la droite s'employa à fomenter et à rameuter la haine.

Passé les élections, la vie changea pour tout un chacun et ceux qui pensaient pouvoir continuer comme par-devant eurent tôt fait de se rendre compte qu'ils s'étaient fait des illusions. Pour Pedro III Garcia, la transition fut brutale. Il avait vécu en évitant les pièges de la routine, libre et pauvre comme un troubadour sans feu ni lieu, ne s'étant jamais affublé de souliers vernis, de cravate ni de montre, pouvant se payer le luxe de la tendresse, de la candeur, de la prodigalité et de la sieste, car il n'avait de comptes à rendre à personne. Il avait de plus en plus de mal à trouver en lui l'inquiétude et la souffrance nécessaires à la composition de ses nouvelles chansons, car il en était arrivé, avec les années, à jouir d'une grande sérénité intérieure et la révolte qui l'avait mobilisé dans sa jeunesse avait laissé place à la mansuétude de l'homme en paix avec lui-même. Il était aussi frugal qu'un franciscain. Nulle ambition d'argent ou de pouvoir ne l'habitait. Blanca était le seul accroc à sa tranquillité. Les liaisons sans lendemain avec les nymphettes avaient cessé de l'intéresser et il avait acquis la certitude que Blanca était bien la seule femme à laquelle il tînt. Il fit le compte des années où il l'avait aimée dans la clandestinité et ne put se rappeler un seul moment de sa vie où elle n'eût été présente. Après les élections présidentielles, pressé de collaborer avec le gouvernement, le bel équilibre de son existence se trouva détruit. Il ne put se dérober : comme on le lui expliqua, les partis de gauche ne disposaient pas d'assez d'éléments capables pour toutes les fonctions qu'il fallait assumer.

« Je ne suis qu'un paysan, je n'ai aucune formation, fit-il pour tenter de s'excuser.

– Aucune importance, camarade, lui répondit-on. Au moins, vous êtes populaire. Si vous commettez une bourde, les gens ne vous en voudront pas. »

C'est ainsi qu'il se retrouva assis pour la première fois de sa vie derrière un bureau, avec une secrétaire à sa disposition et, dans son dos, un grandiose tableau des Pères de la Patrie dans quelque mémorable bataille. Par la fenêtre à barreaux de son luxueux bureau, le regard de Pedro III Garcia ne pouvait embrasser qu'un minuscule quadrilatère de ciel gris. Sa charge n'avait rien d'honoraire. Il travaillait de sept heures du matin jusqu'au soir et finissait par être si harassé qu'il ne se sentait plus capable d'arracher un seul accord à sa guitare, à fortiori d'aimer Blanca avec leur fougue coutumière. Lorsqu'ils parvenaient à se donner rendez-vous, surmontant les obstacles habituels de Blanca et ceux, nouveaux, que lui imposait son propre travail, ils se retrouvaient entre les draps avec plus d'appréhension que de désir. Ils faisaient l'amour de guerre lasse, interrompus par le téléphone, talonnés par le temps qui toujours leur était trop compté. Blanca cessa de se mettre des dessous de cocotte, cela lui paraissait relever désormais d'une provocation inutile qui les faisait sombrer dans le ridicule. Ils finirent par ne plus se retrouver que pour se reposer dans les bras l'un de l'autre, comme un couple de petits vieux, deviser amicalement le leurs affaires quotidiennes et des graves problèmes qui secouaient le pays. Un jour, Pedro III calcula qu'ils n'avaient plus fait l'amour depuis bientôt un mois, et, ce qui lui parut pire encore, que ni l'un ni l'autre n'éprouvait le désir de le faire. Il eut un haut-le-corps. Il estima qu'à son âge, il n'avait aucun motif d'être impuissant; il en imputa la faute à la vie qu'il menait, aux habitudes de vieux garçon qu'il avait contractées. Il se dit qu'en menant avec Blanca une existence normale où celle-ci l'attendrait chaque jour dans le havre d'un foyer, les choses prendraient une tout autre tournure. Il l'adjura de l'épouser une bonne fois, arguant qu'il en avait assez de ces amours à la sauvette, et qu'il n'était plus en âge de mener une vie pareille. Blanca lui resservit la réponse qu'elle lui avait déjà faite à maintes et maintes reprises :

« Il faut que j'y réfléchisse, mon amour. »

Elle se tenait assise, nue, sur le lit étroit de Pedro III. Il la détailla sans pitié et constata que le temps avait commencé à opérer sur elle ses ravages, qu'elle avait grossi, terni, que les rhumatismes lui avaient déformé les mains, que ses seins splendides qui jadis lui ôtaient le sommeil étaient en train de faire place à l'ample poitrine d'une matrone en pleine maturité. Pourtant, il la trouvait toujours aussi belle que dans ses jeunes années, quand ils s'aimaient au milieu des roseaux au bord de la rivière des Trois Maria, et c'est précisément ce qui lui faisait regretter que sa fatigue fût plus forte que sa passion.

« Tu y as déjà réfléchi près d'un demi-siècle! Ça suffit! C'est aujourd'hui ou jamais », décréta-t-il.

Blanca ne s'émut pas pour autant, ce n'était pas la première fois qu'il la mettait ainsi au pied du mur. Chaque fois qu'il rompait avec une de ses petites amies pour s'en revenir à ses côtés, il exigeait d'elle le mariage dans un effort désespéré pour s'agripper à l'amour et se faire pardonner. Quand il avait consenti à quitter le bidonville ouvrier où il avait vécu heureux de si nombreuses années, pour s'installer dans un appartement de petit-bourgeois, il avait proféré les mêmes mots :

« Ou tu m'épouses aujourd'hui, ou bien nous cessons de nous voir. »

Blanca ne comprit pas que, cette fois, la décision de Pedro III était irrévocable.

Ils se quittèrent fâchés. Elle se rhabilla, rassemblant en hâte ses effets éparpillés sur le sol, et ramassa ses cheveux sur sa nuque en les retenant par quelques épingles repêchées dans le désordre du lit. Pedro III alluma une cigarette et ne la quitta pas des yeux tandis qu'elle passait ses vêtements. Blanca finit par renfiler ses souliers, empoigna son sac et, depuis le seuil, lui adressa un geste d'adieu. Elle était persuadée que, dès le lendemain, il l'appellerait pour une de leurs réconciliations spectaculaires. Pedro III se détourna du côté du mur. Un amer rictus réduisait sa bouche serrée à une simple ligne. Ils ne se reverraient plus de deux ans.

Les jours suivants, Blanca attendit qu'il reprît contact avec elle, conformément à un scénario qui se répétait depuis toujours. Jamais il n'y avait dérogé, pas même lorsqu'elle s'était mariée et qu'ils avaient vécu un an séparés. Cette fois-là encore, c'est lui qui était venu la chercher. Au troisème jour sans nouvelles, elle commença à s'inquiéter. Elle se retournait dans son lit, en proie à une insomnie sans répit, elle doubla sa dose de tranquillisants, chercha de nouveau refuge dans ses migraines et ses névralgies, s'étourdit dans son atelier à mettre au four et à en ressortir des centaines de petits monstres destinés aux crèches, s'astreignant ainsi à s'occuper, à ne plus penser à rien, mais elle ne put réprimer davantage son impatience. Elle finit par appeler au ministère. Une voix de femme lui répondit que le camarade Garcia était en réunion et ne pouvait être dérangé. Le lendemain, Blanca appela de nouveau; elle renouvela ses appels tout le reste de la semaine, jusqu'à ce qu'elle fût convaincue qu'elle ne pourrait le joindre de cette manière. Elle fit effort pour surmonter le colossal orgueil qu'elle avait hérité de son père, passa sa plus belle robe, son porte-jarretelles de tapineuse, et s'en fut le voir à son appartement. Sa clef n'entra pas dans la serrure et elle dut sonner. Lui ouvrit un malabar moustachu aux yeux de collégienne.

« Le camarade Garcia n'est pas là », lui dit-il sans l'inviter à entrer.

Elle comprit alors qu'elle l'avait perdu. Elle entrevit en un éclair son propre avenir, elle se vit dans un immense désert, se consumant à des occupations sans queue ni tête pour tuer le temps, sans cet homme qui était le seul qu'elle eût aimé de toute son existence, exilée de ces bras où elle avait dormi depuis les temps immémoriaux de sa tendre enfance. Elle s'assit sur les marches de l'escalier et éclata en sanglots. Le moustachu referma la porte sans bruit.

Elle ne confia à personne ce qui était arrivé. Alba lui demanda ce que devenait Pedro III et elle lui répondit évasivement, disant que ses nouvelles fonctions au sein du gouvernement l'absorbaient beaucoup. Elle continua à dispenser ses cours aux jeunes filles désœuvrées et aux enfants mongoliens et se mit en outre à enseigner l'art de la céramique dans les bidonvilles de banlieue où les femmes s'étaient organisées pour s'initier à de nouvelles activités et participer pour la première fois à la vie politique et sociale du pays. Force était bien de s'organiser, car la « voie au socialisme » avait vite dégénéré en voies de fait. Tandis que les gens du peuple célébraient leur victoire en se laissant pousser la barbe et les cheveux, se donnant du camarade à qui mieux mieux, ressuscitant les folklores oubliés, l'artisanat populaire, exerçant leur pouvoir tout neuf en d'interminables et vaines assemblées de travailleurs où tout le monde parlait en même temps sans parvenir jamais à aucun accord, la droite déployait toute une série d'actions stratégiques visant à mettre l'économie en compote et à saper l'autorité du gouvernement. Elle disposait des moyens d'information les plus puissants, pouvait compter sur des ressources financières quasi illimitées et sur l'aide des amerloks qui avaient débloqué des fonds secrets en faveur du plan de sabotage. On put en mesurer les effets au bout d'à peine quelques mois. Pour la première fois, le peuple se retrouva à la tête d'assez d'argent pour satisfaire ses besoins fondamentaux et se payer l'un ou l'autre de ces objets qu'il convoitait depuis toujours, mais il ne pouvait le faire, les magasins étant presque vides. Le désapprovisionnement avait commencé, en passe de devenir un véritable cauchemar collectif. Les femmes se levaient aux aurores pour prendre leur tour dans d'interminables files d'attente et parvenir à acheter un poulet étique, une demi-douzaine de couches pour bébé ou du papier hygiénique. Le cirage à chaussures, les aiguilles, le café devinrent des denrées de luxe dont on se faisait cadeau, dans un emballage de papier fantaisie, lors des anniversaires. L'angoisse de la pénurie se fit jour, le pays était agité de vagues de rumeurs contradictoires alertant les gens sur les produits qui allaient manquer, et ceux-ci achetaient tout ce qu'ils trouvaient, sans aucune mesure, pour parer à toute éventualité. Ils s'arrêtaient pour faire la queue sans trop savoir ce qu'on était en train de vendre, simplement pour ne pas laisser passer l'occasion d'acheter quelque chose, même s'ils n'en avaient nul besoin. Firent leur apparition des professionnels de la file d'attente qui, moyennant une somme modique, vous gardaient votre tour; des marchands de bonbons qui profitaient des attroupements pour placer leurs friandises; sans compter ceux qui louaient des couvertures pour les queues nocturnes. Le marché noir fit florès. La police tenta de l'enrayer, mais c'était comme une épidémie qui se répandait partout et on eut beau inspecter les véhicules et arrêter ceux qui portaient des baluchons suspects, on ne put y mettre fin. Jusqu'aux enfants qui trafiquaient dans les cours des écoles. Cet accaparement panique d'articles et de denrées était à l'origine de bien des quiproquos et l'on voyait des non-fumeurs finir par payer n'importe quel prix un paquet de cigarettes, ou des gens sans enfants se chamailler autour d'un petit pot d'aliments pour nourrisson. Disparurent les pièces de rechange pour les appareils ménagers, les machines, les véhicules. On rationna l'essence et les files d'attente des automobilistes pouvaient durer deux jours pleins, sans compter la nuit, bloquant la ville comme un gigantesque boa immobile se rôtissant au soleil. On n'avait plus le temps de faire la queue pour tout et les employés de bureau furent contraints de se déplacer à pied ou à bicyclette. Les rues se remplirent de vélocipédistes haletant à la manière extravagante des Hollandais. Les choses allaient ainsi leur train lorsque les camionneurs se mirent en grève. Au bout de huit jours, il devint évident que le mouvement n'était pas d'ordre professionnel, mais bien politique, et qu'ils ne songeaient aucunement à rembrayer. L'armée voulut prendre l'affaire en main, car les légumes commençaient à pourrir sur pied dans les champs et sur les marchés, on ne trouvait plus rien à vendre aux ménagères, mais l'on découvrit alors que les routiers avaient démonté leurs moteurs et qu'il était impossible de faire bouger les milliers de camions qui encombraient les routes comme des carcasses fossilisées. Le Président se montra à la télévision pour exhorter à la patience. Il informa le pays que les camionneurs étaient stipendiés par l'impérialisme et allaient prolonger leur grève, de sorte que le mieux était que chacun cultivât ses propres légumes dans son jardin ou sur son balcon, du moins en attendant qu'on eût trouvé une autre solution. Le peuple, habitué à faire maigre et qui ne mangeait du poulet qu'à Noël et pour la fête nationale, ne se départit pas de son euphorie des premiers jours, au contraire : il s'organisa, à la guerre comme à la guerre, résolu à ne point permettre au sabotage économique de lui gâcher le plaisir de la victoire. Il continua à proclamer sur l'air des lampions et à chanter dans les rues que le peuple uni comme un seul homme jamais ne serait vaincu, mais de jour en jour le slogan sonnait plus faux, la haine et les divisions se répandaient inexorablement.

Le cours de l'existence changea pour le sénateur Trueba comme pour tout un chacun. Son enthousiasme dans la lutte qu'il avait entreprise lui rendit ses forces d'antan et soulagea quelque peu ses pauvres os perclus. Il travaillait comme quand il était au meilleur de sa forme. Il accomplissait nombre de voyages séditieux à l'étranger et parcourait inlassablement la province du nord au sud, en avion, en voiture, voire en train où le privilège des wagons de première classe avait vécu. Il tenait le choc lors des redoutables ripailles dont le régalaient ses partisans dans chaque ville, village ou hameau qu'il visitait, feignant une fringale de sortie de prison bien que ses boyaux de géronte ne fussent plus faits pour ce genre d'excès. Il passait son temps en conciliabules. D'emblée, l'exercice élargi de la démocratie avait limité les possibilités de tendre des chausse-trapes au gouvernement, bientôt il renonça à l'idée de le harceler dans les formes autorisées et reconnut que la seule façon d'en venir à bout était de recourir à des moyens illégaux. Il fut le premier à oser proférer publiquement que, pour enrayer la progression du marxisme, seul un putsch militaire serait de quelque efficacité, car jamais le peuple ne renoncerait au pouvoir auquel il avait si ardemment aspiré depuis un demi-siècle, et tous ces béjaunes ne réussiraient à rien.

« Arrêtez vos simagrées et prenez donc les armes! » disait-il quand il entendait parler de sabotage.

Il ne faisait pas mystère de ses idées, il les criait sur les toits et, non content de cela, on le voyait parfois aller jeter des poignées de maïs aux cadets de l'Ecole militaire en leur criant qu'ils n'étaient que des poules mouillées. Il dut se trouver une paire de gorilles chargés de prévenir ses propres excès. Souvent il oubliait que c'était lui qui les avait recrutés et, se sentant espionné, il débordait comme une soupe au lait, les abreuvait d'insultes, les menaçait de sa canne et finissait généralement par s'étrangler dans les quintes de la tachycardie. Il était persuadé que si l'on projetait d'attenter à ses jours, ces deux crétins d'armoires à glace ne sauraient l'empêcher, mais il se disait que leur présence pourrait du moins dissuader les agressions verbales spontanées. Du même coup, il tenta de placer sa petite-fille sous surveillance, se disant qu'elle évoluait dans un repaire de communistes où elle risquait à tout moment qu'on lui manquât de respect, du fait de sa parenté avec lui, mais Alba refusa d'en entendre parler : « Un gorille? C'est comme un aveu de culpabilité. Moi, je n'ai rien à craindre », prétendit-elle. Il n'osa insister, car il en avait déjà assez de se disputer avec tous les autres membres de sa famille, et sa petite-fille était après tout le seul être au monde à le faire rire et sur qui épancher sa tendresse.

Entre-temps, Blanca avait mis sur pied une filière de ravitaillement par le biais du marché noir et de ses propres accointances dans les bidonvilles ouvriers où elle allait enseigner la céramique aux femmes. Il lui fallait traverser bien des angoisses et des difficultés pour parvenir à escamoter un sac de sucre en poudre ou une caisse de savon. Elle en vint à déployer une astuce dont elle ne se savait pas capable pour entreposer dans l'une des chambres vides de la maison tout un assortiment de choses parfois franchement inutiles, comme ces deux barils de sauce de soja qu'elle avait achetés à des Chinois. Elle mura la fenêtre de la pièce, en cadenassa la porte, suspendit à sa ceinture les clefs dont elle ne se séparait jamais, même pour faire sa toilette, car elle se méfiait de tout le monde, y compris de Jaime et de sa propre fille. Elle avait pour cela quelques raisons. « Maman, tu te mets à ressembler à un gardien de prison », lui disait Alba, alarmée par cette manie de prévoyance au détriment de la vie au jour le jour. Alba était d'avis que s'il n'y avait plus de viande, on pouvait se nourrir de pommes de terre, et si les chaussures venaient à manquer, on n'avait qu'à marcher en espadrilles, mais Blanca, horrifiée par la simplicité de sa fille, soutenait mordicus que, quoi qu'il advînt, on ne saurait renoncer à son standing, et elle justifiait ainsi le temps dépensé à ses palabres de contrebandière. En réalité, jamais on n'avait aussi bien vécu depuis la mort de Clara, car pour la première fois il y avait à nouveau quelqu'un à la maison pour s'occuper des problèmes domestiques et se procurer de quoi faire bouillir la marmite. Des Trois Maria arrivaient régulièrement des cageots de victuailles que Blanca planquait. Presque tout le premier arrivage pourrit sur place, la puanteur filtra des pièces condamnées, envahit la maison et se répandit dans tout le quartier. Jaime suggéra à sa sœur de donner, de vendre ou d'échanger les denrées périssables, mais Blanca refusait de partager ses trésors. Alba comprit alors que sa propre mère, qui paraissait jusque-là le seul être équilibré de la famille, avait aussi ses propres lubies. Elle ouvrit une brèche dans le mur de la réserve, par où elle fit sortir autant de vivres que Blanca en emmagasinait. Elle mit tant de soin à faire en sorte qu'on ne s'aperçût de rien, barbotant le sucre, le riz et la farine par petites bolées, brisant les fromages et éparpillant les fruits secs pour donner l'impression que c'était là l'œuvre des souris, que les soupçons de Blanca mirent plus de quatre mois à s'éveiller. Elle coucha alors un inventaire de ce qu'elle avait entreposé dans sa réserve, cochant d'une croix ce qu'elle en extrayait pour les usages courants de la maisonnée, convaincue de découvrir ainsi l'auteur des larcins. Mais Alba profitait du moindre mouvement d'inattention de sa mère pour faire des croix sur sa liste, tant et si bien qu'Alba s'embrouillait et finissait par ne plus savoir si elle s'était trompée dans sa comptabilité, si la maisonnée mangeait trois fois plus que ses propres estimations ou si en vérité cette maudite demeure ne continuait pas d'être hantée par les âmes errantes.

Le produit des chapardages d'Alba aboutissait entre les mains de Miguel qui le distribuait dans les quartiers pauvres et les usines, avec ses tracts révolutionnaires appelant à la lutte armée pour faire rendre gorge à l'oligarchie. Mais nul n'en faisait cas. Les gens étaient persuadés que s'ils avaient accédé au pouvoir par la voie légale et démocratique, nul n'était en mesure de les en déposséder, du moins jusqu'aux élections présidentielles suivantes.

« Ces imbéciles ne se rendent même pas compte

que la droite est en train de s'armer! » confia Miguel à Alba.

Alba ne put qu'ajouter foi à ce qu'il disait. Chez elle, en pleine nuit, elle avait vu décharger dans la cour d'énormes caisses, puis, en grand secret, le chargement avait été entreposé sous les ordres de Trueba dans une autre des chambres inoccupées. Tout comme sa mère, l'aïeul avait cadenassé la porte et portait la clef à son cou dans le petit scapulaire en daim où il conservait le dentier de Clara. Alba en fit part à son oncle Jaime qui, après avoir conclu une trêve avec son père, s'en était revenu à la maison. « Je suis presque sûre qu'il s'agit d'armes », lui exposa-t-elle. Jaime, qui n'avait pas la tête à cela et vécut dans la lune jusqu'au jour de son assassinat, ne voulut pas y croire, mais sa nièce insista tant et si bien qu'il accepta d'aborder la question avec son père à l'heure du repas. La réponse du vieux dissipa les doutes qu'il avait pu nourrir.

« Je fais chez moi ce qu'il me plaît et je m'y fais livrer autant de caisses qu'il m'en prend la fantaisie! Et ne vous mêlez pas de fourrer le nez dans mes affaires! » rugit le sénateur Trueba en assenant sur la table un coup de poing qui fit valser les verres et mit un point final à la conversation.

Ce soir-là, Alba alla rendre visite à son oncle dans son terrier de livres et lui proposa de recourir, pour les armes du grand-père, au même système dont elle usait pour les victuailles de sa mère. Sitôt dit, sitôt fait. Ils passèrent le reste de la nuit à creuser un trou dans le mur de la chambre contiguë à l'arsenal, qu'ils masquèrent d'un côté à l'aide d'une armoire, de l'autre avec les caisses séditieuses. Ainsi purent-ils s'introduire dans la pièce condamnée par le grand-père, armés d'un marteau et d'une paire de tenailles. Alba, qui avait déjà quelque expérience en ce domaine, désigna pour les ouvrir les caisses les plus basses. Ils mirent au jour un équipement guerrier qui les laissa bouche bée, car ils ignoraient jusqu'à l'existence d'instruments de mort aussi perfectionnés. Les jours suivants, ils firent main basse sur tout ce qu'ils purent emporter, glissant les caisses vides sous les autres après les avoir remplies de cailloux, de sorte qu'on ne remarquât rien en les soulevant. A eux deux, ils sortirent ainsi des pistolets de guerre, des mitraillettes, des carabines et des grenades à main, qu'ils dissimulèrent dans le terrier de Jaime jusqu'à ce qu'Alba pût les acheminer en lieu sûr dans son étui à violoncelle. Le sénateur Trueba voyait passer sa petite-fille, traînant derrière elle sa lourde boîte, sans suspecter qu'à l'intérieur, emmaillotées dans des bouts de chiffon, brimbalaient les munitions auxquelles il avait eu tant de mal à faire passer la frontière pour les planquer chez lui. Alba avait songé à remettre les armes confisquées à Miguel, mais son oncle la convainquit que Miguel n'était pas moins enclin au terrorisme que son propre grand-père, et que mieux valait en disposer de sorte qu'elles ne pussent faire de mal à personne. Ils passèrent en revue plusieurs solutions, comme de les jeter à la rivière ou d'en faire un feu de joie, mais décrétèrent finalement qu'il était plus pratique de les enterrer dans des sacs de plastique, en quelque lieu sûr et secret, pour le jour où elles s'avéreraient utiles à une plus juste cause. Le sénateur Trueba fut tout surpris de voir son fils et sa petite-fille concocter une excursion en montagne, car Jaime pas plus qu'Alba ne s'étaient remis à aucun sport depuis l'époque du collège anglais, ni n'avaient jamais manifesté le moindre penchant pour les rudesses de l'andinisme. Un samedi matin, ils partirent à bord d'une jeep empruntée, équipés d'une tente de camping, d'un panier de victuailles et d'une grosse et mystérieuse valise qu'ils durent charger en s'y mettant à deux, car elle pesait un âne mort. A l'intérieur se trouvaient entassées les armes de guerre qu'ils avaient soustraites au grand-père. Pleins d'enthousiasme, ils se dirigèrent vers les hauteurs, roulèrent tant que la piste le leur permit, puis progressèrent à flanc de montagne, en quête d'un endroit tranquille parmi la végétation torturée par le vent et le froid. Ils y déposèrent leur barda, montèrent tant bien que mal leur tente de camping, creusèrent des trous et y enterrèrent les sacs de plastique, marquant chaque endroit d'un petit monticule de pierres. Ils passèrent le reste du week-end à pêcher des truites dans le gave et à les faire griller sur un feu d'épineux, à courir les escarpements comme des scouts en culottes courtes et à se remémorer le passé. Le soir, ils firent chauffer du vin rouge avec de la cannelle et du sucre et, emmitouflés dans leurs plaids, levèrent leur verre, riant aux larmes, à la figure que ferait le vieux dès qu'il se rendrait compte qu'on l'avait volé.

« Si tu n'étais pas mon oncle, je me marierais avec toi! plaisanta Alba.

– Et Miguel?

– Il serait mon amant. »

Jaime n'eut pas l'air de trouver ça drôle et se renfrogna pour le reste de leur excursion. La nuit venue, ils se glissèrent dans leur sac de couchage respectif, éteignirent la lampe à paraffine et demeurèrent silencieux. Alba eut tôt fait de s'assoupir, mais Jaime, jusqu'à l'aube, resta les yeux grands ouverts dans l'obscurité. Il aimait à dire qu'Alba était comme sa fille, mais, cette nuit-là, il se surprit à désirer n'être ni son père ni son oncle, mais à bel et bien occuper la place de Miguel. Il songea à Amanda et regretta qu'elle n'eût plus le pouvoir de le troubler, il rechercha dans sa mémoire quelque braise de cette passion démesurée qu'il avait un jour éprouvée pour elle, mais ne put en retrouver.

Lui-même était devenu un solitaire. Dans un premier temps, il s'était tenu tout près d'Amanda, s'occupant de sa cure, la voyant presque tous les jours. La malade était restée plusieurs semaines dans les affres du manque, jusqu'à ce qu'elle pût se passer de drogues. Elle avait renoncé du même coup au tabac et à l'alcool et se mit à mener une vie saine et rangée, prit un peu de poids, se coupa les cheveux, recommença à farder ses grands yeux noirs, à se harnacher d'un brelin-brelant de colliers et de bracelets, dans une tentative pathétique pour coïncider avec l'image pâlie qu'elle gardait d'elle-même. Elle était simplement amoureuse. Passée de la dépression à un état d'euphorie permanente, Jaime était le centre de son obsession. L'énorme effort de volonté qu'elle avait déployé pour se libérer de ses multiples accoutumances, c'est à lui qu'elle l'avait dédié en gage de son amour. Jaime ne l'y encouragea point, mais n'eut pas lui-même le cœur à la repousser, pensant que l'illusion de l'amour pouvait l'aider à se rétablir, tout en sachant qu'il était trop tard pour eux deux. Dès qu'il en eut la possibilité, il tenta de rétablir entre eux quelque distance, sous prétexte qu'il était un vieux garçon perdu pour les choses de l'amour. Les passades à l'hôpital avec quelques infirmières de bonne composition ou les lugubres descentes au bordel suffisaient à satisfaire ses appétits les plus pressants dans les rares moments de liberté que lui octroyait son travail. Bien malgré lui, il se trouva empêtré avec Amanda dans une relation à laquelle sa jeunesse avait jadis désespérément aspiré mais qui ne l'émouvait plus guère et qu'il ne se sentait plus à même d'entretenir. Elle ne lui inspirait plus qu'un sentiment de compassion, mais c'était là précisément une des émotions les plus fortes qu'il lui était donné d'éprouver. Au fil d'une vie tout entière passée à côtoyer misère et souffrance, son âme ne s'était point endurcie, mais était au contraire devenue de plus en plus vulnérable à la pitié. Le jour où Amanda passa les bras autour de son cou et lui dit qu'elle l'aimait, il l'enlaça machinalement et l'embrassa avec une feinte passion afin qu'elle ne remarquât point son absence de désir. Il se trouva ainsi piégé dans une relation dévorante à un âge où lui-même, pour ce qui est des passions tumultueuses, s'estimait forclos. « Je ne suis plus bon pour ce genre de choses », se disait-il après ces épuisantes séances au cours desquelles Amanda, pour le séduire, déployait des trésors de sophistication amoureuse qui les laissaient l'un et l'autre anéantis.

Ses rapports avec Amanda et l'insistance d'Alba le mirent souvent en contact avec Miguel. Il ne pouvait éviter de le rencontrer à de fréquentes reprises. Il faisait son possible pour demeurer indifférent, mais finit par être captivé par la personnalité de Miguel. Celui-ci avait mûri, n'avait plus rien du freluquet exalté, mais il n'avait pas varié d'un iota dans sa ligne politique et persistait à penser que, sans révolution violente, il serait impossible de vaincre la droite. Jaime n'était pas d'accord avec lui, mais l'estimait et admirait son cran. Il ne l'en considérait pas moins comme un de ces hommes funestes, possédés par un dangereux idéalisme et une pureté intransigeante, qui marquent du sceau du malheur tout ce à quoi ils touchent, particulièrement les femmes qui ont l'infortune de s'en éprendre. Tout autant lui déplaisaient ses positions idéologiques, car il était persuadé que les extrémistes de gauche comme Miguel causaient encore plus de tort au Président que ceux de droite. Mais rien de cela ne l'empêchait de lui témoigner de la sympathie et de s'incliner devant la force de ses convictions, son allégresse naturelle, sa propension à la tendresse et à la générosité, grâce auxquelles il était prêt à donner sa vie pour des idéaux que

Jaime partageait, même s'il n'avait pas le courage de les pousser jusque dans leurs ultimes conséquences.

Jaime finit par s'endormir cette nuit-là, mélancolique et inquiet, engoncé dans son sac de couchage, prêtant l'oreille, tout près de lui, à la respiration de sa nièce. Lorsqu'il rouvrit les yeux, elle était déjà debout et faisait chauffer le café du petit déjeuner. Il soufflait un vent frisquet et le soleil éclairait de reflets mordorés la cime des montagnes. Alba sauta au cou de son oncle pour l'embrasser, mais il garda les mains dans ses poches et ne lui rendit pas ses marques d'affection. Il était tout retourné.

Les Trois Maria furent l'un des tout derniers domaines du sud du pays à être expropriés par suite de la Réforme agraire. Les paysans qui avaient vu le jour et travaillé sur cette terre de génération en génération constituèrent une coopérative et s'arrogèrent la propriété : cela faisait trois ans et cinq mois qu'ils n'avaient plus revu leur maître et ils en avaient oublié jusqu'à ses ouragans de colère. Le régisseur, terrorisé par la tournure que prenaient les choses et par le ton exalté des réunions de fermiers qui se tenaient à l'école, rassembla ses cliques et ses claques et déguerpit sans dire adieu ni en aviser le sénateur Trueba, car il n'avait nulle envie d'affronter sa fureur et estimait avoir fait son devoir en le mettant en garde à maintes reprises. Lui parti, les Trois Maria vécurent quelque temps à la dérive. Il ne se trouvait plus personne pour donner des ordres, personne non plus qui fût disposé à obéir, les paysans savourant pour la première fois de leur existence le goût et l'arrière-goût de la liberté, d'être leurs propres maîtres. Ils se répartirent équitablement les champs et chacun cultiva ce que bon lui sembla, jusqu'au jour où le gouvernement leur dépêcha un agronome qui leur distribua des semences à crédit et les informa sur la demande du marché, les difficultés que connaissait le transport des denrées, les avantages des engrais et des pesticides. Les paysans prêtèrent une oreille distraite aux propos de l'ingénieur, car il avait tout du gringalet de la capitale et il était évident qu'il n'avait jamais labouré de ses mains, mais ils fêtèrent néanmoins sa venue en ouvrant les caves sacrées de l'ex-patron, en raflant ses vieilles bouteilles et en sacrifiant les taureaux reproducteurs pour se régaler de leurs testicules aux petits oignons et au coriandre. Dès que le technicien eut le dos tourné, ils se nourrirent aussi bien des vaches importées et des poules pondeuses. Esteban Trueba apprit qu'il avait perdu ses terres en se voyant notifier qu'on les lui paierait en bons d'Etat à échéance de trente ans, et pour le montant qu'il avait fait figurer sur sa déclaration d'impôts. Il perdit tout contrôle de lui-même. Il s'empara parmi son arsenal d'une mitraillette dont il ignorait jusqu'au maniement et donna ordre à son chauffeur de le conduire d'une traite jusqu'aux Trois Maria, sans prévenir personne, pas même ses gardes du corps. Il roula plusieurs heures d'affilée, aveuglé par la rage, n'ayant en tête aucun plan précis.

A leur arrivée, ils durent freiner brusquement, une énorme poutre leur barrant l'entrée. L'un des fermiers y montait la garde, armé d'un nerf de bœuf et d'une pétoire sans cartouches. Trueba descendit de voiture. A la vue du patron, le pauvre homme se suspendit frénétiquement à la cloche de l'école qu'on avait installée à proximité pour donner l'alerte, puis il se jeta à plat ventre par terre. La rafale lui passa juste au-dessus du crâne et les balles allèrent s'incruster dans les arbres alentour. Trueba ne s'arrêta point pour vérifier s'il l'avait tué. Avec une agilité surprenante pour son âge, il accéda au chemin de la propriété, sans détourner la tête d'un côté ni de l'autre, si bien que le coup assené sur sa nuque le prit au dépourvu et lui fit mordre la poussière avant qu'il ne se fût rendu compte de ce qui lui arrivait. Il revint à lui dans la salle à manger de la maison de maître, couché sur la table, les mains ligotées, un oreiller sous la tête. Une femme lui posait des compresses mouillées sur le front tandis que la quasi-totalité des fermiers se tenaient autour de lui et le considéraient avec curiosité.

« Comment vous sentez-vous, camarade? lui demanda-t-on.

– Bande de fils de pute! Je ne suis le camarade de personne! » brama le vieillard en tentant de se redresser.

Il se débattit et cria tant et si bien qu'on desserra ses liens et l'aida à se mettre sur son séant, mais quand il voulut leur fausser compagnie, force lui fut de constater que les fenêtres étaient condamnées de l'extérieur, la porte fermée à clef. Ils s'évertuèrent à lui expliquer que les choses avaient changé, qu'il n'était plus le maître, mais il refusa d'entendre qui que ce fût. Il avait l'écume aux lèvres, son cœur menaçait d'éclater, comme un dément il éructait des insultes et menaçait de représailles et de châtiments tels que les autres finirent par s'esclaffer et s'ébaudir. Puis ils se lassèrent et le laissèrent seul enfermé dans la salle à manger. Esteban Trueba s'effondra sur une chaise, épuisé par l'effort terrible qu'il avait fourni. Quelques heures plus tard, on l'informa qu'il était devenu un otage et qu'on avait l'intention de le filmer pour la télévision. Prévenus par le chauffeur, ses deux gardes du corps et une poignée de jeunes exaltés de son parti avaient fait route jusqu'aux Trois Maria pour le délivrer, armés de matraques, de coups-de-poing américains, de chaînes de vélo, mais ils avaient trouvé au portail une garde doublée qui les avait mis en joue avec la mitraillette apportée par le sénateur Trueba lui-même.

« Personne n'emmènera le camarade-otage », dirent les paysans, et pour ajouter du poids à leur avertissement, ils les poursuivirent en tirant en l'air.

Un camion de la télévision arriva sur ces entrefaites pour filmer l'événement et les fermiers, qui jamais n'avaient rien vu de semblable, le laissèrent entrer et posèrent devant les caméras avec leur plus large sourire, entourant le prisonnier. Le soir même, l'ensemble du pays put voir sur ses écrans le principal représentant de l'opposition ficelé comme un saucisson, écumant de rage, vomissant de telles insanités que la censure dut intervenir. Le Président le vit également, et l'affaire ne fut pas de son goût : il comprit qu'elle pouvait être le détonateur qui ferait exploser le baril de poudre sur lequel campait son gouvernement en équilibre précaire. Il envoya les carabiniers libérer le sénateur. Lorsque ceux-ci débarquèrent au domaine, les paysans, enhardis par le soutien de la presse, ne les laissèrent pas entrer. Ils exigèrent un mandat de justice. Le juge provincial, prévoyant qu'il allait se fourrer dans le pétrin et comparaître à son tour à la télévision, vilipendé par les reporters de gauche, partit précipitamment à la pêche. Les carabiniers durent se borner à attendre de l'autre côté du portail des Trois Maria qu'on leur dépêchât le mandat depuis la capitale.

Blanca et Alba furent informées comme tout un chacun, en regardant le journal télévisé. Blanca attendit jusqu'au lendemain, sans faire le moindre commentaire, mais, voyant que les carabiniers s'étaient à leur tour avérés incapables de délivrer le grand-père, elle décréta que l'heure était venue pour elle d'aller revoir Pedro III Garcia.

« Ote ce pantalon crasseux et passe-toi une robe comme il faut », ordonna-t-elle à Alba.

Toutes deux se présentèrent au ministère sans avoir sollicité de rendez-vous. Une secrétaire tenta de les retenir dans l'antichambre, mais Blanca la neutralisa d'une poussée et s'avança d'un pas ferme, traînant sa fille en remorque. Elle ne frappa pas à la porte, l'ouvrit et fit irruption dans le bureau de Pedro III qu'elle n'avait pas revu depuis deux ans. Elle fut sur le point de rebrousser chemin, croyant s'être trompée. En l'espace de si peu de temps, l'homme de sa vie avait beaucoup maigri et vieilli; l'air lugubre et harassé, le cheveu encore noir mais plus court et déjà clairsemé, sa belle barbe élaguée, il portait un costume de fonctionnaire grisâtre et une triste cravate du même ton. Si elle le reconnut, ce fut au regard de ses yeux noirs d'autrefois.

« Seigneur, comme tu as changé!... » bredouilla-t-elle.

A Pedro III, en revanche, Blanca parut plus belle que dans son souvenir, comme si leur séparation l'avait rajeunie. Dans l'intervalle, il avait eu tout le temps de se repentir de sa décision et de découvrir que, sans Blanca, il avait perdu jusqu'à son goût pour les tendrons qui, jadis, le rendaient tout feu tout flamme. Au demeurant, assis à ce bureau à travailler douze heures par jour, loin de sa guitare et de l'inspiration populaire, il avait bien peu d'occasions de se sentir heureux. Au fur et à mesure que le temps passait, il ressentait de plus en plus l'absence de cet amour calme et sans histoires qu'il avait connu auprès de Blanca. Dès qu'il la vit entrer, avec son air résolu et accompagnée d'Alba, il comprit qu'elle n'était pas venue le voir pour raisons sentimentales, et que le motif en était l'affaire du sénateur Trueba.

« Je viens te demander de nous accompagner, lui dit Blanca de but en blanc. Ta fille et moi allons chercher le vieux aux Trois Maria. »

C'est ainsi qu'Alba apprit que son père n'était autre que Pedro III Garcia.

« Bien. Passons par chez moi prendre la guitare », répondit-il en se levant de son siège.

Ils quittèrent le ministère à bord d'une automobile noire pareille à un fourgon funéraire et pourvue de plaques officielles. Blanca et Alba patientèrent dans la rue tandis qu'il montait jusqu'à son appartement. Quand il en redescendit, il avait recouvré quelque chose de son charme de jadis. Il avait troqué son costume gris contre sa combinaison de mécanicien et son poncho d'autrefois, il avait chaussé des espadrilles et portait sa guitare dans le dos. Blanca lui sourit pour la première fois, il se pencha et l'embrassa furtivement sur la bouche. Leur voyage fut silencieux pendant la première centaine de kilomètres, jusqu'à ce qu'Alba, remise de sa surprise, pût émettre un filet de voix tremblotante et demander pourquoi on ne lui avait pas dit plus tôt que Pedro III était son père, car elle se fût ainsi épargné bien des cauchemars avec un comte tout de blanc vêtu et mort des fièvres en plein désert.

« Mieux vaut un père mort qu'un père absent », répondit Blanca d'un ton énigmatique, et elle ne revint plus sur le sujet.

Ils arrivèrent aux Trois Maria à la nuit tombante et trouvèrent devant le portail une petite foule devisant amicalement autour d'un feu de camp où rôtissait un cochon. C'étaient les carabiniers, les journalistes et les paysans qui réglaient leur sort aux dernières bouteilles de la cave sénatoriale. Deux ou trois chiens et quelques enfants batifolaient dans la lueur du feu, attendant que le rose et luisant porcelet eût fini de cuire. D'emblée, Pedro III Garcia fut reconnu par les représentants de la presse qui l'avaient à maintes reprises interviewé, par les carabiniers à cause de ses airs de chanteur populaire qui ne pouvaient tromper, et par les paysans, puisque ceux-ci l'avaient vu naître sur cette terre. On l'accueillit avec chaleur.

« Qu'est-ce qui vous amène ici, camarade? lui demandèrent les paysans.

– Je viens voir le vieux, déclara Pedro III en souriant.

– Vous pouvez entrer, camarade, mais seul, lui dirent-ils. Doña Blanca et la jeune Alba accepteront bien un petit verre de rouge. »

Toutes deux prirent place avec les autres autour du feu et la suave odeur de viande grillée leur rappela qu'elles n'avaient rien dans l'estomac depuis l'aube. Blanca connaissait tous les fermiers, elle avait appris à lire à nombre d'entre eux dans la petite école des Trois Maria, aussi s'employèrent-ils à se remémorer le temps passé, l'époque où les frères Sanchez faisaient la loi dans la région, où le vieux Pedro Garcia mit fin au fléau des fourmis, où le Président n'était encore qu'un éternel candidat qui s'arrêtait en gare pour les haranguer depuis le train de ses défaites.

« Qui aurait jamais pensé qu'un jour il serait Président! dit l'un d'eux.

– Et qu'un jour, aux Trois Maria, le patron aurait moins voix au chapitre que nous autres! » lancèrent ses voisins.

On conduisit Pedro III Garcia jusqu'à la maison et on le fit directement entrer dans la cuisine. S'y trouvaient les fermiers les plus âgés qui montaient la garde devant la porte de la salle à manger où ils gardaient prisonnier l'ancien maître. Cela faisait bien des années qu'ils n'avaient pas vu Pedro III, mais tous s'en souvenaient. Ils s'assirent autour de la table à boire du vin et à se rappeler ce lointain passé où Pedro III n'était pas encore une figure légendaire dans la mémoire des gens de la campagne, seulement un garnement rebelle amoureux de la fille du patron. Puis Pedro III s'empara de sa guitare, la cala sur sa cuisse, ferma les yeux et entonna de sa voix de velours l'air fameux des poules et des renards, repris en chœur par tous les vieux.

« Je vais emmener le patron, camarades, dit Pedro III d'un ton doucereux, mettant à profit un silence.

– N'y songe pas, fiston, lui répondirent-ils.

– Demain, les carabiniers viendront avec un mandat judiciaire et l'embarqueront comme un héros. Mieux vaut l'obliger à me suivre, la queue entre les jambes. »

Ils passèrent un bon moment à discutailler puis finirent par le conduire à la salle à manger et le laissèrent en tête à tête avec l'otage. C'était la première fois qu'ils se retrouvaient face à face depuis ce jour fatidique où Trueba lui avait fait payer la défloration de sa fille d'un coup de hache. Pedro III avait gardé souvenir d'un géant furibard armé d'un fouet de cuir et d'une canne en argent, sur le passage duquel tremblaient les fermiers et défaillait la nature elle-même, avec sa grosse voix tonitruante et son omnipotence de hobereau. Il fut surpris de sentir sa rancune, depuis si longtemps amassée, se relâcher à la vue de ce vieillard voûté et rabougri qui le regardait avec épouvante. La colère du sénateur Trueba avait fini par retomber; la nuit qu'il avait passée sur sa chaise, les mains liées, lui avait rompu les os. Il eut d'abord du mal à reconnaître Pedro III, car il ne l'avait pas revu depuis un quart de siècle, mais en remarquant qu'il lui manquait trois doigts à la main droite, il comprit qu'il avait atteint le fond de ce cauchemar où il avait sombré. Ils s'observèrent en silence pendant quelques interminables secondes, chacun à se dire que l'autre incarnait ce qu'il y avait vraiment de plus abominable au monde, mais sans retrouver dans leur cœur la haine brûlante de jadis.

« Je suis venu vous sortir d'ici, dit Pedro III.

– Pour quelle raison? s'enquit le vieux.

– C'est Alba qui me l'a demandé, répondit Pedro III.

– Va-t'en au diable! bredouilla Trueba sans conviction.

– Nous allons sortir et vous venez avec moi, d'accord? »

Pedro III entreprit de desserrer les liens dont on avait à nouveau entravé ses poignets pour l'empêcher de tambouriner à la porte. Trueba détourna les yeux pour ne pas voir la main mutilée de l'autre.

« Fais-moi sortir d'ici sans être vu. Je ne veux pas que les journalistes soient au courant, dit le sénateur Trueba.

– Je vais vous faire sortir par là où vous êtes entré : par la grand-porte », dit Pedro III en se mettant en marche.

Trueba le suivit tête basse, il avait les yeux rouges et pour la première fois de sa vie, aussi loin que remontait son souvenir, il se sentait vaincu. Ils passèrent par la cuisine sans que le vieux levât le regard, traversèrent le reste de la maison puis parcoururent le chemin séparant la demeure patronale du portail d'entrée, accompagnés par une petite troupe de mioches turbulents qui sautillaient autour d'eux et par un cortège de paysans taciturnes qui suivaient en retrait. Blanca et Alba étaient assises parmi les journalistes et les carabiniers, se régalant avec les doigts du porcelet rôti et buvant à grands traits au goulot de la bouteille de vin rouge qui circulait de main en main. En découvrant son grand-père, Alba fut toute bouleversée, car elle ne l'avait pas vu si abattu depuis la mort de Clara. Elle avala sa bouchée et se précipita à sa rencontre. Ils se jetèrent dans les bras l'un de l'autre, elle lui murmura quelque chose à l'oreille et le sénateur Trueba parvint alors à recouvrer sa dignité, il redressa la tête et sourit avec sa superbe d'antan aux éclairs des appareils photographiques. Les journalistes prirent des clichés de lui montant à bord d'une automobile noire à immatriculation officielle et pendant plusieurs semaines, on se demanda dans l'opinion ce que signifiait cette bouffonnerie, jusqu'à ce que d'autres événements bien plus graves s'en fussent venus gommer jusqu'au souvenir de cette affaire.

Cette nuit-là, le Président, qui avait pris le pli de tromper ses insomnies en jouant aux échecs avec Jaime, commenta l'histoire entre deux parties, tout en scrutant de ses yeux perspicaces, cachés derrière de grosses lunettes à monture noire, quelque signe de malaise chez son ami, mais Jaime continua à disposer les pièces sur l'échiquier sans ajouter un seul mot.

« Le vieux Trueba en a entre les jambes, dit le Président. Il mériterait d'être de notre côté.

— A vous d'ouvrir, Président », dit Jaime en désignant le jeu.

Au cours des mois suivants, la situation se dégrada beaucoup, on se serait dit dans un pays en guerre. Les esprits étaient très échauffés, surtout parmi les femmes de l'opposition qui défilaient dans les rues en tapant sur leurs casseroles pour protester contre le désapprovisionnement. La moitié de la population tentait de faire tomber le gouvernement tandis que l'autre moitié le défendait, et il ne restait de temps à personne pour songer au travail. Alba fut surprise, un soir, de voir les rues du centre aussi sombres et désertes. On n'avait pas ramassé les ordures de toute la semaine et les chiens errants farfouillaient parmi les monceaux d'immondices. Les poteaux étaient couverts de propagande imprimée que la pluie hivernale avait délavée et sur tous les espaces disponibles étaient calligraphiés les mots d'ordre des deux camps. La moitié des lampadaires avaient été dégommés à coups de cailloux et les bâtiments n'arboraient aucune fenêtre éclairée, la seule lumière provenait de quelques mornes flambées alimentées par de vieux journaux et des planches, auxquelles se réchauffaient de petits groupes en faction devant les ministères, les banques, les administrations, se relayant pour empêcher les bandes d'extrême-droite de les prendre d'assaut durant la nuit. Alba vit une camionnette s'arrêter devant un édifice public. Quelques jeunes en descendirent, coiffés de casques blancs, armés de pots de peinture et de pinceaux, et recouvrirent les murs d'un fond de couleur claire. Puis ils y dessinèrent de grandes colombes multicolores, des papillons, des fleurs sanglantes, accompagnés de vers du Poète et d'appels à l'unité populaire. C'étaient les brigades de jeunes qui croyaient pouvoir sauver leur révolution à coups de graffiti patriotiques et de colombes de combat. Alba s'approcha et leur montra du doigt l'inscription de l'autre côté de la rue. Elle était tracée à grosses taches de peinture rouge et ne comportait qu'un seul mot écrit en lettres gigantesques : Djakarta.

« Qu'est-ce que veut dire ce nom, camarades? demanda-t-elle.

– Nous l'ignorons », lui répondirent-ils.

Nul ne savait pourquoi l'opposition peignait ce vocable asiatique sur les murs, jamais personne n'avait entendu parler des monceaux de morts dans les rues de cette lointaine capitale. Alba remonta sur son vélo et pédala en direction de la maison. Depuis qu'il y avait rationnement d'essence et grève dans les transports publics, elle avait exhumé de la cave ce vieux jouet de son enfance pour se déplacer.

Elle allait en songeant à Miguel, et un sombre pressentiment lui nouait la gorge.

Cela faisait quelque temps qu'elle n'allait plus en cours et elle avait désormais pas mal de loisirs. Les professeurs avaient décrété un arrêt de travail illimité et les étudiants avaient occupé les bâtiments des facultés. Lassée d'étudier le violoncelle chez elle, elle profitait des moments où elle n'était pas occupée à folâtrer avec Miguel, à se promener avec Miguel ou à discuter avec Miguel, pour se rendre à l'hôpital du quartier de la Miséricorde afin d'aider son oncle Jaime et une poignée d'autres praticiens qui persistaient à exercer malgré les consignes de grève de l'Ordre des Médecins visant à saboter l'action du gouvernement. C'était un travail de titan. Les couloirs étaient bourrés de malades qui attendaient plusieurs jours d'affilée de recevoir des soins, pareils à un gémissant troupeau. Les infirmiers étaient débordés. Jaime était si occupé qu'il en oubliait souvent de manger et quand il sommeillait quelque peu, c'était sans même lâcher son bistouri. Il était hâve, tout efflanqué. Il était de service dix-huit heures de rang et quand il se laissait tomber sur son grabat, il ne pouvait trouver le sommeil, songeant aux malades qui attendaient encore et à la pénurie d'anesthésiques, de seringues et de coton, se disant qu'il aurait beau se démultiplier par mille, ce serait encore insuffisant, comme de vouloir stopper un train à mains nues. Amanda travaillait elle aussi à l'hôpital comme bénévole, pour être près de Jaime et s'occuper. Au fil de ces épuisantes journées à soigner des malades anonymes, elle avait recouvré cette flamme qui l'éclairait de l'intérieur dans sa jeunesse et elle eut pour un temps l'illusion d'être heureuse. Elle portait une blouse bleue et des sandales de caoutchouc mais, quand elle passait à proximité, Jaime avait l'impression d'entendre le brelin-brelant de sa verroterie d'antan. Il se sentait moins seul et aurait désiré l'aimer vraiment.

Le Président se montrait presque tous les soirs à la télévision pour dénoncer le combat sans merci mené par l'opposition. Il était harassé, souvent sa voix se brisait. Les gens d'en face racontaient qu'il était soûl et passait ses nuits en orgies de mulâtresses acheminées par avion des tropiques pour émoustiller sa vieille carne. Il déclara que les camionneurs en grève percevaient quotidiennement cinquante dollars de l'étranger pour continuer de paralyser le pays. On riposta qu'il recevait des sorbets à la noix de coco et des armes soviétiques par la valise diplomatique. Il dit que ses adversaires conspiraient avec les militaires pour fomenter un coup d'Etat, car ils préféraient voir la démocratie assassinée plutôt que gouvernée par lui. On l'accusa d'échafauder des élucubrations de paranoïaque et de barboter les œuvres du Musée national pour en décorer la chambre de sa petite amie. Il mit en garde le fait que la droite était armée, décidée à brader la patrie à l'impérialisme, et on lui rétorqua qu'il avait son garde-manger bourré de blancs de poulets alors que le peuple faisait queue pour les abats du même volatile.

Le jour où Luisa Mora s'en vint à sonner à la grande maison du coin, le sénateur Trueba était attablé dans sa bibliothèque à faire ses comptes. C'était la dernière des sœurs Mora encore de ce monde, réduite à la taille d'un chérubin errant mais tout à fait lucide et en pleine possession de son increvable énergie spirituelle. Trueba ne l'avait pas revue depuis la mort de Clara, mais il la reconnut à sa voix qui avait gardé son timbre de flûte enchantée, et au parfum de violettes des bois que le temps avait atténué mais qui était encore perceptible à distance. En pénétrant dans la pièce, elle fit entrer avec elle la présence ailée de Clara qui se mit à flotter dans les airs sous les yeux enamourés de son époux qui l'avait perdue de vue depuis plusieurs jours.

« Je viens vous annoncer bien des malheurs, dit Luisa Mora après qu'elle se fut installée dans un fauteuil.

– Ah! ma chère Luisa, ce n'est pourtant pas ce qui me manque... », fit-il en soupirant.

Luisa l'informa de ce qu'elle avait lu dans les planètes. Pour vaincre les réticences pragmatiques du sénateur, elle dut lui exposer la méthode scientifique à laquelle elle avait recouru. Elle dit qu'elle avait passé ces derniers mois à étudier le thème astral de chaque membre important du gouvernement et de l'opposition, y compris de Trueba lui-même. De la comparaison des cartes célestes, il ressortait qu'en cette conjoncture précise allait se produire un fatal concours de sang, de souffrance et de mort.

« Pour moi, cela ne fait pas un pli, Esteban, dit-elle en guise de conclusion. Nous sommes au bord de jours atroces. Il y aura tant et tant de morts qu'on ne pourra même plus les compter. Vous serez du côté des vainqueurs, mais cette victoire ne vous vaudra que douleur et solitude. »

Esteban Trueba se sentit mal à l'aise devant cette insolite pythonisse qui venait troubler la paix de sa bibliothèque et lui donner de l'urticaire avec ses délires astrologiques, mais il n'eut pas le courage de l'éconduire, à cause de Clara qui le reluquait depuis son encoignure.

« Mais je ne suis pas venue vous déranger pour des événements qui ne relèvent pas de votre pouvoir, Esteban. Je suis venue vous parler de votre petite-fille Alba, car j'ai un message pour elle, de la part de sa grand-mère. »

Le sénateur fit venir Alba. La jeune fille n'avait pas revu Luisa Mora depuis ses sept ans, mais se la rappelait parfaitement. Elle l'embrassa avec grande délicatesse, pour ne pas chahuter son frêle squelette d'ivoire, et huma avec avidité une pleine bouffée de l'incomparable parfum.

« Je suis venue te dire de faire attention, ma petite-fille, lui dit Luisa Mora après avoir essuyé les larmes que l'émotion avait fait couler. Tu as la mort à tes talons. Ta grand-mère te protège depuis l'au-delà, mais elle m'a envoyée te dire que les esprits protecteurs ne peuvent pas grand-chose dans les périodes de grands cataclysmes. Il serait bon que tu partes en voyage, que tu ailles de l'autre côté de l'océan, où tu seras à l'abri. »

Au tour qu'avait pris la conversation, le sénateur Trueba avait perdu patience, convaincu d'avoir affaire à une vieille toquée. Dix mois et onze jours plus tard, quand on lui ramènerait Alba en pleine nuit, après le couvre-feu, il se remémorerait la prophétie de Luisa Mora.

CHAPITRE XIII

LA TERREUR

Le jour du putsch débuta par un lever de soleil radieux, peu habituel en ce timide printemps à peine éclos. Jaime avait travaillé presque toute la nuit; à sept heures du matin, son corps n'avait emmagasiné que deux heures de sommeil. La sonnerie du téléphone le réveilla et une secrétaire à la voix légèrement altérée acheva de le tirer de sa torpeur. On l'appelait du Palais pour l'informer qu'il devait se présenter le plus tôt possible au bureau du camarade Président, non, le camarade Président n'était pas souffrant, elle ignorait ce qui se passait, elle avait ordre de convoquer tous les médecins attachés à la Présidence. Jaime s'habilla comme un somnambule et prit sa voiture, remerciant le ciel que sa profession lui valût un quota hebdomadaire d'essence : sans cela, il lui aurait fallu se rendre jusque dans le centre à vélo. Il arriva au Palais vers huit heures et fut surpris de trouver la place déserte; un important détachement de troupe en tenue de combat, casqué, armé de pied en cap, se tenait aux portes du bâtiment officiel. Jaime gara sa voiture sur la place vide, sans prêter cas aux gesticulations des soldats qui lui signifiaient de circuler. Il descendit et fut aussitôt encerclé, des armes braquées sur lui.

« Que se passe-t-il, camarades? Nous sommes en guerre avec les Chinois? fit Jaime en souriant.

– Circulez, vous ne pouvez vous garer ici, la circulation est interrompue! ordonna un officier.

– Je regrette, mais on m'a appelé de la Présidence, répondit Jaime en exhibant ses papiers. Je suis médecin. »

Ils l'escortèrent jusqu'aux lourdes portes du Palais où un peloton de carabiniers montait la garde. On le laissa entrer. A l'intérieur du bâtiment régnait un branle-bas de bateau en perdition, les fonctionnaires couraient dans les escaliers comme des rats en proie au mal de mer; la garde personnelle du Président entassait les meubles contre les fenêtres et distribuait des revolvers à la ronde. Le Président vint à sa rencontre. Il avait coiffé un casque de combat qui jurait avec son souple costume de coupe sportive et ses chaussures italiennes. Jaime comprit aussitôt que quelque chose de grave était arrivé.

« La Marine s'est soulevée. L'heure est venue de se battre, docteur », exposa-t-il succinctement.

Jaime s'empara du téléphone et appela Alba pour lui recommander de ne pas bouger de la maison et la prier de prévenir Amanda. Ce furent les toutes dernières paroles qu'ils échangèrent, car les événements déchaînèrent alors leur tourbillon vertigineux. Dans l'heure suivante rappliquèrent une poignée de ministres et de responsables politiques et l'on entama des pourparlers téléphoniques avec les insurgés pour mesurer l'ampleur du soulèvement et tenter d'y trouver une issue pacifique. Mais à neuf heures trente, l'ensemble des unités du pays étaient aux mains des officiers putschistes. Dans les casernes avait commencé la purge des éléments restés fidèles à la Constitution. Le général commandant les carabiniers ordonna à la garde de quitter le

Palais, les forces de police venant à leur tour de rallier le putsch.

« Vous pouvez partir, camarades, leur dit le Président. Laissez seulement vos armes. »

Les carabiniers étaient accablés et honteux, mais l'ordre du général était sans réplique. Nul n'osa soutenir le regard du Chef de l'Etat, ils déposèrent leurs armes dans la cour et sortirent à la queue leu leu, tête basse. A la porte, l'un d'eux tourna les talons.

« Je reste avec vous, camarade Président », dit-il.

Vers le milieu de la matinée, il était devenu évident que rien ne se réglerait par le dialogue, et la quasi totalité des présents s'éclipsa peu à peu. Seuls restèrent les amis les plus proches, ainsi que la garde personnelle. Le Président obligea ses propres filles à quitter les lieux. On dut les faire sortir de force; depuis la rue, on pouvait encore les entendre l'appeler en hurlant. A l'intérieur du bâtiment demeurèrent une trentaine de personnes retranchées dans les salons du premier étage, parmi lesquelles Jaime. Il avait l'impression de se trouver en plein cauchemar. Il prit place dans un fauteuil de velours rouge, tenant à la main un pistolet qu'il contemplait d'un regard idiot. Il ne savait pas s'en servir. Il lui parut que le temps s'écoulait avec une extrême lenteur; d'après sa montre, il ne s'était passé que trois heures depuis le début de ce mauvais rêve. Il entendit la voix du Président parlant sur les ondes au pays. Il faisait ses adieux :

« Je m'adresse à ceux qui seront inquiétés pour leur dire que je n'entends pas renoncer : je paierai de ma vie ma fidélité au peuple. Je serai toujours avec vous. J'ai foi en la patrie et en son destin. D'autres hommes viendront, qui auront surmonté l'épreuve; plus tôt qu'on ne le pense s'ouvriront largement les chemins de l'homme libre pour la construction d'une société meilleure. Vive notre peuple! Vivent les travailleurs! Telles seront mes dernières paroles. Je sais que mon sacrifice ne restera pas vain. »

Le ciel commença à se couvrir. On entendit au loin quelques détonations isolées. A présent, le Président s'entretenait par téléphone avec le chef des insurgés qui mettait un appareil militaire à sa disposition pour quitter le pays avec sa famille. Mais il n'était nullement disposé à s'exiler en quelque lointaine contrée où passer le restant de ses jours à se tourner les pouces parmi d'autres dirigeants renversés qui avaient quitté leur pays à l'heure du laitier.

« Vous faites erreur de personne, bande de traîtres. Le peuple m'a placé ici et je n'en sortirai que mort », répondit-il d'une voix placide.

Ils entendirent alors le vrombissement des avions et le bombardement commença. Jaime se plaqua au sol comme les autres, incrédule encore à ce qu'il était en train de vivre, convaincu jusqu'à la veille d'habiter un pays sans histoires où les militaires eux-mêmes respectaient la loi. Seul le Président resta debout, il s'approcha d'une fenêtre, tenant dans ses bras un bazooka, et se mit à tirer dans la rue sur les tanks. Jaime rampa jusqu'à lui et lui agrippa les mollets pour l'obliger à s'accroupir, mais l'autre lui décocha un mot ordurier et ne fléchit pas. Au bout d'un quart d'heure, tout le bâtiment était en flammes; le bombardement et la fumée étaient tels qu'on ne pouvait plus respirer. Jaime se traînait à quatre pattes entre les meubles brisés et les pans de plafond qui fondaient autour de lui comme une grêle mortifère, s'évertuant à porter secours aux blessés, mais il ne pouvait plus leur apporter qu'un peu de réconfort et fermer les yeux de ceux qui avaient succombé. Les tirs venant à cesser subitement, le Président en profita pour rassembler les survivants; il leur dit de partir, qu'il ne voulait pas de martyrs, de sacrifices inutiles, que chacun avait de la famille et des tâches importantes qui les attendaient encore. « Je vais réclamer une trêve pour que vous puissiez sortir », ajouta-t-il. Aucun ne voulut néanmoins partir. Certains tremblaient, mais tous conservaient apparemment leur dignité. Le bombardement avait été bref, mais le Palais était réduit à l'état de ruines. A quatorze heures, l'incendie avait dévoré les antiques salons qui avaient servi depuis la période coloniale, et il ne restait plus qu'une poignée d'hommes autour du Président. Les militaires avaient fait irruption dans le bâtiment et occupaient ce qui restait du rez-de-chaussée. Par-dessus le vacarme, ils entendirent un officier leur ordonner d'une voix hystérique de se rendre et de descendre en file indienne, mains en l'air. Le Président serra la main à chacun d'eux. « Je fermerai la marche », dit-il. Ils ne devaient plus le revoir vivant.

Jaime descendit avec les autres. Sur chaque degré du large escalier de pierre se tenaient postés des soldats. On les aurait crus devenus fous. Ils frappaient à coups de pied et à coups de crosse ceux qui descendaient les marches, possédés d'une haine inouïe, comme nouvellement conçue, qui avait fleuri en eux en l'espace de quelques heures. Certains faisaient feu avec leurs armes au-dessus de la tête des vaincus. Jaime écopa d'un coup au ventre qui le plia en deux; quand il parvint à se redresser, il avait les yeux pleins de larmes et son pantalon souillé d'une merde tiède. Les coups continuèrent à pleuvoir sur eux jusque dans la rue où on leur ordonna de se coucher à plat ventre par terre; on les piétina, les couvrit d'insultes jusqu'à épuisement du répertoire des grossièretés castillanes, puis on fit signe à un tank d'approcher. Les prisonniers l'entendirent ébranler l'asphalte de tout son poids de pachyderme invulnérable.

« Dégagez, qu'on passe sur ces tordus avec le tank ! » hurla un colonel.

Jaime lança un regard furtif depuis le sol et crut reconnaître cet homme, il lui rappelait un garçon avec qui il s'amusait jadis dans sa jeunesse aux Trois Maria. Le tank passa en hoquetant à dix centimètres de leurs crânes, au milieu de l'hilarité des soldats et des hurlements des sirènes de pompiers. Au loin se faisait entendre le ronflement de l'aviation. Longtemps après, on répartit les prisonniers en petits groupes, selon leur crime, et on conduisit Jaime au ministère de la Défense transformé en garnison. On le contraignit à avancer à croupetons, comme au fond d'une tranchée, puis on lui fit traverser une grande salle remplie d'hommes nus ficelés par rangs de dix, les mains ligotées dans le dos, victimes de tant de coups que certains ne pouvaient tenir debout et que des filets de sang couraient sur le marbre du sol. On conduisit Jaime jusqu'à la chaufferie où se trouvaient d'autres individus plaqués contre le mur sous la surveillance d'un soldat livide qui allait et venait en pointant sur eux sa mitraillette. Il resta là un long moment immobile, s'évertuant à tenir debout comme un somnambule, toujours sans bien comprendre ce qui était en train de se produire, bouleversé par les cris qui s'élevaient de l'autre côté du mur. Il remarqua que le soldat ne le quittait pas des yeux. Soudain, celui-ci abaissa son arme et s'approcha.

« Vous pouvez vous asseoir et vous reposer un peu, docteur, mais dès que je vous fais signe, relevez-vous immédiatement, lui murmura-t-il en lui passant une cigarette allumée. C'est vous qui avez opéré ma mère et lui avez sauvé la vie. »

Jaime n'était pas fumeur, mais il savoura cette

cigarette en aspirant à lentes goulées. Sa montre était brisée, mais, à en juger par la faim et la soif qu'il ressentait, il estima que la nuit était tombée. Il était si harassé, si mal à l'aise dans son pantalon souillé, qu'il ne se demandait même plus ce qui allait lui arriver. Il commençait à dodeliner de la tête quand le soldat approcha.

« Levez-vous, docteur, lui souffla-t-il. On vient vous chercher. Bonne chance! »

Au bout d'un instant, deux hommes firent leur entrée; ils lui passèrent les menottes et le conduisirent à un officier chargé de l'interrogatoire des prisonniers. Jaime l'avait aperçu à quelques reprises dans l'entourage du Président.

« Nous savons, docteur, que vous n'avez rien à voir avec tout cela, lui dit-il. Nous souhaitons seulement que vous apparaissiez à la télévision et témoigniez que le Président était ivre et qu'il s'est suicidé. Je vous laisserai ensuite rentrer chez vous.

– Faites cette déclaration vous-même, répliqua-t-il. Ne comptez pas sur moi, tas de salauds. »

Ils le tinrent par le bras et le premier coup lui tomba au creux de l'estomac. Puis ils le soulevèrent et le plaquèrent sur une table où il sentit qu'on lui ôtait ses vêtements. Bien plus tard, on le sortit inconscient du ministère de la Défense. Il s'était mis à pleuvoir, la fraîcheur de l'eau et de l'air le ranima. Il reprit ses esprits quand on l'eut hissé à bord d'un autocar de l'armée et laissé tomber sur le siège arrière. A travers la vitre, il scruta la nuit et quand le véhicule se fut mis à rouler, il put voir les rues désertes, les édifices parés de drapeaux. Il comprit que l'ennemi avait gagné et eut probablement une pensée pour Miguel. L'autocar s'arrêta dans la cour d'une caserne où on le fit descendre. Il y avait là d'autres détenus en aussi piteux état que lui. On leur attacha les chevilles et les poignets avec du fil de fer barbelé et on les précipita face contre terre dans les écuries. Privés d'eau et de nourriture, croupissant dans leurs excréments, leur sang et leur trouille, Jaime et ses pareils passèrent là deux jours au bout desquels on les transporta en camion jusqu'aux abords de l'aéroport. On les fusilla en rase campagne, à même le sol, car ils étaient bien incapables de tenir sur leurs jambes, puis on fit sauter les cadavres à la dynamite. Longtemps planèrent dans les airs l'épouvantable écho de l'explosion et la puanteur des chairs déchiquetées.

Dans la grande maison du coin, le sénateur Trueba déboucha une bouteille de champagne français pour fêter le renversement du régime qu'il avait si férocement combattu, sans se douter qu'au même moment on était en train de brûler les testicules de son fils Jaime avec une cigarette d'importation. Le vieillard ficha un drapeau à l'entrée de chez lui et s'il se retint d'aller danser dans la rue, c'est parce qu'il traînait la patte et à cause du couvre-feu, mais ce n'était pas l'envie qui lui en manquait, comme il le dit d'un ton gaillard à sa fille et à sa petite-fille. Entre-temps, suspendue au téléphone, Alba tentait d'obtenir des nouvelles de ceux dont le sort la préoccupait : Miguel, Pedro III, son oncle Jaime, Amanda, Sébastián Gómez, entre tant d'autres.

« A présent, ils vont trinquer! » s'exclama le sénateur Trueba en levant sa coupe.

Alba la lui arracha d'un coup sec et la projeta contre le mur, la brisant en mille éclats. Blanca, qui n'avait jamais eu l'audace de tenir tête à son père, ne se dissimula pas pour sourire.

« Non, grand-père, dit Alba, nous ne fêterons pas la mort du Président, pas plus que celle de tous les autres! »

Dans les demeures cossues des hauts quartiers,

on déboucha de même les bouteilles qu'on avait mises de côté depuis trois ans et on leva son verre à l'ordre nouveau. Au-dessus des bidonvilles ouvriers volèrent toute la nuit les hélicoptères bourdonnant comme de grosses mouches venues d'autres mondes.

A une heure tardive, presque au petit matin, le téléphone sonna; Alba, qui ne s'était pas couchée, courut répondre. Soulagée, elle entendit la voix de Miguel.

« L'heure est venue, mon amour, lui dit-il. Ne tente pas de me retrouver, ne m'attends pas. Je t'aime.

– Miguel, je veux aller avec toi! sanglota Alba.

– Ne parle de moi à personne. Ne cherche pas à voir les amis. Déchire les agendas, les papiers, tout ce qui peut avoir rapport avec moi. Je t'aimerai toujours, souviens-t'en, mon amour », dit encore Miguel avant de raccrocher.

Le couvre-feu dura deux jours. Pour Alba, ce fut comme une éternité. les stations de radio diffusaient sans interruption des hymnes martiaux et la télévision ne montrait que des paysages du territoire national et des dessins animés. Plusieurs fois par jour apparaissaient sur les écrans le quarteron de généraux de la Junte, trônant entre blason et drapeau pour promulguer leurs ordonnances : c'étaient les nouveaux héros de la patrie. Malgré l'ordre de tirer à vue sur quiconque mettait le nez dehors, le sénateur Trueba traversa la rue pour aller faire la fête chez un voisin. Le tintamarre de ces réjouissances n'attira pas l'attention des patrouilles qui passaient dans la rue, car c'était un quartier où elles ne s'attendaient pas à rencontrer d'opposition. Blanca déclara qu'elle avait la pire migraine de toute son existence et se cloîtra dans sa chambre. La nuit, Alba l'entendit rôder à la cuisine et se dit que les crampes d'estomac l'avaient emporté sur les maux de tête. Elle-même passa deux jours à tourner en rond dans la maison, en proie au désespoir, inspectant le terrier de livres de Jaime et son propre bureau afin de détruire tout ce qu'elle estimait compromettant. Elle avait l'impression de commettre un sacrilège et était sûre qu'à son retour, son oncle serait furieux et lui retirerait sa confiance. Elle détruisit pareillement les carnets où figuraient les numéros de téléphone des amis, ses plus précieuses lettres d'amour et jusqu'aux photos de Miguel. Les domestiques, indifférentes et bâillant d'ennui, mirent à profit le couvre-feu pour confectionner des pâtés en croûte, sauf la cuisinière qui pleurait sans arrêt et bouillait d'impatience d'aller retrouver son mari avec lequel elle n'avait pu encore communiquer.

Quand l'interdiction de sortir fut levée pour quelques heures afin de permettre à la population de se réapprovisionner, Blanca n'en crut pas ses yeux en constatant que les magasins étaient archibondés des denrées qui avaient manqué trois longues années durant et qui paraissaient avoir surgi comme par magie dans les vitrines. Elle vit des monceaux de poulets tout préparés et put acheter tout ce dont elle avait envie, sauf qu'il en coûtait désormais le triple, car on avait instauré la liberté des prix. Elle remarqua que bien des gens reluquaient les poulets avec curiosité, comme s'ils n'en avaient jamais vu, mais que rares étaient ceux qui en emportaient, car la plupart ne pouvaient s'en payer. Au bout de trois jours, les remugles de viande avariée empuantissaient les magasins de la capitale.

Le soldats patrouillaient nerveusement le long des rues, applaudis par nombre de ceux qui avaient désiré le renversement du gouvernement. Certains, stimulés par la violence de ces journées, arrêtaient les hommes à cheveux trop longs ou portant la barbe, signes manifestes de leur esprit rebelle, de même qu'ils interceptaient en pleine rue les femmes en pantalon pour les leur lacérer à coups de ciseaux, car ils se sentaient investis de la mission d'imposer l'ordre, la morale et la décence. Les nouvelles autorités firent savoir qu'elles étaient tout à fait étrangères à ces agissements, que jamais elles n'avaient ordonné de couper les barbes ou les pantalons, probablement s'agissait-il de communistes déguisés en militaires pour discréditer les forces armées, les rendre odieuses aux yeux de la population, toujours est-il que les barbes pas plus que les pantalons n'étaient interdits, même s'il était à l'évidence préférable que les hommes fussent rasés, la nuque et les oreilles dégagées, et les femmes en jupe.

Le bruit courut que le Président était mort, mais nul n'ajouta foi à la version officielle selon laquelle il avait mis fin à ses jours.

J'attendis que la situation fût revenue tant soit peu à la normale. Trois jours après le pronunciamiento, je me rendis en automobile du Congrès au ministère de la Défense, étonné qu'on ne fût pas venu me chercher pour me prier de participer au nouveau gouvernement. Tout le monde savait que j'avais été l'ennemi numéro un des marxistes, le premier à m'opposer à la dictature communiste et à oser dire publiquement que seuls les militaires étaient capables d'empêcher le pays de tomber aux griffes de la gauche. Sans compter que c'est moi qui avais pris quasiment tous les contacts avec le haut-commandement, qui avais assuré la liaison avec les Amerloks, cautionné les achats d'armes par mon nom et ma fortune personnelle. Pas un, en définitive, qui eût pris plus de risques que moi. A mon âge, le pouvoir politique avait perdu tout intérêt, mais j'étais un des rares à être en mesure de les conseiller, car cela faisait un sacré bail que j'occupais de hautes responsabilités et je savais mieux que personne ce qui convient au pays. Sans conseillers loyaux, honnêtes et compétents, à quoi serait bon ce quarteron de colonels promus à la sauvette ? A se fourrer le doigt dans l'œil. Ou bien à se laisser embobiner par ces petits malins qui savent profiter des circonstances pour s'en mettre plein les poches, comme ce fut d'ailleurs le cas. A ce moment-là, tout le monde ignorait que les choses seraient ce qu'elles ont été. Nous pensions que l'intervention de l'armée était une étape nécessaire dans la voie du retour à une démocratie saine, et c'est pourquoi il me paraissait si important de collaborer avec les autorités.

Arrivé au ministère de la Défense, je fus ahuri de voir le bâtiment transformé en véritable dépotoir. Des ordonnances rinçaient les sols à grande eau avec des serpillières, je relevai des impacts de balles sur certains murs et vis les militaires courir en tous sens, la tête entre les épaules, comme s'ils se fussent trouvés au beau milieu d'un champ de bataille ou qu'ils s'attendissent à voir l'ennemi leur tomber du plafond. On me fit lanterner trois heures avant d'être reçu par un officier. Au début, je crus que dans ce tohu-bohu, ils ne m'avaient point reconnu et que c'est pour cette raison qu'ils me témoignaient si peu de déférence, mais je compris ensuite ce qu'il en était. L'officier me reçut avec les bottes posées sur son bureau, mastiquant un sandwich, la bouche graisseuse, les joues mal rasées, la vareuse déboutonnée. Il ne me laissa pas le temps de demander des nouvelles de mon fils Jaime, ni de le féliciter pour la vaillante action des forces armées qui avaient sauvé la patrie, car il me réclama de but en blanc les clefs de la voiture, prétextant que le Congrès était bouclé et que les avantages en nature dont bénéficiaient ses membres n'avaient plus lieu d'être. Je tressaillis. Il devenait clair qu'ils n'avaient nulle intention de rouvrir les portes du Congrès comme nous l'espérions tous. Il me demanda, ou plutôt il m'ordonna alors d'être présent à la cathédrale, le lendemain matin à onze heures, afin d'assister au Te Deum par lequel le pays remercierait Dieu de cette victoire sur le communisme.

« Est-il vrai que le Président s'est suicidé? demandai-je.

– Il est parti!

– Parti? Où cela?

– Parti en eau de boudin! » s'esclaffa l'autre.

Je redescendis dans la rue en prenant appui sur le bras de mon chauffeur, l'esprit désorienté. Plus moyen pour nous de rentrer à la maison, puisque ne circulaient ni bus ni taxis et que je n'ai pas l'âge de la marche à pied. Par chance vint à passer une jeep de carabiniers, lesquels me reconnurent. Je suis facile à repérer, comme dit ma petit-fille Alba, à cause de ma dégaine de vieux corbeau enragé, reconnaissable entre toutes, de ma sempiternelle tenue de deuil et de ma canne en argent.

« Montez donc, sénateur », dit un lieutenant.

Ils nous aidèrent à nous hisser à bord du véhicule. Les carabiniers avaient l'air épuisés, il me parut évident qu'ils n'avaient pas fermé l'œil de la nuit. Ils me confirmèrent que cela faisait trois jours qu'ils patrouillaient à travers ville, se maintenant en état de veille à coups de café noir et de comprimés.

« Vous avez rencontré de la résistance dans les quartiers pauvres et la banlieue ouvrière?

– Très peu. Les gens se tiennent tranquilles, répondit le lieutenant. J'espère que la situation reviendra vite à la normale, sénateur. Tout ça ne nous plaît pas, c'est du sale boulot.

– Ne dites pas des choses pareilles, mon ami. Si vous n'étiez pas intervenus, ce sont les communistes qui auraient pris le pouvoir et à l'heure qu'il est, vous et moi, parmi cinquante mille autres, serions raides morts. Vous n'ignoriez pas qu'ils avaient un plan pour instaurer leur dictature?

– C'est ce qu'on nous a raconté. N'empêche que dans la ville où j'habite, on a arrêté beaucoup de gens. Mes voisins me regardent d'un sale œil. Les gars connaissent la même chose ici. Mais il faut obéir aux ordres. La patrie avant tout, n'est-ce pas?

– C'est comme ça. Moi aussi, lieutenant, je regrette ce qui est en train de se passer. Mais il n'y avait pas d'autre issue. Le régime était pourri. Que serait devenu ce pays si vous n'aviez pas pris les armes? »

En mon for intérieur, je n'en étais pourtant pas si sûr. Je pressentais que la tournure des événements n'était pas conforme à nos plans et que la situation était en train de nous échapper; pour l'heure, je fis cependant taire mes inquiétudes, arguant que ces trois jours étaient trop peu pour remettre tout un pays en ordre, et que ce goret d'officier qui m'avait reçu au ministère de la Défense ne représentait probablement qu'une infime minorité au sein des Forces armées. La grande majorité était à l'image de ce scrupuleux lieutenant qui me reconduisait chez moi. En un rien de temps, les choses rentreraient dans l'ordre, me disais-je, et une fois retombée la tension des premiers jours, je m'emploierais à contacter quelqu'un de mieux placé dans la hiérarchie militaire. Je regrettais de ne pas m'être adressé directement au général Hurtado; le respect des formes m'en avait empêché, mais aussi l'orgueil, je le reconnais, car la correction voulait que ce fût lui qui vînt à moi, et non l'inverse.

Je n'appris le décès de mon fils Jaime que quinze jours plus tard, quand l'euphorie de la victoire nous eut désertés, à voir chacun compter ses morts et ses disparus. On était dimanche, un soldat se présenta discrètement à la maison et relata à Blanca, dans la cuisine, ce à quoi il avait assisté au ministère de la Défense et ce qu'il avait appris des corps dynamités.

« Le docteur del Valle avait sauvé la vie de ma mère, dit le soldat, les yeux rivés au sol, son casque de guerre à la main. C'est pour cela que je suis venu vous dire comment on l'a tué. »

Blanca m'appela pour que j'entendisse de mes propres oreilles le récit du soldat, mais je me refusai à le croire. J'objectai que cet homme s'était trompé, qu'il ne s'agissait pas de Jaime, mais d'un autre individu qu'il avait entr'aperçu dans la chaufferie, car Jaime n'avait aucune raison de se trouver au Palais présidentiel le jour du pronunciamiento. J'étais persuadé que mon fils, s'estimant pourchassé, s'était esquivé à l'étranger par quelque passage frontalier ou bien avait trouvé asile dans une ambassade. Au demeurant, son nom ne figurait sur aucune des listes des gens recherchés par les autorités, et j'en déduisis que Jaime n'avait rien à redouter.

Il me fallut longtemps, plusieurs mois en réalité, pour comprendre que le soldat avait dit vrai. En proie aux égarements de la solitude, j'attendais mon fils, calé dans la bergère de la bibliothèque, les yeux fixés sur le seuil de la porte, l'appelant en pensée tout comme j'invoquais Clara. Je l'appelai tant et si bien que je finis par réussir à le voir, mais il m'apparut tout couvert de sang séché et en haillons, traînant des serpentins de barbelés sur le parquet ciré. C'est ainsi que je sus qu'il était mort comme nous l'avait relaté le soldat. Et ce n'est qu'à compter de ce jour que je me mis à parler de tyrannie. Ma petite-fille Alba, elle, avait vu se profiler le dictateur bien avant moi. Elle l'avait vu se détacher parmi les généraux et autres gens de guerre. Elle l'avait identifié d'emblée, à cause de l'intuition qu'elle avait héritée de Clara. C'était un homme rude aux dehors simples, économe de ses mots comme un paysan. D'apparence modeste, bien rares furent ceux qui pressentirent qu'on le verrait un jour enveloppé d'une cape impériale, les bras levés afin de ramener au silence les foules acheminées par camions pour l'acclamer, ses augustes moustaches frémissant de vanité, inaugurant le monument aux Quatre Armes au sommet duquel un flambeau devait éclairer à perpétuité les destinées de la patrie, monument dont ne s'éleva aucune flamme, à cause d'une erreur de la technique étrangère, mais une énorme et épaisse fumée de tambouille qui resta à flotter dans les airs comme un éternel orage venu d'autres cieux.

Je commençais à me dire que j'avais dû me tromper sur la marche à suivre et que ce n'était peut-être pas la meilleure façon de venir à bout du marxisme. Je me sentais de plus en plus seul; personne n'avait plus besoin de moi, je n'avais plus mes fils et Blanca, avec sa manie de mutisme, la tête toujours ailleurs, avait désormais tout d'un spectre. Même Alba s'éloignait de jour en jour davantage. C'est à peine si je la voyais encore à la maison. Elle me frôlait en coup de vent dans ses longues jupes plissées de cotonnade, horribles à voir, et avec son extraordinaire chevelure verte, réplique de celle de Rosa, absorbée par des tâches mystérieuses qu'elle accomplissait avec la complicité de sa grand-mère. Ma petite-fille allait tout affairée comme Clara à l'époque du typhus, quand elle avait pris sur ses épaules tout le fardeau de la souffrance humaine.

Alba n'eut guère le loisir de se lamenter sur la mort de son oncle Jaime, car l'urgence des soins aux nécessiteux la requit aussitôt, si bien qu'elle dut mettre sa douleur de côté pour ne l'éprouver que plus tard. Elle ne devait revoir Miguel que deux mois après le putsch et en était venue à penser que lui aussi était mort. Elle ne chercha pourtant plus à le retrouver, car il lui avait laissé sur ce point des consignes on ne peut plus précises, et elle avait de surcroît entendu son nom parmi la liste de ceux qui devaient se présenter aux autorités. Elle se reprit à espérer. « Tant qu'ils en ont après lui, c'est qu'il est en vie », raisonna-t-elle. Elle était angoissée à l'idée qu'on vînt à l'attraper vivant et invoquait son aïeule, la priant d'empêcher une chose pareille. « Je préfère mille fois le savoir mort, grand-mère », suppliait-elle. Elle n'ignorait rien de ce qui était en train de se passer dans le pays, et c'est ce qui jour et nuit lui donnait ces crampes à l'estomac, ce tremblement des mains; lorsqu'elle venait à apprendre le sort de tel ou tel prisonnier, elle se couvrait de rougeurs de la tête aux pieds comme une pestiférée. Mais de tout cela elle ne pouvait parler à personne, pas même à son grand-père, les gens préférant ne rien savoir.

Après ce terrible mardi, le monde s'était métamorphosé de façon brutale aux yeux d'Alba. Elle dut y adapter sa perception des choses pour pouvoir survivre. Il lui fallut se faire à l'idée qu'elle ne reverrait plus ceux qu'elle avait tant aimés, son oncle Jaime, Miguel, entre tant d'autres. Elle en voulait à son grand-père pour tout ce qui était arrivé, mais, l'instant d'après, à le voir ratatiné dans sa bergère, appelant Clara et son fils en un marmonnement sans fin, toute l'affection qu'elle vouait au vieillard lui revenait et elle courait l'embrasser, le consoler, lui passer les doigts dans sa blanche crinière. Pour Alba, toutes choses étaient comme du verre, aussi ténues que des soupirs, et elle avait l'impression que la mitraille et les bombes de cet inoubliable mardi avaient annihilé une bonne partie des choses connues, et que tout ce qui en avait subsisté gisait en miettes, éclaboussé de sang. Au fil des jours, des semaines et des mois, ce qui avait d'abord paru épargné par la destruction se mit à son tour à montrer des signes de dégradation. Elle remarqua que parents et amis l'évitaient, que certains traversaient la rue pour ne pas la saluer ou détournaient les yeux à son approche. Elle se dit qu'on avait dû faire courir le bruit qu'elle aidait les fugitifs.

Tel était bien le cas. Dès les premiers jours, elle n'avait eu de cesse de donner asile à ceux qui se trouvaient en danger de mort. Au début, ce fut pour Alba comme un passe-temps presque divertissant qui permettait de se changer les idées, de ne pas penser à Miguel, mais elle eut tôt fait de se rendre compte que cela n'avait rien d'un jeu. Les citoyens furent avisés par ordonnances qu'il était de leur devoir de dénoncer les marxistes et de livrer les fugitifs, qu'à défaut ils seraient considérés comme traîtres à la patrie et jugés comme tels. Alba, par miracle, put récupérer l'automobile de Jaime qui avait été épargnée par le bombardement et était restée garée une semaine à l'endroit où il l'avait laissée, jusqu'à ce qu'elle-même, prévenue, fût allée la chercher. Elle peignit sur ses portières deux grands soleils d'un jaune criard afin de la différencier des autres véhicules et de faciliter ainsi sa nouvelle tâche. Elle dut retenir par cœur l'emplacement exact des ambassades, les relèves des carabiniers qui y montaient la garde, la hauteur de leurs murs d'enceinte, l'écartement de leurs grilles. C'est à l'improviste qu'elle était informée qu'il fallait mettre quelqu'un en sécurité, souvent par un inconnu qui l'abordait dans la rue et qu'elle supposait envoyé par Miguel. Elle se rendait en plein jour jusqu'au lieu convenu et quand elle voyait quelqu'un lui faire signe, averti par les jaunes corolles peintes sur sa voiture, elle faisait un bref arrêt pour lui permettre de monter en hâte. Ils n'échangeaient guère de propos en cours de route, car elle préférait ne pas même connaître son nom. Parfois il lui fallait passer la journée en sa compagnie, voire le cacher pour une nuit ou deux, avant de trouver le moment propice pour l'introduire dans une ambassade accessible en faisant le mur dans le dos des sentinelles. Ce système s'avérait bien plus expédient que les démarches auprès des plénipotentiaires timorés des démocraties étrangères. Jamais elle n'entendait reparler du réfugié, mais elle garderait à jamais souvenir de sa gratitude tremblante; quand tout était terminé, soulagée, elle respirait : cette fois encore, elle s'en était sortie. Parfois, elle dut faire de même avec des femmes qui refusaient de se séparer de leur progéniture et Alba avait beau promettre d'acheminer les enfants par la grand-porte, l'ambassadeur le plus craintif ne trouvant pas à s'y opposer, les mères s'interdisaient de les laisser derrière elles, si bien qu'il fallait en définitive jeter les gosses par-dessus les murs d'enceinte ou les faire descendre le long des grilles. Au bout de quelque temps, toutes les ambassades furent hérissées de barbelés et de mitrailleuses et il ne fallut plus songer à s'y introduire, mais d'autres devoirs vinrent à nouveau occuper Alba.

C'est Amanda qui la mit en rapport avec les curés. Les deux amies se retrouvaient pour parler à voix basse de Miguel qu'aucune n'avait revu, et pour évoquer le souvenir de Jaime avec une nostalgie sans larmes, car il n'existait aucune preuve officielle de sa mort et leur désir commun de le revoir était plus fort que la relation du soldat. Amanda s'était irrésistiblement remise à fumer, ses mains tremblaient comme des feuilles, l'égarement se lisait dans son regard. Parfois elle avait les pupilles dilatées, des gestes gourds, ce qui ne l'empêchait pas de continuer à travailler à l'hôpital. Elle raconta à Alba qu'il lui arrivait souvent de soigner des gens qu'on apportait à demi-morts d'inanition.

« Les familles des prisonniers, des morts et des disparus n'ont rien à manger. Ceux qu'on a renvoyés de leur travail non plus. A peine une assiette de gruau tous les deux jours. Les enfants sont sous-alimentés, à l'école ils piquent du nez sur leur pupitre. »

Elle ajouta que le verre de lait et les biscuits que chaque écolier percevait jusque-là quotidiennement avaient été supprimés et que les mères calmaient la faim de leurs gosses en les gorgeant d'infusions.

« Les seuls à bouger pour venir en aide aux gens sont les curés, expliqua Amanda. Les autres ne veulent pas connaître la vérité. L'Eglise a mis sur pied des soupes populaires pour assurer un plat de nourriture par jour aux moins de sept ans, six fois par semaine. Ce n'est bien sûr pas suffisant. Pour chaque enfant qui a droit une fois par jour à un plat de lentilles ou de pommes de terre, tu en as cinq qui restent dehors à regarder, parce qu'il n'y en a pas pour tous. »

Alba comprit qu'elle en était revenue au temps jadis où sa grand-mère se rendait dans le quartier de la Miséricorde et y suppléait la justice par la charité. Seulement, aujourd'hui, la charité était mal vue. Elle put le constater en faisant le tour de ses relations pour quémander un paquet de riz, une boîte de lait en poudre : la première fois, on n'osait lui refuser, puis on l'envoyait promener. Au début, Blanca lui vint en aide. Alba n'eut aucune peine à obtenir la clef de la réserve maternelle en remontrant qu'il n'était nul besoin d'accaparer de la farine de dernière qualité et des fayots de crève-la-faim quand on pouvait se mettre sous la dent du crabe de la Baltique et du chocolat helvétique, de sorte qu'elle fut en mesure de ravitailler les cantines des curés pendant un temps qui lui parut néanmoins trop bref. Un jour, elle emmena sa mère jusqu'à l'une de ces soupes populaires. A la vue de la longue table de bois raboteux où une double rangée de marmots aux yeux suppliants attendaient qu'on leur versât leur ration, Blanca se mit à pleurer et courut s'aliter pour deux jours avec une solide migraine. Elle eût continué à se lamenter sur son propre sort si sa fille ne l'avait contrainte à se rhabiller, à s'oublier un peu elle-même et à rechercher des secours, fût-ce en escroquant grand-père sur le budget familial. A l'instar des gens de sa classe, le sénateur Trueba ne voulut pas entendre parler de ce genre d'affaires, il réfuta la faim aussi péremptoirement qu'il avait nié les prisonniers et les torturés; Alba ne put donc compter sur lui et quand elle ne put ultérieurement compter davantage sur sa mère, il lui fallut recourir à des méthodes plus drastiques. Grand-père n'allait guère plus loin que son Club. Il ne se rendait plus dans le centre, s'aventurait encore moins à proximité des quartiers périphériques ou des bidonvilles de banlieue. Il ne lui coûtait rien de penser que les malheurs que lui rapportait sa petite-fille n'étaient que bobards de marxistes.

« Des curés communistes! s'exclama-t-il. Il ne manquait plus que ça! »

Pourtant, quand se mirent à rappliquer à toute heure du jour des femmes et des enfants mendiant de porte en porte, il ne donna pas l'ordre de fermer portail et persiennes pour ne pas les voir, à l'instar des autres, mais il rallongea la mensualité de Blanca et recommanda qu'on eût toujours quelque chose de chaud à leur donner à manger.

« Ce n'est que provisoire, assura-t-il. Dès que les militaires auront remis de l'ordre dans le foutoir où le marxisme a laissé le pays, ce problème sera réglé. »

Les journaux affirmèrent que ces mendiants qui couraient les rues, dont on n'avait plus vu trace depuis tant d'années, étaient dépêchés par le communisme international pour discréditer la Junte, saboter l'ordre et le progrès. On plaqua des cache-misère destinés à dissimuler les quartiers déshérités aux yeux des touristes et de ceux qui ne voulaient rien voir. En l'espace d'une nuit, comme par enchantement, surgit au long des avenues tout un décor de jardins et de massifs de fleurs planté par les chômeurs pour créer l'illusion d'un pacifique printemps. On passa tout à la peinture blanche, recouvrant les colombes de combat des fresques murales, ôtant définitivement de la vue les affiches politiques. Toute tentative d'inscription politique sur la voie publique était châtiée sur-le-champ d'une rafale de mitraillette. Rendues à la propreté, à l'ordre et au silence, les rues se rouvrirent au commerce. En un rien de temps disparurent les petits mendigots et Alba nota qu'on ne voyait plus traîner de boîtes à ordures ni de chiens errants. Le marché noir prit fin en même temps que le bombardement du Palais présidentiel, car les spéculateurs furent menacés de la loi martiale et du peloton d'exécution. Dans les magasins furent mises en vente des choses qu'on ne connaissait même pas de nom, et d'autres que seuls pouvaient jadis se procurer les riches en contrebande. Jamais la ville n'avait été aussi belle. Jamais la haute bourgeoisie ne s'était sentie mieux dans sa peau : on pouvait s'y payer du whisky à gogo et des bagnoles à crédit.

Dans l'euphorie patriotique des premiers jours, les femmes allaient faire don de leurs bijoux dans les casernes pour la reconstruction nationale, y compris de leurs alliances qu'on troquait contre des anneaux de cuivre aux armes de la patrie. Blanca dut planquer la chaussette de laine contenant les joyaux que Clara lui avait légués pour éviter que le sénateur Trueba ne les remît aux autorités. On vit apparaître une classe nouvelle, remplie d'arrogance. De très illustres dames, vêtues de toilettes venues d'ailleurs, exotiques et phosphorescentes comme des lucioles, se pavanaient dans les hauts lieux de plaisir au bras de nouveaux économistes pleins de morgue. Une caste de militaires émergea, qui eût tôt fait d'occuper les postes clefs. Les familles qui avaient jusque-là considéré comme une tare de compter quelque troufion en leur sein se disputaient les recommandations pour faire admettre leurs rejetons dans les écoles d'état-major et offraient leurs filles aux soldats. Le pays se couvrit de gens en uniformes, de machines de guerre, de drapeaux, d'hymnes et de défilés, car les militaires n'ignoraient pas à quel point le peuple a soif de rites et de symboles. Le sénateur Trueba, qui par principe détestait ces trucs-là, comprit ce qu'avaient voulu dire ses amis du Club quand ils certifiaient que le marxisme n'avait pas la moindre chance de s'implanter en Amérique latine, parce qu'il ne tenait pas compte de l'aspect magique des choses. « Du pain, des jeux, quelque chose à adorer : voilà tout ce dont ils ont besoin », épilogua le sénateur, se désolant intérieurement qu'on manquât de pain.

On orchestra une campagne visant à effacer de la face du globe le beau nom de l'ex-Président, dans l'espoir que le peuple cesserait de le pleurer. On ouvrit sa demeure et on invita le public à venir visiter ce qu'on baptisa « le palais du dictateur ». On avait le droit de fureter dans ses armoires et de s'ébaubir sur le nombre et la qualité de ses vestes de daim, d'inventorier le contenu de ses tiroirs, de farfouiller dans son garde-manger pour y trouver le rhum cubain, le sac de sucre qu'il y avait planqués. On fit circuler des photos grossièrement truquées qui le montraient déguisé en Bacchus, une guirlande de grappes de raisin sur le crâne, batifolant avec d'opulentes pouffiasses et des apollons du même sexe dans une orgie sans trêve ni terme à l'authenticité de laquelle nul n'ajouta foi, pas même le sénateur Trueba. « Cette fois, c'est trop, ils sont en train de passer la mesure », marmonna-t-il quand il fut au courant.

D'un trait de plume, les militaires bouleversèrent l'Histoire universelle en biffant les épisodes, les idéologies et les personnages inacceptables pour le régime. Ils retouchèrent les cartes, car il n'y avait aucune raison de placer le nord tout en haut, si loin du cœur émérite de la patrie, alors qu'on pouvait le placer plus bas, là où ce serait bien mieux pour lui, et, au passage, ils colorièrent, au bleu de Prusse d'amples portions d'eaux territoriales jusqu'aux confins de l'Asie et de l'Afrique, ils annexèrent dans les manuels de lointaines contrées, bousculant les frontières en toute impunité, tant et si bien que les pays frères perdirent patience, poussèrent des cris d'orfraie aux Nations Unies et menacèrent de leur tomber dessus avec leurs avions de chasse et leurs chars d'assaut. La censure, qui n'enserrait au début que les moyens d'information, bientôt s'étendit aux ouvrages scolaires, aux paroles des chansons, aux scénarios de films et aux conversations privées. Il y avait des mots interdits par décret des autorités militaires, comme « camarade », et d'autres qu'on s'abstenait de prononcer par précaution, bien qu'aucun décret ne les eût éliminés du dictionnaire, comme « liberté », « justice », « syndicat ». Alba se demandait d'où avaient bien pu sortir du jour au lendemain un si grand nombre de fascistes dont on ne trouvait nulle trace tout au long de l'itinéraire démocratique du pays, hormis quelques exaltés durant la guerre qui, par singerie, s'affublaient de chemises noires et défilaient avec le bras tendu au milieu des rires et des huées des passants, sans jouer aucun rôle important dans la vie nationale.

Elle ne s'expliquait pas davantage l'attitude des Forces armées qui, dans leur grande majorité, étaient issues des classes moyennes et de la classe ouvrière, et qui s'étaient toujours historiquement trouvées plus proches de la gauche que de l'extrême droite. Elle ne pouvait comprendre cette guerre du pays contre lui-même, et que la guerre était précisément le chef-d'œuvre de l'art militaire, l'aboutissement de tout leur entraînement, le couronnement de leur carrière. Ils n'étaient pas faits pour briller en temps de paix et le putsch leur avait donné l'occasion de mettre en pratique tout ce qu'on leur avait inculqué dans les casernes : l'obéissance aveugle, le maniement des armes, entre autres savoir-faire où tout soldat peut exceller à condition de faire taire les scrupules du cœur.

Alba abandonna ses études : la faculté de Philosophie, comme nombre d'autres qui donnaient accès à la pensée, dut fermer ses portes. Elle cessa également de faire de la musique : en semblables circonstances, le violoncelle lui parut par trop frivole. Beaucoup de professeurs avaient été chassés, arrêtés ou portés disparus au gré d'une liste noire concoctée par la police politique. Dénoncé par ses propres élèves, Sebastián Gómez avait été massacré dès la première vague de répression. L'Université était truffée d'espions.

La haute bourgeoisie et les affairistes de droite, qui avaient favorisé le soulèvement, ne se tenaient plus de joie. Au début, à voir les conséquences de leurs actes, ils avaient eu un peu peur. Car il ne leur avait jamais été donné de vivre en dictature et ils ignoraient ce que c'était. Ils se dirent que la disparition de la démocratie ne serait que transitoire et que l'on pouvait fort bien vivre un certain temps sans libertés individuelles ou collectives, tant que le régime respecterait la liberté d'entreprendre. Peu leur importait la perte du prestige international qui les reléguait au même rang que d'autres tyrannies du sous-continent, car, à leurs yeux, c'était peu cher payer l'éradication du marxisme. Lorsque des capitaux étrangers vinrent s'investir en placements spéculatifs, ils l'expliquèrent à l'évidence par la stabilité du nouveau régime, négligeant le fait que, pour chaque peso qui entrait dans le pays, deux s'en repartaient sous forme d'intérêts. Quand les unes après les autres, les industries nationales durent bientôt cesser leurs activités et que les commerçants se mirent à faire faillite, écrasés par les importations massives de biens de consommation, ils arguèrent que les cuisinières brésiliennes, les étoffes de Formose et les motos nippones valaient cent fois mieux que tout ce qu'on avait jamais fabriqué dans ce pays. Ce n'est que du jour où il fallut rendre les concessions minières aux compagnies nord-américaines, après trois mois de nationalisation, que quelques voix isolées laissèrent entendre que cela revenait à faire cadeau de la patrie enveloppée dans du papier de soie. Mais quand on se fut employé à restituer à leurs anciens propriétaires les terres que la réforme agraire avait distribuées, chacun se tranquillisa : c'était à nouveau le bon temps. Ils avaient loisir de constater que seule une dictature pouvait agir avec tout le poids que confère la force, sans avoir de comptes à rendre à personne, afin de garantir leurs propres privilèges, si bien qu'ils renoncèrent à parler politique et se résignèrent à ne détenir que le pouvoir économique, tandis que les militaires gouverneraient. La seule tâche que s'assigna la droite fut de les conseiller dans l'élaboration de la législation nouvelle. En l'espace de quelques jours, les syndicats furent éliminés, les dirigeants ouvriers arrêtés ou massacrés, les partis politiques suspendus pour une durée illimitée, toutes les organisations de travailleurs et d'étudiants dissoutes, de même que les associations purement professionnelles. Tout rassemblement était interdit. L'église était le seul endroit où les gens pouvaient se réunir, si bien qu'en un rien de temps la religion redevint de mode : curés et bonnes sœurs durent reléguer au second plan leurs devoirs spirituels pour parer aux besoins terrestres de ce troupeau perdu. Gouvernement et patronat commencèrent à voir en eux des adversaires potentiels, et certains songèrent à résoudre la question en assassinant le cardinal, le Pape ayant refusé depuis Rome de le chasser de son poste et de l'expédier dans un asile pour moines à l'esprit fêlé.

Une large fraction des classes moyennes s'était félicitée du coup d'Etat militaire, parce qu'il signifiait le retour à l'ordre, à la rigueur des traditions, aux femmes en jupe et aux hommes à cheveux courts, mais elle ne tarda pas à souffrir des effets de la hausse des prix et du sous-emploi. On ne gagnait plus assez pour se nourrir. Il n'était plus une famille où l'on ne pleurât quelqu'un et l'on ne pouvait plus prétendre comme au début que s'il était détenu, exilé ou mort, c'est qu'il l'avait bien cherché. On ne put davantage continuer à nier la torture.

Cependant que fleurissaient les commerces de luxe, les sociétés de placement miraculeuses, les restaurants exotiques et les compagnies d'import-export, les chômeurs faisaient queue à la porte des usines, espérant avoir la chance d'être embauchés pour un salaire de misère. La main-d'œuvre redégringola au stade de l'esclavage et, pour la première fois depuis des décennies, les patrons purent licencier les travailleurs à leur guise, sans leur verser aucune indemnité, et les faire incarcérer à la moindre récrimination.

Les premiers mois, le sénateur Trueba fit preuve du même opportunisme que le reste de sa classe. Il était convaincu qu'une période de dictature était indispensable pour permettre au pays de rentrer au bercail qu'il n'aurait jamais dû quitter. Il fut l'un des premiers propriétaires à récupérer ses terres. On lui rendit les Trois Maria en ruine, mais dans leur intégralité, jusqu'au dernier centiare. Cela faisait bientôt deux ans qu'il attendait cette heure en remâchant sa rage. Sans avoir à y réfléchir à deux fois, il débroula à la campagne avec une demi-douzaine de malabars professionnels et put se venger tout son soûl des paysans qui avaient osé le défier et lui ôter son bien. Ils débarquèrent là-bas par une lumineuse matinée de dimanche, peu avant Noël. Ils firent irruption sur le domaine dans un hourvari de pirates. Les nervis s'introduisirent partout, rameutant tout le monde à grands cris, à coups de pied et à coups de poing, rassemblant bêtes et gens dans la cour, puis ils arrosèrent d'essence les bicoques de briques, orgueil passé de Trueba, et y mirent le feu avec tout ce qu'elles contenaient. Ils abattirent les bêtes en tirant dessus, brûlèrent charrues, poulaillers, bicyclettes et jusqu'aux berceaux de nouveau-nés dans un sabbat de plein jour qui faillit faire crever d'allégresse le vieux Trueba. Il chassa tous les fermiers en les avertissant que s'il les revoyait rôder autour du domaine, ils subiraient le même sort que les bestiaux. Il les regarda partir, plus démunis qu'ils ne l'avaient jamais été, en une longue et lugubre cohorte, emmenant vieillards et enfants, les rares chiens qui avaient échappé aux balles, quelque poule sauvée de l'enfer, traînant les pieds sur ce poussiéreux chemin qui les éloignait de la terre où ils avaient vécu de génération en génération. Devant le portail des Trois Maria se tenait un groupe de miséreux qui attendaient là avec des yeux avides. C'étaient d'autres paysans sans travail, expulsés d'autres domaines, qui s'en venaient avec l'humilité de leurs ancêtres des siècles passés supplier le patron de les embaucher pour la prochaine récolte.

Ce soir-là, Esteban Trueba s'allongea sur le lit métallique qui avait été celui de ses parents, dans cette vieille maison de maître où il n'avait plus remis les pieds depuis si longtemps. Il était épuisé et avait encore dans les narines l'odeur de l'incendie, celle des cadavres de bestiaux qu'il avait aussi fallu brûler pour empêcher leur décomposition d'empuantir l'atmosphère. Mais il se savait capable de relever à nouveau le domaine comme il l'avait fait autrefois : les champs étaient intacts, ses forces aussi. Malgré le plaisir qu'il avait retiré de sa vengeance, il ne put s'endormir. Il se sentait comme un père qui a châtié trop sévèrement ses enfants. Toute la nuit, il revit les visages de ces paysans qu'il avait vus naître sur ses terres, s'éloignant au long du chemin. Il maudit son foutu caractère. Il ne put davantage fermer l'œil du reste de la semaine et quand il put enfin trouver le sommeil, ce fut pour rêver de Rosa. Il résolut de ne parler à personne de ce qu'il avait fait et se jura de refaire des Trois Maria l'exploitation-modèle qu'elles avaient été jadis. Il fit courir le bruit qu'il était disposé à reprendre les fermiers qui souhaiteraient revenir, naturellement sous certaines conditions, mais aucun ne se remontra. Ils s'étaient disséminés à travers la campagne, les collines, le long du littoral, certains étaient allés à pied jusqu'aux centres miniers, d'autres jusqu'aux îles de l'extrême Sud, chacun cherchant à gagner le pain de la famille dans le premier emploi venu. Dégoûté, se sentant plus vieux que jamais, le patron s'en retourna à la capitale, l'âme en peine.

Le Poète agonisait dans sa maison au bord de la mer. Il était malade et les récents événements avaient eu raison de son désir de vivre plus long-temps. La troupe avait envahi sa demeure, mis sens dessus dessous ses collections d'écailles et de coquillages, ses papillons, ses bouteilles et ses figures de proue rejetées par tant de grandes marées, ses livres, ses tableaux, ses poèmes inachevés, en quête d'armes subversives, d'un arsenal communiste planqué là, tant et si bien que son vieux cœur de barde s'était mis à bégayer. On l'évacua sur la capitale. Il mourut quatre jours plus tard, et les dernières paroles de l'homme qui avait tant chanté la vie furent : « Ils vont les fusiller! ils vont tous les fusiller! » Aucun de ses amis ne put l'approcher à l'heure du trépas, tous étaient hors la loi, en fuite, en exil ou bien morts. Sa maison bleue du promontoire était à moitié en ruine, le plancher brûlé, les vitres brisées, on ne savait trop si c'était l'œuvre des militaires, comme le disaient les voisins, ou celle des voisins, comme le disaient les militaires. L'y veillèrent les rares à oser s'aventurer jusque-là, ainsi que des journalistes des cinq continents accourus pour rendre compte de ses funérailles. Le sénateur Trueba avait été son adversaire idéologique, mais il l'avait reçu chez lui à de nombreuses reprises et connaissait ses vers par cœur. Il se présenta à la veillée, strictement vêtu de noir, accompagné de sa petite-fille Alba. Tous deux se tinrent au garde-à-vous à côté de l'humble cercueil de planches, puis l'accompagnèrent jusqu'au cimetière par une matinée morose. Alba tenait à la main un bouquet des premiers œillets de la saison, rouge sang. Le petit cortège parcourut à pas lents le chemin menant au cimetière entre deux rangs de soldats disposés en cordon le long des rues.

Non loin d'Alba et de son grand-père, les cameramen de la télévision suédoise filmaient en différé, à l'intention de la patrie glacée de Nobel, l'effrayant spectacle des mitraillettes braquées de part et d'autre de la rue, le visage des gens, le cercueil couvert de fleurs, le petit groupe de femmes silencieuses qui se pressaient aux portes de la morgue, à deux pas du cimetière, pour consulter la liste des morts. S'éleva alors un chant à l'unisson qui remplit l'air des mots d'ordre interdits, clamant que jamais le peuple ne serait vaincu, bravant les armes qui tremblaient entre les mains des soldats. Le cortège passa devant un bâtiment en construction et les ouvriers, lâchant leurs outils, ôtèrent leurs casques et se rangèrent sur le passage du cortège, tête basse. Un homme marchait, vêtu d'une chemise usée aux poignets, sans gilet, ses chaussures trouées, égrenant les vers les plus révolutionnaires du Poète, le visage baigné de larmes. Le sénateur Trueba, qui cheminait à ses côtés, le considérait d'un air médusé.

« Dommage qu'il ait été communiste! fit le sénateur Trueba à l'adresse de sa petite-fille. Si bon poète, et les idées si embrouillées! S'il était mort avant l'arrivée au pouvoir des militaires, je parie qu'il aurait eu droit aux obsèques nationales.

– Il a su mourir comme il a su vivre, grand-père », répondit Alba.

Elle savait qu'il était mort à son heure, car il n'eût pu recevoir plus grand hommage que ce modeste cortège de quelques hommes et de quelques femmes venus l'inhumer dans une tombe provisoire, clamant pour la dernière fois ses vers à la justice et à la liberté. Quarante-huit heures plus tard parut dans la presse un communiqué de la Junte décrétant le deuil national à la mémoire du Poète et autorisant les particuliers qui le désiraient à mettre leurs drapeaux en berne. L'autorisation ne valait que de l'heure du décès au jour où le communiqué fut publié.

De même qu'elle n'avait pu s'asseoir un moment pour pleurer la mort de son oncle Jaime, de même

Alba ne put se permettre de perdre la tête en se laissant aller à penser à Miguel ou à regretter le Poète. Elle était trop absorbée à s'enquérir des disparus, à consoler les torturés qui s'en revenaient avec le dos à vif et les yeux révulsés, à rechercher des vivres pour les soupes populaires des curés. Mais dans le silence de la nuit, quand la ville se départait de sa normalité utilitaire et de sa paix d'opérette, elle sentait l'assaillir les torturantes pensées qu'elle avait fait taire durant le jour. A cette heure, seuls les fourgons remplis de cadavres et de détenus et les voitures de police circulaient dans les rues comme des loups nomades hurlant à la mort dans les ténèbres du couvre-feu. Alba frissonnait dans son lit. Lui apparaissaient les fantômes lacérés de tant de morts inconnus, elle entendait la grande maison respirer comme une vieille essoufflée, elle tendait l'oreille et les bruits terribles la glaçaient jusqu'à la moelle des os : un coup de frein dans le lointain, un claquement de portière, des coups de feu, le piétinement des bottes, un cri sourd. Puis retombait le grand silence qui se prolongeait jusqu'à l'aube, quand la ville reprenait vie et que le soleil paraissait dissiper les terreurs de la nuit. Elle n'était pas la seule de la maison à ne pas dormir. Souvent elle trouvait son grand-père en chemise de nuit et en pantoufles, encore plus morose et décati que de jour, se faisant chauffer un bol de bouillon et marmonnant des blasphèmes de flibustier contre cette douleur qui lui broyait les os et l'âme en même temps. Sa mère aussi allait et venait dans la cuisine ou déambulait par les pièces vides comme une apparition aux douze coups de minuit.

Ainsi se succédèrent les mois et il devint évident aux yeux de tous, même à ceux du sénateur Trueba, que les militaires avaient bel et bien pris le pouvoir pour le conserver, non pour remettre le gouvernement aux mains des politiciens de droite qui avaient favorisé le putsch. Ils constituaient une race à part, tous frères entre eux, parlant une langue distincte de celle des civils, et tout échange avec eux se réduisait à un dialogue de sourds, la moindre divergence étant considérée comme une trahison selon les lois rigides de leur code de l'honneur. Trueba compris que leurs projets messianiques ne laissaient aucune place aux politiques. Un jour, il épilogua sur la situation en compagnie d'Alba et de Blanca. Il regretta que l'action des militaires, dont l'objectif était de conjurer le péril d'une dictature marxiste, eût voué le pays à une dictature encore plus sévère, apparemment promise à durer un siècle. Pour la première fois de son existence, le sénateur Trueba reconnut s'être trompé. Recroquevillé dans sa bergère comme un petit vieux à la dernière extrémité, elles le virent pleurer en silence. Il ne pleurait pas la perte du pouvoir. C'est sur son pays qu'il pleurait.

Blanca s'agenouilla alors à côté de lui, lui prit la main et avoua que, grâce à elle, Pedro III Garcia vivait en anachorète, caché dans l'une des chambres désaffectées que Clara avait fait aménager à l'époque des esprits. Dès le lendemain du putsch avaient été publiées des listes de gens qui devaient se présenter aux autorités. Le nom de Pedro III Garcia y figurait. Certains persistaient à penser qu'ils vivaient dans un pays où il ne se passait jamais rien, ils s'en étaient allés d'un bon pas se rendre au ministère de la Défense, et l'avaient payé de leur vie. Bien avant les autres, Pedro III, pour sa part, avait pressenti la férocité du nouveau régime, peut-être parce qu'il avait appris à bien connaître les Forces armées au cours des trois dernières années, et il ne croyait pas à la légende selon laquelle elles eussent été différentes de celles d'autres pays. Cette nuit-là, pendant le couvre-feu, il se traîna jusqu'à la grande maison du coin et cogna à la fenêtre de

Blanca. Quand celle-ci vint se pencher à son balcon, la vue brouillée par la migraine, elle ne le reconnut pas, car il avait rasé sa barbe et portait des lunettes.

« On a tué le Président », dit Pedro III.

Elle le dissimula dans les chambres inhabitées. Elle lui aménagea un refuge provisoire, sans prévoir qu'il lui faudrait l'y garder plusieurs mois, tout le temps que la troupe à ses trousses passa le pays au peigne fin.

Blanca se disait qu'il ne viendrait à l'idée de personne que Pedro III Garcia se trouvait sous le toit du sénateur Trueba au moment même où celui-ci écoutait au garde-à-vous le Te Deum solennel donné à la cathédrale. Cette période fut pour Blanca la plus heureuse de sa vie.

Pour lui, cependant, les heures s'écoulaient avec la même lenteur que s'il se fût trouvé emprisonné. Il passait tout le jour entre quatre murs, la porte fermée à clef afin que personne n'eût de velléités d'y entrer faire le ménage, la fenêtre avec ses volets et ses rideaux tirés. La lumière du jour n'entrait guère, mais il pouvait la deviner à ses variations ténues entre les fentes des persiennes. La nuit, il ouvrait toute grande la fenêtre pour aérer la pièce – il devait y garder un seau hygiénique où faire ses besoins – et aspirer à grandes goulées l'air de la liberté. Il tuait le temps à lire les livres de Jaime que Blanca lui apportait en catimini, à écouter les bruits de la rue, le murmure de la radio à son volume le plus bas. Blanca lui procura une guitare qu'il garnit sous ses cordes de bouts de lainage afin que nul ne l'entendît composer en sourdine ses airs de veuves et d'orphelins, de détenus et de disparus. Il essaya de mettre sur pied un horaire systématique destiné à remplir ses journées : il faisait de la gymnastique, lisait, étudiait l'anglais, puis faisait la sieste, composait de la musique et refaisait de la gymnastique, mais il lui restait encore d'interminables heures d'oisiveté avant d'entendre enfin la clef tourner dans la serrure et de voir entrer Blanca qui lui apportait les journaux, son repas et de l'eau propre pour sa toilette. Ils faisaient exaspérément l'amour, inventant des poses aussi nouvelles que prohibées, que la peur et la passion transformaient en transports hallucinés au septième ciel. Blanca s'était déjà résignée à la chasteté, à l'âge déclinant et à ses misères diverses, mais ce sursaut d'amour lui donna une seconde jeunesse. Plus vifs devinrent l'éclat de sa peau, le rythme de sa démarche, le débit de sa voix. Elle riait aux anges, marchait comme dans un rêve. Jamais elle n'avait été aussi belle. Son père lui-même s'en rendit compte et y vit un effet de la paix dans l'abondance retrouvée : « Depuis que Blanca n'a plus à faire la queue, on dirait qu'on nous l'a remise à neuf », lançait le sénateur Trueba. Alba aussi le remarqua. Elle épiait sa mère dont l'étrange somnambulisme lui paraissait suspect, tout comme sa nouvelle manie d'emporter à manger dans sa chambre. A maintes reprises, elle se promit de l'espionner nuitamment, mais elle se laissait vaincre par la fatigue de ses multiples travaux d'entraide et, quand elle était prise d'insomnies, elle avait trop peur pour s'aventurer dans les chambres vides où chuintaient les fantômes.

Pedro III se mit à dépérir, perdit la bonne humeur et cette douceur qui l'avaient caractérisé jusqu'alors. Il se morfondait, maudissait sa prison volontaire, rugissait d'impatience dans l'attente de nouvelles de ses amis. Seule la présence de Blanca parvenait à l'apaiser. Quand elle pénétrait dans la chambre, il s'élançait pour l'enlacer comme un possédé afin de chasser les frayeurs du jour et la monotonie des semaines. Il commença d'être obsédé par l'idée qu'il était un traître et un lâche pour n'avoir pas partagé le sort de tant d'autres, et que l'issue la plus honorable serait pour lui de se rendre et d'affronter son destin. Blanca usait de ses meilleurs arguments pour tenter de l'en dissuader, mais il ne paraissait pas l'écouter. Elle s'évertuait à le retenir par la force de leur amour retrouvé, elle lui donnait la becquée, lui faisait sa toilette en le frottant avec un linge humide, le talquait comme un bébé, lui coupait les cheveux et les ongles, le rasait. Finalement, elle n'en dut pas moins ajouter des pilules de tranquillisants à sa nourriture et des somnifères à son eau afin de le précipiter dans un sommeil profond et agité dont il émergeait la bouche sèche, le cœur plus triste encore. Au bout de quelques mois, Blanca se rendit compte qu'elle ne pourrait le garder indéfiniment prisonnier et renonça au projet qu'elle avait formé d'atrophier son esprit et d'en faire ainsi son amant à perpétuité. Elle comprit qu'il se mourait à petit feu, car la liberté était pour lui plus importante que l'amour, et qu'il n'existait pas de pilules miraculeuses capables de le faire changer de dispositions.

« Aidez-moi, papa! demanda Blanca d'une voix suppliante au sénateur Trueba. Il faut que vous lui fassiez quitter le pays. »

Le vieux fut si interloqué qu'il en resta sans réaction et il comprit combien il était au bout du rouleau en cherchant en lui-même sa haine et sa rage et en ne les trouvant nulle part. Il songea à ce paysan qui avait partagé un amour d'un demi-siècle avec sa propre fille, et ne parvint à découvrir aucun motif de le détester, pas même son poncho, sa barbe de socialiste, sa tête de mule ou ses maudites poules pourchasseuses de renards.

« Sacrebleu! Il faut le mettre en lieu sûr, car si on le trouve dans cette baraque, c'est nous qui allons être emmerdés. »

C'est tout ce que le sénateur trouva à dire. Blanca se jeta à son cou et le couvrit de baisers, pleurant comme une petite fille. C'était la première caresse dont elle gratifiait spontanément son père depuis sa plus tendre enfance.

« Je peux le faire passer dans une ambassade, dit Alba. Mais nous devons attendre le moment favorable et il lui faudra franchir le mur d'enceinte.

– Ce ne sera pas la peine, ma petite-fille, répondit le sénateur Trueba. J'ai encore des amis influents dans ce pays. »

Quarante-huit heures plus tard, la porte de la chambre de Pedro III Garcia s'ouvrit mais, au lieu de Blanca, c'est le sénateur Trueba qui apparut sur le seuil. Le fugitif pensa que sa dernière heure était arrivée et, d'une certaine manière, il n'en fut point malheureux.

« Je suis venu vous sortir d'ici, dit Trueba.

– Pour quelle raison? s'enquit Pedro III.

– C'est Blanca qui me l'a demandé, répondit Trueba.

– Allez au diable! bredouilla Pedro III.

– Nous allons sortir et vous venez avec moi, d'accord? »

Tous deux sourirent en même temps. Dans la cour de la maison attendait la limousine argentée d'un ambassadeur nordique. Ils mirent Pedro III dans le coffre arrière du véhicule, replié comme un ballot, et le recouvrirent de sacs à provisions remplis de légumes. A bord prirent place Blanca, Alba, le sénateur Trueba et son ami l'ambassadeur. Le chauffeur les conduisit à la Nonciature apostolique, franchissant au passage un barrage de carabiniers sans qu'on songeât à les arrêter. La garde avait été doublée à la porte de la Nonciature, mais en reconnaissant le sénateur Trueba et en apercevant la plaque minéralogique du véhicule, on les laissa entrer avec un salut. Le portail franchi, à l'abri de la légation du Saint-Siège, ils extirpèrent Pedro III de sous une montagne de feuilles de laitues et de tomates écrasées. Il le conduisirent au bureau du Nonce. Celui-ci l'attendait, revêtu de sa soutane épiscopale, disposant d'un sauf-conduit flambant neuf qui permettrait de l'expédier à l'étranger en compagnie de Blanca qui avait décidé d'aller vivre en exil cet amour sans cesse ajourné depuis son enfance. Le Nonce leur souhaita la bienvenue. C'était un admirateur de Pedro III dont il possédait tous les disques.

Tandis que le prélat et l'ambassadeur nordique devisaient sur la situation internationale, la famille procédait aux adieux. Blanca et Alba pleuraient, inconsolables. C'était leur première séparation. Esteban Trueba étreignit longuement sa fille, sans une larme, mais la bouche crispée, tout tremblant, s'évertuant à contenir ses sanglots.

« Je n'ai pas été pour vous un très bon père, ma fille, lui dit-il. Pensez-vous pouvoir un jour me pardonner et oublier le passé?

– Je vous aime de tout mon cœur, papa! » sanglota Blanca en se jetant à son cou, le serrant à l'étouffer, le couvrant de baisers.

Puis le vieux se tourna vers Pedro III et le regarda droit dans les yeux. Il lui tendit la main, mais ne sut comment serrer celle de l'autre à laquelle manquaient plusieurs doigts. Il ouvrit alors les bras et les deux hommes se dirent adieu, noués l'un à l'autre, enfin délivrés des haines et des rancœurs qui avaient des années durant entaché leurs vies.

« Je veillerai sur votre fille et essaierai de la rendre heureuse, dit Pedro III Garcia d'une voix brisée.

– Je n'en doute pas. Allez en paix, mes enfants », murmura le vieillard.

Il savait qu'il ne les reverrait plus.

Le sénateur Trueba restait seul à la maison avec sa petite-fille et une poignée de domestiques. Du moins le pensait-il. Mais Alba avait décidé de faire sienne l'idée de sa mère et se servait de la partie désaffectée de la demeure pour cacher des gens, l'espace d'une ou deux nuits, le temps de trouver quelque endroit plus sûr ou un moyen de leur faire quitter le pays. Elle venait en aide à ceux qui vivaient dans l'ombre, fuyant le jour, mêlés au grouillement de la cité, mais qui, la nuit tombée, devaient chaque fois se terrer en un lieu différent. Les heures les plus dangereuses étaient celles du couvre-feu, quand les fugitifs ne pouvaient sortir et que la police était à même de les cueillir à sa guise. Alba se dit que la maison de son grand-père était la dernière dont on viendrait forcer la porte. Elle transforma peu à peu les pièces vides en un labyrinthe de recoins secrets où elle planquait ses protégés, parfois par familles entières. Le sénateur Trueba n'occupait quant à lui que la bibliothèque, la salle de bain et sa propre chambre. Il vivait là, entouré de ses meubles d'acajou, de ses vitrines victoriennes et de ses tapis persans. Même pour un homme aussi peu porté sur les pressentiments, cette sombre bâtisse avait quelque chose d'inquiétant : on eût dit qu'elle abritait quelque monstre caché. Trueba ne comprenait pas l'origine de son malaise, car il savait fort bien que les bruits étranges que les domestiques disaient entendre provenaient en fait de Clara qui vaguait dans la maison en compagnie de ses esprits amis. Souvent, à l'improviste, il avait vu sa femme évoluer à travers les salons dans sa blanche tunique, avec son rire d'adolescente. Il feignait de ne pas la remarquer, ne bougeait plus, retenait même sa respiration pour ne pas l'effaroucher. S'il fermait les paupières, faisant semblant de dormir, il pouvait sentir le frôlement ténu de ses doigts sur son propre front, sa fraîche haleine passer comme un souffle, l'effleurement de sa chevelure à portée de main. Il n'avait aucun motif de suspecter quoi que ce fût d'anormal, néanmoins il s'appliquait à ne point s'aventurer dans cette région enchantée qui était le royaume de sa femme; l'extrême limite de ses incursions était la zone neutre de la cuisine. Sa vieille cuisinière était partie : son mari avait été tué par erreur lors d'une fusillade et son fils unique, qui faisait son service dans une bourgade du Sud, avait été pendu à un poteau, les boyaux entortillés autour du cou, par représailles populaires pour avoir obéi aux ordres de ses supérieurs. La pauvre femme avait perdu la raison et Trueba, las de trouver dans le manger les cheveux qu'elle s'arrachait dans ses lamentations sans fin, avait eu tôt fait de perdre patience. Alba s'exerça quelque temps aux casseroles en recourant à un livre de recettes, mais, malgré toute sa bonne volonté, Trueba finit par dîner presque tous les soirs au Club, pour faire au moins un repas convenable par jour. Alba en retira une plus grande liberté dans son trafic de fugitifs, ainsi qu'une meilleure sécurité, pouvant faire entrer et sortir les gens avant le couvre-feu sans que son grand-père se doutât de rien.

Miguel fit un jour sa réapparition. Elle rentrait chez elle dans le plein jour de la sieste quand il surgit et vint à sa rencontre. Il était resté à l'attendre tapi dans les broussailles du jardin. Il s'était teint les cheveux en jaune paille et portait un costume croisé de couleur bleue. On aurait dit un vulgaire employé de banque, mais Alba le reconnut aussitôt et ne put étouffer le cri d'allégresse qui lui monta des entrailles. Ils s'embrassèrent au beau milieu du jardin, à la vue des passants et de quiconque eût voulu regarder dans cette direction, jusqu'à ce que, reprenant leurs esprits, ils eussent réalisé le danger. Alba le conduisit à l'intérieur de la maison, dans sa propre chambre. Ils se laissèrent tomber sur le lit, bras et jambes entrelacés, s'appelant l'un l'autre des petits noms secrets dont ils usaient à l'époque de la cave, s'aimant exaspérément jusqu'à ce qu'ils sentissent la vie leur échapper, leur âme exploser, si bien qu'il leur fallut ensuite rester sans bouger, aux aguets des battements sonores de leur cœur, pour se rasséréner quelque peu. Alors Alba prit le temps de l'examiner et s'aperçut qu'elle venait de folâtrer avec un parfait inconnu qui non seulement avait des cheveux de Viking, mais ne portait pas la barbe de Miguel, non plus que ses bésicles de précepteur, et qui faisait beaucoup plus maigre que lui. « Tu es horrible! » lui souffla-t-elle à l'oreille. Miguel était devenu l'un des chefs de la guérilla, accomplissant ainsi le destin qu'il s'était lui-même tracé depuis l'adolescence. Pour le localiser, beaucoup d'hommes et de femmes avaient été mis à la question, mais ce qu'Alba sentait peser comme une meule sur sa conscience n'était rien d'autre, à ses yeux à lui, qu'un épisode des horreurs de la guerre, et il était prêt à subir le même sort quand viendrait pour lui l'heure d'en mettre d'autres à couvert. Entre-temps, il luttait dans la clandestinité, fidèle à sa théorie qu'à la violence des nantis doit s'opposer la violence populaire. Alba, qui l'avait mille fois imaginé prisonnier ou massacré de quelque horrible façon, pleurait de joie à savourer son odeur, le grain de sa peau, sa voix, sa chaleur, le contact de ses mains rendues calleuses par le maniement des armes et l'habitude de ramper, gémissant et maudissant et l'adorant et l'abhorrant pour tant de souffrances accumulées et désirant mourir sur-le-champ pour ne pas avoir à endurer de nouveau son absence.

« Tu avais raison, Miguel. Tout s'est passé comme

tu l'avais dit », reconnut Alba en sanglotant sur son épaule.

Puis elle lui parla des armes qu'elle avait chapardées à son grand-père et cachées avec son oncle Jaime, et elle s'offrit à l'emmener les chercher. Elle aurait aussi aimé lui donner celles qu'ils n'avaient pu dérober et qui étaient restées dans la réserve, mais, quelques jours après le putsch, on avait donné ordre à la population civile de remettre tout ce qui pouvait être considéré comme une arme, y compris les couteaux de scouts et les canifs d'écoliers. Les gens déposaient leurs petits paquets enveloppés dans du papier journal sous le porche des églises, car ils n'osaient s'aventurer à les porter dans les casernes, mais le sénateur Trueba, détenteur d'armes de guerre, n'éprouva aucune crainte dans la mesure où les siennes étaient destinées à tuer du communiste, comme chacun savait. Il téléphona à son ami le général Hurtado qui dépêcha un camion de l'armée pour les prendre. Trueba conduisit les soldats jusqu'à la pièce aux armes et put alors constater, muet de stupeur, que la moitié des caisses avaient été remplies de pierres et de paille, mais il réalisa que s'il reconnaissait cette disparition, il allait impliquer quelqu'un de sa propre famille, voire se mettre lui-même dans le pétrin. Il avança des excuses que personne ne songeait à lui demander, puisque les soldats n'étaient pas censés connaître la quantité d'armes qu'il avait achetée. Ses soupçons se portaient sur Blanca et Pedro III Garcia, mais les joues écarlates de sa petite-fille éveillèrent également ses doutes. Après que les soldats eurent emporté les caisses, lui signant un récépissé, il empoigna Alba par les épaules et la secoua comme jamais il ne l'avait secouée, pour lui faire dire si elle avait quelque chose à voir avec les mitraillettes et les carabines manquantes. « Ne me demande pas de te répondre ce que tu ne souhaites pas entendre, grand-père », répondit Alba en le regardant droit dans les yeux. Ils ne revinrent plus sur le sujet.

« Ton grand-père est un misérable, Alba, dit Miguel. Il se trouvera bien quelqu'un pour l'abattre comme il le mérite.

– Il mourra dans son lit, lui répondit Alba. Il est déjà si vieux.

– Qui tue par l'épée ne périra pas d'un coup de chapeau! Peut-être est-ce moi qui le tuerai un jour.

– A Dieu ne plaise, Miguel, car tu m'obligerais à t'en faire autant », riposta Alba d'un ton cruel.

Miguel lui expliqua qu'ils ne pourraient se revoir avant longtemps, peut-être même jamais plus. Il tenta de lui remontrer tout le danger qu'il y avait à être la compagne d'un guérillero, même protégée comme elle l'était par le nom de son grand-père, mais elle pleura si bien, s'accrocha à lui avec une telle angoisse qu'il dut lui promettre qu'ils chercheraient moyen de se revoir de temps à autre, fût-ce au péril de leurs vies. Miguel accepta également d'aller avec elle récupérer les armes et munitions enterrées dans la montagne, car c'était ce dont il avait le plus besoin dans sa lutte téméraire.

« J'espère qu'on ne va pas retrouver un vieux tas de ferraille, murmura Alba. Et que je vais pouvoir me rappeler l'endroit exact, car cela fait plus d'un an. »

Deux semaines plus tard, Alba organisa une excursion pour ses marmots de la soupe populaire à bord d'une camionnette que lui avaient prêtée les curés de la paroisse. Elle avait emporté des paniers contenant le goûter, un gros sac d'oranges, des ballons et une guitare. En cours de route, elle prit à bord un homme blond, sans attirer l'attention d'aucun des enfants. Alba fit emprunter à la lourde camionnette et à son chargement de mouflets la même piste montagnarde qu'elle avait parcourue naguère avec son oncle Jaime. Par deux fois, des patrouilles les arrêtèrent et elle dut ouvrir les paniers de pique-nique, mais la joie contagieuse des enfants et l'innocent contenu des sacs éloignèrent les soupçons des soldats. Ils purent accéder sans accroc à l'endroit où était dissimulées les armes. Les enfants jouèrent à chat et à cache-cache. Miguel organisa avec eux un match de football, les fit asseoir en cercle et leur raconta des histoires, puis tous chantèrent à tue-tête, à en perdre la voix. Il dessina ensuite un plan des lieux afin d'y revenir avec ses camarades quand la nuit les couvrirait de son ombre. Ce fut une agréable partie de campagne durant laquelle ils purent oublier pour quelques heures la tension de l'état de guerre et profiter du tiède soleil montagnard en écoutant les piaillements des marmots courant entre les rochers, le ventre plein pour la première fois depuis des mois.

« J'ai peur, Miguel, lui dit Alba. Pourrons-nous jamais mener une vie normale? Pourquoi ne partirions-nous pas pour l'étranger? Pourquoi ne pas nous échapper tant qu'il est encore temps? »

Miguel montra du doigt les enfants et Alba comprit.

« Alors laisse-moi venir avec toi! supplia-t-elle comme elle l'avait déjà fait tant de fois.

— Pour l'instant, nous ne pouvons prendre quelqu'un dépourvu d'entraînement. A plus forte raison une femme amoureuse, dit Miguel en souriant. Tu as mieux à faire en poursuivant ton travail. Il faut aider ces pauvres gosses jusqu'à ce que reviennent des temps meilleurs.

— Mais dis-moi au moins comment je puis te localiser!

— Si la police t'attrape, il vaut mieux que tu ne saches rien », répondit Miguel.

Elle frémit.

Au cours des mois suivants, Alba se mit à vendre en sous-main le mobilier de la maison. Elle n'osa d'abord prélever que les objets des chambres désaffectées et de la cave, mais, quand elle eut tout bazardé, elle emporta l'une après l'autre les chaises anciennes du salon, puis les consoles baroques, les coffres coloniaux, les paravents sculptés et jusqu'aux services de table de la salle à manger. Trueba s'en aperçut mais ne dit mot. Il supposait bien que sa petite-fille destinait cet argent à une cause interdite, tout comme elle avait fait, selon lui, des armes qu'elle lui avait chapardées, mais il préféra l'ignorer, de sorte à pouvoir continuer à se tenir en équilibre précaire dans un monde qui foutait le camp de partout. Il se sentait dépassé par les événements. Il comprit que la seule chose à lui importer réellement, c'était de ne point perdre sa petite-fille, car elle était le dernier lien à le rattacher à la vie. Pour cette raison encore, il ne dit rien quand elle décrocha et emporta l'un après l'autre les tableaux et les tapisseries anciennes pour les fourguer aux nouveaux riches. Il se sentait on ne peut plus vieux, on ne peut plus fatigué, sans forces pour lutter. Il n'avait plus les idées aussi claires, la frontière s'était estompée entre ce qui lui paraissait bon et ce qu'il jugeait mal. La nuit, quand par mégarde il s'endormait, il était en proie à des cauchemars pleins de bicoques de briques incendiées. Il se dit que si sa seule et unique héritière avait décidé de jeter ses biens par les fenêtres, il ne pourrait rien empêcher, car il avait déjà un pied dans la tombe et c'est un endroit où il n'emporterait rien d'autre que son linceul. Alba voulu lui parler, lui fournir des explications, mais le vieux refusa de prêter l'oreille à cette histoire d'enfants au ventre creux qui recevaient une platée de charité avec le produit de la vente de ses gobelins d'Aubusson, ou à celle des chômeurs à qui son dragon chinois en jade valait une semaine supplémentaire de répit. Il continuait à soutenir que tout cela n'était qu'un monstrueux bobard du communisme international, et d'ailleurs, dans le cas hautement improbable où il y eût quelque chose de vrai là-dedans, il n'appartenait pas à Alba de se coller cette responsabilité sur le paletot, mais au gouvernement lui-même, ou en dernier ressort à l'Eglise. Pourtant, le jour où il débarqua à la maison et ne vit plus le portrait de Clara suspendu dans l'entrée, il estima que l'affaire était en train d'outrepasser les bornes de sa propre patience et osa affronter sa petite-fille.

« Où diable est le portrait de ta grand-mère? beugla-t-il.

– Je l'ai vendu au consul d'Angleterre, grand-père. Il m'a dit qu'il l'exposerait dans un musée à Londres.

– Je t'interdis désormais d'emporter quoi que ce soit de cette maison! riposta-t-il. A partir de demain, tu auras un compte ouvert à la banque pour ton argent de poche. »

Esteban Trueba eut tôt fait de s'apercevoir qu'Alba était la femme la plus chère qu'il eût connue et que tout un harem de courtisanes ne se fût pas avéré plus coûteux que cette héritière à la verte chevelure. Il ne lui en fit pas reproche, car les temps de bonne et heureuse fortune s'en étaient revenus, et plus il dépensait, plus il possédait. Depuis que toute activité politique avait été interdite, il avait du temps de reste pour ses affaires et il calcula qu'à l'encontre de tous ses pronostics, il allait mourir très riche. Il confiait son argent aux nouvelles sociétés de placement qui offraient aux investisseurs de le faire croître et multiplier du jour au lendemain de façon incroyable. Il découvrit que la richesse ne lui apportait qu'un immense ennui, car il n'avait eu aucun mal à l'acquérir sans pour autant trouver de plaisir à la dépenser, et les dons prodigieux de sa petite-fille pour le gaspillage ne parvenaient même pas à entamer son magot. Il reconstruisit et modernisa avec enthousiasme les Trois Maria, mais perdit bientôt tout intérêt pour quelque entreprise que ce fût, car il s'aperçut que, grâce au nouveau système économique, il n'était plus nécessaire de s'échiner ni de produire, l'argent attirant sans cesse plus d'argent et les comptes en banque gonflant d'un jour sur l'autre sans qu'on eût à s'en occuper. Aussi bien, faisant ses comptes, accomplit-il un pas dont il ne se fût jamais imaginé capable, envoyant un chèque mensuel à Pedro III Garcia qui vivait réfugié au Canada avec Blanca. Tous deux se sentaient là-bas pleinement épanouis dans la paix de l'amour assouvi. Il composait des chants révolutionnaires à l'intention des travailleurs, des étudiants et, surtout, de la haute bourgeoisie qui les avait mis à la mode, traduits avec un vif succès en anglais et en français, quoique les poules et les renards fussent des bestioles sous-développées, dépourvues de la splendeur zoologique des aigles et des loups de cette contrée glacée du Nord. Blanca, heureuse et sereine, jouissait pour la première fois de son existence d'une santé à toute épreuve. Elle avait installé chez elle un grand four où faire cuire ses monstrueux santons qui se vendaient on ne peut mieux, s'agissant d'artisanat indigène, ainsi que l'avait prophétisé Jean de Satigny un quart de siècle auparavant, quand il avait voulu en exporter. Avec ces différentes activités, les chèques du grand-père et les subsides canadiens, ils s'en sortaient fort bien et Blanca cacha par précaution, dans le recoin le plus secret, la chaussette de laine contenant les bijoux intouchés de Clara. Elle espérait bien n'avoir jamais à les vendre, afin qu'un jour Alba pût les porter.

Jusqu'à cette nuit où l'on embarqua Alba, Esteban Trueba ignorait que son domicile était surveillé par la police politique. Ils dormaient et il se trouvait que, cette fois-là, le labyrinthe des chambres désaffectées n'abritait personne. Les coups de crosse contre la porte de la maison tirèrent le vieillard du sommeil avec le clair pressentiment d'une fatalité. Mais Alba s'était déjà réveillée en entendant les coups de frein des voitures, les bruits de pas, les ordres à mi-voix, et elle commença à s'habiller, car il ne faisait aucun doute pour elle que son heure était venue.

Au cours des derniers mois, le sénateur avait compris que même son impeccable trajectoire de pro-putschiste ne lui était d'aucune garantie contre la terreur. Jamais pourtant il n'aurait imaginé voir débarquer sous son toit, à la faveur du couvre-feu, une douzaine d'hommes en civil et armés jusqu'aux dents, qui l'extirpèrent sans ménagements de son lit, l'empoignèrent par le bras et l'entraînèrent jusqu'au salon sans même lui permettre de chausser des pantoufles ni de se couvrir d'un châle. Il en vit d'autres forcer d'un coup de pied la porte de la chambre d'Alba et y faire irruption, mitraillette au poing, il vit sa petite-fille déjà complètement habillée, pâle mais sereine, toute droite à les attendre, il les vit la pousser hors de la pièce et, leurs armes braquées sur elle, la faire descendre au salon où ils lui ordonnèrent de se tenir près du vieillard et de n'esquisser aucun geste. Elle obtempéra sans proférer un mot, exempte de la colère de son grand-père comme de la violence de ces hommes qui parcouraient la maison en défonçant les portes, fourgonnant dans les armoires avec leurs crosses, renversant les meubles, éventrant les matelas, répandant le contenu des commodes, sondant les murs à coups de pied et hurlant des ordres, en quête de guérilleros planqués, d'arsenaux clandestins et de tout autre indice. Ils arrachèrent les domestiques à leurs lits et les bouclèrent dans une chambre sous la surveillance d'un homme en armes. Ils firent basculer les rayonnages de la bibliothèque et les bibelots et objets d'art du sénateur roulèrent avec fracas sur le parquet. Du terrier de Jaime, tous les volumes finirent dans la cour où ils les entassèrent, les arrosèrent d'essence et les firent flamber en un infâme bûcher qu'ils alimentèrent encore avec les livres magiques des malles enchantées du grand-oncle Marcos, avec l'édition confidentielle de Nicolas, les œuvres de Marx reliées pleine peau, les partitions d'opéras du grand-père, en une fournaise de tous les diables qui enfuma le quartier et eût fait rappliquer en temps normal les casernes de pompiers.

« Remettez-nous tous vos agendas, carnets d'adresses, chéquiers, tous papiers personnels en votre possession, ordonna celui qui paraissait être le chef.

– Je suis le sénateur Trueba! Bon Dieu, vous ne me reconnaissez donc pas? glapit le vieux d'une voix désespérée. Vous ne pouvez me faire cela à moi! C'est un abus de pouvoir! Je suis l'ami du général Hurtado!

– La ferme, vieux con! riposta l'autre avec brutalité. Tu n'as pas à l'ouvrir sans mon autorisation. »

Ils le contraignirent à leur remettre tous les papiers que contenait son bureau et ils enfournèrent dans des sacs ce qui leur parut intéressant. Tandis qu'un petit groupe finissait de perquisitionner dans la maison, un autre continuait à jeter les livres par la fenêtre. Au salon étaient demeurés quatre hommes : ricanants, sarcastiques, menaçants, ils mirent les pieds sur les meubles, burent au goulot le whisky écossais et brisèrent un à un les disques de la collection de classiques du sénateur Trueba. Alba claquait des dents, non de froid, mais de peur. Elle s'était dit qu'un jour ou l'autre ce moment-là viendrait, mais, contre toute raison, elle avait toujours nourri l'espoir que l'influence de son grand-père la mettrait hors d'atteinte. A le voir recroquevillé sur un canapé, chétif et misérable comme un petit vieux souffreteux, elle comprit qu'elle ne pouvait plus compter sur aucune aide.

« Signe là! ordonna le chef à Trueba en lui fourrant un morceau de papier sous le nez. C'est un procès-verbal attestant que nous sommes entrés ici avec un mandat, que nous t'avons présenté nos cartes, que tout est en règle, que nous avons agi avec respect et correction, et que tu n'as aucune plainte à formuler. Signe!

– Jamais je ne signerai ça! » s'exclama le vieux avec fureur.

L'homme fit promptement demi-tour et gifla Alba en plein visage. Le coup l'envoya rouler sur le sol. Le sénateur Trueba resta paralysé de stupeur et d'épouvante, comprenant qu'après bientôt quatre-vingt-dix années à n'obéir qu'à lui-même, l'heure de vérité avait enfin sonné.

« Tu savais que ta petite-fille est la putain d'un guérillero? » lui lança l'homme.

Anéanti, le sénateur Trueba signa la feuille de papier. Puis il s'approcha péniblement de sa petite-fille et l'embrassa tout en lui caressant les cheveux avec une tendresse qu'il ne se connaissait pas jusque-là.

« Ne t'en fais pas, ma fillette. Tout va s'arranger, ils ne peuvent rien contre toi, tout cela n'est qu'une erreur, reste calme », lui murmura-t-il.

Mais l'homme les sépara brutalement et hurla aux autres qu'il était temps de partir. Deux gorilles embarquèrent Alba en l'empoignant par les bras et en la soulevant presque de terre. Sa dernière vision fut celle de la pathétique silhouette de son grand-père, blanc comme un linge, tremblant dans sa chemise de nuit, les pieds nus, lui jurant depuis le seuil qu'il s'emploierait dès le lendemain à la faire libérer, qu'il en parlerait directement au général Hurtado, qu'il irait avec ses avocats la chercher en quelque lieu qu'elle se trouvât, et la ramènerait à la maison.

Ils la firent monter à bord d'une camionnette entre l'homme qui l'avait giflée et un autre qui conduisait en sifflotant. Avant qu'ils ne lui eussent appliqué des bandes de papier adhésif sur les paupières, elle eut le temps de contempler une dernière fois la rue déserte et silencieuse, n'en revenant pas que, malgré le tintamarre et la flambée de livres, aucun des voisins ne se fût montré pour regarder ce qui se passait. Elle se dit que, comme elle-même l'avait fait à de si fréquentes reprises, ils étaient en train d'épier par les fentes des persiennes ou l'entrebâillement des rideaux, à moins qu'ils ne se fussent fourré la tête sous l'oreiller pour ne rien savoir. La camionnette s'ébranla et, rendue soudain aveugle, elle perdit la notion de l'espace et du temps. Elle sentit sur sa cuisse une grosse main moite qui la pétrissait, la pinçait, remontait, explorait, une haleine chargée lui susurrant au visage qu'on allait la réchauffer, tu vas voir, putain, comme je vais te mettre en chaleur, puis d'autres voix et des rires, cependant que le véhicule tournait pour retourner et tourner de nouveau dans un trajet qui lui parut interminable. Elle ignorait où ils la conduisaient, jusqu'à ce qu'elle entendît le bruit de l'eau et sentît les roues de la camionnette passer sur des planches. Elle devina alors quelle était sa destination. Elle invoqua les esprits de la belle époque du guéridon, du sucrier baladeur de sa grand-mère, les esprits capables de détourner le cours des événements, mais ils semblaient l'avoir abandonnée, car la camionnette poursuivit son chemin. Elle perçut un coup de frein, entendit les lourds battants d'un portail s'ouvrir en grinçant, puis se refermer sur leur passage. Alba venait d'entrer dans son cauchemar, celui-là même qu'avait lu sa grand-mère dans son thème astral au jour de sa naissance, puis Luisa Mora dans un moment de prémonition. Les hommes l'aidèrent à descendre. Elle n'eut pas le temps de faire deux pas. Elle reçut le premier coup dans les côtes et tomba à genoux, le souffle coupé. Ils se mirent à deux pour la soulever par les aisselles et lui firent parcourir un bon bout de chemin en la traînant. Elle sentit la terre meuble sous ses pieds, puis la rugueuse surface d'un sol cimenté. Ils s'arrêtèrent.

« Voici la petite-fille du sénateur Trueba, colonel, entendit-elle.

— Je sais », fit l'autre voix.

Alba reconnut sans hésitation la voix d'Esteban Garcia et comprit à cet instant qu'il n'avait fait que l'attendre depuis ce jour lointain où, toute enfant, il l'avait prise sur ses genoux.

CHAPITRE XIV

L'HEURE DE VÉRITÉ

ALBA se tenait recroquevillée dans l'obscurité. On avait arraché d'un coup sec le papier adhésif qui lui couvrait les yeux, pour le remplacer par un bandeau serré. Elle était morte de peur. Elle se remémora l'entraînement que lui faisait jadis subir son oncle Nicolas pour la prémunir contre le risque d'avoir peur de la peur, et elle se concentra afin de dominer les tremblements de son corps et rester sourde aux bruits terrifiants qui lui parvenaient de l'extérieur. Elle s'appliqua à se remémorer ses moments de bonheur avec Miguel, les appelant à son secours pour tuer le temps et y puiser des forces en prévision de ce qui l'attendait, se disant qu'il lui faudrait endurer ces quelques heures sans se laisser trahir par ses nerfs, jusqu'à ce que son grand-père eût pu mettre en branle les rouages pesants de son pouvoir et de ses influences pour la sortir de là. Elle chercha à retrouver dans sa mémoire cette promenade automnale avec Miguel le long du littoral, bien avant que la tornade des événements eût mis le monde cul par-dessus tête, à l'époque où l'on appelait un chat un chat et où l'on ne faisait pas dire au même mot une chose et son contraire, quand peuple, liberté, camarade ne voulait dire que cela : le peuple, la liberté, un camarade, et n'étaient pas encore réduits à l'état de mots de passe. Elle s'évertua à revivre ce moment, la terre rouge et détrempée, l'intense parfum des forêts de pins et d'eucalyptus au pied desquels macérait le tapis d'aiguilles et de feuilles mortes après le long et torride été, et où la lumière cuivrée du soleil filtrait entre les cimes. Elle s'astreignit à se souvenir du froid et du silence qui régnaient, de cette sensation sans prix d'être les maîtres de la Terre, d'avoir vingt ans et toute la vie devant soi, de s'aimer en paix, grisés par l'odeur des bois et l'amour, sans passé, sans avenir à sonder, avec pour seule et extraordinaire richesse celle de l'instant présent où ils se contemplaient, se humaient, s'embrassaient, se découvraient l'un l'autre dans le murmure du vent parmi les branches et la proche rumeur des vagues déferlant contre les rochers au pied des falaises puis explosant dans un tonnerre d'écume odorante, elle et lui enlacés sous un même poncho comme deux siamois dans la même peau, riant et se jurant que ce serait pour toujours, convaincus d'être les seuls dans tout l'univers à avoir découvert l'amour.

Alba ne pouvait pas ne pas entendre les cris, les gémissements à n'en pas finir, la radio à plein volume. Miguel, la forêt, l'amour disparurent dans les oubliettes sans fond de sa terreur et elle se résigna à affronter sans faux-semblants son destin.

Elle calcula que la nuit entière et une bonne part de la journée du lendemain devaient s'être écoulées quand la porte se rouvrit pour la première fois et que deux hommes vinrent l'extraire de sa cellule. La couvrant tour à tour d'insultes et de menaces, ils la conduisirent devant le colonel Garcia qu'elle put reconnaître les yeux bandés, avant même d'avoir perçu le son de sa voix, à la grossièreté à laquelle il l'avait habituée. Elle sentit ses mains lui enserrer le visage, ses gros doigts sur son cou et ses oreilles.

« Tu vas me dire maintenant où se trouve ton

560

amant, lui dit-il. Cela nous évitera bien des désagréments à l'un comme à l'autre. »

Alba poussa un soupir de soulagement. Ainsi, ils n'avaient pas pris Miguel.

« Je souhaite aller aux toilettes, se borna à répondre Alba de la voix la plus ferme qu'elle put articuler.

– Je constate que tu n'as pas l'intention de coopérer. Dommage! soupira Garcia. Mes gars vont devoir faire leur boulot, je n'y peux rien. »

Un bref silence se fit autour d'elle et elle déploya un effort surhumain pour se remémorer la forêt de pins, l'amour de Miguel, mais ses idées s'embrouillèrent, elle ignorait si elle n'était pas en train de rêver, d'où provenait cette abominable odeur de sueur, d'excréments, de sang et d'urine mêlés, et la voix de ce commentateur de football annonçant un score finlandais sans rapport aucun avec elle, parmi d'autres clameurs distinctes et toutes proches. Une gifle brutale la précipita par terre, des mains la remirent rudement sur pied, des doigts cruels agrippèrent alors ses seins, lui en triturant les mamelons; la peur la submergea totalement. Des voix inconnues la pressaient de questions, elle entendait prononcer le nom de Miguel mais elle ignorait ce qu'on voulait lui faire dire et elle se bornait à répéter inlassablement le même non majuscule, tandis qu'ils la tabassaient, la tripotaient, lui arrachaient son chemisier, déjà elle ne pouvait plus penser à rien, seulement redire non, non et non, essayant de calculer combien de temps elle pourrait tenir avant que ses forces ne vinssent à l'abandonner, sans savoir que ce n'était encore là qu'un début, jusqu'à ce qu'elle perdît connaissance, les hommes la laissant alors tranquille, étendue par terre, pour un temps qui lui parut très court.

Bientôt, elle entendit à nouveau la voix de Garcia et devina que c'étaient ses mains qui l'aidaient à se redresser, la guidant jusqu'à la chaise, rajustant sa robe, lui remettant son chemisier.

« Seigneur, vois en quel état ils t'ont mise! fit-il. Je t'avais prévenue, Alba. Essaie maintenant de reprendre tes esprits, je vais te servir une tasse de thé. »

Alba éclata en sanglots. La fraîcheur des larmes la ranima, mais elle ne put en reconnaître le goût à cause du sang qu'elle avalait en même temps. Garcia tenait la tasse et l'approchait de ses lèvres, aux petits soins comme un infirmier.

« Tu as envie de fumer?

– Je souhaite aller aux toilettes, dit-elle, chaque syllabe franchissant avec difficulté ses lèvres tuméfiées.

– Bien sûr, Alba. On va te conduire aux toilettes, puis tu pourras te reposer. Je suis ton ami, je comprends parfaitement ta position. Tu es amoureuse et tu tiens par conséquent à le protéger. Je sais que tu n'as rien à voir avec la guérilla. Mais les gars ne me croient pas quand je leur dis ça. Tant que tu ne leur auras pas dit où est Miguel, ils ne seront pas contents. En fait, ils l'ont déjà cerné, ils savent où il est, ils vont le cueillir, mais ils veulent être sûrs que tu n'as rien à voir avec la guérilla, tu comprends? Si tu le protèges, si tu refuses de parler, ils vont continuer à te suspecter. Dis-leur ce qu'ils veulent savoir, après quoi je te ramènerai moi-même chez toi. Tu vas leur dire, hein?

– Je souhaite aller aux toilettes, reprit Alba comme un refrain.

– Je vois que tu es aussi têtue que ton grand-père, lui dit-il. Fort bien. Tu vas pouvoir aller aux toilettes. Puis je t'accorderai un petit délai de réflexion. »

On la conduisit à des lieux d'aisances où elle dut faire abstraction de la présence à ses côtés de l'homme qui la tenait par le bras. Puis on l'escorta jusqu'à sa cellule. Dans la solitude de ce cube exigu qui lui tenait lieu de geôle, elle tenta de remettre de l'ordre dans ses idées, mais elle était trop tourmentée par la douleur du passage à tabac, par la soif, par le bandeau qui lui comprimait les tempes, par les éclats tonitruants de la radio, sa terreur à l'approche des bruits de pas, son soulagement à les entendre s'éloigner, les hurlements, les ordres. Elle se replia par terre en position fœtale et s'abandonna à ses multiples souffrances. Elle demeura ainsi plusieurs heures, peut-être des journées entières. Par deux fois, un homme vint l'extraire de là et la guida jusqu'à une fosse fétide où elle ne put même pas se laver, car il n'y avait pas l'eau. Il ne lui accorda qu'une minute et la fit s'accroupir au-dessus de la fosse aux côtés de quelqu'un d'aussi muet, d'aussi gêné qu'elle-même. Elle ne pouvait deviner si l'autre était un homme ou une femme. Au début, elle pleura, regrettant que son oncle Nicolas ne lui eût pas dispensé d'entraînement spécial pour supporter cette humiliation qui lui paraissait pire que la douleur physique, mais elle finit par se résigner à sa propre abjection et cessa de penser à l'irrépressible besoin de se laver. On lui donna à manger du maïs tendre, un petit morceau de poulet, un peu de glace qu'elle identifia à leur saveur, à leur odeur, à leur température et qu'elle ingéra prestement avec ses doigts, ahurie par ce festin inattendu en pareil lieu. Elle apprit par la suite que l'ordinaire des détenus de cette citadelle de la torture provenait du nouveau siège du gouvernement, installé dans un bâtiment provisoire depuis que l'antique Palais des Présidents avait été réduit à un amas de décombres.

Elle s'évertua à tenir compte des jours écoulés depuis son arrestation, mais la solitude, l'obscurité et la peur lui avaient distordu le temps, disloqué l'espace, elle croyait voir devant elle des cavernes peuplées de monstres, elle imaginait qu'on l'avait droguée, ce qui lui mettait les os en marmelade et lui donnait ces idées folles, elle se promettait de ne plus rien manger ni boire, mais la faim et la soif l'emportaient sur ses bonnes résolutions. Elle se demandait pourquoi son grand-père n'était pas encore venu la tirer de là. Dans ses moments de lucidité, elle parvenait cependant à se rendre compte que ce n'était pas un cauchemar, qu'elle n'était pas là par erreur. Elle se promit d'oublier jusqu'au nom de Miguel.

La troisième fois qu'on la conduisit à Esteban Garcia, Alba était mieux préparée, car, à travers le mur de sa cellule, elle avait pu entendre ce qui se passait dans la pièce voisine où l'on interrogeait d'autres prisonniers, et elle ne se faisait plus d'illusions. Elle ne chercha même plus à évoquer le souvenir des bois de ses amours.

« Tu as eu le temps de réfléchir, Alba, lui dit Garcia. Nous allons maintenant parler tous deux posément, et tu vas me dire où est Miguel, ainsi nous en aurons fini plus rapidement.

– Je souhaite aller aux toilettes, riposta Alba.

– Je vois que tu te paies ma tête, Alba, lui dit-il. Je regrette beaucoup, mais ici nous n'avons pas de temps à perdre. »

Alba ne répondit pas.

« Déshabille-toi! » ordonna Garcia d'une tout autre voix.

Elle ne broncha pas. On la dépouilla de ses vêtements avec sauvagerie, lui arrachant son pantalon malgré ses ruades. Le souvenir précis du baiser de Garcia au jardin, du temps de son adolescence, la remplit d'une haine qui la galvanisa. Elle se débattit contre ce souvenir, elle en hurla, en pleura, en pissa et en vomit, jusqu'à ce qu'ils se fussent lassés de lui taper dessus et lui eussent accordé un court répit qu'elle mit à profit pour invoquer les esprits de sa grand-mère afin qu'ils l'aidassent à mourir. Mais nul ne vînt à son secours. Deux poignes la relevèrent, quatre autres la couchèrent sur un châlit métallique glacé, dur, plein de ressorts qui lui meurtrissaient le dos, puis lui attachèrent chevilles et poignets avec des courroies en cuir.

« Pour la dernière fois, Alba, dis-moi où est Miguel! » lui demanda Garcia.

Elle fit signe que non. Ils lui avaient entravé la tête avec une autre courroie.

« Quand tu seras disposée à parler, tu n'auras qu'à lever le doigt », dit-il.

Alba entendit une autre voix :

« Je mets la machine en route... »

Elle sentit alors une atroce douleur lui traverser le corps, l'envahir si complètement qu'au grand jamais, chaque jour qu'il lui serait donné de vivre, elle ne parviendrait à l'oublier. Elle sombra dans le noir.

« Je vous avais dit de faire attention avec elle, bande de cons! » dit la voix d'Esteban qu'elle percevait à présent de très loin, puis elle sentit qu'on lui soulevait les paupières, mais elle ne vit rien d'autre qu'une lueur diffuse, elle sentit ensuite qu'on lui faisait une piqûre dans le bras et elle reperdit connaissance.

Au bout d'un siècle, Alba se réveilla, nue, toute mouillée. Elle n'aurait su dire si elle était couverte de sueur, d'eau ou d'urine, elle ne pouvait bouger, ne se souvenait de rien, elle ignorait où elle se trouvait, quelle était l'origine de cette commotion qui l'avait réduite à l'état de loque. Elle se sentit une soif saharienne et réclama de l'eau.

« Patiente, camarade, dit quelqu'un à son chevet. Patiente jusqu'à demain. Si tu avales de l'eau, tu risques des convulsions et tu peux en mourir. »

Elle ouvrit les yeux. Ils n'étaient plus bandés. Un

visage vaguement familier était penché au-dessus d'elle, des mains lui mirent une couverture

« Tu te souviens de moi? Je suis Ana Diaz. Nous avons étudié ensemble à l'Université. Tu ne me reconnais pas? »

Alba fit non de la tête, ferma les yeux et se laissa aller à la douce illusion d'être morte. Quelques heures plus tard, elle se réveilla pourtant et, en bougeant, se sentit meurtrie jusqu'à la dernière fibre de son corps.

« Bientôt tu te sentiras mieux, dit une femme qui lui caressait le visage, écartant les quelques mèches mouillées qui lui tombaient dans les yeux. Ne bouge pas, essaie de te détendre. Je resterai à tes côtés, repose-toi.

– Que s'est-il passé? balbutia Alba.

– Ils n'y sont pas allés de main morte, camarade, dit l'autre d'une voix morne.

– Qui es-tu?

– Ana Diaz. Je suis ici depuis une semaine. Ils ont aussi cueilli mon homme, mais il est encore en vie. Une fois par jour, je le vois passer quand on les conduit aux latrines.

– Ana Diaz? murmura Alba.

– Soi-même. Nous n'étions pas très amies à l'Université, mais il n'est jamais trop tard pour bien faire. En vérité, tu es bien la dernière que je pensais rencontrer ici, comtesse, dit la femme avec douceur. Ne parle pas, essaie de dormir, le temps te semblera moins long. La mémoire te reviendra peu à peu, ne te fais pas de mouron. C'est à cause de l'électricité. »

Mais Alba n'eut pas loisir de s'endormir, la porte de la cellule s'ouvrit et un homme fit son entrée.

« Mets-lui son bandeau, ordonna-t-il à Ana Diaz.

– Je vous en supplie... Vous ne voyez pas comme elle est faible? Laissez-la récupérer un peu...

– Fais ce que je te dis! »

Ana se pencha sur le lit de camp et lui appliqua le bandeau sur les yeux. Puis elle ôta la couverture et s'apprêta à l'habiller, mais le garde la repoussa d'une bourrade, tira la prisonnière par les poignets et la redressa en position assise. Comme elle ne pouvait marcher, un autre vint l'aider à la soulever et tous deux l'emportèrent à bout de bras. Alba était persuadée qu'elle était en train de mourir, à moins qu'elle ne fût déjà morte. Elle s'entendit progresser le long d'un couloir où l'écho renvoyait le bruit des pas. Elle sentit une main se poser sur son visage, lui soulever la tête.

« Vous pouvez lui donner de l'eau. Nettoyez-la et faites-lui une nouvelle piqûre. Voyez si elle peut avaler un peu de café et ramenez-la-moi, dit Garcia.

– Nous la rhabillons, colonel?

– Non. »

Alba resta longtemps entre les mains de Garcia. Au bout de quelques jours, il s'était rendu compte qu'elle l'avait reconnu, mais il ne renonça pas pour autant à la précaution de lui laisser les yeux bandés, même quand ils se trouvaient seuls. Chaque jour, on amenait et remmenait de nouveaux prisonniers. Alba pouvait entendre les véhicules, les cris, le portail qui se refermait, et elle s'essayait à tenir un compte des détenus, mais c'était quasi impossible. Ana Diaz estimait quant à elle qu'il y en avait dans les deux cents. Garcia était fort occupé, mais il ne laissa pas s'écouler une journée sans voir Alba, passant tour à tour de la violence la plus débridée à ses salamalecs de bon ami. Parfois il paraissait authentiquement ému et lui faisait lui-même manger sa soupe à la cuiller, mais le jour où il lui enfonça la tête dans un baquet rempli d'excréments jusqu'à ce que la nausée l'eût fait défaillir, Alba comprit qu'il n'était pas occupé à essayer de connaître le refuge de Miguel, mais à se venger des avanies qu'on lui avait fait subir depuis sa naissance, et que rien de ce qu'elle pourrait avouer ne viendrait infléchir son sort de prisonnière personnelle du colonel Garcia. Alors elle se sentit en mesure de dépasser le cercle de sa terreur particulière; sa peur même se fit moins forte et elle put s'apitoyer sur les autres, ceux que l'on pendait par les bras, les nouveaux arrivants, cet homme aux fers sur les pieds duquel ils firent passer une camionnette. Au petit matin, ils avaient fait sortir tous les détenus dans la cour et les avaient obligés à assister à ce qui était également un règlement de compte personnel entre le colonel et son prisonnier. C'était la première fois qu'Alba pouvait ouvrir les yeux hors de la pénombre de sa cellule, et le doux éclat de l'aube, les plaques de verglas qui miroitaient entre les dalles, là où s'était accumulée en flaques l'averse nocturne, lui parurent d'une luminosité aveuglante. Ils traînèrent l'homme, qui n'opposa pas la moindre résistance et ne pouvait d'ailleurs tenir debout, et le laissèrent choir au milieu de la cour. Les gardiens avaient le visage recouvert de foulards afin de ne pouvoir jamais être reconnus dans l'improbable hypothèse où le vent viendrait à tourner. Quand se fit entendre le moteur de la camionnette, Alba ferma les yeux, mais elle ne put boucher ses oreilles au beuglement dont l'écho roulerait indéfiniment dans son souvenir.

Tout le temps qu'elles furent ensemble, Ana Diaz l'aida à tenir bon. Elle était de ces femmes que rien ne peut briser. Elle avait enduré toutes les brutalités, on l'avait violée sous les yeux de son compagnon, on les avait torturés ensemble, mais elle ne s'était pas départie de sa capacité de sourire ou d'espérer. Elle ne s'en départit pas davantage le jour où on l'emmena dans quelque clinique secrète de la police politique, quand un passage à tabac lui eut fait perdre l'enfant qu'elle attendait et qu'elle se fut mise à se vider de son sang.

« Peu importe, un jour viendra où j'en aurai un autre », dit-elle à Alba lorsqu'elle regagna sa cellule.

Cette nuit-là, Alba l'entendit pleurer pour la première fois, le visage enfoui sous sa couverture pour étouffer son chagrin. Elle s'approcha d'elle, l'étreignit, la couva, sécha ses larmes, lui dit les mots tendres dont elle avait gardé souvenir, mais cette fois rien ne paraissait plus pouvoir consoler Ana Diaz, si bien qu'Alba se borna à la bercer, à la dorloter comme un bébé, aspirant de tout son être à prendre sur elle-même, pour l'en soulager, le poids de cette terrible douleur. L'aube les surprit blotties l'une contre l'autre comme deux petits animaux. Le jour, elles attendaient impatiemment le moment où passait la longue cohorte des hommes en direction des latrines. Ils marchaient les yeux bandés et pour se guider, chacun posait la main sur l'épaule de celui qui le précédait dans les rangs, sous la surveillance de gardiens en armes. Parmi eux se trouvait Andres. Par la minuscule fenêtre à barreaux de leur cellule, elles pouvaient les voir si proches : à les toucher si elles avaient pu tendre la main au-dehors. Chaque fois qu'ils passaient, Ana et Alba se mettaient à chanter avec l'énergie du désespoir, et d'autres cellules s'élevaient aussi des voix de femmes. Alors les prisonniers bombaient le torse, redressaient les épaules, tournaient la tête dans leur direction, et Andres souriait. Sa chemise était lacérée, maculée de sang séché.

Un gardien se laissa émouvoir par ce chœur de femmes. Un soir, il leur apporta trois œillets dans un pot rempli d'eau afin qu'elles en fleurissent leur fenêtre. Une autre fois, il s'en vint dire à Ana Diaz qu'il avait besoin d'une volontaire pour laver le linge d'un détenu et nettoyer sa cellule. Il la conduisit auprès d'Andres et les laissa quelques minutes en tête à tête. Lorsque Ana Diaz fut de retour, elle était transfigurée et Alba, pour ne pas perturber son bonheur, n'osa lui adresser la parole.

Un jour, le colonel Garcia se surprit à caresser Alba en amoureux, à lui parler de son enfance à la campagne quand il la voyait passer au loin, tenant la main de son grand-père, dans ses tabliers bien amidonnés, auréolée du halo vert de sa chevelure, cependant que lui, les pieds nus dans la gadoue, se jurait un jour de lui faire payer cher son arrogance et de se venger de son maudit destin de bâtard. Raide et absente dans sa nudité tremblant de froid et de dégoût, Alba ne l'écoutait, ne l'entendait même pas, mais ce relâchement dans son ardeur à la torturer retentit pour le colonel comme une sonnette d'alarme. Il ordonna qu'on mît Alba à la niche et, furieux, se résolut à l'oublier.

La niche était un cachot exigu, hermétiquement clos, comme un caveau sans air, obscur et glacé. On en comptait six au total, aménagées comme cachots dans une citerne à sec. On y séjournait pour des périodes plus ou moins brèves, car nul n'y résistait longtemps, quelques jours au plus, sans se mettre bientôt à délirer, à perdre toute notion des choses, le sens des mots, l'angoisse du temps qui passe, et sans y rendre l'âme à petit feu. Au début, recroquevillée dans sa sépulture, dans l'impossibilité de s'asseoir ou de s'allonger malgré sa taille fluette, Alba se débattit contre la folie. Dans sa solitude, elle comprit combien Ana Diaz lui manquait. Elle croyait entendre d'imperceptibles coups frappés dans le lointain, comme si on lui adressait des messages codés depuis d'autres cachots, mais elle cessa vite d'y prêter attention, se rendant compte que toute forme de communication était vaine. Elle se laissa aller, décidée à mettre fin une fois pour toutes à son calvaire, elle refusa toute nourriture et ce n'est que vaincue par son extrême faiblesse qu'elle avalait une gorgée d'eau. Elle essaya de ne plus respirer, de ne plus bouger, et se mit à attendre impatiemment la mort. Elle demeura ainsi longtemps. Elle avait presque atteint son but quand lui apparut sa grand-mère Clara qu'elle avait tant de fois invoquée pour l'aider à mourir, tout en se disant que l'extraordinaire n'était pas précisément de mourir, puisque c'est ce qui devait de toute façon arriver, mais d'être encore en vie, qui tenait du miracle. Elle la vit toute pareille à l'image qu'elle en avait eue au long de son enfance, dans sa tunique de lin blanc, en gants d'hiver, avec son si doux sourire édenté et l'éclat espiègle de ses yeux noisette. Clara lui délivra l'idée salvatrice d'écrire mentalement, sans crayon ni papier, afin de s'occuper l'esprit, de s'évader de la niche, de vivre. Elle lui suggéra en outre de composer ainsi un témoignage qui pourrait, le moment venu, contribuer à la révélation du terrible secret qu'elle était en train de connaître, afin que le monde fût informé de l'horreur qui avait cours, parallèlement à l'existence paisible et rangée de ceux qui ne voulaient rien savoir, de ceux qui pouvaient encore nourrir l'illusion d'une vie normale, de ceux qui refusaient d'admettre qu'ils surnageaient à bord de leur esquif au-dessus d'une mer de lamentations, persistant à ignorer contre l'évidence, à quelques pas de chez eux, la face cachée de leur univers douillet : ceux qui ne font qu'y survivre et ceux qui y meurent. « Tu as du pain sur la planche, aussi, cesse de t'apitoyer sur ton sort, bois un peu d'eau et mets-toi à l'ouvrage », dit Clara à sa petite-fille avant de disparaître comme elle était venue.

Alba essaya d'obtempérer à sa grand-mère, mais à peine eut-elle commencé à prendre des notes en pensée que la niche se remplit des personnages de sa propre histoire, qui firent irruption en jouant des coudes et en l'étourdissant de leurs anecdotes, de leurs vices et de leurs vertus, foulant aux pieds ses intentions documentaires et jetant bas son témoignage, harcelant, pressant, exigeant, et elle notait à toute allure, désespérée, car à mesure qu'elle écrivait une nouvelle page, la précédente s'effaçait. Cette activité la tint occupée. Au début, elle perdait facilement le fil et oubliait autant de faits qu'elle s'en rappelait de nouveaux. La moindre distraction, un petit surcroît de peur ou de douleur et son histoire était comme une bobine emmêlée. Mais, par la suite, elle s'inventa un code pour se la remémorer en bon ordre et elle put alors s'enfoncer si profondément dans son propre récit qu'elle en cessa de manger, de se gratter, de renifler, de gémir sur elle-même, et qu'elle parvint à surmonter une à une ses innombrables douleurs.

Le bruit courut qu'elle était à l'agonie. Les gardiens ouvrirent la trappe de la niche et la sortirent sans aucun effort, car elle était aussi légère qu'une plume. Ils la conduisirent derechef chez le colonel Garcia dont la haine avait eu le temps de se remettre à neuf, mais Alba ne le reconnut point. Elle était hors de son pouvoir.

De l'extérieur, l'hôtel Christophe Colomb avait l'aspect anodin d'une école primaire, tel que le souvenir m'en était resté. J'aurais été bien incapable de dire le nombre d'années qui s'étaient écoulées depuis la dernière fois que j'y étais venu, et j'essayai de me donner l'illusion qu'allait sortir pour m'accueillir le même Mustapha qu'autrefois, ce nègre bleu attifé comme une apparition orientale avec sa double rangée de dents plombées et sa politesse de vizir, le seul nègre authentique du pays, tous les autres étant peinturlurés, ainsi que l'avait assuré Tránsito Soto. Mais il n'en alla pas ainsi. Un portier me conduisit dans une pièce exiguë, me désigna un siège et me dit d'attendre. Au bout d'un moment, en lieu et place du spectaculaire Mustapha apparut une dame à l'air morose et comme il faut de tantine de province, en uniforme bleu à col blanc amidonné, qui, à me voir, si vieux, si paumé, eut un léger haut-le-corps. Elle tenait une rose rouge à la main.

« Monsieur est venu seul? demanda-t-elle.

– Bien sûr que je suis tout seul! » m'exclamai-je.

La femme me tendit la rose et me demanda quelle chambre je préférais.

« Ça m'est égal, répondis-je avec perplexité.

– L'Etable, le Temple et les Mille et une Nuits sont encore libres. Laquelle voulez-vous?

– Les Milles et une Nuits », dis-je à tout hasard

Elle me conduisit par un long couloir balisé de lumières vertes et de flèches rouges. Appuyé sur ma canne, traînant les pieds, j'avais du mal à la suivre. Nous débouchâmes sur une courette où se dressait une mosquée miniature pourvue d'absurdes ogives à vitraux.

« Nous y sommes. Si vous désirez boire quelque chose, demandez-le par téléphone, indiqua-t-elle.

– Je voudrais parler à Tránsito Soto. Je suis venu pour ça, lui dis-je.

– Je regrette, mais Madame ne reçoit pas les clients. Seulement les fournisseurs.

– Il faut que je lui parle! Dites-lui que je suis le sénateur Trueba. Elle me connaît.

– Elle ne reçoit personne, vous ai-je dit », répliqua la femme en croisant les bras.

Je brandis ma canne et l'informai que si Tránsito Soto ne se présentait pas en chair et en os dans les dix minutes, je réduirais en miettes les vitraux et tout ce que pouvait receler cette boîte de Pandore. La cheftaine recula, terrifiée. J'ouvris la porte de la mosquée et me retrouvai à l'intérieur d'un Alhambra de pacotille. Quelques marches en azulejos, recouvertes de faux tapis persans, menaient à une chambre hexagonale surmontée d'une coupole, où quelqu'un avait disposé tout ce qu'il pensait devoir figurer dans un harem d'Arabie sans y avoir jamais mis les pieds : poufs damassés, brûle-parfum en verre de couleur, gongs et toute sorte de colifichets de bazar. Entre les colonnes multipliées à l'infini par un savant jeu de miroirs, je découvris des bains en mosaïque bleue plus spacieux que la chambre, avec un grand bassin où j'estimai qu'une vache eût pu faire ses ablutions, et où à plus forte raison pouvaient s'ébrouer deux amants polissons. Cela n'avait plus rien de commun avec le Christophe Colomb que j'avais connu. Me sentant soudain très las, je me laissai péniblement tomber sur le lit circulaire. Mes vieux os me faisaient mal. Je levai la tête et un miroir au plafond me renvoya mon image : un pauvre corps tout momifié, une triste figure de patriarche biblique creusée de rides amères, et ce qui subsistait d'une blanche crinière. « Comme le temps passe! » soupirai-je.

Tránsito Soto entra sans frapper.

« Contente de vous voir, patron », salua-t-elle comme à l'accoutumée.

Elle s'était métamorphosée en dame d'âge respectable à la ligne élégante, portant chignon strict et robe de lainage noire, le cou paré de deux rangs de perles superbes, majestueuse et sereine, l'air d'une pianiste de récital plutôt que d'une tenancière de bordel. J'eus du mal à faire le rapprochement avec la femme de jadis, détentrice d'un serpent tatoué autour du nombril. Je me levai pour la saluer à mon tour, et ne pus la tutoyer comme autrefois.

« La vie a l'air de vous réussir, Tránsito, dis-je en

574

calculant qu'elle devait avoir dans les soixante-cinq ans bien sonnés.

– La vie m'a souri, patron. Je vous ai dit qu'un jour je serais riche.

– Je suis content que vous y soyez parvenue. »

Nous nous assîmes côte à côte sur le lit circulaire. Tránsito servit un verre de cognac à chacun et me raconta que la coopérative de putes et de pédés avait été une formidable affaire pendant dix longues années, mais que les temps avaient changé et qu'ils avaient dû lui imprimer une orientation différente, car, à cause de la liberté des mœurs, de l'amour libre, de la pilule et de toutes ces nouveautés, plus personne n'avait recours aux prostituées, hormis les matelots et les petits vieux. « Les filles comme il faut couchent gratis, vous imaginez la concurrence! » fit-elle remarquer. Elle m'expliqua que la coopérative avait commencé à faire faillite et que ses associées avaient dû aller travailler en d'autres emplois mieux rémunérés, et Mustapha lui-même était reparti au pays. Lui était alors venu à l'idée que ce dont on avait besoin, c'était d'un hôtel de rendez-vous, un lieu agréable où les couples clandestins pussent faire l'amour et où un homme n'eût pas honte d'amener sa petite amie pour la première fois. Pas de filles, le client apporte ce qu'il lui faut. Elle avait fait la décoration elle-même, au gré de sa fantaisie et en tenant compte des goûts et des couleurs de la clientèle, et, grâce à sa bosse du commerce qui l'avait convaincue de créer une ambiance différente dans chaque recoin disponible, l'hôtel Christophe Colomb s'était transformé en paradis des âmes débauchées et des amours furtives. Tránsito Soto avait ainsi aménagé des salons français à meubles capitonnés, des mangeoires remplies de foin frais avec des chevaux en carton-pâte qui contemplaient imperturbablement les amoureux de leur œil de verre peint, des cavernes préhistoriques à stalactites et téléphones fourrés en peau de puma.

« Puisque vous n'êtes pas venu pour faire l'amour, patron, allons plutôt causer dans mon bureau, afin de laisser cette chambre à la clientèle », dit Tránsito Soto.

En chemin, elle me raconta qu'après le putsch, la police politique avait investi l'hôtel à deux reprises, mais à chaque fois qu'ils avaient sorti les couples du lit pour les aiguillonner du canon de leurs revolvers jusqu'au salon principal, force leur avait été de constater qu'il y avait un ou deux généraux parmi les clients, si bien qu'on avait cessé de l'embêter. Elle avait de fort bonnes relations avec la nouvelle administration, comme d'ailleurs avec toutes celles qui l'avaient précédée. Elle me confia que le Christophe Colomb était une affaire florissante et que chaque année, elle renouvelait certains décors, troquant des naufrages sur des atolls polynésiens contre de sévères cloîtres monastiques, des escarpolettes baroques contre des chevalets de torture, au gré de la mode, arrivant à faire entrer tant et plus dans un hôtel de proportions pourtant relativement communes, grâce à d'ingénieux jeux de glaces et de lumières qui réussissaient à démultiplier l'espace, à déjouer le climat, à sécréter l'infini et à suspendre le temps.

Nous parvînmes à son bureau décoré comme un cockpit d'aéroplane d'où elle dirigeait son incroyable organisation avec l'efficacité d'un banquier. Elle m'énuméra combien il y avait de draps à laver, combien on usait de papier hygiénique, la quantité de liqueurs consommées, celle des œufs de caille – aux vertus aphrodisiaques – préparés quotidiennement, de combien de personnel on avait besoin et à combien se montaient les factures d'électricité, d'eau et de téléphone pour maintenir à flot ce colossal porte-avions des amours défendues.

« A présent, patron, dites-moi ce que je puis faire pour vous, conclut Tránsito Soto en se calant dans son fauteuil inclinable de commandant de bord, tout en jouant avec les perles de son collier. Je suppose que vous êtes venu pour que je vous rende la monnaie de la pièce que je vous dois depuis un demi-siècle? »

Moi qui n'avais fait qu'attendre sa question, j'ouvris alors toutes grandes les vannes de mon angoisse et lui racontai tout d'une traite, du début jusqu'à la fin, sans rien garder pour moi. Je lui dis qu'Alba est mon unique petit-enfant, que je suis demeuré tout seul en ce bas monde, que mon corps et mon âme ont rapetissé ainsi que l'avait prédit Férula en me maudissant, et que la seule chose à ne pas m'être encore arrivée est de crever comme un chien, que cette petite-fille aux cheveux verts est tout ce qui me reste, le seul être à compter vraiment pour moi, que par malheur elle est née idéaliste, une tare familiale, elle fait partie de ces gens prédestinés à se fourrer dans des guêpiers et à faire souffrir leur entourage, il lui a pris d'aider des fugitifs à trouver refuge dans les ambassades, elle le faisait sans y penser, j'en suis sûr, sans se rendre compte que le pays est en guerre, en guerre contre le communisme international ou contre le peuple, on ne sait plus trop, mais quand même en guerre, et que ces choses-là sont punies par la loi, mais Alba n'a jamais eu les pieds sur terre et elle ne se rend pas compte du danger, elle ne le fait pas par mauvaiseté, tout au contraire, elle le fait parce qu'elle a un cœur gros comme ça, tout comme sa grand-mère qui s'en va encore porter secours aux pauvres derrière mon dos dans les chambres désaffectées de la maison, ma Clara si clairvoyante, et le premier venu qui s'en vient trouver Alba en lui racontant qu'il est poursuivi obtient qu'elle risque sa peau pour lui prêter main-forte, quand bien même il s'agit d'un parfait inconnu, je le lui ai bien dit, je l'ai souvent prévenue qu'on pouvait lui tendre un piège, qu'un beau jour elle allait s'apercevoir que le soi-disant marxiste n'était qu'un agent de la police politique, mais elle ne m'écoute pas, jamais elle n'a voulu m'écouter, elle est encore plus têtue que moi, mais quand bien même il en serait ainsi, trouver de temps à autre asile pour un pauvre diable n'est pas un crime, il n'y a rien là de si grave qu'il faille l'arrêter sans même prendre en considération que c'est ma petite fille, la petite-fille d'un sénateur de la République, membre éminent du Parti conservateur, ils ne peuvent faire ça à quelqu'un de ma propre famille, sous mon propre toit, car que va-t-il diable rester pour les autres si des gens comme nous allons en prison, autrement dit plus personne n'est à l'abri de rien, il ne sert plus à rien d'avoir vingt ans de Congrès et toutes mes relations, je connais tout le monde dans ce pays, du moins tous les gens qui comptent, même le général Hurtado qui est un ami personnel, mais dans le cas présent il ne m'a été d'aucun secours, même le cardinal n'a pas été en mesure de m'aider à localiser ma petite-fille, il n'est pas possible qu'elle disparaisse comme par enchantement, qu'on vienne une nuit l'embarquer et que je ne sache plus rien d'elle, j'ai passé tout un mois à la rechercher, j'en deviens fou, c'est le genre de choses qui discréditent la Junte à l'étranger et qui donnent prétexte aux Nations Unies pour venir nous emmerder avec les droits de l'homme, au début je ne voulais pas en entendre parler, des morts, des torturés, des disparus, mais je ne peux plus continuer à penser que ce sont là des bobards des communistes si les amerloks eux-mêmes, qui ont été les premiers à appuyer les militaires et à envoyer leurs pilotes bombarder le Palais présidentiel, à présent se disent scandalisés par toute cette boucherie, et ce n'est pas que je sois contre la répression, je comprends qu'au début il faille montrer de la fermeté pour rétablir l'ordre, mais ils ont passé la mesure, ils sont en train d'exagérer en tout, et avec cette histoire de sécurité intérieure comme quoi il faut maintenant éliminer l'ennemi idéologique, ils vont vous flinguer tout le monde, personne ne peut être d'accord avec ça, pas même moi qui ai été le premier à tirer leurs plumes de poules mouillées aux cadets et à favoriser le putsch avant que les intéressés y aient même songé, moi qui ai été le premier à y applaudir, qui ai assisté au Te Deum à la cathédrale, et qui pour cette raison ne peux pas accepter que des choses comme ça se passent dans ma patrie, que les gens disparaissent, qu'on enlève de force ma petite-fille de chez moi sans que j'y puisse rien, jamais on n'avait vu des choses pareilles chez nous, et c'est pour ça, précisément pour ça que je n'ai pas pu m'empêcher de venir vous parler, Tránsito, jamais je n'aurais imaginé il y a cinquante ans, quand vous n'étiez qu'un petit bout de fille rachitique à la Lanterne Rouge, qu'un jour il me faudrait venir vous supplier à genoux de me rendre ce service, de m'aider à retrouver ma petite-fille, je me permets de vous le demander, sachant que vous avez de bonnes relations avec le gouvernement, on m'a parlé de vous, je suis sûr que personne d'autre que vous ne connaît mieux les gens importants des Forces armées, je sais que vous vous chargez d'organiser leurs fêtes et que vous pouvez remonter là où je n'aurai jamais accès, c'est pourquoi je vous prie de faire quelque chose pour ma petite-fille avant qu'il ne soit trop tard, car cela fait des semaines que je ne dors plus, j'ai couru tous les bureaux, tous les ministères, toutes mes anciennes relations sans que personne ait rien pu pour moi, à présent ils ne veulent plus me recevoir, ils m'obligent à faire le pied de grue pendant des heures, moi qui ai rendu tant de services à tous ces gens, par pitié, Tránsito, demandez-moi ce que vous voulez, je suis encore riche, même si les choses ont été plus difficiles pour moi du temps du communisme, ils m'avaient exproprié de mes terres, vous l'avez sans doute su, vous avez dû le voir à la télévision et dans les journaux, un vrai scandale, ces bouseux ignares avaient bouffé mes taureaux reproducteurs, ils avaient mis mes pouliches à tirer la charrue et en moins d'un an les Trois Maria étaient ruinées, mais aujourd'hui, j'ai couvert le domaine de tracteurs et suis en train de le remettre à nouveau d'aplomb, de même que je l'avais déjà restauré une fois dans ma jeunesse, de même je m'y suis remis aujourd'hui que je suis vieux, vieux mais pas fini, tandis que ces malheureux à qui on avait donné des titres de propriété sur ma propriété à moi s'en vont crevant de faim comme une cohorte de gueux en quête de quelques misérables petits travaux pour subsister, pauvres gens, ça n'était pas leur faute, ils se sont laissé avoir par cette satanée réforme agraire, au fond je leur ai pardonné et j'aimerais bien qu'ils s'en reviennent aux Trois Maria, j'ai même mis des annonces dans les journaux pour les rappeler, peut-être qu'un jour ils réapparaîtront et il ne me restera plus qu'à leur tendre une main secourable, ce sont de grands enfants, mais bon, ce n'est pas de cela que j'étais venu vous parler, Tránsito, je ne veux pas vous faire perdre votre temps, l'important est que ma situation est bonne, mes affaires ont le vent en poupe, aussi suis-je en mesure de vous donner ce que vous me demanderez, n'importe quoi, pourvu que vous retrouviez ma petite-fille Alba avant qu'un fou furieux ne se remette à m'envoyer d'autres doigts coupés ou n'ait l'idée de m'expédier des oreilles et ne finisse par me rendre cinglé ou par me tuer d'un infarctus, excusez-moi de me mettre dans un état pareil, mes mains tremblent, je suis à bout de nerfs, je ne peux pas expliquer ce qui s'est passé, un paquet arrivé par la poste avec à l'intérieur seulement trois doigts humains, sectionnés proprement, une plaisanterie macabre qui me rappelle des souvenirs, mais ces souvenirs-là n'ont rien à voir avec Alba, ma petite-fille n'était pas encore née à l'époque, sans doute ai-je beaucoup d'ennemis, en politique nous nous faisons tous des ennemis, rien de surprenant à ce qu'il se soit trouvé un anormal pour vouloir me tarabuster en m'expédiant des doigts par la poste au moment précis où l'arrestation d'Alba me mettait au désespoir, tout cela pour me donner des idées atroces, toujours est-il que si je n'étais pas à bout de forces après avoir épuisé tous les recours, je ne serais pas venu vous déranger, vous, Tránsito, au nom de notre vieille amitié, je vous en prie, ayez pitié de moi, je ne suis plus qu'un pauvre vieillard anéanti, ayez la bonté de chercher où est ma petite-fille Alba avant qu'on ne finisse de me l'expédier par petits morceaux par la poste – sanglotai-je.

Si Tránsito est arrivée là où elle est, c'est entre autres raisons pour savoir payer ses dettes. Je suppose qu'elle mit à profit sa connaissance de la face la mieux cachée des hommes au pouvoir pour me rendre à sa manière les cinquante pesos que je lui avais jadis prêtés. Quarante-huit heures plus tard, elle m'appela au téléphone.

« C'est Tránsito Soto, patron. Mission accomplie », me dit-elle.

ÉPILOGUE

Mon grand-père est mort hier soir. Il n'est pas mort comme un chien, ainsi qu'il le redoutait, mais paisiblement, entre mes bras, me prenant pour Clara et à d'autres moments pour Rosa, sans douleur, sans angoisse, conscient et serein, plus lucide que jamais, heureux. Le voici maintenant étendu à bord de la frégate, sur la mer calmée, tranquille et souriant, tandis que j'écris sur la table de bois blond qui appartenait à grand-mère. J'ai ouvert les rideaux de soie bleue pour que l'aube entre et vienne égayer cette chambre. Dans la très vieille cage près de la fenêtre, il y a un nouveau canari qui chante, et tout au centre de la pièce me regardent les yeux de verre de Barrabás. Grand-père me raconta comment Clara s'était évanouie le jour où, pour lui faire plaisir, il avait transformé la dépouille de l'animal en descente de lit. Nous en rîmes aux larmes et décidâmes d'aller chercher à la cave les restes du pauvre Barrabás, majestueux dans son indéfinissable constitution biologique, en dépit de tout le temps écoulé et de sa relégation, et nous le disposâmes à l'emplacement même où, un demi-siècle auparavant, grand-père l'avait étendu en hommage à la femme qu'il a de sa vie le plus aimée.

« Nous allons le laisser ici où il aurait toujours dû être », dit-il.

Je suis revenue à la maison par une étincelante matinée d'hiver dans une charrette tirée par une haridelle. La rue, avec sa double rangée de châtaigniers centenaires et ses demeures cossues, composait un décor qui jurait avec la modestie du véhicule, mais quand celui-ci s'arrêta devant le domicile de mon grand-père, il s'harmonisa on ne peut mieux avec son genre. La grande maison du coin était encore plus triste et décrépite que dans mon souvenir, absurde avec ses excentricités architecturales, ses prétentions au style français, sa façade couverte de lierre empoisonné. Le jardin n'était qu'un enchevêtrement de broussailles et presque tous les volets pendaient de leurs gonds. Le portail était béant, comme toujours. Je sonnai, l'instant d'après j'entendis un bruit de savates se rapprocher et une domestique inconnue vint m'ouvrir. Elle me dévisagea sans deviner qui j'étais, tandis que me montait aux narines la merveilleuse odeur de bois et de renfermé de cette maison qui m'avait vue naître. Mes yeux s'emplirent de larmes. Je courus à la bibliothèque, pressentant que grand-père serait en train de m'y attendre, là où il se tenait toujours assis, pelotonné dans sa bergère. Je fus abasourdie de le retrouver si vieux, si ratatiné et tremblant, n'ayant sauvegardé du passé que sa blanche crinière léonine et sa lourde canne en argent. Nous restâmes un très long moment dans les bras l'un de l'autre, étroitement unis, à murmurer grand-père, Alba, Alba, grand-père, à nous embrasser, et quand il aperçut ma main, il se mit à pleurer et à blasphémer et à assener des coups de canne aux meubles comme il faisait autrefois, et je me pris à rire en constatant qu'il n'était pas aussi vieux, pas aussi fini qu'il m'était apparu de prime abord.

Ce même jour, grand-père me dit qu'il voulait que nous quittions ce pays. Il avait peur pour moi. Je lui exposai que je ne pouvais partir, que loin de cette terre, je serais comme les arbres que l'on coupe pour Noël, ces pauvres sapins sans racines qui durent un moment et puis meurent.

« Je ne suis pas gâteux, Alba, dit-il en me regardant fixement. La vraie raison qui te pousse à vouloir rester n'est autre que Miguel, n'est-ce pas ? »

Je tressaillis. Jamais je ne lui avais touché mot de Miguel.

« Du moment où je l'ai vu, j'ai su que je ne pourrais pas te faire sortir de ce pays, dit-il avec tristesse.

– Tu l'as vu ? Grand-père, il est vivant ? fis-je en l'agrippant par ses vêtements et en le secouant.

– Il l'était l'autre semaine, quand nous nous sommes rencontrés pour la dernière fois », répondit-il.

Il me raconta qu'après mon arrestation, une nuit, Miguel avait fait irruption dans la grande maison du coin. Sa peur fut telle qu'il faillit en avoir une apoplexie, mais au bout de quelques minutes, il comprit qu'ils avaient ensemble un même but : me délivrer. Par la suite, Miguel revint très souvent lui rendre visite, il lui tenait compagnie et ils avaient joint leurs efforts pour retrouver ma trace. Ce fut Miguel qui eut l'idée d'aller voir Tránsito Soto, jamais grand-père n'y aurait pensé tout seul :

« Ecoutez-moi, monsieur. Je sais qui détient le pouvoir dans ce pays. Mes gens sont infiltrés partout. S'il existe quelqu'un qui peut venir en aide à Alba à l'heure qu'il est, c'est Tránsito Soto, lui garantit-il.

– Si nous parvenons à l'extraire des griffes de la police politique, fiston, il faudra qu'elle quitte ce pays. Partez ensemble. Je peux vous obtenir des sauf-conduits et ce n'est pas l'argent qui vous manquera », proposa grand-père.

Mais Miguel le regarda comme un petit vieux à la raison un peu fêlée, et s'employa à lui expliquer la mission qui lui reste à accomplir, qui lui interdit de prendre la fuite.

« Je dus me faire à l'idée que tu resterais ici, quoi qu'il en coûte, dit grand-père en me serrant dans ses bras. A présent, raconte-moi tout. Je veux tout savoir dans le moindre détail. »

Je lui fis donc mon récit. Je lui dis qu'après que ma main se fut infectée, ils me conduisirent jusqu'à une clinique secrète où ils expédiaient les prisonniers qu'ils n'ont pas intérêt à laisser mourir. J'y fus soignée par un médecin de haute taille, aux traits élégants, qui avait l'air de me haïr autant que le colonel Garcia et se refusait à me donner des calmants. Il profitait de chaque séance de soins pour m'exposer ses théories personnelles sur la meilleure façon d'extirper le communisme du pays et, autant que possible, du reste du monde. En dehors de cela, néanmoins, il me laissait tranquille. Pour la première fois depuis nombre de semaines, je bénéficiais de draps propres, de nourriture en suffisance et de la lumière du jour. Rojas s'occupait de moi, un infirmier au tronc massif et à la bouille ronde, en blouse bleu ciel toujours sale, animé d'une profonde bonté. Il me faisait manger, se lançait dans d'interminables récits de matches de football d'autrefois disputés entre des équipes dont je n'avais jamais entendu parler, et se procurait des calmants pour me les injecter en cachette, jusqu'à ce qu'il eût réussi à mettre fin à mes délires. Dans cette clinique, Rojas avait eu à s'occuper d'un innombrable défilé de malheureux. Il avait pu constater que la plupart d'entre eux n'étaient ni des assassins ni des traîtres à la patrie, et c'est pour cette raison, qu'il était bien disposé à l'égard des prisonniers. Souvent, il avait à peine terminé de rafistoler quelqu'un qu'on l'embarquait à nouveau. « C'est comme passer du sable dans la mer », disait-il mélancoliquement. J'appris que certains l'avaient supplié de les aider à mourir, et dans un cas au moins, je crois qu'il le fit. Rojas tenait une comptabilité rigoureuse des entrants et des sortants et pouvait sans hésiter se rappeler les noms, les dates, les circonstances. Il me jura qu'il n'avait jamais entendu parler de Miguel et cela me rendit quelque courage pour continuer à vivre, même s'il m'arrivait parfois de sombrer dans les ténèbres d'un abîme de dépression, même si je me remettais alors à ressasser la cantilène du je veux mourir. Il me raconta ce qu'il en avait été d'Amanda. On l'avait arrêtée à la même époque que moi. Quand ils l'avaient amenée à Rojas, il n'y avait plus rien à faire. Elle était morte sans dénoncer son frère, tenant la promesse qu'elle lui avait faite longtemps auparavant, le jour où elle l'avait conduit pour la première fois à l'école. La seule consolation fut que tout alla beaucoup plus vite qu'ils ne l'auraient souhaité, son organisme étant très affaibli par la drogue et par l'infinie détresse où l'avait laissée la mort de Jaime. Rojas prit soin de moi jusqu'à ce que ma fièvre fût tombée, que ma main se fût mise à cicatriser, que j'eusse à nouveau toute ma tête, et les prétextes pour me retenir davantage vinrent à s'épuiser; mais on ne me renvoya pas entre les pattes d'Esteban Garcia, comme je le redoutais. Je suppose que c'est à ce moment-là que joua l'influence bénéfique de la femme au collier de perles à laquelle nous allâmes rendre visite, grand-père et moi, pour la remercier de m'avoir sauvé la vie. Quatre hommes vinrent me chercher en pleine nuit. Rojas me réveilla, m'aida à m'habiller et me souhaita bonne chance. Je l'embrassai avec gratitude.

« Adieu, ma petite! Changez votre bandage, ne le

trempez pas et si la fièvre revient, c'est que ça s'est infecté à nouveau », me dit-il depuis la porte.

Ils me menèrent dans une étroite cellule où je passai le reste de la nuit assise sur une chaise. Le lendemain, on me conduisit à un camp de regroupement pour femmes. Jamais, je n'oublierai l'instant où l'on m'ôta le bandeau des yeux et où je me retrouvai dans une cour carrée, lumineuse, entourée de femmes qui chantaient pour moi l'*Hymne à la Joie*. Mon amie Ana Diaz se tenait parmi elles et accourut m'embrasser. Elles eurent tôt fait de m'installer sur une paillasse et m'exposèrent les règles de leur communauté ainsi que les responsabilités qui m'incombaient.

« Jusqu'à ta guérison, tu ne laveras ni ne coudras, mais il te faudra t'occuper des enfants », décrétèrent-elles.

J'avais résisté à l'enfer avec une certaine vaillance, mais dès l'instant où je me sentis entourée, je m'effondrai. Au moindre mot tendre, j'étais prise d'une crise de larmes, je passais la nuit les yeux grand ouverts dans le noir parmi cet entassement de femmes qui se réveillaient à tour de rôle pour me soigner et ne me laissaient jamais seule. Elles me venaient en aide quand recommençaient à me tourmenter les mauvais souvenirs, que l'apparition du colonel Garcia me plongeait dans l'épouvante, que dans un sanglot on venait d'arrêter mon Miguel.

« Ne pense pas à Miguel, me disaient-elles avec insistance. Il ne faut pas penser aux êtres chers, ni au monde de l'autre côté de ces murs. C'est la seule façon de survivre. »

Ana Diaz se procura un cahier d'écolier et m'en fit don.

« Pour que tu écrives, me dit-elle, pour voir si tu arrives à évacuer tout ce pus à l'intérieur de toi-même, pour que tu te remettes une bonne fois d'aplomb et nous aides à la couture. »

Je lui montrai ma main et hochai la tête en signe d'impuissance, mais elle me fourra un crayon dans l'autre et me dit d'écrire comme les gauchers. Je m'y mis peu à peu. Je m'évertuai à réagencer le récit que j'avais amorcé dans ma niche. Mes compagnes venaient à mon secours quand la patience me faisait défaut et que le crayon tremblait dans ma main. Parfois j'envoyais tout promener, pour aussitôt courir ramasser le cahier et le défroisser amoureusement, repentante, car j'ignorais quand il me serait donné d'en avoir un nouveau. D'autres fois, je me réveillais mélancolique, pleine de pressentiments, je me tournais contre le mur et ne voulais parler à personne, mais elles ne me lâchaient pas, elles me secouaient, m'obligeaient à travailler ou à raconter des histoires aux enfants. Elles changeaient mon pansement avec soin puis me remettaient mon papier sous le nez.

« Si tu veux, je te raconte mon affaire pour que tu la mettes noir sur blanc », me disaient-elles en riant ou en se raillant, attendu que tous les cas étaient du pareil au même et que j'aurais mieux fait de rédiger des histoires d'amour, c'est un genre qui plaît à tout le monde. Elles m'obligeaient de même à me nourrir. Elles distribuaient les parts dans un esprit de stricte équité, à chacune selon ses besoins, et me donnaient toujours un peu plus, disant que j'étais comme un clou et que le plus frustré des hommes ne ferait pas même attention à moi. Je frémissais, mais Ana Diaz me rappelait que je n'étais pas la seule à avoir été violée et qu'à l'instar de beaucoup d'autres choses, il me fallait l'oublier. Les femmes passaient leur temps à chanter à tue-tête. Les carabiniers tapaient contre la cloison.

« Vos gueules les putes!

– Faites-nous taire si vous pouvez, pauvres cons,

voyons si vous allez oser! » et elles continuaient de plus belle et eux ne bougeaient pas, sachant d'expérience qu'il est vain de chercher à empêcher l'inempêchable.

Je m'appliquais à consigner les menus événements de la section des femmes, qu'on venait d'arrêter la sœur du Président, qu'on nous avait supprimé les cigarettes, que de nouvelles détenues étaient arrivées et qu'Adriana avait eu une nouvelle crise et s'était précipitée sur ses gosses pour les tuer, nous dûmes les lui arracher des mains et je m'assis dans un coin avec un petit dans chaque bras pour leur raconter, jusqu'à ce qu'ils s'endormissent, les histoires magiques des malles enchantées d'oncle Marcos, tout en méditant sur la destinée de ces enfants qui grandissaient dans un endroit pareil, entre une mère qui avait perdu la tête et d'autres mères inconnues qui s'occupaient d'eux, n'ayant oublié ni les accents d'une berceuse ni le geste qui console, et en m'interrogeant noir sur blanc sur la façon dont les enfants d'Adriana pourraient un jour rendre cette chanson douce et cette caresse aux enfants et petits-enfants de ces mêmes femmes qui les berçaient aujourd'hui.

Je ne restai que quelques jours au camp de regroupement. Les carabiniers vinrent me rechercher un mercredi après-midi. J'eus un moment de panique à l'idée qu'ils allaient me ramener chez Esteban Garcia, mais mes camarades me firent remarquer qu'ils étaient en uniforme et ne faisaient donc pas partie de la police politique, ce qui me rassura un peu. Je leur laissai mon paletot afin qu'elles en défassent la laine et tricotent quelque chose de chaud aux enfants d'Adriana, ainsi que l'argent que je portais sur moi au moment de mon arrestation et que les militaires, avec leur scrupuleuse honnêteté pour tout ce qui n'a plus aucune importance, m'avaient restitué. Je glissai mon cahier dans mon pantalon et les embrassai toutes l'une après l'autre. En partant, la dernière chose que j'entendis fut le chœur de mes camarades qui chantaient pour me donner courage, comme elles le faisaient pour toutes les détenues qui arrivaient au camp ou en repartaient. C'est en larmes que je quittai ces lieux où j'avais été heureuse.

Je poursuivis mon récit à grand-père en lui racontant qu'on m'avait embarquée à bord d'un fourgon, les yeux bandés, pendant le couvre-feu. Je tremblais si fort que je m'entendais claquer des dents. Un des hommes qui se tenait à côté de moi, à l'arrière du véhicule, me glissa un bonbon dans la main et me tapota l'épaule pour me réconforter.

« Ne vous faites pas de mauvais sang, mademoiselle, me dit-il dans un murmure. Il ne va rien vous arriver de fâcheux. Nous allons vous relâcher et d'ici quelques jours, vous serez parmi les vôtres. »

Ils me laissèrent sur une décharge publique près du quartier de la Miséricorde.

Le même qui m'avait donné une sucrerie m'aida à descendre.

« Faites attention, c'est le couvre-feu, me souffla-t-il à l'oreille. Ne bougez pas jusqu'au lever du jour. »

J'entendis le moteur se remettre en marche et me dis qu'ils allaient m'écraser, après quoi on lirait dans les journaux que j'étais morte, renversée dans un accident de la circulation, mais le véhicule s'éloigna sans même m'effleurer. J'attendis un moment, paralysée de peur et de froid, puis je finis par me décider à ôter mon bandeau pour voir où j'avais échoué. Je regardai autour de moi. C'était un endroit désert, un terrain vague rempli d'ordures où couraient quelques rats parmi les détritus. Une lune pâlichonne brillait qui me permit de voir se découper dans le lointain un misérable bidonville fait de tôles, de planches et de bouts de carton. Je compris que je devais m'en tenir à la recommandation du garde et rester sur place jusqu'à ce qu'il fît jour. J'aurais passé la nuit sur cette décharge si n'était survenu un garçonnet dissimulé parmi les ombres et qui m'adressa des signes discrets. N'ayant plus grand-chose à perdre, je marchai dans sa direction en trébuchant. Parvenue près de lui, je pus distinguer sa frimousse inquiète. Il me jeta une couverture sur les épaules, me prit par la main et me conduisit vers le bidonville sans piper mot. Nous progressions en nous baissant, évitant la route et les quelques lampadaires restés allumés, des chiens donnèrent l'alarme avec leurs aboiements mais nul ne mit le nez dehors pour voir ce qui se passait. Nous traversâmes une cour de terre battue où du linge pendait comme des bannières à un fil de fer, et nous pénétrâmes dans une masure délabrée, à l'image de toutes celles qui se rencontraient là. Une unique ampoule éclairait tristement l'intérieur. L'extrême dénuement me bouleversa : pour tous meubles, il y avait une table de sapin, deux tabourets grossiers, un lit où dormaient les uns sur les autres plusieurs enfants. Vint à moi une femme chétive à la peau sombre, aux jambes sillonnées de varices, aux yeux enfouis dans un réseau de rides bienveillantes qui ne parvenaient pas à la faire paraître vieille. Elle sourit et je remarquai qu'il lui manquait plusieurs dents. Elle s'approcha et rajusta ma couverture d'un geste brusque et timide, n'osant pousser l'audace jusqu'à m'embrasser.

« Je vais vous servir un petit thé. Je n'ai pas de sucre, mais ça vous fera du bien de boire quelque chose de chaud », me dit-elle.

Elle me raconta qu'ils avaient entendu passer le fourgon, ils savaient ce que signifiait la présence d'un véhicule en ces lieux écartés pendant le couvre-feu. Ils avaient attendu d'être sûrs qu'il était reparti, puis le gamin s'en était allé voir ce dont les autres venaient de se débarrasser. Ils pensaient tomber sur un cadavre.

« De temps en temps, ils viennent nous jeter un fusillé pour que les gens se tiennent tranquilles », m'expliqua-t-elle.

Nous restâmes à deviser le reste de la nuit. C'était une de ces femmes stoïques et pratiques de chez nous, auxquelles chaque homme de passage dans leur vie laisse un gosse et qui recueillent de surcroît sous leur toit ceux que d'autres abandonnent, leurs propres parents dans le besoin et quiconque a besoin d'une mère, d'une sœur, d'une tante, de ces femmes qui sont le pilier central de bien des vies adoptives, qui élèvent des enfants pour les voir partir à leur tour et qui regardent leurs hommes se défiler sans l'ombre d'un reproche, parce qu'elles ont bien plus urgent et important à faire. Elle m'apparut semblable à nombre d'autres que j'avais connues dans les soupes populaires, à l'hôpital de mon oncle Jaime, au Parquet où elles allaient se renseigner sur le sort de leurs disparus, à la Morgue où elles allaient rechercher leurs morts. Je lui dis qu'elle avait pris beaucoup de risques à m'aider et elle esquissa un sourire. J'ai su à cet instant que les jours du colonel Garcia et de ses pareils sont comptés, pour n'avoir pu venir à bout de l'esprit de ces femmes-là.

Le lendemain matin, elle m'accompagna chez un voisin de ses amis qui possédait une charrette attelée à un cheval. Elle lui demanda de me ramener chez moi et c'est ainsi que je suis rentrée. En chemin, je pus découvrir la ville avec ses terribles contrastes, les taudis entourés de cache-misère pour donner l'illusion qu'ils n'existent pas, le conglomérat grisâtre du centre, et les hauts quartiers avec leurs jardins à l'anglaise, leurs parcs, leurs gratte-ciel de verre, leurs héritiers blondinets se baladant à bicyclette. Les chiens eux-mêmes me semblaient plus heureux. Tout n'était qu'ordre, calme et propreté, avec cette paix à toute épreuve des consciences sans mémoire. Un quartier comme un autre pays dans le pays.

Grand-père m'écouta mélancoliquement. Tout un monde qu'il avait cru bel et bon achevait de s'écrouler.

« Comme nous allons demeurer ici en attendant Miguel, il va falloir mettre un peu d'ordre dans cette maison », fit-il en guise de conclusion.

Nous nous y employâmes. Au début, nous passions toute la journée à la bibliothèque, angoissés à l'idée qu'on pourrait revenir me ramener chez Garcia, mais nous décrétâmes bientôt qu'il n'y avait rien de pire que d'avoir peur de la peur, comme disait mon oncle Nicolas, qu'il fallait donc occuper la maison tout entière et recommencer à y mener une vie normale. Mon grand-père embaucha une entreprise spécialisée qui la retapa de la cave au grenier, passant ponceuses et polisseuses, nettoyant les carreaux, repeignant et désinfectant, jusqu'à la rendre de nouveau habitable. Une demi-douzaine de jardiniers et un bulldozer eurent raison des broussailles, on fit venir du gazon roulé comme un tapis, une invention-miracle des amerloks, et en l'espace de moins d'une semaine nous eûmes même des bouleaux déjà adultes, l'eau s'était remise à jaillir des fontaines gazouillantes et se dressaient à nouveau, altières, les statues de l'Olympe enfin lavées de tant d'oubli et des fientes de pigeons. Nous allâmes ensemble acheter des oiseaux pour les cages demeurées vides depuis que ma grand-mère, sentant sa mort prochaine, en avait ouvert les portes. Je disposai des fleurs fraîchement coupées, dans les vases, des compotiers remplis de fruits sur les tables, comme à la belle époque des esprits, et l'air s'imprégna de leurs arômes. Puis, bras-dessus, bras-dessous, mon grand-père et moi fîmes le tour de la maison, nous arrêtant un peu partout pour nous remémorer le passé et saluer d'imperceptibles fantômes d'autrefois qui, malgré tant de vicissitudes, sont restés fidèles à leur poste.

C'est mon grand-père qui a eu l'idée d'écrire à deux cette histoire.

« Ainsi, ma petite fille, si tu dois un jour t'en aller d'ici, me dit-il, tu pourras emporter tes racines avec toi. »

De recoins secrets et oubliés, nous exhumâmes les vieux albums de famille et j'ai là, sur la table de grand-mère, tout un tas de portraits : la belle Rosa près d'une escarpolette délavée, ma mère avec Pedro III Garcia à quatre ans, donnant du maïs aux poules dans la cour des Trois Maria, grand-père quand il était jeune et qu'il mesurait un mètre quatre-vingts, preuve irréfutable que s'est bien accomplie la malédiction de Férula et que son corps a rapetissé dans l'exacte mesure où se ratatinait son âme, mes oncles Jaime et Nicolas, l'un taciturne et ténébreux, gigantesque et vulnérable, l'autre grêle et gracieux, inconstant et souriant, sans oublier la nounou et les arrière-grands-parents del Valle avant qu'ils ne se tuent dans un accident, tous enfin, hormis le noble Jean de Satigny dont il ne subsiste aucun témoignage scientifique et de l'existence duquel je me suis prise à douter.

Je me suis mise à écrire avec l'aide de grand-père dont la mémoire est demeurée intacte jusqu'à la dernière extrémité de ses quatre-vingt-dix ans. Il a rédigé plusieurs pages de sa propre main et quand il a estimé qu'il avait tout dit, il s'est couché dans le lit de Clara. Je me suis assise à son chevet, partageant son attente, et la mort n'a pas tardé à venir le chercher. Elle l'a surpris dans son sommeil, paisiblement. Peut-être rêvait-il que c'était sa femme qui lui caressait la main et lui déposait un baiser sur le front, toujours est-il que dans les derniers jours, celle-ci ne le quitta pas un instant, elle le suivait partout dans la maison, regardait par-dessus son épaule quand il lisait dans la bibliothèque, s'allongeait la nuit à ses côtés, sa belle tête auréolée de boucles appuyée contre son épaule. Au début, ce n'était qu'un halo mystérieux, mais au fur et à mesure que grand-père se départait pour toujours de cette rage qui l'avait poursuivi toute sa vie, elle apparut telle qu'elle avait été en ses plus beaux jours, riant de toutes ses dents, ameutant les esprits de son vol fugace. Elle nous aida aussi dans nos pages d'écriture et grâce à sa présence, Esteban Trueba put mourir heureux en murmurant son nom : Clara si claire, ma clairvoyante Clara.

Au fond de ma niche, j'ai pu écrire en pensée qu'un jour viendrait où le colonel Garcia se tiendrait devant moi, à ma merci, et où il me serait alors donné de venger tous ceux qui doivent être vengés. Désormais, pourtant, je ne suis plus si sûre de ma haine. En quelques semaines, depuis que je suis dans cette maison, elle s'est comme diluée, ses contours tranchants ont disparu. Je soupçonne que le hasard n'a été pour rien dans ce qui est arrivé, que cela ressortit à un destin tracé bien avant ma naissance, et qu'Esteban Garcia est un élément de ce destin. Ce n'est qu'une grossière esquisse, toute biscornue, mais pas un coup de pinceau qui y soit de trop. Le jour où grand-père culbuta sa grandmère Pancha Garcia dans les fourrés au bord de la rivière, il ne fit qu'ajouter un maillon supplémentaire à la chaîne des événements qui devaient s'accomplir. Plus tard, le petit-fils de la femme violée répète le geste sur la petite-fille du violeur et dans quarante ans, peut-être mon propre petit-fils renversera-t-il sa petite-fille dans les hautes herbes du bord de la rivière, et ainsi de suite dans les siècles des siècles, en une interminable histoire de sang, de souffrances et d'amour. Au fond de ma niche, l'idée m'avait effleurée que j'étais en train d'agencer un de ces puzzles où chaque pièce a un emplacement bien précis. Tant que je ne les aurais placées toutes, rien ne me semblerait compréhensible, mais dès lors que je serais parvenue à le terminer, j'étais certaine de pouvoir trouver un sens à chacune et de la cohérence à toutes. Chaque pièce a sa raison d'être telle qu'elle est, y compris le colonel Garcia. Depuis quelques instants, j'ai l'impression d'avoir déjà vécu tout cela, d'avoir écrit cela mot pour mot, mais je comprends à présent que ce n'est pas moi, que c'est une autre femme qui prit jadis des notes dans ses cahiers pour me permettre d'y puiser. J'écris, elle écrivit que la mémoire est fragile et que le cours d'une vie est on ne peut plus bref et que tout se passe si vite que nous ne parvenons pas à saisir les relations entre les événements, nous sommes impuissants à mesurer les conséquences de chaque acte, nous ajoutons foi à la fiction du temps, au présent, au passé comme à l'avenir, alors que peut-être tout arrive aussi bien simultanément, comme le disaient les trois sœurs Mora, capables d'entrevoir dans l'espace les esprits de toutes les époques. Voilà pourquoi ma grand-mère Clara remplissait ses cahiers : pour voir les choses sous leur vraie dimension et déjouer les pièges de la mémoire. Et moi qui en suis à chercher après ma haine et ne puis la trouver. Je la sens s'éteindre au fur et à mesure que je m'explique l'existence du colonel Garcia et de ses semblables, que je comprends mieux mon grand-père, que je ne cesse d'apprendre du nouveau à la lecture des cahiers de Clara, des lettres de ma mère, des registres des trois Maria et de tant d'autres documents qui reposent désormais sur cette table à portée de main. J'aurai beaucoup de mal à venger ceux qui doivent être vengés, car ma vengeance ne serait rien d'autre qu'une nouvelle séquence du même inexorable rituel. Je veux croire que mon métier n'est autre que la vie, que mon rôle n'est pas de perpétuer la haine, seulement de noircir ces pages dans l'attente du retour de Miguel, le temps d'enterrer mon grand-père qui repose en ce moment à côté de moi dans cette chambre, le temps d'espérer l'avènement de jours meilleurs, tout en portant l'enfant qui pousse dans mon ventre, fille de viols répétés ou bien fille de Miguel, mais avant tout ma fille à moi.

Cinquante ans durant, grand-mère remplit de son écriture ses cahiers de notes sur la vie. Escamotés par quelques esprits complices, ils échappèrent miraculeusement à l'infâme bûcher où périrent tant d'autres papiers familiaux. Ils sont là à mes pieds, attachés avec des faveurs de couleur, classés au gré des événements et non par ordre chronologique, tels qu'elle les laissa avant de s'éclipser. Clara les rédigea pour me permettre aujourd'hui de sauver les choses du passé et de survivre à ma propre terreur. Le premier est un cahier d'écolier d'une vingtaine de feuillets remplis d'une délicate écriture enfantine. Il débute ainsi : « Barrabás arriva dans la famille par voie maritime... »

Table

IMPRIMÉ EN FRANCE PAR BRODARD ET TAUPIN
Usine de La Flèche (Sarthe).
LIBRAIRIE GÉNÉRALE FRANÇAISE - 6, rue Pierre-Sarrazin - 75006 Paris.
ISBN : 2 - 253 - 03804 - 0